Fischer TaschenBibliothek

An einem windigen Oktobertag besteigen drei junge Frauen ein Flugzeug nach Neuseeland. Im Zwischenreich über den Wolken, wo Tag und Nacht verschwimmen, begegnen Ada, Marjorie und Esther einander – und dem jungen Frank, dessen Zukunft noch ungewisser ist als ihre eigene. Niemand von ihnen ahnt, dass der »Brautflug« sie für das ganze Leben miteinander verbinden wird.

»Eine wunderbare, sensibel geschriebene Lektüre.« *NDR 1*

»Marieke van der Pol ist mit diesem opulenten Roman ein großartiges Debüt gelungen. Eines dieser seltenen Bücher, bei denen die Zeit tatsächlich wie im Flug vergeht.« *myself*

»Süffig und spannend.« *Brigitte*

Marieke van der Pol ist Schauspielerin und Drehbuchautorin. Für ihr Werk wurde sie mehrfach ausgezeichnet. Ihr Roman ›Brautflug‹ ist ein internationaler Bestseller und wurde fürs Kino verfilmt. Die Autorin lebt in Amsterdam.

Weitere Informationen, auch zu E-Book-Ausgaben, finden Sie bei www.fischerverlage.de

Marieke van der Pol

Brautflug

Roman

Aus dem Niederländischen
von Kristina Kreuzer

FISCHER TaschenBibliothek

2. Auflage: März 2014
Erschienen bei FISCHER Taschenbuch,
Frankfurt am Main, August 2011

Die Originalausgabe erschien 2007 unter dem Titel
›Bruidsvlucht‹ bei Uitgeverij De Arbeiderspers,
Amsterdam, Antwerpen

Umschlaggestaltung: Gundula Hißmann und
Andreas Heilmann, Hamburg
Umschlagabbildung: Chris Reeve/Trevillion Images
Satz: Pinkuin Satz und Datentechnik, Berlin
Druck und Bindung: CPI books GmbH, Leck
Printed in Germany
ISBN 978-3-596-51177-8

Für Dries

1

Die Nachricht von Franks Tod erreicht die drei Frauen fast gleichzeitig. Einen Moment lang scheint es, als würde der Wind den Geruch von blutrotem Wein herantragen, sodass ihnen schwindelig wird und sie nach Halt suchend um sich greifen. Ich muss zur Beerdigung gehen, denken sie alle drei, es gehört sich einfach so, dass ich dort bin. Von allen Menschen ist es vielleicht am allerwichtigsten, dass *ich* da bin.

Im Brautatelier in Auckland ist es noch dunkel, als die Todesanzeige zusammen mit der restlichen Post auf die Türmatte fällt. Die Schaufensterpuppen in Brautkleidern stehen im Dunkeln, elegant und leblos. Vor den Fenstern hängen die schweren, blauen Samtgardinen, dahinter üppig gefalteter Tüll, wodurch das Tageslicht und die Straßengeräusche Tag und Nacht abgehalten werden. Ein Schaufenster gibt es nicht, auf zufällige Laufkundschaft ist man hier nicht angewiesen. Kurz darauf kommt Esther aus ihrem Zimmer hinter dem Atelier herein. Sie räuspert sich, ihre erste Zigarette hat sie bereits hinter sich. Sie ist wie immer zu spät aufgestanden, eine schlechte Schläferin, die immer erst in den Morgenstunden einschlafen kann, wenn ihr Geist den Kampf gegen das kindliche Vertrauen, das der Schlaf von einem verlangt, aufgibt. Lady Esther Bridal öffnet erst um zehn Uhr, ihre Kunden wissen das. Sie bückt sich ächzend, oh dear, und steckt einen Stecker in die Steckdose. An der Decke gehen, eine nach der anderen, aufflackernd die Neonröhren an, dazu ertönt ein summendes Geräusch. Dann drückt sie mit ihrem beringten Zeigefinger die Knöpfe der Musikanlage. Dezente, leise Berieselungsmusik tönt durch den Raum, ein heiterer Samba. Sie pfeift mit, ein tiefer, heiserer Ton, nicht wirklich sauber, *Mas Que Nada*, während sie über den dicken blauen Teppich durch ihren Laden geht und überall die Lampen anknipst, bis der Raum in einer Kombination aus Neon- und Kronleuchterlicht gebadet ist. Trotz ihres Alters und der frühen Uhrzeit ist sie theatralisch in einen Rock und eine Bluse gekleidet, die sie im letzten Herbst aus einem violettschwarzen Baumwolljersey geschneidert hat, einem Stoff, den sie auch verkauft. Um ihren Hals herum zeugen drei breite, rosa Perlenketten von Lebenslust. Sie betrachtet sich gern im Spiegel und schminkt sich noch immer sorgsam, auch wenn es in letzter Zeit gelegentlich vorkommt, dass sie wegen ihrer schlechten Augen die Augenbrauen mit dem Lippenkonturenstift nachzeichnet. Ihre Haare lässt sie alle drei Wochen mahagonirot färben, sie kämmt sie stramm nach hinten – »my natural face-lift, dear« – und steckt sie dort mit einem Hornkamm zusammen. Ihre Lippen sind umrandet und bemalt, zu jeder Tageszeit, immer. Es gibt niemanden, den sie küssen müsste; in ihrer Welt küsst man in die Luft. Heute haben ihre Lippen einen auberginefarbenen Unterton, passend zum Violett.

Wie jeden Morgen geht sie zu den Schaufensterpuppen, die zu beiden Seiten des breiten Durchgangs aufgestellt sind. Kunststoff-Frauen, die leicht den Kopf neigen und alle *ihre* Brautkleider tragen, *ihre* Kreationen. Sie schiebt hier und da ein Satinbändchen über eine glatte Schulter zurück oder streicht einen imaginären Knick aus dem Tüll mit den Spitzenapplikationen. Truppeninspektion, nennt sie das. Hinter den Puppen stehen Kleiderständer mit den übrigen Damenkleidern – es sind schon so unendlich viele, und dennoch kann sie nicht genug kriegen –, und die losen, schweren Stoffe müssen aushängen. Überall im Raum stehen dunkle Holzvitrinen, in denen Dutzende von Accessoires sortiert liegen: Brautkorsagen, Brauthüte, Handschuhe, Strumpfhosen, Unterwäsche, Pailletten, Juwelen und Perlen, Federn, Spitze und Satinbänder, Diademe, Colliers und Ohrringe – allein hundert verschiedene Paar Ohrringe. Esther beherrscht ihre Materie, sie weiß bei jedem Einzelteil, wo es sich befindet, weil sie es dort selbst mit größter Sorgfalt platziert hat. Es ist eine totenstille Traumwelt, in der sie sich bewegt, doch ihre Bewegungen sind entschlossen, ein normaler Arbeitstag in ihrem Laden beginnt. Auf dem Weg zum Eingang legt sie Brautzeitschriften zu ordentlichen Stapeln zusammen, in der Sitzecke, in der sie die Kunden empfängt, junge Frauen, die sie ängstlich ansehen, als hofften sie, dass Lady Esther nicht nur dem schönsten Tag ihres Lebens Gestalt geben wird, sondern auch den unbekannten Jahren danach. Eine Zimmereinrichtung wie im Palais von Versailles, wo sie vor dem Krieg mit ihren Eltern und Sal war – er rannte dort auf seinen kurzen Beinchen durch die Säle. Jahre später träumte sie davon in gestochen scharfen Bildern, und hier findet man sie wieder: goldene, barocke Stühle, die Sitzkissen mit dunkelblauem Samt bezogen, die um einen runden Tisch stehen. Auf dem liegt eine Glasplatte, die den bis auf den Boden herunterhängenden Samt vor Hunderten von Kaffeetassen und dem ein oder anderen Gläschen Likör schützt. Über diese Glasplatte schiebt sie die aufgeschlagenen Zeitschriften in Richtung der jungen Frau mit ihrem hoffnungsvollen Blick hinüber. »Sehen Sie, so etwas könnte ich mir vorstellen, denn zweiteilig, nein, das würde ich an Ihrer Stelle nicht tun, das ist eher was für große Menschen.«

Sie ist eine Autorität, man hört auf sie, und sie hat auch keine Hemmungen, eine junge Frau erst ein zweiteiliges Kostüm anprobieren zu lassen und direkt danach dann zum Beispiel eine schöne, schlanke A-Linie, nun ja, es müsste schon mit dem Teufel zugehen, wenn eine Kundin ihr da nicht zustimmt.

Im Vorbeigehen streicht sie gedankenverloren über den schwarzhölzernen Ladentisch, unter dem Stapel hellgelber, blassrosa und elfenbeinweißer Spitze hinter Glas liegen. Hinter dem Ladentisch lehnen die Stoffrollen schräg an der Wand, mindestens hundert an der Zahl, und darüber sind Regale mit Viskose, Satin und Voile. Sie geht an den Holzständern mit den runden Köpfen vorbei, unter denen weiße Spitzenschleier bis zum Boden herabhängen, sodass es aussieht, als stände dort eine Gruppe verschleierter arabischer Bräute, die schüchtern auf ihren Bräutigam warten, und dann ist sie an der Tür mit den schweren Schlössern angelangt – Auckland ist eine große Stadt, und in der letzten Zeit ist viel zwielichtiges Volk nach Neuseeland gekommen. Wie jeden Morgen bückt sie sich, oh dear, zur Türmatte und greift nach der Post, doch in dem Moment, als sie zwischen den Kontoauszügen und Werbeblättern den schwarz umrandeten Umschlag mit der Traubenblut-Vignette sieht, weiß sie, dass dies kein gewöhnlicher Tag werden und ihr Laden geschlossen bleiben wird.

In Blaricium, beim Rhododendron, fällt Marjorie hin – mit dem Handy am Ohr –, weil Captain Cook hinten im Garten Äste knacken hört und überraschend stark an der Leine zieht. Sie hätte sich keinen Rüden aufschwatzen lassen sollen. Mit Hans wäre ihr das nicht passiert. Gerade heute beim Morgenspaziergang über die Heide hat sie mal wieder gedacht, der Hund ist zu stark, zu wild für sie, die Erziehung ist nicht besonders gut gelaufen, und wie so oft in letzter Zeit ist sie von Selbstmitleid erfüllt zurückgelaufen. Sie ist seit vier Jahren Witwe und weigert sich, sich daran zu gewöhnen. So war das nicht ausgemacht. Hans umsorgte sie, und sie war die Prinzessin, die Diva wohl eher, so lagen die Dinge, und damit war jeder zufrieden. Morgens tot in seinem Bett zu liegen, das war gegen die Abmachung.

Als sie wieder bei der Reetdachvilla ankommt, holt sie die Post aus dem dunkelgrünen Briefkasten am Gartenzaun, und genau in dem Moment klingelt in ihrem Dufflecoat ihr Handy, diesen Moment wird sie nie vergessen. Sie schiebt die Lasche der Hundeleine um ihr Handgelenk, klemmt die Post unter den Arm und schafft es, das nervige Ding gerade noch rechtzeitig aus ihrer Tasche zu holen.

»Doorman hier.«

Vom anderen Ende der Welt dringt die Vergangenheit zu ihr hindurch.

Es ist kein wirklich erhebender Anblick: eine beleibte, ältere Frau, die der Länge nach in die Krokusse stürzt, und eine Sekunde lang schätzt sie sich selbst glücklich, trotz des Knackens ihres Handgelenks, dass ihr großer Garten dicht bewachsen und gut umzäunt ist, sodass niemand sie sehen kann. Doch dann fängt sie an zu jammern, und während sie sich mühsam aufrappelt, fühlt sie sich schrecklich allein auf der Welt: der heftige Schmerz, und verdreckt ist sie, stinkt nach dem Kuhmist, der hier jedes Frühjahr verstreut wird und noch nicht eingesickert ist. Warum ist Hans nur nicht da? Die kleinste Bewegung ihres Handgelenks tut unglaublich weh, möglicherweise ist es gebrochen, nein, *bestimmt* ist es gebrochen, denn sie kann ihre Finger nicht mehr bewegen, sie muss Bob anrufen. Doch das geht nicht mit einer Hand, die Jacke ist verdammt nochmal gerade zurück aus der Reinigung, Bob muss sofort kommen, aber der kann natürlich auch nicht so einfach weg, und es ist auch noch das rechte Handgelenk, wie soll sie das nur schaffen, Hans hätte sie niemals im Stich lassen dürfen. Sie schluchzt laut auf, jetzt ist ihr alles egal, soll man sie doch hören, denn das Schlimmste an allem ist, dass hinter der Nachricht, hinter diesem elenden Telefonanruf aus Neuseeland, eine wichtige Entscheidung wartet, die sie nun alleine treffen muss.

In Greymouth regnet es. Der Briefträger war nicht in der Lage, die Mahnungen, das Kirchenblatt und die Todesanzeige trocken in den Briefkasten zu befördern. Das hätte ich damals besser gemacht, denkt Ada. Jahrelang hat sie mit ihrem Körper die Post vor Platzregen und Windböen geschützt, und die Briefe blieben trocken. Sie ist immer gehorsam gewesen. Weil Derk sie von der Türöffnung auf diese besondere Art weiter beobachtet, steht sie von ihrem Stuhl am Küchentisch auf und knüllt die Todesanzeige zu einem kleinen Knäuel zusammen. Sie wirft es in den Abfalleimer, als müsste sie demonstrieren, wie unbeteiligt sie ist, sieh nur, es macht mir überhaupt nichts aus, Frank ist gestorben, aber wer ist das überhaupt, wie viele Dutzende von Jahren habe ich nicht mehr an ihn gedacht, es würde mir nicht in den Sinn kommen, zu der Beerdigung zu gehen, warum sollte ich? Durch die Art, wie sie sich wieder an den Tisch setzt und nach dem Kartoffelmesser greift, betont sie ihre Vertrauenswürdigkeit, aber sie sieht an Derks Blick, dass er ihr nicht glaubt. Sie ist eine Lügnerin geworden, durch all die Gehorsamkeit. Sie sieht ihm nach, ihrem Mann, wie er sich kopfschüttelnd entfernt, über den Flur, zurück zu seinem Sessel am Wohnzimmerfenster. Sein magerer, gebogener Rücken, der eingefallene Hals, sein schlurfender Gang. Auch bei sich bemerkt sie immer wieder die Neigung, die Füße nicht anzuheben, als hätte man Angst davor, den Kontakt mit der Erde unter den Füßen zu verlieren. Sie wartet, bis er drinnen ist, und hört dann auf zu schälen. Sie fischt den Brief aus dem Abfalleimer, wischt den Kaffeesatz ab und steckt ihn in die Schürzentasche.

Den Rest des Morgens verbringt sie im Backpackers' Café an der Ecke, in der Nähe des Flusses, unter einem großen Insekt aus Holz, das an der roten Wand hängt. Hier wird sie niemand suchen. Die Möbel im Café stammen aus den Sechzigerjahren, mit ihrer kühlen Hand reibt sie über die Tischplatte aus Resopal. »Camp«, das kennt sie von ihren Enkelkindern, aber sie hat jahrelang an genau solch einem Küchentisch gesessen. Niemand sieht sie merkwürdig an, vielleicht finden sie es gerade »cool«, so eine Oma, die sich nicht an der Musik stört. Kinder, denkt sie milde, das sind doch nur Kinder, wie war das bei uns früher, wir waren genauso alt, aber waren wir auch so jung? Sieh sie dir an, sie kommen aus aller Welt, treffen sich an Orten wie diesem und sprechen dann dieselbe Sprache. Sie haben keine Angst. Oder vielleicht auch doch, aber sie zeigen es nicht. Die Angst im Zaum halten, indem man sich ins Internet flüchtet, das ist doch wohl erlaubt, warum auch nicht? Ich wollte auch immer Briefe schreiben, in den ersten Jahren.

Derk hatte ihr davon abgeraten.

Eine Weile betrachtet sie drei japanische Mädchen, die kichernd vor einem Computer sitzen. In ihrer Jackentasche spürt sie die zerknitterte Todesanzeige.

Unbewusst dreht sie immer dieselbe widerspenstige Locke ihres weißen Haares um den Finger, als würde sie nachdenken. Aber sie hat ihren Beschluss bereits gefasst. Als sie genug Mut gesammelt hat, steht sie vorsichtig auf. Doch der Schmerz in ihren Kniegelenken raubt ihr für einen Moment den Atem.

Wie erwartet, ist Derk fuchsteufelswild. Am Ende sagt er nichts mehr und starrt unablässig von seinem Sessel aus nach draußen, wo der Regen an die Scheiben schlägt. Er reagiert nicht einmal, als sie mit übergezogener Jacke hereinkommt, den Becher Tee neben ihn stellt und ihm einen Kuss auf seinen Scheitel gibt. Nicht, dass ich dich nicht lieben würde, etwas in der Art will sie ihm sagen, aber es gelingt ihr nicht, die Mauer aus Groll und erbittertem Schweigen zu durchbrechen. Die Mauern von Jericho sind durch Trompetenschall zusammengestürzt, ihr hat schon immer der Atem für einen guten, kräftigen Ton gefehlt. Daher streichelt sie ihm sanft über sein dünnes Haar, geht so selbstverständlich wie möglich aus dem Zimmer und versucht zu ignorieren, dass ihre Nerven zum Zerreißen gespannt sind. Derk hat sich nicht bewegt. Draußen spürt sie seinen Blick, als sie hastig – um nicht allzu nass zu werden – die Straße überquert und auf die Bushaltestelle zuläuft. Worüber macht er sich solche Sorgen? In ein paar Tagen bin ich wieder da, und alles geht seinen gewohnten Gang. Der Gedanke gibt ihr den Mut, sich umzudrehen und ihn direkt anzusehen. Zu winken. Natürlich wird ihr Gruß nicht erwidert. Sich selbst kann sie immer noch am besten betrügen.

Labil, bemerkt Marjorie, als sie durch das Niemandsland über den Wolken auf dem Weg nach Neuseeland fliegt, ich bin labil. In dem großen Flugzeug ist es dunkel und still. Neben ihr schläft ihr Sohn. Sie fliegen Business Class, jemanden in ihrem Alter kann man nicht mehr Economy fliegen lassen, hatte Bob befunden. Es sind wirklich perfekte Sitze, dennoch kann sie nicht schlafen, das ist alles zu viel. Sie betrachtet ihren Jungen, einen Mann mittleren Alters – unvorstellbar –, mit einer erfolgreichen Laufbahn, drei hübschen Töchtern, ihren Enkelkindern. Sie legt mit ihrem gesunden Arm die Decke um seine Schultern und versucht der Angst, die sie die letzten Jahre in zunehmendem Maße übermannt hat, ruhig ins Gesicht zu blicken, so wie sie das gelesen hat. Eigentlich will sie ihn am Arm rütteln, um ihn aufzuwecken, sie müssen reden, es ist von größter Wichtigkeit. Stattdessen drückt sie auf ein Knöpfchen, und kurz darauf erscheint die Stewardess.

»Könnte ich noch etwas Wasser bekommen?«

Sie schluckt zwei Schmerztabletten. Ihr Handgelenk war tatsächlich gebrochen, und während der Arzt es richtete und sie sich die Kehle aus dem Leib schrie, saß Bob mit seinem Laptop auf dem Schoß im Wartezimmer, um herauszufinden, wie sie auf schnellstem Wege nach Neuseeland kommen könnten. Er fuhr mit und damit basta. Er verstand nicht ganz, warum seine Mutter unbedingt auf diese Beerdigung musste, sie hatte seines Wissens keinen Kontakt mehr zu Frank de Rooy gehabt, aber dass ihr Entschluss feststand, war sonnenklar, und mit einem Gipsarm konnte sie nicht allein reisen. Er ließ sich nicht davon abbringen, genauso ein Dickkopf wie sie. Er wollte außerdem das Land, in dem er bis zu seinem neunten Lebensjahr gelebt hatte, gerne einmal wiedersehen. Dann sollte es so sein, dachte sie, das ist ein Zeichen, und sie gab ihren Protest auf. Dass seine Anwesenheit ihren Aufenthalt nicht im Geringsten einfacher machen würde, konnte er nicht wissen – durfte er nicht wissen.

Zu allem Überfluss schickte er eine E-Mail an Hannah, die seit ihrem Abitur auf Reisen ist, dass ihr Papa und ihre Oma in zwei Tagen in Martinborough sein würden. Mit ein bisschen Anlauf ist man mit einem Satz von Australien aus in Neuseeland, schrieb er, ich zahle dir auch das Ticket. Bring Lakritz mit, schrieb sie zurück. Und obwohl Marjorie sich unglaublich auf das Wiedersehen mit ihrer jüngsten Enkeltochter freute, war diese Nachricht ein weiterer Schreck, den sie mit niemandem teilen konnte.

Bob und sie waren am selben Abend um neun Uhr aufgebrochen. Er arbeitet in einem Museum (wunderbar, das in bescheidenem Ton ihren Bekannten zu erzählen, mein Sohn, du weißt schon, der Architekt, hat so einen guten Auftrag), aber er hat genug Mitarbeiter, die seine Abwesenheit eine Weile überbrücken können. Vera brachte sie in ihrem schnellen Audi nach Schiphol, und Marjorie wartete ungeduldig während der innigen Abschiedsumarmung ihres Sohnes mit seiner Frau. Du bist eifersüchtig, hatte Hans sie immer geneckt, du willst, dass er für immer dein kleiner Junge bleibt. Das stimmt nicht, sie findet einfach, dass Vera manchmal etwas besitzergreifend ist, ich meine, wenn man zwanzig Jahre lang verheiratet ist, kann man dem anderen doch auch mal seine Ruhe lassen, die meisten Ehen sind zu dem Zeitpunkt schon wieder geschieden.

Heute Abend ist es wieder so gewesen. Endlich hatten sie das Gepäck auf dem Wagen und liefen zusammen zur Abflughalle, da fing das ganze Ritual mit Verabschieden und Winken wieder von vorne an. Vera warf Kusshände und rief wie eine jiddische Mama, dass er anrufen sollte, wenn sie da waren. Ihn schien das nicht zu stören, er ist schon immer ein gutmütiger Mensch gewesen, schon als Kind. Ein tapferer, starker, fröhlicher Junge, der im Rugby alle überragte und ein guter Schwimmer war, ganz *ihr* Junge. Das böse Erwachen kam, als sie nach Holland zurückgingen, er mit überdachten Chlorbädern vorliebnehmen und sich dann auch noch in einer Fußballkultur zurechtfinden musste. Fußball war etwas für Weicheier, er hatte in der Küche gestanden und ratlos vor sich hingestampft. Sie hatte nicht gewagt, ihn anzusehen.

»Freust du dich denn nicht für deinen Vater?«

Das war unfair, doch ihr fiel nichts Originelleres ein. Natürlich freute er sich für Daddy, der in Holland einen besseren Job bekommen hatte. Mit hängenden Schultern trottete er in sein Zimmer, in diesem Land konnte er nicht draußen spielen, und Freunde hatte er noch nicht. Sie hatten versäumt, dem Jungen Niederländisch beizubringen. Wir haben es versäumt, versäumt. Das Wort kreist in ihrem Kopf umher, verliert schnell seine Bedeutung und wird zu einem sinnlosen Begriff.

In Schiphol hat sie schließlich ihren gesunden Arm um den Rücken ihres erwachsenen Sohnes gelegt und ihn durch die Drehtür des Flughafens geschoben, heutzutage muss man zwei Stunden vorher einchecken, und das nehmen sie scheinbar sehr genau. In der Abflughalle kam Vera keuchend angerannt, weil die Tüte Lakritz für Hannah noch im Auto gelegen hatte. Stell dir vor, hatte Bob lachend gesagt, nur wegen dieser Lakritze will sie doch überhaupt kommen.

Die Schmerzmittel wirken, sie spürt, wie sich ihre Muskeln entspannen, doch einzuschlafen kann sie sich nicht erlauben. Sie hat gut zwanzig Stunden Zeit zum Nachdenken, etwas weniger, wenn man das Umsteigen in Kuala Lumpur morgen abzieht, zwanzig Stunden, um die Entscheidung zu treffen, die alles auf den Kopf stellen wird, und diese Stunden braucht sie dringend, denn noch flattern ihre Gedanken in alle Himmelsrichtungen, und jedes Mal, wenn sie einen fangen will, verflüchtigt er sich, wie ein Traum beim Erwachen.

Ada wird von ihrer Tochter zu dem kleinen Flughafen von Hokitika gefahren. Am Tag zuvor ist sie mit dem Bus aus Greymouth bei Julie und Gary angekommen und hat nach dem Abendessen, auf einem Spaziergang, ihrer Ältesten die ganze Geschichte erzählt, bis ins kleinste Detail. Sie sind am Strand entlanggeschlendert, zwischen abgeschliffenen, grauen Steinen und hell verblichenen Zweigen und Baumwurzeln, die dalagen, als wären sie kaltherzig aus dem Ozean geworfen und dort zurückgelassen worden, tot. Der Wind pfiff ihnen um die Ohren, sodass sie ihre Augen gerade nach vorn auf den Strand gerichtet hielten und sich nicht anzusehen brauchten. Von Zeit zu Zeit ergriff Julie ihre Hand und drückte sie, doch als Ada mit ihrem Bekenntnis fertig war, brach ihre Tochter in Tränen aus. Es gibt ihn nicht, den Weihnachtsmann.

Ada hat ihr über den früh gealterten Rücken gestrichen und sich gefragt, warum sie sich jetzt nicht schuldig, sondern erleichtert fühlte. Nahezu fröhlich, wie ein junges Mädchen, das das Leben schwindelerregend spannend findet. Ich bin nicht so lieb, wie alle denken. Sich mit den Armen warm reibend, sah sie sich um, blickte auf den Ozean, die hohen Wellen, den rauen Strand, noch nie hat die Schönheit dieser Küste sie kaltgelassen, dieser unwirtliche Ort, doch zum ersten Mal schaute sie mit dem Blick eines Reisenden, der dies bald zurücklassen wird. Sehr schön alles, aber ich muss weiterziehen ... tralala, hätte sie in Gedanken fast hinzugefügt, sie schüttelte den Kopf, wie um diesen Unfug zu verscheuchen, denn auch sie liebt ihre Kinder und sieht sie nicht gerne weinen.

Jetzt, auf dem Flughafen von Hokitika, ist ihr Übermut verschwunden. Während sie durch die Halle zu dem kleinen Gate geht, spürt sie die Augen ihrer Tochter hinter der Glaswand auf sich gerichtet. Das macht sie nervös, und sie kann in der Eile ihr Ticket nicht finden, sei mir nicht böse, murmelt sie in den Raum, sucht erst ihr Brillenetui und lässt es dann aus der Hand fallen. Aus einem Impuls heraus reicht sie ihre Tasche der freundlichen Flugbegleiterin, soll sie das Ticket doch lieber selbst suchen, und in der Zwischenzeit streckt sie ihren Daumen in Richtung Julie in die Höhe, zum Zeichen, dass sie alles im Griff hat. Doch am Gesicht ihrer Tochter kann sie ablesen, dass sie nicht wirklich überzeugt davon ist. Wissen Pete und Dan davon?, hat sie am Strand schluchzend gefragt.

»Nein, Schatz. Nur du.«

»Wann erzählst du es ihnen?«

Sie wird ihre beiden Söhne und ihre Familien in Auckland und Kerikeri besuchen und die ganze Geschichte noch einmal erzählen müssen. »Darf ich es Gary erzählen?«

Gestern Nacht hat sie Geflüster gehört, und ihr Schwiegersohn ist heute Morgen am Frühstückstisch betont herzlich gewesen, was sie irritierte, zugleich aber auch rührte. Take care, Mum. Ein Augenzwinkern. Reine Unbeholfenheit.

Esther versucht, genau auf dem blauen Strich zu laufen, der sie von hinten zum Domestic-Flights-Gebäude leitet. Der Flughafen von Auckland ist groß und international. Sie kommt an den Transferbussen vorbei, die darauf warten, die Ströme von Reisenden in die Stadt zu transportieren, und sie entzieht sich den Blicken der wartenden Fahrer, die auf ihre auffallende Kleidung schauen. Sie weiß, dass kein Fünkchen Verlangen in ihren Augen zu sehen ist, wie es in den neugierigen Blicken der Fall war, denen sie früher begegnete, weil von ihrer Erscheinung ein aufregendes Versprechen von exzentrischem Verhalten ausging, von Jazz und Drinks und europäischen Sitten. Noch immer wiegt sie die Hüften, wie sie es immer ihren Mannequins vorgemacht hat, aber das wird jetzt nur noch für Gehabe gehalten. What the hell, ihre Haut ist dick gepudert, und die Nase trägt sie stolz im Wind. Geratter verfolgt sie auf dem blauen Strich – der kleine Sal mit seinem alten Dreirad auf dem Fußweg in Amsterdam –, sie zieht einen chicen, schwarzen Rollkoffer hinter sich her, in dem sich der mit Bedacht ausgewählte Trauerfeieranzug aus grauem Nadelstreifen befindet, bezaubernd, vielleicht etwas zu warm, aber ansonsten kann sie auch ohne Jacke gehen, in der dazu passenden Bluse aus wunderschöner, tiefroter Seide, der Farbe von dunklem Blut, von Pinot Noir, über solche Dinge denkt sie genau nach. Sie hat auch ihr Schweißblatt nicht vergessen, denn Transpiration hinterlässt auf Seide Ränder. Selbstzufrieden steuert sie auf das Domestic-Flights-Gebäude zu. Ihre einzige Sorge ist, dass sie auf dem blauen Strich bleiben muss, denn links davon tut sich ein Höllenofen auf, aus dem Schreie kommen, die – wie schrecklich das auch klingt – einen unwiderruflich zum Feuer locken, während rechts davon auf einer riesigen Eisfläche ein kleines Mädchen steht und wimmert, leise, aber ohne Unterlass, es ist zum Wahnsinnigwerden.

Wie es der Zufall will, verbringen die drei Frauen die Nacht vor der Beerdigung in demselben Hotel in Martinborough, begegnen sich aber nicht. Sie legen dieselben Strecken zurück – die typischen Gänge, die man üblicherweise in einem Hotel tätigt –, jedoch zu verschiedenen Zeitpunkten. Jede von ihnen ist sich der Möglichkeit bewusst, dass die anderen zwei auch da sein könnten, sodass sie den ganzen Luxus des Gebäudes gar nicht richtig wahrnehmen. Das ist schade, denn trotz allem haben sie sich auf die gestärkte Leinenwäsche und die weichen Sessel gefreut.

Provinziell vornehm, denkt Esther, das ist die beste Art, vornehm zu sein. Sie betrachtet das Hotel, während sie auf den Taxifahrer wartet, der ihren Koffer aus dem Auto holt. Dieses Haus hat nicht die Arroganz städtischer Eleganz und freut sich schamlos an seinem blitzenden Kupfer, seinen Gemälden und seinen englischen Antiquitäten; es stört gar nicht, dass es nicht mehr zeitgemäß ist. Das bin ich schließlich auch nicht.

Während sie dem Mann ins Hotel folgt, sieht sie im Vorbeigehen auf der Terrasse eine beleibte Dame sitzen, die, mit der Gabel in der linken Hand, ungeschickt in eine *Pie* sticht, ihr rechter Arm liegt in einer Armschlinge. Oh dear, eine Kniebundhose und dazu auch noch nackte Beine. Sie hat noch nie verstanden, warum alte Leute – Altersgenossen, aber von einer anderen Sorte – sich für Komfort anstatt für Eleganz entscheiden und an warmen Tagen den

Blick auf magere, verdorrte Beine freigeben, auf denen sich Adern als blaue Flüsse durch die Schilflandschaft der Haut winden. Warum müssen wir uns das ansehen? Warum nicht einfach eine hübsche *Coolwool*-Strumpfhose anziehen? Soll die alte Haut noch braun werden? Denken sie, dass sie davon schöner wird? Vielleicht sehen sie es als ihr Recht an. Worauf wir heutzutage nicht alles ein Recht haben. Sie bekommen all meine Fettrollen auf meinem Bauch zu sehen, schließlich darf ich doch einen Bikini tragen, wenn das mein Wunsch ist.

Ach, scher dich zum Teufel.

Das Vorsichhinmurmeln ist eine angenehme Eigenschaft, die durch das viele Alleinsein entstanden ist, in den vielen Stunden, in denen sie, über ihre Skizzenbücher gebeugt, ohne Unterlass neue Brautkleidmodelle entwirft. Schon jahrzehntelang hat sie ihr großes Bett für sich allein und macht keine Anstalten, sich einen Liebhaber zu suchen. Sie steht morgens vor sich hin murmelnd auf. Spät, aber nie widerwillig. Ich bin ein Wunder der Natur, sagt sie zu sich selbst, jeden Abend freue ich mich wie ein Kind, dass morgen wieder ein neuer Tag beginnt. Das jedenfalls konnten sie mir nicht vermiesen. Aber oh, wie alt ich bin. Das ist ihr Standardtext, bei ihrem ersten Blick des Tages in den großen, geschliffenen Spiegel. Es wundert sie immer wieder: Wie passt ein so junger Mensch in einen so alten Körper? Ein Kissen, auf das sich ein schwerer Mensch gesetzt hat, das ist mein Gesicht, voller Knautschfalten und mit verschlissenen Stellen, ich kann mich nicht mehr auf der Straße blicken lassen. Eine Schönheit bin ich nie gewesen, Augenringe hatte ich schon immer, aber sieh dir das jetzt nur an. Man kann sein Haar mahagonirot färben, bis man selbst zum Baum wird, pudern und malen, bis man tot umfällt, aber am Kopf, daran ändert sich nichts, das ist ein alter Kopf.

Die Tatsache stimmt sie mit einem Mal zufrieden.

Das Murmeln ist zum ständigen Begleiter ihrer täglichen Handlungen geworden, und immer öfter schaltet sie, wenn keine Kunden da sind, die Musik im Laden aus. Die gefälligen Sambaklänge stören sie bei den Gesprächen, die sie mit sich selbst führt. Oh, Lady Esther, sagt sie zum Beispiel, während sie an einem Brautkleid für eine Frau arbeitet, die für eine entzückende Kreation von *ihr* den ganzen Weg von London nach Auckland geflogen ist, oh, Lady Esther, Sie sind die einzige Designerin, die etwas für meinen Körper schneidern kann. Das kann sie endlos wiederholen, wie ein Mantra, bis ihre Assistentin hereinkommt und sieht, wie sie hinter ihrer goldenen Lesebrille verstört aufschaut.

»Sie dürfen hier nicht rauchen«, sagt der junge Mann, der ihr den Koffer die Treppe heraufgetragen hat, »all unsere Zimmer sind Nichtraucherzimmer.«

Esther zieht den Rauch tief ein und macht eine theatralische Pause.

»Ich habe ein Blutgerinnsel im Herzen, ich kann jeden Moment tot umfallen.«

Das stimmt zwar, dennoch ist die Wirkung immer wieder schön.

»Oh …«, er stolpert rückwärts zur Tür, »ich werde fragen, ob … vielleicht dürfen Sie …« Sie gibt ihm ein großes Trinkgeld und schließt lächelnd die Tür. Dass jede Zigarette die letzte sein könnte, hat einen enormen Effekt auf den Geschmack. So zu leben gefällt ihr, das kommt ihr bekannt vor, denn lange Zeit hat sie wenig Vertrauen in die Zukunft gehabt. Europa hat sie weit hinter sich gelassen, doch es fiel ihr schwer, sich vorzustellen, dass die Existenz irgendwo unbedroht sein könnte, auch wenn es in einem Land auf der anderen Seite der Erde ist, wo alle einander »Having a lovely day, dear?« sagen. Selbst dort verfolgte sie etwas, das keine wirkliche Form hatte, das sie höchstens als einen schwarzen Schatten in den Ecken eines jeden Raumes wahrnehmen konnte, das sie aber dennoch gehetzt werden ließ, immer auf der Hut. Und so ist es noch immer.

Jetzt ist sie müde. Der Flug von Auckland nach Wellington, genau zur Mittagszeit, und danach der Taxifahrer, der bis nach Martinborough nicht nur seine Körperausdünstungen, sondern auch sein langweiliges Geschwätz im Wagen verbreitet hat.

Sie lässt sich hintenüber aufs Bett fallen und schaut geradewegs auf den Rauchmelder an der Zimmerdecke.

Drei Zimmer weiter reibt Ada ihre durchgefrorenen Füße unter dem Betttuch warm. Die Kälte hat sie aus Greymouth mitgenommen, als ob ihr Körper noch nicht verstanden hätte, dass es hier auf der Nordinsel ein Stück wärmer ist als unten an der Westküste. Neben ihr liegt ein junger Mann mit graugrünen Augen und einem durchdringenden Blick. Eine dunkelblonde Locke fällt ihm in die Stirn. Er schnaubt, reckt die Arme und verschränkt sie behaglich hinter seinem Kopf, ein selbstzufriedenes Lächeln, sie muss nicht aufschauen, um es zu sehen. Um zu sehen, wie sich die Muskeln unter seiner Haut bewegen.

Fast hätte ich dich vergessen, um ein Haar wäre es mir gelungen.

Sein Lächeln vertieft sich. Er dreht sich auf die Seite und studiert sie, zieht in aller Ruhe mit einem Finger eine Linie über ihrer Stirn nach, über Nase und Mund. Der Finger bleibt an ihrer Unterlippe hängen, sie öffnet den Mund, streckt den Hals und winselt kurz auf, wie ein Welpe.

Lügnerin, sagt er, du hast mich nicht vergessen, keinen Tag lang.

Trotz der schweren Daunendecke auf dem Hotelbett werden ihre Füße nicht warm. In ihrem Alter reicht das nicht mehr aus. Sie steigt vorsichtig aus dem Bett und geht ins Badezimmer. Wie oft hat sie ihrer Tochter schon versprochen, dass sie sich Thermounterwäsche kaufen wird – Mum, frieren braucht man nun wirklich nicht –, und jedes Mal, wenn Julie sie wieder frierend antrifft, muss sie gestehen, dass sie es vergessen hat, sie schlägt dann lachend und kopfschüttelnd ihre Hand gegen die Brust, ach je, ich und das Altwerden. Aber der wirkliche Grund ist das Geld. Diese Unterwäsche ist teuer. Derks Rente reicht nicht aus, und er will nicht, dass sie mit den Kindern darüber redet. Genau wie früher ist alles Schuld der Gewerkschaft, der Eisenbahngesellschaft, der Gemeinde, all der Schufte, die ihm das Arbeiten unmöglich gemacht haben. Einen Anspruch auf eine Rente aus Holland erheben, nie im Leben, weg ist weg.

Sie hat heimlich einen Betrag zusammengespart, für unerwartete Zwischenfälle, die Enkelkinder, Extraausgaben. Während sie die Badewanne mit heißem Wasser volllaufen lässt, sieht sie hinüber in das Hotelzimmer. Vielleicht wird sie hier das ganze Geld ausgeben, sie ist nicht so lieb, wie alle denken. Dieses Kingsizebett ist ganz für sie allein. Die letzten Jahre ist sie mitten in der Nacht aufgewacht und hat Derk gelauscht, der sich mit den Nägeln die Kopfhaut kratzte, seinem angespannten, wütenden Schlaf, er knirschte mit den paar Zähnen, die ihm geblieben waren, während sein Gebiss im Glas auf den nächsten Morgen wartete.

Es scheint ein Naturgesetz zu sein, dass der Täter an den Ort des Verbrechens zurückkehrt. Trotz der köstlichen *Pie* – die habe ich am meisten vermisst, die *Pies* – rutscht Marjorie unbehaglich auf dem Stuhl hin und her, sodass das Rattan knarrt. Dass sie mit ihrer linken Hand essen muss, trägt nicht gerade zu ihrer Laune bei. Sie hätte nicht kommen sollen. Es ist dumm von ihr. Sie versucht, sich den Moment in Erinnerung zu rufen, als die Entscheidung definitiv war, als ein aufregender Gedanke, mit dem man spielte, plötzlich zu einer vollendeten Tatsache wurde.

»Schmeckt es dir, Mutti?«

Sie nickt, winkt übertrieben vergnügt – bloß kein Misstrauen erwecken. Ihr Sohn geht weiter, die Kitchener Street hinunter, in Richtung Park. Hier in Martinborough gibt es nicht viel zu sehen, aber er kann alles genießen. Das hat er von seinem Vater. Grummelnd reißt sie ein Stück von ihrer *Pie* ab, eine grüne Erbse schießt über den Rand ihres Tellers hinweg und landet auf dem Boden. Irgendwann sterben wir alle. Sie hätte keinen Wein trinken sollen, in der Sonne, mit Jetlag, sie hätte aufmerksam bleiben sollen, sie muss nachdenken. Aber der Pinot Noir ist göttlich, und schließlich ist man nicht umsonst in einem Weingebiet.

»Truly glorious, the prince among reds«, steht auf der Speisekarte. Sie hat sofort nach Franks Label gesucht, das simple, schwarze Zeichen, in hellem Gelb, *Druivebloed*, »Traubenblut«, und darunter die Illustration einer wunderschönen Villa. Der Kellner hat ihr höflich das Glas halb vollgeschenkt und über den Tod von Frank de Rooy geschwiegen, eine Touristin würde ohnehin nicht begreifen, was der Verlust für die Gegend bedeutet. Das muss er selbst wissen. Jeder muss das selbst für sich entscheiden. Oder vielleicht auch nicht. Elende Zweifel. Sie winkt dem Ober, zeigt auf ihr Glas, das schon wieder leer ist, ihre Bewegungen mit links sind ungelenk und hölzern. Ist das mit dem Handgelenk nun vor ein oder zwei Tagen passiert, irgendwo hat sie die Zeit verloren, nach diesem Glas darf sie wirklich nichts mehr trinken. Und Bob sollte sich zu ihr setzen. Sie würde gerne ein Stündchen schlafen, niemand, der so wunderbar schlafen kann wie sie, aber sie kann des Arms wegen nicht auf ihrer Einschlafseite liegen. Außerdem ist es zu staubig im Zimmer, das hat sie sofort in den Bronchien gespürt, und dann auch noch der ganze Ärger mit dem Umziehen mit Gips. Sie legt ihren linken Ellbogen auf den Tisch und stützt den Kopf auf. Es ist sinnlos, über all die Konsequenzen nachzudenken, zu viel Wein, zu müde von der Reise. Nachher. Nachher muss sie gut nachdenken. Denn *sie* muss eine Entscheidung treffen, das schimmert selbst durch die schweren Vorhänge noch hindurch. Wenn du keine Entscheidung triffst, wird es jemand anderes für dich tun – sie hört Armreifen klimpern, eine tiefe, heisere Frauenstimme sagt: Oh dear. Dann schmiegt sie sich behaglich in das warme Orangegelb hinter ihren Augenlidern.

Dass der Moment kommen wird, in dem sie alle gleichzeitig ein Mittagschläfchen auf ihren Zimmern halten, ist vorauszusehen, sie alle sind in dem Alter. Esther holt nun den Schlaf nach, den sie nachts nicht bekommt.

Marjorie hat ihren Reisewecker gestellt, um einen Jetlag zu verhindern, so wie sie es gelesen hat. Außerdem isst sie gern früh. Um sechs Uhr sitzt sie gestriegelt und gewaschen in dem großen Esssaal, unsicher beäugt sie die anderen Gäste. Ihr Sohn ist es schon seit Jahren nicht mehr gewohnt, so früh zu essen, dafür aber umso mehr, auf die Wünsche seiner Mutter einzugehen. Er ist den ganzen Tag in seinem Mietwagen durch die Weinberge gefahren, wie die meisten Touristen es in dieser Gegend tun, und er erzählt von seinen Beobachtungen. Es hat sich alles sehr verändert hier, dabei gestikuliert er ausladend und begeistert mit den Händen.

Ada möchte ihr Abendessen auf dem Zimmer einnehmen. Sie taucht ein im Luxus, das redet sie sich jedenfalls selbst ein. In Wirklichkeit mag sie es nicht, allein in so einem vornehmen Restaurant zu sitzen. Es gibt Dinge, die sie nicht beherrscht, wie zum Beispiel den Umgang mit dem Fischbesteck oder die Auswahl eines Weins. Sie isst auf ihrem Zimmer und sieht fern.

Nach dem Abendessen machen Marjorie und Bob – der jetzt auch merkt, wie müde er ist – einen kleinen Spaziergang. Vereinzelt erkennen sie das Martinborough von vor vierzig Jahren wieder und frischen Erinnerungen auf. Marjorie stützt sich mit ihrem ganzen Gewicht auf den Arm ihres Sohnes. Unerwartet schießen ihr die Tränen in die Augen. Bin ich eine gute Mutter gewesen?, fragt sie. Das wird der Jetlag sein. Er muss darüber lachen und neckt sie.

Als Esther aufwacht, dämmert es bereits. Das ist ihr egal, sie ist es gewohnt, spät zu essen. Im Speisesaal erzählt sie ihre ganze Geschichte einer blonden Frau, die beim Fernsehen ist und regelmäßig ihren Urlaub in diesem Hotel verbringt. Ihre ganze Geschichte, bis auf die Teile, die sie nicht erzählen darf. Kein Wort über Frank de Rooy. Die Frau findet ihr Leben wahnsinnig interessant, daraus könnte man direkt einen Film machen. Esther beeindruckt das nicht, das wurde ihr schon öfter gesagt, und es ist doch nie etwas daraus geworden. Als die blonde Frau weg ist, gerät sie kurz in Panik. Auf ihrem Zimmer wechselt sie zwischen Fernseher und Buch hin und her, aber nichts dringt wirklich zu ihr hindurch. Zum Rauchen geht sie auf den Balkon, mit Blick auf den Park. Sie denkt an einen Spaziergang vor langer Zeit, entlang des Avon, an ihre bloßen Füße, die sie hartnäckig ins kalte Wasser hielt, und an graugrüne Augen, die dies alles genau studierten. Wieder ein Toter mehr. Vergib mir, sagt sie in die Stille, obwohl sie nicht an ein Leben nach dem Tod glaubt. Im Zimmer nebenan hört sie eine Männerstimme telefonieren, ein lebhaftes Brummen. Es klingt, als würde niederländisch gesprochen.

Marjorie schläft schon seit Stunden, ihr Zimmer befindet sich direkt über dem von Ada.

Ada wacht mitten in der Nacht auf. Weil Derk nicht dabei ist, könnte sie die Leselampe anschalten, doch zum Lesen ist sie zu müde. Im Dunklen tauchen die Bilder und Worte auf. Es sind nur einige wenige, sie ändern sich nie; sie rütteln sie noch immer auf und ziehen sie mit sich. Sie masturbiert, niemand sieht es. Ihr Körper ist dazu noch immer in der Lage. Schöne, volle, runde Oberschenkel, sagt eine tiefe Stimme zu dem Mädchen, das sie jetzt ist. Dem folgt die Melancholie auf dem Fuße. Sie lässt den Tränen auf ihren Wangen freien Lauf, etwas, was sie sich sonst ebenfalls nicht zugesteht. Allmählich schläft sie ein.

Am nächsten Morgen lässt sie sich das Frühstück aufs Zimmer bringen. Das fühlt sich an wie eine Niederlage, aber es schmeckt ihr trotzdem.

Im Frühstücksraum ist Marjorie wieder eine der Ersten, folglich ist auch Bob da. Sie beide spüren jetzt erst wirklich die Müdigkeit von der Reise und sind etwas schweigsam. Marjorie trägt ihr schwarzes Kostüm, dasselbe, das sie auch auf Hans' Beerdigung getragen hat. Die Jacke bekommt sie nach vier Jahren nicht mehr zu, der Rock passt gerade noch. Nach dem Frühstück geht sie zurück auf ihr Zimmer.

Ada gönnt sich viel Zeit zum Baden und Anziehen, als wäre sie verliebt und hätte eine Verabredung. Sie hat sogar ihre Paua-Muschelkette mitgenommen, die das Blau ihrer Augen betont. Andächtig steckt sie ihr silberweißes Haar hoch, sie braucht dafür eine ganze Weile, und das Resultat kann sich sehen lassen. Merkwürdig, denkt sie, während sie versucht, sich von allen Seiten zu betrachten, sie haben immer gesagt, dass ich hübsch bin, aber ich habe es nie gesehen. Jetzt sind an einigen Stellen ihrer Haut Flecken aufgetaucht, ein gutartiger Krebs, ihre Haare sind glatt und dünn geworden, um den Mund herum zeichnen sich Falten von enttäuschtem Schweigen und um die Augen herum von unterdrücktem Weinen ab, doch wenn sie heute in den Spiegel schaut, sieht sie eine hübsche Frau.

Bob liest in der Lounge Zeitung, als Esther auf dem Weg zum Frühstücksraum vorbeiläuft. Sie nicken einander freundlich zu, *good morning*. Er sieht der älteren Frau im dunklen Hosenanzug kurz hinterher, als würde er etwas in der Bewegung ihrer Hüften erkennen.

Esther ist der allerletzte Frühstücksgast, um sie herum werden bereits die Tische fürs Mittagessen gedeckt. Nach dem Frühstück spaziert sie über die Hauptstraße. Sie betritt eine Boutique und mustert die Kleidung, die für sehr junge Mädchen bestimmt ist. Als sie merkt, dass die Verkäuferin sie dabei beobachtet, erklärt sie, dass sie Esther ist, von »Lady Esther«. Die junge Frau starrt sie verständnislos an.

Draußen wird es schnell wärmer. Esther geht zu dem Platz, wo die Taxen stehen. Marjorie und Bob sind bereits mit ihrem Mietwagen unterwegs in Richtung Franks Weinberg.

Ada geht zu Fuß. Sie will die Sonnenwärme spüren. Jeder, der an der Westküste der Südinsel lebt, wird das verstehen. Ab und zu schießt ein Auto vorbei, ansonsten ist es ruhig. Sie geht nicht besonders schnell und wird mit der Zeit immer langsamer, da ihre Kniegelenke protestieren und sie vom Lackleder ihrer neuen Schuhe Blasen bekommt. Sie kommt an einem Weinberg nach dem anderen vorbei, an einem Feld nach dem anderen, aber erst nachdem sie auf einem Schild eine Traubenblut-Vignette entdeckt hat, nimmt sie allmählich ihre Umgebung wahr. Sie ist etwas verwirrt, da Franks Anbaugebiet in ihrer Erinnerung nicht so ausgedehnt war. Er hat im Laufe der Zeit wohl einige Hektar dazugekauft. Scheinbar endlos weite Felder, Weinstöcke in geraden Reihen. Von Zeit zu Zeit das trockene Geräusch eines Schusses, *Bird Shooting*, denkt sie, und vor ihrem geistigen Auge tauchen die Hüften eines Mannes auf, um die ein schwerer Ledergürtel hängt, an dem tote Vögel baumeln. Zwei Hände schnallen den Gürtel in aller Ruhe los und legen ihn auf die Erde unter einen krummen Baum. Da bist du ja, sagt eine tiefe Stimme.

Erhitzt zieht sie ihre Jacke aus und geht weiter. Trotz der Blasen und dem stechenden Schmerz in ihren Knien geht sie unwillkürlich einen Schritt schneller. Schließlich taucht am Horizont, etwa dort, wo die Berge anfangen, ein bildschönes Landhaus auf. Es ist im Kolonialstil gebaut. Sie erkennt es von der Broschüre wieder, die für die Touristen auf dem Hoteltresen bereitliegt. Allmächtiger Gott, murmelt sie, allmächtiger Gott, und sie geht schnell weiter zur Zufahrt des Grundstückes. Dort bleibt sie keuchend stehen, sieht sich um und wechselt die Straßenseite in Richtung Bushaltestelle. Atemlos lässt sie sich auf die Bank fallen. Sie trägt eine Menge an Jahren und Qualen mit sich, Erinnerungen, die heute scheinbar noch schwerer wiegen, als sie es je zuvor getan haben. Während sie versucht, wieder zu Atem zu kommen, sieht sie auf den Weinberg.

Die Sonne taucht die Felder in tiefes, flammendes Herbstlicht. Kilometerweit ist weiße Gaze über den

Sträuchern drapiert, wie ein endloser Brautschleier. Die überschüssige Gaze liegt dazwischengestopft, als wäre es derselbe Schleier nach einer durchzechten Nacht, tief unten im Schrank. Der Verlust hängt in der Luft. Seine Fußabdrücke auf den Wegen sind noch nicht ausgelöscht.

An beiden Seiten des breiten, unbefestigten Weges, der geradewegs durch die Felder zu dem Betrieb und dem Landhaus in der Ferne führt, stehen mannshohe Marmorsäulen, von Bäumen flankiert. Ein gusseiserner Bogen, mit einer prachtvoll gemalten Traubenblut-Vignette, überspannt den Platz dazwischen. Ada kann ein Gefühl des Stolzes nicht unterdrücken. Sie lehnt ihren Kopf an die Glaswand der Bushaltestelle und schließt die Augen. Er wäscht in Wein sein Kleid, in Traubenblut sein Gewand.

Bei näherer Betrachtung ist es eher ein Zeichen und kein Zufall, dass sie sich nicht über den Weg laufen. Zufall ist nicht das richtige Wort dafür.

2

An einem vernebelten Frühlingstag im Jahre 1953 schenkte Ada van Holland in einem Anflug von Mitleid ihre Jungfräulichkeit einem streng reformierten Bauernsohn, der ihr das danach außerordentlich übel nahm, insbesondere, als Wochen später ihre Periode ausblieb.

Sie hatte ihn ein paar Mal in der Kirche gesehen, ein neues Gesicht, über das man flüsterte, dass er aus Oude Tonge kam, einer der Unglücklichen, die bei der Februarflut alles verloren hatten. Man erzählte sich, dass sie zwei Tage lang in der Kälte auf ihrem Hausdach gesessen hatten, während seine Mutter ununterbrochen geschrien hatte, da ihr Baby ins Wasser geglitten war … und als die Flut am Ende des zweiten Tages zurückging, brach das Dach des Hauses ab wie ein Stück Pappe, und Derk, so hieß er, war der Einzige der Familie, der sich auf einem im Wasser treibenden Balken hatte halten können. Ada konnte ihre Augen nicht von ihm lassen, die Tragik verlieh ihm einen wunderbaren Glanz, wie ein Filmstar, wenn er bei näherem Hinsehen auch eigentlich ganz normal war. Als er sie dann endlich ansprach, nach dem Gottesdienst vor der Kirchentür, da war sie von dem Wunsch erfüllt, ihm so viel Trost wie irgend möglich zu geben. Im geistlichen Sinne.

Er hatte seine Auswanderung nach Neuseeland beantragt und stand kurz vor der Abreise. Auf einem ihrer Ausflüge nahm er sie mit zum Straßenbahndepot von Zijpe, wo nach der Katastrophe ein Notfriedhof eingerichtet worden war. »Dem unbekannten Mädchen«, stand auf dem Kreuz, vor dem Ada stehen blieb.

»Wir leben nicht zum Spaß«, schrie er gegen den Wind an, »doch wenn man sich so abrackern muss, um so wenig zu schaffen, dann ist es Zeit zu gehen.«

Ada nickte, wiederholte murmelnd seine Worte, sie lernte diese Art von Sätzen auswendig.

»Du kannst zehn Jahre lang verlobt sein und weißt trotzdem nicht, wo du wohnen sollst.«

Es lag am Wohnungsmangel, an der Arbeitslosigkeit, an der Regierung, an den Gesetzen, der Bürokratie, das erklärte er ihr in immer böserem Ton haarklein, als würde er gegen seinen Willen gezwungen, das Land zu verlassen und sie Teil der Verschwörung sein.

»Nach dem Krieg sollte alles besser werden, nun ja, aber es ist doch alles einfach fürchterlich.«

Sie sah ihn von der Seite an, während er eine Handvoll Sand von sich wegschleuderte. Ihre Treffen waren nicht wirklich einfach, und dann auch noch dieser merkwürdige Akzent, doch seine Wut rührte sie, und sie hatte sich nun einmal vorgenommen, ihm eine Stütze zu sein. »Nicht, dass du dort nicht auch tüchtig anpacken musst, aber wenigstens kannst du es da zu etwas bringen.«

Sie hatte die Kraft ihres Fleisches unterschätzt. Als er sie nach Oude Tonge mitnahm und sie bei den Überresten seines Elternhauses standen, als sein verschlossenes Gesicht mit einem Mal aufbrach und sie beim Anblick seiner Tränen nicht anders konnte, als ihre Arme um ihn zu schlagen, da schien ihr Körper selbständig auf seine Hände zu reagieren, die überall Trost suchten, und wie von selbst bot sie ihm ihren Mund an, und natürlich konnte er da gegen all das Fleischliche, gegen ihre verlockende Molligkeit keinen Widerstand mehr leisten. Und was danach passierte, war dann auch ihr selbst zuzuschreiben.

Eine Woche später brachte sie ihn nach Waterman, ihr Abschied war rau, da die Sünde zwischen ihnen stand. Sie sah ihm nach, wie er an Bord ging, ein schmaler, zorniger Junge mit flachsblondem Haar, auf dem Weg in eine bessere Zukunft.

Ada, die befürchtete, dass es sinnlos war, den Herrn um Vergebung einer Sünde dieses Ausmaßes zu bitten, hatte den ganzen Vorfall verdrängt und wäre mit ihrer starken Einbildungskraft in der Lage gewesen, es als nie geschehen zu betrachten, vielleicht sogar den flachsblonden Jungen langsam zu vergessen, hätte nicht derselbe eigenwillige Körper ihr einen Riegel vorgeschoben. Nach fünf Wochen, als sie weit über der Zeit war und eines morgens schweißüberströmt aufwachte, da sie geträumt hatte, wie ein neugeborenes, nacktes Baby ihr immer wieder aus den Händen glitt und schließlich auf dem Fliesenboden zerschellte, wusste sie, dass ihr Schicksal besiegelt war.

Es tat weh, ihre Eltern wegen dieses Fehltritts leiden zu sehen. In ihren Augen sah sie ihre Vermutung bestätigt, dass sie ein Teufelskind war, eine Verdammte. Es war die Pflicht der Frau, dafür zu sorgen, dass der Mann nicht in Versuchung gebracht wurde. Ihre Tochter hatte sich selbst als Leckerbissen angeboten. Ein abgeleckte Butterbrot, heulte ihre Mutter. Sie musste in der Kirche ein öffentliches Sündenbekenntnis ablegen, ihre Reue vor Gott und Seiner Gemeinde bekunden, es war ein Albtraum, aus dem sie jedoch nicht erwachen konnte. Ein Brief voll Scham ging nach Neuseeland, ein bissiges Schreiben kam zurück, sie wurden ferngetraut, ein entfernter Cousin vertrat Derk, sie durfte nicht in Weiß heiraten, der Pastor prophezeite, dass Gott sie selbst oder ihre Kinder strafen würde. Die ganze Nachbarschaft tuschelte über sie. Sie musste so schnell wie möglich verschwinden.

»Würde es Ihnen gefallen, bei einem Flugrennen mitzumachen?«, fragte der Beamte für Auswandererangelegenheiten. Mit einer schwungvollen Bewegung legte er seine Zigarre in den Aschenbecher, lehnte sich zu ihr herüber und ergriff ihre Hand. Es war offensichtlich, dass es um etwas Besonderes ging. »Anstatt sechs Wochen mit dem Schiff unterwegs zu sein.«

Sie traute sich nicht, ihre Hand zurückzuziehen. Ja, nickte sie, natürlich.

Es ging darum, erklärte der Mann, dass die Provinz Canterbury in Neuseeland hundertjähriges Bestehen feierte, daher also auch die Hauptstadt Christchurch, und dass die Stadt dies mit einem Flugrennen feiern wollte, dem London-Christchurch-Race. Die KLM machte in der Handicapklasse mit, mit einem Frachtflugzeug, das für diesen Zweck zum Passagierflugzeug umgebaut worden war. Es konnten vierundsechzig Menschen mitfliegen, jedem, der sich jetzt als Auswanderer anmeldete, wurde der Plan unterbreitet, die Liste war beinahe komplett. Es waren überwiegend junge Frauen wie sie, auf dem Weg zu ihren Verlobten, die vorausgefahren waren, um Arbeit und Unterkunft zu suchen.

Ein Flugzeug voll mit Bräuten, sagte der Beamte mit einem Augenzwinkern.

Auserwählte, nannte er sie, weil ihre Reise höchstens zwei Tage dauern würde und sie im Zentrum des öffentlichen Interesses stehen würden. Zum ersten Mal überhaupt würden Passagiere über eine solch große Entfernung auf so schnelle Weise transportiert werden. Sie war eine Auserwählte, er streichelte mit seinen feuchten, schwitzigen Fingern ihre Hand.

Verdammt und auserwählt, es gab viel um diesen Wettkampf herum zu tun; seit August waren die Zeitungen voll davon, fast täglich bekam sie Post mit offiziellen Formularen und Ratschlägen. Sie spürte, wie um sie herum die Missbilligung nun Bewunderung und Stolz wich, und sie atmete erleichtert auf. Ihre kleinen Brüder juchzten bei jedem Bericht begeistert. Was für eine Vorstellung, dass einer von ihnen – sie könnten es ebenso gut selbst sein – in ein echtes Flugzeug steigen und neunzehntausend Kilometer über die Erde fliegen würde! Sie schnitten alles aus, was mit dem Flugrennen zu tun hatte, und klebten es in ein Heft. Sie spekulierten über die Route, die bis zum letzten Tag ein Geheimnis bleiben sollte, und über die Verschalung, die Douglas DC-6 A Liftmaster, »Dr ir. M. H. Damme« oder auch »Fliegender Holländer« genannt, sie sprachen die Namen so oft es ging aus und verhaspelten sich dabei mit den Silben. Dies alles beherrschte ihre prahlerischen Kindergespräche – nicht etwa, dass sie wegflog, um nie mehr zurückzukehren, sondern einzig und allein der Wettstreit.

»Verschalung« war ihr Wort, ein Jungenwort.

In ihr Dorf kamen ein Journalist und ein Fotograf, um die Auswanderin Ada van Holland – mit ihren achtzehn Jahren die Jüngste an Bord – zu interviewen. Der Fotograf, ein großer Mann mit pockennarbigem Gesicht und einem riesigen Adamsapfel, klappte sein Stativ auseinander und sah sie ununterbrochen an.

»Wir müssen wahrhaftig nicht nach Hollywood fahren, um ein Filmstargesicht zu finden.«

Ihre Mutter hüstelte. Ada wagte es nicht, sich während der Aufnahme zu bewegen. Am gleichen Abend versuchte sie, im Badezimmerspiegel zu sehen, was der Fotograf gemeint hatte. Unerwartet öffnete ihre Mutter die Zimmertür. Sie, die so oft die Gedanken ihrer Tochter lesen konnte, wusste, dass sie von den Worten des Fotografen geschmeichelt war. Sie griff Adas Kinn, sie musste dabei keine Kraft verwenden, da es undenkbar war, dass sie den Kopf zurückziehen würde. »Kind«, sagte sie, »du hast ein vollkommen alltägliches Gesicht, und das muss auch an Feiertagen für dich ausreichen.«

Ada nickte, wütend vor Scham. Das Filmstargesicht löste sich auf und verschwand.

Ende September fiel der letzte Brief von der KLM auf die blank geschrubbten Fliesen des schmalen Eingangs. Er wurde ihr am selben Abend bei

Tisch, nach dem Gebet, überreicht. Sie sollte ihn vorlesen.

»Der Tag der Abfahrt ins Land Ihrer Zukunft nähert sich mit großen Schritten.«

Ihr schnürte sich die Kehle zusammen.

»Bald werden Sie in Amsterdam an Bord gehen, um sich endlich auf den Weg in die große Weltstadt London zu machen, von wo aus dann Ihr eigentlicher Abflug nach Neuseeland stattfinden wird.«

Da man ja schließlich über britischen Grund und Boden sprach, erschien es der KLM besser, sich in ihrer zukünftigen Verhandlungssprache an sie zu richten. Von da an ging der Brief auf Englisch weiter. Auf drei Seiten wurde genau das Programm erklärt, aber Ada erkannte nur die Worte England, Holland, London, New Zealand und Hotel. Sie würde nicht das Geringste verstehen. Sie schwieg, blätterte mit brennenden Augen durch die Seiten und tat, als würde sie nachdenken. Sie versuchte Zeit zu schinden, sie kämpfte.

Ihr Vater unterbrach die Stille, er schob seinen Stuhl über den Holzboden zurück, stand auf und nahm die Bibel vom Kamin. Es war nicht mehr viel Zeit.

»Du solltest das Fräulein fragen.«

Im Haus des Fräuleins roch es nach alten Leuten. Ada durfte sich auf den geraden Stuhl setzen. Das

Fräulein setzte sich ihr gegenüber in einen niedrigen Lehnstuhl und fing in aller Ruhe an, den Brief zu lesen. Die Schande erfüllte das kleine Zimmer, darüber musste kein Wort verloren werden. Nur das Ticken der Pendeluhr war zu hören. Ada starrte auf den Kupferstich über dem Kamin, ein Totenkopf, der einen aus hohlen Löchern heraus anstarrte. Näherte man sich dem Bild, dann schien die Zeichnung eine junge, frivol gekleidete Frau darzustellen, die vor dem Spiegel ihres luxuriösen Frisiertisches saß. Es beunruhigte sie, dass sie sich von dieser Szene besonders angesprochen fühlte, und zwang sich daher, auf den Schädel zu gucken.

»Nun ja …«, murmelte das Fräulein. Die KLM würde alles dafür tun, den kurzen Aufenthalt in London unvergesslich zu machen.

»Aber wenn man kein Englisch kann?«

Das Fräulein schwieg, ohne von dem Brief aufzusehen, so wie sie das in der Schule auch immer getan hatte, sodass das Kind, das es gewagt hatte, etwas zu sagen, erschrocken den Mund hielt und mit hochroten Wangen auf die unumgängliche Rüge wartete. Ada murmelte eine Entschuldigung, doch das Fräulein ließ die Stille fachgemäß etwas andauern. Dann räusperte sie sich und schob ihre Brille zurück. Nach der Landung in Heathrow würden die Passagiere eine Viertelstunde lang Zeit bekommen, um sich frisch zu machen, für Puder und Lippenstift, so stand es dort. Ada sah auf den alten, missbilligenden Mund. Im Schlafzimmer einer ihrer Auftraggeberinnen hatte sie einmal solch eine goldfarbene Hülle stehen sehen. Sie hatte sie aufgeschoben, an deren Inhalt gerochen und ihn dann – was mach ich nur, was mach ich nur – auf ihre Lippen geschmiert. Ungeschickt und sterbensbang, dass der Stab durchbrechen würde, denn er war schräg abgeschliffen, bis auf ein feines Pünktchen sündigen Rotes. Das Mädchen, das sie aus dem Spiegel heraus angeschaut hatte, ließ ihr die Beine schwer werden. Sie war von den Indianern an einen Baum gebunden, ihre Brüste wölbten sich zwischen den Fesseln hervor. So fand ihr Held sie. Auf der Stelle fing ihr Herz an zu wummern, weil Gott alles sieht, und sie meinte, die Haustür zu hören. Sie wischte ihren Mund an der Innenseite ihres Rockes ab, ein Fleck, der nie mehr herausgehen sollte. Zu Hause hatte ihn niemand bemerkt, weil sie sich, seit ihre Mutter Arthrose hatte, selbst um die Wäsche kümmerte, aber der Fleck blieb, wie eine Warnung.

Das Übersetzen schien für das Fräulein nicht ganz einfach zu sein. Ada war warm, aber sie traute sich nicht zu fragen, ob man ein Fenster öffnen dürfte. Wenn sie sich nur beeilen würde.

»Es wird nicht mehr lange dauern«, las das Fräulein, »bis Sie von Journalisten mit Fragen zu Ihrem zukünftigen Leben im fernen Neuseeland überfallen werden. Diese Leute müssen ihre Arbeit erledigen, seien Sie also nicht beleidigt, wenn die Fragen manchmal etwas persönlich wirken. Denken Sie immer daran: Sie machen Schlagzeilen, und das ist der Preis, den Sie für diesen Ruhm bezahlen.« Der graue Kopf schüttelte sich kaum merklich, sodass Ada ihre Aufregung über diese Zeilen für sich behielt.

Auf dem Rad nach Hause wiederholte sie im Kopf das Programm. Es stürmte, und auf dem Deich hatte sie Gegenwind. Auf dem Deich hatte man immer Gegenwind. Sie trat heftig in die Pedale, denn es war bereits spät und dunkel, und die ganze Zeit fuhr jemand auf dem Rad dicht hinter ihr. An der großen Kurve schaute sie sich um und sah eine formlose Gestalt mit einer dicken Jacke und einem fleischigen Gesicht. Als würde er ihren Blick als ein Zeichen auffassen, holte er sie nun ein. Er nickte ihr zu. Sie nickte zurück. Dann legte er eine schwere Hand auf ihren Oberschenkel und radelte im selben Tempo neben ihr her. Ihr zog sich die Kehle zusammen. Sie wollte schreien, doch das könnte unhöflich sein, denn sie wusste schließlich überhaupt nicht, was er wollte. Und doch entwich ihr ein kleiner Schrei. Die Hand blieb liegen, und der Mann gab keinen Ton von sich. Schweigend fuhren sie zusammen weiter, über ihre Lenker gebeugt keuchten sie gegen den Wind an, ein unbestimmtes Gefühl der Zusammengehörigkeit. »Hee!«, rief sie plötzlich und hörte selbst, wie ermattet das klang. Aber danach wrang sich etwas mehr Ton aus ihrer Kehle. »HEE!«

Ohne ein Wort zu sagen, nahm der Mann seine Hand von ihrem Bein und fuhr schneller. Minutenlang fuhr er noch vor ihr her, und sie behielt ihn ängstlich, mit klopfendem Herzen, im Auge. Auf beiden Seiten des Weges kletterten dunkle, gestaltlose Journalisten die Böschung herauf. Der Preis, den Sie für Ihren Ruhm bezahlen. Sie schluchzte vor sich hin, auch noch, als endlich die Häuser auftauchten und der Mann rechts abbog und im Dunkeln verschwand.

Nach dem Überqueren des Kirchplatzes, während sie schnell den unbeleuchteten Weg hinter der Kirche entlangradelte, war sie eine kurze Zeit im Windschatten und konnte Atem schöpfen. Die holprigen Steine ließen ihr die Zähne klappern, sie biss sie fest aufeinander. Auf der kleinen, schmalen Brücke über die Schleuse musste sie absteigen, so stark zerrte der Seitenwind an ihrem Fahrrad, und die letzten hundert Meter bis nach Hause legte sie laufend zurück. In der Küche brannte Licht. Sie stellte ihr Rad in den Schuppen und duckte sich vor einem Spinnennetz. Es würde Winter werden. Ohne sie. Drinnen durfte der Kachelofen noch nicht angemacht werden, da die Kohlen so teuer waren. Die Feuchtigkeit würde, wie auch in all den anderen Jahren, weiter die Tapeten wellen. Aber Neuseeland war so weit weg. Sie wischte sich die Wangen ab und lief zur Küchentür.

Am siebten Oktober war es so weit. Ihre Eltern brachten sie nach Schiphol, im Bus war ihr schlecht geworden. Ihre Mutter rannte mit ihr durch die überfüllte, warme Halle zur Damentoilette. Würgend hing sie über der Schüssel, doch es kam nichts.

»So schlimm ist es gar nicht. Das geht vorbei. Du musst dir denken …«

Ihre Mutter kramte ein Taschentuch aus der Tasche mit den belegten Broten hervor. Ada lief zum Wasserhahn und sah sich selbst im Spiegel. Das Gesicht war ihr fremd, tränenüberströmt und verweint, das dicke blonde Haar, nach einer Nacht in Papilloten, in starren Locken. Sie drehte sich zu ihrer Mutter um.

»Was? Was soll ich denken?«

Das Taschentuch hatte den Geruch der Butterbrote angenommen, endlich konnte sie sich übergeben. Sie spürte die Hand ihrer Mutter auf ihrem Rücken.

»Die Liebe wird kommen. Sie muss wachsen. Deine Aufgabe ist es, eine gute Ehefrau zu sein. Mit Gottes Hilfe.«

Das wusste sie doch. Das war ihr alles bekannt.

»Ihr werdet ein Fleisch werden. Dein Vater und ich waren … Wir hatten …«

Sie zog die Klospülung, wollte nichts von ihrem Vater und ihrer Mutter als ein Fleisch hören.

»Viel beten … die Kirche … und Kinder. Das wird dir erst einmal reichen. Der Rest … kommt.«

Stille, nur das Wasser. Die Hand zog sich zurück. Ihr Magen entspannte sich.

»Nun«, sagte ihr Vater später, als die Namen aufgerufen wurden und alle Abschied nehmen mussten, »es ist Zeit.«

Ihr Kuss landete irgendwo schräg an seinem Hals, sie roch den Tabak, fühlte seine rauen Bartstoppeln. Er legte seine Arbeiterhand um ihren Kinderkopf, sodass sie ihr Gleichgewicht verlor, er hatte keine Kontrolle über seine eigene Kraft.

»Alles Gute dann.«

Er schnaubte und ließ sie los. So standen sie sich gegenüber, Vater und Tochter, die Schande zwischen ihnen.

»Folg dem richtigen Weg. Dem schmalen Weg.«

Sie hatte nie etwas anderes vorgehabt. Der Kuss ihrer Mutter war inniger, ein Judaskuss. Die Umarmung dauerte ewig, sie ließ es über sich ergehen.

»Sei Derk eine gute Frau. Und eine gute Mutter für seine Kinder.«

Sie roch den Speichel ihrer Mutter und wischte sich, als sie zum Flugzeug lief, heimlich die Wange ab. Einen Moment lang schien es, als würde sie elektrisch aufgeladen, sieh nur, ich gehe tatsächlich. Ein

Bungalow mit großen Fenstern und einem sonnigen Garten. Erwachsen geht sie durch die hellen Zimmer, die gute Frau von Derk, die gute Mutter seiner Kinder, ihr weiter Seidenrock umspielt anmutig ihre Waden, vielleicht trägt sie sogar Schuhe mit hohen Absätzen, warum nicht, auf einmal ist alles möglich, sie klackern herrlich auf den Fliesen ihrer breiten Eingangstreppe, jemand hebt diesen Rock, sie ist glücklich, weil Derk und sie jetzt Mann und Frau sind und in einem Land wohnen, in dem immer die Sonne scheint. Zu Hause im Atlas hat sie Bilder von Neuseeland angeschaut, mit Seen und Bergen und Wäldern, sie hat über Volk und Klima gelesen, dass es auf der Nordinsel warm war, fast tropisch. In Auckland blühen das ganze Jahr hindurch die Rosen, diesen Satz hatte sie behalten. Zu Hause beschlugen die Fenster, doch sie war auf dem Weg in den ewigen Frühling.

Sie drängte sich zwischen die Auserwählten. Der Berichterstatter des *Polygoon Journaal* machte seinem Kameramann ein Zeichen und hob sein Mikrophon. »Überall um mich herum sehe ich frohe Gesichter und erwartungsvoll glänzende Augen …«

Übermütig vom Freiheitsgefühl versuchte sie, ein Filmstarlächeln hervorzuzaubern. Es gelang ihr außerordentlich gut, die erwarteten Winkbewegungen zu machen und vor den Fotografen ein breites *Cheese* zu zeigen, eine Reihe von Gabardinemänteln mit Kameras um den Hals, cheese, immer wieder, genau wie alle anderen Frauen um sie herum. Es war tatsächlich auffallend, als hätte die KLM danach ihre Wahl getroffen: ein paar verheiratete Paare, ein Bruder und eine Schwester, eine Gruppe von Journalisten und ein einsamer junger Mann, ansonsten nichts als Mädchen in allen Sorten und Größen, mit Taschen und Jacken, strahlend und kichernd, mit starren Locken, Bräute auf dem Weg zu ihren Verlobten, ein Flugzeug voll roter Wangen, cheese!

»Auf der Flucht vor Wohnungsnot und Arbeitslosigkeit erwarten sie, dass sie es um hundert Prozent besser haben werden.«

Während der niederländischen Nationalhymne konnte sie ihre Eltern zwischen den Menschen auf der Terrasse nicht entdecken.

Dem Vaterland getreu bleib' ich bis in den Tod. Sie sang mit, suchte dabei mit gehetztem Blick die Zuschauermenge ab, es konnte doch nicht sein, dass sie schon weg waren.

»... werden diese jungen Menschen nun nicht von Zweifeln übermannt? Was lassen sie alles zurück? Wie groß ist die Chance, dass sie ihre geliebte Familie jemals wiedersehen werden? Neuseeland ist so weit weg, und die Reise mit dem Schiff lang und teuer. Nein, dies könnte tatsächlich das letzte Mal sein, dass sie Vater und Mutter, ihre Brüder und Schwestern sehen ...«

Beim Winken, während sie die Flugzeugtreppe hinaufliefen, sah sie hinter allen Köpfen den ihres Vaters. Warum standen sie so an den Rand gedrückt? Ihre Armut, ihre Kleinheit traf sie wie ein Blitz und lähmte sie. Dennoch winkte sie weiter, machte mit großer Kraftanstrengung die gleichen begeisterten Bewegungen wie ihre Mitreisenden.

Danach, als die Abel Tasman über Haarlem hinwegflog und alle um sie herum die Miniaturstadt Madurodam dort unten bewunderten, blieb ihr ein lästiger Tränenschleier vor den Augen hängen. Außerdem wagte sie es nicht sich umzusehen, da das Flugzeug dann herunterfallen könnte.

»Geliebter Vater, geliebte Mutter«, schrieb sie im Hotel auf eine Briefkarte, schluchzend vor Kummer über ihre eigene Hoffart, ihre Undankbarkeit, »geliebter Vater, geliebte Mutter, bald beginnt meine lange Reise, die Stimmung ist gut, und London ist eine wunderschöne Stadt. Ich vermisse Euch schon jetzt.

Denkt an mich, Eure Tochter Ada.«

3

Bei dem Glauben, mit dem Ada groß geworden war, wusste man nie genau, ob man verdammt oder auserwählt war. Auch wenn man ein vorbildliches und gottesfürchtiges Leben führte und keinen Gottesdienst verpasste – Sicherheit bekam man erst am Tag des Jüngsten Gerichts, wenn Gott aus seinen Gläubigen die Auserwählten bestimmen würde. Ihre verwesten Körper würden mit neuen Knochen, frischem Fleisch, starken Muskeln und sauberen Organen versehen und dann von einer strahlenden, faltenlosen Haut neu eingekleidet werden. Gott würde die Glücklichen in den Himmel führen, wo sie die Ewigkeit in seinem Beisein verbringen dürften. Sie würden Psalme singen und in weißen Gewändern mit Palmwedeln winken.

Bedauerlicherweise waren manche Gläubige von Geburt an verdammt, sie erwartete das ewige Leiden. Daran konnte man nichts ändern, denn es war vorbestimmt. Da man es jedoch zu Lebzeiten nie sicher wusste, musste man sich dennoch große Mühe geben. Und Ada gab sich große Mühe. Tief in ihrem

Herzen befürchtete sie das Schlimmste. Sie hatte einen angeborenen Hang zur Sünde.

Im Hochsommer legte ihre Mutter die Weißwäsche zum Bleichen ins Gras. Sie bückte sich und richtete sich auf, immer wieder. Und jedes Mal bewegten sich die Falten ihres bunt gestreiften Rockes mit. Das kleine Mädchen trippelte glückselig hinter ihr her, trunken vom Geruch des frischen Grases, von dem der Wäsche und der geliebten Mutter. Als diese sich erneut nach vorn beugte, um ein Laken zusammenzufalten, ergriff Ada mit ihren dicken Kinderhändchen den Saum dieses fröhlichen, bunten Stoffes, und während ihre Mutter sich aufrichtete, hob die Tochter den Rock, so hoch es ging, in die Luft. Sie versteckte sich darunter, wie in einem herrlichen, warmen Zelt. Die Sonne schimmerte hindurch und tauchte alles dort drinnen in ein zauberhaft schönes Licht. Die nackten, kräftigen Beine ihrer Mutter stützten ihr Zelt. Ada kreischte vor Vergnügen, doch im selben Moment wurde der Rock über ihr mit einem starken Ruck weggezogen, und eine Hand legte sich wie ein Schraubstock um ihren Hals. Ihr Köpfchen wurde nach vorne gedrückt und geschüttelt. »Das darfst du nie, nie mehr tun.«

Die Stimme ihrer Mutter war schrill und hoch vor Entsetzen.

Eine dunkle Kraft beherrschte weiterhin ihr Han-

deln. Die unbeschriebenen Seiten in ihren alten Schulheften verwendete sie, um darauf zu zeichnen. Stundenlang füllte sie die Seiten mit Märchenfiguren, die von ihrer Phantasie zum Leben erweckt wurden, doch von ihrem zwölften Lebensjahr an begann ihr der Bleistift zu entgleiten, und sie fing an, nackte Frauen zu zeichnen. Mit dünnen Strichen malte sie behutsam das Dreieck aus und setzte dann sorgfältig die zwei Punkte auf ihren Platz auf den Halbkreisen. Noch bevor wohltuende Wärme sich über ihrem Körper ausbreitete, ergriff sie große Angst, und sie riss die Seite aus dem Heft heraus, ratlos. Sie konnte den schmutzigen Fetzen vernichten, sodass ihre Eltern ihn niemals finden würden, doch Gott sah alles und vergaß nichts. So stapelte sich Makel über Makel auf ihrer Seele.

Nach ihrer Ankunft in London waren die vierundsechzig Passagiere in Bussen durch die Stadt gefahren und zu einem großen Hotel gebracht worden, wo sie beeindruckt durch die mit dicken Teppichen belegten Flure liefen. Es folgte eine Pressekonferenz und um acht Uhr ein offizielles Essen, üppig und vornehm. Es wurde leise gemeckert, dass man in Holland um halb sechs esse. Drei lange Tische, prächtig gedeckt, mit speziellen Menükarten, die man mitnahm, weil alles als Souvenir diente. Solche Dinge würden wertvoll werden, noch viel wertvoller, als sie sich das jetzt ausmalen konnten. Es gab Truthahn. Ada, deren Magen leer vom Übergeben war, aß gierig und starrte auf das Glas Rotwein, das vor ihr auf dem Tisch stand. Sie versuchte, so wenig wie möglich mit anderen ins Gespräch zu kommen, aus Angst, dass sie etwas erzählen müsste. Ihr Hotelzimmer teilte sie mit einem Mädchen, einer auffallenden Erscheinung mit dunklen Locken und einer tiefen, rauen Stimme, die nach dem Essen mit ein paar Journalisten in die Stadt verschwand. Ada war unbehaglich zumute, sie lag lange wach und starrte auf den antiken Wäscheschrank, auf den das Licht der Straßenlaterne fiel. Gegen vier Uhr morgens wurde am Schloss herumgedreht, und leise öffnete sich die Tür. Ada hielt die Augen geschlossen und stellte sich schlafend. Sie konnte nichts sehen, roch aber den Anflug eines schweren, süßen Parfüms, vermischt mit dem Dunst von Alkohol. Eine tiefe Frauenstimme pfiff im Badezimmer »Don't fence me in …«, ein Lied, das jeder kannte. Am nächsten Morgen ließ ihre Zimmerkameradin die Würstchen und Bohnen an sich vorbeigehen. Ada fragte sich, ob sie eine vom gesegneten Volk war und ob ihr wohl Leid widerfahren sei. Nach dem Essen stand eine Bootsfahrt auf der Themse auf dem Programm. Außer dem dunklen Mädchen waren jedoch auch andere nicht aus dem Bett gekommen, und der Teil wurde gestrichen. Schlussendlich brachte man die ganze Gesellschaft in Bussen zurück zum Flughafen, wo sie gewogen wurden und ihre Tickets bekamen. Um zwölf Uhr folgte wieder ein gemeinsames Mittagessen, die Presse war dabei, die den Generaldirektor der KLM interviewte. »Es wird keine einfache Reise werden«, prophezeite er, »aber sie sind jung und noch nicht rheumakrank. Das Wichtigste ist, in Christchurch anzukommen.« Blitzlichter blendeten die Auswanderer, es wurden Fragen auf Englisch gestellt – der Preis, den Sie für den Ruhm bezahlen müssen. Ada versuchte, sich selbst unsichtbar zu machen, und zupfte an der gestickten Borte der Tischdecke herum. Das Programm türmte sich auf wie eine riesengroße Welle in der Brandung, und sie musste sich konzentrieren, dass sie nicht vergaß zu atmen.

Um etwa zwei Uhr wurden sie zu der Piste gefahren, wo die Wettkampfflugzeuge bereitstanden und die Piloten dem Herzog von Gloucester vorgestellt wurden. Eine Blaskapelle spielte. Obwohl Ada noch nie eine Nacht von zu Hause fort gewesen war, schien all das kaum zu ihr durchzudringen. Vielleicht waren all die Festlichkeiten einfach zu viel für sie.

Wieder mussten sie warten. Der Himmel war bewölkt, das Wetter unfreundlich, genau der richtige Tag, um auszuwandern, darüber waren sich alle einig. Ein stetiger, lärmender Oktoberwind riss an den Jacken der Auswanderer und an Adas letzten Papillotenlocken. Ein Tosen wie am Tag des Jüngsten Gerichts, der Wind und die Flugzeugmotoren, ein Geräusch, das in ihren Ohren etwas Unwiederbringliches ankündigte, ein Ende oder auch ein Neubeginn – etwas, das alles verändern würde.

Um nicht zu verloren dazustehen, gesellte Ada sich zu einer Gruppe, die zusah, wie ein hageres Mädchen in einem Brautkleid posierte, nahe bei ihrem Flugzeug, unter den großen Buchstaben »Flying Dutchman« und der Nummer einundzwanzig, ihrer eigenen Nummer.

In einem Arm hatte das Mädchen einen Blumenstrauß, mit dem anderen winkte sie den unsichtbaren Daheimgebliebenen, und jedes Mal, wenn sich ihr Arm in die Luft hob, griff der Wind unter ihren Schleier, sodass er vor ihrem Gesicht flatterte. Die Gabardinejacken – die mit ihnen mitgereist waren – sahen von oben in ihre Kameras und schrien nach mehr, und das Mädchen winkte immer wieder und schlug erneut den Schleier aus dem Gesicht. Es war ein ziemlicher Kampf, doch sie schien noch immer begeistert und lachte und winkte und zog den weißen Tüll unermüdlich zurück. Nur ihre Wangen wurden immer röter, wie Ada bemerkte. Irgendwo im Hintergrund stand der einsame junge Mann, eine Hand locker in der Hosentasche. Er lächelte, als würde er das ganze Posieren für bloßes Gehabe halten. Er sah verfroren aus, die Art, wie er seine Zigarette herumdrehte, ehe er einen Zug nahm, erinnerte sie an ein Foto in der Vitrine der Dorfkneipe, wo samstagabends Filme gezeigt wurden, die sie nie sehen durfte. Auf ihr Fahrrad gelehnt, hatte sie dieses Foto endlos lange studiert, bis sie meinte, genau zu wissen, welche Geschichte sich dahinter verbarg. Auch diesen Mann umgab eine Geschichte. Sie sah ihm nach, wie er davonschlenderte, in Richtung eines Mannes hinter einer Staffelei, der ihre Liftmaster in Ölfarben verewigte.

Links von der Liftmaster stand die Viscount der Engländer und rechts die Hastings der Neuseeländer. Das war die ganze Handicapklasse. Es waren Länder ausgefallen, sie wusste nicht warum, denn sie hatte nicht alle Zeitungsartikel gelesen und nicht allen Reden zugehört. Die Flugzeuge brummten laut und ohne Pause. Es war, als würden sie ungeduldig mit den Rädern scharren, als würden sich die Spanten im Rumpf für den Start spannen, der immer näherrückte. Sie würden gewinnen, wurde erklärt, die KLM hatte alles genau berechnet. So ein Wettkampf wie dieser wird ohnehin bereits auf dem Papier gewonnen. Das hatte sie irgendwo gelesen, wieder so ein Satz, der einem im Kopf hängenblieb. »So ein Wettkampf wie dieser wird ohnehin bereits auf dem Papier gewonnen«, sagte sie von Zeit zu Zeit lässig zu sich selbst. Diesen Satz ohne Erröten zu jemandem zu sagen, so viel Mut konnte sie nicht aufbringen.

Als Letzter in einem Handicaprennen anzukommen bedeutete nicht, dass man verloren hatte. Sie waren schwer beladen – vierundsechzig hoffnungsfrohe junge Menschen – und hatten ein günstiges Handicap. In etwa so, als hätten sie einen Buckel oder einen Humpelfuß, der einem alle möglichen Vorteile verschaffte. So wie der steinalte Gärtner in ihrem Dorf, der in einem Neunziggradwinkel gewachsen war und daher ganz vorne beim Harmonium sitzen durfte.

Die Liftmaster war der Favorit, doch durch all die Reden waren nun doch alle aufgeregt, schließlich konnte man nie wissen, was unterwegs passieren würde, und es ging um die Ehre ihres Landes. Sie schienen damit so beschäftigt, dass Ada sich über die Gleichgültigkeit schämte, die sie bei sich selbst wahrnahm. Fortwährend versuchte sie den richtigen Gesichtsausdruck zu finden, um in der ganzen Aufregung nicht aufzufallen.

In einiger Entfernung standen die fünf Canberras – Bombenwerfer, hatten ihre kleinen Brüder gerufen –, schlanke, kleine Düsenflugzeuge, zwei australische und drei englische. Das war die Geschwindigkeitsklasse, damit hatten sie nichts zu tun.

Fröstelnd zog sie ihre Jacke enger um sich herum.

Hinter den Seilen beim Flughafengebäude warteten die Zuschauer, Menschen, die in der furchteinflößenden Stadt London wohnten und das als ganz normal empfanden. Ihre eigene Welt war der Weg zur

Kirche, der Deich, der öffentliche Park, die Windmühlen und das Schilfrohr um den Westplas, in dem man im Sommer den modrigen Boden unter den Füßen fühlte. Und in der Stille kündigte jedes Auto seine Ankunft schon von weiter Ferne an. Gewalttätig waren hier nur die Hechte, die die jungen Enten nach unten zogen (flupp, von einer Sekunde zur anderen war so ein kleines Ding vor deinen Augen verschwunden, und übrig blieb nicht mehr als ein Kreis auf dem Wasser. Das war alles, und die Mutterente schwamm einfach weiter. Sie merkte nicht einmal, dass sie nur noch drei hatte, und kurz darauf war auch der Kreis verschwunden). Gewalttätig waren auch die nächtlichen Gewitter, bei denen Dachziegel durch die Straßen flogen, Adas Vater die ganze Familie im Pyjama ins Wohnzimmer scheuchte und auf den Weiden gelegentlich eine Kuh getroffen wurde. Manchmal klangen dann die Predigten in ihren Ohren, die von der Kirchenkanzel donnerten. Bei der Vorstellung der riesigen Stadt London war es Ada immer schwindelig geworden – unglaublich, dass es dort Menschen gab, die sich in dem Straßengewirr und Verkehrschaos tatsächlich zurechtfanden. Für Ada war das ein unbegreifliches Phänomen. Doch hier standen sie nun zu Tausenden hinter den Absperrseilen, und sie alle versuchten, einen Blick auf den Herzog von Gloucester mit seiner grünen Startflagge zu werfen – denn wie oft im Leben hat man die

Gelegenheit, einen echten Herzog zu sehen, wenn er auch aussieht wie jeder andere, in seinem Anzug?

Es war nach vier, als die Funktionäre ihre leeren Champagnergläser auf die Tabletts stellten. Die drei Flugkapitäne mit ihren Kopiloten stellten sich zum letzten Mal in Pose als die Helden, die sie ja schließlich nun einmal waren, während die Namen der niederländischen Auswanderer aufgerufen wurden. Sie mussten sich alle auf eine Flugzeugtreppe stellen, die für so viele Menschen zu schmal war, was für einige Witze und fröhliches Gelächter sorgte. Ada blieb todmüde unten stehen, um das Gedränge zu vermeiden. Sie bemerkte, wie nichtig sie alle unter dem glänzenden Bauch mit den riesigen Propellern an der Seite waren. Ihre Zimmernachbarin mit den dunklen Locken kam mit wiegenden Hüften angelaufen. Sie trug eine weite, lange Hose. Unbefangen erwiderte sie die Blicke der prüfenden Augen, anscheinend war sie das gewohnt. Heute Morgen hatte Ada sie leichenblass im Bett liegen sehen, und das Erste, was ihr jetzt auffiel, waren die blutrot gemalten Lippen, sie konnte ihre Augen nicht davon abwenden.

Als Letztes kam das hagere Mädchen angelaufen, mit vor Aufregung gerötetem Gesicht. Das Brautkleid hing in einem Kleiderbeutel an ihrem Arm. Aus ihrem blauen Koffer hing ein Stück des Schleiers heraus, der hin und her flatterte. Die Koffer waren von der KLM ausgeteilt worden, bitte schön, Ihr Erfolgskoffer. Das Mädchen versuchte, sich zwischen die Leute auf die Treppe zu quetschen, doch es war zu voll. Deshalb standen die drei vorne nebeneinander, als das allerletzte Abschiedsfoto gemacht wurde.

»Habt ihr mich dort gerade gesehen?«

Das Mädchen musste fast schreien, um gegen den Lärm anzukommen. Sie hustete.

»Für die *Katholieke Illustratie*, hübsch, was?«

Und wieder winkten sie der unbekannten Menge der Zurückbleibenden, riefen cheese und verzogen die Mundwinkel zu einem breiten Lächeln.

»Es kommt auf die Titelseite. Pa schickt es mir zu.«

Daheimgebliebene, die schon bald die Zeitung aufschlagen, dieses tapfere Winken sehen werden und denen es dann leidtun wird, dass sie dich so einfach haben gehen lassen. Ada wusste genau, dass sie darauf deutlich zu erkennen sein würde, so weit vorne, wie sie stand. Wie hübsch sie darauf aussieht, sagt ihr Vater, guck nur, wie sie winkt. Ihre Mutter beugt sich über seine Zeitung, sieht ihr kleines Küken – zu spät.

»Und die *Libelle* hat auch Interesse.«

Ihr Arm war schwer wie Blei, und sie musste kurz aufhören zu winken. Sie senkte den Kopf und atmete durch den Mund. Ihr war übel vom Benzingestank, der um das Flugzeug herumhing, und fortwährend entwischten ihr kleine Wimmerlaute, die glücklicherweise in dem Höllenlärm untergingen. Ihre Route war inzwischen bekannt, die Namen wummerten ihr durch den Kopf: Rom, Bagdad, Karatschi, Rangun, Jakarta, Darwin und Brisbane, das waren ihre Zwischenstopps, und dann über das tasmanische Meer nach Christchurch. Beherzt schluckte sie die Tränen herunter, fummelte an ihrem gelösten Haar herum, von dem keine einzige Locke die Windstöße überlebt hatte. Mama, Mama, ich ertrinke, ich kann nichts mehr sehen, wohin geht es nur?

In dem Moment beugte sich jemand von hinten über ihre Schulter, und der breite Klang einer Männerstimme erscholl in ihrem Ohr. »Ganz Holland sitzt nachher vor dem Radio, um dieses Rennen zu verfolgen …« Sie drehte sich um und schaute in das Gesicht des einsamen jungen Mannes. Graugrüne Augen, ein konzentrierter Blick. Eine leicht gebogene Nase. Er lachte freundlich und selbstsicher, dabei schob er eine dunkelblonde Locke zurück, die ihm in die Stirn geweht war.

»Das hier ist Geschichte. Und du bist dabei.«

Er sah sie weiter an und wartete ruhig, bis sie eine Reaktion zeigte. Das Geräusch erstarb. In der Stille wuchs sie, streckte und weitete sich. Ihr war, als würde sie aus der Menge herausgehoben und mit einer neuen, seidenen Haut versehen.

Er zeigte auf den vornehmen Mann mit der grünen Flagge. »Wer kann schon von sich behaupten, dass er Auge in Auge mit dem Herzog von Gloucester gestanden und der ihm mit einem alten Taschentuch zugewinkt hat?«

Sie fing an zu lachen. »Ich!«

Neben ihr sah sich das hagere Mädchen neugierig um, und von der anderen Seite erklang ein tiefes, heiseres Lachen zwischen roten Lippen. Alle drei drehten sich zu dem jungen Mann um.

»Ich bin Frank«, sagte er. Sie gaben einander die Hand. Armreifen klimperten. »Esther.«

Die Bohnenstange mit dem drolligen Gesicht hieß Marjorie. Mááárjery, sprach sie es aus, als ob es Englisch wäre, und Ada sah leichten Spott in seinen Augen aufblitzen.

Als Letztes nannte sie ihren Namen.

»Schön«, sagte er und hielt ihre Hand fest, einen Moment lang legte er seine linke darüber. Testete ihren Namen aus, den sie erst jetzt zum ersten Mal in ihrem Leben wirklich hörte. »Ada van Holland … schön … ein breiter Fluss … der Bug eines Schiffes, das sich durchs Wasser pflügt.«

Über ihrem Kopf wurde aus der offenen Tür heraus das Zeichen gegeben. Die Auserwählten durften eintreten.

4

So sah es also aus, ihr Schiff, ihre Arche. Die silbergraue Kabine mit den gebogenen Wänden, der Teppich im Durchgang in beruhigendem Blau, links drei Sitze und rechts zwei, bis tief ins Heck hinein. Willkommen an Bord. Zwei Stewards und eine Stewardess, die Uniform in der gleichen beruhigenden Farbe, nahmen ihre Jacken in Empfang und verstauten sie schnell und effizient im Garderobenraum im hinteren Teil des Flugzeugs. Sie wiesen den Passagieren ihre Plätze an, eine gut vorbereitete Operation. Das spendete allgemein Vertrauen, und innerhalb von zehn Minuten saßen alle. Natürlich waren die Plätze auf die jeweiligen Namen, vielleicht sogar auf ihr individuelles Gewicht ausgestellt, doch für den jungen Mann, der Frank hieß, galten anscheinend andere Regeln. Er leitete Ada mit festem Griff zu zwei Sitzen irgendwo in der Mitte, als wäre es genauso gedacht. Esther und Marjorie ließen sich ohne Zögern hinter ihnen auf die Sitze fallen. Ada wusste genau, dass sie das dieses Jungen wegen taten, als wollten sie ihn nicht loslassen, jetzt, wo sie ihn einmal entdeckt hatten. Es war ein ziemliches Hin und Her, einige Passagiere mussten ein Stück weiter nach vorn oder hinten rücken, doch es war alles kein Problem, denn alle waren zu aufgeregt, um irgendwelche Schwierigkeiten zu machen. Die Journalisten waren direkt bis zum Heck durchgelaufen und klappten dort die Tischchen für ihre Schreibmaschinen aus.

Das Handgepäck lag über ihren Köpfen in den Netzen, die Erfolgskoffer mussten unter den Sitzen verstaut werden. Marjorie machte ihren auf, um den Schleier ordentlich hineinzufalten. Ada, die nicht so recht wusste, wie sie sich mit dem Unbekannten an ihrer Seite verhalten sollte, setzte sich und drehte sich sofort nach hinten um. Die Reisende, die hier so lässig über der Lehne hängt, das bin ich. Marjorie lachte ihr zu. »Schön, nicht?«

Es war eigentlich keine Frage, aber sie nickte trotzdem.

»Der Geschmack der Neuseeländer scheint ziemlich konservativ zu sein«, sagte Esther und ließ den Brautschleier ihrer Nachbarin prüfend durch die Finger gleiten, »davon werde ich profitieren.« Das Urteil in ihren Augen war Ada nicht entgangen. Noch nie zuvor hatte sie so eine Frau aus solcher Nähe heraus betrachtet.

Marjorie faltete und stopfte so lange, bis die Meter weggleitenden Tülls ihr gehorchten. Und Esther würde davon profitieren, von diesem konservativen Geschmack. Die langen, schwarzen Wimpern hoben und senkten sich kühl, blinzeln konnte man das nicht nennen. »Ich bin Modeschöpferin.«

In dem Kupferstich mit dem Totenkopf pudert die Frau sich zum letzten Mal die Nase, erhebt sich schwebend von ihrem Schemel, schlägt die weiten Falten ihres Abendkleides anmutig zurück und trippelt zum Schauspielhaus, nirgendwo ein Schädel zu sehen.

»Heiratest du?«, fragte Marjorie.

»Das habe ich vor.«

»Und dann auch noch Kinder bekommen?«

Esther schob den letzten Rest widerspenstigen Tülls von sich, ihre Armreifen klimperten heftig. »Vielleicht werde ich selber Stoffe entwerfen«, sagte sie.

»Let me be by myself in the evenin' breeze …«

Es wurden Zeitungen und Kaugummipäckchen verteilt. Ein Steward lief nach vorne. »Guten Tag, meine Damen und Herren … ich weiß nicht, ob meine Stimme bis ins Heck zu hören ist, jedenfalls heiße ich Sie im Namen der Besatzung herzlich willkommen an Bord …« Das Kabinenpersonal arbeitete auf Hochtouren, wie eine gut geölte Maschine, sie mussten ihrem Namen alle Ehre machen, das Kaugummi trug seinen Teil dazu bei, verstehen tat Ada das allerdings nicht.

Ihr neuer Bekannter wusste Bescheid.

»Für die Ohren, beim Starten.«

Ada starrte verlegen auf das Päckchen und versuchte sich vorzustellen, wie das ging.

»Stimmt was nicht?«

Sie hasste ihre eigene Unwissenheit.

»Muss man erst darauf kauen?«

Er sah sie weiter an, seine Augen blitzten vergnügt auf.

»Ja.«

Das Einzige, was sie tun konnte, war, darauf zu achten, was die anderen taten. Sie drehte sich zum Fenster, sah den Herzog von Gloucester vor dem Kalkstrich stehen, und zeigte nach draußen, erleichtert, sieh nur.

Frank beugte sich über sie herüber, sie hielt den Atem an. Er hatte ein scharfes, irgendwie arrogantes Profil, mit einer Nase, die man nicht wirklich als Hakennase bezeichnen konnte, die aber durchaus respekteinflößend wirkte. Ein Herrschergesicht.

Auch andere hatten den Herzog entdeckt. Jeder versuchte, durch die kleinen Fenster hindurch das Geschehen zu verfolgen. Sie drückten sich die Nasen am Glas platt. Marjorie tippte sie an, ob sie eigentlich wussten, dass er ein Onkel von Königin Elizabeth war? Das würde auch ihre Königin werden. Die

Stewardess lief zu der offenen Tür, winkte den Fotografen zum letzten Mal, schloss dann die schwere Tür und verriegelte sie. Sie waren allein.

In der Kabine leuchteten die Deckenlichter auf.

Ein Ruck ging durch das Flugzeug und erschütterte die Reihen – der Fliegende Holländer rollte schwerfällig zur Startlinie. Die drei Konkurrenten der Handicapklasse würden mit fünf Minuten Abstand voneinander aufsteigen, sie waren als Erste an der Reihe. Wieder winkten die Wegfliegenden, diesmal hinter den kleinen Fenstern. Ada nicht, sie hatte genug vom ziellosen Winken, und Frank tat es auch nicht.

An der Kalklinie blieb das Flugzeug stehen, einen Moment lang neigten sich alle vornüber, sie hingen in ihren Gurten. Draußen erhob der Herzog seine grüne Flagge. Eine eigenartige, gespannte Stille erfüllte die Kabine. Dann schwoll das Geräusch der Motoren dumpf und dunkel an. Ada schloss die Augen. Vater unser im Himmel. Die Stewardess setzte sich als Letzte und schnallte sich schnell an. Sie zeigte den Leuten, die in der Nähe saßen, ihre Armbanduhr. »Noch siebzig Sekunden.« Ada wimmerte leise, und Frank ergriff ihre Hand, aber da sich das nicht gehörte, zog sie sie vorsichtig zurück. Dabei überkam sie allerdings das Gefühl, dass sich dies ebenso wenig gehörte. Glücklicherweise schauten alle nur auf den Herzog.

Ein Moment äußerster Spannung folgte, dann wurde die Flagge gesenkt.

»Gas geben«, sagte Frank.

Mit einem kräftigen Ruck stoben sie über die Startlinie, vorbei an den Männern mit den Walkie-Talkies, die Startbahn entlang. Als sie in ihrem Sitz nach hinten gedrückt wurde, spürte sie nun zum zweiten Mal die Gewalt, während ihr das Herz in der Brust raste. Vater unser im Himmel. Unter dem Flugzeug knallte und wummerte es.

»Wir sind in der Luft«, rief die Stewardess, »fünfundzwanzig Sekunden nach dem Start, und wir sind in der Luft! Noch nicht mal auf der Hälfte der Startbahn!« Das Flugzeug neigte sich zur Seite, wackelte, sank und stieg, dasselbe grässliche Gefühl im Magen wie gestern.

»Zehntausend Pferde galoppieren uns in die Luft«, bemerkte Frank.

Aber Hufe müssen doch Funken sprühen. Sie sah Getrappel im luftleeren Raum, ein senkrechter Fall nach unten, ein blutiger Berg aus gebrochenen Knochen und zertrümmerten Schädeln, aus denen Hirn herausgespritzt ist. Dein Wille geschehe. Sie krallte sich an die Sitzlehne und richtete ihren Blick auf den Teil des Flügels, den sie sehen konnte. Sie hingen schief. Das ging nicht gut. Dass der Mensch fliegen könnte, war ein hochmütiger Irrtum. Vergib uns.

Über dem Gebrüll der Motoren erklang Gesang

aus Mädchenmündern. »Hup, Holland, hup, lasst den Löwen nicht im Regen stehen.« Fröhliche Seelen hatten eine Fassung für besondere Gelegenheiten gedichtet: Auf dem Fußballplatz feierten sie keine herausragenden Erfolge, doch hoch in der Luft würde Holland vielleicht Champion werden können. Von hinten ertönte ein heiseres Lachen. »Was für ein schlichtes Lied.«

Frank grinste. Marjorie sang aus voller Kehle mit. Niemand schien etwas zu merken. Wir fallen herunter, wollte sie schreien, aber ihre Kiefer wollten sich nicht bewegen. In einem Angstkrampf saß sie in ihren Sitz geklebt und fühlte, wie das Flugzeug machtlos vibrierend um seine letzten Momente in der Luft kämpfte.

»Was ist los?«

Sie konnte ihn nicht ansehen, denn dann würde sie ihren Blick von dem Flügel lösen müssen.

»Hast du Angst?«

Mit einer winzigen Geste zeigte sie nach draußen.

»Wir fliegen eine Kurve, das ist alles.« Er sah sie weiter an. Das Flugzeug kippte, richtete sich wieder auf und kippte wieder. »Es passiert nichts. Du musst dich entspannen, dann macht es Spaß. Wie auf dem Jahrmarkt.« Sie starb, und in der Ferne schrie jemand etwas von Jahrmarkt.

»Denkst du, dass wir abstürzen, wenn du redest?«

Das Reißen von Papier, er packte das Kaugummi

aus. »Wenn du Probleme mit dem Luftdruck hast, musst du kauen. Bitte schön.« Er hielt ihr etwas vor den Mund. Sie schüttelte den Kopf, sie konnte nicht, nicht jetzt. Er lachte und steckte es sich selbst in den Mund.

»Na, dann nicht …«

Seine Hand glitt ruhig über die ihre hinweg, die sich wie eine Kralle um die Lehne geklammert hatte. Ada spürte die angenehme, trockene Wärme.

»Konzentrier du dich nur, dann bleiben wir wenigstens in der Luft.«

Behutsam bewegte sie die Augen in seine Richtung. Er klopfte ihr freundlich auf die Hand.

»Ich hoffe, dass du bis Christchurch durchhältst.«

Inzwischen sangen immer mehr Leute mit, die Stimmung wurde ausgelassener. Frank stimmte fröhlich ein, bellend und kauend. Ab und zu nickte er ihr aufmunternd zu.

Ada löste die Hand, mit der sie die Lehne umfasste, ein wenig und dachte nach. Aber das Flugzeug rumpelte und stieß durch die Wolkenschicht, und das machte das Nachdenken nicht gerade einfacher. Erst als die letzten Wolkenfetzen wie Schaum am Rumpf abgeglitten waren und sie in eine bildschöne, neue Welt hineinflogen, das Flugzeug scheinbar zur Ruhe gekommen war und die Kabine in blendendes, weißes Sonnenlicht gebadet wurde, erst dann ging ein Seufzer durch Adas Körper. Sie beendete ihr Gebet, entspannte die Finger, schloss die Augen und ließ die Sonne über ihr Gesicht gleiten.

Irgendetwas hatte es mit diesem Unbekannten auf sich. Keine halbe Stunde später – inzwischen flogen sie mit Dauergeschwindigkeit und schienen schon zwei Minuten vor ihrem eigenen Zeitplan zu liegen – hing Esther an seiner Sitzlehne auf dem Gang und Marjorie steckte ununterbrochen ihren Kopf zwischen ihren Sitzen hindurch. Ada saß nun wieder wie festgeklebt auf ihrem Sitz, denn sie hatte entdeckt, dass zwischen einigen Paneelen Licht hindurchdrang, und außerdem kräuselte sich hier und da eine dünne Schliere Rauch oder Nebel in die Kabine. Das Geräusch der Motoren blieb dumpf und bedrohlich, und manchmal heulten sie ohne ersichtlichen Grund auf. Alles in der Kabine vibrierte. Sie machte sich große Sorgen deswegen und klammerte sich am Lächeln auf dem Gesicht der Stewardess fest. Das Gewirr und Gesumm um den jungen Mann entging ihr jedoch nicht.

Marjorie zog ein Foto ihres Verlobten hervor.

»Er heißt Hans. Hans Doorman. Hübsch, nicht wahr? Er ist schon zwei Jahre dort, und jede Woche schreibt er einen Brief. Er hat sehr schöne Hände. Er arbeitet als Zimmermann, dabei hat er eigentlich studiert!«

Ada versuchte, sich die Hände von Derk ins Gedächtnis zu rufen. Sie hatte sie auf ihrem Körper gespürt, die verzweifelten Hände eines Ertrinkenden.

»Er musste unterschreiben, dass er zwei Jahre lang als Gelegenheitsarbeiter einspringt, wo er gerade gebraucht wird, sonst hätte er keinen Zuschuss bekommen.«

Frank reichte ihr das Foto weiter. Es zeigte einen Jüngling in Knickerbockern auf einer Düne, der sinnend in die Ferne sah. »Bei mir ist es genauso. Ich habe auch einen Vertrag. *Plan-Auswanderer*, haben sie das genannt. Ich muss auch erst einmal abwarten. Ich bin ein Standard-Emigrant.« Esther beugte sich zu ihm herüber und sagte mit heiserer Stimme, dass er gar nicht danach aussähe. Sie nahm das Foto von Ada, würdigte es aber keines Blickes.

»Ich will nicht einfach irgendeinen Job machen«, sagte Marjorie. »Ich bin diplomierte Krankenschwester, das ist schließlich schon was.« Sie schnaubte entrüstet. »To be honest, ich will überhaupt nicht arbeiten, ich will heiraten … und sobald wir ein Haus haben, bekommen wir Kinder.«

»Sind die schon bestellt?«, fragte Esther.

»Mir ist das egal«, sagte Frank, »to be honest. Ich habe Zeit. Ich weiß, was ich will.«

Marjorie zog das Foto mit einem Ruck aus Esthers Hand. »Weißt du, dass sie dort keine Kinderwagen haben? Sie tragen ihre Babys auf dem Rücken!«

Esther beugte sich noch weiter zu Frank herüber,

Ada roch ihr Parfüm, ließ sich aber nicht weiter ablenken, denn sie hatte sich gerade überlegt, dass das Lächeln der Stewardess auch eine Grimasse der Angst sein konnte.

»Und was willst du machen?«

»Ein eigenes Gut«, sagte Frank.

Nun hätte sie erzählen können, dass sie aus einer Bauernhofgemeinschaft stammte, aber was wäre, wenn aus ihrer Kehle nichts als ein seltsames Geräusch käme und sie auf einmal alle angucken würden. Dann müsste sie fünfzig Stunden weiterfliegen, in denen sie sich nicht einmal mehr auf die Toilette wagte. Deshalb starrte sie auf die Stewardess, die Päckchen verteilte, und tat so, als ginge sie das Gespräch überhaupt nichts an.

»Kommst du aus einer Bauernfamilie?«

Er schüttelte den Kopf. »Mein Vater war Arzt in Indonesien. Aber ich will Bauer werden.«

Sie hatte viel Zeit auf dem Bauernhof verbracht, auf dem ihr Vater Knecht war, fasziniert von dem breiten Lederband, das der Bauer trug, wenn er auf dem Traktor fuhr, und vom Geruch des riesengroßen Schweins, das in einer separaten Scheune lag und nicht mehr aufstehen konnte.

»Du hast also nicht studiert?«, fragte Marjorie.

»Darf ich Ihnen dies mit den besten Empfehlungen der KLM überreichen?« Das Päckchen für die Frauen war sehr viel größer als das für die Männer.

Ada steckte einen Finger hinein und fühlte ein Wollknäuel.

»Koloniale Landbauschule in Deventer«, sagte Frank. »Ich wollte in Indonesien …« Er schwieg, riss das Papier auf, drinnen war eine KLM-Krawatte und ein blaues Zigarettenetui. »… aber gut, das ist jetzt nicht mehr möglich. Und Holland, das ist mir zu kalt. Daher dachte ich: Auswandern, dann ist alles möglich.«

»Guter Plan, Standard-Emigrant«, sagte Esther. Sie zeigte nicht das geringste Interesse für das Päckchen auf ihrem Schoß.

Frank inspizierte kurz sein Zigarettenetui. »Ich habe Zeit.« Dann wandte er sich unerwartet an diejenige, die noch nichts gesagt hatte. »Und du?«

»Ich schon«, sagte Ada. »Aus einer Bauernfamilie, meine ich«, sagte sie. Ihre Wangen wurden heiß und rot, sie fummelte an der Wolle herum, merkte aber dennoch, wie er sie ansah.

Marjorie hielt eine Brosche hoch. »Habt ihr die gesehen? Guckt mal, wie reizend. Wenn mich nicht alles täuscht, ist die echt Silber.« Drei kleine Anhänger schaukelten vor ihren Augen, ein Holzschuh, ein Segelboot und eine Windmühle.

Die Wolkenschicht unter der Liftmaster wurde langsam dünner und verschwand schließlich vollständig. Dröhnend flogen sie durch einen dunkelroten

Abendhimmel. Langsam fühlte sie sich etwas wohler. Die Stewardess, die die Mahlzeiten verteilte, machte vor Frank eine schwungvolle Geste zum Fenster, in Richtung der Lichtbänder, die sie unten sahen. »Links liegt … rechts ist … und dahinter: *Voilà Paris.*« Sie war ursprünglich Französin, erzählte sie, und übertrieb den koketten Akzent.

Vier Gänge bekamen sie, erst Suppe – Consommé, las Ada auf der Menükarte –, dann Schweinekotelett mit Champignons … Sie konnte es nicht glauben, sie flog nach Paris durch einen unvergleichlichen Sonnenuntergang, und ihnen wurde ein Viergangmenü serviert, mit Dessert aus Erdbeeren, die ein niederländischer Obstbauer für die Gäste des Flugrennens zur Verfügung gestellt hatte, und danach gab es noch Kaffee mit Ingwerplätzchen, wie bei reichen Leuten. Von jetzt an würde alles anders werden. Jeder Meter, den das Flugzeug zurücklegte, brachte sie der besseren Zukunft näher. Über dem Teller Suppe schloss sie die Augen und faltete dankbar die Hände. Neben ihr hatte Frank bereits angefangen zu essen. Er legte seinen Löffel zurück, murmelte eine Entschuldigung und wartete. So sehr sie sich auch bemühte, ihr gelang es einfach nicht, ihre Gedanken auf Gott zu lenken, solange dieser Unbekannte so nah neben ihr saß, dass sie ihre Oberschenkel schräg an die Fensterseite lehnen musste, damit sie seine nicht berührten. Sie hielt die Augen eine Weile geschlossen und öffnete sie dann wieder. Er guckte interessiert zu.

»War jemand zu Hause?«

Sie saß neben einem Gottlosen.

Drei Stunden dauerte die erste Strecke, drei Stunden, in denen Ada sich mit dem unaufhörlichen Schaukeln und Zittern des Flugzeuges versöhnte. Kurz vor Rom tauchte das Flugzeug jedoch jäh nach unten, unter Stoßen und Rütteln ging es schräg durch eine instabile Luftschicht hindurch, und die Angst kehrte mit voller Macht zurück. Nichts passiert, sagte die Stewardess, gewöhnliche Turbulenzen, bei dem Wort Turbulenzen schürzte sie die Lippen auf typisch französische Weise. Ein Stapel Tabletts ging klirrend zu Boden, Marjorie stieß einen fröhlichen Schrei aus. Frank lenkte Ada mit Witzen ab, aber zu dem Zeitpunkt, als sie die einzelnen Lichter der Landebahn unterscheiden konnte, war sie in Tränen aufgelöst. Als sich dann nach der Landung die Tür öffnete und die kalte Abendluft hereindrang, wollte sie nichts lieber als aussteigen und zurück nach Hause laufen. Sie durften noch nicht hinaus, das wusste sie, dieser Zwischenstopp war nur zum Tanken vorgesehen. Draußen standen schon die Tankwagen bereit, und das Flughafenpersonal stürmte mit Schläuchen zum Flugzeug.

»Elftausend Liter frisches Benzin«, sagte Frank.

Das klang aus seinem Mund, als hätte er selbst gern ein Schlückchen davon genommen. Der Flugkapitän eilte nach draußen, um zu verhindern, dass Leitern die Flügel beschädigen könnten, denn die schreienden, fluchenden Italiener gingen mit großem Eifer an die Arbeit. Ehe man sich versah, wurden die Blöcke vor den Rädern entfernt, und einen Moment später schon klammerte Ada sich wieder an der Sitzlehne fest, und Rom verschwand unter ihnen.

»Vierzehn Minuten«, bemerkte Frank, der das Wettrennen genau verfolgte.

Alle waren begeistert, es waren vierzig Minuten für den Stopp eingerechnet worden, jetzt hatten sie schon fünfunddreißig Minuten Vorsprung. Ada blieb keine Zeit zur Freude, Ada kämpfte mit den Turbulenzen.

Dann wurde es Nacht. Sie hätte gern geschlafen, das Flugzeug nahm schwerfällig und ruhig Kurs auf Bagdad, aber sie konnte nicht. Niemand konnte schlafen, dafür war die Aufregung zu groß. Die Kabine wurde allmählich zu einem gemütlichen Wohnzimmer, in dem man Spiele macht, während es draußen dunkel ist. Überall saßen Leute, die lasen oder sich leise unterhielten. Esther spielte hinten mit den Journalisten um eine Flasche Whiskey Karten. Marjorie lernte laut Englischvokabeln.

Frank las ein Buch über den spanischen Bürgerkrieg und notierte Flugdaten in einem Heft. Er erzählte Ada von Java, mit seiner angenehmen, tiefen Stimme. Wie er dort als kleiner Junge die Uiver hatte vorüberfliegen sehen und gehofft hatte, dass er irgendwann einmal selbst in solch einem Wettkampfflugzeug sitzen würde. Von ihrem großen, tropischen Garten, hinter dem direkt der Dschungel begann, in dem Tiere lebten, die geheimnisvolle Laute von sich gaben. Von den meterhohen Büschen mit Blumen, deren Geruch nahezu betäubend war. Ada stellte Fragen und sah in ihrer Phantasie alles lebendig vor Augen. Sie hatte, um sich irgendwie zu beschäftigen, die blaue KLM-Wolle und die Nadeln hervorgeholt und fing an, Maschen aufzunehmen. Allerdings konnte sie sich nicht entscheiden, was sie stricken sollte und für wen. Daher nahm sie immer weiter Maschen auf, so viele, bis sie fast nicht mehr auf die Nadeln passten.

Er sah es und verstummte.

»Strickmaschen aufnehmen«, erklärte sie und musste über seinen verwirrten Blick lachen, »so nennt man das. Ich kann es nur so. Meine Mutter wird mir noch …«

Sie verstummte. Ließ die Stricknadeln auf ihren Schoß sinken. Sie würde niemanden wiedersehen.

»Deine Mutter wird dir noch?«

»Eine andere Methode beibringen.«

»Ach so«, sagte Frank.

Sie sahen einander weiter an, während das Flugzeug unerbittlich und unumkehrbar durch die Nacht flog, immer weiter weg von Müttern und von anderen Strickmethoden.

»Diese eine scheint doch auszureichen«, sagte er leise.

Er strich kurz mit seiner ganzen Hand über ihr Gesicht. Wäre sie ein Welpe, so hätte sie ihre Schnauze in diese Hand drücken wollen. Nun waren sie beide verlegen. Er ergriff die lose Stricknadel und sah sie an. Ada fasste sich etwas und nahm ihre Strickarbeit wieder auf. Die Berührung brannte noch immer. Betont locker griff sie nach der Nadel in seinen Händen.

»Darf ich?«

Er hielt sie von ihr weg.

»Du hast schon eine«, sagte er. Sie machte noch einen Versuch.

»Ich will aber zwei.«

»Gieriges Mädchen.«

»Gib her.«

Keine Chance, er war schneller, und sie musste lachen. Er forderte sie mit der Stricknadel heraus, wedelte damit vor ihrem Gesicht herum, um sie dann im letzten Moment wieder wegzuziehen, er piekte sie damit in die Seite.

»Au!«

»Ich darf doch wohl auch eine haben?«

»Nein!«

»Und warum nicht?«

»Darum.«

»Du hast es so gewollt«, sagte er gelassen und zog in einem Ruck die andere Nadel aus den mühsam aufgenommenen Maschen.

Sie gab einen spitzen Schrei von sich und holte nach ihm aus, er wehrte sie ab und griff ihren Arm fest, zog sie zu sich heran, bis ihre Gesichter nah voreinanderstanden. Sie keuchte vor Lachen, gab aber nicht auf.

»Ich rufe den Flugkapitän.«

»Kann der stricken?«

»Der wirft dich aus dem Flugzeug!«

Eine unbezähmbare Lust, mit ihm zu raufen, überkam sie, diesen Gottlosen fest zu umklammern und ihm den Atem aus dem Brustkorb zu drücken, ihn in den Gang zu schubsen, über ihn herzufallen und ihn mit aller Kraft herunterzudrücken, mit den Knien auf seinen Oberarmen, gemein auf seinen Muskeln rollen, wie ihre Brüder das manchmal taten, seine Hände mit all ihrer wilden Kraft, die sie in sich hatte, auf den Boden drücken, keuchend und stöhnend, mit zitternden Muskeln, ihr Gesicht dicht über dem seinen, bitte um Gnade, los jetzt, es sollte fast wehtun.

»Was macht ihr denn da?«, fragte Marjorie.

Über dem Balkan wurde ein heftiges Tief gemeldet. Diese Nachricht hatte sie vom Schlafen abgehalten, doch das schlechte Wetter ließ so lange auf sich warten, dass sie schlussendlich die blaue Gardine zuschob und schräg zur Seite wegrutschte, den Kopf in einem Kissen aus demselben blauen Stoff. Diese waren an alle um sie herum ausgeteilt worden, außer an Esther, die dabei war, gegen die Journalisten zu gewinnen. Marjorie schnarchte, leise, aber unverkennbar.

Frank war im Cockpit gewesen. Sie waren zu schwer beladen, um über das Tiefdruckgebiet hinwegzufliegen, und obwohl dieses Flugzeug genug Kraft hatte, um schräg hindurchzufliegen, hatte der Kapitän sich dagegen entschieden. Die Passagiere könnten reisekrank werden, denn nicht jeder hatte einen so resistenten Magen. Er führte seine Schäfchen sorgsam um das Unwetter herum. Wäre Ada wach geblieben, so hätte sie in der Ferne die unheilvollen Wolken sehen können und die Blitze, die alles erhellten. Aber sie schlief. Es war warm und eng, sie wälzte sich von einer Seite auf die andere und träumte, dass sie mit einer Gruppe von Gefangenen in einem Klassenraum eingeschlossen war, in dem sie von Soldaten bewacht wurden. Einer der Soldaten hob sein Gewehr über ihren Kopf. In dem Moment, als das Gewehr ihren Schädel berührte, wachte sie auf und sah, dass ihr Nachbar sie im Dämmerlicht betrachtete.

»Geht doch, oder? Das Wetter.«

Sie nickte verschlafen. Es war unfassbar, dass er seine Augen nicht niedergeschlagen hatte. Dieser Mann tat Dinge, die sich nicht gehörten, doch er tat sie auf eine so selbstverständliche Weise, dass man selbst zweifelte und sich fragte, ob es vielleicht etwas ganz Normales war, eine unbekannte schlafende Frau im Dunkeln anzusehen. Oder ob man es sogar als Blick freundlicher Aufmerksamkeit auffassen konnte. Er hatte eine breite, hohe Stirn und volle Augenbrauen, die schräg nach unten verliefen, was seinem Aussehen etwas Trauriges hätte verleihen können, wäre da nicht der selbstsichere Blick in seinen Augen gewesen. Sie war sich bewusst, dass die Knöpfe ihrer Bluse aufgegangen waren und dass ihr Unterkleid sichtbar war, möglicherweise sogar ihr Büstenhalter. Ein Bein hatte sich während des Schlafes freigewühlt, sie spürte die Luft an der Haut über dem Bund ihrer Nylonstrümpfe. Innerlich brachte sie dies in Windeseile wieder in Ordnung, bedeckte sich und drehte sich um, doch in Wirklichkeit bewegte ihr Körper sich keinen Millimeter. Der schmale Weg wurde breiter, und sie verspürte vollkommene Ohnmacht, etwas daran zu ändern. Sie schloss die Augen und schlief weiter.

Mitten in der Nacht gingen die Lichter an, und sie bekamen kalten Orangensaft und starken Kaffee, um sich auf die Landung in Bagdad vorzubereiten. »Wo sind wir?«, murmelte Ada mit schwerer Zunge. Sie hätten soeben die libanesische Küste bei Beirut passiert, antwortete Frank, und Ada fragte sich, ob er sie die ganze Zeit angesehen hatte.

»Guten Morgen, meine Damen und Herren …«

Der Steward meldete, dass die Hastings der Neuseeländer sich im schlechten Wetter verirrt hatte und sich inzwischen vierzig Minuten hinter dem Fliegenden Holländer befand, eine Nachricht, die von den zerknitterten Schlafgesichtern mit Gejauchze aufgenommen wurde. Von der englischen Viscount hatte man vernommen, dass sie am Persischen Golf ihre erste Landung machen würde. Sie war in einem Stück von London nach Bahrain geflogen, statt mit Passagieren war sie bis unters Dach mit Reservetanks beladen. Sie sehen, die KLM hat überall ihre Spione. Vom Heck aus taumelte Esther auf ihren Platz zurück, gähnend ordnete sie ihre Locken.

Frank lenkte Ada während der Landung weiter mit seinen Geschichten ab. In der Nacht hatte er viel Zeit im Cockpit verbracht, und er erzählte ihr nun, dass auf dem Flughafen Bagdad laut Anweisungen vier Säcke Ballast von jeweils fünfundzwanzig Kilogramm bereitständen. Zudem wartete dort ein Haupttankwagen und ein Reservetankwagen, es gab Hydrauliköl einer bestimmten Marke und alle erdenklichen Testgeräte, drei Leitern, Bremsklötze und Feuerlöscher (sie sollte sich bloß keine Sorgen machen, das war alles nur Vorsorge, es passierte nie etwas. Die Dinge hatte man lediglich dort, um die Gründlichkeit zu demonstrieren, mit der die KLM dies alles durchführte), einen Schubwagen und einen Toilettenwagen und vieles mehr. Alles war schriftlich festgehalten, zwölf Flaschen Bier, vierundzwanzig Flaschen Saft, fünf Warmwassercontainer, drei große Kaltwassertanks. »Es gehen vier Paletten schmutzige Sherrygläser von Bord und vier saubere kommen zurück. Sechsundsiebzig Teller, sechsundsiebzig Tassen, sechsundsiebzig Schüsseln, soll ich weitermachen?«

Ja, er sollte weitermachen. Sie hörte nicht zu, doch der Spaß in seiner Stimme nahm etwas von ihrer Angst, und die Berührung seiner Hand auf ihrer war freundlich. Daran konnte man keinen Anstoß nehmen, falls irgendwer das durch Zufall sehen sollte.

Monate vorher waren auf allen Landeplätzen und auf den möglichen Ausweichposten umfangreiche Broschüren eingetroffen, in denen alle Anweisungen einzeln aufgelistet waren, und es lagen Arbeitsvorlagen vom Flugzeug dabei, mit Erklärungen aller Tanks und Klappen. Zudem gab es einen kompletten technischen Anhang, es war wie ein vollständig ausgearbeiteter Kriegsplan. Auf jedem Flugplatz waren die Vorgänge hundert Mal geübt worden. Wenn sie auf dem Weg zum nächsten Stopp waren, dann standen dort schon wieder Hunderte von Menschen mit randvollen Tanks bereit. Wie ein kleiner Junge, dachte Ada. Unter sich sah sie, im ersten Streifen roten Sonnenlichts, biblische Palmbäume in einer durch und durch trockenen Gegend.

Trotz mehrmaligen Übens schien in Bagdad ein ähnliches Chaos zu herrschen wie in Rom. Die Passagiere mussten sitzen bleiben. Ein paar Mädchen scharten sich an der Tür zusammen, um einen Blick von dem Land zu erhaschen, in dem sie noch nie gewesen waren und wo sie auch nie hinkommen würden. Sie winkten zu den Mitgliedern der niederländischen Kolonie hinüber, die mit Flaggen hinter der Absperrung standen, und zu einem kleinen Jungen, der sich zur Feier des Tages in Volendamer Tracht gekleidet hatte.

Esther brummte, dass sie nach draußen wollte, und Marjorie wies sie zurecht: Es würde zu viel wertvolle Wettkampfzeit kosten, wenn solch eine große Gruppe ein- und ausstiege, das müsste sie doch wohl verstehen. Sie hatten schließlich diesen Wettkampf gewollt, dies waren nun die Konsequenzen. Ada studierte den dunklen Bordmechaniker, der direkt vor ihrem Fenster auf dem Flügel saß. Sie sah seine hitzigen Bewegungen, den Schweiß auf seinem braunen Gesicht und die schwarzen Haare auf seinen Armen. Er kletterte zurück auf die Leiter und sah sie mit einem Mal direkt an. Ein breites Lachen legte sich unter seinen schwarzen Schnurrbart. Er legte seine rechte Hand auf sein Herz, verbeugte sich und verschwand aus ihrem Sichtfeld.

»Ja«, sagte Frank, »du bist schöner als die Kaiserin von Persien.«

Eine prickelnde Wärme stieg in ihr auf, er durfte solche Dinge nicht sagen. Es stimmte ja ohnehin nicht. Sie verspürte eine angenehme Verwirrung, als ein Mann mit Turban dem Steward eine große Traube Datteln überreichte. Dieser musste, um nicht unhöflich zu sein, das Geschenk auch annehmen. Die Datteln standen nicht im Anweisungsbuch. Die Traube wog ein paar Kilo. Alles war genauestens berechnet, bis auf die letzte kleine Gardine an Bord. Die Passagiere hatten bei der Anmeldung ihr Gewicht angeben müssen, und sie waren am Londoner Flughafen gewogen worden. (Ada hatte ordentlich zugenommen. Es wurden Witze darüber gemacht, deren Wahrheitsgehalt dort niemand erahnen konnte.)

Sie mussten die Datteln wohl oder übel mitnehmen und in Karatschi loswerden. Als sie in der Luft waren, wurde die Traube auf den leeren Sitz neben Marjorie gelegt, da Esther ohnehin hinten bei einem Journalisten auf dem Schoß saß, wo sie einen persönlichen Bericht für das Radio ins Mikrophon sprechen sollte. Ein paar Stunden später blieb die Stewardess beim Sitz mit den Datteln stehen und zog ihre schmalen französischen Augenbrauen hoch: »Was ist denn hier los?«

Ada drehte sich um. Marjorie bekam purpurrote Flecken bis zum Hals hinunter.

»Ich habe mir ein paar genommen, das ist doch wohl nicht so schlimm?«

Die Stewardess schwieg schmunzelnd, die zur Hälfte abgenagte Traube nahm sie mit. Marjorie starrte entrüstet aus dem Fenster. Das Gewicht sind wir jedenfalls vorläufig noch nicht los, brummte Frank in Adas Ohr. Sie musste ihr Lachen unterdrücken und wünschte sich dabei, dass sie für alle Zeit mit ihm zusammen in dieser Arche bleiben könnte. Direkt danach beschloss sie, dass die Strickarbeit ein Pullover für Derk werden würde. Sie strickte eifrig weiter – oder zumindest mit mehr Eifer als zuvor.

Die dritte Strecke war ein Flug von sechs Stunden, und als sich in Karatschi Freitagmittag um halb eins Ortszeit die ganze Prozedur wiederholte und beim Öffnen der Tür die Wüstenhitze in die Kabine strömte, die sich unter die Schädeldecke der Auserwählten setzte, da hätte Ada, genau wie all die anderen, alles dafür gegeben, hinauszudürfen, wo die Niederländer von der Botschaft im Schatten der Flugzeughalle standen und wo trotz der Hitze dunkle Männer wie die Tiere schufteten, um fünfzig Liter Suppe, hundertsechzig Stück Obst, zwölf Liter Sodawasser, sechsundsiebzig Hauptgerichte, hundertfünfzig Päckchen Butter und vierundachtzig hart gekochte Eier innerhalb von zwanzig Minuten ins Flugzeug zu hieven. Sie konnte, genau wie alle anderen, bei der Mitteilung, dass sie erst ein Drittel der Reise hinter sich hatten, einen Seufzer der Enttäuschung nicht unterdrücken. Allmählich wurde es in der Kabine schwitzig und klamm. Ihre Füße waren geschwollen. Um die Passagiere bei Laune zu halten, wurde versprochen, dass sie in Rangun aussteigen dürften. Sie verabschiedeten sich vom Kabinenpersonal, das hier abgelöst wurde – au revoir! Fünf Kilo Sand wurden abgeworfen, denn die neue Stewardess hatte ordentliche Hüften.

Die Strecke nach Rangun würde die bislang längste werden, und Ada fragte sich, wie lange sie die Stiche in Bauch und Rücken und die Wellen der Übelkeit beim Geruch von Kaffee noch würde unterdrücken können. Sie wusste nicht, warum sie das bis hierhin überhaupt getan hatte. Ebenso wenig verstand sie, warum sie Derk mit noch keinem einzigen Wort erwähnt hatte. Ach, könnte sie einfach jemand anderes sein, jemand wie Esther, die vollkommen freimütig zu sein schien und sich über alles lustig machte. Solch ein verwegenes Mädchen, das aus vollem Halse lacht und dabei den Kopf zurückwirft, als wäre sie allein auf der Welt. So jemand würde sie gerne werden. Wenn sie in ihrem hellen, modernen Bungalow ihren Gästen Sherry einschenkte, dann würde sie so jemand sein.

Siebzehn Minuten nach der Ankunft wurden die Bremsblöcke weggenommen, und Frank hielt beim Steigen ihre Hand fest, wie sie das nun schon gewohnt waren (obwohl Ada jedes Mal hoffte, dass niemand es sah). Sie flogen in einen glühenden Ofen hinein, und noch über Pakistan wurden links und rechts Gardinen zugezogen, und die Leute schliefen ein, todmüde von der durchwachten Nacht und von all der Aufregung. Als sie aufwachten, flogen sie über den Golf von Bengalen hinweg, in einer mit Sternen übersäten, tiefschwarzen Kuppel. Es wurde eine Mahlzeit serviert, von der keiner mehr wusste, ob es Frühstück, Mittag- oder Abendessen war. In diesem wirren Zustand wandten Ada van Holland und Frank de Rooy einander die Köpfe zu und unterhielten sich leise.

»Wer erwartet dich, wenn du ankommst?«, fragte er.

»Derk Visser«, sagte sie rau und stellte ihm dieselbe Frage.

»Niemand«, sagte er. Es hatte ein Mädchen gegeben, aus Utrecht, eine Medizinstudentin, blond, genau wie sie, aber die wollte nicht auswandern. Da hatte er die Beziehung beendet.

»Hast du sie nicht genug geliebt, um dazubleiben?«

Das Verlangen wegzugehen war stärker gewesen.

»Ich bin kein Holländer.«

Siebzehn Jahre war er alt gewesen, als er nach dem Krieg zurück ins Land seiner Eltern musste, und er konnte sich nicht mehr an die Kälte gewöhnen, an die Mentalität, die höfliche Distanziertheit, mit der die Menschen miteinander umgingen. Ein nasses kleines Land – während er in ruhigem Ton davon sprach, verdunkelten sich seine Augen. Der Geruch der javanischen Erde war ihm in der Nase hängengeblieben, und Heimweh war zu seinem treuen Begleiter geworden.

»Aber ich bin auch kein Javaner.«

Er zog ein merkwürdiges Gesicht. »Ich werde ein Kiwi.«

Niemand hatte ihnen große Beachtung geschenkt, als sie mit dem Schiff wieder in Holland anlegten. Die Leute waren zu sehr damit beschäftigt, ihre eigenen Wunden zu lecken. Er schwieg und zuckte die Schultern. »So ist der Mensch.«

Sie fragte sich, ob er wohl in einem Lager gewesen war. Sie hatte Fotos davon in der Zeitung gesehen. Der Japse steht dem Moffen in Grausamkeit nicht nach, hatte daruntergestanden. Aber so etwas fragte man nicht. »Und Gott?«, fragte sie.

Er ergriff ihre Hand und streichelte sie gedankenverloren. Sie ließ es zu, da sie sah, dass er möglicherweise eine Antwort geben müsste, die ihr nicht gefallen würde, und er nun darüber nachgrübelte, wie er das so sanft wie möglich ausdrücken könnte.

Er glaubte nicht an Gott.

Das hatte sie erwartet, die Worte nun jedoch aus nächster Nähe so unverblümt aus seinem Munde zu hören war ein Schock, und sie schickte ein stilles Gebet in den Himmel. Es war ein kleines, blitzschnelles Gebet für diesen jungen Mann: Herr, vergib ihm, errette ihn.

Er hatte nie an Gott geglaubt, war ohne Glauben aufgewachsen. Es war unwahrscheinlich, dass er jemals an Gott glauben würde.

»Schlimm, nicht?«, sagte er fröhlich. »Kann man nur hoffen, dass er wenigstens an mich glaubt.«

Vor lauter Angst um ihn zog sich ihr das Herz zusammen. Es war, als würde er pfeifend durch ein weites Feld laufen und nicht merken, wie ein Felsblock vom Berg herab auf ihn zurollte. Er sah ihr Gesicht und entschuldigte sich, er sollte keine blöden Witze darüber machen, wenn es für sie eine ernsthafte Angelegenheit war. »Was bist du?«

»Reformiert.«

Unter ihren Füßen sah sie den grauen Grabstein, länglich, fahl abgeschliffen, der zusammen mit anderen alten Grabsteinen den Boden der Kirche bedeckte. Eine Jahreszahl in römischen Ziffern und der Name des unbekannten Toten aus dem unbekannten Jahrhundert, ein Name, der in ihrem Dorf gelegentlich noch vorkam. Sie saß zwischen ihren Eltern auf einem kerzengeraden Holzstuhl mit einem pieksenden Sitz aus Binsengeflecht und fühlte die Kälte der Vorfahren durch ihre dünnen Strumpfhosen bis in ihre Seele emporklettern. Es war dunkel in der Kirche, nasser Schnee glitt an den beschlagenen Fensterscheiben herunter.

»Und was bedeutet das für dich, dein Glaube?«, fragte er.

Dass sie gähnend vor Hunger auf dem Sitz aus Binsengeflecht saß. Dass sie aufs Klo musste. Dass sie sich langweilte und sich todunglücklich fühlte bei der Aussicht auf diesen ganzen langen Sonntag, an dem sie nichts durfte, weder draußen spielen noch sonst irgendetwas – außer mittags noch einmal stundenlang auf den Toten zu sitzen und sich gegen ihre boshafte, feuchte Kälte zu wehren. Dass sie von der Kälte Bauchschmerzen bekam und dass sie nicht dankbar war, wie sie es sein sollte. Aber der Glaube war einfach da, und darüber hatte sie nie nachdenken müssen. Fade leierte sie abgedroschene Texte herunter.

»Ich bin nie allein, denn Gott ist bei mir.«

Irgendetwas stimmte daran nicht. Sie errötete und zog ihre Hand zurück, was die Scham noch verschlimmerte. Also strich sie sich über das Haar, das feucht in ihrem Nacken klebte, als wäre das der Grund für ihr Unwohlsein.

»Ist es angenehm, die Vorstellung, dass Gott immer bei dir ist?«

In ihrem Bauch war ein ungeborenes Kind, das in Sünde gezeugt worden war. Niemand war dabei gewesen außer Derk und ihr. In Neuseeland würde nicht darüber geredet werden. Zum Zeitpunkt der Geburt würde sich die ein oder andere Stirn in Falten legen, wenn sie sich an das Hochzeitsdatum erinnerten und von da aus zurückrechneten, aber nach einer Weile würde das Gerücht sich wieder verflüchtigen. Die wirkliche Abrechnung kommt an dem Tag, an dem Gott seine Bücher aufschlägt. Er, der alles sieht und nie vergisst.

»Was denkst *du* denn«, sagte sie, »natürlich!«

Was er dachte, sagte er nicht, aber ihr wurde schwindelig von dem Blick in seinen Augen. Sie musste sich etwas Besseres ausdenken. »Manchmal gelingt es mir nicht …«

Abwesend rührte sie in ihrer leeren Teetasse.

»Was gelingt dir nicht?«

»Es ist nicht immer so einfach …«

Er wartete geduldig.

»Dem schmalen Pfad zu folgen.«

»Hm?«

»Rechtschaffen zu sein. Und eine gute Christin.«

»Nicht?«

»Wir alle sind Sünder«, flüsterte sie. Es waren oft ausgesprochene Worte, doch sie verursachten eine

Welle der Angst in ihrer Kehle. Es blieb still. Um seinem Blick zu entgehen, trank sie den letzten Tropfen kalten Tee aus der Tasse, der Löffel stach ihr dabei fast ins Auge. Dann wusste sie nicht mehr weiter, und weil er noch immer schwieg, wandte sie sich ihm zu.

Er sagte leise und ernst: »Du scheinst mir ein sehr liebenswürdiges Mädchen zu sein.«

Tränen traten ihr in die Augen. Dieser freundliche junge Mann, der so dicht neben ihr saß, dass sie die Wärme seiner Haut spüren konnte, war meilenweit von ihr entfernt. Sie hatte noch nie die Gelegenheit gehabt, mit einem Ungläubigen zu sprechen, und seine Ruhe verwirrte sie. Er schien tatsächlich keine Angst zu haben. Aber wer nicht an die Hölle glaubte, der durfte sich auf etwas gefasst machen. Es hatte keinen Sinn, ihn davor zu warnen, und auch das bekümmerte sie. Es bekümmerte sie einfach alles.

»Was ist los?«

Ada sagte, dass sie müde sei und kurz schlafen würde. Sie drehte sich von ihm weg. Er schwieg. Nach einer Weile stand er auf und ging nach hinten.

Sieben Stunden und achtzehn Minuten nach dem Abflug in Bagdad setzte der Kapitän die Liftmaster in Rangun auf den Boden auf und ließ die Tür für seine Auserwählten öffnen, die inzwischen vierundzwanzig Stunden am Stück in ihren engen Sitzen gesessen hatten. Sie mussten alle ihren Pass abgeben. Steif und stolpernd stiegen sie die Treppe hinunter, hinein in die feuchte, tropische Nacht, in der sie von einem schnaufenden KLM-Manager im weißen Tropenanzug begrüßt wurden und von Frauen in Sarongs, die ihnen kühle Getränke reichten, während sich hinter ihnen in rasantem Tempo die altbekannten Operationen vollzogen. Sie hatten eine halbe Stunde Zeit.

»Das ist ja alles unglaublich interessant«, sagte Marjorie. Daraufhin machte sie einen Luftsprung, stieß einen Schrei aus und schlug wild um sich nach einem Insekt, das wie ein großer Grashüpfer aussah und gerade dabei war, an ihrem Bein hochzukriechen.

In der Nähe des kleinen Flughafengebäudes gab der Kapitän vor birmanischen Journalisten eine Pressekonferenz. Ein schüchterner, kleiner Club war das, im Vergleich zu ihren eigenen lärmenden Journalisten, die ebenfalls draußen herumlungerten und die Bienenkönigin Esther umschwärmten. Sie boten ihr wechselseitig Feuer an und lachten über ihre Bemerkungen.

Ada sah mit großen Augen in den Sternenhimmel, der ihre blühendsten Phantasien übertraf, und sie fragte sich dabei, wie man so etwas Prächtiges anschauen und dabei nicht an Gott glauben konnte.

Gott der Herr hat sie gezählet, dass ihm auch nicht eines fehlet. An der ganzen großen Zahl.

Frank war lange Zeit nicht an seinen Platz zurückgekehrt. Vielleicht hatte sie ihn enttäuscht. Sie hatte vor sich hingedöst, ein Selbstbild vor Augen, das sie schmerzte. Als sie aufschrak, weil sie zur Landung ansetzten, saß er wieder neben ihr. Wie ein wahrer Gentleman öffnete er seine Hand, damit sie die ihre hineinlegen konnte. Und sie war froh, das konnte sie nicht leugnen. Die ganze Landung hinüber schwiegen sie auf eine angenehme Art, und ihr Herz wurde überflutet von dem Gefühl von Freundschaft.

Nun sah sie ihn, wie er zu einer Grünanlage neben dem Gebäude hinüberlief und sich über die tropischen Blumen beugte, die wie weiße Lampions an den Büschen hingen. Sie beobachtete, wie Esther sich von ihrer Gesellschaft löste und mit wiegenden Hüften auf ihn zuging. Wie er sich aufrichtete, als er das Klicken ihrer Absätze vernahm. Wie er lächelte. Ruckartig wandte sie sich von dieser Szene ab, denn es ging sie nichts an, rein gar nichts.

»Seltsam, nicht?«, flüsterte Marjorie ihr ins Ohr. »Sie ist verlobt, genau wie wir. In Christchurch ist jemand, der auf sie wartet. Ob der Ärmste wohl weiß, was er sich da ins Haus holt?«

Ada starrte sie mit offenem Mund an, zu erschrocken, um zu reagieren. Unter keinen Umständen durfte sie noch einmal die Hand dieses jungen Mannes halten, auch wenn das Flugzeug noch so wüten sollte. Der Herr wird mich bewahren. Sie hatte Glück gehabt, niemand hatte es gesehen, aber wehe, wenn doch. Ihr neues Leben würde für immer besudelt sein, noch bevor es überhaupt richtig begonnen hätte. Was fehlte ihr denn eigentlich? Es war mit ihr durchgegangen, die Angst vorm Fliegen, das Unbekannte, sie allein auf Reisen, all diese Dinge, sie würde ins Gerede kommen, genau wie Esther. Sie spazierte weiter neben Marjorie über die Plattform, hielt einmal ein verlegenes Schwätzchen mit einem Niederländer, der hier arbeitete, und schaute nicht mehr zu dem Garten an der Seite hinüber.

Der schweißtriefende KLM-Manager durfte nach zwanzig Minuten ihre Namen aufrufen, was ihn ganz offensichtlich mit Stolz erfüllte. Drinnen waren die Aschenbecher geleert worden, und die Kabine war wieder sauber. Marjorie ließ sich neben ihr nieder, sie langweile sich zu Tode, nörgelte sie, diese Esther gebe keinen Mucks von sich und verbringe mehr Zeit bei den Journalisten als auf ihrem eigenen Platz.

Ada protestierte nicht.

»Nur für diese Strecke«, sagte Marjorie zu Frank.

Er sah Ada prüfend an und setzte sich wortlos hinter sie. Esther rutschte neben ihn. »Pass auf«, flüsterte Marjorie, »die Presse hat erst mal nichts mehr zu melden.«

Die Entfernung bis Jakarta wurde auf sechseinhalb Stunden Flugzeit geschätzt. Jakarta, das ist Java, dachte Ada, und sie spähte unauffällig nach hinten, doch Frank schnallte sich ganz normal an, von seinem Gesicht war nichts abzulesen. Es wurden Turbulenzen erwartet, ein Wort, das bei ihr dumpfe Angst hervorrief. Niemand schien sich Sorgen zu machen, deshalb hielt Ada den Mund. Beim Steigflug versuchte sie sich vorzustellen, dass Derk ihre Hand hielt. Es gelang ihr nicht. Ich weiß nicht, wer er ist.

»Hach, ist das jetzt gemütlich«, seufzte Marjorie und schlief ein.

Es war mitten in der Nacht und eine Affenhitze an Bord. Die meisten der Auserwählten fielen nach dem Aufsteigen sofort in ihre Kissen, ohne einen Blick auf den exotischen Sternenhimmel zu werfen. Die Müdigkeit griff um sich, und das Fliegen hatte seinen Reiz verloren. Im Grunde genommen war es schrecklich langweilig.

Ob es die Hitze war, der Halbschlaf oder das ständige Zittern der Maschine: In ihren Lenden entstand das träge Gefühl, das sie schon als Kind erwecken konnte, indem sie auf bestimme Art schaukelte. Ein Gefühl, das sie in den letzten Jahren immer öfter von selbst überkam, manchmal sogar im Sommer in der Kirche, wenn dort schön und schleppend gesungen wurde und zugleich das Sonnenlicht durch die Fenster schien und sie wärmte. Dazu gehörten Fetzen aus einer Geschichte, lose Bilder, der Held hob sie hoch, »seine starken Arme hoben sie hoch und trugen sie zu dem Heuhaufen«. Das hatte sie in einem Bibliotheksbuch gelesen, das ihr nie unter die Augen hätte kommen dürfen. Es gab genug Heuhaufen im Dorf, aber die sahen nicht aus wie dieser. Der Held hob sie hoch, alles in ihr war weich, und sie wand sich vor Verlangen. Sie hatte kaum etwas an. Das Hochheben, das Tragen und das Hinlegen auf den Heuhaufen wiederholte sich endlos, und es war aufgeladen mit der Erwartung, was danach passieren würde. Davon stand ihr kein klares Bild vor Augen. In der Dorfbäckerei hatte sie einmal gesehen, wie der Bäcker den Teig für sein Königinnengebäck knetete, mit breiten Händen und winzigen Bewegungen, sanft und unermüdlich, so andächtig, dass der Teig unter seinen Fingern allen Widerstand aufgab und sich in jede gewünschte Richtung formen ließ.

Der Vorfall mit Derk hatte mit all dem nichts zu tun und zerstörte ihre Träume nicht. Es war einfach passiert.

Es lagen kleine Steine im Gras, die ihr schmerzhaft in die Haut piekten, und sie fror ein bisschen. Derk, der Waise mit den schaurigen Bildern auf der Netzhaut, zerrte schluchzend ihre Hose herunter, sein Gesicht so eigenartig verzogen, dass sie nicht wagte, ihn anzusehen. Er hatte die ganze Familie identifizieren müssen, sein Vater wurde erst nach Wochen im Schlamm gefunden. Während sie tröstende Laute von sich gab, schielte sie neugierig auf das, was hinter seinem Reißverschluss zum Vorschein kam. Es war das erste Mal in ihrem Leben, dass sie ein ausgewachsenes männliches Geschlechtsteil zu Gesicht bekam, bislang kannte sie nur die Pimmel ihrer kleinen Brüder. Das verbotene Wort Penis kannte sie auch, und es hatte sie immer ein bisschen erregt. So sah das dann also aus. Eigenwilliger, als sie gedacht hätte. Das Ding kam zitternd und unaufhaltsam auf sie zu, Derk selbst hing machtlos dahinter, wurde regelrecht mitgeschleift. Sie sah eine glänzende Eichel und einen Tropfen Feuchtigkeit, auf einmal wurde es sehr wirklich. Da bekam sie Angst. Nicht vor dem Schmerz, denn dass es beim ersten Mal ein bisschen wehtun könnte, wusste sie. Sie wusste viel mehr, als ihre Mutter für möglich gehalten hätte, aus geflüsterten Gesprächen mit ihren Freundinnen, an Sommerabenden nach dem Essen, wenn sie noch kurz nach draußen durften und dann zusammen am Brückengeländer lehnten.

Ein bisschen Schmerz, darauf war sie vorbereitet. Aber nicht auf Eile.

»Ich … ich …«

Ich bin Jungfrau, wollte sie sagen. Aber sie hatte nichts gesagt und er nichts gehört. Der Wind heulte ihr um die Ohren, ihre Haare flatterten vor ihren Augen und in seinem Gesicht herum. Sie wollte aufhören und entzog sich ihm halb. Er krallte sich an ihr fest. Sie verstand das Signal. Schließlich ließ sie es über sich ergehen, als würde sie selbst einfach kurz aus ihrem Körper heraustreten und ruhig abwarten, bis es vorbei war. Es dauerte nicht lange. Er entspannte sich und fing wieder an zu weinen, jetzt etwas leiser, sein Gesicht an ihrem Hals. Sie streichelte über seine Pobacken, einen kurzen Moment schienen sie wie Mann und Frau. Mit abgewandtem Gesicht brachten sie eilig ihre Kleidung wieder in Ordnung. Als sie in den Bus stieg, um nach Hause zu fahren, war sie sich sicher, dass der Busfahrer ihr ansehen konnte, dass sie eine erwachsene Frau war, und das erfüllte sie mit Stolz. Zu Hause wusch sie sich und ihre beschmutzte Unterwäsche gründlich. Noch tagelang musste sie die blauen Flecke an ihren Armen verhüllen. An den Vorfall selbst versuchte sie nicht mehr zu denken, und nach einiger Zeit fingen die Phantasien über die starken Arme und den Heuhaufen wieder an. Was dort im Heu passieren würde, blieb stets verheißungsvoll.

Sie seufzte. Neben ihr schlief Marjorie. Sie lag da wie ein Kind, mit offenem Mund. Aus ihrem linken Mundwinkel lief ein dünner Speichelfaden. Hinter ihr schienen Frank und Esther ebenfalls zu schlafen. Als sie sich umdrehte, konnte sie seinen Arm auf der Mittellehne sehen, er hatte seine Jacke ausgezogen und sein Hemd bis über den halben Oberarm hochgeschoben. Sie sah die Muskeln unter seiner glatten Haut und den runden Teil des Unterarms an der Beuge seines Ellbogens.

Nun schloss sie die Augen, und ihr Kopf fiel gegen das Fenster. Mit ihrer rechten Hand rieb sie sanft über ihren linken Oberarm, sodass es eigentlich rein zufällig war, dass sie so gleichzeitig mit derselben Hand über ihre Brustwarze strich. Einmal im Heu angekommen, würde der Liebesakt stundenlang andauern und ihr Glück nie mehr enden. Jemand streichelte ihr mit einem nassen Pinsel über die Haut. Schwerfällig – es war nicht viel Platz, und alles klebte in der tropischen Hitze – schlug sie unter ihrem Rock die Beine übereinander, weil sie wusste, dass sie auf diese Weise das angenehme Gefühl weiterdrängen konnte, bis zu dem Punkt, an dem ein Schauer durch ihren Körper ging und bis in die Zehenspitzen lief, wo er sie zur Ruhe kommen ließ. Ihre Hände brauchte sie dafür nicht, und sie sah es damit nicht als etwas Verbotenes an. Es gelang nicht immer, aber doch oft. Es war keine Selbstbefleckung, denn sie tat nichts. Und gegen die Bilder, die dabei in ihr aufkamen, konnte man ja schließlich nichts tun.

Sie setzte sich in die richtige Position. Arme mit

starken Muskeln unter glatter Haut hoben sie hoch. Du bist schöner als die Kaiserin von Persien. Sie hatten es nicht eilig.

Danach schlief sie wie alle anderen ein. Und auch sie öffnete kaum die Augen, als sie minutenlang durch Gewitterwolken flogen.

Auf dem Flughafen Kemayoran in Jakarta wurde der Fliegende Holländer mit Musik begrüßt. Es war dort Samstagmorgen. Als das Flugzeug sank, stellte sie ihre Armbanduhr zum soundsovielten Male eine halbe Stunde vor, Zeit rieselte dahin wie durch eine Sanduhr. In weißer Uniform paradierten die Musikanten vorbei, während das Flugzeugpersonal Blut und Wasser schwitzte, um das Flugzeug startklar zu machen. Man drängelte sich in der offenen Tür, um einen Blick auf die verlorene Kolonie zu werfen. Frank machte keine Anstalten, einen Blick auf das Land zu werfen, aus dem er stammte. Ada fragte sich, warum, und hätte gern neben ihm gesessen, um jetzt einmal *seine* Hand zu halten. Sie dankte dem Himmel, dass er nie erfahren würde, wie er in ihrem Halbschlaf aufgetaucht war. Dennoch konnte sie sich des Gefühls nicht erwehren, dass er es trotzdem wusste, sodass sie jedes Mal, wenn sie sich umdrehte und ihre Augen die seinen trafen, bis zum Haaransatz errötete.

»Wir wollen weiterfliegen«, nörgelte Marjorie, die

während des Sinkens stöhnend aufgewacht war. »Ich habe es wirklich satt.«

Ihr Atem war alles andere als frisch.

Wir werden dort stinkend ankommen, dachte Ada.

Es gab neue Wettkampfnachrichten. Die Viscount war auf den Kokosinseln gelandet. Die Hastings war über Colombo in ein Monsungewitter gekommen, das schlimmste Unwetter, das sie jemals mitgemacht hatten, erklärte die Besatzung. Auf dem Flughafen von Negombo hätten sie im strömenden Regen beinahe eine Bruchlandung erlebt. Der Motor war irreparabel beschädigt worden, und sie hatten aufgeben müssen. Das bedeutete einen Konkurrenten weniger, dennoch war es schade, und der Kapitän schickte seinen neuseeländischen Kollegen seinen Ausdruck des Bedauerns. Die schnellen Canberras waren schon in Christchurch angekommen. England war der Gewinner. Auf die Frage an den englischen Piloten, worauf er sich am meisten freuen würde, hatte er geantwortet: »Ich denke, auf eine schöne Tasse heißen Tee.«

Die Worte »Unwetter« und »Bruchlandung« spukten weiter in Adas Kopf herum. Bis jetzt war alles gutgegangen, aber noch waren sie nicht am Ziel. Hinter ihnen fing Frank ein Gespräch mit einem beleibten Mann von der Flugzeugfabrik an, der rastlos auf dem Gang auf und ab ging, um seine steif gewordenen Glieder zu bewegen. Es ging um Motoren.

»Das sind richtige Schönheiten, mein Junge«, sagte der Mann.

Frank wollte alles darüber wissen.

»Pratt & Whitney, da gibt's nie irgendwelche Mängel. Sie werden stets nach zwölfhundert Flugstunden überholt, aber es gibt nie was zu bemängeln.«

»Sind sie jemals so lange an einem Stück gelaufen wie jetzt?«

»Sie rotieren nie länger als zehn Stunden am Stück.«

Gott beschütze uns.

»Und jetzt mindestens fünfzig Stunden«, sagte Frank, als hätte er ihre Gedanken erraten. Sie wünschte, dass sie dieses Gespräch nicht mit anhören müsste. Der Mann wischte sich den Schweiß von der Stirn. »Der Mist ist, dass sie keine Zeit zum Abkühlen haben.«

»Wir jagen sie so durch.«

»Das ist der Mist. Sie sollten kurz zur Ruhe kommen können.«

Nach siebzehn Minuten flog die Liftmaster weiter, niedrig und im Tageslicht über den indonesischen Archipel, die bislang schönste Strecke. Ada sah die langen Ketten von hohen Vulkanen auf Java, mit grünen Seen auf den gekappten Spitzen. Dahinter lagen Bali und die anderen Sunda-Inseln – Namen, die sie in der Schule auswendig gelernt hatten –, denn ihr Kurs lag direkt auf dem Smaragdgürtel. Die Stewardess zeigte und erklärte alles. Alle erfreuten sich daran, sogar Marjorie wachte kurz auf. Nur Frank blieb weiter vertieft in die Zeitung, die an Bord gebracht worden war. Er las die Berichte vom Rennen, geschrieben vom eigenen Journalistenteam. Frank sah nicht auf und nahm scheinbar nichts um sich herum wahr.

Niemand hatte Hunger, die Mahlzeiten gingen halb aufgegessen zurück. Eigentlich hatten sie nur Durst. In ihren verwirrten Körpern war es Mitternacht, und die Erschöpfung blieb. Marjorie gähnte und drehte sich zum soundsovielten Mal um, gemütlich liegen war unmöglich. »Ich freue mich so darauf, Hans zu sehen«, sagte sie, »allerdings nicht so dreckig und verschwitzt.«

Etwa zu der Zeit, als die Sonne so hoch stand, dass das Flugzeug einen Schatten auf das glitzernde Wasser warf, dort, wo der indische Ozean in die Timorsee überging, waren alle um Ada herum wieder am Dösen. Erneut war eine Schlechtwetterfront vorausgesagt worden, aber bis jetzt war es noch erträglich, und weil sie nicht die Energie hatte, als Einzige wachsam zu bleiben, gab sie sich dem hochmütigen Gedanken hin, dass es so bis Christchurch weitergehen würde. Sie würden ohne Probleme in ihrem neuen Vaterland ankommen. Und in dem Flugzeug hatte ein junger Mann gesessen, der sehr freundlich zu ihr gewesen war.

5

Auf Strümpfen stand sie auf dem Gang. Sie hatte sich an der schlafenden Marjorie vorbeigezwängt, um auf die Toilette zu gehen. Ein schaukelnder Fußboden, schiefe Wände, das Loch in der Kloschüssel, aus der mit einem grässlichen Tosen ihr Urin in den beängstigenden, luftleeren Raum darunter gesogen wurde.

Schwankend lief sie zurück, vorbei an Esther und Frank, die mit geschlossenen Augen dalagen. Sie hielt kurz inne und reckte und streckte sich, um ihre Steifheit loszuwerden.

»Du bist ein bildhübsches Mädchen«, erklang eine heisere Stimme. Esther schlief nicht. Sie betrachtete sie, als würde sie etwas anderes sehen als den billigen, geblümten Baumwollstoff, der um ihre Hüften klebte. Verlegen ließ Ada die Arme sinken. Frank schlief glücklicherweise.

»Kannst du nicht schlafen?«

»Das ist ja wohl nicht zu leugnen«, fuhr Esther fort, »mit so einer Figur«, und sie streckte einen Finger in ihre Richtung. »Dior«, sagte sie bestimmt, »tatatataaa.« Das klang, als hätte sie soeben eine Feldschlacht gewonnen. »Mit einem Rock wie eine Explosion, bis hinunter zu den Knöcheln. Darf ich ein Brautkleid für dich zeichnen? Wirst du heiraten?«

Ohne eine Antwort abzuwarten, befreite sie sich aus ihrem Sitz.

»Warte …«

»Komm mit.«

Einem Mädchen wie Esther widersprach man nicht. Bevor Ada begriff, was da passierte, stand sie schwankend in ihrer Unterwäsche in dem kleinen Garderobenraum, in dem vierundsechzig Jacken und ein paar Brautkleider in Kleidersäcken dicht nebeneinanderhingen. Esther bückte sich, sie hielt einen schneeweißen Stoff in den Händen und half ihr beim Hineinsteigen. Ada war froh, dass von ihrer Schwangerschaft noch nicht viel zu sehen war. Sie war rundlicher geworden, aber wer sie nicht kannte, dem würde es nicht auffallen. Als Erstes waren ihre Brüste angeschwollen. Esther versuchte das Kleid hochzuziehen, es würde wohl nicht ganz zugehen.

»Wenn du willst, mache ich für dich auch eins.«

Energische Hände drehten Ada um, und hinter ihrem Rücken wurde herumgenestelt, um so viele Knöpfe wie möglich zuzubekommen. Sie hielt den Atem an und sah geradewegs in den Spiegel, der neben den Jacken hing. Das Kleid war tief ausgeschnitten. Ein Teil ihrer Brüste blieb über einem Schalkragen aus Gaze sichtbar, der auch ihre Schultern nicht vollständig bedeckte.

»Ich weiß nicht, ob Derk …«

»Meine Nähmaschine kommt mit dem Schiff«, sagte Esther.

Sie alle hatten eine Kiste mit ihrem Hab und Gut vorschicken dürfen. Die Maße waren festgelegt. Adas Vater hatte die Kiste in den Abendstunden im Schuppen zusammengezimmert. Das war seine Art zu sagen, dass er ihr vergab. Das Schiff würde in etwa sechs Wochen im Hafen von Lyttelton, in der Nähe von Christchurch, einlaufen. Von dort aus würde es zu den verschiedenen Häfen von Neuseeland fahren, sodass die über das Land verteilten Neuankömmlinge ihre Sachen abholen könnten. Ihre Mutter hatte ihre geistesabwesende Tochter stapelweise Windeln in die Kiste packen lassen und kleine Hemdchen, Mützchen, Söckchen, kleine Laken und Decken und Strampelanzüge. Ada wusch, bügelte, faltete und stapelte und versuchte dabei, die winzigen Kleidungsstücke in ihren Händen möglichst nicht zu sehen.

»Ich weiß nicht, ob Derk …«

»Wann heiratest du?«, fragte Esther und zog den Ausschnitt noch etwas tiefer.

»Nein!«

»Zeigen, was man hat, warum denn nicht?« Sie fuhr mit den Händen durch Adas Haare, schüttelte ein paar platt gelegene Locken wieder zu neuem Leben auf, drückte das Ganze schräg zu einer Seite und steckte einen Kamm mit weißen Federn hinein. Sie musterte Ada scharf von oben bis unten, kniff ein Auge zu und schürzte konzentriert ihre roten Lippen. Etwas fehlte noch. »Warte«, sagte sie, »ein Petticoat.« Dann ließ sie Ada allein vorm Spiegel zurück.

Es dauerte nur ein paar Minuten. Inzwischen war es draußen dunkel geworden. Sie hatte sich an den instabilen Boden ihres Schiffes, dieses schwebenden Vergnügungsparks, gewöhnt. Dass das Rütteln zunahm, entging ihr. Atemlos stand sie da und sah sich an. Es war wunderschön. Wunderschön. Da stand sie nun, in dieser warmen Höhle, der Mädchengarderobe, sicher abgetrennt mit einer dicken Gardine – in einem unvergleichlichen Filmstarkleid. Sicher vor dem Zorn Gottes – doch niemals würde sie dieses Kleid tragen. Sie sah in ein anderes Leben, auf eine Frau mit göttlichen Allüren und Raffinesse. Dass sie schön war … nun ja, wer würde nicht schön aussehen, in so einer Kreation? Sie drückte mit dem Zeigefinger in die Wölbung ihrer Brüste, hoch getrimmt von den Knöpfen an der Rückseite, die Esther leise fluchend alle zubekommen hatte. Sie betastete vorsichtig den hauchzarten Kragen, gefaltete Schichten von zerbrechlichem Weiß, um die Schultern herum breit, zum Mittelpunkt immer schmaler zulaufend. Diese Frau würde man lieben. In sanft gefächerten

Kleidern würde sie am Arm ihres Ehemannes, der sie beschützte und liebte, in der Abendsonne spazieren gehen. Esther war eine Zauberin.

Diesmal hatte der Kapitän sich entschieden, der Schlechtwetterfront nicht auszuweichen. Jetzt, wo der ernsthafteste Konkurrent aus dem Rennen war, blieb ihr eigener Zeitplan das wichtigste Ziel. Das Flugzeug sackte einen halben Meter und stabilisierte sich wieder. Ada erschrak sich jedoch viel mehr vor Frank, der die Gardine zur Seite schob und hineinstolperte.

»Ha …«, sagte er lachend, »ich durfte … sie sagte …« Er zog die Gardine zu. Mit aller Kraft versuchte sie, den Kragen hochzuzerren. »Lass nur«, sagte Frank, »lass nur.«

Sie ließ die Arme sinken. Sie standen sich in dem engen Raum dicht gegenüber. Wieder traf sie die Ruhe, mit der er sie ansah. Und wieder reagierte ihr Körper mit einer schweren Trägheit, die sie daran hinderte, irgendwelche Maßnahmen zu ergreifen.

»Ada van Holland«, sagte er und schwieg. Seine Augen verdunkelten sich.

»Ja?«

»Ich würde dich gerne …«

»Ja?«

Die Gardine wurde aufgezogen. Esther kam mit dem Petticoat auf dem Arm herein. Hinter ihr erschien das zerknitterte Gesicht von Marjorie. »Was macht ihr denn da?« Verwirrt sah sie zu Ada im Hochzeitskleid und zu Frank, der so nah bei ihr stand. Ob sie kämen, es wurde gewarnt, das Lichtzeichen »Rauchen verboten, Anschnallen« brannte. Esther zuckte die Schultern. Einen Moment lang standen sie sich zu viert unschlüssig in dem kleinen Verschlag gegenüber. Dann schien es, als würde das Flugzeug von einer unbekannten Macht hochgehoben. Das dauerte eine Ewigkeit, oder war es nur eine Sekunde? Danach fiel das riesige, stählerne Tier mit einem schweren Seufzer tausend Fuß oder mehr hinab in die Tiefe. Das ging so schnell, dass die vier sich in Gedanken noch immer in derselben Position befanden, ihre Körper wurden jedoch als ungeordnetes Knäuel aus Armen und Beinen an die Flugzeugwand geschleudert. Aus ihren Mündern entwichen Laute des Erstaunens und des Schreckens. Ada fiel mit dem Hinterkopf gegen den Kleiderständer und riss einige Jacken mit sich. Frank kippte vornüber gegen Ada; Esther und der Petticoat landeten auf ihnen. Marjorie klammerte sich an der Gardine fest und machte, in der Luft schaukelnd, ein Gesicht größten Erstaunens. Sie konnte sich allerdings nicht lange halten, die Gardine glitt zwischen ihren Armen hindurch, und sie donnerte auf den Knien über den Boden, der ebenso gut die Wand oder die Kabinendecke sein konnte.

Das Flugzeug stieg wieder und kippte dann zur Seite, wieder und wieder, ohne dass es sich dabei zwischendurch wieder richtig stabilisierte. Die Bewegungen wurden heftiger. Aus der Kabine ertönten erschrockene Seufzer und Geschrei – alle waren mit einem Mal hellwach –, Scheppern von Geschirr, das in der Bordküche umfiel, und Koffer, die aus den Gepäcknetzen heraustanzten.

»Anschnallen!« Die Stimme des Stewards wirkte nicht gerade beruhigend.

Sie hatten keine Zeit, sich von dem Schreck zu erholen, denn erneut wurde das Flugzeug unsanft angehoben und hin- und hergeworfen. Zwischen zwei Schlägen konnten sie sich wieder aufrichten. Ada trat auf die Innenseite ihres Brautkleides, klammerte sich an den Jacken fest und fiel zum zweiten Mal hin. Frank zog sie wieder hoch und legte seinen Arm so fest um ihre Taille, dass es wehtat. Sich an der Wand entlanghangelnd, folgten sie Esther und Marjorie, die versuchten, im Gang wieder auf die Füße zu kommen. Sie suchten an den Sitzlehnen Halt, um sich einen Weg nach vorne zu ihren Plätzen zu bahnen. Die Maschine raste zum zweiten Mal in die Tiefe, und wieder verloren sie ihr Gleichgewicht. Die Bestürzung in der Kabine wurde immer größer. Um sie herum wurde geschrien, Götter und Mütter wurden im Wechsel angefleht. Eine Schreibmaschine flog in ihre Richtung. Während sie stürzten und rutschten, sahen sie, wie der Steward sich im vorderen Teil des Flugzeuges selbst anschnallte. Dabei machte er wilde Gebärden in ihre Richtung und rief, dass sie bleiben sollten, wo sie waren, bleibt da!

»Geht zurück! Haltet euch fest! Ihr donnert an die Decke!«

Das Flugzeug zitterte und peitschte von links nach rechts, von anhaltenden Stößen wurde es durcheinandergerüttelt. Die Motoren heulten im Kampf gegen eine unsichtbare Macht. Durchgejagt, schoss es ihr durch den Kopf. Wir haben sie durchgejagt.

Frank ließ Ada nicht los. Er klemmte sie zwischen sich und der Wand fest und zog Marjorie zurück in die Garderobe. Dann bückte er sich und streckte die Hand nach Esther aus, die halb unter einen Sitz geschoben dalag. Esther jedoch schüttelte den Kopf, sie wollte dort bleiben. An der Lehne richtete sie sich halb auf, glitt jedoch nach unten weg und schlug mit dem Kopf seitlich gegen die Stahlaufhängung des Sitzes. Erneut schüttelte sie den Kopf, sie würde hier bleiben. Frank drängte sie nicht weiter und drehte sich wieder zu Ada um. Diese klemmte wie ein Schraubstock um seinen Rumpf, die Hände hinter seinem Rücken zusammengenietet – ihre Fingernägel bohrten sich in ihre Haut, doch davon spürte sie nichts. Über Franks Schulter hinweg sah sie die

Journalisten, die wie Lappenpuppen in ihren Gurten hin und her schaukelten.

Ein komischer Anblick.

Ada konzentrierte sich ganz auf das, was sie vor sich sah. Ihre Augen suchten ein Fenster. Sie nahmen die Dunkelheit dahinter wahr und dann die blendenden Blitze, die das Flugzeug unermüdlich attackierten. Einen kurzen Moment lang schien es, als würden blaugrüne Feuerzungen um die Flügel herumschäumen. Wir haben Feuer gefangen.

Hinter ihnen jammerte Marjorie. »Oh Gott, oh Gott …«

Im Flugzeug wurde gekotzt, geschrien, geflucht, geheult und gebetet, in Adas Kopf jedoch herrschte eine große Stille. Wieder kippten sie zur Seite.

Frank musste seine ganze Kraft darauf verwenden, sich und Ada auf den Beinen zu halten. Sie spürte, wie seine Muskeln hart wie Stahl wurden und zitterten und wie sein Brustkorb pumpte. Sie hing mit ihrem ganzen Gewicht an ihm und sah über seine Schulter hinweg den Flügel, der fast senkrecht nach unten zeigte. Während der Blitze sah sie die Schiffe auf dem Ozean. Auch andere Passagiere hatten sie gesehen.

»Seht nur!«, rief der Steward, um sie zu beruhigen. »So viele Boote! Wenn wir abstürzen, sammeln sie uns alle auf!« Das Flugzeug sank. Alle Geräusche verschwanden aus ihren Ohren. Alles verlangsamte sich. Ada sah Schuhe und Handarbeitsbündel durch die Kabine fliegen. Dann drückte sie ihr Gesicht an seinen Hals und kniff die Augen zusammen. In einem tropischen Garten, in dem sie die feuchte Erde riechen konnte, stand ein Standbild von zwei Geliebten, die inmitten eines lautlosen, trägen Orkans gemeinsam untergingen.

Es ging vorbei. Die letzten Wolkenfetzen zogen an der Liftmaster vorbei, und auf einmal war die Nordwestküste von Australien zu sehen. Niemand reagierte. Niemand schaute. Einige Frauen schluchzten leise. Der dicke Flugzeugspezialist erbrach sich noch immer, vornübergebeugt hing er in seinem Sitz.

Ada, Frank, Marjorie und Esther standen verstört im Flugzeugheck zusammen, die Augen vom Schreck geweitet. Sie schwiegen. Der Steward, leichenblass und heftig schwitzend, kam, um sie zurück zu ihren Sitzen zu begleiten.

»Sehen Sie?«, sagte er betont heiter, »es war nur eine kleine Front, nichts weiter als eine kleine Front.«

Dass Ada noch immer das Brautkleid anhatte, fiel nicht weiter auf. Niemand achtete darauf. Zum Umziehen war keine Zeit, es wurde bereits zum Landeanflug angesetzt.

Das letzte Stück bis zum Flughafen verlief normal. Gas wegnehmen. In zwei, drei Sturzflügen steuerte das Flugzeug vom Meer aus direkt in Richtung Flughafen Darwin. In der Kabine hing ein beißender Gestank von Angst und Erbrochenem. Es roch sogar nach Kot.

»Meine Damen und Herren«, rief der Steward, »im Namen unseres Kapitäns hoffe ich, dass Sie nicht allzu sehr erschrocken sind, denn das wäre schade. Und unnötig noch dazu. Wie Sie gemerkt haben, kann unsere überaus lobenswerte Liftmaster schlechte Verhältnisse problemlos meistern …«

Frank hatte wie selbstverständlich den Platz neben Ada eingenommen. Diese lag, das Gesicht in den Händen verborgen, schräg an seine Brust gelehnt. In ihre betäubten Gedanken war etwas Schreckliches vorgedrungen. Frank, der davon nichts wusste, hielt seine Arme weiter um sie.

»In ein paar Minuten landen wir in Darwin …«, fuhr der Steward fort. Keine Reaktion, jeder war zu sehr mit seinem eigenen Wohlergehen beschäftigt. »Noch nie habe ich mich so erschrocken«, hörte sie Marjorie zu Esther sagen, »ich zittere immer noch. Fühl mal mein Herz, das schlägt wie verrückt. Hier, guck, au … und das wird grün und blau werden, grün und blau …«

Es kam keine Antwort.

»Ich kann mir vorstellen«, sagte der Steward, »dass sie gerne ein bisschen frische Luft schnappen würden, nachdem sie sich möglicherweise doch etwas Sorgen gemacht haben, aber wegen unseres Zeitplans wird die Maschine nach höchstens fünfzehn Minuten wieder starten …«

Die ganze Zeit über starrte Ada in ihre eigene schwarze Seele.

Sie hatte nicht an Gott gedacht. In ihrer angstvollsten Stunde hatte sie sich nicht an den Herrn gewandt, nicht eine Sekunde lang. Stattdessen hatte sie sich an die Rippen eines Gottlosen gedrückt und hatte sich im Rhythmus seines Atems forttreiben lassen. Der Sturm war eine Warnung. Sie hatte sich verirrt. Girrend hatte sie ihr eigenes Spiegelbild betrachtet und das Grinsen des Totenkopfes nicht gesehen.

»… allein das Ein- und Aussteigen solch einer großen Gruppe würde zu viele wertvolle Minuten kosten.« Ruckartig riss sie sich aus Franks Armen los.

Um halb fünf am Samstagmittag, Ortszeit, streiften sie erneut den heißen, roten australischen Boden. Obwohl draußen unverzüglich die Schläuche angeschlossen wurden und das Flugzeug anfing, durstig Benzin zu schlürfen, blieb die Tür vorerst hermetisch verriegelt. Draußen brannte die Sonne auf das Flugzeug, sodass die Temperatur im Inneren pfeilschnell anstieg. Der Kapitän, sein gebräuntes Gesicht etwas härter als sonst, kam in die Kabine, um seine angeschlagenen Auserwählten wegen der letzten Stunden persönlich zu beruhigen. Sie seien mit diesem phantastischen Flugzeug nie wirklich in Gefahr gewesen, obwohl er zugeben müsste, dass es selbst für jemanden mit seiner Flugerfahrung gehörig schlechtes Wetter gewesen sei. Aber ach, sie machten bei einem spektakulären Handicaprennen mit, und wenn es so weiterginge, würden sie ein paar Stunden früher als geplant in Christchurch ankommen.

»Dann steht dort aber niemand«, sagte Marjorie mit Grabesstimme.

Danach machte der Steward die Tür einen Spalt weit auf, und ein Australier in weißer Jacke schlüpfte nach drinnen. »Good afternoon«, sagte er höflich und fing an, von hinten nach vorne mit einer Sprühflasche systematisch ein Desinfektionsmittel über ihren Köpfen zu versprühen. Auf diese Weise hielten sie das Land und das Vieh frei von Importkrankheiten, erklärte er pflichtbewusst. Er rief einen Gruß zur Verabschiedung, und die Tür wurde wieder verriegelt. Fünf Minuten würden schon ausreichen, hatte er ihnen erklärt. Was sein muss, muss sein. Die Stewardess guckte auf ihre Uhr, alle bedeckten Mund und Nase.

Ada starrte auf die blaue Rückenlehne des Sitzes vor ihr, während sie schwer in ihre gefalteten Hände atmete. Der Sturm war eine Warnung gewesen. Sie war und blieb eine Sünderin. Seht sie euch an, wie sie hier atemlos keuchend in ihrem knappen Brautkleid sitzt, aus dem die Brüste fast herausfallen, mit kaputten Kniestrümpfen, diesem schwangeren Körper, der vor ehebrecherischem Verlangen nur so schmerzt.

Ihr wurde schwindelig und schlecht von der Chemie in der Luft. Sie wimmerte leise in ihre hohle Hand. Frank sah sie an. Was er sah, wusste sie nicht. Sie setzte sich auf, jetzt war äußerste Selbstbeherrschung gefragt. Er nahm seine Hand von Mund und Nase.

»Lebst du noch?«

Sie nickte reserviert. Ja, tue ich.

»Unkraut vergeht nicht«, sagte er lächelnd.

Ein Gefühl der Liebe durchfuhr sie und nahm ihr den letzten Rest an Atem.

So kam es, dass die Soldaten in ihren kurzen Hosen und die Zuschauer, die im Schatten der Flugzeughalle auf die Ankunft der Holländer warteten, mit dem Anblick einer Braut belohnt wurden, die auf Strümpfen die Treppe herunterrannte, in dem Moment, als der Steward die Tür des Riesenvogels ganz aufwarf. Ein Aufschrei ging über die Plattform hinweg, man zeigte mit Fingern auf sie, seht nur! Die Mechaniker, die sich über die offenen Klappen an den Flügeln beugten, richteten sich erstaunt auf. Sie stieß nach zwei Schritten mit den Männern vom Bodenpersonal zusammen, die mit Essen und Getränken zum Flugzeug hinaufsteigen wollten. Drei Kisten gingen zu Boden, Hunderte von Äpfeln rollten über die Treppe. Sie stolperte, hielt sich im letzten Moment am Geländer fest und rannte weiter. Jemand schrie etwas auf Englisch, sie hörte nicht hin, sondern rannte blind weiter durch die tropische, heiße Luft in Richtung Publikum.

Drinnen war sie bereits mit dem Steward zusammengestoßen, der mit einem Eimer Seifenlauge aus der Bordküche kam. Die Passagiere waren ausdrücklich darum gebeten worden, sitzen zu bleiben und sich nicht in der Nähe der Tür aufzuhalten, um dem Kabinenpersonal Platz zu machen, sodass es dort eilig sauber machen konnte. »Passen Sie doch auf!«, hatte er erschrocken gerufen, doch sie war wie ein Silberfischchen durch den Gang hindurchgeflutscht, auf dem Weg in Richtung Ausgang.

Nun rannte sie nach Atem ringend zum Hangar. Die harte, rote Erde war glühend heiß und versengte ihre Fußsohlen. Warum sie Richtung Hangar lief, wusste sie nicht. Die Hauptsache war, dass sie rennen konnte, so weit weg vom Flugzeug wie irgend möglich. Danach würde sie weitersehen. Sie zerrte mit beiden Händen an dem Gazekragen des Brautkleids und versuchte, ihre Brüste zu stützen, die von der Schwangerschaft geschwollen waren und durch das Schütteln schmerzten. Alles war so schrecklich schiefgegangen. Einmal beim Hangar angekommen, konnte sie nicht anhalten. Sie spürte den Temperaturunterschied an ihren Füßen und sah die erstaunten Gesichter der Leute, die auseinanderwichen, um sie durchzulassen. Einen kurzen Moment lang war sie sich des Anblicks bewusst, den sie in diesem Kleid bot. Sie sah das Foto in der Vitrine, das Foto des Films, in dem sie mitspielte.

Hier konnte sie nicht anhalten. Nicht bei diesen Menschen. Daher ignorierte sie die Seitenstiche und rannte weiter bis hinter eine riesengroße Lagerhalle, in der eine schmale Eisentür offen stand. Sie war auf dem Weg ins Licht, wollte in die frische Luft und zu einem Ausgang.

Die Menschen bekamen etwas geboten für ihr Geld. Kurz bevor sie aus dem Dunkel ins Sonnenlicht hinter dem Hangar trat, hörte sie jemanden ihren Namen rufen. Frank war ihr nachgelaufen. Draußen vor der Lagerhalle rannte sie sinnlos im Kreis herum, bis der Schmerz und die Atemnot sie zum Anhalten zwangen. Würgend, dem Ersticken nahe, beugte sie sich vornüber. Die immergleichen Worte quälten ihr erhitztes Hirn: Der Sturm war eine Warnung. Er war eine Warnung. Eine Warnung.

»Ada!«

Die Erde war so heiß, dass sie nicht still stehen konnte. Zappelnd, die Hände unter ihren Achseln, um ihre Brüste festzuhalten, sah sie ihn aus der Lagerhalle heraustreten. Die tief stehende Sonne schien ihm direkt in die Augen und blendete ihn. Eine Hand über den Augen, suchte er nach ihr. Der Held sichtet die Prärie. Er entdeckt das Mädchen.

»Hey.«

»Ich gehe da nicht mehr rein!« Sie hörte sich selbst schreien. Ihr lief die Nase, mit einer unkontrollierten Bewegung wischte sie den Schnodder weg. Schweißtropfen brannten ihr in den Augenwinkeln und ließen ihr die Sicht verschwimmen.

Er ging ruhig auf sie zu, so wie man auf ein wildes Tier zuläuft oder auf eine Verrückte. »Es passiert nie etwas«, sagte er, »niemals. Es sieht immer schlimmer aus, als es ist. Du bist es nicht gewöhnt, das ist alles.«

»Ich gehe nicht mehr!«

»Gut. Und was willst du dann machen?«

Verwirrt hinkend sah sie ihn an. Er breitete die Arme aus und zeigte auf die rote Fläche. »Willst du in Australien bleiben?«

Ihr Kopf kochte vor Hitze, sie konnte nicht denken und rief einfach, was ihr gerade in den Sinn kam. »Ich will zurück!« Einen zweiten Versuch starten, alles neu und besser machen, diesmal ohne Fehler, ohne Sünden. »Zurück?« »Ja, zurück!« Sie schrie noch immer, obwohl das gar nicht ihre Absicht war. »Wie komme ich zurück?!«

»Warum willst du zurück?«

Sie musste stehen bleiben, um Atem zu schöpfen. Ihr Gesicht war klatschnass, das Kleid durchweicht, so bekam man die Heldinnen nie zu sehen.

»In Neuseeland ist doch ein Verlobter, der auf dich wartet?«

Es brannte unter ihren Fußsohlen. Sie konnte nicht anders, als weiter zu springen, von einem Bein auf das andere. Er stellte sich dicht neben sie und sah sie prüfend an. »Was ist da los?«

Es war ein Irrtum, wollte sie sagen. Dumm. Ich wusste nicht, dass das so viel nach sich ziehen würde, damals im Gras. Ich bin doch erst achtzehn, kann ich nicht einen zweiten Versuch machen? Dann würde ich ihn mit Sicherheit auch trösten, den Ertrinkenden, aber anders, weniger folgenreich.

»Ada, was ist da los?«

Er nahm ihren glühenden Kopf in seine Hände. Sie zog die Nase hoch und wischte schnell einen Schnodderfaden weg. Er schien es nicht zu sehen, suchte in ihren Augen nach einer Antwort. Es ist zu schlimm, um es auszusprechen, sagte sie ohne Worte.

Der Kuss begann ganz unvermittelt, heftig und leidenschaftlich, genauso, wie es sein sollte. Er legte seine Arme um sie und sie legte sich hinein. »Ach, Mädchen«, sagte er immer wieder, und dann küssten sie sich weiter. Mädchen, Mädchen. Ihr Schweiß, ihr Speichel, alles vermischte sich und roch und schmeckte so ungeheuer gut. Sie spürte eine Hand auf ihrer Brust, auf ihren Hüften, um ihren Po. Als ihre Fußsohlen beinahe Feuer fingen, stellte sie sich auf seine Schuhe. So komme ich auch besser an dich dran. Hier bleibe ich erst einmal. Jemand murmelte beifällig, das Murmeln umschloss sie, wie Wände ein gemütliches Zimmer umgeben. So, hier lässt sich's verweilen. Bis später.

Es wurde applaudiert. Nach und nach waren die Zuschauer hinterhergekommen. Erschrocken machte Ada einen Satz zurück, das gemütliche Zimmer war nichts mehr als ein Haufen Scherben. Sie tanzte auf der glühend heißen Erde. Frank sah auf ihre Füße, mit den Kniestrümpfen, die schon längst nur noch Fetzen waren.

»Heiß, heiß!«

Er lachte. »Komm her, verrücktes Huhn.« In einem Schwung hob er sie vom Boden und drehte sich mit dem aufgetürmten, cremefarbenen Satin in den Armen den Zuschauern zu. Sie erkannte etwas Triumphierendes in seinen Gesichtszügen, ein Siegerprofil. Der Held trägt seine Braut in die Lagerhalle. Er atmete schwer. Ich habe vier Kilo zugenommen. Die Zuschauer traten einen Schritt zurück, um ihn durchzulassen, und klatschten begeistert in die Hände – *a wonderful dutch romance*. Er lachte, zerrte sie ungalant in die Höhe, so, besser. Sie schlug die Arme um seinen Hals, das Kleid spannte nun straff um ihre Taille, sodass sie beinahe erstickte. Sie musste nachdenken. Einen Moment nachdenken.

»Ada van Holland«, sagte er mit einer Stimme, die

allein ihr schon gereicht hätte, und er wiederholte ihren Namen wieder und wieder. Durch die dunkle Lagerhalle hindurch lief er zu der offenen Vorderfront, nickte nach rechts und links. Er machte eine richtige Show daraus. Sie sah die Freude in seinen Augen funkeln. Dann trat er nach draußen, wo tiefe, goldene Sonnenstrahlen die rote Erde theatralisch beschienen und wo am Horizont mit laufenden Propellern ihr Flugzeug wartete.

»Lass mich herunter«, flüsterte sie heiser vor Elend.

Er konnte sie durch das Getöse der Motoren hindurch nicht hören. Das Flugzeug war voll getankt und wurde abgekoppelt, der riesige, gerippte Schlauch wurde von zehn Leuten auf den Shell-Tankwagen zurückgerollt. Der Steward stand oben an der Treppe und hielt ungeduldig Ausschau nach den entwischten Passagieren. Als er sie erblickte, winkte er, kommt, schnell!

»Ich lass dich nie mehr gehen. Willst du bei mir bleiben?«

»Lass mich herunter«, sagte sie, noch immer nicht laut genug.

»Du darfst in Ruhe darüber nachdenken. Aber erst ja sagen.«

Sie küssten sich erneut, als wären sie magnetisch, oh, Liebste, Liebste. In der Lagerhalle wurde gejubelt und applaudiert. Sie schnappte nach Luft, rieb mit der Nase über die Stoppeln von vierzig Flugstunden ohne Rasieren, bis hoch zu seinem Ohr und sagte laut, dass sie verheiratet war.

»Ich bin verheiratet.«

»Warum?«, fragte er etwas dümmlich. Sie wagte nicht, ihn anzusehen, und wand sich mit einer harschen Bewegung aus seinen Armen.

»Warum?«

»Verheiratet«, wiederholte sie und fing wieder an zu hüpfen. »Verheiratet, verheiratet, verheiratet«, sang sie starrköpfig und kindisch. Ungläubig starrte er sie an, eine tiefe Falte legte sich über seine Augen. »Das Kleid …«

»Ist nicht von mir.«

Der Steward machte ungeduldige Gesten. Er tippte auf seine Armbanduhr, dies waren kostbare Minuten. Sie schauten zum Flugzeug, aber keiner der beiden machte Anstalten, dorthinzulaufen.

»Du trägst keinen Ring.«

»Die hat er, dort. Ich wurde ferngetraut. Die Ringe hat er, dort. Für die Zeremonie … dort … auch noch eine Art von … Zeremonie. In der Kirche.«

Er schüttelte den Kopf, als wollte er aus einem schlimmen Traum erwachen. Das Salz brannte ihr in den Augen. Sie blinzelte, um wieder klar sehen zu können. Was soll er nur von mir denken?

»Ferngetraut …«

Sie nickte. Ja, mit dem Handschuh, lass uns gehen. Aber er umfasste ihre Oberarme und zog sie auf seine Schuhe zurück. »Warum ferngetraut?«

Darauf fiel ihr sogar noch eine Antwort ein. »Er war schon weg«, sagte sie unglücklich, »und ich bin minderjährig. Anders hätte ich nicht zu ihm kommen dürfen. Zu Derk«, fügte sie hinzu, als könnte es darüber irgendwelche Missverständnisse geben.

Sie nickte matt in die Richtung des aufgeregten Stewards, komm. Doch er zog sie näher zu sich heran und bohrte in ihren Augen weiter nach einer Antwort. »Liebst du ihn?«

Die Liebe kommt, hatte ihre Mutter gesagt. Sie muss wachsen.

»Dieser Kuss eben, was bedeutete der?«

Er wurde wahnsinnig von ihrem stumpfsinnigen Schweigen, er schüttelte sie sanft.

»Liebst du ihn?«

Derk schmeckte wie eine Briefmarke, ihr Mund war mit seinem Speichel vollgelaufen, so viel, dass sie ihn herunterschlucken musste. Seine Zunge war panisch in dem Speichel herumgeschwommen. Viel beten, die Kirche und Kinder, das würde ihr vollkommen ausreichen. »Ich kenne ihn nicht so gut«, sagte sie halb schluchzend. Jetzt kommt es.

»Warum hast du dann nicht gewartet?«

Sie starrte ihn an. Lass mich noch einen Moment in der Kühle meines Mädchenzimmers verweilen.

»Konntest du nicht warten?«

»Nein«, flüsterte sie.

Er blieb unbeweglich stehen, vertieft in sie, mit fast wissenschaftlicher Neugier. Die Menschenmenge in der Flughalle, die dort vor der glühenden Hitze Schutz gesucht hatte, folgte der Szene mit Interesse. Der Film ging schon zu lange, das war kein gutes Zeichen.

»Warum nicht?«

Die Sünde stand ihr auf die Stirn geschrieben, aber sie konnte die Worte nicht über die Lippen bringen. Hilf mir, signalisierte sie, mir bleibt die Sprache weg. Sie sah, wie seine Pupillen sich weiteten, als hätte man ihn ins Dunkel gestellt. »Du erwartest ein Kind.«

Es gab keinen Grund, diese Worte so laut zu sagen. Sie setzte einen Schritt zurück, von seinen Schuhen herunter und auf den heißen Boden. Sie hüpfte stumpfsinnig mit gebeugtem Kopf, sie stritt es nicht ab.

»O ja …«, sagte er. »O ja …« Seine Arme hingen schlaff an seinem Körper herab.

Der Steward hatte den Kapitän zu Rate gezogen. Sie könnten nicht länger warten, jemand musste eingreifen. Er schritt so beherrscht wie möglich – es ging um die Ehre des Landes, alle Augen auf uns gerichtet – die Treppe herunter und ging mit schnellen Schritten auf die Deserteure zu.

»Komm«, sagte Frank, »wir müssen.«

Sie liefen zu der Maschine, mit etwas Abstand voneinander, schweigend. Ada machte ihre närrischen Hüpfschritte und spürte Wut in sich aufsteigen. So einfach war das nicht. Er sollte mal nicht denken. Sie war kein, kein.

»Er kommt aus Oude Tonge!«

Es kam keine Reaktion.

»Er hat niemanden mehr! Sie sind alle ertrunken!«

»Komm«, sagte er wieder, und das machte sie rasend vor Wut. Sie zog ihn kräftig am Ärmel. Er hielt an und drehte sich zu ihr um. Sie sah dunklen Schmerz in seinen Augen aufblitzen. Lass mich, las sie, aber sie konnte es nicht lassen. Die Wut sprühte direkt in seine Richtung. »Er hat mir den Platz gezeigt, wo sein Haus gestanden hat, und dann fing er an zu weinen. Ich bin zu Tode erschrocken! Ich wusste nicht, was ich tun sollte!« Halt mich fest, die Flammen lecken an meinen Füßen. »Was sollte ich tun?« Er nickte. »Trösten.«

Mit gebeugten Köpfen liefen sie schnell weiter, zwei verlorene Schafe auf dem Weg zurück zur Arche, der Steward verlangsamte diskret seinen Schritt, drehte sich auf dem Absatz um und rannte zur Treppe. Er winkte der Stewardess – alles wird gut, richte das dem Cockpit aus, wir können starten.

Asche kam aus Adas Mund. Worte voll Asche.

»Es ist passiert. Es hätte nicht passieren dürfen,

aber es ist passiert. Hinter dem Deich. Ich werde bestraft werden, ich selbst und meine Kinder.«

Er hielt an, sah sie erschrocken an.

»Warum denkst du das?«

»Es ist eine große Sünde. Es ist sehr schlimm.«

Mit beiden Händen hielt er ihren Kopf fest. »Es ist etwas sehr Schönes«, sagte er leise, »sehr Liebes.« Dann ließ er sie los.

Das Metall der Treppe war glühend heiß. Schnell liefen sie nach oben. »Neunzehn Minuten, *block to block*«, der Steward sah auf seine Armbanduhr, »das ist nicht so schlecht. Kommt schnell.« Er merkte, dass er diese jungen Leute erst einmal in Ruhe lassen musste. »Wir sind alle etwas erschrocken über diese leidige Schlechtwetterfront.«

Frank ließ Ada den Vortritt in die Kabine. Der Sturm war eine Warnung, wollte sie noch sagen, aber dafür war sie zu erschöpft. Hinter ihnen wurde die Treppe weggefahren, und der Steward winkte professionell den Zuschauern. Schließlich war es doch ein hübsches Schauspiel gewesen.

6

Franks Platz war von Marjorie eingenommen worden. Ihre geflüsterten Fragen, was sich dort auf der Plattform abgespielt hatte, wehrte Ada mit nichtssagenden Antworten ab, zu betäubt, um sich deswegen schuldig zu fühlen. Ja, ich hatte ein bisschen Angst bekommen. Ja, er hat mich beruhigt. Nein, sonst nichts. Sie hoffte, dass er es nicht hören würde, und wagte nicht sich umzusehen. Nach dem Aufsteigen konnte sie sich endlich aus dem beengenden Brautkleid befreien. Schwankend stand sie in der »Lady's Lounge«, wie das Verlies von Esther so schön genannt wurde, zwischen den Kleiderständern, an denen die Jacken wieder ordentlich in Reih und Glied hingen, als hätte es nie einen Sturm gegeben. Esther öffnete die Knöpfe und stellte glücklicherweise keine Fragen. Die Flecken und Risse im Satin schienen sie nicht zu interessieren. Sie zeigten sich gegenseitig ihre blauen Flecke von den Stürzen. Adas Füße sahen am schlimmsten aus, blutig und mit kleinen Schürfwunden übersät, die Sohlen voll offener Brandblasen. Leute waren ihr während des Sturms daraufgetreten, so war es wohl passiert, doch sie hatte nichts davon gemerkt. Man konnte zusehen, wie sie nun unangenehm dick und lilafarben wurden. Esther befeuchtete einen sauberen Schal im Waschbecken der Toilette und tupfte sie vorsichtig sauber. »Du gewinnst«, sagte sie mit einem Augenzwinkern. Dann gab sie ihr ein neues Paar Strümpfe, die feinsten, die Ada jemals in den Händen gehalten hatte.

Soweit Ada es sehen konnte, bestand Australien aus einer eintönigen, braunen Fläche. Es wurde schnell dunkel. Sie flogen weiter entlang der Nordküste, ihre Route wurde von der Warnung bestimmt, die die britische Regierung an alle Teilnehmer des Rennens geschickt hatte: In der Woomera-Wüste würde heute Nacht ein neuer britischer Atomwaffentest veranstaltet werden. Eine Bombe würde zum Explodieren gebracht werden, sobald der Wind die richtige Richtung einnahm. Sie sollten diese zur Sicherheit lieber umfliegen, wegen der radioaktiven Wolken. Ada stellte sich eine strahlende Wolke vor, wie ein Bild aus der Kinderbibel. Nichts, was sie nicht bereits kannte.

Marjorie saß neben ihr und las im Halbdunklen aus der Bordzeitung vor. »In Australien ist nur der äußerste Rand bewohnt«, erklärte sie, »dort spielt sich das eigentliche Leben ab. Im Inland ist nichts als Dschungel, Dschungel und nochmal Dschungel, unerträglich und ständig in Brand. Dort wüten ewige Feuer, die nie gelöscht werden können.«

Ada drehte sich schwerfällig um und spähte zwischen den Stuhllehnen hindurch zum hinteren Teil des Flugzeugs. Hinten bei den Journalisten saßen Esther und Frank und spielten Karten. Sie sah seine Finger, die eine Zigarette hielten, wie er tief inhalierte und die Spitze zu glühen anfing, als würde ein Lichtchen angehen, das dann erstarb und kurz darauf wieder aufleuchtete, wie ein Morsezeichen. »Australier essen besser als jedes andere Volk der Welt«, las Marjorie neidisch vor. »Durchschnittlich dreitausend Kalorien pro Tag.« Viel essen können war weiterhin äußerst erstrebenswert, auch wenn der Hungerwinter inzwischen schon acht Jahre her war. Die Zigarettenspitze glühte schon wieder auf. Jetzt trafen ihre Augen sich. Schnell drehte sie sich wieder um. Als sie sich bewegte, tat ihr alles weh.

Alle versuchten, wühlend und wimmernd eine Haltung zu finden, in der sie irgendwie schlafen konnten. Auch wenn es von ihrem Gefühl her Morgen war, so waren sie doch erschöpft genug, um die Nacht willkommen zu heißen. Ada hatte Glück, sie hatte zwei Sitze für sich allein und konnte zum ersten Mal wirklich liegen. Den Arm unterm Kopf gefaltet, die Beine gebeugt und peinlich genau mit dem Blümchenstoff bedeckt. Sie lag mit geschlossenen Augen da und versuchte, das Stechen in ihren Füßen zu ignorieren. Hinter ihr lag Marjorie und schlief in derselben Haltung. Im Heck des Flugzeuges war ein spärlich beleuchteter Nachtclub entstanden. Sie saßen auf dem Gang und spielten Karten, das gedämpfte Lachen und die Rauchschwaden zogen durch die Kabine hindurch.

Etwas bewegte sich in ihrem Bauch, ein ganz feines Kitzeln, kaum spürbar und doch unverkennbar, weil es anders war als alles, was sie bislang in ihrem Bauch gespürt hatte. Dann war es wieder vorbei. Hallo, sagte sie lautlos. Sie wartete andächtig, aber es wurde nichts erwidert. Es war ihre erste Bekanntschaft, und sie war froh, dass niemand dabei war. Hallo, du da. Sei mir nicht böse, dass ich dich bis jetzt ignoriert habe, es gab keinen wirklichen Grund dafür. Es ist gut möglich, dass ich dich sehr lieb haben werde, aber es war zu früh, verstehst du. Ich stand mit diesen blödsinnigen, kleinen Hemdchen in der Hand da, dabei warst du doch noch nicht mehr als mein Sündenfall, etwas, das in einem Höllentempo eine schreckliche Maschinerie in Bewegung gesetzt hat. Und die ganze Zeit über spürte ich die Augen meiner Mutter auf mir, und ich wusste nicht, was sie sehen wollte: Reue oder Rührung. Daher versuchte ich, das kleine Flanellhemdchen ordentlich in die Kiste zu packen, ohne es dabei anzusehen, so wie ich früher den Lebertran herunterschluckte, mit offenem Mund, um nichts zu schmecken. Das war es. Es war zu früh.

Stunden später kniete jemand neben ihr nieder, ein großer Körper, der sich in den engen Raum zwischen Sitz und Rückenlehne zwängte. Sie wusste sofort, dass es Frank war. Sie war durch die Aufregung eingeschlafen, ein leichter, fieberartiger Schlaf, unterbrochen vom Schmerz, den sie bei jeder unwillkürlichen Bewegung ihrer Füße verspürte. Die Berührung seiner Hand auf ihrer Hüfte machte sie hellwach, aber sie stellte sich schlafend. Unbeweglich saß sie da und hoffte, dass er das Wummern ihres Herzens nicht merken würde.

»Ada van Holland«, flüsterte er nah an ihrem Ohr, »hör mir jetzt gut zu.« Er roch nach Zigaretten und Alkohol. Seine Hand glitt sanft, aber ohne Hemmung über ihre Hüfte zu ihrem Po. Er unterstrich seine Worte mit dem Gleiten seiner Hand. Bei ihm wirkte das wie die normalste Sache der Welt. »Du kannst mit mir kommen.«

Jede Faser ihres Körpers war alarmiert, doch sie hielt die Augen geschlossen und achtete darauf, dass ihr Atem tief und ruhig blieb.

»Es ist deine Entscheidung, ich für meinen Teil möchte es sehr gerne. Ich werde für dich und das Kind sorgen.« Er setzte sich um, seine Hand verschwand für einen Augenblick. Dann wurde ihr Rock hochgehoben. Das war nun wirklich unmöglich. Er tat es tatsächlich. Die Hand landete auf ihren Hüften, unter ihrem Rock und suchte entschlossen und freundlich die Berührung mit ihrem nackten Fleisch, dem Stück Haut zwischen ihrem Höschen und dem Rand der feinen Kniestrümpfe.

»Ich werde euch beide lieben. Wir werden noch mehr Kinder bekommen.« Einen kurzen Moment piekte seine Wange gegen die ihre. »Denk darüber nach. Bitte. Geh nicht von mir weg. Es ist möglich. Du musst es nur wollen.«

Es folgte eine Stille. Sie fragte sich, ob er sie anschaute und was er sah.

»Du hast nur ein Leben, Ada, wirf es nicht weg.« Seine Hand blieb liegen, und der Abdruck brannte sich in ihr Fleisch ein. Ab und zu verspürte sie einen leichten Druck, dann wieder eine kleine Platzveränderung, wie eine ruhige Untersuchung, ohne die geringste Eile, fast gedankenverloren. Hand auf der Unterseite der Pobacken, Fingerspitze am Rand des Höschens, Fingerspitze etwas unterhalb des Höschens. Die Spannung knisterte in ihrem Körper. Sie hatte Angst, dass sie anfangen würde zu schreien, und biss die Zähne aufeinander, denn sie wollte nicht, dass er aufhörte. Er atmete schwer.

»Es ist vielleicht unsere einzige Chance«, murmelte er.

Danach stand er auf und ging weg. Es dauerte eine

Weile, bis sie es wagte, die Augen zu öffnen. Alles war klar und eigentlich so einfach. Sie musste nur ja sagen.

Ein paar Stunden später gingen die Lichter an, draußen war es noch Nacht. Nach sechs Stunden Fliegen setzten sie zum Landeanflug auf Brisbane an, der letzte Stopp vor ihrem Endziel. Zu Adas Erstaunen durften sie aussteigen, weil sie sich nach dem Sturm so gut gehalten und nicht weiter beschwert hatten. Auf dieser Strecke hatten sie einen ordentlichen Vorsprung in ihrem Zeitplan erzielt. Die Viscount, die von Melbourne abgeflogen war, als sie gerade in Darwin landeten, würde wohl jetzt gerade in Christchurch ankommen, hatte aber dennoch mit Abstand deutlich verloren. Eine kleine Pause durften sie sich also erlauben.

»Schau dir das an«, sagte Marjorie, die anscheinend neben ihr saß, als sie aufwachte. Sie zeigte nach hinten, wo Esther und Frank, die Köpfe aneinandergelehnt, dalagen und schliefen, und sie machte eine Geste, die trinken und oh, là, là hieß.

Als einzigem Teilnehmer des Flugrennens, der Brisbane anflog, wurde der Liftmaster ein tosender Empfang geboten. Hunderte, vielleicht sogar Tausende emigrierter Niederländer hatten sich im Dunkeln vor der erleuchteten Halle versammelt, an der Transparente mit der niederländischen Flagge hingen. Einige waren tagelang unterwegs gewesen, um die Ankunft des Fliegenden Holländers nicht zu verpassen. Mütter trugen kleine Kinder im Pyjama auf dem Arm. Bewegt sangen sie die Nationalhymne, als die Auserwählten auf ihren geschwollenen Füßen die Treppe herunterstolperten. Gleich danach stimmte jemand einen Gassenhauer an: »Und dass es starke Kerle sind … dass wollen wir jetzt … sin … gen.«

»Leider«, sagte Esther.

»Darum sind wir ja da … immer und überall!«

Ada hatte während des gesamten Landeanflugs versucht, sich die Schuhe wieder anzuziehen. Die Schnürbänder musste sie offen lassen, sie flatterten hin und her. Krampfhaft hielt sie sich rechts und links am Geländer fest und folgte Marjorie, die mit verschlafener Stimme mitsang. »Überall, überall, wo die Mädchen sind, wo die Mädchen sind …« Die Mädchen winkten den flatternden Fahnen zu und lachten höflich. Als sie unten waren, bekamen sie eiskalte Coca-Cola serviert, ein Getränk aus Amerika, von dem man rülpsen musste.

»Wo die Mädchen sind … da geht es rund!«

Es war hier nicht ganz so heiß, und keine Sterne waren zu sehen. »Es ist bewölkt«, bemerkte Marjorie entrüstet. Ada sah Frank und Esther weiter vorne bei den Journalisten stehen und interessiert die live übertragene Funkreportage für das Vaterland verfolgen. Es wurden aktuelle Zeitungen ausgeteilt, Abendzeitungen mit Berichten über den Wettkampf. In einer australischen Zeitung wurde über die »Dutch Bride Plane« gesprochen.

Zusammen mit Marjorie und den anderen Bräuten ließ Ada sich zu den jubelnden Menschen hinter den Absperrseilen führen. Sie wusste nicht, was sie von diesem Aufenthalt halten sollte, und bei jedem Schritt taten ihr die Füße weh. Die allgemeine Euphorie wuchs. Die Seile wurden gelöst, Auswanderer stürzten nach vorn und begrüßten Auswanderer. Sie wurden umarmt, geküsst und gekniffen. »Das ist das Schönste, was ich seit Jahren erlebt habe«, rief ein Mann unter Tränen und zeigte auf das Flugzeug, »das nenne ich niederländische Courage!« Es wurden Mitbürger aus derselben Stadt gesucht, aus derselben Gegend. »Rotterdam!« »Eindhoven!« »Tilburg!« Die Fotolampen blitzten ununterbrochen. Neben ihr schüttelte Marjorie Hände, wie ein vergrippter Filmstar bei einer Premiere: tapfer lächelnd, jedoch zu schwach für die erforderliche Begeisterung. Bei einer alten Frau blieb sie stehen. »Wie lange sind Sie schon hier?« Fünfundvierzig Jahre, antwortete die Frau. Marjorie schlug erschrocken die Hand vor den Mund, als würde etwas erst jetzt zu ihr durchdringen.

Sobald es irgendwie ging, entfernte Ada sich unauffällig aus dem Gewimmel bei der Absperrung und suchte Frank. Hinter dem Tankwagen erkannte sie seine Gestalt im Dunkeln, und ihr Herz machte einen Sprung. Er stand dort mit dem Rücken zu all dem Trubel und redete mit einem Techniker vom Bodenpersonal. Sie wartete und starrte auf seinen Rücken, jede Bewegung, die er machte, nahm sie in sich auf: die Art, wie er beim Zuhören seine Haltung veränderte, sein aufmerksames Nicken, die unwillkürlichen Bewegungen, wenn er eine Frage stellte, seine Konzentration, sein Ernst, der Klang seiner Stimme, das dunkle, verhaltene Lachen, all die Dinge, durch die sie ihn schon jetzt unter Tausenden erkennen würde, und auch all die Dinge, die sie nicht sah, aber dennoch wusste, wie die Farbe seiner Augen sich vertiefen konnte, wenn er sie ansah, die Art, wie er sie ansah, all diese Dinge.

Wie ihr Leben aussehen würde.

Angespannt blieb sie stehen, bis er sie ebenfalls entdeckte und auf sie zulief. Er ergriff ihre Hand und zog sie mit sich, um das Flugzeug herum. Jetzt muss ich stark bleiben, dachte sie, aber im nächsten Moment ging im Dunkeln das Küssen wieder los, ohne dass sie etwas dagegen tun konnte, als würde der Boden unter den Füßen wegbröckeln und sie in die Tiefe eines Flusses gleiten, bis die Atemnot sie an die Oberfläche zurückzwang. Ihr Körper nahm unter seinen Händen Form an. Eine prächtige Form, stark und sanft zugleich. Er stöhnte glückselig. »Kommst du mit mir?«

Jetzt, dachte sie. Jetzt ist der Moment. Jetzt.

»Willst du mit mir kommen?«

»Das geht nicht.«

»Willst du es?«

»Das darf ich nicht.«

»Aber willst du es denn?«

»Nein.«

»Lügnerin.«

Sie biss ihm in die Unterlippe und brachte ihn mit einem Kuss zum Schweigen, ein Kuss, der dauerte und dauerte, weil sie in ihm ihr ganzes Leben erlebte. Und nach diesem Kuss blieben sie minutenlang mucksmäuschenstill stehen, die Arme umeinander geschlungen, so nah beieinander, dass ihre Atmung den gleichen, ruhigen Rhythmus annahm, Minuten, in denen sie sah, wie es sein könnte, eine sonnige Liebe, ein befreites Leben. Der breite Weg.

Er flüsterte weiter, dass es möglich war, wenn sie es wollte, doch dieses Mal ließ sie seine Worte geradewegs im Dunkeln um sie herum verschwinden. Sie konnte es nicht. Was Gott zusammengefügt hat, soll der Mensch nicht scheiden. Dafür ist der Mensch zu klein. Einen heiligen Bund brechen und dann auch noch mit einem Gottlosen. Denn Gott kennt den Weg der Gerechten, aber der Gottlosen Weg vergeht. Oh Herr, errette meine Seele vor der trügerischen Zunge. Trügerische Zunge, dachte sie, als er ihren Namen in ihr Ohr flüsterte.

Nach diesen Minuten hatte sich ihr Herz verhärtet, und sie löste sich aus der Umarmung, während sie den Verlust in jeder Zelle ihres Körpers verspürte. Ich tue das Richtige, dachte sie ratlos, kein zweiter großer Fehltritt in meinem Leben, endlich tue ich das Richtige, so fühlt sich das also an. Sie erstickte seine Proteste, hörte den trockenen Klang ihrer eigenen Stimme und machte sich feige die Tatsache zunutze, dass der kurze Aufenthalt vorbei war und die Reise fortgesetzt werden musste.

Von jetzt an schlief niemand mehr – die letzte Etappe, das war ja unvorstellbar, nur noch etwa sechs Stunden zu fliegen. Die Stimmung hob sich von Minute zu Minute. »Sie sind eine bewundernswerte Gruppe«, sagte der Steward, »in der Sturmfront haben Sie sehr wohl Ihre Lufttaufe bekommen, doch ich sehe Ihnen nicht den kleinsten Hauch von Angst an. Wir werden Sie möglicherweise nie wiedersehen, aber als Fluggesellschaft werden wir Sie vermissen.«

Nach dem Steigflug wurde ihnen die letzte Mahlzeit serviert: Tee, Kaffee und Rosinenbrot. Es war Nacht, aber das Flugzeug flog vor Eifer zitternd mit fünfhundert Stundenkilometern – der bislang höchsten Geschwindigkeit ihrer Strecke – der Morgenröte entgegen. Ada starrte im Dunkeln auf das schwarze Wasser unter ihnen und wartete vergebens auf die Genugtuung, die sie nun mit Recht erhalten sollte.

»Das tasmanische Meer«, sagte Marjorie mit vollem Mund, »nach unserem Landsmann Abel Tasman.« Sie hatte ihren Platz nicht mehr hergegeben. »Gib mir deine Adresse«, sagte sie, »dann bleiben wir in Kontakt.« Ada schrieb die Adresse ab, die hinten auf Derks Brief stand. Marjorie hatte nur eine vorläufige Unterkunft in einem *Boarding House*, weil Hans noch kein passendes Haus gefunden hatte. Neugierig studierte sie den Namen der Straße in Greymouth. »Was ist das für ein Haus?«, fragte sie.

»Ein Bungalow«, sagte Ada, so leise, dass Frank hinter ihr es nicht hören konnte. In dem Brief hatte Bunker gestanden, Bunker, sie hatte es bestimmt hundert Mal gelesen, weil sie es nicht glauben konnte. In einem Bunker konnte man nicht wohnen, das war kein Haus, aber so stand es dort, jedes Mal wieder. Am nächsten Tag hatten ihre Brüder ihren Lehrer gefragt, und der hatte gesagt: Gibt es nicht, es gibt keine Bunker in Neuseeland. Dort hat es keinen Krieg gegeben, es wird ein Bungalow sein. Er hatte das Wort buchstabiert, Bungalow, das war eine moderne Art von Haus, alles ebenerdig und mit großen Fenstern, sodass das Licht von allen Seiten eintreten kann. Sie hatte versucht, aus dem gekrickelten Wort in dem Brief Bungalow zu machen, und ja, mit ein bisschen Mühe war es ihr gelungen, und erleichtert hatte sie über ihre Hirngespinste gelacht.

»Ein Bungalow«, wiederholte Marjorie, »Glückspilz.«

Die letzten Stunden stieg die Spannung auf eine prachtvolle Ankunft in Christchurch. Von Langeweile konnte keine Rede mehr sein. Aus dem Cockpit erklang die Bitte, das Flugzeug so sauber wie möglich zu hinterlassen, weil es unmittelbar nach der Ankunft von Presseleuten und Interessierten besichtigt werden würde. Sie, als Niederländer, hatten einen Ruf von Sauberkeit und Ordnung zu bewahren. Reihe für Reihe mussten sie alle Überbleibsel der Reise auf und unter den Sitzen, in den Rückenlehnen und in den Gepäckablagen beseitigen. Das Kabinenpersonal ging mit Abfalleimern herum. Ada erledigte ihre Aufgabe gewissenhaft, zupfte jedes Krümelchen, jedes Stückchen Papier und jeden Wollfaden mit großer Sorgfalt unter ihrem Sitz hervor, so gebückt wie möglich, um Franks Blick zu meiden.

Das dauerte etwa eine Stunde, dann waren die Aschenbecher leer, und der blaue Teppich im Gang war von herumfliegendem Unrat gesäubert. Danach bekamen sie Zeit, sich frisch zu machen. Die Männer konnten sich rasieren. Die Passagiere durften, einer nach dem anderen, den kleinen Waschraum benutzen. So kurz wie möglich, aus Rücksicht auf die Mitreisenden. Vor ihrer Abreise hatte man die Mädchen gebeten, eine weiße Bluse und einen schwarzen Rock einzupacken, sodass sie bei der Ankunft den Anblick einer ordentlichen, adretten Gruppe abgeben würden. Für die Herren gab es natürlich die KLM-Krawatte. Ihre Jacken und ihr Gepäck sollten sie nachher im Flugzeug lassen. Es würde alles für sie zum Zoll gebracht werden.

»Sie machen dann einen etwas frischeren Eindruck«, erklärte der Steward.

Alles andere als frisch stand Ada in der Reihe zwischen den schnatternden Bräuten. Um sie herum wurden die Mädchen ständig nervöser wegen des nahenden Wiedersehens mit ihren Verlobten. »Wenn er nicht da ist«, sagte Marjorie, »dann bin ich verloren.« Ada trat von einem Fuß auf den anderen, um das Brennen etwas zu lindern, und fragte sich, was sie tun würde, wenn Derk nicht da wäre. Es konnte ja alles Mögliche passiert sein.

Er konnte sogar gestorben sein.

Esther nahm sich Zeit, ohne jegliche Rücksichtnahme auf ihre Mitreisenden. Erst als lautstark gemeckert wurde, wand sie sich aus der »Lady's Lounge«, in einer eigenen Kreation, tatatataaa. Wie ist das nur möglich, dachte Ada, die selbst mit einer alten Bluse ihrer Tante und einem Beerdigungsrock ihrer Mutter losgeschickt worden war. Wie ist das nur möglich, sie hält sich an die Vorgabe, und weicht doch komplett davon ab. Esther trug ein eng anliegendes, schwarzes Kleid, das bis halb über die Waden ging. Über den Schultern hatte es einen großen weiten Kragen aus plissiertem Stoff, eigentlich eine Art Stola. Das Kleid bewegte sich wogend mit ihr mit. Die ganze Reihe klatschte in die Hände, aber Ada sah, dass einige Mädchen es etwas übertrieben fanden. Sie sind neidisch, dachte sie und sah fasziniert auf die perfekt nachgezeichneten Augenbrauen und den gemalten Mund. »Lippenrot färbt ab«, flüsterte Marjorie ihr ins Ohr. »Wie will sie das nachher wohl machen? Der arme Kerl, der ihr einen Kuss geben will …« Ada hörte nicht zu, sie schaute Esther hinterher und sah, wie gelassen sie trotz all der Andacht blieb, während sie mit wiegenden Hüften auf ihren hohen Absätzen zu ihrem Platz zurückspazierte. So ein Mädchen fürchtet sich vor nichts.

Frank sagte etwas Nettes zu Esther – ein Kompliment oder etwas Lustiges –, woraufhin das tiefe, heisere Lachen erklang. Jetzt durchfuhr Ada selbst ein Stich der Eifersucht. Dann schubste Marjorie sie in den Toilettenraum hinein. Die Seife, Kamm und Zahnbürste zitterten immer wieder von dem Waschbecken herunter, doch, so gut es ging, machte sie sich für das Treffen mit ihrem Ehemann frisch.

Gegen sechs Uhr war es so weit. »Wir befinden uns im Landeanflug«, meldete der Steward, »und wir erwarten, dass wir Neuseeland, sobald wir diese Wolkenschicht durchflogen haben, unter uns sehen können.« In ihrer Welt, der Oberwelt, war die Sonne blutrot aufgegangen; dass der Boden dieser Welt aber eine geschlossene Wolkendecke war, hatten sie in der Aufregung gar nicht gemerkt.

»Wolkenschicht?«, rief Marjorie, »es war doch die ganze Zeit über schönes Wetter!«

»Du kannst mit diesem Flugzeug direkt wieder zurückfliegen«, bemerkte Esther.

»Ich werde nie wieder fliegen.«

Bei der ersten Erschütterung des Flugzeugs kam bei Ada eine vertraute Angst zurück, und sie umklammerte die Sitzlehne. Rumpelnd und donnernd fielen sie durch eine bleigraue Decke. Sie schloss die Augen, kaute besessen auf ihrem Kaugummi, das zum letzten Mal ausgeteilt worden war, und begann ohne große Erwartungen zu beten. Und tatsächlich sackte das Flugzeug weiter ab, immer ein paar Meter auf einmal nehmend, durch den dicken Nebel hindurch. Auf einmal stand Frank auf dem Gang. Er dirigierte Marjorie ohne Umschweife einen Sitz weiter nach hinten und nahm neben Ada Platz. Er sah auf ihre Hände, deren Knöchel ganz weiß waren. Trotz der gespannten Stimmung schien es ihn zu amüsieren.

»Immer gut festhalten!«

Sie lächelte entschuldigend. Das Flugzeug fiel noch ein paar Meter weiter nach unten, irgendwoher erklang ein Schrei.

»Na, was habe ich gerade gesagt?«

Mit ihm erscheint alles leichter, dachte sie. Es war ihr ein Rätsel, wie er das machte. Als würde er das Leben weniger ernst nehmen. Und doch kam er ihr nicht vor wie einer, den ihr Vater als einen Schwerenöter bezeichnet hätte. Frank fuhr fort: »Wenn man es allerdings anders betrachtet: Irgendwie müssen wir natürlich herunterkommen.« Sie nahm sich vor, auch so zu werden, und zwang sich dazu, ihre Hände entspannt in den Schoß zu legen. Es gelang ihr sogar, sie dort zu lassen, trotz des jähen Sturzfluges des Flugzeugs und dem hohlen Gefühl im Magen.

Dann fielen sie durch die letzten Wolken hindurch in einen grauen Morgen, an dem die Sonne sich nicht zeigte. »Sieh nur«, sagte Frank und beugte sich mit ihr gemeinsam zum Fenster hinüber. Jemand rief: »Neuseeland!« Ein Ruf, der von mehreren Stimmen wiederholt wurde. Es wurde geklatscht, gejubelt und gesungen. Hinter ihnen setzte Marjories hohe Mädchenstimme mit »Hup, Holland, hup …« ein. Jeder versuchte, so viel wie irgend möglich von dem Land zu sehen, mit dem alles angefangen hatte.

Sie seufzte auf. In einem unendlichen Tal, umringt von hohen Bergen, webte ein Fluss einen Teppich von bizarren Mustern. »Die Südalpen«, sagte Frank. »Prächtig, nicht?« Sie sah schneebedeckte Berggipfel, ein Bild, dass sie nur von Fotos kannte, und etwas von der allgemeinen Aufregung übermannte auch sie. Auf jeden Fall würde es ein neues, aufregendes Leben werden. Sein Gesicht war so dicht vor dem ihren, dass sie sich beherrschen musste, ihn nicht zu küssen. Ein freies Leben mit unbekannten Möglichkeiten.

»Siehst du das?«, fragte er, »das ist es. Jetzt sind wir hierhergeflogen. Du hattest einen Plan. Ich auch. Aber wo ist jetzt das flache Land für meinen Bauernhof?« In einem unbeachteten Moment ergriff er ihre Hand und wurde ernst. »Hier geht unser Leben weiter.«

»Ja«, flüsterte sie, und als sie sich sicher war, dass niemand sie beachtete, küsste sie ihn doch ganz schnell neben seinen Mund und betrachtete weiter – ganz dicht neben ihm –, wie die Landschaft sich langsam veränderte, wie die Berge in Hügel übergingen, wie die Hügel abflachten und in große, in Parzellen eingeteilte Stücke Steppe mündeten, in der sie kleine weiße Punkte sahen – das mussten Schafe sein. »Da hast du dein flaches Land«, sagte sie. »Die Canterbury Plains«, erklärte er, »ich glaube nicht, dass sie ein Stück für mich übrig gelassen haben.«

In der Kabine wurde es eigenartig still. Für all dies nun hatten sie allem Lebwohl gesagt und sich fünfzig Stunden lang einschließen lassen. Nur um in dieses Land zu fliegen, wo es Arbeit im Überfluss gab, keine Armut herrschte und die Versorgung gut war – die niedrigste Säuglingssterblichkeit der Welt. »Hier wird bald dein Kind zur Welt kommen«, sagte er, und erschrocken legte sie die Finger auf den Mund, still.

Meter für Meter sank das Flugzeug über ihrem neuen Land. Sie sah Obstgärten unter sich vorbeischießen, Schafe, überall Schafe auf riesengroßen Savanneweiden, umsäumt von Bäumen. Es gab eine Eisenbahnlinie, die direkt aus den Bergen kam und ihnen scheinbar folgte. Sie wirkte verloren in dieser Weite, nur ab und zu stand da eine Scheune, ein Bauernhof, ein vereinzeltes Grüppchen von Holzhäusern, manchmal eine Kirche. Ein Weg, der sich zwischen sanft leuchtenden Hügeln entlangschlängelte und auf dem zu dieser frühen Uhrzeit scheinbar kein Verkehr herrschte. Sie näherten sich der Erde immer weiter, bis sie kurz über eine kahle, breite Fläche flogen, auf der auf einer Landebahn die Viscount und die Canberras nebeneinanderstanden, genau wie in London, allerdings ohne die Hastings. Wir sind da, dachte sie mit einem tiefen Gefühl von Bedauern und schmiegte sich noch enger an ihn.

An der Seite des Geländes parkten riesige Mengen von Autos. Scharen von Menschen warteten hier in Harewood auf ihre Ankunft.

»Ada«, sagte er. Der Ton seiner Stimme legte alles offen.

»Was ist?«

»Wenn du springst, fang ich dich auf.«

Und wieder einmal erschrak sie über das Dröhnen, mit dem das Fahrwerk ausgeklappt wurde. Die Motoren heulten auf und gaben auf den letzten Metern noch einmal mehr Stoff. Auf einer Höhe von zweihundert Fuß rasten sie über den Kalkstreifen zwischen dem Finish-Grenzpfosten und den Kontrolltürmen hindurch.

»Es ist vielleicht unsere einzige Chance«, sagte er wieder.

Dann sengten die Reifen mit donnerndem Getöse über den Asphalt der Landebahn. Es war Sonntagmorgen, 6:27 Ortszeit. Sie waren als Letzte angekommen, hatten das Rennen aber dennoch gewonnen.

Jubel und Applaus brachen los. *Ihr* Holland war Champion, *ihre* KLM war die Beste und *ihr* Kapitän ein Held. Die Freudenschreie wurden überstimmt von der enormen Kraft und dem Lärm der brüllenden Motoren, die aus voller Fahrt heraus abgebremst wurden – der Maschinenraum der Hölle. Noch ist es möglich, dachte sie. Und dann, klar und deutlich: Ich will es auch. Hand in Hand blieben sie sitzen, voller Anspannung.

Die Geschwindigkeit wurde schnell verringert, und auch das Geräusch normalisierte sich. Der Kapitän ließ das Flugzeug in Richtung Flughafengebäude rollen und stellte dann seine vier Motoren aus. Geschafft. Ende der Reise, das Schiff ist im Hafen angekommen. Durchgejagt, aber unversehrt. Sie hatten dafür 49 Stunden, 57 Minuten und 13 Sekunden gebraucht. Mit einem Vorsprung auf ihren eigenen Zeitplan von 14 Stunden und 41 Minuten hatten sie das Endziel erreicht und damit den Flugrekord England – Neuseeland von 1946 um zehn Stunden unterboten. Es gab allen Grund, außer sich vor Freude zu sein.

»Ich lass dich nicht fallen.«

Langsam und widerwillig entzog sie ihm ihre Hand. Heiser vor Ergriffenheit schrien alle durcheinander. Noch nie zuvor waren normale Passagiere innerhalb von fünfzig Stunden ihre eigenen Antipoden geworden. Dies war die schnellste Emigrantenreise, die es je gegeben hatte. Ungeduldig wurden die Anschnallgurte gelöst, die Auserwählten tanzten auf ihren Sitzen herum. »Bleiben Sie bitte sitzen«, rief der Steward. »Wir müssen uns alle beherrschen und einen guten Eindruck machen.« Auch hier glitt eine weiße Jacke in den Kabinenraum, und sie mussten die Prozedur mit der Sprühflasche erneut über sich ergehen lassen. Draußen standen fünfzehntausend Leute, verriet der Mann, fast alle *Dutchies*, einige hatten in ihrem Auto übernachtet. Und während die Auswanderer flink, vor lauter Aufregung nach Luft schnappend, ihre Nasen und Münder bedeckten, bereitete der Steward sie darauf vor, dass aus ihrer uniformierten Ankunft leider nichts werden würde, da es regnerisch und kalt war und ein rauer Wind wehte. Sie mussten ihre Jacken anziehen.

7

Der Kapitän öffnete die Tür der Liftmaster und ließ seine Auserwählten die Treppe herunterlaufen, die Erfolgskoffer in der Hand. Mit bleichen, erwartungsvollen Gesichtern setzten sie ihren ersten Schritt auf den Boden ihres neuen Vaterlandes. Wären sie nicht von den Blitzlichtern geblendet worden, so hätten sie weiter vorn beim schlichten Flughafengebäude eine Legion von Landsmännern hinter den Gittern sehen können, ein Meer von wiegenden Köpfen, schreienden, singenden Mündern und winkenden Armen mit rot-weiß-blauen Fahnen und Schildern: »Willkommen, Vogel aus dem Vaterland!«

Wieder erklang die Nationalhymne, ungleich, außer Takt, heiser und ergriffen.

Ada wurde bewusst, dass die gebogenen Wände des Flugzeugs Sicherheit geboten hatten, eine überschaubare Welt und ein übersichtliches Leben, nahe dem Mann, nach dem sie sich verzehrte. Das war nun vorbei, und vor ihr lag ein unbekanntes und überwältigendes Terrain, das sie mutterseelenallein, auf geschwollenen, schmerzenden Füßen erkunden musste. Damit hatte der flachsblonde Junge, der irgendwo dort drüben auf sie wartete, nichts zu tun. Sie fröstelte und zog den Kragen ihrer Jacke enger um ihren Hals. Sie konnte Derk in der Menge nicht ausmachen, sie standen zu weit weg, es waren zu viele Menschen. Keine der Bräute konnte ihren Verlobten ausmachen, sie stellten sich auf die Zehenspitzen und suchten die Menge ab, irgendjemand fing an zu jammern, aber es war nicht zu ändern: Sie waren durch Radioreporter, Kameramänner, Fotografen, Würdenträger und ein ausgedehntes Empfangsprogramm von ihren Lieben getrennt. Maori, die stundenlang barfuß und in traditionellen Gewändern dem Regen und Wind getrotzt hatten, winkten mit Speeren und schrien, tanzten und sangen. Sie übertönten die Nationalhymne hinter den Absperrzäunen, zogen angsteinflößende Grimassen und streckten ihre Zungen weit heraus.

Einige Mädchen wurden etwas albern. »Das sind sie also«, bemerkte Marjorie, »man hat ja schon davon gehört, aber dass sie *so* aussehen …« Ada schaute auf die braunen Schenkel der Männer, die bei jeder Kniebeuge unter ihren Rockzipfeln zum Vorschein kamen, auf ihre nackten Oberkörper, über denen lose ein weißer Umhang hing. Es ist ein tapferes, streitlustiges und intelligentes Volk, hatte sie in *Eine Beschreibung von Land und Volk* gelesen. Die Regierung hat vor, ihre angeborene handwerkliche Geschicklichkeit in den Dienst der neuseeländischen Gemeinschaft zu stellen. Ich muss gut aufpassen, dachte sie, hier fängt mein neues Leben an. Aber es wollte ihr nicht gelingen. Es war, als würde sie gar nicht dort stehen, wo sie war. Der Gesang und das Kreischen der Maori mischte sich mit Fetzen der Nationalhymne und dem Gejohle in ihrem Kopf zu einem undefinierbaren Brei. Eigentlich drang nur zu ihr durch, dass Franks Arm beschützend um sie lag und dass sie entscheiden konnte, ob er dort bleiben sollte.

In der Mitte der Menschenmenge war ein Weg freigehalten, der an beiden Seiten von Gittern abgetrennt wurde. Er führte zu einem einfachen Gebäude mit einem gebogenen Dach, dem Flughafen von Christchurch. Der Kapitän rieb seine Nase gegen die Nase des Anführers der Maori, der Botschafter hieß die Sieger willkommen, und dann wurde endlich das erlösende Zeichen gegeben. Als Erstes machte Marjorie sich los, sie stieß einen Schrei aus und rannte nach vorne. Bei Ada konnte von Rennen nicht die Rede sein, denn inzwischen war es, als steckten ihr Rasierklingen in den Schuhen. Ich komme mir vor wie die kleine Meerjungfrau, jeder Schritt tut mir weh. Sie kam als Letzte an der Gasse an. Durch ein Spalier von ausgestreckten Armen hindurch und von aufmunternden Zurufen begleitet, musste sie sich, genau wie die anderen Mädchen, ansehen lassen, darauf hatten die Zuschauer ein Recht. In gut verständlichem Niederländisch wurde ihr zugerufen, dass sie eine Schönheit aus dem Vaterland sei, die hübscheste Braut des gesamten Flugzeugs. Den Frauen wurde alles Mögliche zugerufen. Esther ließ sich irgendwo weiter vorne ungeniert betrachten. Ada versuchte so selbstverständlich wie möglich zu gehen und nicht zu stolpern. Man konnte den Blicken nicht ausweichen.

»He, Blondie, bist du schon verheiratet, oder habe ich noch eine Chance?« Gejohle und Gelächter. Frank drehte sich um, kam auf sie zu und legte demonstrativ seinen Arm um ihre Schultern. »Diese ist verheiratet.« »Glückspilz!« Ein anderer rief: »Lass sie bloß nicht alleine laufen!«

Er hielt seinen Arm um sie herumgelegt, wodurch die Kommentare deutlich verhaltener wurden. »Arme Adafüße«, sagte er, »wenn du mit mir kommst, werde ich sie mit Balsam reinigen, mit kühlen Tüchern umwickeln und süße Lieder für sie singen. Obwohl«, überlegte er, »Letzteres könnte den Schmerz möglicherweise noch verschlimmern.« Als sie bei der Tür angelangt waren, an der sie alle warten mussten, bis sie offiziell hereingelassen wurden, machte sie sich von ihm los. »Das sieht aus wie eine Baracke«, bemerkte Marjorie, »was für ein armseliger Schuppen, und so was bezeichnen sie als Flughafen.«

In dem kleinen Gebäude herrschte ein fröhlich gackernder Betrieb. Einer nach dem anderen unterwarf sich geduldig einer kurzen Formalität beim Zoll. Sie mussten ihren Pass und ihr Gesundheitszeugnis vorzeigen und den obligatorischen Importbetrag von zehn Pfund bezahlen. Umgehend registrierte ein Zollbeamter an einer Schreibmaschine ihre Daten: Geburtsdatum, blond oder dunkelhaarig, Augenfarbe, Statur, ihre vorläufige Adresse. Danach mussten sie das Formular unterschreiben. Oben stand in großen Buchstaben: *Certificate of Registration of Alien*, mit einer Nummer in der rechten oberen Ecke. Tragen Sie es immer bei sich, warnte der Beamte, es enthält all Ihre persönlichen Daten, jede Adressänderung muss gemeldet und auf der Rückseite dieses Zertifikats vermerkt werden. Willkommen in Neuseeland.

Sie hatte kein Wort davon verstanden. Mit wachsender Panik – ein schrilles Pfeifen in den Ohren – starrte sie den Beamten an, wie er mit Händen und Füßen versuchte zu erklären, was er genau wollte, und schlussendlich dann selbst ihren Pass nahm und die Angaben zu den äußeren Merkmalen ausfüllte. Weiter vorn verteilte die Auswanderungsbehörde Briefe mit Stellen für Plan-Einwanderer. Danach durften die Verlobten begrüßt werden. Über die Köpfe hinweg sah sie, dass Frank sie besorgt im Auge behielt. Sie fürchtete, dass Derks Augen bereits auf sie gerichtet waren und signalisierte ihm: Lass mich, es ist alles gut. Doch in Wirklichkeit war gar nichts gut, und es würde auch nie mehr gut werden. Der Zollbeamte machte ihr ein Zeichen, dass sie durchgehen dürfte, und sah ihr mitleidig hinterher. Ich bin eine miese Einwandererin, dachte Ada und stolperte zwischen den Paaren herum, das Zertifikat in der Hand. Überall um sie herum küsste man einander oder stand sich etwas unbehaglich gegenüber. Ihre Augen suchten und suchten, doch sie wusste selbst nicht so recht, nach wem.

»Woher hätte ich das denn wissen sollen«, lachte der junge Mann, der bei Marjorie stand, der Hans mit den Knickerbockern von dem Foto, »hierzulande ist es anscheinend vollkommen unüblich, als Mann Blumen mitzubringen, so haben sie sofort erkannt, dass ich Holländer bin und auf meine Braut warte. Ich habe schon drei Interviews gegeben!« Er hatte ein sympathisches, offenes Gesicht, genau wie auf dem Foto. Um sie herum standen Fotografen, die »Kiss, kiss« riefen, und jedes Mal hielt Hans erneut seine Blumen hoch und umarmte sein Mädchen, Marjorie jedoch wehrte ihn jedes Mal sanft ab. Er soll mal bloß nichts überstürzen, dachte Ada. Sie drängte sich weiter durch das Meer von Männern und Mädchen, zwischen Händen auf Hüften und Ausrufen wie Oh, ich habe dich so vermisst. Sie suchte, aber suchte eigentlich auch nicht, jedenfalls nicht so, wie sie suchen sollte. Esther gegenüber stand ein Mann mit schwarzen Haaren. Wegen des Gedränges standen sie nah beieinander, doch Ada sah den Abstand zwischen ihnen. Er war einen Kopf kleiner als Esther und schien etwas erschrocken zu sein. »Ich hatte vergessen …«, hörte sie ihn sagen, »warst du nicht beim letzten Mal … bist du gewachsen?« Eine hohe, nasale Stimme. Esther gab keine Antwort und zog aus einem Impuls heraus ihre hohen Schuhe aus. Jetzt war sie nur noch einen halben Kopf größer, aber das schien das Problem nicht wirklich zu lösen. Ada zwängte sich weiter zwischen fremden Rücken hindurch, das Heulen der Motoren dröhnte noch immer in ihrem Kopf, links herum und rechts herum, keine Ahnung, wohin. Entschuldigung, murmelte sie gedankenverloren, als sie jemanden anrempelte, ich passe nicht auf, wo kann er nur sein – und wen suche ich überhaupt.

Dann spürte sie eine Hand auf ihrer Schulter, und eine Stimme, die sie an dem südholländischen Akzent erkannte, sagte: »Pastor …«

Erschrocken drehte sie sich um. Sie stand Auge in Auge mit ihrem Ehemann und wusste in derselben Sekunde mit erschreckender Sicherheit, dass sie ihn nie lieben würde und er nichts daran ändern konnte. Sein Gesicht war nicht unfreundlich, und es war geradezu rührend, wie er sich für diesen Anlass herausgeputzt hatte: Er trug einen adretten Anzug, sein rötliches, flachsblondes Haar war zu einem nassen Scheitel gekämmt. Aber er wagte nicht, sie direkt anzusehen, sodass sie die Scham deutlich spürte und wusste, dass sie ihr das Leben vergällen würde.

»Herr Pastor, das ist Ada«, sagte er verlegen zu einem grauen Mann mit Brille, der neben ihm stand.

»Ada, das ist Pastor Houtsma.«

Wie ferngesteuert streckte sie die Hand aus. Sie sah Verwirrung hinter seinen Brillengläsern, erkannte das Zögern. Er weiß es, und er verachtet mich. Derk beugte sich zu ihr, sie dachte, dass er sie küssen wollte und streckte ihm bereitwillig ihre Wange entgegen, doch er flüsterte ihr etwas ins Ohr. Deine Knöpfe. Sie guckte an sich herunter und sah, dass um ihre geschwollenen Brüste herum die Knöpfe ihrer weißen Bluse aufgesprungen waren. Lass, lass nur, sagte eine tiefe Stimme in ihrem Kopf, während sie mit nervös nestelnden Fingern versuchte, die Knöpfe wieder zuzumachen.

Das Resultat verschaffte dem Pastor Erleichterung, er fing sich wieder und streckte seine Hand aus.

»Willkommen, Tochter, in unserer kleinen Gemeinde«, sagte er.

»Wir haben nun eine eigene Gemeinde«, erklärte Derk, »die erste in Greymouth. Es gibt noch kein Gebäude, der Gottesdienst findet erst einmal in einem Pub statt. Du wirst alles heute Mittag sehen, wir müssen erst das Bier aufwischen … aber wenigstens sind wir unter uns.«

Es ist Sonntag, durchfuhr es sie, der Tag des Herrn, das hatte sie ganz vergessen. Inzwischen suchten ihre Augen weiter den Raum ab, zwischen Köpfen, Schultern und Rücken hindurch. »Die presbyterianische ist nicht das Wahre«, sagte Derk, »keine Begeisterung, und sie singen auf Englisch.« Sie nickte so verstehend wie möglich. Dann folgte eine verlegene Stille zwischen Mann und Frau. Er schaute sie verstohlen von der Seite an, und sie sah, dass sie ihm gefiel. Ich bin seine Frau, er hat an mich gedacht, wenn er im Dunklen lag. Er erwartet alles, was man nach einer Heirat erwarten darf. Sie küssten sich auf den Mund. Der laue Geruch von Briefmarken. Er nahm ihre Hand, die seine war kalt und feucht. Aber er schien aufrichtig froh zu sein, sie zu sehen.

»Wie geht es dir?«

»Gut.«

»War es schön?«

»O ja!«

Unbeholfen und gesucht höflich nahm er ihr den Koffer ab. »Wenn wir ohne Zwischenstopp durchfahren, kann der Gottesdienst rechtzeitig beginnen. Kommst du?«

Nein, wollte sie rufen, wir fahren noch lange nicht. Es kommen noch Reden vom Botschafter und von irgendeinem Minister, wir haben den Hauptpreis gewonnen, verstehst du, unser Kapitän bekommt einen Scheck über hunderttausend Pfund überreicht, das alles wird einem wohltätigen Zweck gespendet, ist das nicht toll? Und danach steigen wir alle zusammen in den Bus. Ja, dort steht ein Bus für uns bereit. Wir haben schließlich fünfzig Stunden miteinander verbracht, in denen wir zusammen Stürme überstanden haben. Ich muss mich auf jeden Fall von jedem einzeln verabschieden, ich kann nicht so einfach wegfahren. Außerdem gehe ich ohnehin mit Frank, weil ich ihn liebe, weil mein Körper unter seinen Händen zerspringt, weil meine Seele sich bei seinen Worten schüttelt wie ein junger Hund nach dem Bad – erquickt, fast so, als bräuchte ich mich für nichts zu schämen. Das ist doch schließlich das Ziel, dass wir alle glücklichere Menschen werden, oder etwa nicht? Also dann, leb wohl.

Aber sie sagte kein Wort, denn sie war bereits Teil einer kleinen Gemeinde geworden, und folgte den zwei Männern zum Ausgang. Während Derk ihr begeistert erklärte, dass er spottbillig einen Truck hatte erstehen können, sah sie sich um und suchte Frank. Auch Marjorie und Esther wollte sie finden, die drei Gesichter, bei denen eine bessere Zukunft möglich schien. Doch in dieser ganzen fröhlichen Menge konnte sie niemanden entdecken.

»Das machen sie aus einem stinknormalen Personenauto, weißt du auch wie? Sie sägen die Rückseite ab und setzen eine Transportkiste drauf, fertig.« Er zog sie durch die Enge, sie stieß mit Leuten zusammen und stolperte, spürte dabei einen stechenden Schmerz in den Füßen. »Sie sind hier ganz groß darin, Dinge selbst zu machen.«

Der Pastor hielt ihnen die Tür auf.

Sie wollte alles sagen, alles loswerden, solange es noch ging, aber aus ihrer Kehle kam nichts als Gewinsel, kleine Laute, die aussichtslos in dem Gelächter und der herzlichen Willkommensfreude in der Halle verflogen.

Er war stolz auf seinen Truck, seine Augen leuchteten, als er ihr den uralten Ford zeigte, auf dem tatsächlich provisorisch eine hölzerne Transportkiste montiert war. Er half ihr beim Hineinklettern und entschuldigte sich bestimmt vier, fünf Mal, alles war planmäßig verlaufen, doch dann wollte der Pastor mit ihnen kommen, auf einen Besuch in Christchurch. Der Pastor konnte nicht Auto fahren, und sie konnten den Pastor natürlich nicht in die Transportkiste setzen. Sie winkte seine Entschuldigungen ab, denn das verstand sich ja wohl von selbst. Folgsam setzte sie sich, fröstelnd und gähnend, in die Transportkiste. Er zeigte besorgt auf einen Stapel Decken und legte ihr nahe, doch ein wenig zu schlafen.

Wie lange fahren wir denn, wollte sie auf einmal beunruhigt wissen.

Fünf bis sechs Stunden, wenn sie keine Panne hatten und wenn das Wetter auf dem Arthur's Pass mitspielte, wovon man nicht immer ausgehen konnte, denn dort konnte es regelrecht spuken. Sie drapierte eine Decke wie einen Indianermantel um sich herum. Er klopfte ihr ungelenk aufs Bein, zögerte noch einen Moment und zeigte dann auf ihren Bauch. Mit leiser Stimme fragte er, wie es sich anfühlte. Wir werden zusammen ein Kind haben, dachte sie und nickte beruhigend, alles wird gut. Erleichtert kletterte er in die kleine Kabine hinter dem Steuer, neben den grauen Mann, der dort bereits auf ihn wartete. Als er losfuhr, kippte sie zum ersten Mal um.

Sie manövrierte sich selbst in eine Ecke, mit dem Rücken ans Führerhaus gelehnt. Ada versuchte ihr Gleichgewicht zu halten, während der Truck rumpelnd durch eine verlassene Weidelandschaft in Richtung Westen fuhr. Eine Landschaft, in der man sich verloren fühlte, ohne dafür einen wirklichen Grund zu haben. Sie hielt sich mit beiden Händen am hölzernen Rand fest. Ihr blauer Erfolgskoffer rutschte auf dem Boden hin und her.

Sie waren noch keine zwanzig Minuten gefahren, als sie in der Ferne einen Bus aus Richtung Flughafen kommen sah. Sie hoffte, dass es nicht der Passagierbus war, da sie nicht wollte, dass Frank sie so sah, während sie keine Gelegenheit hatte, ihre Situation zu erklären. Sie können es nicht sein, schließlich lauschten sie noch den Reden. Der Bus fuhr viel schneller als der alte Ford, und als der Busfahrer zum Überholmanöver ansetzte, wusste sie, dass sie sich getäuscht hatte, dass ihre Mitreisenden auch nicht die Zeremonie abgewartet hatten und der Bus nun proppenvoll mit ausgelassenen jungen Leuten war, den Auswanderern, den Auserwählten, *ihrer* Gesellschaft, *ihrer* Gruppe. Esther war die Erste, die sie entdeckte. Die nachgezeichneten Augenbrauen schossen in die Höhe, der rote Mund klappte nach unten. Ada versuchte ungezwungen zu winken, doch als der Truck durch ein Schlagloch fuhr, musste sie sich schnell mit beiden Händen festklammern. Lachend setzte sie sich wieder auf. Esther lief durch den Bus hindurch nach hinten. Marjorie winkte ihr weiter zu, als könnte sie mit ihrem Winken etwas mildern oder ihr Mut machen.

Er saß auf der Rückbank. Esther beugte sich zu ihm herüber. Mit einem Ruck drehte er sich zum Fenster um. Hier bin ich, dachte sie. Und in ihrem Innersten zerbrach etwas, denn in seinen Augen sah sie sich selbst ertrinken, und sie konnte es ihm nicht erklären.

Der Bus überholte den Truck, und ihre Augen wanderten ihm hinterher, während sie sich am Rand der Transportkiste festklammerte, ihre Augen in die seinen versenkt. Wie hätte sie ihm erklären können, dass er nicht länger darüber nachzudenken brauchte, dass dies für sie die einzige Option war – Diener eines grausamen Gottes, den sie seiner Grausamkeit wegen hassen konnte – und dass die Alternative, die Entscheidung für *ihn*, eine Entscheidung *gegen* Gott sein würde, gegen die Kirche, gegen ihre Eltern, gegen alles, was sie jemals gelernt hatte und woran sie glaubte. Dass ihr der Mut fehlte, die furchtbare Grausamkeit Gottes heraufzubeschwören und verstoßen zu werden. Das alles konnte sie nicht erklären. Daher sah sie ihn einfach so lange an, wie es nur irgendwie ging. Und als sie ihn nicht mehr zwischen den anderen Reisenden erkennen konnte, schaute sie weiter dem Bus hinterher, der sich scheinbar immer schneller von dem Truck entfernte. An einer Abzweigung, an der der Bus geradeaus weiterfuhr, bog der Truck rechts ab. Sie kauerte sich an der Rückseite des Führerhauses zusammen und schaute dem Bus so lange nach, bis sie nur noch ein Pünktchen sah, das in einer weiten und alles verschlingenden Landschaft verschwand.

Der Truck fuhr in entgegengesetzter Richtung durch das Gebiet, das sie vom Flugzeug aus gesehen hatte. Sie fuhren zurück nach Westen. Die Obstgärten, das umsäumte Weideland, die Scheunen, die Häusergruppierungen, die hölzernen Kirchen. Noch immer gab es nicht das geringste Zeichen von Leben, sodass es schien, als würden sie sich ganz von der

Zivilisation entfernen. Lustige Schafe haben sie hier, dachte sie. Dann tauchten die Berge auf. Links die Eisenbahnschienen. Die Berge mit ihren verschneiten Gipfeln rückten immer näher. Es waren große, hohe Berge. Die Straße kreuzte die Bahnschienen, die nun auf der rechten Seite weiterliefen. Doch wohin? Sie sah, wie fremd die Landschaft war. Die erste Hügelkette tauchte neben ihr auf, darauf grasten pechschwarze Kühe, die ziemlich klein wirkten. Die Hügelkette kam auf sie zu, rückte immer näher. Pferde, ein weißes und ein braunes. Heißen diese Berge *Alpen*, überlegte sie, so wie die europäischen, hatte er das gesagt? Der Weg machte eine Rechtskurve. Auf einmal waren sie von den Bergen umschlossen. Der Weg wurde kurvenreich und hügelig. Sie fuhren bergauf. Links tauchte ein schmales Flüsschen auf, das schnell breiter und tiefer wurde. Ja, wir sind also tatsächlich in den Bergen. Glänzende, goldbraune Gräser, die im Wind wehten. Einen kurzen Moment lang sah sie die Schönheit all dessen. Eine Landschaft, der man sich ganz hingeben könnte. Hier bleiben, nicht als Mensch, sondern als Fluss. Der Wind ruckelte am Auto. Nebel zog zwischen den Bergspitzen auf, und die Kälte wurde unangenehmer. Die Natur kann sich gegen dich wenden, und dann kann ein Schutz lebenswichtig werden. Sie zog noch eine Decke zu sich heran, doch es gelang ihr nicht, sie um sich zu legen. Die Straße war inzwischen zu einem unbefestigten Weg geworden, und der Truck hüpfte durch Mulden und Schlaglöcher. Die Kälte störte sie ohnehin kaum. Große Farne haben sie hier, fast wie Palmen. Der Truck schob sich weiter den Berg hinauf. Der Weg verengte sich und wurde zu einem schmalen Pfad. Es fing an zu regnen. Weit unten in der Schlucht sah sie den Fluss. Ja, dachte sie, natürlich kannst du sagen: Ich lass dich nicht fallen, aber wenn ich springe, fallen wir beide, und zwar sehr, sehr tief. Dann legte sie sich flach auf den Rücken und starrte in den Nebel. Ihre Füße spürte sie nicht mehr. Wie eine Puppe rutschte sie auf dem rauen Holz hin und her. Ich habe etwas verloren, dachte sie, aber ich weiß nicht, was. Ich bin eine Hülle für mein Kind, damit es gut wachsen kann. Ich lasse mich von A nach B fahren. Irgendwo, irgendwann war einmal die Rede von einem eigenen Willen, von Sehnsucht und einem Ziel, aber wo und wann war das? Sie konnte sich nicht daran erinnern. Dazu war sie zu müde. Lieber dachte sie an gar nichts mehr.

Was die Zukunft auch bringt, die Hand des Herrn führt und leitet meinen Weg.

8

Bob parkt den Mietwagen unter dem Willkommensschild. Einen Moment später laufen sie im hellen Sonnenlicht über das Gelände, zwischen riesengroßen, silberfarbenen Silos hindurch, die das Licht schonungslos reflektieren. »Unfassbar«, sagt Marjorie. Sie erkennt kaum etwas von dem Weingut von früher wieder, nur die Reihen der Weinreben, durch die sie gefahren sind, sehen noch genauso aus, allerdings vertausendfacht, als hätte man sich eines schlauen Spiegeltricks bedient. »Erinnerst du dich noch, wie es war?« »Nein, kein bisschen.« Er wirft einen Blick auf die Armbanduhr. Gleich muss er zurück nach Wellington fahren, um seine Tochter, die aus Sydney herübergeflogen kommt, dort vom Flughafen abzuholen. »Ich frage mich gerade, wie sie hier wohl ›Traubenblut‹ aussprechen«, sagt Marjorie.

In den Feldern ertönt das trockene Geräusch eines Schusses. *Bird Shooting*, denkt Marjorie, und vor ihrem geistigen Auge erscheint ein offener Jeep, muskulöse Arme hinter dem Steuer, eine dunkelblonde Locke weht im Wind, und neben dem Fahrer sitzt ein kleiner Junge. Mit den Fäusten umklammert er stolz den Kolben eines viel zu großen Gewehrs, das aufrecht zwischen seinen Beinen steht. Ein lästiges Schuldgefühl, ein vertrauter Bauchschmerz. Nervös sieht sie sich um.

»Beeindruckend«, bemerkt Bob, als sie weiterspazieren. Entlang der riesengroßen Tanks sind hohe Laufbrücken gebaut, sodass man sie von oben öffnen kann. In der Nähe stehen einfache, große Schuppen. Dort drinnen sieht es nach Arbeit aus, dort stehen die großen Metallpressen und die Fässer zum Fermentieren. In einem anderen Schuppen sehen sie die kleinen, wohlbekannten Eichenholzfässer und unzählige Stapel mit Weinkisten. Neben den Schuppen parken lang gestreckte Lieferwagen und verschiedene Landbaumaschinen. Sie spazieren weiter, bis sie zu einem vornehmen Restaurant mit großer Terrasse gelangen. Gegenüber ist ein Laden, daneben ein Weinausschank. Etwas weiter stehen ein paar hübsche, flache Häuser am Feldrand, die wie Gästehäuser aussehen. Neben dem Weinausschank ist ein schönes, modernes Büro, dahinter ein längliches Gewächshaus und zu guter Letzt noch ein imposantes Backsteingebäude mit drei Etagen, auf dem über dem Eingang in großen Buchstaben DRUIVEBLOED VITICULTURE COLLEGE steht. Überall, wohin sie auch schauen, sehen sie Traubenblut-Vignetten. Alles ist geschmackvoll angelegt. Die Bebauung wird raffiniert durchbrochen von subtropisch, üppig bepflanzten Plätzen, entlang der Wege duften hohe Lavendelbüsche. Auf den kleinen Zwischenplätzen ertönen die angenehmen Plätschergeräusche von Wasserfontänen. Zwischen den Gebäuden hindurch schimmert in der Ferne, etwa dort, wo die Hügel anfangen, das weiße Landhaus aus der Broschüre.

Ein beeindruckender Anblick.

Doch keine Menschenseele ist zu sehen. Eine bedrückende Stille hängt über dem Gelände. Die Lastwagen stehen herrenlos und arbeitslos in der Sonne. Am ordentlich gedeckten Tisch im Restaurant sitzt niemand. Riesige Sonnenschirme aus Leinenstoff bieten den Holztischen auf der Terrasse Schutz für die Gäste, die nicht da sind. Auch hier befindet sich eine Fontäne, die leise vor sich hinplätschert, und eine breite, mit Weinranken begrünte Pergola. Marjorie zeigt: eine Flagge auf Halbmast. Der Wind schlägt die Fahne mit einem klirrenden Ton gegen den Aluminiummast. Bob nickt und sieht auf seine Uhr. »Mutti«, sagt er, »ich muss los. Sonst komme ich zu spät. Kann ich dich hier allein lassen?« Er gibt ihr einen Kuss auf die Wange. »Wo sind sie nur alle?«

Eine heftige Angst überkommt sie, nicht vor der Stille, sondern gerade vor denjenigen, die sie durchbrechen könnten. Aufgeregt schwatzend läuft sie mit ihrem Sohn zurück zum Parkplatz. Die Armschlinge zieht an ihrem Hals. Unter dem Gips juckt es. Das schwarze Kostüm ist zu warm, Hans ist im November gestorben. Sie nimmt sich vor, sich gleich auf der Terrasse unter einem Sonnenschirm an einen dieser Holztische zu setzen und zu warten, bis es losgeht.

»Ihr seid aber doch rechtzeitig zurück?«

»Wenn ihr Flugzeug keine Verspätung hat.«

Sie kann ihm ansehen, dass er sich freut. Er hat seine Jüngste monatelang nicht gesehen. Die ganze Familie stand auf Schiphol, genau wie ein paar Schulfreundinnen mit nabelfreien Hemdchen. Und ein niedlicher, kleiner Freund mit einer Jeans, bei der der Schritt irgendwo zwischen den Knien hing, war dabei. Sie alle waren morgens um sechs Uhr angetanzt, um Hannah zu verabschieden. Dummdidumm, sagte sie fröhlich, als würde sie für einen Tag in den Vergnügungspark Efteling fahren und nicht ein Jahr lang allein durch Australien backpacken. Marjorie hat noch deutlich vor Augen, wie der schmale Rücken in der Lederjacke hinter dem Zoll verschwand, tapfer und aufrecht. Die langen, dunklen Locken, auf denen eine Kappe thront, wie man sie heutzutage öfter bei jungen Leuten sieht. Ein Kind noch, neunzehn Jahre alt, was ist das schon. Und viel zu hübsch. Vera heulte natürlich, den ganzen Rückweg über und auch noch beim Kaffee. Marjorie hat ihre Schwiegertochter angesehen und an ihre eigenen Eltern gedacht, damals.

Sie beobachtet, wie ihr Sohn den Mietwagen zurücksetzt und winkt ihm dann mit dem gesunden Arm zu. Vergiss die Lakritze nicht, will sie rufen, aber er gibt Gas und fährt vom Parkplatz herunter, den Weg entlang, in Richtung Ausfahrt.

Sobald Bob außer Sichtweite ist, kehrt die Unruhe mit voller Macht zurück. In der Ferne sieht sie ein Taxi ankommen. Sie dreht sich mit einem Ruck um und fängt an zu laufen. Ich brauche eine Tasse Kaffee und etwas Süßes, einen Scone oder einen Muffin, irgendetwas, das wird helfen. Kleine Steine knirschen unter ihren Schuhsohlen, während sie zum Restaurant zurückgeht, in der Hoffnung, dass dort nun irgendein Kellner ist, mit Schürze um die Hüften und Schreibblock in der Hand, der ihre Bestellung aufnimmt. Sie versucht sich vorzustellen, dass sie im Urlaub ist und zusammen mit Hans eine Weinroute abfährt. Zum Mittagessen werden sie eine ganze Flasche Pinot Blanc trinken und frische Forelle essen. Hinterher fahren sie dann zurück zum Hotel, um dort wunderbar zu schlafen. In diesem herrlichen Hotelbett halten sie einander an den Händen und sagen: Weißt du noch dies, erinnerst du dich noch an das.

Wütende Tränen springen ihr in die Augen. Wo bist du nur jetzt, fragt sie laut. Diese Frage stellt sie sich schon vier Jahre lang, doch sie bekommt darauf keine Antwort. Der Tod ist eine unsichtbare Mauer, eine Wand aus Plexiglas, an der sie sich ohne Unterlass die Nase stößt. Sie kann sich nichts darunter vorstellen, unter »nicht da sein«. In der Volksschule hatte das Fräulein ein Bündel Bleistifte vor ihre Nase gehalten und gesagt: Nimm dir jetzt einmal null Bleistifte … nein, das sind drei … nein, das sind vier … nein, das sind nun elf. Es war ihr nicht gelungen, und vor lauter Frustration hatte sie mit den Füßen gestampft. Den Begriff Null hat sie nie mehr vergessen. Den Tod kann sie ebenso wenig vergessen. Sie hat immer über Hans' Witze gelacht – wenn auch nicht von Herzen, so doch aus Liebe –, aber dieser letzte ist wirklich nicht zum Lachen. Sie lässt sich auf die Holzbank fallen, nimmt ihren Arm aus der Schlinge und legt ihn vor sich auf den Tisch. Unter dem Sonnenschirm ist es besser auszuhalten.

»Hello …«, ruft sie. Ihre Stimme wird vom Wind verschluckt.

Irgendwo hinter den Gebäuden hört sie ein Taxi vom Parkplatz herunterfahren. Jetzt muss jemand da sein. Wenn ihr Herz nur etwas weniger rasen würde.

Ada sitzt noch immer auf der Bank an der Bushaltestelle und nimmt all ihren Mut zusammen, um das Weingut zu betreten. Ihre neuen, schwarzen Lackschuhe sind staubig. Immer diese schmutzigen Schuhe, wenn man aus dem Bunker heraus wieder ans Licht kam.

Zitternd stand sie am Fuße des Hügels. Derk zeigte nach oben. Sie traute ihren Augen nicht. »Ein Bunker?« Er zog sie triumphierend hinter sich her durch die lockere, nasse Erde. Ihre Füße sackten im Schlamm tief ein. »Sie hatten Angst vor einer Invasion der Japaner«, erklärte er. Keuchend kamen sie oben an. Es war nicht mehr als ein viereckiger Betonkasten. Eine Tür, daneben ein Guckloch, das man herausgehauen und zum Fenster umgebaut hatte. An der Außenmauer ein Wasserhahn mit einem Eimer darunter. Auf dem Hügel stand ein einsamer Baum, der schonungslos bis zum Stamm zurückgeschnitten war. Überall Sand und Schlamm. Derk schien das nicht zu sehen. Er drehte sie um, sodass sie mit dem Rücken zum Bunker stand, und zeigte ihr den Ausblick. Sie klapperte mit den Zähnen, vor Kälte und vor Entsetzen. Und doch sah sie auch die Schönheit. Unten das Dorf, die breite Straße, die geradewegs auf den Fluss zulief, der Fluss, der im Ozean mündete. Hohe, schwarze Kräne in der Ferne im Hafen, die sich dramatisch gegen den violetten Himmel abhoben. Seit dem Arthur's Pass hatte es nicht aufgehört zu regnen. Sehnsuchtsvoll sah sie auf die normalen Häuser unten im Dorf.

»Das Grundstück gehört der Gemeinde«, erklärte Derk, »aber der Bunker gehört uns.«

Und das Meer kann nicht bis hier oben kommen, dachte sie, denn sie versuchte zu begreifen, doch als sie es laut sagte, verzog sich sein Gesicht, und seine Arme umklammerten seinen mageren Oberkörper, als würde er sich gegen ihren hochmütigen Gedanken schützen. »Wenn Gott die Sünder strafen will, so schickt er seine Fluten, wohin er will.« In ihrem Bauch bewegte sich das Kind, das in Sünde gezeugt war.

Drinnen im Bunker war es dunkel und feuchtkalt. Er zeigte ihr ein grobes Loch in der Wand, um das große Stücke Beton herumlagen. Da würde der offene Kamin hinkommen. Aber er hatte dafür zu wenig Zeit gehabt, denn er musste hart arbeiten bei der Eisenbahn. Zitternd stand sie in dem kahlen Raum und sah auf den trübsinnigen Jungen, ihren Ehemann, wie er am Beton rüttelte. »Die Menschen hier«, sagte er, »die halten dich zum Besten. Du musst Mitglied in der Gewerkschaft sein, aber das kommt überhaupt nicht in Frage. Bringen sie dir Wörter bei, dann scheinen das schlüpfrige Wörter zu sein. Da können sie noch so oft verkünden, dass sie an Gott glauben, aber ihre Taten bezeugen das Gegenteil.«

Jetzt wegrennen, sagte jemand irgendwo in weiter Ferne, jetzt umkehren, jetzt springen.

Ein Tisch, zwei Stühle, ein Betonfußboden. In der Ecke hatte er schon damit angefangen, eine Holzwand niederzureißen und einen Teil des Fußbodens aufzubrechen, damit es weniger feucht würde. Er hatte mit allem angefangen. Nur das Bett war fertig. Die Matratze sei spottbillig gewesen, sagte er.

Stamme aus dem Mobiliar eines alten Witwers, der kürzlich verstorben war. Eine ordentliche Matratze. Sie schluckte ihre Tränen herunter und sagte seinen Namen. »Derk?« Endlich sah er ihr gerade in die Augen. Sie griff seine Hand. »Das hast du gut gemacht«, flüsterte sie. Seine Gesichtszüge wurden weicher.

Das Taxi, das den Zufahrtsweg hochgefahren ist, kommt zurück, ohne den Passagier. *Well*, denkt Ada, wenn ich hier noch lange sitzen bleibe, kann ich mit dem Bus zurück zum Hotel fahren. Sie steht auf und überquert die Straße. In den Kniegelenken hat sie heftige Schmerzen. Dennoch verspürt sie noch immer eine sonderbare Aufregung, die nicht unangenehm ist. Sie läuft unter dem gusseisernen Bogen hindurch und beginnt eine lange Wanderung zwischen den Weinreben. Da bist du ja, sagt eine tiefe Stimme.

Auf dem Parkplatz nimmt Esther ihre Puderdose aus der Tasche, klappt den kleinen Spiegel auf und malt ihr Make-up nach. Im Sonnenlicht sieht man alle Jahresringe auf der Haut, leider, man kann nichts dagegen machen. Sie zieht ihre Lippen nach und kontrolliert, ob keine Haare auf ihrem Kinn zu sehen sind, so wie früher bei Oma Berthi, doch das ist nicht der Fall. Vielleicht sind ihre Augen einfach zu schlecht, um sie zu entdecken. Eigentlich kann es ihr egal sein. Was du nicht weißt, macht dich nicht heiß. Sie fragt sich zum soundsovielten Mal, ob Marjorie wohl gekommen ist, ob sie den Mut aufgebracht hat. Sie setzt ihre Sonnenbrille auf – eine Brille aus den Sechzigerjahren, die ihrer Meinung nach wieder unglaublich in ist – und sieht sich um. Was muss er gearbeitet haben. Irgendwo erklingt ein Motorengeräusch. Aus der Richtung der Villa kommt ein moderner, offener Geländewagen quer durchs Feld zum Parkplatz gefahren, auf hohen Rädern. Esther wartet ruhig ab. Hinterm Steuer sitzt ein junger Mann, der ihr irgendwie bekannt vorkommt. Er steuert den Wagen auf sie zu und schaltet den Motor ab. Höflich grüßt er sie, *good morning*. Er steigt aus, schüttelt ihr die Hand und stellt sich als Kris vor. »Kommen Sie zur Beerdigung?« Sie nickt. »Sweet«, sagt er. Das klingt wie: okay. Durch seine Augen hindurch sieht sie erneut ihr eigenes Alter, sieht sich selbst Lichtjahre entfernt irgendwo im Universum umhertreiben.

Wir sind alle in dem großen Haus, sagt er, ich wollte Sie abholen. Er trägt ein schwarzes T-Shirt mit einem Maori-Text in weißen Buchstaben aufgedruckt. Aus den kurzen Ärmeln kommen starke, braune Arme hervor. Um seinen Hals hängt ein Greystone an einem Lederschnürsenkel. Sein Gesicht ist oval, mit hübschen Gesichtszügen, einer olivfarbenen Haut und einem kurzen, dunklen Vollbart. Intelligente, braune Augen, die offen in die Welt blicken. Man kann sehen, dass er in Liebe und Geborgenheit aufgewachsen ist und dass er nicht weiß, dass das etwas sehr Besonderes ist. Sie könnte sich auf der Stelle in ihn verlieben, es ist immer wieder bedauerlich, dass in der Beziehung nichts mehr von ihr erwartet wird. Kris öffnet für sie die Autotür. Sie legt mit einer übertrieben eleganten Geste ihre Hand in die seine, wie ein Filmstar auf dem Weg zu einem Gala-Abend, um zu vermeiden, dass das Bild zu sehr an eine alte, kranke Frau erinnert, der von einem Pfleger ins Auto geholfen wird. Leider gelingt es ihr nicht, sich den Sicherheitsgurt anzulegen, sodass er sie hilfsbereit anschnallt. »Wir sind alle sehr traurig«, sagt er. Sie rauschen über den Parkplatz hinweg. Esther spürt die perfekte Federung dieses Wagens und denkt an den alten Jeep. Sie sieht um sich herum auf die endlos weiten Felder und die Berge dahinter. Einen kurzen Moment lang sieht sie Frank über eine Weide rennen und verzweifelt auf die Knie sinken. Wir waren uns ähnlich. Warum konnten wir uns nicht gegenseitig helfen? Sie schüttelt den Kopf, lieber nicht daran denken. Ihr fällt auf, dass Kris nicht zu der Villa fährt. Stattdessen lenkt er den Wagen auf das Firmengelände. Wir haben noch ein Auto ankommen sehen, erklärt er, es muss noch jemand dort sein.

9

Gesehen werden und keine Angst haben. Sechs Jahre nach dem Krieg, sie hatte gerade ihre Ausbildung an der Modeakademie abgeschlossen, traf Esther Leon wieder. In dem überfüllten Jazzclub auf dem Leidseplein – ein rauchiges, dunkles Loch – erkannten sie einander sofort wieder. He, hallo, wie geht es dir? Von ihren Familien war keiner aus dem Konzentrationslager zurückgekehrt. Aber nun ja, das war nicht der richtige Ort dafür.

Verlust, Angst, Trauer und quälende Fragen, auf die es keine Antworten gab, das waren die Raubtiere, die all die Jahre lang in der Ecke ihres Käfigs auf der Lauer lagen und auf einen Moment der Unaufmerksamkeit warteten. Sie, in ein extravagantes Dompteursgewand gekleidet, hielt diese Kreaturen mit eiserner Willenskraft zurück. Auch jetzt machte sie dankbar Gebrauch von dem schnellen Jazz und der mondänen Atmosphäre und rief sich mit Leon ungefährliche Erinnerungen an die Anfangszeit bei der Familie Rep ins Gedächtnis, bei der sie drei Kriegsjahre lang auf dem Dachboden verbracht hatten. Er, ein ernsthafter, blasser Junge von zwölf Jahren, krank vor lauter Heimweh nach seiner Mutter, und sie, drei Jahre älter, eine verächtliche Pubertierende mit hämischen Augen, die ihre ganze Aufmerksamkeit ihrem Nähkasten widmete und sich weigerte, sich mit dem weinerlichen kleinen Bübchen zu befassen. Sei doch bitte etwas freundlicher zu ihm, sagte die dicke Frau Rep – die sie Tante Nel nennen mussten – kopfschüttelnd. Aber sie zischte dann geringschätzig zwischen den Zähnen, wie Backfische das tun. Erinnerst du dich?

»Du hast gezischt«, rief Leon laut, um die Musik zu übertönen, »machst du das immer noch?«

»Wenn du willst«, flirtete sie. »Wenn es dich danach verlangt.«

Er hatte sich zu einem nicht unattraktiven Jungen von zwanzig Jahren entwickelt, schlank, mit dickem, zurückgekämmtem, schwarzem Haar und Grübchen in den Wangen. Er arbeitete in der Buchhaltung bei Van Gend & Loos und hatte es mit Abendstudium geschafft, sein Bürgerschuldiplom zu bestehen. Ein kluger Kerl. Sie selbst hatte sich nach dem Krieg nicht mehr dazu bringen können, das Gymnasium abzuschließen. Obwohl er kleiner war als sie, schienen sie doch gut zusammen tanzen zu können. Später am Abend streiften sie über die Lijnbaansgracht und machten den Zaaner Akzent der Familie Rep nach. Gorten statt Garten. »Ich muss mal eben nach Haous«, rief sie glucksend vor Lachen. »Wir haben den Leuten unser Leben zu verdanken«, bemerkte er unerwartet ernst. »Jaaa«, sang sie, »wenn wir uns da nicht hätten verstecken können!« Und erneut schüttelte sie sich vor Lachen. In der Straße, in der sie über einer Garage ein Zimmer gemietet hatte, blieben sie zögernd stehen. Er erzählte ihr von seiner bevorstehenden Emigration nach Neuseeland. Ich muss hier weg, sagte er, und sie verstand genau, was er meinte. Am Ende küssten sie sich, was sich merkwürdig inzestuös anfühlte, jedoch nicht unangenehm war. Schreib mir mal, sagte sie vielversprechend. Sie konnte nicht schlafen, und später in dieser Nacht wurde ihr so schrecklich schlecht, dass es ausgeschlossen schien, dass sie je im Leben wieder einen Tropfen Schnaps zu sich nehmen würde.

Er hielt Wort, und die Briefe kamen recht regelmäßig und erzählten von einem entspannten und freundlichen Land mit viel Zukunft und wenig Vergangenheit. Währenddessen ging sie weiter aus und flirtete viel. Sie zog stets die Blicke auf sich, nicht, weil sie so hübsch oder besonders hässlich war – sie war keins von beidem –, sondern weil an ihr immer alles irgendwie übertrieben war. Das Zubettgehen zögerte sie gerne hinaus, da sie schlecht schlief. Tagsüber stand sie als Auszubildende in einem namhaften Modehaus, was in der Praxis bedeutete, dass sie für einen

Hungerlohn die niederen Arbeiten verrichtete. Ständig lag sie mit ihrer Chefin im Streit, da sie ihrem eigenen Geschmack in Gegenwart der Kunden nur allzu deutlich Ausdruck gab. Es ist an der Zeit, einen eigenen Laden zu eröffnen, dachte sie. Aber um in Holland eine Firma zu gründen, dafür brauchte man Kapital und eine Ladung von Papieren, die schwierig zu bekommen waren. Sie wollte nicht endlos auf Konzessionen warten. Sie wollte auf gar nichts mehr endlos warten.

Hinzu kam, dass die Stadt ihr es unmöglich machte zu vergessen. Es gab viele Gegenden, die sie mied, weil jeder Stein sie an etwas erinnerte. Mitten in einer Winternacht, als sie unter dem Fenster nackt im Bett lag, um die Kälte zu spüren, hörte sie das Kratzen von Raubtierkrallen auf dem Boden, und mit einem Mal wurde ihr klar, dass sie nie mehr würde schlafen können, solange sie in Europa blieb. Als Leon dann nach einem Jahr Korrespondenz in seinen Briefen vorschlug, dass er eine gemeinsame Zukunft für sie beide für möglich hielt, zögerte sie nicht lange. Neuseeland war das Auswanderungsland, das am weitesten weg lag, fuhr man weiter, so würde die Entfernung sich wieder verringern. Es störte sie zwar, dass er immer öfter über die jüdische Gemeinde in Christchurch schrieb, aber, dachte sie, die werde ich ihm schon auszischen.

Wir schauen einfach mal, wie es läuft, schrieb er und schlug ritterlich vor, ihre Rückreise zu bezahlen, falls es ihr nicht gefiel. Obgleich er ihr keinen wirklichen Heiratsantrag gemacht hatte, fing sie an, sich über ein Brautkleid Gedanken zu machen. Abendelang saß sie da und skizzierte, um sich einen Entwurf nach dem anderen auszudenken, im Hintergrund die Musik der Kirchenglocken des Westertoren. Sie ließ sich von Diors New Look inspirieren und zeichnete ein sensationelles Kleid mit einer breiten Schulterlinie, einem eng anliegenden Leibchen und einem weit gefächerten Rock, der bis zu den Waden ging. Ballerinalänge. Eine wahre Stoffexplosion sollte der Rock sein, daran durfte nicht gespart werden. Textilwaren waren endlich nicht mehr ausschließlich mit Marken zu erstehen, und von ihrem Ersparten kaufte sie meterweise schweren, cremefarbenen Satin, eine vollkommen irrsinnige Investition. Wochenlang ließ sie, als sie nach Hause kam, den Stoff genießerisch durch ihre Finger gleiten, breitete ihn auf ihrem Bett aus, faltete und drapierte ihn auf unterschiedliche Weise über ihrem langen Körper, sodass sie sehen konnte, wie das Material fiel. Sie fertigte ein Musterkleid aus vollkommen verschlissener Baumwolle – ihren alten Bettlaken. Danach perfektionierte sie den Schnitt. Mit spitzer Schneiderkreide zeichnete sie die Einzelteile auf den Stoff, tief seufzend vor glücklicher Anspannung. Als der Moment des Schneidens nicht länger herauszuzögern war, nahm sie die große Stoffschere aus dem Atelier abends heimlich mit nach Hause und ließ sie konzentriert durch den Satinstoff gleiten, ein nahezu sakrales Erlebnis. Mit der alten Singer-Handnähmaschine, die sie von Tante Nel bekommen hatte, setzte sie in nächtlichen Stunden das Kleid zusammen. Ich kann es, dachte sie, über die winzig kleinen Knopflöcher gebeugt, die sie alle mit der Hand festonierte, ich kann es, ich habe es in mir, es wird phantastisch werden. Und hatte sie nicht wirklich eine mögliche Hochzeit im Kopf?

Ein letztes Mal machte sie die Radtour nach Landsmeer und bat Tante Nel und Onkel Jan, sie nach Schiphol zu begleiten. Der baumlange Bauer und seine dicke Frau watschelten mit ihr mit, vollkommen beeindruckt von der offiziellen Abschiedszeremonie. Ich bin euch mein Leben lang zu Dank verpflichtet, sagte Esther heiser, auch wenn ich euch nicht schreiben werde. Nun aber los, nickten sie gutherzig, und grüß Leon. In dem Moment sah sie aus den Augenwinkeln heraus einen jungen Mann vorbeischlendern, einen, der sich überall wohlfühlt, weil die Welt in ihm selbst zu Hause ist, und antwortete: »Wenn ich ihn sehe.« Sie bereute ihren Kommentar sofort, als sie die erschrockenen alten Gesichter sah. »Er wird dich doch abholen?«, fragte Tante Nel besorgt. »Kleiner Witz«, sagte sie mit einem Augenzwinkern, aber als sie mit wiegenden Hüften zum

Flugzeug ging, spürte sie, wie das Ehepaar ihr kopfschüttelnd hinterherschaute, sie hatten ihre Witze nie wirklich verstanden, und ehrlich gesagt verstand sie sie selbst auch nicht immer.

All die gackernden Mädchen in diesem Flugzeug. Sie hatte keine Lust auf das Brautgetue. In London blieb sie mit drei der mitreisenden Journalisten bis zur Sperrstunde in einem englischen Pub. Wie sie ihre Zukunft in dem neuen Land sah, wollten sie wissen. »Ich bin dazu bestimmt, Modeschöpferin zu werden«, antwortete sie hochmütig und mit viel Gefühl für Dramatik, »wo auch immer ich sein werde. Ich habe nichts dabei, außer mir selbst und meinem Talent.« Die Männer waren beeindruckt. Mit keinem Wort erwähnte sie, was sie zurückließ. Danach verirrten sie sich in den Straßen der Stadt, sie, die unnahbare Königin, umgeben von ihrem Gefolge, ein unvergesslicher Abend, sie boten ihr unermüdlich Zigaretten und Feuer an und gaben sich größte Mühe, sie zum Lachen zu bringen. Auf einer Bank am Rande eines großen Parks sangen sie Lieder von Cole Porter. Sie kamen so spät ins Hotel zurück, dass sie klingeln mussten. Mit ihrer Zimmergenossin machte Esther erst am nächsten Morgen Bekanntschaft, kurz vor dem Abflug, unten an der Flugzeugtreppe. Ada hieß sie, noch ein Kind, aber so schön, dass es einen ganz nervös machte. Der attraktive Mann von

Welt, dessen Lächeln in einem das schmerzliche Verlangen darauf erweckte, das Alleinrecht zu besitzen, hieß Frank de Rooy. Mit diesem Lächeln auf einem Perserteppich, tja, da würde ich nicht nein sagen. Gewohnheitsmäßig schätzte sie seine Kleidung ein, die dünne Jacke und den Anzug: geschmackvoll, aber veraltet, teuer, aber verschlissen, gute Familie, aber arm wie wir alle. Sie hätte gern mit ihm geflirtet und setzte sich in der Kabine direkt hinter ihn, doch er hatte nur Augen für Ada. Die blonde Ada, mit einem sinnlichen Körper und einem bildhübschen Gesicht gesegnet, jedoch ohne die geringste Ahnung, was man daraus machen könnte. Zweifellos war sie das am schlechtesten gekleidete Mädchen im ganzen Flugzeug, in einem lebensmüden Baumwollstoff aus der Vorkriegszeit.

Die Reise wurde schnell langweilig. Dass sie Ada das cremefarbene Kleid anprobieren ließ, tat sie zum einen, um sich die Langeweile zu vertreiben, und zum anderen, weil es sie erregte, die unbewusste Schönheit durch *ihre* Kreation an die Oberfläche zu bringen. Die Empfindung lag nicht in der Bedeutung des Kleides, sondern in dem Kleid selbst. Sie würde es wirklich liebend gern selbst tragen, doch noch lieber wollte sie es kreieren und sehen, ob sie recht gehabt hatte. Sehen, was der schräg genähte Faden in den Rockteilen für eine Hüftlinie erzeugte, was der gefaltete Organza für eine Büste formte. Sehen, was in den Augen des Mädchens geschah, wenn es sich selbst so sah. Ich kann es, dachte sie erneut triumphierend, ich habe es in mir.

Die Risse im Satin nach dem Sturm schienen nebensächlich.

Außerdem hatte sie Mitleid mit dem lieben Kind. Sie sah deutlich, wie sich zwischen dem Mädchen und Frank etwas entfaltete, was ganz offensichtlich nicht beabsichtigt war. Ihre Nachbarin Marjorie – korrektes, unbeholfenes Kriegskostüm – sah es ebenfalls. Esther ließ sich nicht zu Getuschel und Getratsche hinreißen. Daher schwieg sie lange, starrte aus dem Fenster, rauchte und hatte entrückte Visionen von einem Laufsteg, auf dem Mannequins in ihren Kleidern in schimmernden Farben liefen. Ihre Eltern und Sallie saßen im Publikum. Wenn sie nicht schwieg oder träumte, spielte sie mit den Journalisten Karten. Die letzte Nacht kam Frank dazu, der sie mit selbstironischen Witzen zum Lachen brachte, Witze von jemandem, der gerade einen Korb erhalten hatte. Sie verstanden sich gut.

Ein Neuanfang. Mit schmerzender Kehle vom vielen Rauchen stand sie unten an der Flugzeugtreppe und blinzelte in die Fotolampen und das graue Licht. Alles lachte ihr zu. Das war es also, Neuseeland, kein Sumpf, sondern einfach ein frisches, junges Land, tatatataa. Der raue Wind und die dunklen Wolken störten sie nicht, in ihren Zukunftsträumen spielte blauer Himmel keine essenzielle Rolle. Das Kleinkarierte der verfrorenen Gruppe Tänzer und das barackenähnliche Flughafengebäude waren ihr egal. Sie fühlte festen Boden unter ihren Füßen. Herzlich verabschiedete sie sich von den Jungs von der Zeitung, schüttelte Hände der Niederländer hinter der Absperrung, ließ sich bewundern, schaut nur, da bin ich.

Marjorie winkte mit ihrem *Alien Certificate.* »Als kämen wir vom Mond!« Esther steckte es, ohne etwas zu sagen, tief in ihre Tasche. Noch einen kurzen Moment. Sie nahm sich vor, sich so schnell wie möglich einbürgern zu lassen, bitte schön, hier haben Sie meinen alten Pass, ich tausche ihn gern gegen ein neues Modell ein. Auch die Sprache gebe ich gern ab, hoppla. Sie wollte englisch sprechen, englisch denken, englisch träumen und englisch atmen. Angst vor Heimweh hatte sie nicht. Scheußlicher Verlust, eines der beiden Raubtiere, hielt sie bereits seit zehn Jahren in Schach. Die Frage war noch offen, ob es mit ihr hatte mitreisen dürfen. Selbst von dem Treffen mit Leon war sie nicht enttäuscht, er sah stärker und gesünder aus, als sie ihn in Erinnerung hatte. Dass er für seinen Teil sehr wohl über ihre Erscheinung erschrak, enttäuschte sie ebenso wenig.

Die langweiligen, stillen Straßen mit den Holzbungalows und den geharkten Rasenflächen, die sie vom Bus aus sehen konnte, hatten für sie etwas Ermutigendes. Sie wollte sich nicht beeindrucken lassen, sie selbst wollte Eindruck machen. Ja, schlaft nur, ihr lahmen Bürger, dachte sie, ich werde euch ordentlich wachrütteln. Diese Stadt wird in ihren Grundmauern erschüttern, wenn meine Entwürfe das Stadtbild übernehmen. Trotz ihres Kopfschmerzes wollte sie am liebsten auf der Stelle damit beginnen.

Im Zentrum von Christchurch verschwanden die Rasenflächen, und die Häuser waren aus Stein, die Häuserblöcke höher. Was blieb, war die Stille. »Lebendig«, bemerkte sie spöttisch, als sie beim Verlassen des Busses den ausgestorbenen Cathedral Square besichtigten. Leon, der nicht wissen konnte, dass es ihr gefiel, fühlte sich dazu verpflichtet, die Stadt, in der er nun schon seit fast zwei Jahren wohnte, zu verteidigen. »Es ist Sonntagmorgen, halb acht«, sagte er, »normalerweise ist es eine schöne Stadt, freundliche Menschen. Hier gibt es keinen Antisemitismus.«

»Nein«, bemerkte sie etwas boshaft, »hier gibt es überhaupt nichts.«

Marjories Verlobter stimmte ihr zu.

»Weißt du, was sie sagen? ›Christchurch ist halb so groß wie der Friedhof von New York, und doppelt so tot!‹« Er selbst musste herzlich darüber lachen.

Feiner Junge, dachte sie. Grauer Flanell. Grundehrlich. Nichts für mich.

Und dann, auf dem nassen Kopfsteinpflaster des Platzes, überkam sie mit einem Mal ein Glücksgefühl, das sie nicht deuten konnte. Sie musste beinahe weinen, weil es so lange her war, dass sie sich so gefühlt hatte. Einen Moment lang wusste sie nicht, was sie tun sollte, und sie stand überglücklich auf diesem willkürlichen Flecken auf dem Erdball, der durch Zufall ihr Platz geworden war.

Unter den übrigen Liftmaster-Passagieren war die Enttäuschung fast greifbar. Ein bleiches, müdes, sichtlich abgekühltes und zerknittertes Häufchen Elend waren sie. Unbehaglich – so plötzlich ohne Programm und ohne Kapitän – standen sie zögerlich auf dem Platz vor der Sandsteinkathedrale.

Marjorie beugte sich zu ihr herüber.

»Pa muss mir ein bisschen Geld schicken«, flüsterte sie, »ich fahre zurück.«

Esther erwachte aus ihrem Schwindelgefühl, drehte sich auf dem Absatz um und steuerte auf die andere Seite, um die Schaufenster zu inspizieren. Mit wiegenden Hüften überquerte sie die Straße, Leon folgte in kurzem Abstand. Esther zeigte hämisch auf die Pfähle auf dem Fußweg, mit Überdachungen wie im Wilden Westen. »Hier binden sie bestimmt ihre Pferde an?«

»Esther, bleib mal stehen.«

Sie zog ihn an den Schaufenstern entlang, die bestätigten, was sie gehofft hatte. Mode von vor mindestens zehn Jahren, und alles ohne das geringste Stilgefühl zur Schau gestellt. Kostüme, in denen man sich mehr tot als lebendig fühlte, erbärmliche Kleider in süßen, englischen Pastellfarben. Trottelige Strickjacken, ›*All wool, distinctive design, nothing better*‹. Distinctive design, mein Gott.

Dieses Land braucht mich.

Triumphierend drehte sie sich auf dem Fußweg um sich selbst und hob ihre Arme in die Höhe. Sie schmetterte in die Runde. »Tatatataa … von den einfachsten Kleidern bis zur prunkvollsten Kreation, sie werden ihren Augen nicht trauen. Hier bin ich, und in diesem Moment setze ich meinen Fuß auf dieses brachliegende Land.«

Leon sah unsicher zu, er hatte bereits eine Bemerkung über ihr enges, schwarzes Kleid mit dem weißen Plissee gemacht. Eine nahezu geometrische Tulpensilhouette, um die Knie herum so straff, dass sie beim Laufen aneinanderrieben. Es war einer der Entwürfe, die sie nach einigem Gezeter in dem Modehaus ausprobieren durfte, dieser war jedoch hängen geblieben, zu extrem für die Kunden. Sie hatte das Kleid als Abschiedsgeschenk bekommen.

»Esther, bleib mal stehen.«

Widerwillig hielt sie an, zog zitternd in der Oktoberkälte ihr dünnes Plissee um sich herum. Geld für Mantelstoff war nach dem Brautkleid nicht übrig geblieben, und lieber würde sie sterben, als einen Neuanfang in ihrer alten Jacke zu machen. Ihre Augen suchten nach Frank. Vor der Kathedrale sah sie ihn stehen, neben Hans, der hilfsbereit dies und jenes erklärte und von links nach rechts zeigte. An Franks Haltung konnte man sehen, dass er nicht zuhörte, und sie fragte sich, ob er an Ada dachte. Ada in der Transportkiste. Abgeführt in der Transportkiste eines Lieferwagens.

Sie schüttelte ein paar Locken zurück und richtete sich auf. Direkt neben den Männern hatte sich Marjorie auf ihren Koffer fallen lassen, der Inbegriff von Mutlosigkeit.

»Wenn wir …«, setzte Leon zögernd an. »Ich habe vereinbart, dass wir …«

Es gab ein Zimmer bei einer Familie, die er in der jüdischen Gemeinde kennengelernt hatte, und das war schon mal etwas, denn scheinbar war es schwieriger, Wohnraum zu finden, als sie sich das in Holland vorgestellt hatten. Selbst das enttäuschte sie nicht. Nichts konnte ihr ihre gute Laune vermiesen. Einzig die Aussicht auf die Familie zog sie nicht gerade an. Er zeigte auf die geometrische Silhouette.

»Hast du noch etwas anderes dabei? Etwas weniger … ich weiß nicht, ob sie …«

»Wer?«, fragte sie ungeduldig, als hätte sie von seiner Erklärung im Bus nichts mitbekommen.

Er blieb geduldig.

»Mr und Mrs Jottkowitz.«

»Jottkowitz …«, wiederholte sie in Gedanken und fühlte eine tiefe Müdigkeit in sich aufsteigen.

»Von dem Zimmer. Es ist die Familie des Rabbis.«

»Ich werde mal sehen.«

»Es wäre schön, wenn du etwas anderes anziehen würdest. Denn ich weiß nicht …«

Frank sah sie herüberschauen und winkte ihr zu. Aus einem Impuls heraus trat sie auf die Straße, zurück in Richtung Platz. Das erste Auto an diesem Sonntagmorgen, ein Taxi, schnellte haarscharf, unter wütendem Hupen, an ihr vorbei. Sie schrie auf und sprang zurück auf den Fußweg.

»Ja«, bemerkte Leon, »sie fahren hier links, daran musst du dich gewöhnen.«

Trocken bot er ihr seinen Arm an. »Um ein Haar wärst du mit deinem großen Talent unterm Auto gelandet.«

Esther erkannte die Grübchen in seinen Wangen. Arm in Arm schritten sie zu dem Platz, wo Hans und Marjorie gerade ein Taxi heranwinkten.

»Wir können zu Fuß gehen«, sagte Leon, »es ist nicht weit. Du bekommst ein Frühstück. Sie haben Challe für dich gemacht. Und heute Mittag melden wir dich an.«

Der Geruch von Challe frisch aus dem Ofen.

Sie riss sich los. »Anmelden? Wo?«

»Bei der Jewish Community.« Was für eine Geduld. Er hatte ihr alles bereits erzählt. Es ging um die jüdische Gemeinde in Christchurch, nicht groß, an die hundert Menschen. Sie hatten die Flüchtlinge aufgefangen, und nun fingen sie die Einwanderer auf. Sie halfen einem, aber man musste sich selbst anmelden. Es gab auch eine Synagoge mit einem Glasmalereifenster. Aber sie war mit ihren Gedanken irgendwo anders, nimm es mir nicht übel.

»Esther …« Niedergeschmettert blieb er mitten auf dem Platz stehen.

»Was sagtest du, wo du jetzt hingehst?«, fragte sie Frank unschuldig. Auch das wusste sie bereits. Sie hatte nichts Böses im Sinn, doch sie wollte Zeit gewinnen, denn zu ihrem soeben errungenen Glück, das etwas mit Freiheit zu tun hatte, gehörte das Abwägen der verschiedenen Möglichkeiten. Frank musste zum Hafen von Lyttelton, das war eine Zugfahrt von einer halben Stunde, dort würde er die Nacht im *Emigration Camp* verbringen, bevor das Schiff ihn morgen Nacht nach Wellington auf der Nordinsel brachte, von wo aus der Zug nach Masterton fuhr, wo er auf einem Bauernhof erwartet wurde. Er hob den Arm, um ein Taxi anzuhalten. Er hatte keine Lust auf dieses Camp.

»Ich bleibe heute Nacht hier, ich suche mir ein Hotel«, sagte er. »Und du?«

Leons Hand tippte leicht auf ihren Rücken. Der Challe lag warm und duftend unter einer weißen Serviette, einer Familienserviette.

»Esther …«

Allerliebst drehte sie sich zu ihm um.

»Ich gehe ins Hotel, tut mir leid. Ich bin zu müde. Ich muss schlafen. Das wirst du doch wohl verstehen.«

Er gab sich die größte Mühe. Sie spürte Ärger in sich aufsteigen, sie hatte nicht darum gebeten, auch nicht um Challe. »Hundemüde.«

Ich bitte dich, morgen ist auch noch ein Tag. Sie hatte verdammt nochmal fünfzig Stunden eingeklemmt im Flugzeug gesessen, war von einem Kontinent zum anderen getaumelt, und trotz ihres feierlichen Versprechens hatte sie Schnaps trinken müssen, weil sie keine andere Lösung mehr sah, daher hatte sie nun Kopfschmerzen und ein flaues Gefühl im Magen, schau mir doch mal richtig in die Augen. Es war jetzt also wirklich nicht der richtige Zeitpunkt, das würde er ja wohl verstehen, um bei den Jottkowitzes zu sitzen und jüdische Bekanntschaft zu machen. Außerdem würde sie sich heute nirgendwo mehr anmelden.

Konnte er das verstehen? Er verstand es.

Mit unerwarteter Energie küsste sie ihn auf die Stirn, quetschte sich auf den Rücksitz des Morris und winkte Leon, der auf dem Platz zurückblieb, allein, weil in der Zwischenzeit alle Bräute aufgebrochen waren, in ihr neues Leben.

Hätte sie den Rest des Tages nicht geschlafen, hätte sie sehen können, wie Christchurch zum Leben erwachte, zum sonntäglichen Leben. Familien gingen schläfrig in die Kirche und kehrten erbaut wieder nach Hause zurück. Die Düfte von *Sunday Roast* stiegen durch geöffnete Küchenfenster nach draußen und verflogen im Oktoberwind. Autos fuhren für einen kleinen Ausflug aus der Stadt hinaus, alte Modelle, weil es hier keine eigene Autoindustrie gab und alles importiert werden musste. Und alles auf der linken Seite der Straße, als wäre das das Normalste von der Welt. Busse, die nach dem Wochenendfahrplan fuhren. Elektrische Straßenbahnen. Fahrräder, auch hier, auf der anderen Seite der Welt. Christchurch war eine der wenigen ebenen Gegenden in Neuseeland und wurde auch die *City of Bicycles* genannt. Männer und Frauen, tüchtig strampelnd, auf dem Weg zu ihrer alten Mutter oder in den Kricketclub. Wäre Esther wach gewesen, so hätte sie Hüte sehen können und dunkle Pepitaröcke, unzählige Jacken in gedeckten Farben und verhüllenden Formen. Aber sie sah von all dem nichts, denn sie lag in einem schmalen Hotelbett und schlief, und in ihrem Traum lief sie um ein Haus herum, ein großes Haus mit vielen Fenstern. In einem der Zimmer saßen sie um ein Klavier und sangen fröhliche Lieder, ihre Eltern und der kleine Sal, und als sie weiterging, saßen sie in der Küche bei Challe, sie saßen in allen

Zimmern, und auch wenn sie freundlich lachten, so zeigten sie ihr nicht, wo der Eingang war. Mit harten, eckigen Bewegungen schreckte sie hoch, und ein paar Sekunden lang wusste sie nicht, wo sie war, bis sie im Halbdunkel an den gestreiften Gardinen das sichere Hotelzimmer erkannte. Es schüttelte sie, und sie begann wie ein kleines Kind zu schluchzen. Woher all die Tränen kamen, verstand sie selbst nicht, denn sie konnte sich nicht an ihren Traum erinnern. Nur, dass er unheimlich gewesen war, schrecklich unheimlich.

Vorbei. Neu anfangen.

Wütend schlug sie die Decke zurück, setzte die Füße auf den Teppichboden, knipste das Licht an und schwang so lange die Peitsche um sich, bis sich alle Raubtiere untertänig in die Ecke verkrochen. Verdammt nochmal. Schluss damit.

Aber sie wagte sich nicht zurück ins Bett. Sie nahm ihre weite Hose – die mit den schrägen, tief angesetzten Taschen, unter denen das Muster perfekt weiterging – verkrumpelt, aber wohlbehalten aus ihrem Koffer und zog darunter doch wieder die hohen Schuhe an, auch wenn sich ihre Füße dagegen sträubten. Die Augenringe ließen sich nicht wegschminken. Daran konnte man nichts ändern.

Zusammen mit Frank fiel sie ausgehungert über die Reste des Lammfleischs vom Mittagessen her. Der Speisesaal war schlecht erleuchtet, und sie waren die Einzigen. Die Besitzerin, eine Frau mit einem großen Busen, der wie eine riesige Skischanze schräg nach unten abfiel, setzte sich zu ihnen an den Tisch und horchte sie über das Luftrennen aus. Über Holland wollte sie nichts wissen. Es wird für euch bestimmt ungewohnt sein, sagte sie, in Schuhen herumzulaufen.

Als sie endlich nach draußen gingen, war die Stadt schon wieder geschlossen. Und geschlossen bedeutete, dass man durch die Colombo Street laufen konnte, so weit man wollte, und nirgends ein Jazzclub, ein Kino oder wenigstens ein Pub zu finden war, der am Sonntagabend geöffnet war.

Deshalb folgten sie dem Flusslauf des Avon, der sich durch die Stadt schlängelte, und redeten nicht viel, da sie einander nicht gut kannten und sie durch die paar Stunden Schlaf den letzten Rest eines Gefühls für Richtung und Rhythmus und für den normalen Gang der Dinge verloren hatten. Eine normale Konversation zu führen schien ein Ding der Unmöglichkeit zu sein. Und sich darüber wiederum Gedanken zu machen ebenso. Ab und zu zeigte einer von ihnen auf ein Gebäude, sieh nur, das ist typisch englische Neugotik, und dann nickte der andere, und zufrieden taumelten sie weiter. Sonntagabend in Christchurch. Alles schien tot, tot und nochmals tot.

Er erkundigte sich kurz und sachlich nach ihr und Leon. Sie erzählte ihm kurz und sachlich, wie es um sie stand. Kurz und sachlich, das lag ihr. Würden sie sich verloben? Das war eigentlich so geplant. Er fragte nicht weiter, und ohne etwas zu sagen, spazierten sie weiter.

Sie fragte ihn nach Ada. Er fuhr sich verlegen mit der Hand durch seinen dunkelblonden Schopf. So etwas war ihm noch nie passiert, sagte er und schüttelte den Kopf, als könnte er es selbst nicht glauben. »Wahrscheinlich denke ich morgen, dass ich alles nur geträumt habe.« Aber jetzt hatte es ihn ordentlich erwischt. So ein liebes Mädchen, das sich von einer höheren Macht leiten ließ. Esther sagte, dass sie überhaupt nichts von Fatalismus hielt, jedoch jemandem, der so hübsch war, nun einmal leichter verzieh als anderen.

Dann schwiegen sie wieder eine ganze Weile, dachten über all die Dinge nach und hatten nicht die geringste Ahnung, wo sie waren, doch solange sie dem Fluss folgten, konnten sie denselben Weg wieder zurückgehen. Schließlich lief der Fluss durch einen botanischen Garten, der dicht bewachsen war mit dunklen, tropischen Pflanzen und Bäumen. Frank steckte sich eine Zigarette an und sah sich um. »Tja«, sagte er aufs Geratewohl, während er den Rauch ausblies. Esther fuhr mit der Hand durch einen hohen Lavendelstrauch. Schweres Aroma stieg davon auf – Oma Berthi, die meterweise polnische Spitze für sie aus dem Wäscheschrank aus Nussbaum zieht, bitte schön, *Bubele*, damit sie die gefährliche Schwiegermutter spielen kann oder die bösartige Fee, die mit ihren Zaubersprüchen den kleinen Sal in einen Turmfalken verwandelt.

Schwerfällig ließ sie sich zwischen den stämmigen Trauerweiden auf dem Rasen beim abfallenden Ufer nieder, zog ihre Schuhe und Strümpfe aus und steckte die Füße ins Wasser, was für einen kurzen Moment ein herrliches Gefühl war, dann aber schnell zu kalt wurde. In diesem Land, wo alles andersherum verlief, war der Winter gerade erst vorbei. Und doch hielt sie es aus, so lange wie möglich und sogar etwas länger, bis sie nach Atem schnappte. Er setzte sich neben sie, schlug die Arme um seine Knie und studierte sie eingehend. Sie schob ihre nassen Hosenbeine hoch, sodass er ihre langen Beine sah. Irgendwo in der Ferne bellte ein Hund. Lange Beine, zierliche Waden.

»Schläfst du auch irgendwann mal?«

Ihre Nackenhaare stellten sich auf, wie bei einem Dieb, der sich im Dunkeln sicher gewähnt hatte und plötzlich von allen Seiten von Scheinwerfern beschienen wird. Nach außen hin unberührt, ließ sie graziös das Wasser hochspritzen und schwieg.

»Ich meine, so wie normale Menschen.«

»Ich bin nicht gut darin«, erwiderte sie knapp und trocknete umständlich ihre Füße mit dem ordentlich gefalteten Taschentuch ab, das er ihr anbot. Sie wusste wirklich nicht, was sie ihm erzählen sollte. Er schien es aber auch so zu verstehen, denn er ging nicht weiter darauf ein und flüchtete sich in eine Neckerei.

»Und dabei ist es doch so einfach.«

»Ach ja?«, erwiderte sie ebenfalls neckend, sie hatte ihre Sicherheit nun in dem flirtenden Tonfall zurückgewonnen, »dann bring's mir doch bei.«

Ohne zu zögern stieß er zwei Finger gegen ihr Brustbein und schubste sie hintenüber ins Gras. So plötzlich, dass sie vor Lachen prusten musste. Er beugte sich über sie, sein Gesicht dicht vor dem ihren, seine Augen durchbohrten sie. Casanova, dachte sie.

»So fängst du an«, sagte er mit dieser Stimme, »und dann Augen zu.«

Sie konnte nicht ganz ergründen, was er vorhatte. Sie, die fabelhaft flirten konnte, war aus dem Konzept gebracht. Man spürte Verführung, die in der Luft hing, jedoch auch allerlei andere Dinge spielten eine Rolle, sodass das Ganze etwas undurchsichtig wirkte.

»Mach mal vor«, gab sie zurück, um Zeit zu gewinnen.

Er schloss die Augen, wie zur Demonstration, und ließ sein Gesicht ruhig über dem ihren schweben, bot ihr arrogant die Gelegenheit, seine Gesichtszüge in diesem Mondlicht gut zu studieren oder sogar zu bewundern, wenn sie das wollte. Er war ein schöner Mann, in den sich jede verlieben könnte. Diese Tatsache machte er sich nonchalant zunutze. Er tat so, als würde ihn sein Aussehen überhaupt nicht interessieren, ja, sogar langweilen. Und doch nutzte er es für seine Zwecke. Vielleicht, damit alles dahinter leichter unentdeckt bleiben konnte.

»Siehst du? Jeder kann es.«

Mit einem Mal wusste sie es. Esther hatte vorhin im Hotel an seine Zimmertür geklopft, er war zerknittert und mit einer Alkoholfahne in der Tür erschienen, hatte aber nicht einen Moment seine Manieren verloren und war sofort für einen abendlichen Ausflug zu haben.

»Außer dir und mir«, sagte sie ausdruckslos.

Er schwieg. Er öffnete seine Augen. Das Flirtende daraus war verschwunden, doch er wich ihrem Blick nicht aus.

»Wart ihr noch in Indonesien, als die Japaner kamen?«, fragte sie.

Er biss sich auf die Lippe, sagte nichts, rollte sich von ihr herunter und blieb neben ihr auf dem Rücken im Gras liegen. Er faltete seine Arme unter dem Kopf.

»Ja.«

Sie legte sich ebenfalls auf den Rücken. Zwischen den hohen Bäumen hindurch sah sie, dass der nächtliche Himmel über Christchurch mit Sternen übersät war, ein überwältigender, wolkenloser Sternenhimmel.

Sie blieben sehr lange so nebeneinander liegen und hörten dem plätschernden Wasser des Flusses zu, lauschten einer Ente, die schnatternd aufflog, dem sanften Rauschen des Windes in den Bäumen über ihrem Kopf und den Geräuschen der Nacht. Sie teilten sich ihre letzte Zigarette aus Holland. Träge deutete sie mit ihrem langen, dünnen Arm zu den Sternen hoch. Ihre andere Hand suchte die seine.

»Morgen wird ein klarer Tag werden«, sagte sie.

Da sie sich wahrscheinlich nie mehr wiedersehen würden, versprach sie ihm nachts in seinem engen Hotelbett, dass sie ihn noch ein Stück begleiten würde, als jedoch morgens an ihre Zimmertür geklopft wurde, war sie eigentlich gerade erst eingeschlafen. Blind vor Müdigkeit, malte sie sich die Augenbrauen nach. Im Essenssaal nickte sie über den Eiern mit Speck, den Bohnen in Tomatensoße mit fetten Würstchen, von denen sie keinen Bissen zu sich nahm, immer wieder ein. Ich hatte Tee bestellt, brummte sie und zeigte auf den bitteren, milchähnlichen Stoff in ihrer Tasse. So trinken wir das hier, sagte die Skischanze, und Esther sah, dass sie sich ihre erste Feindin gemacht hatte. Frank, getrimmt und rasiert, aber mit müdem Gesicht, aß mit großem Appetit und machte der Frau höfliche Komplimente.

Schleimer, sagte Esther auf Niederländisch, während sie ihren Teller in seine Richtung schob.

Draußen mussten sie ihre Sonnenbrillen aufsetzen, gegen die Morgensonne, die tief über den Straßen stand und eine ungeahnte Kraft hatte. Es war warm. Die Aufregung, dass sie nun tatsächlich hier war und doch alles anders war und unumkehrbar begonnen hatte, machte sie mit einem Mal hellwach. Los geht's. Die Stadt kam in Bewegung. Männer, allesamt gekleidet in Harristweed, Sportjacken, graue Flanellhosen und Filzhüte. Großer Gott, dachte sie, in welcher Zeit leben wir nur. Die Frauen liefen herum, als würden sie frieren oder nicht so recht wissen, wohin mit sich selbst, die Arme vor der Brust gekreuzt und mit gekrümmtem Rücken. Hier und da ein polynesisches Gesicht.

Esther, in ihrer weiten Hose und den hohen Schuhen, sah ihre eigene Erscheinung in den Augen der Neuseeländer widerspiegeln, auf die gewohnte Art, die ihr ein Gefühl der Ruhe vermittelte. Sie fiel auf. Keine andere Frau hier, auf dem Fahrrad oder zu Fuß, trug eine Hose oder wiegte so beängstigend mit den Hüften. Frank, der mit seiner Reisetasche neben ihr herschlenderte, schien das nicht zu kümmern. Die meisten Männer fühlten sich durch ihr Auftreten verunsichert und fragten sie nach einiger Zeit, ob sie sich etwas unauffälliger verhalten könnte. Meistens endete das Techtelmechtel dann bereits, bevor es überhaupt richtig angefangen hatte. Er gefällt mir schon, dachte sie, und sie bedauerte es, dass der Abschied nahte.

In einem unordentlichen Laden fragten sie nach Zigaretten und nach einer *Christchurch Press.* Der Verkäufer in seinem verschlissenen Pullover antwortete mit einem starken Akzent, und nach dem dritten Mal verstanden sie ihn noch immer nicht ganz. Sind Sie vielleicht Holländer? Als sie daraufhin nickten, schlug er die Hände zusammen, das wird seiner Mutter gefallen, dass er heute echte Dutchies getroffen hat! Welche Zigarettenmarke wünschten sie noch gleich? Die meisten Marken waren ihnen unbekannt. Sie zeigte auf eine Reklamezeichnung, auf der ein arroganter, perfekt gekleideter Mann eine Zigarette rauchte, darunter der Text: *Peter Jackson, notice the people who smoke them.* Diese natürlich.

Gute Wahl, erwiderte der Mann zögernd.

»Guck mal«, sagte Frank. Sie saßen auf einer Bank bei der Bushaltestelle und warteten auf seinen Bus zum Bahnhof. »All die Stellen hier, stell dir nur vor, Kolumne über Kolumne, alles, was man will, Polier, Schmied, Elektriker, Zimmermann, Schweißer, Maler, Bäcker, Schlachter.« Esther schmeckte den bitteren Geschmack ihrer Zigarette und sah, wie er die Seite umblätterte. Er musste Gott weiß wohin, irgendwo hoch in den Norden, zu einer Schaffarm, aber er schien sich überhaupt keine Sorgen zu machen über die lange Reise und das Unbekannte, das auf ihn wartete. Er saß da und las in aller Ruhe seine erste Zeitung in seinem neuen Leben, während er sich gelegentlich mit einer unbewussten Geste das Haar aus der Stirn strich. Sie hatte Leon, der sie einführen konnte, er hatte niemanden. Er braucht niemanden, dachte sie, dieser Mann braucht niemanden. Keine Ahnung, warum sie davon so wehmütig wurde.

»Guck mal«, sagte er wieder und zeigte ihr die Anzeige eines Schuhladens. *It's Air Race at Hannah's*, stand über den gezeichneten Schuhmodellen mit Namen wie *Jaystepper* und *Jeanette*, und mitten zwischen all den Schuhen: *Winners all!* Es war eine Menge los gewesen in dieser Stadt wegen des Luftrennens, das war nicht zu übersehen. Die Schaufenster hingen voll mit Verweisen, es hatte sogar eine *Miss Air Race*-Wahl stattgefunden, und diese Woche gab es ein Festprogramm für alle Teilnehmer. Sie jedoch, Fracht der holländischen Arche, hatten damit nichts zu tun, sie waren losgelassen und ausgesetzt.

Eine Gruppe Schulkinder in Uniform lief plappernd an ihnen vorüber. Miniaturblazer, gestreifte Krawatten, kurze Hosen, Trägerkleidchen und Kniestrümpfe. Ohne ein Wort zu sagen, folgten sie mit den Augen der Gruppe, bis alle Kinder um die Ecke verschwunden waren.

»So kleine Kinder«, sagte er, »und alle sprechen sie perfekt Englisch.«

Der Bus überraschte sie, da sie schon wieder vergessen hatten, dass er von rechts ankam.

»Wart nur ab«, sagte Esther, »das nächste Mal, wenn wir uns sehen, sprechen wir genauso gut.«

»Besser noch.«

Die Tür ging auf. Einen Moment lang standen sie sich verlegen gegenüber. Es schoss ihr in den Kopf, dass sie mit ihm mitfahren könnte. Warum nicht, sie war vollkommen frei hier.

»Viel Glück mit allem«, sagte er.

»Dir auch.«

Er durchwühlte ihre Locken und umarmte sie herzlich. Während der Bus wegfuhr, winkten sie einander zu, und Esther legte ihre Hand auf ihr Herz. Er tat es ihr nach und lächelte mit dem breiten, freundlichen Lächeln eines Mannes, der mit beiden Beinen voll im Leben steht. Bedauern drückte ihr die Kehle zu, einfach so, ganz unerwartet. Unsinn, dachte sie, das ist jetzt wirklich lächerlich. Sie gingen ihren eigenen Weg, und für diese Art von Gefühlsregung war nun wirklich nicht der richtige Moment.

Geschafft. Vorbei. Neu anfangen.

Aber als der Bus aus ihrem Blickfeld verschwunden war, stand sie noch immer so da.

10

Das Labour Department schickte sie zu Lane, Walker & Rudkin, einer großen, modernen Textilfabrik, einer Kette, die sich über das ganze Land erstreckte. »My word, look at you«, sagte der Personalchef, während er sie unverblümt von oben bis unten musterte. »I'm Ray.« Sie stellte sich selbst kühl als Miss Cahn vor. »Wir nennen uns hier beim Vornamen«, antwortete er, »von ganz oben bis ganz unten, denn wir sind demokratisch«, und er wartete vergeblich auf ihr Erröten.

Morgens fuhr sie mit dem Rad, das Leon für sie gekauft hatte, zur Arbeit. Links halten, links halten, konzentrierte sie sich, und abends auf dem Rückweg erneut: links halten, links halten. In der Zwischenzeit saß sie in einer großen Halle hinter einer Nähmaschine, zusammen mit hundert anderen Frauen. Unter den sechshundert Arbeitskräften, die in dieser Zweigstelle arbeiteten, waren dreißig Niederländerinnen, die alle schon viel länger im Land waren. Sie saß zwischen Beb und Truus, Gerda und Ietje, und steppte Badeanzüge. Die Arbeit war weit unter ihrem

Niveau, und der Lärm der Maschinen, der die Musik übertönte, war zum Wahnsinnigwerden. Das macht nichts, beruhigte sie Leon, es ist ja nicht für immer. Er nickte unsicher. Wahrscheinlich dachte er, sie spiele auf ihre Heirat an, die dem Arbeitsleben einer Frau ein Ende setzen würde, und der Gedanke daran schockierte ihn noch immer etwas. Sie sah Wolken der Verwirrung durch seine Augen jagen und sagte nichts weiter dazu. Sie meinte etwas anderes. Sie würde in diesem Land eine führende Modeschöpferin werden, mit ihrem eigenen, berühmten Salon, und die Arbeit in der Fabrik war der allererste Schritt in diese Richtung. Der Lohn war anständig, und darum ging es. In rasendem Tempo steppte und smokte sie dieser Zukunft entgegen. »Ganz ruhig«, sagte Ray und sah ihr auf die Brüste in der weit geöffneten Bluse, »ihr Dutchies arbeitet zu viel, siehst du denn nicht, dass wir das hier nicht mögen? Man beklagt sich über dich, ich sag es dir ja nur. Wir wollen hier eine entspannte Arbeitsatmosphäre.« Sie lachte spöttisch, ließ sich weiter auf die Brüste stieren, erhöhte das Tempo und ignorierte ihn. Er spürte ihre arrogante Abwehr und spazierte schulterzuckend davon. Wieder ein Vorurteil bestätigt, dachte sie amüsiert.

In der Kantine, wo die Arbeiterinnen zweimal am Tag zehn Minuten lang Tee trinken durften und mittags für anderthalb Shilling einen Lunch mit zwei Gängen bekamen, hielt sie sich abseits. Die Ietjes und Gerdas versuchten, sie in ihre Gruppe zu integrieren – Einwanderermädchen unter sich –, doch dazu hatte sie keine Lust. Sie mochte diese Art von Clübchen nicht. Ihre neuseeländischen Kolleginnen waren höflich, aber nicht wirklich entgegenkommend. Mit ihrem Englisch, auf das sie so stolz war, gelangte sie immer wieder an ihre Grenzen. Der neuseeländische Akzent war schwer zu verstehen, ihre Ohren waren oftmals zu müde und die Laute ungewohnt für die Zunge. Ihr entgingen Nuancen. Witze wurden immer wieder missverstanden und führten zu Unmut und Ärger. Was das betraf, war sie lernbegierig – mit ihren eigenen Kunden könnte sie sich keine Missverständnisse leisten. »Was meint ihr mit *a cuppa*?«, fragte sie. Ob sie mitkommen wolle, etwas trinken. Nein, aber trotzdem vielen Dank, und eifrig schrieb sie solche Ausdrücke in ihr Schreibheft. Sie wollte keine Zeit vergeuden. Im November, wenn das Schiff mit ihrer Kiste ankam, hatte sie ihre Nähmaschine wieder. Alles, was ich dann noch brauche, ist ein Kunde und ein Stück Stoff. Bis dahin wollte sie Geld verdienen. Weil Überstunden gut bezahlt wurden, arbeitete sie abends weiter. Dadurch bekam sie zudem eine warme Mahlzeit gratis. Am freien Samstag – für Holländer unbekannt – verdiente sie an einem Tag vier Pfund und fünf Schilling. Fast fünfundvierzig Gulden in einem braunen Umschlag, den sie zufrieden pfeifend annahm.

Als wäre sie durch eine starke Brandung hindurch auf dem Weg zum Strand, watete sie durch ihr neues Leben, so gut es ging hielt sie das Tempo, sie verschob so viel Masse, wie nur irgendwie möglich, während sie nicht vergaß, die Sonne auf ihrem Gesicht zu genießen, den warmen Wind, der ihr durch die Haare fuhr und den unermesslichen Raum, in dem sie sich endlich befand. Watend, watend, die Augen auf einen Punkt in der Ferne gerichtet, der scheinbar außerhalb des Gesichtsfeldes aller anderen, nicht jedoch außerhalb ihres eigenen lag. Links und rechts von ihr wuchsen die Stapel von Badeanzügen und dahinter die argwöhnischen Augen ihrer Kolleginnen: Was will diese Dutchie, was hat sie bloß vor, warum rackert sie sich so ab, dass sie nicht einmal mit uns was trinken gehen will, warum trägt sie so hohe Schuhe? Zwar war sie empfänglich für alles, was in ihre Richtung signalisiert wurde, aber das Einzige, zu dem sie sich hinreißen konnte, war ein freundliches Nicken. Tut mir leid, Mädels, dachte sie gleichgültig. Sie musste weitermachen.

Aber sie war sich bewusst, dass sie aufpassen musste, dass sie beim Waten nicht Leon zur Seite schob. Sonntags machte sie mit ihm Ausflüge. Er arbeitete als Mechaniker in einer Werkstatt und hatte einen Ford Baujahr 38 kaufen können. Während sie versuchten, sich etwas unbehaglich normal zu unterhalten, tuckerten sie aus der Stadt und erkundeten das Weideland rund um Christchurch, fuhren bei schönem Wetter nach Sumner Beach, wo Familien bei üppigem Picknick saßen. Esther war verrückt nach dem Strand, dem prächtigen Himmel über dem Meer, dem Wind um sie herum. Es war ein brillantes Land, und jedes Mal überfiel sie ein Gefühl der kindlichen Freude und Dankbarkeit, dass sie hier ihr weiteres Leben verbringen durfte. Sie saß im Sand und aß ihre ersten Fish and Chips, während ihr die Haare vors Gesicht wehten und das fettige Essen auf der Zeitung zwischen ihren Zähnen knirschte. Vergnügt verfütterte sie den Rest an die Möwen. »Tu das nicht«, sagte Leon, »dann lassen sie dich nicht mehr in Ruhe.« Er hatte recht, aber es störte sie nicht, denn sie hatte schon wieder ein Brautpaar entdeckt, das vor der Brandung fotografiert wurde, und sie kommentierte lauthals das Kleid der Braut. »Tja, wenn du meinst, dass du's dir leisten kannst, musst du es wohl tragen.«

Sie amüsierte sich königlich. Und doch fühlte es sich unwirklich an, als wäre alles nur ein Spiel. Oh, natürlich, alles war neu und prächtig, aber sie durfte auch nicht zu lange in diesem Zustand verweilen.

Gelegentlich führte Leon sie am Samstagabend zum Essen aus. Es gab keine Restaurants, Essen ging man in Hotels. Das Essen war nicht besonders und die

Einrichtung ungemütlich, aber sie nahm alles wohlwollend auf und watete weiter. Manchmal gingen sie ins Kino, imposante Gebäude mit Namen wie *Majestic* oder *Regent*, und dann kaufte er ihr in der Pause ein Eis. In einer Milchbar trank sie ihren ersten Milchshake. Spirituosen gab es fast nirgends, die Pubs machten um sechs Uhr zu und waren von fünf bis sechs gerammelt voll mit Männern, die sich so schnell wie möglich volllaufen ließen. Frauen durften dort nicht hinein. Einmal war es ihr gelungen, sich tapfer dazwischenzuzwängen, doch sie wurde höflich, aber bestimmt aufgefordert, das Gebäude zu verlassen, und, ehrlich gesagt, war der Anblick der saufenden Kerle selbst für sie zu viel.

Das erste Mal, als sie in ein Tanzlokal ging, überkam sie eine unerwartet heftige Sehnsucht nach dem rauen Leidseplein. In einem atmosphärelosen Lokal, auf beiden Seiten Stühle vor den Wänden, wurden die altmodischen Ballroomtänze geübt, quick-quick-slow, rosafarbene und gelbe Hütchen wippten auf den gemeißelten Frisuren der Frauen. Leon setzte sich an die Seite, und sie ließ sich neben ihm nieder. Alle Köpfe drehten sich in ihre Richtung. »Du musst dort hinüber«, sagte Leon, aber sie begriff es nicht oder wollte es nicht begreifen und blieb sitzen. Dann stoppte die Musik, die Tänzer eilten auf ihre Stühle zurück, die Frauen auf die eine Seite, die Männer auf die andere. Prustend erhob sie sich und wiegte auf die andere Seite hinüber. Beim nächsten Lied holte er sie ab, wie es sich gehörte. Majestätisch reichte sie ihm ihren Arm. »Benimm dich doch bitte normal«, sagte er. Zusammen tanzen war wunderbar. Der Twostep, der Chachacha, die Grübchen in seinen Wangen. Er konnte phantastisch führen, und sie reagierte auf die kleinste Bewegung seines Fingers, den er kurz oberhalb ihres Pos hielt. Mit leichtem Druck dieses Fingers hätte er sie ohne Probleme ins Bett tanzen können, wäre er dafür nicht zu anständig und respektvoll gewesen. Oder in eine Heirat. Bei den lateinamerikanischen Tänzen schoben sie ihre Hüften im selben Rhythmus gegeneinander, und dass er schmaler und schmächtiger war als sie, spielte keine Rolle mehr. Wenn er mich jetzt fragt, sage ich ja. Aber er tanzte schweigend und voller Hingabe, und über seine Schulter hinweg konnte sie es nicht lassen, herausfordernd in andere Augen zu schauen.

Sie versuchte sich vorzustellen, dass sie verheiratet waren. Er ist zu klein für mich, dachte sie, ich werde ihn zermalmen. Der Gedanke daran hatte etwas Unwirkliches. Und doch mochten sie sich und gaben ihr Bestes, verliebt zu tun. Sie bissen einander in den Nacken und streichelten dem anderen über den Rücken. Wir gehören zusammen, sagte er, als ultimative Liebeserklärung. Was er damit meinte, gefiel ihr nicht wirklich. Meistens wollte er danach wissen, wann sie sich nun endlich bei der jüdischen Gemeinde anmelden würde.

Es ist gut, dass du das sagst, antwortete sie dann zuckersüß, morgen.

Tief in ihrem Herzen fand sie die Existenz einer jüdischen Gemeinde unsinnig. Den alten Unterschied zwischen jüdisch und nicht jüdisch gab es hier nicht, in diesem Land von Siedlern, wo jeder ein Fremder war. Warum sollte man es dann in Gottes Namen selbst ins Leben rufen?

Aus dem Zimmer bei den Jottkowitzes war nichts geworden, sie schob den Besuch bei der Familie immer weiter auf. Das eine Mal hatten sie Apfelpudding für sie gemacht, das andere Mal Blintz, aber jedes Mal entschied sie, doch lieber nicht zu gehen, und eines Tages sagte Leon vorwurfsvoll, dass sie das Zimmer an eine Nichte aus Israel geben wollten, wenn sie morgen wieder nicht komme.

»Oh, wie furchtbar schade«, rief sie, »aber gut, eine Nichte hat natürlich eher ein Recht darauf als ich, Familie geht vor. Weißt du was? Sollen sie es doch lieber der Nichte geben, ich finde schon ein anderes Zimmer.«

Letzteres war etwas zu optimistisch gedacht. *Private Boarding* – bei einer Familie zur Untermiete wohnen, wie Leon das tat, war nichts für sie, das gab sie zu. Es vermittelte ihr das Gefühl, unfrei zu sein.

Ein Zimmer in einem Boarding House mieten war eine bessere Option. Sie suchte alle Zeitungen durch, aber sie fand nichts. Länger in dem Hotel bleiben war nicht zu verantworten, es kostete zu viel Geld. Ihr Zimmer war nicht größer als ein Kleiderschrank und genauso dunkel. Sie hasste es, kam mit den Nächten nicht zurecht und litt unter dem permanenten Gefühl, dass die Balken Stück für Stück tiefer sackten. Außerdem entwickelte sie einen immer größeren Widerwillen gegen den Geruch des fettigen Frühstücks. Und von dem Kaffee musste sie sich beinahe übergeben, was beschämend war. Tee, das blasse, bittere Gesöff, dass sie hier Tee nannten, war das Nationalgetränk, aber sie verlangte stur weiter nach Kaffee, und schlussendlich wollte die Skischanze ihn für sie machen, so schlimm war sie dann auch wieder nicht. Von da an wurde jeden Morgen ein offener Topf auf den Herd gestellt, in dem Kaffee gekocht wurde. Und um zu zeigen, dass sie der Dutchie wohlgesinnt war, fügte die Frau Senf als Geschmacksverstärker hinzu.

Anfang November wurde es Frühling. An einem Sonntag zwängte Esther ihren langen Körper in einen Badeanzug, den sie sich in der Fabrik angeeignet hatte, und sprang in den herrlich kalten Ozean. Als sie durch die Brandung zurückschwamm, hörte sie am Strand eine hohe Frauenstimme ihren Namen rufen. »Esther!« Zu ihrem grenzenlosen Erstaunen verspürte sie ein Gefühl der Freude – als wären sie durch die Flugreise ein kleines bisschen Familie geworden.

Am Ende dieses Tages lief sie hinter Marjorie her über den Gartenweg eines hellblau gestrichenen Holzhauses in einer hügeligen Vorstadtgegend.

»Man geht hintenrum«, sagte Marjorie, die immer alles wusste, »wenn du vorne durch die Haustür gehst, halten sie dich für einen Wichtigtuer.«

Und wenn ich über das Dach gehen müsste, dachte Esther.

Das Zimmer war groß und sonnig und hatte sogar einen Balkon, von dem aus man über die Stadt blickte. Esther bekam das Liegesofa. »Phantastisch«, sagte sie und hörte nicht auf zu wiederholen, wie froh sie über dieses Treffen war. Und Marjorie ging es genauso, sie strahlte regelrecht. »Ich tue gern etwas für andere Menschen«, sagte sie bescheiden, »und es macht sich außerdem in der Miete bemerkbar.«

Kurz darauf zog sie Esther mit nach unten in die große Küche, in der ein Mann mittleren Alters dabei war, den Abwasch zu machen, und sie stellte ihn als Gordon, den *Landlord*, vor. Der Mann, in einem ausgeleierten, löchrigen Pullover, entschuldigte sich für seine Seifenhände.

»Did your wife die?«, fragte Esther mitfühlend.

»Good Lord, no«, lachte er, »why?«

Sie stammelte etwas vor sich hin. Marjorie klärte

sie auf, während sie auf der Suche nach Peggy ins große Wohnzimmer liefen. Es war in diesem Land normal, dass Männer bei der Hausarbeit halfen. Sie mussten beide darüber lachen. Was für arme Schlucker.

»Und wie der Mann aussieht«, sagte Esther, »wie ein Müllmann.«

Er war Rechtsanwalt. Seine Frau, bei der ein Anflug von Mütterlichkeit den hübschen Zügen etwas genommen hatte, war anständig gekleidet, so brav, dachte Esther, so englisch, und sie beschloss, dass dies ihre erste Kundin werden würde. Es waren herzliche Leute, und sie wünschten ihr eine gute Zeit unter ihrem Dach. Ihr Einzug wurde mit Tee und Selbstgebackenem gefeiert, und die ganze Zeit über spürte sie einen Frühlingswind durchs Haus gehen. Es schien, als brauchte man hier nie eine Tür zu schließen. Als sie nicht viel später durch die offenen Balkontüren sah, wie die untergehende Sonne die Stadt in eine orangerote Glut tauchte, wurde sie fast sentimental. Sie war kurz davor zu glauben, dass es doch möglich war, das Geschehene wieder gutzumachen. Hier war kein Platz für Raubtiere. Die waren unvorstellbar, mit den kleinen Teerosen auf dem mintgrünen Teppich.

Zum ersten Mal seit ihrer Ankunft in Neuseeland packte Esther ihre Koffer aus. Die paar Skizzen, die sie in den nächtlichen Stunden im Hotel gemacht hatte, pinnte sie auf die Tapete oberhalb des Sofas. Frauentorsos in wüsten, beschwörerischen Kreidestrichen, mit Abendkleidern, die einem vom Papier entgegenleuchteten.

»Schön«, sagte Marjorie, »apart. Nicht mein Geschmack, aber sonst ganz schön.«

Über ihrem eigenen Bett hing rechteckig und ordentlich ein altholländisches Nesseltuch. »Von zu Hause gemopst«, gestand sie strahlend. »Ich hätte zu gerne Pas Gesicht gesehen!« Dann streckte sie sich auf ihrem Bett aus und sah zu, wie ihre neue Zimmergenossin die Skizzen aufhängte. Währenddessen plapperte sie endlos weiter, wie müde sie nach dem Flug gewesen war und dass sie an nichts mehr Spaß gehabt hatte, an rein gar nichts. Das ganze Neuseeland hätte sich in Luft auflösen können, wenn es nach ihr gegangen wäre. Und Hans dazu. Sie musste bei der Erinnerung lachen.

»Weißt du, was ich am allerschlimmsten fand?«

Nein, das wusste Esther nicht.

»Seine Hände. Verrückt, oder?« Sie hatte sich so nach diesen Händen gesehnt, seine lieben, großen Hände, die er immer um ihre Taille legte, diese Hände, von denen sie zwei Jahre lang geträumt hatte, und dann, als sie auf dem blöden Flughafen ankam, als alles grässlich war, da gefiel auch er ihr nicht mehr, und während der Busfahrt musste sie ununterbrochen auf seine Hände starren, und sie hörte überhaupt nicht, was er sagte, dachte immer nur: Was ist nur geschehen, etwas stimmt nicht. Seine Hände waren rau, mit kleinen Hautschuppen.

Er hatte sie zu diesem Zimmer gebracht, und sie hatte zwar sehr wohl gesehen, wie schön es hier war, wie gut er alles für sie organisiert hatte, aber er guckte sie so erwartungsvoll an, dass sie die Worte des Dankes nicht über die Lippen brachte, sie fummelte etwas am Revers seiner Jacke herum und wollte eigentlich am liebsten weinen. Leg du dich erst mal schlafen, sagte dieser herzensgute Kerl, und ich hole dich morgen ab.

»Ich konnte nicht gleich mit ihm kuscheln. Obwohl ich mich so darauf gefreut hatte.«

Esther fragte sich, was sie wohl unter Kuscheln verstand, sagte aber nichts und nahm das Brautkleid aus Satin aus dem Koffer, verkrumpelt und zerrissen. »Oh«, erschrak Marjorie, »wenn man das mal flicken kann.« Und sofort ratterte sie weiter, dass alles anders geworden war, als sie nach vierundzwanzig Stunden Schlaf die Gardinen aufgezogen und geradewegs in den stahlblauen Himmel gesehen hatte.

»Man schläft hier wahnsinnig gut«, seufzte sie, »das wirst du selbst merken.«

Ach, und dann war auf einmal die Welt wieder in Ordnung. Hans, seine Hände und dieses Land. Er kam mit dem Motorroller, um sie abzuholen, und sie fuhren aus der Stadt heraus, in die Berge, und prompt wurde sie fröhlich und war ganz entzückt, so schön fand sie alles. Und da irgendwo auf einem Hügel waren sie übers Gras gerollt und hatten herrlich gekuschelt und hoppla, war die Liebe wieder da. »Er sieht gut aus, findest du nicht?« Weißt du, das Leben hier war auf einmal einfach toll, die Leute waren freundlich, und sie lachten dich nicht aus, wenn du etwas Falsches sagtest. Hans teilte ein Haus – *Flat* nennt man das hier – mit drei *Mates*, Neuseeländern, Arbeitskollegen. Diese Jungs hatten auch Freundinnen, und alle zusammen hatten sie köstlich viel Spaß, nein, um ehrlich zu sein, sie hatte gar keine Zeit dazu gehabt, ihre Familie zu Hause zu vermissen. Pa und Ma machten sich immer schrecklich schnell Sorgen, ein Herz aus Gold, doch noch mit achtzehn musste sie um Erlaubnis fragen, wenn sie ins Kino gehen wollte, und erst als sie einundzwanzig war, durfte sie nach Neuseeland. Daher nun ihr Motto: Es lebe die Freiheit! Niemand konnte ihr mehr irgendwelche Vorschriften machen, sie selbst war Herr über ihr eigenes Leben.

»Und kein Heimweh. Du? Es klingt vielleicht hart, das so zu sagen, aber so ist es eben. Ich vermisse meinen süßen Hering, aber meine Familie, nee. Du?«

Esther stellte den Rahmen mit dem Foto von der Familie, die es bereits seit zehn Jahren nicht mehr gab, auf die Kommode. Nicht zu lange hingucken.

Marjorie zog sich das geblümte Zierkissen behaglich unter den Kopf. »Wer ist das?«

»Meine Eltern, mein kleiner Bruder und ich. Da war ich elf.«

»Ach, wie süß. Wie spät wird es bei ihnen jetzt wohl sein?«

Die Kralle des Raubtiers zerrte wie ein Widerhaken in ihrem Herzen. »Sie schlafen, denke ich.«

Ja, das dachte Marjorie auch.

»Ich bekomme jetzt meine eigene Familie«, sagte sie zufrieden. »Ich will eine große Familie, wie zu Hause, schön ist das. Wir sind zu sechst. Hast du gesehen, dass sie die Kinderwagen hier draußen an die Straßenbahn anhängen? Man kann nur hoffen, dass die Babys da nicht herausfallen.«

Esther betrachtete sie. Was für ein gesundes Mädchen. Witzige kleine Nase. Eine Haut wie ein polierter Apfel, unter der sich ebenso wenig Mysterium versteckte, nichts weiter als Kerngehäuse und Fruchtfleisch.

»Arbeitest du?«

»Ja, klar«, antwortete Marjorie.

»Wo?«

»Im Krankenhaus natürlich.«

Natürlich.

Dann wurde es merkwürdig still, während Esther die paar Kleider, die sie dabeihatte, auf Bügeln in den Schrank hängte, merkwürdig still. Auf dem Bett lag

Marjorie und seufzte und wand sich, als würde sie auf der Folterbank liegen. »Was ist denn los?«

Aber es war nichts, nein, nichts, nein, wirklich nichts, so schrecklich gar nichts, dass sie davon beinahe platzte. Esther sah sie interessiert an und wartete ruhig ab, bis sich die Wangen von Rot zu Purpur färbten und Marjorie sich abrupt aufrichtete und es ausprustete, da sie nun einmal keinen Platz in ihrem Inneren hatte, um etwas für sich zu behalten. »Ich bin diplomiert!«, schnauzte sie Esther an. »Ich bin Säuglingsschwester, ich kann das alles. Kinderpflege hätte ich auch gerne gemacht, aber das hier!«

Diese Erniedrigung. Sie war mit all ihren Zertifikaten in die Wäscherei abgestellt worden und stand den ganzen gottverdammten Tag da und heizte Kessel an. Esther riss sich zusammen, um nicht zu lachen. »Und was willst du dagegen tun?« »Heiraten und dann abhauen, was dachtest du denn. Sobald Hans ein Haus für uns gefunden hat. Was denken die sich eigentlich!«

Darum bin ich hier, dachte Esther, sie geht sowieso weg.

Von dem mintgrünen Teppich aus watete sie weiter, schob sich vorwärts in den nächsten, leichteren Abschnitt, den junger Einwanderer, die sich vor nichts fürchten und einfach das Leben genießen, weil sie nun einmal jung sind und genießen wollen. Leon und sie, die sich nie ganz wohlfühlten, wenn sie allein waren, unternahmen viel mit Hans und Marjorie. Es ging etwas Beruhigendes von ihnen aus, als hätte man, indem man in ihrem Kielwasser blieb, Recht auf ein sorgloses Leben. Das kam in erster Linie durch Hans, seine Knickerbocker und seinen kühnen Blick, mit dem er den Horizont sondierte. Er war ein großer, muskulöser Kerl, stark und sonnengebräunt, mit dunkelblondem, etwas schütterem Haar, und er genoss Neuseeland auf so eine ansteckende Art, dass niemand sich dem entziehen konnte. Er lachte gern und war ein unterhaltsamer Redner. Er schlug seine Arme um Esthers und Leons Schultern und ließ sie die Lager vergessen, sein Lachen und seine Fröhlichkeit wirkten ansteckend. Die Einwanderergeschichten sprudelten nur so aus ihm heraus, Esther konnte ihm stundenlang zuhören, weil ihr der Klang gefiel und ihr der Inhalt gleichgültig war. Es war, als würde sich das Zimmer mit leichter Musik erfüllen.

»Ich sage: Geoff, ich war bei der Armee, und ich habe das alles schon einmal gehört. Es also *bloody* dies und *bloody* das … und wir rudern mit dem *bloody* Boot zurück zu diesem *bloody* Ort, wo wir die Netze ausgeworfen hatten … und ich schwöre dir, dass ein Mensch sich verschwindend klein fühlt auf dem Wasser zwischen den riesigen Wellenbergen … und was denkst du? Einundzwanzig *butterfish* …

ein paar riesige *Mokis*, ein paar *Kawhai* … und einen kleinen Hai. Und Geoff hatte bereits die *bloody fish* filetiert … ich durfte nichts machen … er denkt, dass ein Dutchie das nicht kann … tja, die Illusion will ich ihm nicht nehmen!« Dann schlug er sich auf die Knie vor Lachen und versah jeden großzügig mit Bier. Er war schon auf dem Mount Cook Skifahren gewesen und auf dem Lake Ida Schlittschuh gelaufen, war auf dem Lewis Pass auf Hirschjagd gewesen und hatte in Lyttelton Harbour gefischt, und all die Dinge würden sie auch machen, wartet's nur ab.

Obwohl er in Holland Architektur studiert hatte, arbeitete er hier bereits seit zwei Jahren als Zimmermann, von Norden nach Süden, auf dem Bau und auf Bauernhöfen. Voll Stolz zeigte er seine aufgeschürften, mit Schwielen übersäten Hände, und er ärgerte sein Mittelschichtsmädchen damit: »Hättest du nicht gedacht, was? Jetzt hast du einen Arbeiter an der Hacke.« Er himmelte Marjorie an. Zwischen zwei Sätzen konnte er auf einmal schweigen und mit kindlich erstauntem Blick seine beiden Hände um ihre Taille legen und ausrufen: »Wer hätte das je gedacht!«

Esther sah das Konstrukt, in dem die zwei operierten. Marjorie drehte sich um ihre eigene Achse, wie eine Prinzessin auf ihrem Sockel, und er tanzte lärmend und fürsorglich um sie herum, und wenn sie sich in unerwarteten Momenten seufzend nach hinten fallen ließ, dann war er da, um sie aufzufangen und ihr mit dem nächsten Witz wieder auf die Beine zu helfen.

Die zwei waren so verliebt, dass Leon und sie nicht zurückstehen wollten und schon schnell ein ganz ähnliches Verhalten an den Tag legten, sodass sie zu viert zwei verliebte Paare waren, bei denen es noch nie Probleme gegeben hatte, vier befreundete junge Menschen, die im Mädchenzimmer die Fenster aufrissen, Zigaretten rauchten, Bier tranken und Witze machten, im Hintergrund der Einzug des Nikolaus auf Radio Nederland, während draußen eine Brise durch Blütenzweige wehte und in der Luft einen süßen Duft hinterließ.

Am freien Sonntag zogen sie zu viert zusammen los, um schwimmen zu gehen oder zu reiten. Auch die neuseeländischen Bekannten von Hans waren oft dabei. Von ihnen lernten sie picknicken, so wie die Kiwis das taten: mit Sandwichs, Scones, Pudding, Cakes, alles *home made*, sogar die ewige Teekanne auf einem offenen Feuer war dabei. So eine Art von Leben führte sie, und obwohl sie noch immer jede Nacht im Dunkeln ihren Titanenkampf ausfocht, genoss sie die Tage. Schließlich hatte sie Hans so weit, dass er ihr Motorradfahren beibrachte, auf den Schotterstraßen in den Hügeln. »Denk mal nicht, dass ich es mich nicht traue«, sagte Marjorie am selben Abend, während sie giftig Esthers Bluse von dem gemeinsamen Stuhl entfernte, »aber Hans will unter keinen Umständen, dass ich das tue … er findet das viel zu gefährlich … er macht sich so große Sorgen um mich!« Um dann noch im selben Atemzug hinzuzufügen: »Haben Leon und du schon Heiratspläne?«

Nachts lauschte Esther ganz verzückt dem leisen Schnurren, dem Mädchenschnarchen aus dem anderen Bett.

In Wirklichkeit war sie schon gefragt worden. »Dann sollten wir wohl mal heiraten«, sagte Leon einmal im sonnigen Dünensand. Sie lagen etwas abseits von den anderen und küssten sich, er sagte es ernsthaft, jedoch auch ein wenig verschmitzt, und er sah schräg nach unten auf seine nackten Füße. Sie hatte genickt, natürlich, das könnte man durchaus tun.

»Aber es muss nicht gleich sein«, sagte sie, um sich selbst und ihn zu beruhigen.

Ansonsten sprachen sie nicht zu lange darüber, da sie bei diesem Thema selbst nicht weiterwussten. Heiraten, das bedeutete, miteinander ins Bett gehen und eine Familie gründen. Ich bin nicht der Typ dafür, dachte sie, während sie ihn küsste, er ist genauso liebeshungrig wie ich, aber die Frage ist, ob wir die Richtigen füreinander sind. Die Frage ist, ob wir verliebt sind. Die Frage ist, ob das eine Voraussetzung ist. »Willst du mit mir ins Bett?«, fragte sie. Ihre Hände waren überall gewesen. Er keuchte als Antwort. »Jetzt?«, fragte sie weiter. Er richtete sich auf, sie überraschte ihn immer wieder. »Wenn wir verheiratet sind«, sagte er, »das willst du doch auch so?« Wahrscheinlich dachte er, dass sie Jungfrau war. Er hatte sie nie gefragt. Sie sah auf seine Lippen, er hatte sinnliche Lippen, und nickte brav, ja, wir warten, fast erleichtert, eine Erleichterung, die sie selbst nicht verstand. Sie verstand auch nicht, warum die sinnlichen Lippen so wenig in ihr auslösten. Das Küssen, das Streicheln, alles war wunderbar, doch den nächsten Schritt, wo sich die Trennung zwischen seiner Haut und der ihren aufheben würde, den fanden sie nicht. Irgendwo in der Mitte blieben sie hängen und gaben sich die größte Mühe, aber viel weiter kamen sie nicht. Doch ihr Körper war voll unkontrollierbarem Verlangen. In ihrer engen Caprihose über den Strand zu flanieren erregte sie, weil sie wusste, dass ihr Po gut darin zur Geltung kam. Dann schwang sie die Hüften so weit, dass sie beinahe hinfiel. Die Augen der Männer brannten warm auf ihren Pobacken. Die Männer selbst ignorierte sie herablassend, so wie sie in der Fabrik Ray ignorierte, während sie die brütend heißen Blicke genoss. Wenn am Sonntagmorgen Marjorie mit Hans in Saint Mary's in der Messe war und sie das Zimmer für sich allein hatte, schlug sie das Laken zurück und betrachtete ihren nackten Körper aus allen möglichen Perspektiven im Spiegel des Kleiderschranks.

Sie sah sich selbst durch die Augen eines Mannes, etwas, das sie so sehr erregte, dass sie zuerst die eigenartigsten Gegenstände zwischen ihren Beinen in sich gleiten ließ – wovon der hölzerne Bohrer aus Hans' Werkzeugkoffer wohl der allermerkwürdigste war –, und sich danach selbst befriedigte. Danach schlief sie einige herrliche, entspannte Stunden lang, ohne Träume und ohne Angst. Die Augen des Mannes, von dem sie angesehen wurde, waren nie die von Leon. Doch es war durchaus die Rede von Heiratsplänen, und in der letzten Zeit merkte sie, dass diese in seinem Kopf festere Formen annahmen. So redete er immer öfter von dem Glasmalereifenster der Synagoge und wie schön die Sonne hindurchfiel und allerhand Zeremonien mit Licht durchflutete. Ob sie vorbeikäme, um sich das anzusehen. Wann sie vorbeikäme, es ansehen. Oder er schlug vor, dass sie sich Freitagnachmittag frei nehmen könnte und für sie beide ein Sabbatessen kochen, so wie es in Zukunft öfter sein würde.

Oh, aber natürlich könnte sie darüber nachdenken.

Doch diese Art der Versprechen verflogen schnell wieder, zum Beispiel, weil sie sich ganz auf einen neuen Entwurf konzentrieren musste – ein Abendkleid mit einer betonten Hüftpartie –, der ihr Kopfzerbrechen machte. In der Nacht, wenn sie die Hoffnung auf Schlaf aufgegeben hatte, zeichnete sie eine eigene Kollektion, Kleider, Kostüme, Abendgarderobe. Tagsüber, während sie gähnend und mit Augen, die nichts um sich herum wahrnahmen, Badeanzüge steppte, arbeitete sie in Gedanken die Muster aus. Besessen zählte sie die Tage, nicht bis zu ihrer Hochzeit, sondern bis sie ihre Nähmaschine zurückhaben würde. Um in diesem unmodischen Land auf der Höhe zu bleiben, abonnierte sie die Vogue, obwohl das ein Vermögen kostete. Doch dafür wäre sie sogar wenn nötig betteln gegangen.

Ende November kam endlich eine Nachricht, und kurz darauf traf ein Schiff mit ihren Kisten im Hafen von Lyttelton ein. Am nächsten Sonntag holten Hans und Leon die zwei Kisten mit einem kleinen Lieferwagen der Werkstatt ab und trugen sie brüderlich nach drinnen. Die von Esther war eine verschlissene Tropenkiste, auf dem Waterlooplein zum Schleuderpreis erworben, die von Marjorie groß und bleischwer und von ihrem Vater für die Ewigkeit gezimmert. Wie die Backfische standen sie da und kreischten, als die Deckel abgenommen waren und es mit dem großen nostalgischen Auspacken losgehen konnte. Marjorie hob triumphierend eine gediegene Aussteuer aus der Holzkiste. Ein komplettes Service mit einem feinen, blauen Rand. Besteck, Bettlaken, Kissenbezüge, Handtücher, alles von solider Qualität. Es war fast beschämend, als würde das ganze Eheleben vor einem ausgebreitet. Sie hat geübt, dachte Esther. Bei jedem Teil, das sie einpackte, hatte sie Vater-Mutter-Kind gespielt, hatte sie ihm im Morgenrock am Frühstückstisch seinen Tee eingeschenkt, während er mit der aufgeschlagenen Zeitung vor ihr saß. Sie hatte sich darauf gefreut, sie freute sich noch stets.

»Ihr seid bereit, sehe ich«, sagte Leon.

Marjorie und Hans sahen einander an. Ja, sie waren bereit.

»Sobald ich ein Flat für uns finde«, erklärte Hans.

Marjorie hielt ein Kochtopfset in die Höhe. Ein Stapel wolkige, graue Emaille. Ihre Augen suchten nach einem Ort zwischen all ihren ausgestellten Trophäen. »Ein bisschen wenig Platz für meine Sachen, Es, so zu zweit«, rief sie«, aber na ja, ich bin nicht der Typ dafür, jemand anderen vor die Tür zu setzen!«

Esther senkte dankbar den Kopf, so wie es von ihr erwartet wurde. Mit Händen und Füßen hätte sie sich dagegen gewehrt, denn es war ein perfekter Sonntagnachmittag: die Balkontüren weit geöffnet, sie saßen inmitten des mit Teeröschen bedeckten Mintgrün, vor den zwei geöffneten Kisten mit den Zollstempeln. Maori-Songs im Radio, ihre zwei netten Männer, schrecklich viele Zigaretten, all die idiotischen Kommentare von Marjorie, über die sie nicht lachen durften, und der Nachmittag ging bereits fast in einen herrlichen Sommerabend über. Sie war ganz ergriffen, als sie ihren Nähkasten sah: ihre Muster, die Papierrollen, ihr Zeichenmaterial und die Stapel Kohleskizzen, und erst recht, als ganz unten auf dem Boden der Kiste ihre Singer anscheinend unversehrt die Schiffsreise überlebt hatte.

Die ganze Zeit spürte sie Leons Augen auf sich gerichtet.

Während er lachte, rauchte und trank wie alle anderen, beobachtete er sie scharf. Sie wusste, dass er zwischen all den Gegenständen, die sie juchzend aus ihrer Schatzkiste hervorkramte, hoffte, etwas zu finden, was nicht nur mit ihr allein zu tun hatte, sondern mit ihnen zusammen. Und aus diesem Grunde ließ sie die Menora in dem zerschlissenen Unterkleid eingewickelt und stopfte das ganze Paket achtlos unten in ihren Kleiderschrank. Hätte er nicht den gequälten Diasporablick in den Augen gehabt, so hätte sie die Menora tatsächlich ausgepackt und auf die Fensterbank gestellt, doch sie wehrte sich dagegen, dem eine extra Bedeutung zu geben, insbesondere, da sie das Einzige war, das sie nach dem Krieg aus ihrem Elternhaus zurückbekommen hatte. *Was kann ich dafür, Puppe?, hatte das Amsterdamer Weibsbild gefragt, wir alle haben eine schwere Zeit hinter uns.*

Nicht daran denken.

Und weil er sie weiter anstarrte und sich seine Augen immer weiter verdunkelten, hob sie ihre Nähmaschine mit einer wütenden Bewegung hoch in die

Luft – tatatataa – und küsste das schwere Metall mit den goldenen Griffen, als wäre es ein heiliges Objekt. Oder ihr Kind.

»Da bist du ja wieder, mein Schatz. Komm her zu Mama …«

Sie sprach mit einer hohen, hysterischen Stimme. Übertrieben, natürlich, doch das lag nur an seinem Blick. Sie stellte die Nähmaschine feierlich auf den Tisch und kontrollierte, ob alles noch dran war. Dann rieb sie sie mit einem Tuch ab, als ob sie aus purem Gold wäre, setzte eine willkürliche Rolle Garn auf, zog den Faden durch die Ösen, blies etwas Staub aus der kleinen Spule und fing an zu drehen. Alles funktionierte noch, was sie eigentlich hätte glücklich machen müssen, doch durch seinen Blick verspürte sie nur noch einen unangenehmen Schmerz in ihrem Bauch. Sie sah ihre Hochzeit in all ihrer Schwere und begriff, dass diese beladen sein würde, zentnerschwer, und nichts, worauf man sich freuen konnte. Und dass der stinkende Atem der Raubtiere die Luft im Haus verpesten würde.

Inzwischen war Marjorie am Boden der Kiste angelangt. Sie zog das dicke Buch von Doktor Spock hervor, winkte damit zu Hans hinüber, der breitbeinig auf der Fensterbank saß. »So werde ich unsere Kinder erziehen.« Der allerletzte Gegenstand aus ihrer Kiste war ein Teppichklopfer. Sie verteidigte sich fröhlich, mit hochrotem Gesicht, gegen das höhnische Gelächter. »Sie haben gesagt, dass die das hier nicht hätten.« Hans kippte fast um vor Lachen. »Schreibt Doktor Spock das vor?« Dann lachten sie alle, und Leon schenkte die Gläser noch einmal voll. Esther beugte sich vor, zog die Spule aus der Halterung und biss den Faden durch.

Sie überredete Peggy zu einem neuen maßgeschneiderten Kostüm, ohne dass sie allzu viel Überzeugungskraft dafür benötigt hätte. Die einzige Einschränkung war, dass es nicht zu *verrückt* werden sollte. Das verstehe sich doch von selbst, sagte Esther heilig empört. Mit demselben Gesicht hielt sie ihrer Landlady vor, dass sie mit einem leicht glockigen Faltenrock ein reizendes, schlankes Bild abgeben werde. War das nicht zu aufwendig, ein Faltenrock? Am Faltenrock erkennt man den Meister, antwortete sie unbestimmt, und Peggys Augen fingen träumerisch an zu glänzen. Sie vereinbarten einen Preis und suchten zusammen bei Ferguson Fabrics einen schönen, leichten Wollstoff in einer Farbe aus, die sie der Einfachheit halber Banane nannten. Um Revers, Manschetten und die Unterseite abzusetzen, wählten sie eine blassgelbe Variante. Für den Rock einen modernen Stoff, knitterfrei, mit Fischmotiv auf einem perlweißen Untergrund, sehr schick.

»Fische«, zögerte Peggy.

»Natürlich«, sagte Esther, »was denn sonst?« Sie

versicherte ihrem Opfer ein Resultat, mit dem sie ihre Freundinnen allesamt niederschmettern würde. Peggy kicherte. Sie war für gewöhnlich nicht so niederschmetternd.

Jetzt war für Esther an Überstunden in der Fabrik nicht mehr zu denken, sie hatte ihre Abende dringend nötig, um zu skizzieren, zu überlegen, Maß zu nehmen, das Muster zu zeichnen, ein Musterkleid zu nähen und anzuprobieren. Peggy fand das alles einmalig und protestierte nicht, als Esther ihr anstatt der Falten zu einem Kaskadevolant riet, was den Rock ein Stück weniger gediegen machte. Sie widersprach auch nicht, als Esther mit Nachdruck behauptete, dass unter dieses Ensemble noch eine Bluse mit Jabot gehörte und dass sie dies alles schon genau im Kopf vor sich sähe.

Jetzt hab ich dich. Angebissen. Vorwärts, weiter geht's.

Marjorie klagte über die Unordnung, aber Esther ließ sich nicht ablenken und legte zur Inspiration Stoff, Papier, Seidenbänder und Knöpfe auf dem Teppich aus. Mit ihrem Vorschuss kaufte sie bei Ballantynes ein modernes Bügeleisen und lief damit ganz verliebt aus dem Kaufhaus.

Am Abend des fünften Dezember machten Esther, Leon, Marjorie und Hans einen mannhaften Versuch, Nikolaus zu feiern, was in der Hitze und ohne Spekulatius nicht einfach war. Sie bekamen einen Lachkrampf. In Form eines Nikolausgedichts ließ Hans die Überraschung für sein Mädchen aus dem Sack: Er hatte eine Wohnung im Souterrain für sie gefunden, in der Armagh Street. Es waren zwei Zimmer, eine Küche, das Badezimmer mussten sie sich mit zwei anderen Paaren teilen, und man musste Pennys in einen Apparat für Warmwasser werfen, aber es würde die erste gemeinsame Wohnung für sie sein.

Wollte sie ihn heiraten?

Wie zu erwarten, juchzte Marjorie auf und fiel ihm um den Hals. Sie drückte ihren Körper gegen seinen, da sie bereit war für ihre Ehe und für alles, was dazugehörte. Esther wich Leons Blick aus und griff schnell nach dem nächsten Päckchen.

Hans und Marjorie beschlossen, kurz vor Weihnachten zu heiraten. Marjorie kündigte mit dem größten Vergnügen ihren Job. Hans wurde der Hauptverdiener und sie die Mutter ihrer Kinder, denn so gehörte es sich.

Von da an stand alles im Zeichen der anstehenden Hochzeit. Die zukünftige Braut konnte von nichts anderem mehr reden. Heiraten, heiraten, heiraten, in ihrem Mädchenzimmer fiel das Wort so oft, dass es wie geschmolzener Zucker am Teppich und an den Fußsohlen zu kleben schien. Marjorie störte das nicht. Energisch klopfte sie ihr Brautkleid auf dem Balkon aus, als hätte der große Frühjahrsputz begonnen. Es war ein Wunder, dass das zarte Kleid das überlebte. Zu allem Überfluss kam per Schiffspost die *Katholieke Illustratie* an, auf der sie als Braut posierend die Titelseite zierte, eine unerwartete Erinnerung an ihren Abschied in London. Sie wetterte, dass ihre Mutter ihr nur ein einziges Exemplar geschickt hatte, und zeigte die Zeitschrift, so oft es irgendwie ging, jedem, der das Pech hatte, sich gerade in ihrer Nähe zu befinden – und das war meistens Esther. Während sie versuchte, sich auf die Gestaltung der Ärmel des Tailleurs zu konzentrieren, musterte Marjorie das Foto eingehend.

Sie sagte: »Die Zähne!

Sie sagte: »Die Haare!«

Sie sagte: »Aber so krank sehe ich doch nicht aus?«

Sie sagte: »Wie findest du nun eigentlich mein Kleid?« (Esther gelang es, diese Frage geschickt zu übergehen.) Sie wurde nervös und unsicher. Jeden Abend holte sie ihr Kleid, Schleier und Handschuhe aus dem Schrank und kontrollierte alles auf imaginäre Flecken und Fehler. Dabei plapperte sie unentwegt weiter.

Sie sagte: »Meine Haare hochgesteckt oder offen mit Locken?«

Sie sagte: »Muss ich den Rock etwas mehr stärken?«

Sie sagte: »Erst in der Ehe wird man eine wirkliche Frau.«

Das hatte sie aus den Büchern *Mädchen, du musst lernen* und *Mädchen, hör mal zu*. Fiebrig lehnte sie auf ihre Ellenbogen gestützt im Bett und spekulierte lautstark über die Praxis von dem, was zwischen den Zeilen auf diesen Seiten suggeriert wurde, alles in den verschleierten Worten eines katholischen Mädchens. Esther tat so, als würde sie davon rein gar nichts verstehen. Sie konnte nicht mehr nachdenken. Sie bekam das Gefühl, ihre Gedanken würden sich in Metern von Brautschleier verstricken, und es begann, sie zutiefst zu langweilen. Um ein Haar verschnitt sie den Volant, so schwindelig wurde ihr davon. In einer Nacht schrak sie nach Luft schnappend aus einem Albtraum auf. Sie war am Ertrinken gewesen und zappelte herum, um nach oben zu kommen, doch die Wasseroberfläche schien mit Schichten aus Gaze hermetisch abgeschlossen zu sein. Daraufhin beschloss sie, das Kostüm fertig zu machen, während Marjorie schlief. In nächtlicher Stille, vornüber gebeugt unter einer kleinen Lampe, konnte sie endlich all ihre Aufmerksamkeit den schrägen Paspeltaschen widmen, die dann auch perfekt wurden.

Angesteckt von Hans und Marjorie, fing Leon an zu drängen. An einem Sonntag lehnte er am Türpfosten und starrte trübselig auf seine zukünftige Frau, die umringt von Stoff, Stoffmusterteilen und farbigen Skizzen hinter der Nähmaschine saß und ihn keines Blickes würdigte. Sie tat dies nicht aus Abneigung, sondern aus Zeitmangel, denn ihre Kundin hatte verlauten lassen, dass sie das neue Kostüm gerne zu Weihnachten tragen würde. Über einem Stuhl hing ihr eigenes Brautkleid aus Satin, das sie hervorgeholt hatte, um es zu flicken. Sie hatte einfach noch keine Zeit dazu gehabt.

»Wenn wir heiraten, finden wir schneller eine Wohnung«, sagte er.

»Lass uns uns doch erst einmal aneinander gewöhnen.«

»Wann denn? Du hast ja nie Zeit.«

»Daran musst du dich gewöhnen«, erwiderte sie lässig und klappte das Füßchen der Nähmaschine hoch und zog am Faden.

»Aber das wird doch nicht so bleiben?«

Sie sah ihn an. »Wie meinst du das?« Locker bleiben.

»Wenn wir verheiratet sind, meine ich.«

»Willst du dann nicht mehr?« Locker bleiben, als wäre es ein Witz.

Er antwortete nicht. Er ging zum Fenster und zündete sich eine Zigarette an. Sie sah auf seinen Rücken, durchaus ein anziehender Rücken. Und doch standen bei ihr die Alarmleuchten weiterhin auf Rot, Gefahr. Keine Ahnung, warum. Er drehte sich um und zeigte auf den Satin, der kränkelnd im Wartezimmer hing.

»Ist das … dein Brautkleid?«

Sofort war sie sich ihrer Nonchalance bewusst. Ein Bräutigam darf das Brautkleid nicht sehen. Marjorie hatte die Zeitschrift mit einiger Selbstbeherrschung Hans vorenthalten. Sie hatte nicht einen Moment daran gedacht.

»Diese Begeisterung, wunderbar …«, sagte sie. Dieses Gespräch war alles andere als erfreulich. Es folgte lange Zeit Stille. Sie traute sich nicht aufzusehen, fummelte etwas mit einem festgelaufenen Spulfaden herum, hörte ihn den Rauch ausblasen und spürte seine Augen auf sich gerichtet. Eigentlich war er ein ewiger Nörgler. Er stand dort und beschuldigte sie im Stillen, verdammt nochmal, wenn sie etwas nicht leiden konnte, wenn sie etwas auf den Tod nicht ausstehen konnte.

Aber es blieb still.

»Esther«, sagte er dann in einem tiefsinnigen Tonfall, den sie schon gar nicht ertragen konnte, so ein Wir-sind-das-Volk-Israel-Ton. »Esther, was bedeutet heiraten für dich?«

Sie sprang auf, sah sich aus der Distanz, hörte sich schreien. Der Hocker fiel um. »Heiraten! Heiraten! Ich kann das Wort nicht mehr hören!« Sie riss in einer Bewegung das cremefarbene Kleid vom Stuhl, zog die Schranktür auf und stopfte es mit brüsken

Bewegungen ganz nach hinten hinein. Sie warf die Tür zu. Schluss mit der Vorstellung. Keuchend drehte sie sich zu Leon um, riss die Augen weit auf, um aufrichtige und nachvollziehbare Entrüstung zu demonstrieren. »Können wir vielleicht auch noch über irgendetwas anderes reden?« Ein hartes Lachen entwich ihrer Kehle. Ein unheimliches Lachen.

Er starrte sie perplex an. Er sieht eine fremde Frau, dachte sie, eine mit hässlichen, harten Gesichtszügen und einem Mund, aus dem zynische Klänge kommen. Etwas Wässriges und Trauriges brodelte aus ihrer Brust herauf, sie konnte nicht aufhören, fiel mit fuchtelnden Armen auf ihren Hocker nieder und gab ihm ein Zeichen, dass er kurz weggehen sollte. Das war jedoch ganz überflüssig, denn als sie aufsah, war er verschwunden.

Unterdessen behielt sie ihr Ziel deutlich im Visier. In einem unansehnlichen Laden in der Cashel Street saß eine alte Schneiderin, von der jeder sagte, dass sie sehr schöne Arbeiten erstellte, die aber ganz offensichtlich nicht viel Kundschaft hatte. Eines Tages spazierte Esther nach der Arbeit dorthin und sah beim Eintreten mit einem Blick, dass die Frau ihr nicht das Wasser reichen konnte. Altmodische Stoffe, vergilbte Muster, alles roch nach Stillstand, ihr Bügeleisen erwärmte sie noch mit Holzkohle. Anmutig kuschelte Esther sich in den Sessel gegenüber der grauhaarigen Dame, die sie hinter dicken Brillengläsern überrascht ansah. »Ich bin gerade erst hier angekommen«, seufzte sie, »ich will meine eigene kleine Firma aufbauen, aber könnte ich unterdessen nicht vielleicht für Sie arbeiten, um etwas zu lernen?« Sie breitete ihre Skizzen auf dem Tisch aus und entfaltete ihre Ideen. Nach einer Weile sagte die Frau, die Rose hieß: »Oh dear, ich merke, du bist mir um einiges überlegen.« Sie erhob ihren alten Körper keuchend und zeigte Esther den Rest des Ladens. Der war nicht wirklich etwas Besonderes, aber es war alles da, Nähmaschinen, Anziehpuppen, Ärmelkissen, Bügelkissen, bezogene Samtregale, Stoffbürste, alles, was man brauchte. Esther lobte sie überschwänglich. Dann schlug Rose vor, dass sie zu ihr in den Laden käme. Sie konnte Esther nicht bezahlen, doch sie konnte ihre eigenen Kunden heranholen. Wenn es gut ging, könnte sie den Laden übernehmen. Die Miete war lächerlich niedrig. Esther protestierte der Form halber.

In dem Maße, wie sich die Hochzeit näherte, der Dezember fortschritt und Sommerlicht die Abende länger werden ließ, wurde Marjorie von gnadenlosem Heimweh aufgesucht, der gefürchteten Einwandererkrankheit. Es fing mit dem lustig gemeinten Verbot an, das Wort »Hering« auszusprechen, und nur wenn es unumgänglich war, von den »salzigen kleinen Rackern« zu sprechen. Danach wurde es allmählich weniger witzig. Sie wetterte über das Klima, es wäre unmöglich, Weihnachten in der Sommerhitze zu feiern, und woher die Neuseeländer nur den närrischen Mut nahmen, Bäume mit kleinen Lichtern zu verzieren, wenn es ja nie richtig dunkel wurde? Dann wurde sie krank davon. Still saß sie mit dem Gipshirten in der Hand da, der kleinen Figur, die sie aus der Krippe zu Hause gemopst hatte. »Um mich zu beschützen«, sagte sie, »lieber hätte ich das Jesuskind gehabt, aber nun ja …« Esther sah, wie sie jeden Tag etwas blasser wurde und mehr von ihrer grenzenlosen Energie verlor, als würde sie sich selbst allmählich in einen langen, schlaffen Brautschleier verwandeln. Esther nahm sich ihrer an und half, wo sie nur konnte, bei der Vorbereitung des Hochzeitsfestes. Sie strich das Kleid mit ihrem neuen Bügeleisen glatt, putzte die Schuhe, drehte am Abend vor dem großen Tag Papilloten in das glatte, lustlose Haar, und gab sich die größte Mühe, nicht über den Anblick dieses Kopfes auf dem Kissen zu lachen. Sie saß unter einer Glühlampe und skizzierte den Entwurf für eine Bluse mit Jabot und überlegte angenehm schläfrig, welches das beste Material für solch eine Bluse wäre. Peggy hatte olivefarbenen Seersucker gekauft, doch Esther war nicht überzeugt.

Die Braut schoss im Bett auf wie eine lebendige Tote. Sie konnte nicht schlafen.

»Liegt das an mir?«

Im Schlafanzug setzte Marjorie sich zu ihr, still und demütig, und zupfte etwas am Stoff, der auf dem Tisch lag. Wie ein Kind, dachte Esther. Sie stand auf, nahm eine Tasse, schenkte Tee für sie ein und wartete ruhig ab, was jetzt kommen würde.

»Ich hatte Tapeten in dieser Farbe«, sagte Marjorie. Und darauf folgte eine Ewigkeit lang nichts. Esther nahm ihren Skizzenblock und zeichnete weiter. Sie tranken ihren Tee.

»In meinem Zimmer. Hatte ich mir selbst ausgesucht, als ich vierzehn war.«

Esther nickte.

»Später fand ich sie richtig hässlich. Kackfarbe.«

Sie schob den Stoff von sich weg. Seufzte, wand sich auf ihrem Stuhl. Sie neigte den Kopf und betastete die Papilloten. Sie saßen noch fest.

»Es ist wirklich schlimm, dass ich nicht schlafe.«

»Ach was«, sagte Esther.

»Dann hab ich morgen auf meiner eigenen Hochzeit Augenringe.«

Wieder blieb es eine Zeit lang still, die angenehme Stille der Nacht. In der Ferne schlug eine Kirchenglocke zwei Uhr. Esther schenkte die Tassen nach.

»Sehnst du dich nach der Tapete?«, fragte sie.

Als würde sie einen Schalter umlegen. Das Prinzesschen ließ sich vom Sockel fallen und fing an zu heulen, sie schluchzte erbärmlich, erstickte fast an dem großen Verlust.

»Man sollte … aus seinem Elternhaus heraus … heiraten!«

Kummer ist Kummer, dachte Esther und schlang ihre Arme um Marjorie, sie strich ihr über den zitternden Rücken.

»Ich … vermisse … Pa … und … Ma!«

»Ja.«

»Mach … ich … alles … richtig?«

»Du machst das alles phantastisch.«

Minutenlang heulte Marjorie weiter. Esther strich ihr über den Rücken und wusste auf einmal genau, dass Seersucker nicht geschmeidig genug fiel für solche Art von Blusen, wie sie sich vorstellte. Davon musste Peggy morgen überzeugt werden. Eigentlich wäre es am schönsten, die Revers des Kostüms mit dem Stoff der Bluse zu benähen, wie Coco Chanel das tat. Dass sie daran nicht schon früher gedacht hatte.

Einigermaßen beruhigt, richtete Marjorie sich wieder auf, noch immer leise schluchzend. Esther gab ihr ein Taschentuch und sah, wie sie sich lautstark schnäuzte und mit offenem Mund tief ein- und ausatmete, als würde sie Mut sammeln für das Leben, das morgen anfing.

»Hans sieht doch gut aus, oder?«

»Sehr gut.«

Das öffnete die Schleusen wieder.

»Ich … vermisse … sie … so!«

Das ganze Ritual wiederholte sich, und während Esther ihr noch über den Rücken rieb, freute sie sich bereits darauf, dieses Zimmer bald für sich allein zu haben. Ihre Augen glitten im Dunkeln die Möbel entlang, als hätten sie bei dieser Aussicht mit einem Mal eine andere Form angenommen. Auf das Familienporträt auf der Kommode brauchte sie nicht zu schauen, das würde nie die Form verändern, und auch nicht auf das fröhliche Foto daneben mit Sallie und seinem Ball unter den starken Ärmchen und diesem übermütigen Blick in den Augen.

»Vielleicht täuschen wir uns«, sagte sie zu Leon. Damit überfiel sie ihn, er keuchte unruhig, schnaufte und bedeutete ihr, dass sie leiser sprechen sollte, schließlich saßen sie ja in Saint Mary's bei den Katholiken. Durch den Mittelgang schritt – man konnte es nicht anders nennen – Marjorie, in vollem Ornat, am Arm von Gordon, nach vorne. Wegen mangelnden Vaters war er so nett, die Braut zu führen, und er hatte dafür einen Anzug angezogen, einen Doppelreiher aus dem Jahre null.

»Vielleicht täuschen wir uns«, sagte sie noch einmal, etwas leiser und blieb währenddessen mit dem Gesicht zum Mittelgang stehen, um Marjorie ermutigend zuzunicken: Alles wird gut, du siehst wunderschön aus. Heute Morgen hatte sie noch gerufen, dass sie alles absagen würde und ein Schiff nach

Hause buchen, aber schau hier, dort bei dem Priester steht dein Bräutigam, der dich liebt.

Leon hatte sie unter Druck gesetzt. Die zwei Jahre, die er angestellt sein musste, waren vorbei. Er hatte sich um einen anderen Job als Aufsichtsbeamter in Auckland beworben. Er wurde dort besser bezahlt, und sie bekämen ein Haus. Nächste Woche konnte er anfangen. Er musste Bescheid wissen. Das verstand sie.

»Und was ist, wenn wir nicht zueinander passen?«

Er seufzte. Warum jetzt hier, sah sie ihn denken. Das war genau das, was sie meinte. Er beugte sich müde zu ihr herüber. »Na wenn schon«, flüsterte er, »wir gehören zusammen. Es gibt niemand anderen. Wir haben niemand anderen.«

Sie hielt alarmiert den Atem an, begriff nicht, woher die heftige Angst in ihrer Brust rührte. Die Orgel produzierte ein monotones Gedröhn, von dem man wahnsinnig werden konnte. Um zu sich zu kommen, richtete sie ihre Nylonstrümpfe und sah die Kirchenbänke entlang. Es waren nicht viele Menschen, sie kannten noch nicht so viele hier, Gordon und Peggy, ein paar Kollegen von Hans und Marjorie, ihre Strandbekanntschaften. Insgesamt nicht mehr als zehn, zwölf Neuseeländer. Sie wandte sich zurück zu Leon und zischte in einem verächtlichen Tonfall, etwas zu laut, hervor: »Werden wir dann glücklich?«

Wie so oft in der letzten Zeit erkannte sie Unglaube in seinen Augen, die Unverschämtheit, von Glück zu sprechen, als könnten Menschen wie sie Glück fordern. Er wandte seinen Kopf von ihr ab, klammerte seine Hände um die hölzerne Lehne vor ihm. Er zählt bis zehn, dachte sie, so jemand ist er, die Beherrschung in Person. Doch sein Ton war falsch, als er sich aufrichtete. »Du hast davon in deinen Briefen geschrieben. Du hast von einem Leben in Sicherheit gesprochen, erinnerst du dich? Für wen denn? Für dich allein?«

Das ist es. Ihr schnürte sich der Hals zu. Es geht um Kinder. Er will der neue Patriarch werden, er fühlt sich verantwortlich für ein neues, jüdisches Geschlecht, und er kennt niemand anderen als mich, um das durchzuboxen.

Der Schlafmangel. Das Schlagen und Dröhnen der Orgel. Das Angst einflößende Brüllen, dem sie sich nicht mehr entziehen konnte. Der Geruch von Weihrauch, von dem ihr übel wurde und sie stechenden Kopfschmerz bekam. Das wahnsinnige Wummern in ihrer Brust.

Er sagte nichts mehr, gab ihr ein Zeichen, dass sie still sein sollten. So saßen sie nebeneinander und konzentrierten sich auf das Ritual dort vorne. Hans streckte die Hand nach seiner Braut aus, und Marjorie legte ihre Hand in die seine, nun wieder strahlend. Wie schnell das geht. Esther hatte nichts gegen die Ehe. Die Ehe war ein natürlicher Punkt im Leben einer jungen Frau, und danach folgte, ebenso natürlich, die Mutterschaft. Vorsichtig suchte sie Leons Hand. Er wandte sich ihr überrascht zu, und Grübchen erschienen auf seinen Wangen. Er hat sanfte Augen, ich bin sentimental, weil so eine junge Braut ihre Hand in die Hand des Bräutigams legt. Ich kann nicht mehr denken, die Orgel ist schuld. Wenn ich nicht aufpasse, fange ich an zu heulen. Ich werde ihn heiraten. Wir werden nicht glücklich werden. Ob ich die Risse im Satin ganz wegbekomme?

»Ich muss es jetzt wissen«, wiederholte er, als sie dann zusammen draußen den Avon entlangliefen, etwas abseits vom Hochzeitsfrühstück, das unter den Bäumen im Park stattfand. Sie nickte. Ihre hohen Absätze sanken tief im Gras ein, genau wie am ersten Abend mit Frank.

»Esther, bleib mal stehen.«

Jetzt kommt es, Heiraten wirkt ansteckend. Sie blieb stehen. Er griff sie am Arm und versuchte tapfer, den Größenunterschied zu ignorieren. Jetzt kommt es. Er räusperte sich.

»Esther, du bist eine Tochter Israels.«

Sie fing an zu lachen. »Oh, wie feierlich!«, rief sie und wusste, dass sie feige und gemein war. Ihre Hände bebten. Er, der Tapfere, der Unerschütterliche, der Bessere von ihnen, bebte ebenfalls. Wie wir hier stehen und zittern.

»Ich will, dass du koscher kochst«, fuhr er fort, »darüber habe ich nachgedacht. Unsere Kinder müssen mit den Traditionen aufwachsen. Das ist wichtig.«

Über Kinder hatten sie nie gesprochen. Das Wort Kinder war nie gefallen.

»Wir feiern Sabbat, Purim, Chanukka, alles. Nur so können wir unser Leben weitergeben.« Eine dunkle Wolke schob sich vor die Sonne, der Himmel verdunkelte sich, in ihrem Kopf dröhnte die Orgel weiter. Sie kratzte in Panik über seinen Handrücken, auf dem dunkle Haare wuchsen, genau wie auf seiner Brust und auf den Beinen. »Auckland«, sagte sie. In der Ferne hörte sie seine Stimme. »Du bist so eine tatkräftige Frau. Setz deine Energien für ein höheres Ziel ein.« »Das da wäre?« »Das weißt du ganz genau.«

Die Worte rollten hart und metallisch aus ihrem Mund, und während sie sprach, erlangte die Wut Oberhand über ihre Angst. »Jaaa«, sagte sie mit schneidendem Ton, »die Wiederauferstehung des Volkes Israel. Ich schenke dir Söhne und Töchter, und die wachsen auf als fröhliche, freie Juden …«

Er ließ sie los und trat voller Abscheu einen Schritt zurück. »Wenn *das* deine Sichtweise ist …«

Das war definitiv. Jetzt kommt er nicht mehr zurück. Hinter ihm sah sie den Fluss plätschern und glitzern. Aber sie konnte nicht mehr aufhören und zischte und peitschte ihn mit ihren Worten von sich weg. »... ich mache das Sabbatmahl, du sprichst das Gebet, unsere Kinder haben ordentlich gewaschene Haare. Wir werden eine dieser warmen, behaglichen jiddischen Familien sein. Wir zünden Kerzen an und singen Lieder für all diejenigen, die dort eingerahmt auf der Kommode sitzen und schlottern. Die singen mit uns mit. Sie essen mit uns mit. Ein Bissen für Oma, ein Bissen für Opa, ein Bissen für Sal, sechs Millionen Bissen. Ja, darauf freue ich mich ungemein!«

Ich bin ekelhaft, ich sehe es an seinem Blick. Er sieht in mir eine Verräterin.

»War ich dein Ticket zum Auswandern?«, fragte er kalt.

»Ja«, sagte sie. Dann holte sie aus und stieß ihn mit einer einzigen Bewegung rücklings in den Fluss, sodass alles unumkehrbar sein würde. Ich befreie dich, sei froh darüber. Ich treffe die Entscheidung für uns beide. Du wirst mich so hassen, dass du nicht daran zweifeln wirst, und du kannst dich auf die Suche begeben nach deiner Sara. Nach deiner jüdischen Urmutter. Verschwinde aus meinem Leben, denn ich mache da nicht mit. Ansonsten bist du ja ein recht netter Kerl.

Aus Pflichtgefühl verfolgte sie noch kurz seine

Versuche, ans Ufer zu gelangen. Er war ein guter Schwimmer. »Spinnerin!«, rief er. Seine Locken hingen ihm in nassen Strähnen in die Stirn, was seinem Gesicht einen dümmlichen Ausdruck verlieh.

»Adieu«, rief sie. Und ohne sich noch einmal umzusehen, lief sie mit wiegenden Hüften zurück zum Fest, ein mächtiger Dompteur, der die lebensgefährlichen Tiere wie kleine Hündchen in ihrer Ecke hält. Sie traf auf Marjorie, die in ihrem Brautkleid stolpernd auf sie zustürmte, sie zur Seite zog und mit geröteten Wangen ihrer Entrüstung Ausdruck verlieh, dass die Kiwis ihre Hochzeitstorte nicht aßen, da sie nichts aßen, was nicht selbstgebacken war, einfach lächerlich.

In der Nacht ertrank sie in einem Meer von Tränen. Sie schnappte nach Luft, und ihre Augen stachen und brannten von dem beißenden Salz. Sie brauchte sich nicht mehr zurückzuhalten, denn sie hatte das Zimmer nun für sich. Sie warf sich im Bett herum, richtete sich auf und fiel wieder zurück. In dieser Nacht nahm sie für immer Abschied von ihren Kindern. Ihre Kinder, für die sie so viel Liebe in sich trug. Ihre Kinder, die immer jüdische Kinder sein würden. Um ihre Kinder zu beschützen, um ihre Sicherheit zu gewährleisten, mussten sie ungeboren bleiben.

Trocken und benommen holte sie im ersten Morgenlicht ihr kaputtes Brautkleid aus dem Schrank und trennte die Nähte auf. Mit ihrem modernen Bügeleisen strich sie die Nähte glatt und heftete darauf die Musterteile für die Bluse mit Jabot fest. Am Ende dieses Sonntagabends war die Bluse fertig, und mit demselben Stoff hatte sie auch die Revers der Jacke bekleidet, was genau das Resultat hervorzauberte, das sie sich erhofft hatte. Peggy drehte sich girrend vorm Spiegel und zählte die Banknoten. Dann schenkte sie zwei kleine Gläser Gin ein, um es zu feiern. Sie prosteten einander zu. Esther sah durch die geöffneten Balkontüren auf den Mond. Der Geruch des Gins war ihr zuwider.

11

In dem Raum, in dem Frank aufgebahrt liegt, herrscht die reglose Stille des Todes. Das leise, summende Geräusch des Kühlsystems unter dem Sarg verstärkt noch die Stille. Es ist dämmrig, die Gardinen sind geschlossen. Blumen und Kerzen erfüllen den Raum mit einem schweren Geruch, von dem man Kopfschmerzen bekommt. Schweigend stehen die drei Frauen am Sarg, der mit einer Glasplatte zugedeckt ist. Als ob der Tote in einem Museum liegt und gegen allzu unverfrorene Hände geschützt werden müsste. In der Ecke des Raumes sitzt eine alte Maori-Frau in einem Lehnstuhl. Sie sitzt breitbeinig, und ihre Unterarme ruhen auf dem karierten Plaid, das auf ihrem Schoß liegt. Wir lassen unsere Toten nicht allein, sagt sie. Danach schweigt sie wieder. Wir lassen sogar unsere Lebenden allein, denkt Ada. Sie weiß nicht, dass Esther und Marjorie genau das Gleiche denken. Keine der drei kennt die Frau. Niemand traut sich, etwas zu sagen. Die Anwesenheit der anderen lähmt sie. Es gäbe so viel zu besprechen, dass sie lieber schweigen. Ihre Augen suchen bei dem Toten Halt. Ab und zu schießen sie quer durch den Raum, um die anderen zu mustern, doch sobald ein Blick droht erwidert zu werden, richten sie ihn schnell wieder auf den leblosen Körper unter dem Glas.

Ada, die in der Mitte steht, beugt sich nach vorne, bis sie mit ihrem Gesicht dicht über der Glasplatte hängt. Mit ihrer linken Hand hält sie ihre Paua-Kette an ihre Brust gedrückt, damit die harten Muschelstücke nicht gegen das Glas schlagen und so ein Geräusch machen würden. Sie hält sich schwankend auf den Beinen. Wie Frank hier liegt, so alt und mit solch einer scharf hervorstechenden Nase, seine dünnen, weißen Haare stramm zurückgekämmt und die Lippen streng und abweisend geschlossen, erkennt sie ihn nicht sofort. In ihrer Erinnerung ist er niemals alt geworden. Sie selbst ebenso wenig. Jetzt starrt sie direkt in ihr Alter und in alles, was unwiederbringlich vorbei ist. Diese Art der Gefühle hat sie nicht erwartet. Und dass Esther und Marjorie hier neben ihr stehen, auch nicht. Außerdem muss sie sich erst einmal erholen von dem, was sie alles auf dem Weg hierher gesehen hat, die Pracht dieses Weinguts, den ganzen Reichtum, die sichtbare und doch nicht nachdrückliche Anwesenheit von Geld. Erst diese Felder, die scheinbar endlos waren, sodass ihr fast übel wurde von Hitze und Erschöpfung und vom Schmerz in ihren Kniegelenken. Das weiträumige Anwesen mit den silbernen Monstern und all den Gebäuden, durch das sie lief wie durch ein surrealistisches Bild oder eine geträumte Erinnerung, in der man allein auf der Welt ist. Die Wasserfontänen, die Grünanlagen. Die Fahrt in solch einem teuren Geländewagen mit dem freundlichen jungen Maori, der Kris hieß und der sie an jemanden erinnerte. Und dann, nachdem das Auto am Ende der Felder, in der Nähe der Hügel, um die Kurve fuhr, die weiße Villa, die dort wie aus dem Nichts emporragte. Das Landhaus von der Vignette. Er hat es alles in die Tat umgesetzt, sie war bestürzt darüber. Das ist alles zu viel, zu unbegreiflich schön. Vor der Villa, um die Freitreppe mit den weißen Säulen herum, wieder die hübsche Bepflanzung, die sie an Indonesien erinnert, das sie von Bildern kennt. Er hat nicht aufgehört zu suchen. Alles, was sie sah, stimmte sie traurig. Drinnen in dem großen Haus, nachdem Kris sie galant über die Freitreppe geleitet hatte, passierte das Gleiche, sie konnte es nicht erfassen und fühlte, wie sie wie ein Kind mit offenem Mund dastand und um sich starrte, ihre Tasche gegen die Brust gedrückt, und wie Traurigkeit sie überkam, nicht über seinen Tod, sondern über sein Leben. Die Eingangshalle, in der schon einige Trauergäste zusammensaßen, war wie die eines Fünfsternehotels, ebenso prächtig und unpersönlich. Persische Teppiche, große Gemälde und Chesterfields, die um einen riesengroßen offenen Kamin aus Sandstein herum gruppiert standen. Antike Beistelltischchen, auf denen breite Schirmlampen mit Füßen aus Alabaster standen. Dies war kein normales Wohnhaus, wie sie es kannte, und wenn, dann müsste es aus einem dieser Lifestyle-Magazine sein, die beim Friseur lagen, *House and Garden* oder *Country Life* oder wie sie alle hießen. Die Wände waren in einer modischen, dunklen Farbe gestrichen, die sie nicht einmal benennen könnte. Eine Farbe, die einem niemals selbst in den Sinn kommen würde. Er hat es einrichten lassen, überlegte sie, während sie auf einer antiken Chaiselongue Halt suchte und nach einem Taschentuch in ihrer Tasche kramte. Er hat es von einem Fachmann einrichten lassen, wie nennt man so jemanden, ein Stylist oder ein Innenarchitekt. Warum hat er das getan? Als hätte er sich von allem verabschiedet. Sie fragt sich, wie er hier gelebt hat, wo er sich hinsetzte, wenn es dunkel wurde, welche Rolle er sich selbst in diesem Traum zugedacht hat. Sie konnte in der Unordnung ihrer Tasche kein Taschentuch finden und rieb sich mit der Hand über den feuchten Hals und die Stirn. Sosehr sie auch umhersah, sie entdeckte keinerlei Erkennungspunkte. Dies ist kein Haus, mit dem man eine Verbindung hat. Kein normales Menschenhaus, in dem klebrige Kinderhändchen die Tapeten für die Ewigkeit beschmiert haben und potthässliche Lieblingssessel doch stehen bleiben dürfen, weil sie vertraut sind und etwas Tröstliches an sich haben. Dies ist die Kulisse eines Films, ein Landhaus aus einem Katalog. Sie nickte so freundlich wie möglich einer Gruppe von unbekannten Menschen zu, die sich in ihrer Nähe an einen großen, glänzenden Couchtisch setzten. Menschen, die keine Ahnung davon hatten. Auf der anderen Seite der Halle sah sie hohe Vitrinenschränke aus dunklem Holz, in denen alte Jagdgewehre ausgestellt waren. Sie kniff die Augen zusammen und strengte sich an, um ein spezielles Gewehr dazwischen zu entdecken, eines, das von ihm Hunderte Male aufgenommen und zurückgestellt worden war, ein Gewehr, das ihn gut gekannt hatte, aber es war zu weit weg, und sie traute sich nicht, allein durch diesen Raum zu laufen, wo man ihr möglicherweise hinterhersah. Dann versuchte sie, sich ihn vorzustellen, wenn er allein in diesem Haus war. Das gelang ihr nicht gut, sie kam nicht weiter als bis zu dem Bild eines Mannes, der kreuz und quer und in professionellem Hoteltempo Entfernungen zwischen den Möbelstücken zurücklegt, als wäre er ständig unterwegs und würde sich nirgends einfach einmal niederlassen. Aber dies ist kein Hotel. Dies ist das Haus, in dem er gewohnt hat. Ruhig bleiben. Sie atmete tief ein und aus und versuchte, sich selbst hier zu sehen, zusammen mit ihm. Das ging besser. Mit ihr dabei hätte er sich sehr wohl auf so eine Chesterfield plumpsen lassen. Sie sitzen nah beieinander und starren in das hohe Feuer auf dem

Sandsteinkamin. Sie brauchen nicht zu sprechen. Sie sitzen Hand in Hand, so wie sie das im Flugzeug taten. Ich hätte meine Hand niemals losreißen dürfen. Ein altes Gefühl der Reue kam in ihr auf, ein ewiger Begleiter. Doch zum ersten Mal misstraute sie der Reue, weil sie jetzt mit einer trüben Schicht vermischt war, die sie nicht so recht einordnen konnte. Der Reichtum des Weinguts hatte sie angefressen. Wenn ich nicht … dann hätte ich also … dann wäre ich jetzt … Das sind aufdringliche Gedanken, für die sie sich schämt und die sie verwirren.

Sie kannte niemanden der Leute in der Halle – oder dem Wohnzimmer – und atmete erleichtert auf, als Kris sie abholte, um sich von dem Verstorbenen zu verabschieden. Er ging vor ihr her durch einen langen, mit Tapeten ausgekleideten Gang. An beiden Seiten hingen gerahmte Bilder an der Wand, wie in einem Museum. Irgendwo klopfte Kris sanft an eine Tür. Und dort, in der geballten Stille des dämmrigen Raumes, das scheinbar seine Bibliothek gewesen ist, standen Esther und Marjorie.

Ihr Atem lässt das Glas beschlagen und verbirgt Franks Gesicht. Sie richtet sich etwas auf, lehnt sich vorsichtig auf den Rand des Sarges und sieht auf seine gefalteten Hände. Es sind immer noch schöne Hände, aber ebenfalls alte Hände mit Leberflecken, genau wie ihre eigenen. Zwischen den Sehnen hat die Haut tiefe Furchen. Sie versucht, die Hände zu ergründen. Es ist, als wollte sie an den Händen sehen, wie er eine Haarlocke aus der Stirn strich, wie er den Weinstock bei der Lese festhielt, wie er den Rücken seiner Hand an eine heiße Frauenwange legte, wie seine Hände einen schweren Gürtel mit erbeuteten Vögeln losschnallten, wie sie ein Gewehr spannten, ausrichteten und abdrückten, wie sie über Frauenbrüste strichen und diese sanft auf der Handfläche wogen. Doch wie sehr sie sich auch bemüht, das Einzige, was sie sieht, ist, wie er seine Hand vergeblich nach Hilfe ausstreckte und wie er danach zusammenbrach.

Esther ist diejenige, die alle Geheimnisse kennt. Sie sehnt sich nach einer Zigarette. Sie sieht Ada, die dort ergriffen über dem Sarg lehnt, und Marjorie, die fieberhaft an ihrem Gips herumfummelt – und findet die Stille in diesem Raum unerträglich, die Luft erstickt von all den unausgesprochenen Worten, die alle mit dem toten Mann zu tun haben. Unsere Leben haben sich um seines herumdrapiert, denkt sie, und doch ist er in dieser Geschichte unauffindbar geblieben. Es kommt ihr so vor, als wäre er bereits zu Lebzeiten durch eine Glaswand von der Welt getrennt gewesen.

Sterbliche Überreste, das Wort dringt immer wieder zu Marjorie hindurch. Sie weiß, wie an einem

Körper herumgezurrt wird, um es freundlich auszudrücken.

Als sie aufwachte, war Hans anscheinend gerade gestorben, denn er war noch warm. Wenn ich einen Moment früher aufgewacht wäre. Der Doktor kam, zusammen mit Bob, der ein trauriges und verlassenes Kindergesicht hatte. Kurz danach tauchte auf einmal eine schemenhafte Figur aus dem Hades auf, wie aus dem Boden gewachsen stand er plötzlich mit seinem Koffer auf dem Flur. Der Bestatter. Ob sich bitte alle ins Wohnzimmer begeben würden, damit er sein Werk verrichten könnte. Alles war ein absurder Traum. Die Idee, dass sie Hans bei diesem ekelhaften Kerl zurücklassen sollte. Ich bleibe bei meinem Mann, sagte sie hochmütig. Zusammen zogen sie Hans seinen Pyjama aus. Eine unglaubliche Arbeit, denn ein Toter ist schwer wie Blei, und Hans wog ohnehin viel zu viel. Sie kochte noch immer mit Butter und Sahne, weil er das nun einmal so liebte. Sie zog und zerrte und schob an seinem liebenswerten, alten Körper herum und sah, dass er selbst gar nicht da war. Und doch erschrak sie, als der Gesandte aus dem Reich der Toten eine Metallschale mit kaltem Wasser füllte. Hans konnte kaltes Wasser nicht ausstehen. »Ihr Mann fühlt das nicht mehr.« Nichts bekam wirkliche Bedeutung, es ging alles viel zu schnell. Sie wusch den geliebten Körper mit Seife und einem Waschlappen, so wie sie jahrelang die Kranken gewaschen hatte. Hob den bleischweren Arm hoch und wusch ihn unter den Achseln. Zwischen den Fingern. In den Kniekehlen. Unter den Hoden. Ach, mein Geliebter, sagte sie fortwährend mit einem dünnen Stimmchen. Gemeinsam mit dem Bestatter zog sie das beschmutzte Laken unter ihrem Mann weg und ersetzte es durch ein sauberes Handtuch. Die ganze Zeit über sprach der Bestatter mit ihr in lispelndem Ton. Es waren Standardworte, und sie glitten an ihr ab. Sie hörte erst zu, als er fragte, wie sie ihren Mann sehen wollte, wenn er im Sarg lag. Einen Moment zog sie seinen Pyjama in Erwägung, da sie vor der erschöpfenden Arbeit zurückschreckte, die ein ganzer Anzug und ein Oberhemd bedeuten würden, vor noch mehr Gezerre mit diesem schweren Körper. Aber sie holte doch seinen neuen Anzug aus dem Schrank, einen eleganten, dunkelblauen Anzug, zu dem er sich wie immer von ihr hatte überreden lassen. Das war das erste Mal, dass er ihn trug. Sie keuchte, stützte, schob und zog, und ihre Hände begriffen erneut, dass Hans nicht mehr hier war, dass er Materie geworden war, ein Körper, der ihm gute Dienste geleistet hatte, der aber ohne ihn keinen Nutzen mehr hatte. Sterbliche Überreste. Sie band ihm die gestreifte Seidenkrawatte, so gut sie konnte, und knöpfte sein Jackett zu. Dann zauberte der Bestatter eine Dose Trockenshampoo aus seinem Koffer her-

vor. Wie altmodisch, dachte sie, Trockenshampoo. Wissen Sie, warum, fragte er, wenn man die Haare eines Toten mit Wasser wäscht, werden sie nie mehr trocken. Diesen Satz würde sie im Gedächtnis behalten. Weiße Wolken Trockenshampoo um Hans' Gesicht herum, und sie hatte doch Angst, dass er sie einatmen könnte. Der Bestatter hob den Kopf, und sie kämmte die dünnen Haare vorsichtig glatt. Ach, mein Geliebter. Danach fegte der Bestatter mit einem Pinsel den Puder weg und begann mit der Maniküre und dem Entfernen von Nasenhaar. Es kann auch sein, dass die Reihenfolge anders gewesen ist. Er begann, ihr etwas über den Mund zu erklären. Es gab derzeitig ein paar verschiedene Möglichkeiten, und all diese Möglichkeiten hatten ihre Vor- und Nachteile. Die Entscheidung lag bei ihr, der Witwe, aber er riet ihr sehr dazu, sich für das unsichtbare Aneinandernähen der Lippen zu entscheiden, da ihr Mann so am besten aussehen würde, ohne nach hinten fallenden Unterkiefer oder störendes Band um das Kinn. Das machten alle so, versicherte er ihr, das sah viel besser aus. Sie musste nur wissen, ob sie dabeibleiben wolle. Während er das sagte, nahm er Nadel und Faden aus dem Koffer. Ich bin Krankenschwester, die sind so einiges gewöhnt, wollte sie sagen, doch stattdessen flüchtete sie auf den Gang hinaus, lehnte sich benommen gegen die Wand am Türrahmen und wartete, bis er die Tür öffnete und sie wie-

der hineinließ. Sie wagte nicht, Hans' Mund anzusehen, und bereute es, dass sie zugestimmt hatte; dass mit einer Nadel in seinen toten Körper gestochen worden war, in die weiche Innenseite seiner Lippen, und dass die Stiche dort für immer bleiben würden. Der Bestatter kündigte an, dass er kleine halbrunde Kugeln unter die Augenlider schieben würde, da tote Augen sonst einfallen, und auch das war kein schöner Anblick bei der Anteilnahme, wie er es nannte. Sie, die immer alles ertragen konnte, trat erneut auf den Gang hinaus, lehnte sich mit schlapp nach vorn gebeugtem Kopf an die Wand und hörte, um nicht wegzudämmern, den gedämpften Stimmen von Bob und Vera im Wohnzimmer zu. Dann war Hans fertig für die Anteilnahme. Als Letztes zogen sie das Laken gerade und falteten seine Hände über seinem Bauch. Seine Hände waren kalt und passiv, was sich wie eine Ablehnung anfühlte. Und während der Bestatter ins Wohnzimmer ging, um den anderen zu sagen, dass sie hereinkommen konnten, saß sie in einem wirklichkeitsfremden Gemütszustand neben den sterblichen Überresten ihres Mannes. Wenn dieses Theater erst einmal überstanden war, konnten sie mit ihrem Leben fortfahren. Er musste dringend zum Friseur, und sie wollten endlich einmal nach Mauritius. Außerdem waren sie in ein äußerst wichtiges Gespräch verwickelt, und das hatten sie noch nicht zu Ende gebracht. Sie mussten eine schwierige Entscheidung *treffen. Er konnte nicht von ihr verlangen, dass sie das allein tat.*

Der Bestatter schloss seinen Koffer, wünschte jedem Glück und Kraft beim Verarbeiten des Verlustes und verschwand so lautlos, wie er gekommen war. Auf eine bestimmte Art war sie ihm dankbar. Eine Stunde später versuchte sie, sich sein Gesicht ins Gedächtnis zu rufen, doch von seiner Erscheinung war nichts zurückgeblieben. Es war, als wäre er nie da gewesen.

12

Marjorie wurde in einem Doppelbett in Enschede geboren, als übermütige Nachzüglerin einer Familie mit fünf Kindern. Ihr eigentlicher Name war Margot. Sie hatte das tatkräftige Temperament ihres Vaters und teilte seinen Drang, ständig für ihre Taten gelobt zu werden. Sobald Marjorie laufen konnte, wurde ihr Schritt genau wie der seine, federnd und wippend. Ihr schmaler Körper war sehnig und stark, mit Muskeln wie ein Junge. An regnerischen Sonntagen schleppte sie den Couchtisch in die Mitte der Wohnung und nötigte die gesamte Familie zuzusehen, wie sie auf der glänzend polierten Platte immer höhere Sprünge machte, die sie selbst als »russisch« bezeichnete. Ihr Vater, für gewöhnlich kein Vorbild an Geduld, blieb am längsten von allen als kritikloser Fan in seinem Rauchsessel sitzen und sah vergnügt zu, denn dieses lebhafte Mädchen war sein Augapfel, sein kleiner Liebling, seine Prinzessin. Niemand konnte diesen Mann so um den Finger wickeln wie sie. »Wenn du lachst«, sagte er, »geht die Sonne auf.« Dabei tippte er ihr mit dem Zeigefinger aufs kleine

Näschen, das er liebevoll als eigensinnig bezeichnete. Margotchen selbst war unendlich stolz auf ihren Vater, den großen Handelsreisenden im Auftrag eines berühmten Stofffabrikanten. Er war ihr großes Idol.

Er war stolz darauf, dass er Sprachen beherrschte und daher Geschäftsreisen um die ganze Welt machen durfte, um neue Kontakte zu knüpfen. Von diesen Reisen kam er mit beeindruckenden Geschichten und exotischen Geschenken wieder: Wajangpuppen, Kris-Dolche und japanische Kimonos. Er schenkte seinem kleinen Mädchen einen Puppenwagen aus Paris und brachte von überallher Puppen für sie mit, von Nonnenpuppen bis hin zu Matrosenpuppen war alles dabei. Dass die Firma ihn schließlich nicht mehr brauchte, lag nicht an ihm, sondern an der Krise und dem drohenden Krieg. Dennoch schmerzte es. Er kehrte Enschede beleidigt den Rücken und zog mit seiner Familie in ein großes, dunkles Haus nach Zaandam. Obwohl er voller Elan und dank seiner guten Kontakte eine eigene Importfirma für englisches Porzellan und schwedisches Kristall gründete, hatte sein Selbstwertgefühl unter der Kündigung ordentlich gelitten. Seine fröhlichen, verspielten Einfälle verwandelten sich in unvorhersagbare Wutausbrüche. Margotchen flüchtete sich aufs Klo, wenn sich sein Schlüssel im Türschloss drehte. Dort konnte sie in Ruhe horchen, welcher Stimmung er war, wenn er seine Jacke in der Halle aufhängte. War er guter Stimmung, dann war er der liebste Vater der Welt, dann spielte er für sie auf dem Klavier den Flohwalzer, bei dem seine Finger lange Gleitflüge über die Tasten machten, oder er spielte ihre Lieblingsplatte auf dem Grammophon. Das war die mit den Zahnarztgeräuschen, auf der man ein Kind keuchen und gurgeln hörte, während der Bohrer heulte. Man konnte sich wunderbar dabei gruseln. An guten Tagen war er ein unterhaltsamer, charmanter Mann, ein tüchtiger Mann, »der dreimal um die Welt gefahren war«. Er liebte sein Schnäpschen, das Kabarett, Gartenfeste und feine Tischmanieren. Jeden Freitag lud er die Verwandtschaft zu Salzhering ein. Aber so ganz sicher konnte man sich seiner Sache nie sein. Hing der Haussegen schief, dann fing er mit Margots gutmütiger, rundlicher Mutter, die sich nicht wehren konnte, Streit an. Niemand entsprach dann seinen Anforderungen; sie waren alle Versager, die ihn zutiefst enttäuschten. Nur Margotchen konnte ihn mit ihrem eigensinnigen Näschen und ihren fröhlichen Kindersprüngen ablenken. Wenn sie lachte, ging die Sonne auf. Und aus diesem Grunde lachte sie, was das Zeug hielt. War die Sonne einmal aufgegangen, dann musste sie lange weiterlachen, um sie hoch am Himmel zu halten. Und wenn Vater endlich ruhig mit der Zeitung in seinem Rauchsessel saß, dann schlich sie sich zur Haustür hinaus und versuchte, die Nachbarskinder dazu zu überreden, eine Straße weiter zu spielen, weil sie wusste, dass ihn das Geräusch von Kinderstimmen störte.

Ein paar Mal jedoch war auch sie die Dumme.

An einem Sonntagmorgen im Dezember fand sie in ihrem Schuh eine echte kleine Schere, in Form eines Storchenschnabels. Die hatte der Nikolaus für sie gebracht. Sie war überglücklich. Um die Schere auszuprobieren, kletterte sie auf Knien auf den Tisch und schnitt eine tüchtige Ecke aus den Fransen heraus, die über ihr an dem Lampenschirm hingen. »Tu's nicht, tu's nicht«, rief ihre ältere Schwester ängstlich, doch da war es schon passiert. Unsicher krabbelte sie zurück ins Bett. Kurze Zeit später riss ihr Vater die Tür auf. Er baute sich vor ihrem Bett auf, verschränkte die Arme vor der Brust und sah sie schweigend an. Es dauerte eine ganze Weile. Sie fing an zu weinen. Dann zerriss er vor ihren Augen ihr Lieblingsbuch, das mit den hübschen roten und grünen Buchstaben.

Mam, gib mir nur wenig, bettelte sie in der Küche, wenn sie roch, dass dort Chicoree gekocht wurde. Ihre Mutter versuchte dann so unauffällig wie möglich, ihr nur eine kleine Portion auf den Teller zu tun, denn wenn er das sah, machte er eigenhändig eine doppelte Portion daraus, es ging schlussendlich um ihren Charakter. Er meint es gut, sagten die Augen ihrer Mutter. Er war der Meinung, dass seine Kinder hart werden müssten, um später in der Gesellschaft bestehen zu können. Er war besorgt und wollte nur das Beste für sie. Die Jungen mussten auf die Höhere Bürgerschule. »Dann habt ihr den anderen was voraus.« Am Tisch wurden die Noten verglichen, und wer am schlechtesten war, wurde im Beisein der anderen gedemütigt. Zu seinen Töchtern sagte er: »Dass ihr mir niemals Fabrikmädchen werdet.« Die kleine Margot kämpfte sich durch die Schule. Sie beendete die Volksschule mit anständigen Noten.

Dann kam der Krieg, und der Handel mit Geschirr brach ein. Niemand gab Geld für Porzellan und Kristall aus, das war überflüssiger Luxus. Man benutzte eben das, was man hatte, und damit basta. Das Haus quoll über von Stapeln unverkäuflicher Wedgwood-Teller und -Schüsseln. In den guten Jahren hatte der Vater Geld zur Seite gelegt, und mit viel Sparsamkeit und Eifer lotste er seine Familie durch die schwierigen Jahre, etwas, worauf er hätte stolz sein können, doch er sah nur seine Misserfolge und seine Kinder zu dem gleichen Schicksal verurteilt. Das machte ihn bitter und zornig. Margotchen, die sich in der Schule immer sehr angestrengt hatte, ging auf die Hauptschule, etwas anderes kam für sie nicht in Frage. Zwei Jahre nach dem Krieg, als sie fünfzehn war, bestand sie ihre Abschlussprüfung überwiegend mit guten Dreien. Bei der Zeugnisvergabe stand sie strahlend da und wartete auf seine Glückwünsche. Er umarmte sie lange, beinahe erstickte sie in seinem Kammgarn-Revers. »Einen fähigen Ehemann«, war das Einzige, was er sagte, immer wieder, »einen fähigen Ehemann«, als würde sie unter einer lebensbedrohlichen Krankheit leiden und dies die einzige Medizin dagegen sein.

Danach bestand er darauf, dass sie zwei Jahre lang die katholische Haushaltsschule besuchte, um sich auf das Leben als Hausfrau dieses fähigen Ehemanns vorzubereiten. Das war kein großer Erfolg, sie benahm sich in den Unterrichtsstunden widerspenstig, das Backen und Braten ging ihr nicht leicht von der Hand, Nähen, Stopfen und Handarbeiten verweigerte sie (sie war ebenso dickköpfig wie er) und bekam dafür dann auch keine Note auf dem Zeugnis. Kinderpflege – das Üben an strammen Babypuppen – und Erziehung, das gefiel ihr. Und das Lachen mit den Mädchen aus ihrer Klasse. Interesse für Jungen hatte sie keines. Die Nonnen ermahnten die Mädchen, niemals die Straße entlangzugehen, die an der Jungenschule vorbeiführte. Dass sie sich daran hielt, lag einzig und allein an ihrem Desinteresse.

Auch in den Jahren nach dem Krieg blieb die Nachfrage nach Geschirr gering. Holland kam mühsam wieder auf die Beine, es fehlte an den einfachsten Dingen. Niemand kaufte neue Dessertteller oder Cognacgläser. Zu Hause gab es nicht mehr viel zu lachen, doch Margot bemühte sich nach allen Regeln der Kunst, die Sonne aufgehen zu lassen. Als ihr Vater verkündete, dass er mit seiner Jüngsten ins Kabarett gehen wollte, »für deine kulturelle Entwicklung«, lieh sie sich ein Kleid von ihrer älteren Schwester und ließ sich als ausgelernte kleine Dame ins Theater begleiten, sein Arm war um ihre Taille gelegt. Mit einem kleinen Klaps auf den Hintern dirigierte er sie durch die Drehtür. Sie wusste nicht, wie sie das zu deuten hatte. Das Kabarett ließ sie innerlich seufzend über sich ergehen. Inzwischen war sie siebzehn.

So lange sie denken konnte, wollte sie in der Krankenpflege arbeiten, am liebsten Kinderpflege, da sie ganz vernarrt war in die Kleinen. Aber sie war zu jung, um irgendwo als Lehrschwester angenommen zu werden. Er überredete sie zu einer Ausbildung zur Apothekenhelferin. Pillen drehen, milligrammweise abwiegen und Puder in glasartige Papierchen falten, das konnte sie gut. Pflanzen erkennen lag ihr dagegen weniger. Sobald der Lehrer die Pflanzennamen in anderer Reihenfolge sagte, konnte sie es nicht mehr. Sie wollte nicht scheitern und biss sich energisch durch. Bis in die Nacht hinein lernte sie lateinische Namen. »Acidum acetylo salicylicum …«, murmelte sie, über ihren Büchern einnickend. Währenddessen schrieb sie heimlich alle Krankenhäuser an. Noch vor dem Examen, das sie wahrscheinlich nicht bestehen würde, bekam sie eine Antwort vom Sint-Jozef-Krankenhaus in Eindhoven.

Die Nonnen dort hatten kein Problem mit ihrem Alter, sie durfte bei ihnen als Hilfsschwester arbeiten und bekam ein Zimmer im Schwesternhaus.

In der Küche gelang es ihr, die Mutter flüsternd auf ihre Seite zu ziehen. Als sie dann später in ihrem Zimmer lag, wartete sie das Gespräch der Eltern im Nebenraum ab, sie wagte nicht, sich zu bewegen. Zitternd überstand sie dann seine Tiraden und das kalte Schweigen, das darauf folgte.

Sie, die Jüngste, sein kleiner Liebling, ging als Erste aus dem Haus. Er war so verletzt, dass er sich nicht von ihr verabschieden wollte. Außerdem verbot er der Mutter, ihr eine Aussteuer mitzugeben, sodass sie mit ihrem einen Satz Kleider schon bald Schwierigkeiten bekam, diese sauber zu halten. Doch das tat ihrem Glück keinen Abbruch. Margot genoss einfach das Leben.

Krankenpflege klang für sie sehr vielversprechend. Es klang nach dem wirklichen Leben. Dass es in der Praxis nicht viel mehr beinhaltete, als in einem mörderischen Tempo Patienten zu waschen, Pflaster zu kleben, Betten zu beziehen und Blumen in Vasen zu stellen, störte sie nicht weiter. Sie durfte auch Kinder waschen, wiegen, füttern und auf dem Arm halten.

Sie saß überglücklich in ihrem kleinen Zimmer im Schwesternhaus und freute sich stets auf den kommenden Tag.

Ihr Lohn reichte gerade zum Leben aus, aber sie brauchte nicht mehr, essen konnte sie in der Krankenhauskantine. Nach Hause fuhr sie so selten wie möglich. Ausgelassen radelte sie in ihrer freien Zeit mit den anderen Krankenschwestern über die Weiden, und im Winter fuhren sie Schlittschuh. Sie drehte Pirouetten und schwebte mit wehenden Haaren über die gefrorenen Kanäle, kreischend vor Vergnügen. Als sie sich für Tanzstunden in der Stadt anmeldete, wurde sie zur Oberin gerufen. »Das verbiete ich dir«, sagte die alte Nonne, »es würde dich zu sehr ablenken. Krankenpflege ist ein ernst zu nehmender Beruf.« Margot war zu beleidigt, um zu antworten. Wenn jemand eine gute Krankenschwester war, dann ja wohl sie. Sie wusste, dass es kein Gesetz gab, das Tanzstunden verbot, und tat es einfach trotzdem. Ohne jegliches Rhythmusgefühl hopste sie in den Armen von schwitzenden Büroangestellten vergnügt durch den Tanzsaal und fand, dass sie dabei eine sehr gute Figur abgab.

Dass sie die Krankenpflege ernst nahm, daran konnte niemand zweifeln. Nach einem Jahr bewarb sie sich beim Onze-Lieve-Vrouwe-Krankenhaus in Amsterdam und wurde als Lehrschwester angenommen.

Endlich konnte sie ihre Ausbildung beginnen. Ihre Uniform musste sie selbst bezahlen, denn Krankenpflege war ein Ehrenposten für Mädchen aus gutem Hause, und geschenkt bekam man schließlich nichts im Leben. Sie hätte ihren Vater um Geld bitten können, aber das ging ihr gegen die Ehre. Wieder arbeitete sie hart und verbissen, saß in den Unterrichtsstunden der Ärzte in der ersten Reihe, lernte bis spät in die Nacht hinein, rannte morgens früh schon wieder durch die Säle – und genoss jede Minute. Dass die Nonnen, die in diesem Krankenhaus das Zepter schwangen, wahrhaftige Ekel waren, die jedem das Leben zum Graus machten, störte sie nicht. Die Dankbarkeit meiner Patienten ist der schönste Lohn, hielt sie sich selbst immer wieder vor. Dann wurde ihr ganz warm ums Herz. Die Uniform stand ihr gut.

Zu Hause ging es nun auch wieder besser, der Handel kam langsam etwas in Gang, ihr Vater lud wieder zu Hering ein, und sie blieb nun einmal sein Liebling. Sie fuhr etwas öfter an ihren freien Tagen mit dem Zug nach Zaandam, blieb bis nach dem Abendessen und plapperte über das Krankenhausleben. Zwei ihrer älteren Schwestern waren inzwischen verheiratet, doch aufgrund der allgemeinen Wohnungsnot wohnten sie mit ihren Ehemännern und Babys im Elternhaus, was für viele Spannungen sorgte, mit denen Margot zum Glück nichts zu tun hatte. Sie konnte sich nach dem Essen vergnügt verabschieden, tschüs, Pa, bis zum nächsten Mal. Manchmal tippte er ihr wie früher mit dem Zeigefinger auf die Nase. Ob seine Tochter schon einen hübschen Chirurgen aufgetan hatte, wollte er wissen.

Im Rahmen der Ausbildung musste sie auf allen Stationen arbeiten, auch auf der Tuberkulosestation, die wegen der großen Ansteckungsgefahr in einer gesonderten Baracke untergebracht war. Sie musste Mundschutz tragen und sich oft die Hände waschen. Wenn sie Wunden säuberte, knöpfte sie über ihre eigene Schürze eine etwas stärkere Schürze, um die Tbc-Bazillen abzuhalten. Die Spuckbecken wurden mit starker Lysollösung sauber gemacht. Einige Barackenbewohner waren schwer krank, andere lagen dort einfach schon sehr lang – die wirklichen Unglücksraben starben. Die Fälle, die nicht mehr »offen« waren, lagen zusammen. Manchmal mussten sie sich jahrelang kurieren. Und kurieren bedeutete ruhen, denn ein Körper im Ruhezustand konnte die Bazillen besser bekämpfen. Mit ein bisschen Pech – einem angegriffenen Wirbel und dem daraus folgenden Risiko einer Lähmung – lag ein Patient sechs, sieben Jahre lang flach auf dem Rücken. Er lag dann hoch oben im Zimmer auf einem schmalen Holzbrett, ohne Seitenwände, sodass er herunterfallen würde, wenn er sich bewegte. Um zu verhindern, dass die Patienten vom ganzen Ruhen verrückt wurden, gab es Arbeitstherapie, sie flochten Körbe und Gürtel und reihten Perlenketten auf.

Bis auf einen.

Hans Doorman lag schon seit drei Jahren im Bett und studierte, in einem Saal mit fünf anderen jungen Kerlen. Er hatte Glück gehabt, nur seine Lungen waren angegriffen, und er war fast genesen. Liegend hatte er seinen Gymnasialabschluss gemacht, seine Bücher hielt er über dem Kopf. Seit kurzer Zeit hatte er sich nun sogar aufgesetzt und angefangen, Baugeschichte zu studieren. Jedes Mal, wenn Margot hereinkam, sah er auf und verfolgte mit den Augen ihre Bewegungen. Wenn sie sich über ihn beugte, um Tropfen in sein entzündetes Ohr zu geben, neckte er sie, indem er zwischen seinen Fingern einen Bleistift vor ihrem Gesicht auf und ab bewegte.

»Halt endlich den Bleistift still.«

»Stört dich das, Schwester?«

»Ja.«

Er neckte sie weiter, sie stampfte mit den Füßen. »Ich will das nicht«, rief sie und versuchte, ihm den Stift wegzunehmen. Es war ein Ritual, die Jungen in den anderen Betten sahen interessiert zu. Jeden Tag, wenn sie mit den Tropfen kam, foppte er sie auf diese Weise, und sie stampfte mit den Füßen. Langsam überkam sie ein Gefühl, das ihr bislang unbekannt gewesen war, und sie fing an, sich Ausreden zu überlegen, warum sie öfter in seiner Nähe sein musste.

In diesem Saal dominierte die Hoffnung, es wurde viel gelacht; sechs junge Männer, die sich nicht mehr krank fühlten und nun langweilten. Je näher der Tag der Genesung rückte, desto schwieriger wurde es, still zu liegen. Sie platzten vor Energie, und die Anwesenheit einer netten Krankenschwester trieb sie zu den wahnwitzigsten Dingen, von denen die Nonnen natürlich nichts mitbekommen durften. Das Größte war eine Runde Handball zwischen dem mannshohen Heiligenbild am Eingang und dem Aquarium auf der gegenüberliegenden Seite, mit blitzschnellen Würfen. Je höher die Schreie der Schwestern, umso schneller die Bälle. Oder sie setzten sich die desinfizierten Spuckschalen umgekehrt auf den Kopf, stellten sich als eherner Chor auf und verballhornten mit ihrem Gesang die Kirchenlieder. Margot, die brav katholisch war, von Hause aus jedoch kein besonderes Verhältnis zu Priestern und Nonnen hatte, machte sich fast in die Hose vor Lachen. Auch als sie nicht mehr auf der Station arbeitete, schlenderte sie in ihrer Freizeit durch das Krankenhaus und landete dann zu ihrem eigenen Erstaunen immer bei »ihren« Jungs. Sobald Hans sie hereinkommen sah, legte er seine Bücher weg, tat so, als würde er Gürtel flechten und nahm dann an ihrer Taille Maß, ihrer »hübschen, schmalen Taille«, wie er immer sagte. Seine

Hände konnten die hübsche, schmale Taille ganz umfassen, das konnte er jedes Mal gar nicht glauben. Warum nur wurde ihr davon immer ein bisschen schwindelig? Die Hände könnten, wenn es nach ihr ginge, stundenlang dort verweilen oder an ihren Hüften nach unten gleiten, oder nach oben zu ihren Achseln. Aber nun ja, irgendwie verwirrte es sie. Sie redete mit niemandem darüber, weil sie nicht wusste, was sie sagen sollte. An einem ihrer freien Abende begleitete sie Vater ins Kabarett. Er legte in alter Gewohnheit seine Hand um ihre Taille. Sie erkannte das Gefühl und erschrak, wandte sich zur Seite, glitt aus seinem Arm und lenkte ihn dabei mit einer fröhlichen Geschichte ab.

Es wurde Frühling. Hinter der Baracke war ein leerer Platz im Freien, wo altes Zeug gelagert wurde, dreckige braune Kleider, ein ausrangiertes Bettgestell und anderes Gerümpel. Dort fingen sie an, sich in ihren wenigen freien Stunden zu verabreden. Um der Leiterin der Baracken zu entgehen – einer übergewichtigen, schlecht gelaunten Nonne, die Schwester Cherubine hieß, von den Patienten jedoch Schwester Kröte genannt wurde –, kletterte Hans durchs Fenster nach draußen, während die Jungen Schmiere standen. Da saßen die beiden dann, nebeneinander auf dem Eisenbett, und wärmten sich an der vorsichtigen Sonne und aneinander. Sie führten lange

Gespräche, die immer ernsthafter und persönlicher wurden. Er war vierundzwanzig, kam aus einer großen Familie. Arme Leute; sein Vater war Hafenarbeiter in Nord-Amsterdam, sein ältester Bruder war vom Pastor zum Predigerseminar überredet worden. Hans fand nach der Hauptschule eine Stelle in einem Versicherungsbüro, seinen Lohn musste er zu Hause abliefern. Gut möglich, dass es manchen Leuten gefiel, das Büroleben, doch er, der als Kind durch die Häfen der Stadt gestrichen war, fand es grauenhaft. Er konnte sich nicht an das fehlende Tageslicht gewöhnen und an die Ärmelschoner an den Oberhemden. Die Stunden krochen dahin, als wäre sein Leben schon frühzeitig zum Stillstand gekommen. Gegen Ende des Krieges musste er bei einem tauben Großonkel in Groningen auf dem Land untertauchen, damit die Moffen ihn nicht zum Arbeiten nach Deutschland schicken konnten. Das machte es nicht viel besser. Als er nach der Befreiung zum Wehrdienst musste, war er daher begeistert – endlich kam wieder Bewegung in sein Leben. Und die Luftwaffe war genau das, wovon er geträumt hatte. Nach einem freien Wochenende, auf dem Weg zurück in die Kaserne, stand ihm in der Straßenbahn ein hustender Mann gegenüber. Kurz darauf bekam er Fieber. Die Diagnose war ein harter Schlag, ein Urteil mit unbekanntem Ausgang. Im günstigsten Fall jahrelanger Stillstand. Wieder Stillstand.

Das war so eine schreiende Ungerechtigkeit, solch eine Gemeinheit, dass er sich selbst versprach, keine Minute seines Lebens zu vergeuden, auch wenn das Leben vielleicht nicht mehr so lang sein und er bis zu seinem Tod in einem Krankenhausbett verbringen müsste. Das Einzige, was er tun konnte, war lesen und studieren. Nun ja, und genau das tat er dann auch. »Und weißt du«, sagte er, »es gefällt mir.« Trotz seines Pechs war er voller Selbstvertrauen. So war er nun mal.

Margot erzählte von zu Hause. Sie prahlte mit ihrem Vater. Hans hörte geduldig zu, bei ihm fühlte sie sich vollkommen sicher. Denn hinter den albernen Witzen versteckte sich ein sanftes, zuversichtliches Gemüt. Deshalb traute sie sich auch, ihm von den weniger schönen Dingen zu erzählen, den Wutanfällen und Spannungen, und ihr wurde durch seine Reaktionen bewusst, wie entsetzlich es oft gewesen war. Sie beeilte sich jedoch stets, ihren Vater sogleich wieder zu verteidigen, ohne ihre eigenen Gefühle wirklich zu verstehen. Hans verstand sie ebenso wenig, doch er ließ ihren Redeschwall über sich ergehen und fing sie auf.

Sie kamen einander immer näher, es entstand ein tiefes Gefühl der Intimität. Dass ich nicht schon viel früher gesehen habe, wie gut er aussieht, dachte sie. Keiner der beiden wagte, es Liebe zu nennen. Keiner wagte es, den anderen zu küssen, auch wenn das Verlangen danach fast nicht mehr zu zügeln war. Ohne das Alibi des Maßnehmens hatten seine Hände an ihrer Taille nichts zu suchen und blieben daher nutzlos auf seinen Oberschenkeln liegen. Sie starrte sie an. Es waren große Hände, die aussahen, als müssten sie stark sein, doch sie waren abgemagert und geschwächt, Hände, die sie von Mal zu Mal mehr liebte, bis es fast nicht mehr auszuhalten war. Inzwischen produzierten ihre Münder weiterhin Worte, weil sie nichts anderes tun durften. Das Wort Tuberkulose hing unausgesprochen über ihnen.

Wie in jedem Krankenhaus bekamen auch im Onze Lieve Vrouwe die Patienten der ersten Klasse mehr und besseres Essen als die weniger begünstigten Kranken. Aber auch reiche Patienten hatten oft keinen Appetit, und dann blieb gutes Essen übrig. Die Nonnen erlaubten nicht, dass es dann in die armen Abteilungen gebracht wurde. Margot fand das ungerecht. »Ihre« Jungs – junge Kerle, fast gesund – klagten ständig über Hunger. »Wenn ich etwas nicht ertragen kann«, erklärte sie Hans entrüstet, mit geröteten Wangen, »dann ist das die Ungerechtigkeit!« Er lächelte. Sie fing an, zurückgegangene Butterbrote aus der Hauptküche des Krankenhauses zu entwenden, etwas, was ihr zu ihrem eigenen Erstaunen größtes Vergnügen bereitete. Ich habe eine kriminelle Veranlagung, dachte sie mit vor Stolz glühenden Wangen. Im Krankensaal nahm sie den Dank gerne entgegen. Brot mit Butter, das würden sie hier sonst niemals bekommen.

Es wurde Sommer, und ihre Diebstähle blieben noch immer unentdeckt. An einem Mittag saß sie mit Hans draußen auf dem Eisenbett, sie hatte entzückt dabei zugesehen, wie er die Butterbrote in sich hineinstopfte. Die Serviette steckte sie in die Tasche ihrer Schürze.

»Du wirst noch geschnappt«, sagte er.

»Macht mir doch nichts … diese geizigen Nonnen.«

»Kleiner Gauner.«

Er sah sie so zärtlich an, dass sie sich nicht zurückhalten konnte. »Magst du den kleinen Gauner?«, fragte sie mit einer etwas zu hohen Stimme. Sein Gesicht verfinsterte sich. »Ja«, sagte er laut, fast böse, es war ihm so herausgerutscht. Und dann küssten sie sich lange. Sie waren sich der Ansteckungsgefahr bewusst, es fügte diesem herrlichen, überwältigenden Kuss etwas Heldenhaftes hinzu. Sie ließen ihn so lange wie möglich andauern, unsicher, ob es nicht der einzige in ihrem Leben sein würde. Erst als Hans die Luft ausging, hörten sie auf. Von dem Moment an war die Liebe nicht mehr zu verleugnen. Die Bedenken jedoch ebenso wenig. Sie sah, wie er immer finsterer wurde, der fröhliche Kasper zerbröselte vor ihren Augen. »Ich bin ein mittelloser Tuberkulosepatient«, sagte er kopfschüttelnd, »ich habe dir nichts zu bieten.«

»Liebe«, sagte sie.

Sie meinte es genau so, und das erstaunte sie. Sie hatte sich immer einen einflussreichen, wohlhabenden Ehemann vorgestellt. Schön, das war es dann also, was Liebe mit einem tat. Edelmut durchströmte sie, erfüllte sie von Kopf bis Fuß, und sie wollte Hans erneut küssen. Doch er sagte, dass sie einander vergessen müssten, es gab keine Garantie, dass die Tbc-Bazillen sich ruhig verhalten würden. »Sieh dir das an«, sagte er und klopfte auf sein Brustbein wie auf eine hölzerne Tür, »nichts als Haut und Knochen … dazu noch pleite … eine unsichere Zukunft.« Sie wusste, dass er recht hatte, aber auch, dass sie zu ihm gehörte. »Das ist doch, wonach jedes Mädchen sucht«, versuchte sie einen verzweifelten Witz. Dann küssten sie sich erneut, es gab kein Zurück mehr. Während des zweiten Kusses dachte sie voller Schrecken an ihren Vater.

Schwester Kröte kroch täglich auf ihrer Schleimspur durch die Gänge, immer in der Hoffnung, jemanden bei einer unchristlichen Tat zu erwischen. Mit Margot machte sie einen fetten Fang. Die nämlich kam geradewegs aus der Hauptküche, in der sie nichts zu suchen hatte, in den Händen Servietten mit dick belegten Broten. Schwitzend und sich die Lippen leckend, meldete die Nonne den Vorfall der Mutter Oberin. In dem dunkelbraunen Zimmer mit den bleiverglasten Scheiben, in dem einem vom Bohnerwachsgeruch die Augen tränten, wurde Margot von Schwester Benedictine standrechtlich verurteilt. Zwei Vergehen hatte sie begangen: Umgang mit Jungen aus der Baracke und Diebstahl von Essen, das der ersten Klasse gehörte. So viel Leichtfertigkeit konnten sie hier nicht dulden. Sie wurde auf der Stelle entlassen und aufgefordert, noch heute ihr Zimmer zu räumen. Daraufhin beugte Mutter Oberin sich wieder über ihre Verwaltungsunterlagen. Die Wut gab Margots Stimme einen schrillen, unverschämten Klang, über den sie selbst erschrak.

»Ich werde ja wohl noch ein Zeugnis bekommen?«

Die Nonne hinter dem schweren Tisch zog die Augenbrauen hoch und starrte sie mit weit aufgerissenen Augen, die so viel Sünde gesehen hatten, dass sie die Farbe von Abwaschwasser angenommen hatten, minutenlang an.

»Erstaunlich«, sagte sie schließlich leise.

Es war auch nicht die Rede davon, dass sie noch einmal zu der Baracke durfte. »Ich wünsche dem jungen Mann ein ordentlicheres Mädchen«, sagte Schwester Benedictine zum Abschied.

Margot ließ ihn über einen befreundeten Lehrpfleger warnen. Benommen vor Hass über alles, was sich Nonne nannte, verließ sie das Krankenhaus und nahm den Zug nach Zaandam. Ohne etwas zu sehen, starrte sie auf das Weideland. Bis zu diesem Zeitpunkt hatte sie alle Praktika erfolgreich abgeschlossen. Ohne Zeugnis konnte sie wieder von vorn anfangen. Aber sie würde nirgendwo angenommen werden.

In den schillerndsten Farben schilderte sie zu Hause das Unrecht. Von Hans erzählte sie wohlweislich nichts. Ihr Vater reagierte genau, wie sie es erwartet hatte, einfach großartig. Er geriet regelrecht in Rage, als es um die verachtenswerten, unzuverlässigen, hinterhältigen, frustrierten (er verwendete noch viel mehr Adjektive) Nonnen ging. Per Telefon verlangte er eine Unterredung, und am nächsten Morgen fuhr er mit geschwollenem Kamm nach Amsterdam. Da begann sie sich Sorgen zu machen.

Zum Nachmittagskaffee kam er mit ihrem Zeugnis zurück. Triumphierend warf er es auf den Tisch, ha, die Mistweiber waren seiner Entrüstung nicht gewachsen. Aus purer Falschheit hatten sie versucht, ihn mit Unterstellungen über seine Tochter und einen Tbc-Patienten aus dem Konzept zu bringen.

»Du hättest ein Verhältnis mit einem Tuberkulosepatienten gehabt.« Er sah sie direkt an, mit hartem Blick. Margot wagte kaum zu atmen. Dann schüttelte er den Kopf. »Was für Hexen.«

Mit einem wütenden Schwung wandte er ihr den Rücken zu, schritt kerzengerade zu seinem Rauchsessel und schlug die Zeitung auf – ein Zeichen dafür, dass die Sache für ihn erledigt war. Margot spürte tausend Stecknadelstiche in ihrem Rücken. In der andauernden Stille lauschte sie auf Geräusche aus der Küche, wo ihre Mutter seinen Kaffee aufsetzte. Sie klimperte etwas auf dem Klavier, wischte Staub von einer Lampe und schob sich Schritt für Schritt in Richtung Wintergarten, bis sie neben der hölzernen Lehne seines niedrigen Sessels stand.

»Pa?«

»Hm.«

Er schlug eine Seite um und vertiefte sich in die Börsenberichte.

»Und wenn nun doch etwas passiert wäre?«

Stille. Er las.

Er sah nicht auf, brummte wohlwollend, red weiter, als wäre dies ein stinknormaler, hypothetischer Fall, den sie leichthin besprachen. Sie schöpfte Mut, warum auch nicht.

»Und wenn wir nun tatsächlich heiraten wollten?«

»Hmm …«

»Was würdest du dann tun?«

Er schlug die Sportseite auf und strich sie glatt. »Es verbieten natürlich«, sagte er sachlich. »Du bist minderjährig. Ich würde euch den Umgang verbieten, bis diese Laune vorüber wäre. Stell dir das doch mal vor, ein Mann mit Tuberkulose … diese Kerle sind zum Tode verurteilt. Jeder Vater würde dasselbe tun. O ja, du würdest wütend auf mich sein, aber tief in deinem Herzen würdest du wissen, dass es das Beste für dich ist. Und später würdest du mir dankbar sein.«

Sie blieb wie zur Salzsäule erstarrt neben seinem Sessel stehen. Er las ruhig weiter. Erst als Mutter mit seinem Kaffee hereinkam, gelang es ihr, in ihren erstarrten Körper Bewegung zu bringen.

Ratlos, den Kopf voll umherschwirrenden, formlosen Protests, lag sie auf dem Bett in ihrem alten Zimmer und starrte durch die olivgrüne Tapete hindurch auf den langen, dünnen Jungen. Er lag ebenfalls im Bett und sah sie so betrübt an, dass ihr ganz kalt davon wurde. Ich habe doch gesehen, dass du immer die härtesten Bälle wirfst, sagte sie zu ihm. Du bist überhaupt nicht zum Tode verurteilt. Ich habe gesehen, wie stark du bist, guck dich doch nur an. Du würdest doch am liebsten alles zugleich machen, du studierst, bist immer zu einem Späßchen aufgelegt, du lachst immer.

Aber jetzt lachte er nicht.

Ja, ich verstehe schon. Es kann sein, dass du nie mehr aus dem Bett aufstehen kannst. Aber auch das glaube ich nicht. Es kann sein, dass du schwach bist. Aber das glaube ich nicht. Ich weiß doch, was ich sehe, und ich weiß, was ich fühle. Es kann sein, dass du sterben wirst. Aber das scheint mir Unsinn zu sein. Viel wahrscheinlicher ist es meiner Meinung nach, dass du gut für mich sorgen wirst. Ich werde auch sehr gut für dich sorgen. Die Lungen müssen in Fett schwimmen. Richtigen Speck von den Bäckchen gäbe es bei mir, der ist ordentlich fett. Irgendwann muss es doch überstanden sein.

Dann tauchten die Kinder vor ihren Augen auf. Es waren starke, drahtige Kinder, sportlich, mit einem Schalk in den Augen, genau wie er. Sie wünschte sich das so sehnlich, dass gar nicht daran zu denken war, dass es diese Kinder nie geben würde oder dass sie von jemand anderem sein könnten. Als Margot das bewusst wurde, war sie ein Stück weitergekommen. Sie stand auf, da sie sein betrübtes Gesicht keine Minute länger ertragen konnte, erzählte im Wohnzimmer etwas von einer Freundin, die sie besuchen würde. Sie nahm den Zug nach Amsterdam und danach die Straßenbahn zum Oosterpark. Hier kletterte sie vom Briefkasten aus über den Eisenzaun mit den scharfen Spitzen und klopfte an das Fenster der Baracke. Sie hatte sich einen Plan ausgedacht.

Sie war ziemlich durcheinander, aber dennoch fest entschlossen.

Zu Hause schnitt sie das Thema zwei Jahre lang nicht mehr an, und auch Vater kam nicht mehr darauf zu sprechen. Im Kreiskrankenhaus machte sie ihr Krankenpflegediplom. Die ganze Zeit über wohnte sie in ihrem Elternhaus und war peinlich darauf bedacht, dass die Sonne stets schien. Wollte er ins Kabarett, dann begleitete sie ihn frohgemut, in steifer Umarmung, sodass sein Arm sich nicht um ihre Taille legen konnte. Wenn sie mit einer Freundin ins Kino wollte, fragte sie ihn brav um Erlaubnis. Er erlaubte es immer, vorausgesetzt, sie kam früh genug nach Hause. Die Briefe von Hans landeten bei derselben Freundin. Er genas erfolgreich, durfte schon bald »spazieren gehen«. Dann trafen sie sich im Oosterpark, er im zu kurzen Anzug eines Jungen, der es zu nichts gebracht hat. Nach ein paar Monaten wurde er für genesen erklärt. Genau wie ihr Plan es vorsah, stellte er direkt einen Auswanderungsantrag. Die Monate bis zu seiner Abfahrt wohnte er in Nord-Amsterdam in dem kleinen Haus bei seinen Eltern, Brüdern und Schwestern. Margot lernte sie an den Abenden kennen, an denen sie angeblich Dienst hatte. Vor allem mit seinem Vater, einem sanftmütigen Mann mit riesigen Pranken, verstand sie sich sehr gut. Zusammen mit ihrer zukünftigen Schwiegerfamilie brachte sie Hans zum Schiff. Als sie ihn zum Abschied umarmte, fühlte sie, dass er langsam Fleisch auf seine mageren Rippen bekam und dass seine Muskeln stärker wurden. Und als er seine Hände zum letzten Mal um ihre Taille legte, merkte sie, dass sie ihre alte Kraft zurückgewonnen hatten. Der Abdruck seiner Hände glühte noch das ganze Jahr lang nach.

Vater ermutigte sie zu ihrem Englischkurs. Mit einem fast unanständigen Vergnügen ließ sie sich von ihm Vokabeln abfragen. Als er einmal fragte, was sie damit vorhatte, erklärte sie klar und deutlich, dass sie darüber nachdachte, in der Mission zu arbeiten. Danach fühlte sie sich schlecht, doch das Gefühl hielt nicht lange an.

Regelmäßig fuhr sie mit dem Rad zu ihrer Freundin, um die neuesten Briefe von Hans zu lesen. Jeder Satz erzählte von Lebensfreude und Fortschritt. Er fühlte sich von der harten Arbeit an der frischen Luft kerngesund, hatte einige Kilo zugenommen und war stark wie ein Bär geworden, schrieb er. Und er schrieb auch: Mädchen, Mädchen, wie ich mich nach dir sehne. Nicht mehr lange, schrieb sie zurück, nicht mehr lange.

Am Morgen ihres einundzwanzigsten Geburtstages fuhr sie nach Den Haag und stellte einen Antrag für ihre eigene Auswanderung. Am Abend ihres Geburtstagsessens, zwischen funkelnden Kristallgläsern und ihrem schönsten und teuersten Geschirr, offenbarte sie ihrer Familie mit zitternden Gliedern ihren ganzen Schwindel und schloss ihr Geständnis mit der Mitteilung, dass sie bei einem internationalen Flugrennen mitmachen würde.

»Und *by the way*«, sagte sie, »ab sofort heiße ich *Mááááarjery.*«

Vater durchlief alle möglichen Phasen, er schrie, drohte, flehte, warf mit Geschirr (davon gab es genug), lobhudelte, schmeichelte, schwieg, ignorierte sie, schwieg noch länger, tigerte mit aufeinandergebissenen Zähnen durch den Flur. Sie sah sich alles an und blieb höflich, denn es berührte sie nicht. Sie war ihr eigener Chef, niemand konnte ihr vorschreiben, was sie zu tun oder lassen hatte. Als er das endlich verstand, änderte er den Kurs und begann, sich um ihre Aussteuer zu kümmern. Er füllte die Kiste von oben bis unten mit prächtigem Geschirr – denn seine Tochter sollte keine Bettlerin sein – und hämmerte eigenhändig die Beschläge auf die Ecken.

Über seinen zukünftigen Schwiegersohn, den Tuberkulosepatienten, verlor er kein Wort.

Auf Schiphol sah sie dunkle Tränen in seinen Augen, zum ersten Mal in ihrem Leben. Sie erschrak darüber. Er tippte ihr so kräftig mit seinem Zeigefinger auf die Nase, dass es wehtat. »Denk daran«, sagte er, »es liegt immer etwas Geld für deine Rückreise bereit.« Einen Moment lang war sie gerührt darüber, doch in London, auf dem zugigen Flughafen, als sie in ihrem Brautkleid für die Fotografen posierte, kam ihr dieser Satz wieder in den Sinn, und mit einem Mal schoss die Wut in ihr hoch. Er denkt, dass es nichts wird. Sie winkte weiter mit wilden Armbewegungen, den Mund triumphierend geöffnet. Es war, als würde er noch immer dort stehen und als wollte sie ihn mit stummen Schreien davon überzeugen, dass er unrecht hatte, dass er vollkommen unrecht hatte. Er denkt, dass nichts daraus wird, dass ich auf den Knien wieder angekrochen komme. Das hofft er insgeheim, denn dann hätte er recht behalten. Aber sie würde mit aller Kraft dafür sorgen, dass das niemals passierte, dass ihr Leben mit Hans und den Kindern ein wunderbares Leben werden würde, in einem Land, in dem immer die Sonne schien, ohne dass sie dafür irgendeine Anstrengung unternehmen musste. Und während der kalte Oktoberwind ihr den wehenden Schleier vors Gesicht peitschte, spürte sie, wie ihre Wangen immer heißer und röter wurden.

13

Vier Monate nach ihrer Hochzeit war es Marjorie und Hans noch nicht gelungen, ihre Ehe zu vollziehen. Vor allem nach der ersten Nacht konnte sie ihre Enttäuschung kaum verhehlen, denn es war nicht so gewesen, wie sie es sich vorgestellt hatte. Es tat zu sehr weh. »Du hast keine Ahnung, das kann nicht normal sein«, sagte sie, als Hans vorsichtig suggerierte, dass sie vielleicht noch einen Moment länger durchhalten müssten. Sie war gewiss nicht wehleidig, in ihrer Familie war keiner wehleidig, das konnte er sich aus dem Kopf schlagen.

Sie hatten sich mit Streicheln und Küssen zufriedengeben müssen, den Dingen, die sie davor auch schon getan hatten. Aber wenn es damals aufregend war – aufregend, weil es heimlich und unehelich geschah –, so kam es ihnen nun wie der Trostpreis vor.

Die ersten Nächte versuchten sie es weiter. Während draußen der Regen gegen die Fenster peitschte, schob Hans auf dem Hotelbett das Nachthemd seiner Frau hoch und bewunderte ihren starken, gesunden Körper. Die festen, jungen Brüste, die breiten Hüften. Der Inbegriff von Gesundheit und Kraft, diese Hüften. Es erregte ihn und sie ebenfalls, sie war mehr als bereit, ihn zuzulassen, fest entschlossen sogar, aber nach und nach legte sich ein bislang unbekanntes Gefühl von Panik über sie. Was machten sie nur falsch? Das kann doch nicht wahr sein, dachte sie, dass mir das nicht gelingt. Aber jedes Mal wieder kam er nicht weiter als bis zur Pforte, ihrem fest geschlossenen Jungfernhäutchen.

Ihre Verliebtheit war stark und echt, sie hatte die zwei Jahre lang Briefeschreiben mühelos überlebt und würde auch jetzt standhalten, doch etwas von dem Glanz, mit dem Marjorie ihr neues Leben als Ehefrau begonnen hatte, verblasste. Etwas stimmte nicht. So sollte eine Hochzeitsreise nicht aussehen. Die Westküste gefiel ihr auch nicht. Als es nicht aufhörte zu regnen, entschieden sie sich dazu, früher zurückzufahren. Jeden Abend klappten sie in ihrer Souterrainwohnung hoffnungsvoll das Bett aus, und jeden Morgen klappten sie es wieder zusammen und versuchten, voreinander ihre Enttäuschung zu verbergen.

Guten Morgen, Schatz, hast du gut geschlafen?

Allmählich wurde die Situation immer skurriler. Hans kramte das Buch von Huddleton Slater hervor, das er aus Holland mitgenommen hatte – als Vorbereitung auf ihr Leben als Mann und Frau. Es könnte an der Stellung liegen, erfuhr er, doch als er

Marjorie behutsam erklärte, welche andere Stellung sie probieren könnten, wollte sie nichts davon hören. Sie waren doch keine Tiere.

Nach zwei oder drei Wochen begann es zu bluten. Von Zeit zu Zeit entdeckte Marjorie kleine Blutflecken in ihrer Unterwäsche. Ich bin nicht normal, dachte sie, und es kostete sie immer mehr Mühe, tagsüber das selige Lächeln der frisch verheirateten Frau auf den Lippen zu behalten. Sie hatte sich auf dieses Lächeln gefreut, hatte es geübt, doch nun schien es eine unendlich schwere Aufgabe zu sein, von der sie todmüde wurde und Kiefermuskelkater bekam. Sie pries sich glücklich, dass sie so weit von ihren Eltern entfernt war, und in ihre Briefe nach Holland steckte sie von Mal zu Mal mehr Euphorie. »In der Ehe wird ein Mädchen erst wirklich zur Frau«, schrieb sie, »das hat sich mir nun auch offenbart.«

»Hör mal auf.«

Hans rollte sich von ihr herunter, und kurz darauf lagen sie nebeneinander und starrten auf die Farbbläschen an der Zimmerdecke. Wieder nicht, dachte sie, und das sagte sie auch. »Wieder nicht.«

Er wusste nicht, was er antworten sollte, und das machte sie rasend vor Wut. »Bin ich vielleicht nicht normal?« Er drehte sich zu ihr um und streichelte ihr Gesicht, natürlich war sie normal. »Vielleicht liegt es doch an der Stellung«, sagte er. Zum ersten Mal dachte sie darüber nach.

»Was hat der Pfarrer eigentlich gesagt?«

Hans hatte als Vorbereitung auf ihre Ehe ein Gespräch mit dem Pfarrer gehabt, der ihn mit den Aufgaben vertraut machen sollte, die auf ihn als Ehemann warteten. Es war ein kurzes Gespräch gewesen.

»Er sagte: Wenn du deine Frau gebrauchst, musst du dafür sorgen, dass die Saat nicht verloren geht.«

Einen Moment lang war es still, dann fing sie an zu grinsen. »Das hat er gesagt?«

Hans hatte es auch komisch gefunden, so was sagt man doch nicht, erst recht nicht als Pfarrer. Erleichtert kuschelten sie sich aneinander. Marjorie bedeckte das Gesicht ihres Mannes mit fröhlich schmatzenden Küssen.

»Lass uns dann mal diese andere Stellung ausprobieren.«

Er wartete ab, überrascht. Sie stieg aus dem Bett, nahm das Buch aus dem Regal und reichte es ihm. Als er die Passage fand, die er suchte, gab er ihr das Buch und wartete geduldig, bis sie alles gelesen hatte. Er sah den leichten Schrecken in ihren Augen.

»Wir können das machen, wir sind schließlich Mann und Frau.«

Das ist schlimm, das ist wirklich schlimm, aber sie ging doch in den Vierfüßlerstand, mit dem Rücken zu Hans. Er stellte sich hinter sie, und sie versuchte nicht daran zu denken, was er sah. Jetzt durchhalten, das ist das Allerwichtigste. Sie konnte ihre Scham nicht ganz für sich behalten. »Ich komme mir vor wie ein Schwein«, sagte sie betont leichtherzig, mit etwas zu hoher Stimme.

Er versuchte, sehr vorsichtig, in sie einzudringen, und sofort war der Schmerz wieder da. Sie keuchte, wollte aber nicht aufgeben. »Versuch es nochmal …« Sie kippte ihr Becken, er probierte es wieder und wieder.

»Hör auf.«

Ihre Worte schienen nicht zu ihm durchzudringen, und auf einmal griff er ihre Hüften, zog sie mit aller Kraft zu sich heran. Ein furchtbarer Schmerz durchschoss sie, sie schrie auf, drehte sich um und trat ihn von sich weg. Dass die anderen Mieter es hören könnten, war ihr vollkommen gleichgültig. Sie war wütend und versetzte ihm einen kräftigen Schlag in die Magengrube.

»Ich habe ›Hör auf‹ gesagt!«

Keuchend saßen sie sich auf ihrem Schlachtfeld gegenüber, zwei nackte Krieger, auf dem Laken das Blut, doch sie wusste, dass niemand gewonnen hatte und dass das Blut nicht das richtige Blut war. So kann es nicht weitergehen, etwas stimmte nicht, es musste etwas passieren. Es war nicht, wie es sein sollte, hilf mir, was soll ich nur tun?

Hans erschöpfte sich in Entschuldigungen, Entschuldigung, Schatz, Entschuldigung, ich dachte … Aber an der Art, wie er sich neben ihr ausstreckte, sah sie, dass ihn der Mut verließ.

Sie stellten ihre Versuche für ein paar Tage ein. Das Bluten hörte nicht auf. Wahrscheinlich war sie wirklich nicht normal. Weil sie sich das nun doch nicht vorstellen konnte, schlich sich ein Hauch von Vorwurf in ihren Blick, mit dem sie ihren Mann betrachtete. Ein entsetzlicher Gedanke überkam sie: War er vielleicht ein Versager, und sie hatte das bislang einfach übersehen?

»Ich werde verrückt davon«, sagte sie zu dem Arzt. Sie war verstimmt. Was ist das für ein Land, in dem Ärzte wie Halunken aussehen? Nun hatte sie sich schließlich endlich dazu durchgerungen, einen Doktor um Rat zu fragen. Als sie dann aber bei einem Holzhaus angekommen war – diese ewigen, elenden Holzhäuser, sie konnte sich einfach nicht daran gewöhnen –, stand dort der Maler auf der Leiter und strich die Fensterläden (und das war eigentlich sogar etwas Gutes, denn die meisten Häuser hier waren schrecklich farblos, als wären die Kiwis an nichts interessiert als an Kricketspielen und Rugby). Sie fragte den Maler, ob der Doktor zu Hause war und wo sie ihn finden konnte. Und da stellte sich heraus, dass *er* der Doktor war. Er stand dort mit einem Grinsen auf dem Gesicht, als wäre er erstaunt und nicht sie.

Man konnte von Glück sagen, dass er sich zumindest einen weißen Kittel über die dreckigen Kleider zog, bevor er sie untersuchte. In Holland wusste man wenigstens, wer der Doktor war und wer der Malermeister.

»Ich werde verrückt davon, ich habe dauernd Blutungen, mal mehr, mal weniger. Kann das vielleicht an der Luft liegen?«

Das Wetter gefiel ihr auch nicht.

»Ich bin die ganze Zeit todmüde. Das ist nicht normal bei mir. Sie kennen mich nicht, aber so bin ich sonst nicht. Ich bin niemals krank. Niemals.«

Das sind doch keine echten Häuser, aus Holz. Der Doktor (oder der Malermeister) wusch sich die Hände, na, immerhin.

»Nun ja … anhaltende Blutungen, ständig Bauchweh. Was ist da nur los?«

»Das kann ich so nicht beurteilen«, erwiderte er freundlich.

Ihr war klar, dass ihre Wut unbegründet war, aber wer kann schon seine gute Laune behalten, bei all dem, was sie mitmachte. Alles ging schief in der letzten Zeit, sie dachte darüber nach, wie sie auch das mit diesem Mann besprechen könnte, aber sie wusste nicht so recht, wie sie es in Worte fassen sollte. »We are not … living together.«

Er sah sie ermattet an. Er soll sich erst einmal die Hände abtrocknen.

»My husband and I.«

Das Zusammensein, meinte sie eigentlich, mit unserem körperlichen Zusammenleben stimmt etwas nicht. Sie wurde feuerrot, spürte, wie ihre Wangen fast platzten. Zusammensein im Sinne von Geschlechtsverkehr, dachte sie, aber das konnte sie doch nicht sagen. Ach, egal, gab sie ihm zu verstehen. Es ist einfach zu ermüdend, immer wieder diese sprachlichen Missverständnisse. Manchmal versuchten Hans und sie zu Hause englisch zu reden. Manchmal gelang das auch, aber meistens klang es forciert, und sie hielten es nicht lange durch. Hans war schon weiter als sie, natürlich, er war auch schon seit zwei Jahren hier. Sie war verrückt nach ihm, die Tränen brannten ihr hinter den Augen, wie sollte es nur weitergehen.

»What do you mean?«

Ach egal, sie machte eine wegwerfende Handbewegung, gleichzeitig versuchte sie es aber noch einmal, jetzt mit viel Nachdruck und Vorwurf in der Stimme. »We cannot … be together.«

Wenn er es jetzt immer noch nicht begriff, wusste sie auch nicht weiter.

Oh, wie sie diesen Besuch hasste, diesen Mann, dieses Land. Um ihren feuerroten Kopf zu verbergen, starrte sie auf den Boden, wo einer dieser ewigen englischen Schimmelteppiche lag. Kein Geschmack, die Kiwis. Man musste sich nur einmal die Möbel in ihrem Souterrain ansehen, die massiven Stühle aus schwerem, dunklem Eichenholz, mit Polstern, die so nach früher rochen, dass man schwören konnte, Queen Victoria persönlich hätte darauf gesessen.

Als hätte sie nichts Besseres zu tun, lag sie kurz darauf mit den Beinen breit da und starrte an die Zimmerdecke. Um ehrlich zu sein, sie hatte tatsächlich nichts anderes zu tun, da sie aufgehört hatte zu arbeiten, um Kinder zu bekommen und sich um ihre Familie zu kümmern. Bis jetzt tat sie allerdings nicht viel mehr, als üppige Mahlzeiten für Hans zu kochen. Sie war noch immer etwas beunruhigt, ob mit seinen Lungen alles in Ordnung war, er musste gut essen - viel und fett –, dafür sorgte sie. Sie war keine geborene Köchin, doch sie wurde eine aus Überzeugung. Es dauerte nicht lange, und sie konnte genauso köstliche Sunday Roasts machen wie die anderen Leute hier. Ansonsten war es ihre Aufgabe, das Holz in den Kupferherd zu legen, damit das Wasser warm wurde und sie Wäsche waschen konnte. Geld für eine Waschmaschine hatten sie nicht. Das waren so ihre Beschäftigungen, sie hätte sich also auch eine Stelle suchen können. Esther zu besuchen war auch kein Spaß, denn die saß nur mit hochrotem Kopf und hektischen Flecken im Gesicht hinter ihrer Nähmaschine in der Cashel Street, oder sie lag mit Kopfschmerzen im Bett und wollte sie nicht empfangen. Und so etwas nennt sich Freundin. Nach dreimal Teetrinken bei Peggy hatte sie auch davon genug. Einmal war sie bockig ins Labour Department stolziert, doch als sie hörte, dass sie in einer Keksfabrik Gebäck mit Sahne bestreichen sollte, hatte sie dankend abgelehnt. Sieh zu, dass du nie ein Fabrikmädchen wirst. Ihre Laune war davon nicht besser geworden. Sie sollte einfach mal zum Arzt gehen. Ich bin gespannt, was es sein kann, sagte Hans am Morgen. Als würde er sicher wissen, dass es an ihr lag.

»Ist Ihre Menstruation normalerweise regelmäßig?«, fragte der Mann, der zu ihren Füßen hockte.

»Sie kennen mich nicht«, schnauzte sie, »in meiner Familie ist sie immer regelmäßig. Es liegt bestimmt an der Luft hier. Oder am Essen. Alles ist anders.«

Am Morgen war ein Brief aus Holland gekommen. Ma wagte nicht direkt, die Frage zu stellen, aber sie las es zwischen den Zeilen: Sie hätte schon längst schwanger sein müssen. Von Pa kein Wort. Wenn der Arzt nur endlich damit aufhören würde, in ihr Innerstes zu starren. Wenn sie sich nur nicht so müde fühlen würde.

»Sie sind noch Jungfrau«, sagte er kurze Zeit später, als sie ihm wieder angezogen gegenübersaß. »Technisch gesprochen.«

Sie sah nur, wie sich sein Mund auf und ab bewegte, manchmal entglitt ihr das Englisch einfach. Wenigstens merkte er es. Er verdeutlichte alles langsam und nachdrücklich. »Das Jungfernhäutchen ist intakt.«

Ich bin nicht taub, dachte sie. Das Wort *Hymen* kannte sie, von der Ausbildung. Er dachte noch immer, dass sie nichts verstand, und fing an mit ihr zu sprechen, als wäre sie eine verirrte Wahnsinnige, mit übertriebenen Mundbewegungen. »Jungfrau … Sie sind noch Jungfrau … Häutchen … nicht gerissen …«

Sie machte wahrscheinlich einen ziemlich dämlichen Eindruck.

»Manchmal«, schrie er beinahe, »ist die Haut so fest … gelingt es nicht … kann der Mann nicht hindurch.«

»I understand perfectly well«, sagte sie hochmütig, ein Versuch, ihren Stolz zu bewahren. Er lachte, ein freundliches Lachen. »Darum haben Sie Probleme mit dem Koitus. Es ist nur ein kleiner Eingriff, wir machen einen Termin beim Gynäkologen.«

Er griff in seine Schreibtischschublade. Mit einem Mal drang die Bedeutung zu ihr hindurch. Alles wird gut werden, jubelte eine innere Stimme, nur ein kleiner Eingriff, und dann wird alles gut. Eine zentnerschwere Last glitt von ihren Schultern, eine Last, die sie nicht bewusst gespürt hatte, die sie jedoch schwerfällig und müde gemacht hatte. Als würde eine Gardine aufgehen. Sie hätte den Mann küssen können. War das ein hübsches Haus hier, so hell und sonnig.

»Jetzt versteh ich es«, rief sie, »darum bin ich noch nicht schwanger!«

Sie hätte es sich eigentlich selbst denken können, feste Jungfernhaut, sie hatte ein festes Gewebe, wie alle in ihrer Familie. Das ist ja wirklich ein Witz. Hans wird sich auf die Schenkel schlagen vor Lachen. Bald würden sie wie normale Menschen miteinander schlafen können.

»Sonst wäre ich schon längst schwanger gewesen! Wir sind alle so fruchtbar, wissen Sie, Sie müssen sich meine Familie nur mal ansehen, meine älteste Schwester erwartet ihr drittes Kind, und die zweite hat schon vier!« *Right*, sagte der Arzt, wenn alles gutginge, könnte noch innerhalb eines Jahres ihr Erstes geboren werden. »Und Sie werden sehen«, sagte er und schüttelte ihr freundlich die Hand, »das geht hier bei uns genauso.« Sie hatte das dumpfe Gefühl, dass er sich über sie lustig machte, aber das nahm sie ihm nicht übel, weil er ein so guter Doktor war.

Im Christchurch Women's Hospital in der Colombo Street, einem halbrunden, modernen, weiß verputzten Gebäude mit drei Stockwerken und einem kreisförmigen Platz davor – auf dem sie ein paar wirre Runden gelaufen war, bevor sie sich durch die Glastür nach drinnen wagte –, wurde ihr Jungfernhäutchen operativ durchtrennt. Sie bekam eine leichte Narkose, musste eine Nacht bleiben und wurde am nächsten Morgen mit der Mitteilung nach Hause geschickt, dass ihr Mann sich zwei Monate lang des »Zusammenlebens« enthalten musste, der Hygiene wegen.

Hans zeigte sich großmütig wie immer, erklärte, dass er nun umso mehr Verlangen nach ihr hätte, streichelte ihre Brüste, von denen er nicht genug kriegen konnte. »Erstaunlich«, sagte er, »für euch das Normalste der Welt, für uns die Hügel von Zion.« Niemand hatte einen Mann, der so liebe Dinge zu einem sagte, dachte sie, ganz schwach vor Verliebtheit. Die zwei Monate würden sie auch noch aushalten. Aber das war nicht das Problem. Was sie langsam wahnsinnig machte, war, dass sie sich immer noch kränklich fühlte. Krank, schlapp und müde. Der Blutverlust hielt an. Das kommt durch die Wunde, dachte sie. Ihr war schlecht, und sie musste sich übergeben, noch vor dem Frühstück. Das kommt von der Narkose. Manchmal kroch sie, sobald Hans zum Bauernhof fuhr, wo er für einen Schafbauern kilometerlange Holzzäune anlegte, wieder zurück ins Bett. Das kommt von der Operation, davon wird man müde und missmutig. Aber nach drei Wochen musste sie sich eingestehen, dass mit ihr etwas nicht stimmte. Und die Hügel von Zion waren geschwollen und schmerzten.

Zwei Wochen später brach sie während der Untersuchung beim Gynäkologen in Tränen aus, der Mann sah sie erschrocken an. »Mir kommt es fast vor, als wäre ich schwanger«, schluchzte sie, »jeden Morgen ist mir so übel.« Er richtete sich auf und zog sich seine Handschuhe aus. »Da ist wohl der Wunsch Vater des Gedankens«, sagte er in einem Ton, der keine Widerrede duldete. Um sie zu überzeugen, ließ er ihren Urin testen. Eine Woche später ließ er sie mit einer irritierten Geste auf dem Stuhl ihm gegenüber Platz nehmen. »Sie sind schwanger«, sagte er, »schon etwas über den zweiten Monat hinaus. Herzlichen Glückwunsch.«

Einen Moment lang dachte sie, dass ihr ein Erzengel begegnet wäre. Er erklärte es ihr. Ein starker Samen findet immer seinen Weg. Irgendwann in ihren Hochzeitsnächten hatte sich eine kräftige, schlaue Samenzelle nicht abwimmeln lassen. Herzlichen Glückwunsch, sagte er noch einmal. Sie starrte ihn weiter an, das war einfach unfassbar. Und was war mit den Blutungen? Das kommt vor, erklärte er, in den ersten Monaten war das vollkommen normal. Auch der Bauchschmerz und die Müdigkeit. Er sah auf die Armbanduhr und schob seinen Stuhl zurück.

Alles, was irdisch und schwer war, wich aus ihrem Körper. Einen Meter über dem Boden schwebte sie hinter dem Arzt her zur Tür. Sie drückte seine ausgestreckte Hand ganz besonders herzlich, weil sie zum einen ihre Dankbarkeit ausdrücken und ihm zudem seinen Irrtum nicht weiter übelnehmen wollte. Sie fühlte sich wunderbar edelmütig, ging mit federndem Schritt durch die Flure zum gläsernen Ausgang, trat schwanger ins Sonnenlicht hinaus und merkte, dass die Straßen nur so wimmelten von anderen schwangeren Frauen, als wenn es so vereinbart wäre, eine Art Verbündung. Sie musste den Impuls unterdrücken, jede Einzelne zu grüßen. In ihrem Kopf trompetete es, na siehst du, ich bin normal. In einem halben Jahr wird mein Ältestes da sein. Das hier ist mein Ältestes, sagt man dann. Und hier stehen sie nun wie die Orgelpfeifen, danach zeigt man in den Kinderwagen: Und dies ist unser Benjamin. Sie versuchte, sich das Kind vorzustellen, ihr Baby, den Geruch ihres Babys, sie würde sich unmöglich noch mehr als sechs Monate gedulden können. Am liebsten wollte sie noch heute mit einer dieser weichen Bürsten über die feinen Haare streichen, über das wackelige Köpfchen. Sie wollte die Geräusche des Schluckaufs hören und den wehrlosen kleinen Körper spüren, wenn er mit aufstieß. Mein Baby, mein erstes Kind. Sie wollte sehr viele Kinder haben, in einem Haus, in dem es stets nach frisch gebackenem Kuchen roch. Das wollte sie den vorbeigehenden Leuten zurufen. Sie verspürte den Drang, durch die Straßen zu tanzen, und musste sich zusammenreißen, um keine russischen Sprünge zu machen. Sie streckte ihren Bauch heraus. Starker Samen findet immer seinen Weg. Pa mit seinem »dem Tode geweiht«. Eigentlich, dachte sie gerührt, hatte sie Hans damit nun endgültig vor dem Tod gerettet. Ihre Liebe hatte ihm die Kraft gegeben zu kämpfen, ihr Plan hatte ihn in ein gesundes Klima gebracht, ihre herzhaften Gerichte erdrückten die Bazillen, ihr Kind hatte ihn in Kontakt mit der Ewigkeit gebracht. So philosophisch wurde man von der Schwangerschaft. Euphorie ergriff gleitend und mühelos von ihr Besitz. Und doch schimmerte darunter verborgen noch immer die Unruhe, dass es anders hätte kommen sollen, dass sie irgendwie die Kontrolle darüber verlor.

An einem sonnenüberfluteten Tag im März liefen die Frau, die durch geschlossene Türen empfangen konnte, und der Mann mit dem starken Samen Arm in Arm über das Straßenpflaster von Christchurch, um einen Kinderwagen auszusuchen. Bei jedem ihrer Schritte entsprangen den Pflastersteinen Blumen, und so verwandelte sich die karge Stadt hinter ihnen in einen blühenden Garten. Überraschung glitt über die Gesichter der Passanten beim Anblick von so viel Glück. Die Menschen sehen uns nach, dachte Marjorie und drückte sich voller Genuss noch dichter an den Vater ihrer Kinder, sodass sie zu einem einzigen Wesen verschmolzen, wenn sie nebeneinanderliefen:

das perfekte Paar, mit zwei Köpfen, vier Beinen – und dazu noch mit dem entzückenden Geheimnis dreier Seelen. Währenddessen sprachen sie über materielle Dinge, weil ihnen beiden klar war, wie wichtig diese waren.

»Mir ist ein großer Wohnwagen zur Miete angeboten worden«, sagte Hans, »er steht etwas außerhalb der Stadt, in einer Art Park.«

Die Überlegungen hatten direkt in dem Moment begonnen, als Marjorie ihm am Abend nach dem Arztbesuch im Souterrain die süße Neuigkeit unterbreitet hatte. Er stotterte Liebeserklärungen und umspannte mit den Händen ihre Taille, flüsterte heiser, dass er sie bereits nicht mehr umfassen konnte, da sein Kind ihre Taille dicker gemacht hatte. Sie sah, wie er schluckte, um nicht zu heulen, was natürlich schrecklich unmännlich gewesen wäre. Der Mann mit dem unbesiegbaren Samen, und keine Stunde später, während sie über den besten Anfangssatz für einen Triumphbrief nach Hause sann, entfaltete er große Bögen Zeichenpapier auf dem Eichenholztisch und fing mit den Entwürfen für ein Haus für seine Familie an. Es sollte ein Haus mit zwei Stockwerken und mindestens vier zusätzlichen Zimmern für die Kinder werden, vielleicht auch mit sechs, wenn sie wollte, ein Haus, dass er selbst bauen würde, wenn sie genug Geld gespart hatten, um ein Grundstück und Baumaterial zu kaufen. Noch war es lange nicht so weit, er musste erst einen großen Teil seines Zuschusses für die Überfahrt zurückzahlen. Aber phantasieren kostete nichts, und dass er dieses Haus irgendwann bauen würde, stand fest. Und jetzt wollten sie weg aus diesem dunklen Souterrain mit dem Gemeinschaftsbad und den schweren Möbeln. Es wurde Zeit für eigene Möbel, schwedische, leichte, moderne Dinge. Es war an der Zeit, neuen Wohnraum zu beziehen. Auch wenn ein Wohnwagen nicht wirklich das war, was sie dabei vor Augen gehabt hatten.

»Ein Wohnwagen …«

»Aber es wäre wenigstens unser *eigenes Mobile Home*«, sagte er und geleitete seine schwangere Frau umsichtig die Treppe des Kaufhauses hinauf. Er hielt ihr die Türen auf, er hätte Flüsse stauen und Berge versetzen können. »Ganz und gar frei, weit draußen. Man mietet einen Platz, für nur ein Pfund, sieben Schilling und sechs Penny die Woche.« Darüber könnte man nachdenken, nickte sie. Merkwürdig, wie mild sie durch das Leben in ihr geworden war. Mild, weich, rund und warm. Ab und zu ein bisschen Bauchschmerzen und leichte Blutungen, aber was war das schon.

Das gehörte alles dazu.

In der Kinderabteilung zog sie ihn direkt zu einem robusten Kinderwagen hin, der glänzend auf einem Podest stand. *Pedigree Cane Pram 9/13/4*. Sie kletterte auf das Podest, um zu erspüren, wie entzückend echt sich so ein Griff in ihren Händen anfühlte. Sie testete die Federung des Wagens, indem sie diesen kräftig auf und nieder wippen ließ. Die Verkäuferin sah es mit Schrecken, blieb aber höflich und versuchte die ungestüme Dutchie abzulenken, indem sie auf ein anderes Modell weiter hinten zeigte. »We've got them in three different makes.« Hans studierte die Preise, die bei etwa zwanzig Pfund lagen. Marjorie sah seinen besorgten Blick und musste darüber lachen. Im Bett hatte er sie ehrfürchtig gestreichelt. »Unglaublich«, hatte er gesagt und dabei seinen Mund über ihren Bauch gleiten lassen, »unglaublich«, und sie war ganz seiner Meinung gewesen, dass es eine Glanzleistung war, dass sie beide ein außergewöhnliches Paar waren und ihr Kind daher auch nicht *irgendjemand* sein würde. Noch sechseinhalb Monate mussten sie warten, aber ihr Kind gab es schon. Sie waren zu dritt.

»Es ist für unser Kind!«, rief sie vom Podest herunter, und im selben Moment, gerade, als sie den wippenden Kinderwagen wieder unter Kontrolle hatte, verspürte sie aus ihrem tiefsten Inneren einen unbekannten, scharfen Schmerz, und sie wusste sofort, dass etwas nicht stimmte, da ihr eiskalt wurde und sie im nächsten Moment anfing, mit den Zähnen zu klappern. Ein Krampf im Bauch raubte ihr den Atem, und dann sackte sie auf ihren schlaffen Puppenbeinen schräg in sich zusammen und taumelte vor den Augen von Hans und der Verkäuferin vom Podest herunter, hinein ins Ungewisse, genau genommen auf den Boden des Kaufhauses – was durchaus unüblich war. Daher wusste die Verkäuferin auch nicht gleich, ob sie erst auf die holländische Frau und ihren schreienden Mann zugehen oder schnell ihren Chef holen sollte. Doch das bekam Marjorie schon nicht mehr mit.

Es sah immer mehr danach aus, als würde sie auf einer Krankentrage liegen, irgendwo in einem Zimmer – vermutlich in einem Krankenhaus, denn sie roch Lysol. Marjorie lag auf dem Rücken, und jemand in der blauen Uniform, in der sie in diesem Land das Krankenpflegepersonal herumlaufen ließen, hielt ihre Hand, Hans hielt die andere, ganz deutlich spürte sie den Unterschied. Die von Hans war warm, trocken und angenehm, wie eine Höhle zum Verstecken. Die der Krankenschwester hatte Finger wie dürre Zweige. Ein unbekannter Mann im Doktorkittel beugte sich über sie. Das konnte vielleicht sogar der Malermeister sein. Er sah sie durchdringend an, und sie bekam das Gefühl, dass sie schon längere Zeit nicht aufgepasst hatte, obwohl sie das sehr wohl hätte tun sollen. Eifrig bemüht, wollte sie sich aufrichten, doch es gelang ihr nicht. Das lag daran, entdeckte sie, dass der Mann sie herunterdrückte. Seltsam. Außerdem redete er mit ihr.

Sie sah, dass sich sein Mund bewegte, und hörte die englischen Klänge und den Kiwi-Akzent, hatte aber keine Ahnung, was die Worte bedeuteten. »Du sollst dich nicht bewegen«, sagte Hans. Ah, er war also tatsächlich hier, obwohl sie eigentlich dachte, dass sie das geträumt hatte. Sie durfte sich nicht bewegen, nun gut, das war ihr ganz recht, sie lag hier wunderbar, und außerdem war sie schrecklich müde. Sie wurde in Ruhe gelassen. Sie hatte keine Energie zu fragen, ob alles ordentlich geregelt wurde. Unter großer Anstrengung drehte sie ihren Kopf zu der Seite, wo die Stimme von Hans herkam, in der Hoffnung, ihm so klarzumachen, dass er sich darum kümmern sollte. Er saß tatsächlich da. Sie lächelte ihm zu. Er lachte nicht zurück. Sie war sich aber eigentlich auch gar nicht ganz sicher, ob sie überhaupt gelächelt hatte.

»Der Chirurg ist informiert«, sagte er auf Niederländisch zu ihr, »er kommt gleich.«

Aus der Dunkelheit heraus tauchte nach einer Ewigkeit sein Gesicht wieder auf. Dieses Mal stand er an dem Platz des Malermeisters und sah sie prüfend an. Hallo, mein Liebling, wollte sie rufen, aber sie wartete damit, weil sie nicht so recht wusste, wie sie anfangen sollte.

»Ich habe den Wohnwagen jetzt doch gemietet«, sagte er. Seine Stimme klang eigenartig. Neben ihm erschien nun das Gesicht von Esther. Es war Marjorie ein Rätsel, was sie hier wollte.

»Er ist mit dem Preis etwas heruntergegangen.«

Ihre Augenlider fielen wieder hinunter. Durchaus kein unangenehmes Gefühl.

In dem Streifen Sonnenlicht, das zwischen den Gardinen hereinfiel, wirbelte Staub durch die Luft. Das beobachtete sie, als der Chirurg am nächsten Tag seine Rede hielt. Er saß auf einem Hocker neben ihrem Bett. Er atmete, als hätte er Asthma. Ein paar Worte erkannte sie, wie *Foetus* und *Hymen*, mehr jedoch nicht. Hans, der am Fußende stand und sie mit besorgtem Gesicht ansah, übersetzte. Der Fötus hatte sich außerhalb der Gebärmutter befunden, er wäre fast durch die Wand ihres Eileiters gegangen. Es hatte nur wenig gefehlt, und sie wäre tot gewesen. Der Eileiter war nun herausgenommen worden. Er war verklebt gewesen. Darum konnte der Fötus nicht in die Gebärmutter gelangen. Ihr anderer Eileiter war ebenfalls verklebt. Sie hatten das Gewebe so gut es ging entfernt, aber es konnte wiederkommen. Das war sogar recht wahrscheinlich. Theoretisch konnte sie schwanger werden, aber die Chance war klein. Marjorie studierte das Tanzen der Staubpartikel im Sonnenlicht und lauschte den quietschenden Kreppsohlen der Krankenschwester, die mit einem Tablett mit Tee das Zimmer betrat. Es geht zu schnell, dachte sie, jeder ist schneller als ich, ich bin irgendwo zurückgeblieben.

»Ich will ehrlich zu Ihnen sein«, keuchte der Chirurg, »die Chance ist sehr klein.« Hans übersetzte es. Sie verstand es auch so. Er tat es trotzdem. Der Mann stand auf, er musste mit seiner Visite weitermachen.

»Praktisch gleich null.«

Hans schwieg. Der Arzt nahm seine Akten vom Bett und wedelte eine nicht vorhandene Fliege fort. »Suchen Sie sich ein neues Lebensziel«, sagte er, »es gibt andere schöne Dinge, die eine Frau tun kann.« Dann nickte er munter und verließ das Zimmer. Sie merkte, dass Hans nicht mehr übersetzte. Es war ihr ohnehin egal. Die Worte hatten sowieso keine Bedeutung, wirbelten trocken durch den Raum, wie Staubpartikel. Ich bekomme alles mit, dachte sie. In der Ferne dämmerte ihr vage die Konsequenz, die diese Nachricht haben würde, doch wenn es nach ihr ging, konnten sie dieses Gespräch gerne noch ein paar Mal wiederholen. »Hast du es verstanden?«, fragte Hans. Was änderte das jetzt schon. Sie zuckte die Schultern, sehr vorsichtig, wegen des stechenden Schmerzes in ihrem Bauch. Lass mich einfach in Ruhe. »Soll ich es dir noch einmal langsam erzählen?« Sie schloss die Augen, nein, nicht nötig. Die quietschenden Sohlen der Krankenschwester waren zur Gardine herübergewandert. Der Sonnenstrahl verschwand. Es wurde dunkel.

Sieh nur, da läuft die Mutter mit ihrem neuen, modernen Kinderwagen. Es ist natürlich der beste, den sie kriegen konnten. Sie spürt den Griff angenehm kühl in ihren Händen. Die Umgebung ist wunderschön, eine Küstenlinie mit Kreidefelsen. Hoch über dem Ozean läuft sie über den Rasen und schiebt den Wagen stolz vor sich her. Selbstverständlich scheint die Sonne. Was für ein Tag. Die Räder des Wagens fahren wie von selbst über das unebene Gelände. Er hat kräftige, neue Reifen. Was für eine Frau, welch ein Glück. Sie hat so viel Energie. In einem Tempo, das einem ein Lächeln entlockt, wirbelt sie durch die Landschaft. Doch es kostet sie keine große Anstrengung, es ist, als würde der Wagen sich von selbst schieben. So ist das mit diesen modernen Geräten. Sie muss keinen Blick in den Wagen werfen, um zu sehen, dass ihr Kind darin liegt. Mit den Fingerspitzen umfasst sie den Griff und läuft mit erhobenem Haupt weiter. Die Räder drehen sich. Die Räder drehen sich immer schneller, als hätte der Kinderwagen ein Ziel, als müsste er irgendwohin. Die Frage ist, ob er ihr überhaupt noch gehorcht. Sie muss schneller laufen, um ihn weiter festzuhalten, aber auf einmal kleben ihre Beine wie ein verworrenes Knäuel aneinander, und sie muss den Griff loslassen und zusehen, wie der Wagen mit ihrem Baby zum Rand der Kreidefelsen fährt. Wie gelähmt bleibt sie stehen, sie kann nichts tun, nicht einmal schreien. Nur zusehen, wie der Wagen über die Kante hinweg verschwindet.

Mitten in der Nacht wachte sie auf, schreiend, ohne etwas zu sehen. Sie war schweißgebadet. Hilfe, schluchzte sie, doch ihrem Brustkorb entwichen nichts als rohe, abgehackte Laute. Die Krankenschwester kam vom Flur ins Zimmer geschossen, machte zischende Geräusche und half ihr behutsam hoch. Ein heißer Schmerz in ihrem Bauch und keine Kontrolle über das Sitzen, als wären die Muskeln durchtrennt. Halt mich fest, ich falle, wollte sie schreien, doch ihr fielen keine englischen Worte mehr ein. Marjorie fielen überhaupt keine Worte mehr ein, sie konnte nur noch wortlos schreien. Die Krankenschwester verstand es, eine liebenswürdige Frau mit dicken Armen, die sie festhielt und ihr das durchweichte Nachthemd über dem zitternden, klappernden Leib auszog. Jetzt lasse ich Sie einen Moment los, sagte sie. Nein, kreischte Marjorie, ich kann nicht, ich kann nicht.

Doch, Sie können, sagte die Krankschwester leise, das können Sie, halten Sie sich mit beiden Händen am Bettrand fest. Die Schwester ergriff die Hände der erbarmungswürdigen jungen Frau und platzierte sie ruhig auf beiden Seiten des Bettes. Nicht loslassen, schrie Marjorie. Sehen Sie, sagte die Krankenschwester freundlich, Sie können es doch. Jetzt hole ich einen Wascheimer, und dann werden wir Sie etwas frisch machen. Lassen Sie mich hier nicht allein, heulte Marjorie im Dunkeln. Ich falle, ich kann nicht.

Gut gemacht, sagte die Krankenschwester, als sie zurückkam, na sehen Sie, Sie können es doch. Dann rieb sie mit einem Waschlappen und warmem Wasser über den zuckenden Rücken. Über den verschwitzten Hals. So, schon besser. Was für ein Schreck. Haben Sie sich ein bisschen beruhigt? Marjorie spürte das Handtuch unter ihren Achseln, hinter ihren Ohren. Fühlte ein trockenes, sauberes Nachthemd über ihren Kopf gleiten, Arm hoch, sehr gut, anderen Arm, sehr gut. Sehen Sie, es geht schon wieder. Hier ist eine Pille, dann können Sie schön weiterschlafen. Trinken Sie einen Schluck.

Die Krankenschwester machte leise Geräusche, so, so, so, nun ist es gut, und deckte sie zu. Marjorie schluchzte noch, als sie wieder allein dalag, und wünschte, dass sie für immer in den warmen, anonymen Armen hätte einschlafen können, in diesem Geruch fürsorglichen Schweißes.

Doch mit ihr musste man kein Mitleid haben. Unter keinen Umständen wollte sie dieses Gefühl erwecken. Lieber wollte sie hassen. Der Hass, der glühend in ihren Körper strömte, wurde hart und unbeugsam. Kerzengerade und steif verließ sie das

Krankenhaus. Im Souterrain saßen Hans und sie sich schweigend gegenüber und versuchten so wenig wie möglich zu atmen, weil nicht genug Sauerstoff in der Luft war. Mitten auf dem Tisch lag der Brief an zu Hause, der nie zu Ende geschrieben werden würde. Er folgte ihrem Blick und verbarg die Briefbögen in der Schublade der Kommode. Seine Aufmerksamkeit verstärkte ihren Hass. Er brauchte auf sie keine Rücksicht zu nehmen.

Sie hasste ihren Körper für sein Versagen. Voll Abscheu schob sie ihn zwischen die Laken. Hans wagte nicht, sie zu berühren. Warum sollte er mich auch berühren. Morgens ging er eilig zur Arbeit. Dann legte sie sich auf den Fußboden, ihre Gedanken waren zu schwer, um sich aufrecht zu halten. Sie lag auf dem Teppich mit den dunkelbraunen Karos auf dreckigem, gelbem Grund und atmete Schimmelluft ein. Einem bescheidenen Sonnenstrahl, der durch das hohe Fenster bis zur Mitte der Wand hereinfiel, folgte sie mit den Augen, stundenlang, bis das Licht sein Soll erfüllt hatte und sich wieder zurückzog. Es lag nicht an dir, sagte sie zu dem Kind, du warst ein gutes Kind, ein gutes Kind am falschen Ort. Es lag an mir. Du kannst nichts dafür. Die ganze Zeit über verharrte sie in der gleichen Haltung und bemerkte kühl, dass ihr Nacken anfing zu schmerzen und danach ihr Rücken und schließlich auch ihre Beine und der Rest dieses toten Körpers. Sie lauschte den Geräuschen der Stadt. All den Affen, die auf der linken Seite der Straße radelten und sich von Zeit zu Zeit etwas zuriefen, den Straßenbahnen, die vorbeifuhren, mit außen angebundenen Kinderwagen, und dem Trolleybus. Alles ging stumpfsinnig seinen Gang. Manchmal kroch sie zum Radio hinüber – einem riesigen Möbelstück, so wie hier alles kolossal und unbeweglich war – und hörte *Radio Nederland*. Keine Ahnung, warum. Sie würde nie wieder nach Hause zurückkönnen. Sie konnte ihnen nicht unter die Augen treten. Alle Wege waren abgeschnitten.

Oft dachte sie, dass das alles gar nicht passiert war, dass das Kind noch lebte, es nur irgendwo tief in ihrem Körper versteckt war und irgendwann zum Vorschein kommen würde. Im Badezimmer starrte sie auf die rohe Narbe auf ihrem Bauch – eilige Arbeit, eine fransige Linie Schamhaar bis zum Nabel – und glaubte nicht, dass sie tatsächlich existierte. Dass sie selbst existierte. Aber wenn sie lange genug in den Spiegel sah, musste sie erkennen, dass sie eins wurde mit dem Wesen, das da stand. Erst jetzt sah sie, wie hässlich sie war, von Kopf bis Fuß. Das war ihr nie so aufgefallen, es war fast abstoßend. Diese Entdeckung hielt sie an den Spiegel gefesselt. Wurde ungeduldig von einem Mitbewohner, der ins Bad wollte, an die Tür geklopft, dann blieb sie stocksteif stehen und reagierte nicht. Klopfte die Person weiter, so schrie sie unbeherrscht, sie erkannte sich selbst nicht wieder: You just have to wait for your turn, don't you? Sogar ihre Stimme war hässlich. Am späten Nachmittag jedes Tages zog sie sich an und ging einkaufen, eine unglaubliche Kraftanstrengung, da ihr Körper sich noch nicht wieder richtig steuern ließ. In den Läden verhielt sie sich so still wie möglich, damit niemand sie auch nur streifte. Wenn sie dann an der Reihe war, wusste sie nicht mehr, was sie eigentlich wollte. Ihr wollte nichts einfallen, weder zum Einkaufen noch zum Kochen. Mein Name ist Weiß-nicht-will-nicht, und mein Leben ist hier vor diesem Tresen zum Stillstand gekommen. Um mich herum schlendert das Volk, aber das macht nichts, wir stören einander nicht. So leicht geht es doch nicht, sich in Luft aufzulösen. Ich nehme nichts. Ja, Kartoffeln. Und diesen *Pumpkin*, den wir in Holland an die Kühe verfüttern. Irgendwie gelang es ihr doch jedes Mal wieder, alle Treppenstufen zur Erdoberfläche zu erklimmen und abends vor Hans ein *fatty roast* auf den Tisch zu stellen, an dem nichts auszusetzen war. Niemand würde ihr vorwerfen können, dass sie auch als Hausfrau versagte.

Es sagte überhaupt niemand irgendetwas. Ihre Kiwi-Freunde, mit denen sie so oft am Strand gewesen waren, mit denen sie so gelacht hatten, kamen vergeblich vorbei. Sie machte nicht auf. Esther zeigte sich überhaupt nicht.

Jeden Sonntag weigerte sie sich erneut, in die Kirche zu gehen. Der Kaplan, der vorbeikam, um zu sehen, wo sie blieb, wurde mit Tee versorgt und danach höflich gebeten, sich nie mehr blicken zu lassen. Ein Gott, der ihr dies antat, konnte sich auf etwas gefasst machen. Bei ihr war er an die Richtige geraten. Aus Solidarität blieb Hans am folgenden Sonntag auch zu Hause, was sie fuchsteufelswild machte, denn sie verlangte nicht nach Solidarität. Geh doch. Aber er war noch nie ein fanatischer Kirchgänger gewesen.

Im April, als ihre Narbe vollständig geheilt war, fuhr Hans mit ihr hinten auf dem Motorrad aus der Stadt heraus zu dem Gelände, wo ihr Wohnwagen stand. Sie knuffte ihm etwas zu hart in den Rücken. »Warum fährst du so langsam?« Man brauchte sie nun wirklich nicht wie ein rohes Ei zu behandeln. Er gab ordentlich Gas, ganz wie sie wünschte. Gerade noch rechtzeitig hielt sie sich an seiner Jacke fest, der Staub der Schotterstraße schlug ihr ins Gesicht. Er kann mich nicht mehr ausstehen, aber jetzt hat er mich am Hals. Sie rückte dichter an ihn heran, legte ihre Wange an seinen Rücken und blieb den ganzen Weg über so sitzen. »Es sollen noch mehr Niederländer in dem Park dort wohnen«, rief er nach zehn Minuten. Rumpelnd fuhr das Motorrad auf ein großes, verlassenes, hügeliges Gelände. In der Nähe eines Flusses, zwischen hohen Kiefern, stand ein länglicher Wohnwagen aus Holz. Dort hielt er an und schaltete den

Motor aus. Eine Krähe, die bei einem halb verwesten Kadaver – einer Katze oder einem Hasen – unter einem Strauch scharrte, flog verstört kreischend auf. Dann herrschte völlige Stille.

»Das ist es.«

Dem Schwanz nach zu urteilen, war es eine Katze gewesen. Sie wusste, dass sie den Kopf heben und bezüglich des Wohnwagens eine Reaktion zeigen musste, dass sie absteigen und darauf zulaufen musste. Beide blieben sie bewegungslos sitzen, ihre Wange an seinem Rücken. Nach ein paar Minuten legte Hans seine Hand auf ihr Knie.

Ein sanfter, herbstlicher Nieselregen ging nieder, der Vorbote des Winters.

Es war kurz vor ihrem Umzug. Ihr armseliger Besitz stand in Koffern in einer Ecke des Souterrains, die Kleider lagen mit einem Laken zusammengeknotet auf der Kiste mit ihrer Aussteuer. »Lieber Pa, liebe Ma«, stand oben auf dem Brief, der die Familie zu Hause über die Situation informieren sollte. Das hatte Marjorie vor drei Stunden geschrieben, langsam, unsicher darüber, was danach folgen sollte. Mehr stand nicht da. Die ganze Zeit über saß sie am Tisch, die Ellbogen aufgestützt, den Kopf in die Hände gelegt, starrte sie auf die Buchstaben, in Gedanken war sie bei ihrem Streit von heute Morgen. Es ging um das Schrubben des Badezimmers.

Gerade war Hans dabei gewesen, sich zu waschen und zu rasieren, da kam sie mit einem zu schweren Eimer an und goss das schäumende Wasser über den Granit des Badezimmerbodens, sodass er sich in eine Ecke flüchten musste, um von dort aus hilflos dabei zuzusehen, wie zwischen ihm und seiner Frau ein unüberwindbarer Wassergraben entstand. Er musste zur Arbeit, er zimmerte noch immer an dem Zaun für den steinreichen Schafzüchter. Guter Auftrag, guter Lohn, nach Feierabend trank er mit den *blokes* ein Bierchen. Ihm ging es gut, solange er nur nicht bei ihr sein musste. Als würde sie das nicht durchschauen. Sie sprachen nicht darüber. Sie sprachen über gar nichts mehr. Sie bereitete ihren Umzug vor mit einem Eifer, der an Fanatismus grenzte. »Was tust du da?«, fragte er, auf Zehenspitzen, um seine Socken wenigstens einigermaßen trocken zu halten, »du bist gerade operiert.« Sie wusste nicht, warum sie das tat, warum sie jeden Zentimeter der Zimmer, die sie verließen, blank bohnerte. Darum. Also gut.

»Ich will nicht, dass sie sagen, ich hätte es dreckig hinterlassen.«

»Warum sollten sie das sagen?« Er sah zu, wie seine Frau sich hinkniete und an dem Schrubber ihre Wut ausließ, wie sie dabei ihre Knöchel aufriss. Geh doch endlich zur Arbeit, dachte sie, und tat so, als wäre sie sich seiner Anwesenheit nicht mehr bewusst. Nicht, dass er unfreundlich gewesen wäre. Aber sie schien fest entschlossen zu sein, alles, was sie hatte, kaputt zu machen, und zwar in einem schwindelerregenden Tempo. Sie schmiss die Bürste in die Lauge und riss den Eimer mit Schwung hoch, was sich gar nicht gut anfühlte, überhaupt nicht gut. »Lass mich das machen«, sagte er. Als ob er an ihrem Gesicht eine Regung erkennen konnte. »Warum? Was soll schon kaputtgehen.« Sie hasste diese Frauen, die so etwas sagten. Sie knallte den Eimer einen Meter weiter mit solcher Wucht auf den Boden, dass sich eine Welle Lauge über sie erbrach. Es konnte also immer noch mehr kaputtgehen. Sie lachte schrill. »Das sollte ich wohl gerade noch hinkriegen!« Sie wischte sich die Lauge vom Gesicht. Vielleicht hatte er diese Bewegung falsch interpretiert und gedacht, dass sie weinen würde. Jedenfalls kniete er sich neben sie und versuchte sie zu umarmen. Er sagte mit einer Stimme voller Mitleid, dass das doch alles nicht schlimm war. Rasend vor Wut schubste sie ihn von sich. »Ich bin kein Krüppel! Ich bin kein Invalide!« Er verlor das Gleichgewicht und fiel hintenüber ins Nasse, mit seiner sauberen Hose. Dann standen sie beide schnell auf.

Trockene Kleider waren in dem Laken, sie hatte alles gewaschen, gebügelt und zusammengelegt, hatte so viel Kraft darauf verwendet, dass das Zeug es sich dreimal überlegen würde, bevor es wieder knitterte.

»Ich werde … ich habe …« Sie zwängte sich an ihm vorbei zur Tür. Dieses Mal versuchte er nicht, sie aufzuhalten. Als er etwas später an der Haustür stand, guckte er so unglücklich, dass sie fast lachen musste. »Worauf wartest du? Du kommst zu spät.« »Marjorie …« Sie sah den inneren Zwiespalt in seinen Augen. Sie versuchte, einen heiteren Ton anzuschlagen. »Meinetwegen brauchst du nicht hierzubleiben, wirklich nicht.« Es war nicht der richtige Ton, aber er akzeptierte den Ausweg dankbar und glitt hinaus in die Außenwelt.

»Lieber Pa, liebe Ma …« Es war ausgeschlossen, dass sie das, was passiert war, zu Papier bringen könnte. Sobald es auf dem Papier stand, wurde es Wirklichkeit. Sie würde ihren Eltern nie mehr schreiben können. Außer vielleicht Postkarten mit herzlichen Grüßen aus Canterbury.

»Lieber Pa, liebe Ma, ich habe mein Kind abgestoßen und bin nun dabei, mit meinem Mann das Gleiche zu tun. Jeden Abend setze ich ihm einen dampfenden Teller mit verklebtem Zeug vor, es schmeckt ihm nicht, aber er isst es auf. Der Tag wird kommen, an dem er nicht mehr mitmacht. Wie geht es Euch? Schön, Ma, dass du schreibst, dass unsere Greet ihr Drittes erwartet und dass Rietjes Zwillinge so frech sind. Ich denke, Ihr habt wohl ohnehin genug Enkelkinder. Pa wird sicher stolz sein. Ist er ein glücklicher Opa? Weiß er wohl, dass es mich auch noch gibt? Nein? Umso besser, denn es gibt mich auch nicht mehr.«

Atemlos kritzelte sie Linien und Kreise auf das Papier, Haken und Bogen, unleserliche, verklebte Sprache. Vollkommen unannehmbar. Irgendwo wurde über ihr Schicksal entschieden, in einer dunklen Zentrale. Eine gesichtslose Macht, die man nicht bekämpfen konnte und die daher unbesiegbar war. Um ihren Hals und ihre Fesseln herum lagen Ketten, an denen eine immer schwerer werdende Kugel hing. Verurteilt zu einem nutzlosen Leben. Doch tief in ihrem Herzen konnte sie – immer die Erste, wenn es um Ungerechtigkeit ging – sich nicht vorstellen, dass es keine Möglichkeit gab, sich von diesem Urteil zu befreien, das zweifellos der Höhepunkt allen Unrechts war.

Sie kritzelte noch immer, als jemand an die Tür klopfte. Da sie nicht vorhatte zu öffnen, hielt sie im Schreiben inne und bewegte sich nicht. Sie hielt die Luft an und wartete auf das zweite Klopfen, dann auf das dritte. Spätestens dann würde der Eindringling einsehen, dass niemand zu Hause war und weggehen. Es erklang eine Frauenstimme, dunkel und heiser.

»Marjorie?«

Einen Moment lang war sie trotz allem erfreut darüber, wollte schon »Komm herein« rufen, in Gedanken an eine gemeinsame unbesorgte Zeit in einem

Zimmer mit Teerosen und offenen Fenstern. Aber ihre Kiefer blieben fest aufeinandergepresst, und sie wartete einfach ab. Sie starrte auf die Tür. Wie nicht anders zu erwarten, drückte Esther uneingeladen die Tür auf und steckte ihren Kopf um die Ecke. Die Freundin sah eigenartig aus, warum, wusste Marjorie nicht sofort – bis ihr in den Sinn kam, dass sie *so normal* aussah, fast gewöhnlich, in einer weiten Jacke und flachen Schuhen, ohne Make-up, ohne Lippenstift. »Hallo«, sagten die blassen Lippen.

Esther war im Krankenhaus gewesen. Sie wusste alles, glücklicherweise musste sie also nichts erklären. Obwohl sie nichts sagte, setzte Esther sich ihr gegenüber an den Tisch, die Jacke ließ sie an. Es war fröstelig im Souterrain.

»Wie geht's dir?«

Marjorie faltete den Kritzelbrief zusammen. »Gut.«

»Schön.« Immer diese spöttischen Augen, sodass man nie genau wusste, woran man war.

»Willst du einen Tee?« Ich bin eine gute Gastgeberin.

Esther zeigte auf die Koffer und die Kiste. »Geht das noch?«

Marjorie nickte. Sie hatte sogar Kekse gebacken, ein Rezept aus ihrem Haushaltskundeheft. Es gibt andere schöne Dinge, die eine Frau tun kann. Kerzengerade ging sie zu dem Küchenschrank und bewegte sich so normal wie möglich. Sie spürte, dass sie beobachtet wurde. Sie schwiegen beide, bis der Tee und die Kekse zwischen ihnen standen. »Willst du nicht die Jacke ausziehen?« »Gleich.« Die Kekse waren gelungen, bei Sandteig kann man nicht so viel falsch machen. »Lecker.« »Danke.«

Sie sahen einander kauend an. Esther fing an zu lachen.

»Was ist denn los?« Nicht, dass sie es wirklich wissen wollte.

»Sieh nur, wie wir hier jetzt sitzen«, sagte Esther, »wie alte Tanten auf Kaffeebesuch.«

Das ist jetzt mein Leben. Marjorie lachte aus reinem Pflichtgefühl mit und nahm die Zigarette an, die Esther ihr anbot. Sie rauchten.

»Ich habe einen eigenen Laden«, sagte Esther, während sie versuchte, Rauchkringel zu blasen, »weißt du, wie das hier läuft?« Es folgte eine sehr lange Geschichte über die alte Kleidermacherin Rose in der Cashel Street, von der Esther nicht viel mehr gelernt hatte, als alle naselang »Oh dear« zu sagen. Rose sollte hier in Christchurch angeblich einmal zu den ganz Großen gehört haben, aber laut Esther war sie, was Technik und Stil anging, fünfundzwanzig Jahre hinterher. Das hatte Rose selbst auch eingesehen, daher rief sie ihre Kunden an, um zu erzählen, dass der Laden jetzt einen *Continental Dressmaker* habe und die Wartezeit für ein Kleidungsstück wieder von drei

Monaten auf zwei Wochen reduziert worden war. Esther steigerte ihr ohnehin schon mörderisches Tempo in irrsinnige Höhen und verdiente genug, dass sie ihren Job in der Textilfabrik kündigen konnte. Was sie kreierte, traf den Geschmack der Leute. Rose machte inzwischen nahezu gar nichts mehr. Immer häufiger schlief sie über ihrer Arbeit ein und brach in den merkwürdigsten Momenten in eine Art jubelndes Gesumm aus. Wahrscheinlich zu lange allein gewesen. Anyway, eines Tages sagte Rose, dass Esther den Laden übernehmen könnte.

»Hattest du denn dafür Geld?«, fragte Marjorie. Nicht, dass sie das interessierte, die ganze Geschichte war ihr ziemlich egal. Sie drückte ihre Zigarette aus. Der Aschenbecher wurde über den Tisch geschoben.

»Die Miete ist verschwindend gering, und die Geschäftsübernahme konnte ich auf Raten zahlen. Sie hat natürlich viel zu viel verlangt, der Laden liegt in den letzten Zügen und ihre Maschinen, genau wie sie selbst, ebenfalls. Ich konnte es auf die Hälfte runterhandeln.« Eine Jüdin, wie sie im Buche steht, dachte Marjorie, immer handeln. »Daraufhin bin ich zum Labour Department gegangen, um herauszufinden, welche Qualifikationen und Papiere ich hier benötige, um einen eigenen Laden zu eröffnen. Ein freundlicher Mann – Zigarrenraucher, Oberhemd mit Schweißflecken – fragte, ob ich schon einen Namen wüsste. Eigentlich wollte ich ihn Pacific Lady nennen, aber Peggy hat mir davon abgeraten. Dann denken die Kiwis, dass es für polynesische Frauen ist, und die sind dick und mächtig, das schreckt die Kundschaft ab.«

»Wie geht es Peggy?«, fragte Marjorie.

»Weiß ich nicht. Also habe ich mir einen anderen Namen überlegt. Lady Esther. Hübsch, oder?«

»Was heißt: Weiß ich nicht?«

»Also habe ich zu dem Mann gesagt: Lady Esther, und ich sitze vollkommen angespannt da, wegen all dem Papierkram, durch den ich mich durchwühlen muss, du weißt schon, Zertifikate und Zeugnisse, die hier dann natürlich nicht gültig sind, Papiere, die aus Holland geschickt werden müssen, Formulare, auf die du monatelang warten musst, oder Bewilligungen, die nicht erteilt werden, da sagt der Mann: *Lady Esther, good name*, das macht zehn Pfund. Ich bezahle. Er schüttelt mir die Hand und wünscht mir *The very best and good luck in business*. Ich starre ihn an. Er sagt: Stimmt etwas nicht? Ich sage: Und die Bewilligungen? Er sieht mich an, ich sage: Die Stempel, die Formulare? Er sieht mich weiter an, ich sage: Der Betriebsplan in dreifacher Ausfertigung, die kaufmännischen Diplome, die ich nicht habe, die Examen, die ich noch machen muss? Er zieht an seiner Zigarre, ich schreie so etwas wie: Und das Startkapital, das obligatorische Startkapital, das ich niemals zusammenbekommen werde? Er sagt: *You just paid, you're in business.* Das war es! Zehn Pfund! Er wollte nicht einmal mein Diplom von der Modeakademie sehen oder eine Referenz oder irgendetwas in der Art! Was für ein Land!« Das altbekannte heisere Lachen. »Also sage ich: Lassen Sie mich dann wenigstens kurz das Büro für sie staubsaugen!«

Marjorie versuchte zu lachen und hörte, wie merkwürdig das klang. Könnte man die Zeit nur drei Monate zurückdrehen und sie beide wieder rauchend, mit baumelnden Beinen, im Fenster sitzen. Sie nahmen sich beide noch einen Keks. »Jetzt hast du also einen eigenen Laden«, sagte sie, um irgendetwas zu sagen, und sie fragte sich, ob Esther jemals heiraten würde. Esther schenkte ihre ganze Aufmerksamkeit dem Keks, den sie in ihren Tee tunkte. Das würde ich nicht tun, dachte Marjorie, dafür ist Sandteig nicht fest genug, und tatsächlich bröckelte der größte Teil in die Tasse mit dem blauen Rand. In ihrem Inneren kroch das Elend wieder auf seinen gewohnten Platz zurück.

»Lady Esther«, sagte sie, »hübsch.«

Esther fischte mit einem Teelöffel den nassen Keks aus ihrem Tee.

»Ich wohne nicht mehr bei Peggy.«

»Warum nicht?«

»In dem Büro hinten im Atelier steht ein altes Sofa. Da schlafe ich jetzt.«

»Warum?«

Die schwarzen Wimpern hoben sich, ein langer, durchdringender Blick folgte, es herrschte eine unbehagliche Stille. Wenn Leute Esther fragten, was ihre Augenfarbe war, sagte sie immer bernsteinfarben, was Marjorie als geziert empfand. Jetzt fragte sie sich, was da los war, etwas Kompliziertes spielte sich auf der anderen Seite des Tisches ab. Misstrauisch, in Alarmbereitschaft, wartete sie ab. Sie sah zu, wie Esther aufstand und fast zögernd ihre Jacke aufknöpfte. Wie eigenartig sie das macht, dachte Marjorie, aus allem muss sie eine Show machen. Gefesselt folgte sie den Bewegungen der langen, schlanken Finger, wie sie einen Knopf nach dem anderen lösten, dann die Jacke aufschlugen, diese dann nach unten gleiten ließen, über den Arm legten und schließlich über den Stuhl hängten. Marjorie sah zwar den Bauch, aber das Bild drang nicht bis in ihr Gehirn vor.

»Nicht erschrecken«, sagte Esther.

Der Schock explodierte in ihrem Körper. Irgendwo weit weg machte Esther eine halbe Drehung, sodass Marjorie sie im Profil sehen konnte. Lichtjahre voneinander entfernt. Krank von dem Mädchen, das ihr gegenüberstand, versuchte sie, sich auf den Bericht der heiseren Stimme zu konzentrieren. Sie hasste sie, ein echter, tiefer Hass. Und sie versuchte dennoch zuzuhören, um nicht anzufangen zu schreien.

»Ich bin in der fünfundzwanzigsten oder sechsundzwanzigsten Woche.«

Schnell rechnen kann man nicht, wenn man so viel Hass im Kopf hat. Aber dass es nicht lange nach ihrer Ankunft in Neuseeland passiert sein musste, konnte sie gerade noch errechnen. Jetzt musste Leon doch diejenige heiraten, die ihn in den Fluss geschubst hatte.

»Es wird etwa Mitte Juli geboren.«

Aus Marjories Innerem sprang eine Furie hervor auf die andere Seite des Tisches, krallte scharfe Nägel in die Locken, schlug den Kopf so hart auf die Tischplatte, dass sich die Schädelsplitter mit dem Holz vermischten. Im Juli würde das Kind geboren werden. »Ach«, sagte sie mit dünner Stimme, »wie lange weißt du das schon?« Die ganze Zeit, in *ihrem* Zimmer, das sie so wohlwollend geteilt hatte, war Esther schwanger gewesen. Voller Scham erinnerte sie sich an die Gespräche kurz vor ihrer Hochzeit, die Anspielungen, die sie selbst auf die anstehende Hochzeitsnacht gemacht hatte, über ihren Status als erwachsene Frau, den sie dachte, Esther vorauszuhaben. Die ganze Zeit über hatte die so genannte Freundin nicht den Mund aufgemacht. Sie selbst hatte alles erzählt, von den Nonnen, dem gestohlenen Brot, alles, ohne jegliche Zurückhaltung. Von Esther war nie etwas gekommen.

»Ihr wart gerade verheiratet, als ich anfing, es zu

vermuten. Alles roch so anders. Im Januar wusste ich es dann sicher.«

»Du musst doch die ganze Zeit über nicht mehr deine Regel gehabt haben.«

»Die ist bei mir nie regelmäßig gewesen. Ich dachte, dass ich sie wegen des langen Flugs nicht mehr bekam. Ehrlich gesagt, habe ich gar nicht gedacht«, fügte sie dann hinzu.

Ihre Worte tippelten durch den Raum, der mit hauchdünnem Glas gefüllt war, sodass jedes unerwartete Geräusch einen möglichen Bruch zur Folge hatte, ein Bruch mit scharfen Kanten, an denen man sich verletzen konnte. »Ach.« Sie starrte auf die langen Finger, die unwillkürlich über den Bauch glitten, und versuchte, dabei nichts zu empfinden. »Und Leon?«, fragte sie.

»Es ist nicht von Leon.« Wag es nicht, etwas zu sagen, kam ein düsteres Signal. In Gedanken, mit klopfendem Herzen, ging Marjorie in Windeseile alle Kandidaten durch, von Ray, dem Personalchef, über die *Mates* von Hans, die Strandfreunde bis hin zu Gordon, Peggys Ehemann, alles war möglich, bei der ewigen Flirterei und den weit offenen Blusen. Ekelhaft.

»Von wem denn dann?«

Esther zog die Schultern hoch. Als würde das keine Rolle spielen. »Oh, ich weiß es nicht.« Natürlich, das war die Konsequenz daraus, ein Abend hier, ein Abend dort, einmal mit wiegenden Hüften über den Strand laufen. Vater unbekannt. Wieder zuckte Esther die Schultern, ganz offensichtlich war ihr das egal. Doch auf einmal sah sie todmüde aus. Die ganze Bedeutung drang zu Marjorie hindurch. Eine unverheiratete Mutter. Erschrocken schlug sie die Hände vor den Mund. »Wie willst du das machen? Wie geht es jetzt weiter?«

Stille, lange Stille. Esther legte die Arme über ihren Bauch und verschanzte sich dahinter, sie richtete sich auf. Marjorie sah sie entlang des Weges irren, ihr wurde nachgejohlt, sie wurde ausgepfiffen und verstoßen.

»Ich will es nicht haben.«

Das hättest du dir früher überlegen müssen. Wenn du so schlurig mit deinem Leben umgehen willst, dann mach nur weiter so. Aber komm hinterher nicht an und beschwer dich. Diese Ungerechtigkeit. Sie trommelte wütend mit den Fingern auf die Tischplatte und schlug einen Kekskrümel vom Tisch. »Warum hast du es nicht wegmachen lassen, als es noch ging? Du hast doch bestimmt so deine Adressen.« Sie spürte, dass sie zu weit ging, ihr schoss das Blut in die Wangen. Aber sie konnte nicht mehr zurück und hielt dem Blick stand.

»Hier wird niemand weggemacht«, sagte Esther schließlich beherrscht.

Marjorie dachte an das Familienfoto, den Vater, die Mutter und den kleinen Bruder. Sie hatte so ihre Vermutungen, aber solch eine Frage stellte man nicht, und Esther erzählte nie etwas. »Tut mir leid«, sagte sie vorsichtshalber. Nun entschuldigte *sie* sich auch noch. Doch sie sagte es sogar noch einmal, »tut mir leid«. Esther nickte.

»Drei Monate lang konnte ich es verbergen, dann bekam Peggy es spitz, und ich wurde freundlich gebeten, das Zimmer zu räumen ... ihr war es sehr unangenehm, sie bat um Verständnis ... eine unverheiratete Mutter würde ihrem Ruf schaden.« Ein heiseres, zynisches Lachen. Ja, lach du nur, dachte Marjorie, das ist dein zukünftiges Schicksal, überall Finger, die auf dich zeigen, nirgends willkommen sein.

Aber dennoch hatte sie ein Kind.

Mit einer brüsken Bewegung stützte Marjorie die Ellbogen auf den Tisch und legte den Kopf in die Hände. Sie starrte auf die Sandteigkrümel auf der Tischplatte und versuchte, nicht zu schreien. In der Ferne erzählte Esther weiter. Sobald Rose, die alte Schneidermeisterin, die nie irgendetwas merkte, in ihr Altenheim umgezogen war, war sie in das Geschäft eingezogen und hatte ein Schild mit »Vorübergehend geschlossen« an die Tür gehängt. Ihre Kunden sollten lieber nichts von ihrem derzeitigen Zustand wissen. Sie lebte von ihrem Ersparten, so sparsam wie möglich, man könnte es ärmlich nennen. »Aber«, sagte sie, »darum geht es nicht. Damit kann ich leben.« Keine Ahnung, worum es dann wohl ging. Zieh mich da nicht mit hinein. Sie schwiegen. Dann erklang eine Stimme, so heiser, dass sie kaum zu hören war.

»Ich will kein jüdisches Kind in die Welt setzen.«

In der darauf folgenden Stille hob Marjorie den Kopf und dachte: Sie will das Kind wirklich nicht. Eine unerhörte Möglichkeit tauchte vor ihrem inneren Auge auf, so unerhört, dass sie den Gedanken nicht bis zu Ende denken konnte.

»Warum nicht?«

Esther wies die Frage zurück, eine harte, deutliche Geste, eine Entscheidung, bei der keine Berufung möglich war. Sie wurde ja nie ins Vertrauen gezogen. Doch schräg durch diese Tatsache hindurch wuchs das Bewusstsein, dass es wahr war, dass Esther das Kind tatsächlich nicht wollte. Und dass es doch geboren werden würde. Und dass es irgendwo bleiben müsste.

»Willst du es zur Adoption freigeben?«

»Bei einer Adoption«, sagte Esther nach einiger Zeit, »wird man zurückverfolgen können, dass das Kind von mir ist.«

Marjorie sah die Lösung. »Was willst du denn dann?«, flüsterte sie. Währenddessen steckte sie Millimeter für Millimeter den geheimen Schlüssel in das Schloss ihrer Ketten und drehte ungeheuer vorsichtig um, sodass sie kein Geräusch machten. Sie war nicht zum ersten Mal auf spektakuläre Weise entkommen.

Zu dem Zeitpunkt, als Hans nach Hause kam, hatte sie den ganzen Plan ausgetüftelt, und er traf seine Frau mit einem Glanz in den Augen an, den er lange nicht mehr gesehen hatte, tadellos gekleidet hinter einem dampfenden Endivieneintopf, mit dem sie ihn überraschte. Bei seinem zweiten Glas Bier erklärte sie haarklein Esthers Anfrage. »Bloody hell«, sagte er noch einmal, und dieses Mal glänzten seine Augen genau wie ihre. Das gefiel ihr nicht. Seinen Widerspruch und all die möglichen Bedenken hatte sie bereits in Gedanken durchgespielt, nicht aber die Gier, den Eifer, mit dem er ihren Plan nun annahm. Als hätte er sich von der Option – wie gering die Chance auch sein mochte –, ein eigenes Kind zu bekommen, einfach verabschiedet. Als hätte er sich mit dem Misserfolg abgefunden, der natürlich *ihr* Misserfolg war und nicht seiner. Das ging ihr zu schnell. Praktisch gleich null heißt noch lange nicht gleich null, betonte sie. »Das stimmt«, erwiderte er mit vollem Mund, »aber eben doch praktisch gleich null.« Sie warf ihr Besteck auf den Teller. »Soll ich mir dann vielleicht gleich einen Strick nehmen?!« Erschrocken sah er sie an, so hatte er es doch nicht gemeint, er fing an zu stottern. Dieses Kind könnte ihr Ältestes sein, dann war die Vorstellung doch umso schöner, dass danach noch mehr geboren werden würden?

»Ja schon«, sagte sie, »aber wenn nun mal nicht mehr geboren werden?«

»Dann haben wir auf jeden Fall ein Kind.« Das waren genau die Gedanken, die sie den ganzen Mittag über selbst durchgespielt hatte. Doch jetzt, von ihm laut ausgesprochen, trafen sie sie wie ein nasser Lappen im Gesicht. »Ja, sonst bist du mit einer unfruchtbaren Frau verheiratet. Dann bleibst du kinderlos! Das wird dir noch leidtun! Dann wirst du mich hassen!«

Er schob seinen Stuhl zurück und warf seine Serviette auf den Tisch.

»In Ordnung«, sagte er, »wir tun es nicht.«

Wütend klappten sie das Bett aus, eine Routinehandlung, die inzwischen vollkommen automatisiert war. Danach zog sie ihre Sachen aus, während er ihr den Rücken zuwandte und zwischen den schweren Möbeln seine letzten Dinge für den Umzug packte. Warum sollte er noch das geringste Interesse an ihrem Körper haben? Gleichgültig kroch sie unter die Decke und rollte sich zur Wand. Dort lag sie dann voller Anspannung und lauschte auf sein Geraschel und das Reißen von großen Bögen Papier, in der Hoffnung, dass sie wider Erwarten zur Ruhe kommen und in einen langen, langen Schlaf fallen würde.

Nach einer Weile wurde es jedoch still im Zimmer, und die Stille hielt lange an. Ihr ganzes Nervensystem war in Alarmbereitschaft. Sie drehte sich mit einem Ruck um. Er saß über die Zeichnungen ihres Traumhauses gebeugt und weinte auf eine Weise, die so beherrscht und still war, dass sie zu Tode erschrak. Nachts heimlich weinen, fast lautlos, nur ein Zucken.

Sein Kummer. An ihn hatte sie überhaupt nicht gedacht.

Sie schoss aus dem Bett heraus, eilte zu ihm, glitt auf seinen Schoß und legte die Arme um ihn. »Nicht weinen«, flehte sie und wiederholte dann immer leiser, »nicht weinen, nicht weinen«, während sie selbst immer mehr weinte und schon bald nicht mehr deutlich war, wer hier eigentlich wen tröstete. Vielleicht trösteten sie sich gegenseitig. Sie rieben ihre nassen Wangen aneinander und schluchzten und leckten das Salz auf, das einfach weiterströmte. Immer wieder vermischten sich neue Tränen mit den alten, und sie leckten und wischten sie weg und schluchzten. Als die Tränen dann langsam versiegten, saßen sie wie ineinander verschmolzen da, und keiner der beiden war in der Lage, sich vom anderen loszumachen. Dort, auf dem klobigen Esstischstuhl, der mit hartem Plüsch überzogen war, der ihre Haut rot und rau scheuerte, öffnete Marjorie die Knöpfe seiner Hose und wiegte ihren Körper über ihrem Mann. Den Rest des Abends waren sie dann auf vorbildliche Art verheiratet – nach vier Monaten zum ersten Mal –, und dann sogleich auf alle erdenklichen Weisen, die Stück für Stück immer erwachsener wurden, erschreckend echt, konnte man fast sagen. Und ohne irgendwelche Worte wussten sie, dass das Kind an diesem Abend gezeugt wurde. Ob es ihr eigenes Kind war oder nicht, es wurde an diesem Abend gezeugt.

14

Erst die Hand von Esther, mit Fingern, die so geschmeidig waren, dass der Daumen ganz nach außen gebogen werden konnte, bis der Nagel den Unterarm berührte. Die Hand schob sich – mit der Handfläche nach oben – in einer langsamen, bedeutungsvollen Bewegung über den Tisch. In der Mitte des Tisches bogen sich die Finger weiter auf und streckten sich. Die Nägel berührten das Eichenholz, sodass zwei, drei leise Schläge zu hören waren. Die Hand, eine kühle, bekümmerte Hand, blieb in ruhiger Erwartung liegen, schmucklos, ohne Ringe und Armreifen. Es war totenstill. Hier wurde über das Schicksal eines Menschen bestimmt. Die Wände des Souterrains sahen zu und waren ihre Zeugen.

Die Hand von Marjorie war kürzer und weniger geschmeidig. Eine feste, sportliche Hand mit geraden Nägeln und einem glatten Ehering. Eine Hand, die nicht zu Träumen, sondern zu Taten aufrief und sich jetzt entschlossen, mit einem energischen Klatsch, schräg über die geöffnete Hand von Esther legte, und dabei nicht das geringste Zögern zeigte (obwohl sie dieses sehr wohl verspürte). Die Hände tauschten Wärme aus und warteten. Fast schützend legte die Hand von Hans sich darüber. Seine Hand, eine große Männerhand mit Schwielen von zwei Jahren Zimmern und Hobeln, passte zu der von Marjorie wie eine Jacke. Ihre Eheringe stießen einen kurzen Moment aneinander, doch das war Zufall und hatte keine weitere Bedeutung. Jetzt trug die untere Hand die anderen beiden, ein feierlicher Empfang in einem armseligen Zimmer. Drei Hände. Bei näherer Betrachtung waren es in erster Linie sehr junge Hände.

Marjorie konnte nicht anders, sie musste etwas sagen, als wäre sie die Vorsitzende. »Niemand«, sagte sie und räusperte sich, weil in dem Wort ein merkwürdiger Knacks mitklang, »niemand wird es jemals erfahren.«

Es hätte zum Lachen sein können – zu einem anderen Zeitpunkt.

»Niemand. Niemals«, sagte Esther.

»Auch das Kind nicht?«, fragte Hans. Dies war der Punkt, bei dem er sich nicht so sicher war. Stundenlang hatten sie darüber gesprochen. Aber Esther war nicht von ihrer Überzeugung abgewichen, und Marjorie konnte sich hinter ihr verstecken.

»Das ist die Bedingung«, sagte Esther, »die absolute Bedingung. Glaub mir.«

Die drei Hände umschlossen sich fester, und es

war nicht mehr möglich zu unterscheiden, von wem die Wärme kam. Ein Knäuel entschlossener Wärme.

»Versprochen«, sagte Hans.

»Versprochen«, sagte Esther.

»Versprochen«, sagte Marjorie, und sie wollte sofort hinzufügen: »Es ist unser Kind, mein eigenes Kind«, weil das auch zu ihrer Abmachung gehörte und weil das ihr allergrößter Wunsch war, aber sie schluckte es herunter. Das Kind würde noch fast drei Monate lang in Esthers Bauch sein.

Damit war alles gesagt. Und doch machte keine der Hände Anstalten, sich zu lösen. »Du musst verstehen …«, sagte Esther nach einer Weile. Sie warteten. Marjorie kniff leicht in die unterste Hand, denn sie war sich des Vertrauens bewusst, dass Esther ihnen entgegenbrachte. Sie warteten. Es kam nichts mehr.

Hans nickte zum Zeichen, dass es gut war. Die Hände ließen einander los und zogen sich zurück. Zugleich blieben sie jedoch dort liegen, in der Mitte des Tisches, für immer ineinander verschlungen.

An einem herbstlichen Tag, der mit einem dünnen, kalten Nebel begann, fuhr in den Morgenstunden ein schwarzer Vauxhall *Station Wagon* in das Naturgebiet, in dem der Wohnwagen auf sie wartete. Das Auto, zum Bersten voll gepackt mit Gepäck und Spannung, holperte behutsam über den unbefestigten Weg, auf dem rechts und links die hohen Grasbüschel schon gelb verfärbt waren, und fuhr weiter bis ans Ufer des Flusses heran. Auf einem gottverlassenen Fleck, inmitten des Geländes, unter einer Gruppe von Pinien, stand das hölzerne *Mobile Home.* Die Verlassenheit passte perfekt zu ihrem Plan. Der Wohnwagen, der auf einem Betonsockel stand und ein Dach aus Asbest hatte, war für ihren Aufenthalt von Hans sauber gemacht und repariert worden. Ein Aggregat würde sie mit Strom versorgen. Sein Motorrad hatte er schweren Herzens, doch ohne ein Wort des Wehklagens, verkauft. Von dem Geld hatte er den Vauxhall angeschafft. Es war ein gutes, geräumiges Auto, wenn auch ziemlich verwahrlost, sodass sie ihn recht billig erstehen konnten. Auch das war Teil ihres Plans gewesen. Jetzt drehte er den Zündschlüssel um, stieg aus und inspizierte die Umgebung. Er wollte einen Moment ohne die Mädchen sein.

Marjorie sah, dass von dem Kadaver unter den nassen Sträuchern nicht mehr viel übrig war.

»Kommst du?«, fragte Esther. Sie beobachtete Hans scharf. »Die Luft ist rein.«

So schnell wie möglich räumten sie das Auto aus und verstauten ihren Besitz in dem Wohnwagen. Trotz Hans' Bemühungen lag hier ein durchdringender Geruch nach Feuchtigkeit in der Luft. In der Mitte stand ein gusseiserner Allesbrenner. Der sollte den Wagen schon warm und trocken kriegen, erklärte Hans. Ansonsten sprachen sie nur das Nötigste und spitzten die Ohren nach Geräuschen, die die Ankunft von unerwünschten Topfguckern ankündigen würden. Sie wussten, dass ein paar vereinzelte Wohnwagen auf dem Gelände standen und auch, dass dort sogar andere Niederländer biwakierten. Aber sie hofften, dass die Weite und Öde des Terrains verhindern würde, dass man miteinander Kontakt aufnahm. Sie wurden allerdings erst ruhiger, als alles drinnen verstaut war und Esther sich, für die Außenwelt unsichtbar, hinten im Wohnwagen in ihre Ecke zurückgezogen hatte. Es war das kleinste Schlafzimmer, das man sich vorstellen konnte, nur von einer dünnen, von Hans eigens gezimmerten Wand vom Rest des Wagens abgetrennt, um so etwas wie Privatsphäre zu schaffen. »Da wären wir dann also«, sagte sie in lockerem Tonfall und ließ sich auf das Bett fallen. Marjorie wusste, was sie meinte. »Es ist doch nur für drei Monate«, sagte sie, um sie zu trösten, und zog die Gardine zu, wodurch das Zimmer dämmrig und duster wurde, »und es kostet dich keinen Cent.«

Es war ein sehr kühner Plan, sie konnten sich nicht erlauben, dass etwas schiefging. Dessen waren sie sich alle drei hundertprozentig bewusst. Sie stellten sich auf einen Zeitraum von drei Monaten ein, in dem sie zusehen mussten, wie sie es in diesem begrenzten Wohnraum aushalten würden. Hans hatte das Glück, dass er morgens in der Früh wegfahren konnte und erst abends zurückkehrte. Marjorie versuchte, nicht an das Kind zu denken, und konzentrierte sich auf Esther, eine Freundin, die in Schwierigkeiten war und die nicht vergeblich bei ihr um Hilfe gebeten hatte.

Die Zeit im Wohnwagen erschien ihnen endlos. Insbesondere tagsüber, wenn sie zu zweit waren. Sie tranken Tee und rauchten Zigaretten. Marjorie, die es insgeheim genoss, einmal wieder nach Herzenslust niederländisch reden zu können, gab ihr Wissen über Schwangerschaft zum Besten, um Esther zu beruhigen und um sie auf das, was kommen würde, vorzubereiten. Sie beruhigte sich damit jedoch in erster Linie selbst. Sie turnte Gymnastikübungen vor (die Esther nie nachmachte), maß Esthers Blutdruck mit dem Blutdruckmesser aus der *Pharmacy*, horchte mit dem hölzernen Trichter nach dem kleinen Herzen und erzählte unermüdlich Anekdoten aus der Zeit, als sie noch im Onze-Lieve-Vrouwe-Krankenhaus auf der Entbindungsstation gearbeitet hatte. Vor allem die Geschichte von einer übergewichtigen jungen Bäuerin, die ins Krankenhaus kam, weil sie einen höllischen Schmerz im unteren Rücken verspürte und ein paar Stunden später dann schockiert auf das Baby in ihren Armen gestarrt hatte, wiederholte sie fast täglich. »Neun Monate lang nichts gemerkt«, erklärte sie jedes Mal am Ende, »dachte nur, dass sie etwas Falsches gegessen hatte.« Marjorie erzählte von Geburten, die besonders lange gedauert hatten, und wie schwierig und sogar gefährlich es gewesen war – dass es vor ihren eigenen Augen auch einmal schiefgegangen war, verschwieg sie wohlweislich. Die Abmachung war, dass es gutgehen würde. Sie fragte sich im Stillen, wie viel Schmerz Esther wohl aushalten würde.

Esther sagte nicht viel, die Schwangerschaft schien sie nicht sonderlich zu interessieren. Doch ihre Hände lagen keine Sekunde lang still. Sie stellte ihre Nähmaschine auf dem wackligen Campingtisch auf und steppte Babydeckchen, bestickte Kissenbezüge oder heftete Gummiband in Babyhöschen. Sie schlug Marjorie vor, ihr Brautkleid zur Verfügung zu stellen, damit sie daraus Strampelanzüge machen konnte. Marjorie fragte, ob sie verrückt geworden sei. Es ist für das Kleine, erklärte Esther (sie sprachen nie von deinem oder meinem Kind, sondern sagten immer »das Kleine«). Das Argument war überzeugend, und kurz darauf holte Marjorie murrend das zerknitterte weiße Pikee aus dem Koffer. »Dann mach wenigstens ein Taufkleid daraus«, grummelte sie. Dagegen wiederum weigerte Esther sich strikt. Von Taufe war nicht die Rede gewesen. Doch kurze Zeit später saß sie über ihre Skizzen gebeugt – sie biss sich dabei auf die Lippen und pfiff leise –, weil sie eine Vision vom schönsten Taufkleid aller Zeiten gehabt hatte. Und so entstand in den Wochen danach der Traum von einem Taufkleid, mit Rüschen und perfekten stoffüberzogenen Knöpfen und unendlich vielen Schichten Spitze – sie schnitt sie aus dem Schleier heraus – und einem Leibchen von feinster Smoke-Stickerei. »Oh dear, oh dear«, sagte sie zufrieden seufzend, und als sie fertig war, überreichte sie Marjorie die Kreation mit einem überheblichen Nicken und den Worten: »Und wag es bloß nicht, das Kleine zu taufen.« Sie strickte Kinderpullöverchen mit phantastischen Mustern, die aus ihrem Kopf heraus, wie in Trance, entstanden. Für sich selbst fehlte ihr etwas die Inspiration. Marjories Angebot, in der Stadt eine weite Jacke für sie zu kaufen, schlug sie voll Abscheu aus. Es war ja nur gut gemeint, sagte Marjorie beleidigt. Esther zuckte die Schultern und setzte einen Keil in einen violetten Bouclé-Rock ein, den sie selbst als einen misslungenen Versuch bezeichnete (wozu Marjorie ihr nur beipflichten konnte). Dann zog sie eine rote Weste darüber, die sich bis zum Ende mit ihrem Bauch mitdehnen würde. Sie malte sich die Lippen an und sah beeindruckend aus. Doch sie machte unmissverständlich klar, dass diese Kleider ihr Ende im Feuer finden würden, nachdem, nachdem. Sodass diese ganze Episode in Rauch aufgehen würde. Zu Marjories Ärger trug sie bis zum Schluss weiter hohe

Absätze, die auf dem harten Boden ein hölzernes Geräusch machten. Auf flachen Schuhen falle ich um, erklärte sie. Das war nach Marjories Ansicht völliger Unsinn. Sie hätte genauso gut Pantoffeln tragen können, so wie sie.

Es gab auch Tage, an denen Esther in düsteres Grübeln verfiel. Dann wurde Marjorie gereizt von dem griesgrämigen Gesicht ihr gegenüber. Um nicht ununterbrochen in Zankerei zu verfallen, stürzte sie sich auf die Briefe an zu Hause, in denen noch nicht gelogen, aber bereits viel verschwiegen wurde.

Juni 1954. Lieber Pa, liebe Ma. Hier ist alles gut. Hans und ich haben den Wohnwagen nun ganz nach unserem Geschmack eingerichtet. Draußen hat der Winter begonnen, aber hier drinnen schnurrt der Kachelofen lustig und verbreitet herrliche Wärme. Es ist einfach wunderbar hier! Wir leben zu zweit wie Abenteurer in der Wildnis. Natürlich ist so ein Wohnwagen nur eine Übergangslösung, und wahrscheinlich werden wir bald schon wieder umziehen. Hans hat sich für einen Job im Norden beworben. Wir wollen gerne mehr von unserem neuen Vaterland kennenlernen, und das Klima dort soll sehr angenehm sein!

Der Allesbrenner zog nicht richtig an. Das Holz war feucht. Wenn sie es warm haben wollten, füllte sich der Wohnwagen mit Rauch, und es brannte ihnen in den Augen und im Hals. Dann öffneten sie die Fenster ein Stück weit und fingen schnell wieder an zu frieren. Sie zogen so viele Pullover übereinander wie möglich. Zwei Meter von dem Ofen entfernt sahen sie ihren Atem in kleinen Wölkchen aufsteigen. Esther schnitt die Finger ihrer Handschuhe ab und stickte weiter. Marjorie langweilte sich und studierte die Freundin. Sie wurde neugierig, was es mit Esthers Hintergrund auf sich hatte, des Kindes wegen, aber aus Esther war nichts herauszukriegen. »Nichts Besonderes«, war das Einzige, was sie erwiderte, »alle Schneidermeister. Strenge Lehrmeister, ich habe mit der Hand auf Löschpapier sticken gelernt. Wenn es riss, musste ich direkt wieder von vorn anfangen.«

Dabei blieb es. Marjorie wollte nicht zu aufdringlich erscheinen. Solange das Kind in Esthers Bauch war, war nichts gewiss, und sie konnte keine Ansprüche stellen. Selbst das kleine Herz zu hören brachte ihr das Kind nicht näher. Daher stand sie verärgert auf und kochte unter großem Lärmaufwand die soundsovielte Kanne Tee. Sie fühlte sich abgewiesen. Wo sie doch schließlich zweimal mit Hans in die Stadt gefahren war, um einen größeren Büstenhalter zu kaufen. Für meine Freundin, hatte sie der Verkäuferin erklärt, sie hat eine schwierige Schwangerschaft und darf nicht aufstehen. Ich tue alles für sie, dafür sind Freundinnen ja schließlich da. Die Verkäuferin lobte sie in höchsten Tönen.

Die Abende, wenn Hans zu Hause war, waren einfacher. Er brachte neben den Einkäufen, die sie bestellt hatte, frischen Wind herein. Esther und sie bereiteten abwechselnd Mahlzeiten auf dem Petroleumkocher und lauschten dabei seinen Erzählungen aus der Welt dort draußen. Sie lachten über seine Witze. Marjorie spürte weiterhin eine leichte Verärgerung, Esther bemühte sich um Hans, lachte laut und heiser und gestikulierte übertrieben. Außerdem hatte sie keinen Appetit und legte ihre Gabel schon nach drei Bissen mit einem angeekelten Gesicht nieder, ohne ein Wort der Anerkennung. Und es wurde nicht besser, als sich herausstellte, dass sie anscheinend unter zu hohem Blutdruck litt und daher salzfrei für sie gekocht werden musste. Ein bisschen Dankbarkeit wäre durchaus angebracht, fand Marjorie, schließlich lebte sie von *ihrem* Geld. Aber sie versuchte, die Ärgernisse mannhaft zu ertragen, und es gelang ihr immer wieder, Esther gegenüber milde gestimmt zu sein. Was half, war das Bewusstsein, dass sie ihnen so viel Vertrauen schenkte und wusste, dass das Kind bei ihnen gut aufgehoben sein würde. Das war schließlich nicht zu unterschätzen. Ihr wurde ganz warm ums Herz, wenn sie daran dachte. Ach ja, und oft hatten sie doch auch eine Menge Spaß zu dritt. Es kam ihnen dann so vor, als hätte die Zeit stillgestanden und sie würden noch in dem Zimmer mit den Teerosen wohnen, allerdings ohne Leon.

Sie fragten sich, wie es ihm wohl ginge.

Esther erzählte, dass sie sich schuldig gefühlt hatte. Er hatte es wirklich nicht verdient, in den Fluss geschubst zu werden. Sie hatte ihm einen langen Brief mit Entschuldigungen geschrieben, aber es war nie eine Antwort gekommen. »Das erstaunt mich nicht«, sagte Marjorie, »auf diese Art wirst du nun zurückgewiesen.« »Du kannst froh sein, dass er so ein anständiger Kerl ist«, sagte Hans, »ein anderer hätte dir was angetan.« Dann schwiegen sie und dachten alle drei voller Mitleid an den armen Leon. Sie sahen einander an und lachten Tränen.

Am anderen Ende des Wohnwagens, so weit weg wie möglich von Esthers Ecke, befand sich Hans' und Marjories Schlafzimmer, das nicht viel größer war und ebenso beengt. Im Dunklen, auf einem viel zu kleinen Doppelbett, das in der Mitte beängstigend durchhing, feierten sie zu geregelten Zeiten ihre wiedergewonnene Ehe. Sie versuchten dabei das Quietschen der Spiralen und das eigene Gestöhne so gut es ging zu unterdrücken. Sie schliefen schlecht, durch die Anspannung und die Kälte. Flüsternd sprachen sie den Plan noch einmal durch. Hans zweifelte manchmal daran. Was machen wir hier nur, um Himmels willen? Dann redete sie auf ihn ein. Danach konnte sie jedoch selbst nicht so recht schlafen. Und auf der anderen Seite der Wand schlief man noch schlechter. Jede Nacht wachte Marjorie mindestens einmal auf, weil sie in dem Wohnwagen Gescharre und Seufzen hörte, dann das Entzünden eines Streichholzes. Sie blieb dann reglos liegen und lauschte, bis sich die Eingangstür öffnete und wieder schloss. Meistens war sie wieder eingeschlafen, bevor die Tür erneut aufging. Anscheinend verbrachte Esther nachts viele Stunden draußen in der Kälte. Sie sprachen nie darüber.

»Was machen wir, wenn die Geburt schiefgeht?«, wollte Esther einmal während des Abendessens wissen. Das Baby bewegte sich viel und trat sie gerade in diesem Moment. Sie hatte die Hände auf den Bauch gelegt, um die kleinen Fersen zu fühlen. »Es geht nicht schief«, sagte Marjorie und dachte an das eine Mal im Onze-Lieve-Vrouwe-Krankenhaus, als die Oberschwester, eine Frau, die »die Mauer« genannt wurde, sich zwischen Kopf und Bauch einer Unglücklichen gepresst und das Kind mit ihrem ganzen Gewicht aus dem Bauch herausgedrückt hatte, während die Gebärende, die bereits zwei Tage und eine Nacht gequält worden war, um ihr Leben schrie. »Wenn es schiefgeht«, sagte Hans, »fahren wir *full speed* ins Krankenhaus, und das war es mit unserem Plan.«

»Es geht nicht schief«, wiederholte Marjorie.

Jede freie Minute tüftelte Hans auf dem Gelände

vor dem Wohnwagen an seinem Vauxhall herum. Er putzte, schmirgelte, lötete und betastete jedes Einzelteil.

Am letzten Samstag im Juni fuhr er mit Marjorie zusammen in die Stadt, bis kurz vor die Tür des großen Krankenhauses, in dem sie damals – unvorstellbar, dass es nur ein Dreivierteljahr her war – zu ihrer grenzenlosen Empörung in die Wäschekammer abgeschoben worden war. Es war genau zur Besucherstunde. Mit der Nase hoch in der Luft, am Arm ihres Ehemannes, lief Marjorie schnurstracks durch zur gynäkologischen Station, schlenderte dreimal den Gang auf und ab, bis sie sah, dass die Schwestern die Wöchnerinnen ihrem Besuch überließen und sich selbst zum *Afternoon Tea* setzten. Dann schoss sie blitzschnell in die Materialkammer, um dort unter größter Anspannung alles, was sie brauchen würde, in die große Einkaufstasche und ihre Jackentaschen zu stopfen. Nabelbändchen, Monatsbinden, alles ging mit. Hans stand auf dem Gang Schmiere. »Ich bin um zehn Jahre gealtert«, stöhnte er, als sie kurz darauf vom Parkplatz herunterfuhren, »mir steht der Schweiß auf der Stirn.« Marjorie aber hämmerte auf das Armaturenbrett vor Freude und fühlte sich von einem alten, vertrauten Gefühl erfüllt.

Im Juli machte der Winter ihnen zu schaffen. Sie hatten genug davon, durch den Wagen zu schleichen und Tee zu trinken und konnten einander nur noch schwerlich ertragen. Esther versank in eine merkwürdige Gleichgültigkeit. Ihr Gesicht sah aufgequollen aus. Hans schoss bei jedem kleinen Seufzer hoch. Seine Bewerbungen hatten einen Bürojob in Wellington ergeben, bei Woolworths. In drei Wochen sollte er anfangen. Er hatte seine Arbeit als Zimmermann in Christchurch gekündigt und lungerte nun ebenfalls den ganzen Tag in dem kleinen Wohnwagen herum. Er hackte draußen einen übertrieben großen Vorrat Holz für den Ofen und lackierte die Kratzer am Auto. Vor lauter Anspannung hatte keiner von ihnen Appetit. Marjorie klagte über Magenschmerzen. Viel länger durfte es nicht mehr dauern. Alles war vorbereitet, die Koffer waren gepackt. Der Plan war endlos durchgesprochen und perfektioniert worden. Der Mietvertrag für den Wohnwagen war gekündigt. Es konnte nicht mehr viel länger dauern. Esther litt unter ständigen Krämpfen in den Beinen, Schmerz im unteren Rücken, und ihr Bauch verhärtete sich. Sie fand keine Liegeposition mehr. Das Kind war ins Becken gerutscht und lastete schwer auf ihren Oberschenkeln.

Es war ihnen gelungen, den Kontakt mit den anderen Parkbewohnern zu vermeiden. Das Gelände war so groß, dass es nicht schwierig gewesen war. Doch sie waren weiter aufmerksam. Ganz selten hörten sie in der Ferne ein Auto. Dann unterbrachen sie ihre Beschäftigung – Esther zog sich aus Vorsicht zurück in ihre kleine Kammer – und lauschten so lange, bis die einzigen Geräusche, die sie hörten, Vögel, Wind, Bäume und Wasser waren.

Der Schnee dämpfte die Geräusche. Er erinnerte sie an den holländischen Winter. Nachts waren die ersten Flocken gefallen. Hans und Marjorie bewarfen sich an diesem Morgen mit Schneebällen. Esther stand in der Türöffnung, die weite Weste über ihrem aufgebauschten Kleid, und beobachtete sie amüsiert. Die Luft war bleigrau, es würde zweifellos noch mehr Schnee fallen. Hans bekam Marjorie schlitternd und rutschend zu fassen und warf ihr einen Schneeball in den Nacken, während sie sich totlachte und »meine Narbe, meine Narbe!« schrie und dabei versuchte, ihm ein Bein zu stellen. Doch sie spürten beide, dass ihre Fröhlichkeit nicht echt war, als würden sie etwas nachspielen, was sie an früher erinnerte. Danach klopften sie den Schnee von den Kleidern und schaufelten zusammen das Auto frei. Sie hoben ihre Kiste hinein, in dem ein großer Teil ihres Besitzes war. Hans würde sie heute in Lyttelton zum Schiff bringen und dann in die Stadt fahren, um dort einzukaufen. Mit kalten, steifen Lippen gaben sie sich einen Abschiedskuss, und sie winkte dem Auto hinterher. Durchgefroren, die Hände unter die Achseln gesteckt, lief sie zum Wohnwagen und zog die Tür hinter sich zu. Sie schloss gewohnheitsgemäß ab. Man konnte nie wissen. Esther war dabei, Kaffee zu kochen. In der letzten Zeit hatte sie hin und wieder Lust auf Kaffee. Marjorie nahm ein klammes Handtuch vom Wäscheständer, der beim Allesbrenner stand, und trocknete sich den Hals und die Haare ab. Sie gähnte, sie hatte diese Nacht sehr schlecht geschlafen. »Ich leg mich gleich nochmal einen Moment hin«, sagte sie und setzte sich an den Tisch, auf dem das Frühstück noch nicht abgeräumt war. Sie wartete auf den Kaffee, gähnte wieder, wobei ihr die Tränen in die Augen stiegen. »Der Kaffee riecht nicht gut«, sagte Esther, »ich will keinen.« Marjorie sah nach draußen, und ihre Miene verfinsterte sich. Sie dachte an die letzte Nacht, als sie im Dunklen dagelegen und gegrübelt hatte und sich mit einem Mal sicher gewesen war, dass sie nie ein Kind bekommen und Esther ihr Kind niemals hergeben würde. Wenn es erst einmal geboren war, war sie sich sicher, dass sie … Die Aussicht auf ein missratenes Leben hing noch immer über ihr. Dann sah sie den Mann und die Frau. Sie waren dick eingepackt und stapften durch den Schnee, direkt auf ihren Wohnwagen zu. Sie kamen so nah heran, dass sie die beiden dort sitzen sahen. Wahrscheinlich hatten sie ihr Auto weiter vorne auf dem Weg abgestellt.

»Esther«, sagte sie tonlos.

Esther drehte sich um. Marjorie richtete sich halb auf, machte sich vor dem Fenster so breit wie möglich und erwiderte den Gruß der beiden. »Schnell«, sagte sie, Esther hatte verstanden. Sie ließ sich auf Hände und Knie fallen, leise keuchend, da ihr diese Art der Bewegung nicht mehr besonders leichtfiel, und kroch so nah wie möglich an der Wand entlang unter dem Fenster hindurch zu ihrem Zimmer. Der Rock ihres Kleides schleifte dabei ungeschickt über den Boden, sodass sie immer wieder das Gleichgewicht verlor. »Die Teller, die Teller«, zischte sie. Es drang nicht zu Marjorie hindurch, was Esther meinte. Unschlüssig wartete sie, bis der Mann und die Frau am Fenster angelangt waren. *Good morning!* Sie lachten einander zu. Der Mann trug eine Pudelmütze, darunter standen seine Segelohren schräg zur Seite ab, die Enden waren von der Kälte gerötet. Er hatte ein großes, verwundertes Gesicht. Die Frau hatte braune Knopfaugen. Wenn sie lachte, zeigte sie viel Zahnfleisch. Der Mann und die Frau waren nicht viel älter als sie selbst. Sie machten immer wieder begeisterte Grimassen zueinander, eine etwas merkwürdige Situation, und Marjorie war klar, dass sie nicht so schnell wieder verschwinden würden. Hinter sich hörte sie die Tür von Esthers Zimmer leise auf- und zugehen. Die Frau machte ein Zeichen, Kaffee, ob sie Kaffee habe? Marjorie schüttelte lachend den Kopf und rief durchs Fenster, dass sie keine Zeit habe, »Sorry, no time!«, und zeigte auf die Koffer, die im Wohnwagen bereitstanden. Die Knopfaugen fielen der Frau vor lauter Erstaunen fast aus dem Kopf. Der Mann zeigte auf die Tür. Sie fluchte innerlich, konnte aber nichts anderes machen, als zur Tür zu gehen und sie zu öffnen.

Es waren Niederländer. Sie stellten sich vor, aber die Namen drangen nicht zu Marjorie durch. Die ganze Zeit über dachte sie an die Wasserspur, die Esther beim Kriechen über den Boden zurückgelassen hatte, sie nahm den süßlichen Geruch wahr. »Reisen Sie jetzt schon wieder ab?«, fragte der Mann, »Sie sind doch gerade erst hergezogen!« Er hatte einen friesischen Akzent. Sie versuchte fieberhaft ihre Gedanken zu ordnen. »Ja«, sagte sie, »aber mein Mann hat einen besseren Job gefunden.« In Wellington, wollte sie hinzufügen, aber sie konnte sich gerade noch bremsen. »So, so«, sagte der Mann anerkennend, »ein neuer Job, das ist gut. Und wo, wenn man fragen darf?«

Sie hatten sich feierlich versprochen, nichts zu erzählen. Sie würden umziehen, und Esther sollte nicht erfahren, wohin. Jetzt saß sie hinter der dünnen Wand und hörte mit. Marjorie starrte über die Köpfe des Ehepaars hinweg in die Pinien, von deren Ästen der Schnee hinunterglitt und mit einem dumpfen Plumps auf den Boden fiel.

»Auckland«, sagte sie dann.

»So, so. Das klingt gut. Und wann ziehen Sie aus?!«

Sie spürte, dass sie einen merkwürdigen Eindruck machte.

»Bald«, sagte sie.

Der Mann und die Frau schienen tief enttäuscht, als würde ihr Fortgehen den Untergang der Welt bedeuten.

»Wie bald?«

Marjories Augen fielen gewohnheitsmäßig dorthin, wo die Knochen und der kleine Schädel lagen, aber der Schnee hatte alles zugedeckt.

»Bald«, sagte sie stumpfsinnig.

»Und wir wollten uns so gerne mal mit Ihnen treffen«, sagte der Mann, »zum Kennenlernen. Wir sind aus Reitsum, bei Dockum.« Sie erkannte den Tonfall ihrer Heimat. »Natürlich«, sagte sie und drückte die Tür nun fast zu, denn im Zimmer hinter ihr klangen unterdrückte Aufschreie, »aber nicht jetzt.«

»Bei Rückenwind ist man mit dem Rad ganz schnell in Dockum. Wo kommen sie her?«

»Ich rieche Kaffee«, sagte die Frau.

»Bonifatius wurde von den Friesen bei Dokkum ermordet«, sagte Marjorie und verzog das Gesicht, gab der überreizten Verzweiflung Ausdruck, die sie in diesem Moment tatsächlich empfand. Die Frau nickte erfreut.

»Halten Sie uns auf dem Laufenden«, sagte der

Mann. »Dann können wir zu viert noch eine *Gallon* auf die Zukunft trinken. Unser Junge heißt Lewis.«

Sie nickte.

»Eigentlich heißt er Lieuwe«, erklärte die Frau.

»Das machen Sie aber wirklich, ja?«, drängte der Mann, »noch bevor Sie wegfahren.« Höflich lächelte sie. Er wollte gerade anfangen zu erklären, wo sie sie finden könnten, doch Marjorie schloss lachend und nickend die Tür. Aus dem kleinen Zimmer erklang leises Stöhnen. Sie sah auf die nasse Spur auf dem Boden, die bis zur Tür des Zimmers verlief. Das Ehepaar knirschte durch den Schnee. Sie ging zum Fenster, winkte noch einmal, behielt sie scharf im Auge, bis sie ganz aus ihrem Sichtfeld verschwunden waren. Erst als sie in der Ferne ein Auto wegfahren hörte, erwachte sie aus ihrer Betäubung. »Weg«, sagte sie und sah die drei Frühstücksteller auf dem Tisch stehen.

»Marjorie … komm mal her.«

Esther stand mit ihren hochhackigen Schuhen in einer Pfütze Fruchtwasser und hielt ihren Rock hoch.

»Du bist mir noch nicht erschöpft genug«, meinte Marjorie sechs Stunden später, während sie einen neuen Vorrat Holz in den Ofen schob, denn sie erinnerte sich an den benommenen Zustand der Frauen im Kreissaal, die in sich gekehrten Blicke, als würden sie sich auf einem anderen Planeten befinden und sich nicht mehr des Anblicks bewusst sein, den sie boten: die weit geöffneten Beine, die Schamgegend, in die jeder geradewegs hineinsah, der Stuhlgang, das Blut – der Verlust jeglichen Anstands. Esther dagegen behielt starrsinnig ihr Kleid und ihre hohen Schuhe an, schlurfte zwischen den Wehen gequält durch den Wohnwagen und weigerte sich stur gegen die Untersuchung, auf die Marjorie drängte. »Was für ein Zustand«, sagte sie immer wieder. »Du musst es viel langsamer angehen«, sagte Marjorie, »du musst Kräfte sparen.« Mittags hatte sie vorsichtig versucht, sich ein Butterbrot zu machen, aber Esther, die in dem Moment eine Wehe hatte und auf Händen und Knien durch den Wohnwagen kroch und dabei löwenähnliche Geräusche von sich gab, raunte ihr zu, dass sie sich mit ihrem Butterbrot zum Teufel scheren solle. Weg mit dem Essensgeruch. Daraufhin hatte Marjorie das Brot schnell in den Schrank zurückgestopft. Obwohl ihr der Magen knurrte, verspürte sie keinen wirklichen Hunger. Nach jeder Wehe kontrollierte sie das kleine Herz. Manchmal wollte Esther, dass sie kräftig gegen ihren unteren Rücken drückte, damit sie den Schmerz weniger spürte. Ansonsten sprachen sie kaum, ließen die Zeit verstreichen. Draußen konnte man nicht die Hand vor Augen sehen, es schneite einfach weiter. Hans war noch immer nicht zurück. Das stand so nicht im

Plan. Marjorie, die seit ihrer Operation nicht mehr in der Kirche gewesen war, sendete unaufhörlich Stoßgebete zum Himmel.

»Wie lange dauert es noch?«, stöhnte Esther Stunden später. Sie lehnte auf ihre Hände gestützt an dem lauwarmen Ofen, während Marjorie hinter ihr stand und ihr über den Rücken rieb. Sie hatten ihre Jacken an, ihr Atem hinterließ kleine Wolken. Ich muss nachher versuchen, den Ofen anzubekommen, dachte Marjorie, das Kind darf nicht frieren. »Wenn ich dich untersuchen darf«, sagte sie, »dann weiß ich, wie weit du offen bist.« Die nächste Wehe kündigte sich an.

Über der Matratze des großen Bettes lag eine Gummiunterlage. Darüber die Handtücher. Es war mitten in der Nacht. Esther lag stöhnend auf der Seite und hielt die Kürze, mit der die Wehen aufeinanderfolgten, nicht mehr aus. Sie geriet in Panik, verlor die Kontrolle. Sie brüllte, zutiefst beleidigt über den Verlust des Verfügungsrechts über ihren Körper und fassungslos über so viel Schmerz. Sie schnappte kurz und schnell nach Luft und geriet in Atemnot. Marjorie, innerlich starr vor Angst, saß auf dem Rand des Bettes und gab in autoritärem Tonfall kurze, ruhige Anweisungen, wie sie es bei den Gynäkologen gesehen hatte. »Atmen … atmen …« Hans war nicht nach Hause gekommen. Kein Auto, keine Hilfe in

Sicht. Schnee. Es durfte nichts schiefgehen. Lass es nicht schiefgehen.

»Atmen … atmen …«

Unaufhörlich strich sie Esther über den Rücken und sprach ihr dabei leise und ermutigend zu, »versuch loszulassen«, sagte sie, »gib dich dem Schmerz hin, lass dich leiten.« Mit einem nassen Waschlappen betupfte sie das verschwitzte, gequälte Gesicht. Nun dämmerte Esther immer wieder weg. Gefangen in einem rasenden Körper, vom Schmerz benommen, glitt sie in eine andere Welt. Sie klagte in einem Stück, leise und erbärmlich, es klang fast wie Singen, ein halluzinierendes Lied. Marjorie ermutigte sie weiter in ruhigem Ton. »Das machst du gut. Gut so.« Sie wagte es kaum, ihre Augen von dem Körper zu nehmen, in ständiger Angst, Esther würde ihr entgleiten. Und doch gelang es ihr irgendwie, den Ofen zum dritten Mal zum Brennen zu bekommen, die Öllampe zu füllen und die Kerzenständer neu zu bestücken. Sie konnte einen schnellen Schritt vor die Tür setzen, in der Hoffnung, Scheinwerfer eines Autos zu entdecken.

Gegen Morgen dann kam eine Veränderung, als würde Esther erwachen, mit sehr unruhigem Blick fragte sie: »Wo ist Hans?« Das Nest sollte sicher sein, und das war es nicht. Daraufhin richtete sie sich auf: »So, ich hör auf. Ich habe keine Lust mehr.« Die Ankündigung der Presswehen, wusste Marjorie. »Das ist gut«, sagte sie, »mach einfach, was du jetzt für richtig hältst.«

Die Presswehen dauerten lange. Marjorie fragte sich, wie lange Presswehen dauern durften. Esther lag breitbeinig in den Kissen, und Marjorie kniete vor ihr auf dem Bett und drückte bei jeder Wehe kräftig ihre Unterschenkel nach hinten. Das Blut, der Geruch, die Berührung, all die Intimität, sie merkten es nicht mehr. Und doch saßen die Pumps noch an Esthers Füßen, der Büstenhalter durfte nicht ausgezogen werden und auch nicht das Kleid, das nun bis über die Achseln hochgeschoben war.

Vielleicht dauerten die Presswehen zu lange. Wie sehr Marjorie sich auch anstrengte, einen klaren Gedanken zu fassen, sie wusste es nicht mehr. Sie wusste nicht mehr, wann genau es zu lange wäre und was genau sie dann tun sollte. Sie sah sich im Dunklen über das riesige, unbeleuchtete Gelände durch den Schnee kämpfen, vergeblich auf der Suche nach dem Platz, wo der Mann und die Frau wohnten. Sie verfluchte sich selbst, dass sie bei deren Erklärung nicht zugehört hatte. Doch was wäre dann? Was würden sie hier vorfinden? Sie konnte einfach nicht weg. Ohne ihre kurzen, kühlen Anweisungen war Esther verloren.

»Pressen … los jetzt … halt durch … nicht so stark … gut so … und jetzt wieder aufhören.«

Lass es nicht schiefgehen. Lass es bitte nicht schiefgehen. Auf einmal hatte sie eine furchtbare Vision. Sie sah eine Tote, sah zwei Tote. Wir waren vollkommen blind, geistesgestört. Zwischen den Wehen hindurch heulte Esther, dass sie es nicht schaffen würde, dass sie auseinanderplatzen und sterben würde. Marjorie antwortete mit dieser merkwürdigen, beherrschten Gynäkologenstimme: »Nicht schreien, behalt das Ziel im Auge, konzentrier dich, alles ist gut …« und dachte gleichzeitig: Das ist das Ende.

Eine scheußliche, lang andauernde Wehe. Das darf nicht so weitergehen, das wusste Marjorie auf einmal glasklar. Ich muss etwas tun. Als die Wehe endlich vorüber war, fiel Esther sterbensbang nach hinten in die Kissen und flehte um eine Pause, einen Moment der Ruhe, nicht noch so eine Tortur. Doch da auf einmal sah Marjorie die schwarzen Haare des Köpfchens.

»Das Kind wartet nicht«, sagte sie.

»Bei der nächsten«, sagte sie, »oder bei der danach. Und jetzt press, wie du nur kannst.«

Das Köpfchen war ein Kraftakt. Esther presste um ihr Leben. Die Wehe war schlimmer als alle vorherigen, doch sie endete mit der Befreiung des Köpfchens und damit, dass die schwerste Arbeit geschafft war. Im Zimmer herrschte eine windstille Konzentration. Marjorie glitt mit ihrem Finger entlang des kleinen Halses, kontrollierte, ob sich die Nabelschnur nicht herumgewickelt hatte, und hakte ihren Finger hinter eine Schulter. Bei der nächsten Wehe rutschte das Kind mit einem Dreh in ihre Hände, sie fing es mit gespreizten Händen auf. Fühlte den warmen Leib, voller Leben. Sie sah auf den Wecker. Es war acht nach halb fünf. »Es ist ein Junge«, sagte sie. Seine Füße waren blau. Er öffnete sofort die Augen. Dann schnappte er nach Luft und gab einen Ton von sich, der entfernt an Weinen erinnerte, jedoch undefinierbar war. Sie konnte sich nicht vorstellen, dass er nicht schon immer da gewesen war. Hallo, Liebling, sagte sie wortlos. Aber er war nicht von ihr. Sie legte die sauberen Handtücher, die sie mit der Wärmflasche vorgewärmt hatte, um ihn. Sie wagte es nicht, an irgendetwas zu denken und wiederholte wie in einem Film alle Handlungen, an die sie sich erinnerte. Sie sog sein Näschen und seinen kleinen Mund mit einem dünnen Gummischlauch leer, band die gräuliche Nabelschnur ab. Schnitt diese dann durch, mit zwei, drei Schnitten und einer rauschenden Stille in ihrem Kopf. Sie rieb das Baby sauber, kontrollierte seine Reflexe, zählte seine Finger und Zehen. Ihre Hände erschienen neben seinen wie die eines Riesen. Sie wickelte ihn in die warmen Tücher. Jedes Bild fraß sich in ihr Gehirn ein. Dann legte sie, ohne etwas zu sagen, das Kind in Esthers Arme.

Es gab keine andere Möglichkeit.

Danach widmete sie sich dem Unterleib der Mutter. Sie zog die Pumps von den eiskalten Füßen. Wartete ruhig auf die Wehe, die die Plazenta heraustreiben würde. Die Wehe überraschte Esther, und sie protestierte, nun hatte sie wirklich keine Lust mehr. Marjorie nahm das blutige Handtuch weg. Sie wusch sich zum soundsovielten Mal die Hände mit Desinfektionsseife. Sie versorgte die Mutter, wusch sie, sah, dass sie sie würde nähen müssen. Das hatte sie oft genug gesehen. Mit ruhigen Bewegungen holte sie die krumme Nadel heraus und befestigte den Faden daran. Verbot ihren Händen, mit einer eisigen, inneren Stimme, zu zittern. Als hätte sie nie etwas anderes getan, setzte sie drei kleine Stiche, so schlimm war es nicht, nichts Außergewöhnliches, sie hatte viel Schlimmeres gesehen. Esther spürte nichts und sah auf das Kind. Die ganze Zeit über schwiegen sie. Marjorie verrichtete ihre Arbeit und wusste, dass Esther das Kind nicht hergeben würde.

Es war gutgegangen, das war das Einzige, was zu ihr hindurchdrang. Von Zeit zu Zeit schickte sie etwas wirre, dankbare Gedanken gen Himmel. Draußen hatte es aufgehört zu schneien. Es dämmerte. Sie spürte nichts weiter als ein tiefes Gefühl der Abscheu vor sich selbst. Sie machte sich nützlich, indem sie den Allesbrenner wieder anheizte, Wasser kochte und Esther Tee und einen Cracker gab. Sie selbst konnte nichts essen. Im Spiegel starrte ihr ein unbekanntes, hohläugiges Gesicht entgegen. Sie füllte neue Wärmflaschen und legte sie unter Esthers Decke. Esther lag mit klappernden Zähnen und geschlossenen Augen da, in den Armen das dick eingepackte Kind. »Mir ist so kalt, so schrecklich kalt.« Sie öffnete nicht die Augen. Marjorie legte noch eine Decke über sie. »Das kommt von der Anspannung«, sagte sie, »du hast gerade das Matterhorn bestiegen, so musst du das sehen.« Das Kind hatte die Augen geöffnet. Marjorie setzte sich ans Fußende und sah auf den Boden. Sie hatte keine Ahnung, was sie sagen sollte. Der Boden kam auf sie zu und bewegte sich wieder von ihr weg. Das alles dauerte eine Ewigkeit.

Zu dem Zeitpunkt, als Hans hereinkam, stand bereits eine fade Wintersonne am Himmel. Marjorie reichte ihm eine Tasse Tee. Er sah ebenso hohläugig und blass aus wie sie, als hätte er in seiner Abwesenheit genau das Gleiche durchgemacht. »Bloody hell«, sagte er nach ihrem Bericht. »Ich habe es mir gedacht, das hatte ich befürchtet!« Die Wege waren unbefahrbar gewesen, das Auto hatte seinen Geist aufgegeben, etwas stimmte nicht mit dem Kühlwasser. »Stell dir nur vor«, sagte er, »da stand ich mit kochendem Motor im Schnee.« Er hatte die Nacht bei einem nichts ahnenden Kollegen und seiner Frau verbracht und vor Sorge keine Auge zugetan. Heute Morgen in aller Frühe hatte er das Auto von der Werkstatt abholen können.

Marjorie wollte ihn beruhigen. Es war gutgegangen. Das Kind war geboren, und es würde bei Esther bleiben. Es war gutgegangen, und darüber mussten sie froh sein. Was hat uns denn bloß geritten, wollte sie fragen, was haben wir uns eigentlich dabei gedacht? Warum haben wir nicht gesehen, wie geistesgestört das war? Aber sie bewahrte sich alle Fragen für später auf, im Augenblick konnte sie nichts herausbringen.

Etwas war mit ihren Gesichtern passiert, mit allen dreien. Sie schauten einander an und erkannten bei den anderen den gleichen Ausdruck. Die beiden standen neben dem Bett, in dem viel zu kleinen Zimmer, die Schienbeine gegen die metallene Bettkante gedrückt. In der schweren Luft, in der man all die Stunden der letzten Nacht roch. »Hallo«, sagte Hans leise. »Hallo«, sagte Esther. Ihre Stimme klang schwach und irgendwie beleidigt. Man hatte ihr viel Schmerz zugefügt.

Alle drei beugten sich über das Kind. Ruhige, wache Augen.

»Das war ein Theater«, sagte Esther nach einer Weile. Dann sah sie Marjorie an, lächelte und sagte leise: »Well done.« Im tiefsten Inneren fing etwas, was ganz und gar verschrumpelt war, an, um einen Millimeter anzuschwellen. »Du auch«, erwiderte Marjorie.

Esther nahm das Bündel in die Hände und reichte es Hans.

»Bitte schön, dein Sohn.«

Erschrocken nahm er das Baby von ihr an. Marjorie, die vierundzwanzig Stunden lang nichts gegessen und zweiunddreißig Stunden nicht geschlafen hatte, verschwamm alles vor Augen, und doch begriff sie alles auf der Stelle. Du kannst dein Kind nicht einer anderen Mutter geben.

Mühsam zog Esther sich hoch, sie versuchte aufzustehen, sank aber schwindelnd zurück. »Was machst du da?« Sie wollte in ihr eigenes Zimmer in die Kissen. Marjorie legte die Decke um sie und stützte sie. »Halt deinen Bauch fest«, sagte sie. Schritt für Schritt legten sie die Entfernung durch den Wohnwagen zurück. Hinter ihnen stand Hans mit seinem Sohn in den Armen. Sie legte Esther, die ihr Kleid noch immer nicht ausziehen wollte, in das kalte Bett, stopfte die Decke so gut es ging fest, sah einen Moment mit neuem Blick auf das Familienbild, das zusammen mit der Menora auf dem Nachttisch stand, schloss die Tür hinter sich und lief zurück, um aus dem anderen Bett die Wärmflaschen zu holen. Hans hatte sich mit angewinkelten Beinen aufs Bett gesetzt, das Bündel vor sich auf den Oberschenkeln. »Sieh nur«, sagte er. Er hielt seine beiden Riesenfinger ausgestreckt, und die winzigen Händchen klammerten sich herum. Sie sah den Blick, mit dem er auf seinen Sohn schaute. Das Baby lag mit geschlossenen Augen da und machte leise, meckernde Geräusche. Von Zeit zu Zeit schob sich eine kleine Zunge grazil hervor. Marjorie ging zurück ins Wohnzimmer, füllte die Wärmflaschen mit heißem Wasser aus dem Kessel, schraubte sie gut zu und steckte sie danach zwischen die Decken zu Esther, die mit dem Gesicht zur Wand dalag und immer noch mit den Zähnen klapperte. Marjorie zog ihr die Decke bis zum Kinn und stopfte sie an allen Seiten fest um sie herum, kontrollierte, ob die Wärmflasche gut an ihren Füßen lag. Sie streichelte über die platt gelegenen, traurig herabhängenden Locken. Keine Bewegung, nur das Zittern. Dann hörte man unter den Decken eine erstickte Stimme, Marjorie musste sich herunterbeugen, um sie zu verstehen. »Was sagst du?«, flüsterte sie. Etwas mit »sicher leben«, verstand sie, die Worte gedämpft durch eine Schneeschicht gefrorener Tränen.

»Versprochen«, sagte sie und fühlte sich dabei von den ernsten Gesichtern des Vaters, der Mutter und des kleinen Bruders in dem Bilderrahmen beobachtet.

Dann schloss sie hinter sich die Tür und fing an,

den Wohnwagen aufzuräumen. Ihnen blieb nicht viel Zeit. Um acht Minuten nach halb fünf an diesem Nachmittag würde ihr Sohn geboren werden.

15

Außerhalb von Christchurch hörte ziemlich bald die Zivilisation auf, und es erstreckte sich eine undefinierbare Landschaft. Weite Flächen waren mit langsam schmelzendem Schnee bedeckt. »Ich würde das hier«, bemerkte sie und hörte sich dabei selbst wie trunken, mit schwerer Zunge sprechen, »als Niemandsland bezeichnen.« »Das stimmt, mein Schatz«, sagte Hans, der nicht zuhörte, weil er zu nervös und ergriffen war. Er versuchte, seine Aufmerksamkeit auf die eisglatte Straße zu richten. Hans traute sich nicht, schnell zu fahren, denn auf dem Boden zwischen Vorder- und Rücksitz war ein Pappkarton geklemmt und darin lag – in dicke Decken gewickelt und von heißen Wärmflaschen umgeben – das Baby. Für die Außenwelt unsichtbar, weil es dieses offiziell noch nicht gab. Das einzige Mal, dass sie von einem anderen Auto überholt wurden, sorgte Marjorie dafür, dass sie gut sichtbar, mit gequältem Gesicht, auf dem Beifahrersitz hing. Den dazu passenden besorgten Gesichtsausdruck hatte Hans schon von selbst. Nicht, dass jemand sie beachtete, aber sie gingen kein Risiko ein. »Ich würde es«, setzte sie nach einer Weile erneut an, »als einen nicht existenten Zeitpunkt bezeichnen, an dem alle Karten neu gemischt werden.« Die Worte kamen schleppend hervor, dennoch war sie auf eine merkwürdige, halluzinierende Weise hellwach. »Man verschwindet in einer grünen Ebene«, redete sie weiter, »es geht immer weiter, nichts als Grün und Weiß um einen herum, und wenn du da wieder herauskommst, hast du ein Baby.« Sie sah zwischen die Sitze. Das Kind schlief. Sie hatte ihm seine erste Flasche gegeben, noch im Wohnwagen, kurz bevor sie nach Christchurch gefahren waren, um Esther nach Hause zu bringen.

Nun tauchten die ersten Hügel und Bahngleise neben dem Weg auf. »Hier ging es mir schon sehr schlecht«, sagte sie. Die Fahrt Richtung Norden hatte sie vorher berechnet, die Karte vor sich auf dem Tisch ausgebreitet. Sie führten grimmig und entschlossen ein Theaterstück auf, und dies war die Generalprobe. Hans war der Stichwortgeber.

»Was habe ich davon gemerkt?«

»Ich klagte bereits über Schmerzen in meinem unteren Rücken.«

»Richtig.«

»Darüber klagte ich schon seit Wochen.«

»Woran lag das, deiner Meinung nach?«

»An den *Pumpkins*, am Essen hier. Meine Verdauung war schon seit Monaten nicht ganz in Ordnung.«

»Meine auch?«

»Nein, du hattest keine Probleme, denn du bist ja schließlich schon viel länger hier.«

»Ich hatte schon länger nicht mehr meine Regel.«

»Warum hat dich das denn nicht beunruhigt?«

»Ich hatte leichte Blutungen. Darum dachte ich, ich hätte meine Regel.«

»Ach so.«

»Aber es hielt nie lange an.«

»Woran dachtest du, könnte das liegen?«

»Ich dachte, es käme von dem Flug.«

»Mir war schon aufgefallen, dass mein Bauch dicker wurde.«

»Ach ja?«

»Verstopfung, dachte ich, vom Essen.«

»So einen dicken Bauch, nur von Verstopfung?«

»So groß war der Bauch gar nicht.«

»So, so.«

»Wie war das eigentlich möglich?«

»Was?«

»Dass der Bauch so klein blieb, als du schwanger warst – was wir nicht wussten, was du aber warst. Auch wenn du es in Wirklichkeit nicht warst.«

»Ich war in Wirklichkeit schwanger.«

»Ja, aber … jetzt wird es mir zu kompliziert.«

»Zurück zum Bauch, warum der Bauch nicht dicker geworden ist.«

»Und?«

»Weil ich starke Muskeln habe. Ich mache viel Sport und habe daher starke Bauchmuskeln. Die haben dann dagegengewirkt. Das kann passieren. Darum wusste ich es nicht.«

»Aber als du dann wochenlang Schmerzen hattest …«

»Ja?«

»Wieso bist du dann nicht zum Arzt gegangen?«

»Weil ich eine eigensinnige Krankenschwester bin, die denkt, dass sie alles besser weiß.«

»Ja, das stimmt.«

»Nein, das ist doch die Geschichte.«

Zwischendurch schwiegen sie, lauschten angespannt auf die Geräusche des Babys. Hegten angstvolle Gedanken.

Der Weg ging hoch in die Hügel hinauf. Unten lag ein glühendes Tal, malerisch, im fahlen Mittagslicht. In der Tiefe war der Fluss nur als dünner Strich zu sehen. Tannenbäume mit tropfenden Ästen. Marjorie sah den Weg schmaler und dann wieder breiter werden, komisch, was Schlafmangel mit einem machte. »Hier bekam ich langsam Panik. Ich wusste nicht mehr, was mit mir los war. Die Stiche kamen in immer kürzeren Abständen. Ich konnte nichts mehr dagegen tun.«

»Was haben wir dann getan?«

»Nichts, wir sind so schnell wie möglich weitergefahren. Hier ist ja schließlich nichts.«

Dann auf einmal, nach einer Kurve, war der Südpazifik zu sehen, das Wasser war aufgewühlt und spritzte tosend gegen die Felsen. Trotz der Anspannung verspürte Marjorie Begeisterung. »Sieh nur«, rief sie, »Seehunde!« Die Straße wurde kurvig, links die Eisenbahnschienen, rechts das Meer. Sie fuhren durch kleine Tunnel hindurch und sahen noch mehr Felsen im Meer, in der Luft die Möwen. Der Weg wurde nun so kurvenreich, dass ihr übel wurde, wie einer echten Schwangeren. In Kaikoura hielten sie in der Nähe eines Hauses an und hofften, dass sie gesehen wurden. Sie blieben ein paar Minuten neben ihrem Auto stehen. Marjorie krümmte sich und machte die Gebärden einer Schauspielerin, die Rückenschmerzen und Übelkeit darstellt. Sie konnte noch immer nichts essen, und ihr Magen fühlte sich so hohl an, dass sie allmählich wirklich Schmerzen verspürte. Ihr Zwerchfell war gespannt und fühlte sich an wie aus Stahl. Sie lehnte sich mit der Stirn ans Autodach, trampelte mit den Füßen, wie sie es bei Esther gesehen hatte und lebte sich leidenschaftlich in ihre Rolle ein. Ich hätte Schauspielerin werden sollen, dachte sie. Das ist ein gutes Gefühl, als würde ich mehr als ein Leben führen. Hans stand ein bisschen verloren daneben. Es war nasskalt. Da sie nicht sehen konnten, ob dort überhaupt jemand im Haus war, fuhren sie schnell weiter. Marjorie kontrollierte die Wärmflaschen, die noch immer genügend Wärme abgaben. Das Kind schlief. Die kleinen Hände schauten heraus, die Handgelenke elegant nach oben abgeknickt. Sie steckte sie vorsichtig unter die Decken. Ihre Augen drehten sich die ganze Zeit über nach innen. Der verschwommene Ausdruck kam ihr gelegen, er machte alles glaubhafter.

»Nennen wir ihn erst nach deinem Vater und dann nach meinem, oder umgekehrt?«, fragte Hans.

»Wir wissen doch nicht einmal, dass wir ein Kind bekommen«, antwortete sie.

Auf dem Weg zwischen Kaikoura und Blenheim war es vollkommen ausgestorben. Sie waren schon eine ganze Weile niemandem mehr begegnet. Eine ausgedehnte Dünenlandschaft. Die Straße rollte bergauf und bergab. Die Übelkeit kam zurück.

»Warum fahren wir hier entlang?«, fragte Hans.

Sie lächelte schwach. »Das klingt ja wie im Katechismus. Warum sind wir auf der Welt?«

»Und?«

»Wir ziehen vom Süden in den Norden, weil du einen neuen Job in Wellington hast, und wir wollten uns für den Weg dorthin etwas Zeit nehmen.«

»Und ein bisschen vom Land sehen.«

»Stimmt.« Es klang wie ssstimmt, weil ihre Zunge langsam nicht mehr mitmachte. Sie kicherte.

»Warum sind wir nicht mit dem Schiff nach Wellington gefahren, zusammen mit unseren Sachen?«

»Dann hätten wir nichts von der Gegend gesehen. Das Schiff fährt nachts.«

»Hm.«

»Und wir wollten über die Marlborough Sounds fliegen.«

»Ich dachte, dass du nach dem Luftrennen nie mehr fliegen wolltest?«

»Du hast mich überzeugt.«

»Ich dich überzeugt?«

»Ja.«

»Wie hab ich das denn geschafft?«

Sie lachte und kitzelte ihn im Nacken. Tränen in den Augen. Ich bin genauso labil wie eine schwangere Frau, dachte sie. Und ich sehe genauso aufgeblasen aus. Es muss klappen.

»Warum hatten wir so viele Decken bei uns? Und Wärmflaschen?«

»Weil es im Auto kalt war. Du sollst keine überflüssigen Fragen stellen.«

Von Zeit zu Zeit dämmerte sie in einen Traumzustand weg und war zugleich wacher denn je. Aber er konnte nicht aufhören, weil er immer nervöser wurde, je weiter sie sich Blenheim näherten.

»Und die Flaschen, und das Milchpulver, und die Kleider?«

»Das wird niemand erfahren, du Dussel.«

»Halt an«, sagte sie laut. Erschrocken trat er auf die Bremse. Das Auto hielt inmitten der verschneiten Dünenlandschaft. Wie auf ein Zeichen drehten sie sich um und sahen zwischen die Sitze, aber das Baby hatte nichts bemerkt und schlief weiter.

»Hier ist es«, sagte sie, »es ist vier Uhr, dies ist der Ort, hier wird es passieren.«

»Woher wusstest du das?«

»Es war, als würde ich aus einem merkwürdigen Dämmerzustand aufwachen«, sagte sie, »und auf einmal verspürte ich den Drang zu pressen.«

»Und was hast du zu mir gesagt?«

»Ich habe gesagt, dass du das Auto parken solltest, irgendwo am Straßenrand. Ich sagte, dass ich ein Kind bekäme.«

»Woher wusstest du das jetzt auf einmal?«

»Ich wusste es. Auf einmal begriff ich, was mit mir los war.«

»War es nicht so, dass die Fruchtblase geplatzt war?«

»O … ja … natürlich.«

Ich muss weiterhin aufpassen, ich muss mich weiterhin konzentrieren. Sie tröpfelten Wasser aus der Thermoskanne über den Sitz. Und auf den Boden.

»Und was habe ich gemacht?«

»Du bist meinen Anweisungen gefolgt. Ich bin Krankenschwester. Es gab kein Zurück mehr.«

»Hätten wir nicht lieber schnell nach Blenheim weiterfahren sollen, in ein Krankenhaus?«

»Dafür war es zu spät. Das Kind war bereits unterwegs und wartete nicht. Ich spürte es kommen.«

»Und was haben wir gemacht?«

Sie hing schräg über dem Autositz und sprach mit ihm alles im Detail durch. Sie machte ihm die Haltung vor, beschrieb den Prozess und erklärte, welche Rolle er dabei spielte. Wie er die Nabelschnur abgebunden hatte, mit dem Verband aus dem Erste-Hilfe-Kasten, den sie immer im Auto hatten, und wie er den dicken Strang mit der Verbandschere durchgeschnitten hatte. Sie zog das blutige Handtuch aus der Tasche und faltete es auseinander, zeigte Hans die Plazenta. Er wollte nicht zu lange hinsehen. »Bloody hell«, seufzte er. Um acht Minuten nach halb fünf nahm er ihr Kind mit Decken und allem Drum und Dran aus der Kiste und reichte es ihr.

Draußen grub Hans ein Loch in den kalten Dünenboden und begrub darin das blutige Handtuch und die Plazenta. Er markierte den Ort mit einem Stock, sodass sie ihn wiederfinden würden, falls das notwendig sein sollte. In der Stille des Autos machte sie mit ihrem Kind Bekanntschaft. »Hallo, Liebling«, sagte sie, »wie schön, dass du da bist«, und auf einmal konnten ihre Augen Zentimeter für Zentimeter wieder klar sehen. Sie wanderten über das kleine Gesicht, über die fein gezeichneten Augenbrauen, das kleine Näschen und dann nach unten zu seinen Händchen, die vollkommen entspannt unter dem Kinn ruhten, ohne irgendeinen Widerstand. Warum verspüren wir nur so viel Widerstand, und ihre Augen studierten genau die kleinen, langen Finger mit Nägeln wie gotische Fenster einer winzig kleinen Kathedrale. Aus der Zeit ausgeschnitten. Mit einem Ruck hob sie den Kopf und war wieder ganz bei Sinnen. Sie seufzte tief, spannte die Muskeln an und gab laute merkwürdige Geräusche von sich, um wach zu werden. Das Baby gähnte. Es war einfach unvorstellbar, dass es so eine menschliche Regung zeigen konnte, unvorstellbar. Jeder auf der Welt müsste das sehen. Ihr Zeigefinger strich über die Wange des Kindes, und sie fühlte dessen wunderbare Vollkommenheit. Reflexartig drehte es den weit aufgesperrten Mund zu ihrer Hand und suchte stürmisch und voller Lebenskraft nach einer Brustwarze, ohne dabei aufzuwachen. Sie wurde erfüllt von Liebe, doch es war nicht die richtige Zeit, sich unbekümmert zu geben. Noch waren sie nicht am Ziel, eine große Hürde musste noch genommen werden.

Kurz vor Büroschluss taumelten sie in das kleine Gemeindehaus von Blenheim. Hans trug das Bündel mit dem Säugling auf seinem linken Arm, mit seinem rechten Arm stützte er seine zitternde, frisch entbundene Frau. Das Zittern war nicht gespielt, Schlafmangel und Hunger hatten Marjorie jegliche Körperwärme entzogen. Mit ihr passierten merkwürdige Dinge, und sie ließ sie geschehen. Als stiege sie aus ihrem Körper heraus und liefe nun in doppelter Ausführung über den wogenden Teppich weiter. Schritt für Schritt näherten sie sich dem Tresen, wo die Angestellte, eine grauhaarige Dame, gerade abschließen wollte.

»Good Lord!«

Erschrocken zog die Dame für die junge Frau einen Stuhl heran. Es gab keinen Grund, an ihrer Geschichte zu zweifeln. Man musste nur in die kreideweißen Gesichter sehen, um zu wissen, in welchem Schockzustand sich diese jungen Menschen befanden. *Baby present*, trug sie ein, und es wurde unter dem Namen Robertus Johannes Doorman, Rufname Bobby, registriert. Gehen Sie gleich zum Arzt, riet die Dame, aber sie sah ein, dass die drei sich erst einmal ausruhen mussten, daher erklärte sie hilfsbereit, wo sie das Hotel finden würden.

Autos in einem anständigen Zustand waren ein gefragtes Gut in Neuseeland. In der Werkstatt in Blenheim nahmen sie den Station Wagon dankbar entgegen. Von dem Erlös kaufte Hans die Flugtickets. Marjorie wartete in der Lobby des Hotels, als offizielle Mutter mit ihrem Baby auf dem Arm. Erholt. Alle drei hatten sie tief geschlafen, auch wenn die Aufregung sie selbst im Schlaf nicht verlassen hatte. Der kleine Mann hatte zwischen ihnen gelegen. Er hatte das Fläschchen getrunken und danach ein Bäuerchen gemacht. Seine Windeln sahen gut aus. Alles, was er tat, entzückte die beiden.

Aber erst als sie in dem kleinen, rumpelnden Flugzeug von der Südinsel abhoben, wagte sie es, ihrer Begeisterung Luft zu machen. Das Baby weinte, wie zu erwarten. Der Wirbel um das weinende Kind fühlte sich wunderbar echt an. Sie flogen über die schönste Gegend, die sie je gesehen hatte, unter ihnen beschneite Berggipfel auf Inseln, die scheinbar direkt aus dem Meer herauswuchsen. Etwas hatte sich verändert in der Welt. Die Sonne schien anders. Sie lehnte ihren Kopf an die Schulter ihres Mannes. Er traute der Sache noch nicht ganz. »Und warum sind wir am nächsten Tag nicht zum Arzt gegangen, warum haben wir sofort das Flugzeug genommen?«

Sie dachte einen Moment nach. »Weißt du«, sagte sie, »wenn das irgendjemand jemals fragen sollte, dann sagen wir: Wo wir herkommen, da entbinden die Frauen zu Hause. Da brauchen wir keinen Arzt.«

Gemeinsam betrachteten sie ihr Kind, das mit sorgenvoll gerunzelter Stirn schon wieder einschlief, und sie lachten verliebt. Du wirst ein gutes und sicheres Leben haben, sagte sie in Gedanken, dafür werde ich sorgen. Und die Tränen schossen ihr in die Augen, weil ihr bewusst wurde, dass sie dieses Kind gerettet hatte. Sie wischte die Tränen lachend fort. Hans sah es und drückte sie an sich. Mein Mädchen, sagte er.

Viel sprachen sie nicht.

Der Wermutstropfen blieb.

Das Schild »Vorübergehend geschlossen«. Esther, die durch das stickige Atelier nach hinten zum Sofa stolperte und sich mit angezogener Jacke hinlegte. Die Stille. Die abgebundenen Brüste, die wehtun würden. Die Stille. Der Geruch vergilbter Stoffmusterteile. Sie hatten sie nicht vernachlässigt zurückgelassen, das nun wirklich nicht, in der Küche standen Taschen mit Essen für die kommenden Tage, und Hans' halber Monatslohn lag auf dem Zuschneidetisch, da Esther die letzten Monate natürlich nichts verdient hatte. Man konnte ihnen nicht vorhalten, dass sie nichts für sie getan hatten. Doch sie lag so still auf dem Sofa, als sie weggingen.

Dann schüttelte Marjorie den Kopf und sah durch das Fenster hindurch auf die Marlborough Sounds dort unten, auf das Glitzern der Sonne im azurblauen Himmel und auf den schneebedeckten Gipfeln. Es war wunderschön, es fühlte sich an wie eine Belohnung. Alles war gutgegangen. Wieder einmal hatte sie dem Schicksal ein Schnippchen geschlagen. Jetzt musste sie nur noch das idiotische Gefühl loswerden, dass sie nicht nur ein Kind gerettet, sondern gleichzeitig auch jemanden im Stich gelassen hatte.

16

In der großen Empfangshalle, die möglicherweise Franks Wohnzimmer gewesen ist, ist es gerammelt voll. Auf jedem freien Platz sind Klappstühle aufgestellt worden, dennoch müssen viele Leute stehen. Die drei Frauen sind von Kris auf ein bequemes Sofa gesetzt worden, wegen ihres Alters. Marjorie hat trotz ihres Gipsarms geschickt dafür gesorgt, dass Ada zwischen ihr und Esther Platz genommen hat. Vorne im Raum, vor dem Hintergrund der Vitrinenschränke mit den Gewehren, steht der Sarg, der nun geschlossen ist. Dort liegen große Blumengestecke und Bänder mit Abschiedsworten, möge er in Frieden ruhen. Neben dem Sarg steht ein kleines Rednerpult auf einem Podest. Es werden viele Ansprachen gehalten, von befreundeten Winzern aus der Gegend, die einen Schluck Wasser nehmen müssen, um weitersprechen zu können, von einem Weinbauern, der behauptet, nie einen besseren Chef gehabt zu haben, von einem pensionierten Manager, der Erinnerungen an Franks Humor hervorkramt, von einem asiatischen Angestellten mit einem schwer verständlichen Akzent und von einer blonden Werkstudentin, die eine derartige Lobeshymne auf das Ausbildungszentrum anstimmt, dass man meint, sie wollte eigentlich etwas anderes sagen. Obwohl Ada zu weit unten sitzt, um die Menge gut überblicken zu können, strengt sie sich an, den Ansprachen so gut es geht zu folgen, denn sie will wissen, wer er gewesen ist. Sie sucht zwischen den schmeichelnden Worten, die auf einer Beerdigung gesprochen werden, nach etwas, das *wirklich* über ihn gesagt wird. Das ist nicht einfach. Sie hört: »inspirierender Mann … leidenschaftlicher Weinbauer … jolly good boss … eine Autorität … unermüdlich … Verlust für die Gegend …«, und ihr bricht es erneut das Herz, alte Narben reißen auf, denn mit jeder Lobpreisung sieht sie ihn weiter in der Einsamkeit versinken. Hinter dem Pult steht kein Kind, welchen Alters es auch sein möge, das »Papa« sagt, keine Frau, die von ihrem »Liebsten« spricht, kein Bruder und keine Schwester, die von »unserem Frank« sprechen. Dankbar nimmt sie das Taschentuch an, das Esther ihr reicht, und wischt sich die Tränen fort. Und doch werden in den Ansprachen ständig Scherze gemacht, denen man entnehmen kann, dass er viele Freundinnen gehabt hat. Als Ada sich kurz umschaut, sieht sie dort tatsächlich noch einige andere Frauen sitzen, die ebenso tränenbedeckte Gesichter wie sie selbst haben. Einige sind in ihrem Alter. Die meisten sind erheblich jünger, was ihr einen leichten Stich versetzt. Aber wenn ihre Wahrnehmung sie nicht trübt, ist unter ihnen niemand Besonderes, niemand, der ihn von seiner Einsamkeit befreit hat. Sie schnäuzt sich die Nase und versucht, ruhig zu atmen.

Marjorie fühlt sich überhaupt nicht wohl. Ich hätte nicht kommen sollen, klopft es in ihrem Kopf. Alles ist jetzt unvermeidlich geworden. Bob kann jeden Moment mit Hannah zurückkommen. Ihr ist furchtbar warm. Außerdem ist dieses Sofa zu niedrig, und sie kann nichts sehen. Ihr Rock zwickt, und ihr Gips juckt. Es ärgert sie, dass Ada so betrübt ist, und auch, dass es Ada gelungen ist, ihre Figur zu behalten. Ihr steht der Sinn nach einem Sherry und etwas zu knabbern. Das selbstsichere Auftreten von Esther macht sie übernervös. Doch die Ansprachen finden kein Ende. »They're such hard workers, the bloody Dutchies …« Um sie herum erklingt Kiwi-Gelächter, ha, ha, ha, diese Dutchies. Da siehst du es mal wieder, irgendwie bleibt man doch immer ein Fremder. Aus irgendeinem Grund kann sie es nicht ertragen, dass hier viel mehr Leute sind als auf der Urnenbestattung von Hans und dass sie alle so tun, als wäre Frank de Rooy unglaublich wichtig gewesen.

Esther hört die Ansprachen nur mit einem Ohr. Sie studiert die jungen Leute, die nebeneinander an der Wand lehnen. Vielleicht sind es Werkstudenten, die bei der Ernte helfen, oder Lehrlinge des Traubenblut Viticulture College. Man sieht asiatische Gesichter, weiße und polynesische, Kris steht zwischen zwei englisch aussehenden Mädchen, die ihre Taschen schräg über dem Bauch tragen und Cowboystiefel anhaben. Bei den Jungen hängen die Hosen tief. Ein paar haben Vollbärte, was Esthers Meinung nach altmodisch aussieht, ganz offensichtlich aber sehr modern ist. Bei den Mädchen schimmern nackte Bäuche zwischen T-Shirts und Röcken hindurch. Esther findet die Mode wüst und unvorteilhaft, aber die Kinder selbst sind wunderschön. Nicht, dass sie alle hübsch sind, weit gefehlt, doch sie verbindet alle das Wunder der Jugend. Wie ein Geheimbund haben sie sich von den Erwachsenen entfernt, und jede untereinander ausgetauschte Geste, jeder Blick, jedes geflüsterte Wort ist ein Code, den nur sie verstehen. Sie wissen, dass sie die Privilegierten in diesem Saal voller älterer Menschen sind. Ihr Irrtum ist, dass sie es als ihr eigenes Verdienst betrachten und davon ausgehen, dass es immer so bleiben wird. Esther denkt an das Luftrennen. Sie fragt sich, ob ihre Gruppe bei der Ankunft am Flughafen den gleichen Eindruck auf das ältere Publikum gemacht hat. Es ist schwer vorstellbar.

Die großen Holztüren werden von der Mitte her langsam aufgedrückt, ein paar junge Leute treten zur Seite und lassen eine Altersgenossin durch, ein großes, hübsches Mädchen mit einer energischen Ausstrahlung. Sie hat dunkle Locken und einen selbstbewussten Blick. Das Mädchen bleibt an der Tür stehen. Hinter ihr steht ein Mann mittleren Alters, mit einem zufriedenen Gesicht und einem nonchalanten, aber gut geschnittenen anthrazitfarbenen Sakko, das Esthers Eindruck nach nicht nach neuseeländischer Machart aussieht. Sie hat das starke Gefühl, dass sie diesen Mann heute Morgen hinter einer Zeitung im Hotel hat sitzen sehen, denn das Sakko ist ihr bereits dort aufgefallen. Das Mädchen und er haben eine gewisse Ähnlichkeit, er wird wohl ihr Vater sein. Ganz offensichtlich ist das Mädchen keine Bekannte der anderen jungen Leute, denn sie erntet neugierige Blicke, das Interesse der jungen Männer ist geweckt. Das Mädchen ist sich dessen bewusst, denn in ihren Augen blitzt etwas Kühnes auf, während sie suchend durch den Saal wandern. Kris manövriert sich selbst in die Nähe der neu angekommenen Gäste. Dieses Spiel, denkt Esther, dieses herrliche Spiel. Sie kann ihre Augen nicht von dem Mädchen lassen. Es ist, als würde sie sich selbst dort stehen sehen, vor langer Zeit. Und als könnte sie das Kind von damals noch retten, schließt sie ergriffen die Augen und spricht einen Wunsch für diese jungen Menschen aus, direkt vom verwitterten Boden ihres Herzens. Auf der anderen Seite des Sofas rutscht Marjorie unruhig hin und her, Esther spürt das Sofa unter ihrem Gewicht ächzen. Als sie die Augen öffnet, winkt das Mädchen in ihre Richtung, mit verhaltenen Bewegungen, aber unverkennbar und mit sichtlicher Freude auf dem Gesicht, als würde sie sie nach langer Zeit wiedersehen. Auch der Mann schaut mit einem breiten Lächeln in ihre Richtung. Doch Esther kennt diese Menschen nicht. Sie schaut hinter sich, um herauszufinden, wer gemeint ist. Marjorie winkt nun ebenfalls.

Sie gehören zu Marjorie.

Der Raum stürzt nach hinten weg, die Ansprachen verschwimmen in der Ferne, Esthers Kopf fällt kraftlos nach vorn, und ihre Augen suchen auf ihren Schuhspitzen Halt, die scheinbar kilometerweit von ihr entfernt irgendwo auf dem Boden abgestellt wurden. »Wer sind die Leute?«, hört sie Ada flüstern. »Das ist mein Sohn«, flüstert Marjorie zurück, »und meine jüngste Enkelin.« Ada stößt einen Piepser aus, den Esther von früher erkennt. »Ach, wie schön!« Um sie herum wird um Ruhe gebeten.

Als sie endlich draußen sind, nachdem sie sich zusammen mit dem Strom von Gästen aus der Halle herausgeschoben haben, fliegt Hannah ihrer Oma um den Hals. Marjorie hält ihren Gipsarm so weit wie möglich von sich weg, damit er nicht in Mitleidenschaft gezogen wird. Sie klemmt den linken Arm um den dünnen Körper herum. »Mein Mädchen, was bist du dürr geworden. Und du riechst nach Pferden.« Über die Schulter ihrer Lieblingsenkelin hinweg behält sie Esther scharf im Blick, die ein Stück weiter emsig damit zugange ist, ein Päckchen Zigaretten aus ihrer Tasche zu kramen. Hannah setzt einen Schritt zurück und streckt ihre Hände mit den langen, schmalen Fingern aus. Die Handflächen sind orangegelb verfärbt. »Guck mal«, sagt sie triumphierend, »von den Zügeln.«

Ada ist in ihrer Nähe geblieben. Sie kennt hier sonst niemanden und fürchtet sich vor dem, was hiernach folgt, dem Begraben. Marjorie stellt ihr Hannah vor. »Sie sollte eigentlich ein Jahr lang durch Australien reisen«, erklärte sie, »mal hier arbeiten, mal dort, aber sie ist monatelang auf einem Pferdehof irgendwo im *Bush* hängengeblieben. Und wenn du mich fragst, nicht nur der Pferde wegen.« Hannah lacht, ein tiefes, heiseres Lachen. Sie erzählt Ada, wie sie morgens auf nackten Füßen durch den Fluss gewatet ist, um die Pferde zu holen, wie sie mit Gruppen von Japanern, von denen manche noch nie auf einem Pferd gesessen hatten, durch den Busch geritten ist. Sie sagt, dass sie Neuseeland auch gerne sehen will, »ich habe noch vier Monate.« Ihre Augen wandern zu Kris, der ein Stück weiter bei seinen Freunden steht.

Wie selbstbewusst und frei sie sind.

Esther kann ihr Feuerzeug nicht finden. Es ist, als würden ihre Augen keine Meldungen weitergeben, als würden ihre Finger kein Gefühl haben. Dann schiebt sich ein anthrazitfarbener Ärmel in ihr Blickfeld, und ihr wird eine kleine Flamme unter die Nase gehalten. Jetzt hat sie ein wirkliches Problem. Sie zittert so sehr, dass sie befürchtet, die Zigarette nicht auf normale Weise in den Mund zu bekommen, geschweige denn, sie in die Flamme zu halten. Sie stützt ihren rechten Ellenbogen mit aller Kraft in die Seite und hält mit der linken das rechte Handgelenk fest. Bevor die Zigarette zwischen ihren Fingern allzu sehr hin- und herschwankt, beißen sich ihre Zähne in dem Filter fest. So gelingt es ihr, sich nach vorn über die Flamme zu beugen. Sie hält sein Handgelenk fest in ihrer Hand. Ein warmes, pochendes, breites Männerhandgelenk, das Handgelenk ihres Sohnes. Sie saugt das Feuer durch die Zigarette bis in ihre Seele hinein. Als sie sich wieder aufrichtet, sieht sie in andächtige, graugrüne Augen. Nach zwei-, dreimal inhalieren wird sie etwas ruhiger und fragt, ob er auch eine Zigarette möchte. Er nimmt das Angebot an und stellt sich ihr dann vor. »I am Robert.« In einiger Entfernung stehen Ada und Marjorie und unterhalten sich mit dem Mädchen. »Wie viele Kinder hast du?«, fragt Esther, als sie beide rauchen. Ihre Hände zittern noch immer, sie hält den Unterarm gegen ihren Körper gedrückt. Ihre Muskeln sind wie zu kurz gespannte Stahldrähte, und sie weiß, dass sie heute Abend lange in ihrem Hotel in der Badewanne liegen wird, um wieder zu sich zu kommen. »Drei«, antwortet er, »drei Töchter. Und eine Frau. Ich habe es gut getroffen.« Seine Stimme hat ein angenehmes, dunkles Timbre. Drei, hallt es in ihrem Kopf, drei Töchter, drei Kinder, drei, drei, drei, ich habe drei Enkelkinder. Sie weiß, dass Marjorie sie beobachtet.

Um sie herum steht eine riesige Ansammlung schwarz gekleideter Menschen, dennoch surren die Stimmen nur gedämpft. Als der Sarg aus der Empfangshalle nach draußen getragen wird, weichen die Gäste ehrfurchtsvoll auseinander. Sie alle sollen hinter dem Sarg in einer langen Reihe durch das Feld zum Friedhof laufen. Marjorie packt ihren Sohn fest am Arm. »Sehe ich dich da rauchen?« Er tätschelt ihr beruhigend die Hand. »Nein, da täuschst du dich.« Dann hakt Marjorie ihren gesunden Arm unter den seinen und führt ihn von Esther weg.

Robert, denkt Esther, Robert. Und dann: *Bobby darling.*

Der Tod macht alles definitiv. Der Zug bewegt sich träge durch die Felder, und Ada hat alle Zeit der Welt, um die Landschaft in sich aufzunehmen, um die weißen Netze zu sehen, die über den Sträuchern hängen. Sie hat immer gedacht, sie würde früher zurückkommen. Angst hat sie davon abgehalten, und sieh nur, jetzt ist ihr die Entscheidung abgenommen worden, und sie läuft neben Esther dem Sarg hinterher. Vor ihnen spaziert Marjorie, flankiert von ihrem Sohn und ihrer Enkeltochter. Die Sonne steht tiefer, und trotz allem genießt Ada die Wärme, die jetzt samtweich ist. Der Sarg ist auf eine Bahre mit Rädern gestellt worden und wird von sechs jungen Männern im Schritttempo vorwärtsgerollt, drei auf jeder Seite, Angestellte des Weinguts. Etwas weiter hinter dem Sarg läuft die alte Maori-Frau, die bei Frank Wache gesessen hat. Neben ihr ein ebenso alter Maori-Mann, es wird wohl ihr Ehemann sein. Ada, die sich irgendwo in der Mitte des langen Zuges befindet, kann ihn nicht richtig sehen, doch in der Tiefe ihres Herzens weiß sie, wer es ist. Und auch, dass sie ihn später treffen wird. Mozie.

Doch was sie dann sagen soll, weiß sie nicht.

Sie heftet ihren Blick auf die Hacken von Marjorie, auf die breiten Knöchel, die senkrecht aus den Schuhen herauswachsen. Marjories Sohn ist Architekt geworden. Ihre eigenen Kinder haben es nicht so weit gebracht. Julie, in Hokitika, arbeitet in der Touristeninformation, jetzt, wo die Kinder groß sind. Ihr Schwiegersohn Gary fährt Lastwagen, allerdings nur in den Phasen, in denen er nicht trinkt. Julie ist eine liebe, sorgsame Tochter, aber ein bisschen bossy, mit einer energischen Stimme, die einen ziemlich anfahren kann, wenn sie überreizt ist – was sie fast immer ist. Wenn Ada ihrem guten Rat nicht folgt, wird sie böse. Aber es ist immer alles gut gemeint.

Pete, in Kerikeri, lebt allein, in einem Haus, in dem es nach verbranntem Kaffee riecht. Er bereitet ihr am meisten Sorgen. Er hat seine Frau und Kinder verlassen, als er entdeckte, wo seine Vorliebe lag. Derk verweigert seitdem jeglichen Kontakt, aber Ada fliegt einmal im Jahr dorthin. Öfter geht es nicht. Es ist einfach zu weit und das Ticket dorthin zu teuer. Doch sie weiß nicht, ob das der wirkliche Grund ist. Er arbeitet als Versicherungsvertreter für eine große Firma. In seiner freien Zeit erledigt er kleine Arbeiten für die Kirche, genau wie sein Vater das immer getan hat. In der Kirche wissen sie nicht, warum er allein wohnt. Vielleicht wissen sie es auch, stellen aber keine Fragen. Letztes Jahr ist er im Urlaub auf Bali gewesen, allein. Ada wird immer ein bisschen traurig von den Besuchen bei ihm. Er ist so ein sanftmütiger Mensch, doch er ist trübselig und verbittert. Einmal ist sie in seinem Schrank zufällig auf einen Stapel Fotos von jungen Leuten gestoßen, alle leicht bekleidet. Es ist nicht einfach. Wenn sie versucht, darüber zu sprechen, bringt er kein Wort heraus. In allem ähnelt er Derk, dem Vater, der nichts mehr von ihm wissen will.

Danny, in Auckland, ist das Kind, auf das sie insgeheim am stolzesten ist, für das sie am meisten empfindet. Das ist schon immer so gewesen, auch wenn sie das vehement abstreiten würde, wenn jemand ihr das so direkt vorhalten würde. Er ist zum allgemeinen Erstaunen von einem kleinen, dicken und ungeschickten Männlein herangewachsen zu einem großen, spindeldürren Schlaks, der Größte der drei Geschwister, um dann von seinem zwanzigsten Lebensjahr an langsam wieder in seinen Körper zurückzufallen, bis dieser die richtige Form annahm und er zu einem gut aussehenden, starken Kerl wurde. Er ist der Hübscheste der drei. Er ist Sozialarbeiter geworden und hat einen geselligen, warmherzigen Charakter. Bridget und er haben viele Freunde, und die Kinder kommen gerne und oft nach Hause. Dort geht es laut und fröhlich zu, mit Hunden und Musik. Danny spielt in einer Band, seit Jahren schon in derselben. Es ist eine Gruppe von Freunden, die nur noch auf ihren eigenen Feiern auftreten, um dann dort von ihren Kindern ausgelacht zu werden. In die Kirche geht er schon lange nicht mehr, und die Kinder interessieren sich nicht für Religion. Die älteste Tochter spielt wunderbar Klavier und hat das Konservatorium besucht.

Obwohl Julie, die ganz in der Nähe wohnt, sich am meisten um Ada kümmert, ist Danny derjenige, der sie wirklich versteht. Auch das ist schon immer so gewesen. Er sieht, wie still ihr Leben mit seinem alten Vater ist. Mum, fragt er immer wieder, warum ziehen Dad und du nicht nach Auckland, in *Ons Dorp*, zu den pensionierten Holländern, herrlich in die Sonne, und du wärst nie allein? Wenn du willst, kann ich es noch heute für dich organisieren. Ada würde das gerne tun, aber Derk sieht darin keinen Sinn. So ein Umzug kostet Geld und bringt eine Menge Unannehmlichkeiten mit sich. Zudem weißt du nie, wie die neuen Nachbarn sind.

Nun ja, sie wird ihre beiden Söhne nach der Beerdigung besuchen und dann die ganze Geschichte erzählen, so wie sie es vorgestern am Strand mit Julie getan hat. Sie wird alles ehrlich erzählen, die Details allerdings wird sie weglassen. Erwachsen oder nicht – Kinder wollen ihre Mutter nicht ohne Unterwäsche mit einem Mann sehen, der nicht ihr Vater ist. Und genauso wenig, wie sie einen Brautschleier aus weißer Gaze um ihren nackten Körper legt, während der Mann sich nach hinten aufs Bett fallen lässt, um dabei zuzusehen, wie sie sich in einem lasziven Tanz aus dem Schleier wieder herausdreht.

Und doch haben sie ein Recht auf die Wahrheit. Sie werden schockiert sein, genau wie Julie, aber es gibt keine andere Möglichkeit. Es wird auch eine Erleichterung sein, denn sie werden einige Dinge besser begreifen, die sie nie wirklich verstanden haben. Dinge, die sich abspielten, nachdem ihre Mutter zu ihnen von ihrer geheimnisvollen Reise zurückgekehrt war. Zum Beispiel, wenn sie sie am helllichten Tag im Bett vorfanden, flach auf dem Bauch, leise klagend, als hätte sie Schmerzen, mit dem Gesicht in einem bunt gestreiften Sommerkleid wühlend. Ein Kleid, das ihnen unbekannt war, weil ihre Mutter es nie, aber auch wirklich niemals trug.

17

Der Brief war an sie adressiert. Ada van Holland. Sie wurde nicht angesprochen in ihrer Funktion als verheiratete Frau. Es stand nicht: Mrs Visser oder vielleicht auch: Mrs Visser-van Holland, nein, dort stand: »Ada van Holland«. Es war ein dicker Umschlag, und darauf klebte eine beachtliche Anzahl von Briefmarken. Weil Ada selbst die Post austrug, bekam sie ihn als Erste in die Hände. Als sie ihn umdrehte und den Namen des Absenders sah, wusste sie, dass sie diesen Brief nicht zu Hause auf den Tisch legen würde. Sie strampelte energisch gegen den Wind an und radelte durch die ihr zugeteilten Gegenden, um Zeitungen, Briefe, Karten oder Pakete in die betreffenden Briefkästen zu legen. Die ganze Zeit über brannte der Umschlag in dem linken Fach ihrer schweren Posttasche, die über dem Gepäckträger hing. Erst als sie nach ein oder zwei Stunden Plackerei den Fluss erreicht hatte und sich außer Sichtweite der neugierigen Augen unten auf die großen Steine setzte, wagte sie ihn zu öffnen.

Martinborough, April 1961

An Ada van Holland, die während des Fluges nach Neuseeland neben mir saß und seitdem immer in meinen Gedanken gewesen ist.

Wie soll ich nur anfangen. An wen richte ich diese Worte. Du und ich, wir haben tatsächlich nicht die Möglichkeit gehabt, uns gut kennenzulernen. Inzwischen sind acht Jahre vergangen, und wir sind schon nicht mehr die, die wir damals bei unserer Begegnung waren. Vielleicht sind die Hände, in denen dieser Brief landet, nicht mehr die Hände, die ich bei der Landung hielt.

Das letzte Bild, das ich von Dir sah – Du saßest in der offenen Transportkiste eines Lieferwagens –, hat sich in meine Netzhaut eingebrannt. Und das ist nicht das einzige Bild, das auf meiner Netzhaut geblieben ist.

Deine Adresse habe ich von Marjorie bekommen (Sie meinte, Du würdest bestimmt noch wissen, wer sie ist). Ich habe sie durch Zufall auf einem Rugbyfeld in Wellington getroffen, wo ihr Sohn an einem Juniorwettkampf teilnahm. Wir stellten fest, dass wir schon ein paar Jahre lang nur anderthalb Autostunden voneinander entfernt wohnten, sie in Khandallah Village und ich auf meinem Grundstück in Martinborough.

Doch es ist wohl das Beste, wenn ich Dir etwas

über meine Zeit hier erzähle, in groben Zügen, von dem Moment an, als wir uns voneinander entfernten, ohne Abschied nehmen zu können.

Die erste Nacht bin ich in Christchurch geblieben. Unsere Begegnung hatte mich sehr berührt. Am Abend spazierte ich (in Begleitung von Esther, der Name sagt Dir bestimmt noch etwas) am Ufer des Avon entlang, unzufrieden mit mir selbst, weil ich Dich nicht hätte gehen lassen sollen. Das hat mich lange beschäftigt. Die Frage ist, ob ich Dir das jetzt sagen kann.

In dieser Nacht habe ich kein Auge zugetan. Am nächsten Tag nahm ich den Zug zum Hafen. Lyttelton erinnerte mich an Indonesien, vielleicht war es der Geruch. Jedenfalls weiß ich noch, dass ich dachte: Dann fängt jetzt also das echte Abenteuer an, und so kletterte ich auf die Gangway der ›Maori‹. Gegen Abend legten wir ab. Die kleine, beengte Kabine teilte ich mit drei anderen Männern. Ich war so müde, dass ich in einen traumlosen Schlaf fiel und erst aufwachte, als wir uns am nächsten Morgen dem Hafen von Wellington näherten. Ich zog mich schnell an, innerlich fluchend, dass ich die Fahrt durch die Cook Strait im Sonnenaufgang verpasst hatte, und ging an Deck. Dort begrüßte mich eine unvergleichliche Umgebung und ein wunderschöner Tag. Zum ersten Mal war ich übermannt von Ergriffenheit über die Ankunft in einem neuen Land, anders als bei unserer eigentlichen Ankunft, die bei mir den traurigen Beigeschmack von Abschied zurückgelassen hatte.

Nachmittags kam ich mit dem Zug in Masterton an, wo ich von einem älteren Mann abgeholt wurde, dem Boss, den ich William nennen sollte. Wir fuhren von Masterton aus dreißig Kilometer in Richtung Küste, zu seiner Schaffarm in Riversdale. Ich war enttäuscht darüber, dass das Labour Department mich einem Schafbauern zugeteilt hatte, Schafbauern erinnerten mich an die Kleinbauern auf der Heide in Drenthe. Und an Armut. Aber bei der Ankunft sah ich ein riesengroßes Gelände mit Tausenden von Schafen, so weit das Auge reichte, und ich beschloss, meine Meinung darüber zu revidieren.

Die erste Zeit fiel mir nicht leicht. Allein das Geräusch machte mich krank. In der direkten Umgebung des Bauernhofes standen an die tausend Schafe. Tag und Nacht war ich umringt von Geblöke, eine Wand von Geblöke bei allem, was du tust, sodass du nicht mehr nachdenken kannst. Es gibt kein Entkommen, auch nicht im Dunkeln. Ich bekam Albträume davon, in denen ich zum Tode Verurteilte wimmern hörte.

Und dann, alle paar Tage einmal, gibt es einen magischen Moment, in dem alle Schafe gleichzeitig still sind. Hunde, Menschen, jeder hört mit dem auf, womit er gerade beschäftigt ist, und sieht auf. Eine beeindruckende Stille, die ein paar Sekunden lang an-

dauert. Dann fängt ein Schaf wieder an, dann stimmt ein zweites ein, und fünf Sekunden später ist es, als wäre es nie anders gewesen. Ich verstehe nicht, warum Menschen so leben wollen. Und auch der Geruch, der schmierige Geruch der Schafe, der dir in alle Poren und unter die Kleider kriecht.

Aber die unangenehmste Überraschung war für mich das Heimweh. Heimweh nach Indonesien habe ich in Holland genug gehabt, aber mit Heimweh nach Holland hatte ich nicht gerechnet. Es gibt dort nichts, wonach ich mich zurücksehne. Und doch war es so. In der Scheune des Bauern lagen alte Fahrradteile. Als ich hörte, dass irgendwo in der Umgebung noch ein Holländer arbeitete, setzte ich die Wrackstücke provisorisch zusammen, und auf diesem Haufen Blech fuhr ich vierzig Kilometer weit. Dort angekommen, hieß es, der Mann sei irgendwo anders hingeschickt worden. Als ich zurückradelte, war ich heartbroken, ich habe kein anderes Wort dafür, obwohl ich den Mann gar nicht kannte. Zwei Monate später, zu Weihnachten, wurde es dann erst richtig schlimm. Ich unternahm eine stundenlange Zugreise nach Wellington, um zur Christmette zu gehen – ich, der überhaupt nicht gläubig ist –, denn mir wurde erzählt, dass dort viele Holländer hingingen. An dem Tag stürzte im Norden ein Zug von einer Brücke geradewegs in den tosenden Whangaehu River, und in dem Zug saßen viele Niederländer, auf dem Weg zu ebendieser Christmette. Erschütterung in der Kirche, es gab Hunderte von Toten. Der Priester versuchte, uns in seiner Predigt aufzurichten, so etwas geschehe nicht ohne Sinn, Gott habe damit etwas gemeint, es solle uns alle läutern. Trotz der frommen Worte waren die Kirchgänger in Panik über das Schicksal ihrer Verwandten. Um eigennützige Aufmerksamkeit zu bitten schien außerordentlich unpassend. Daher ließ ich die Hoffnung auf eine Einladung sausen und trottete zurück zu meinem Hotel, in dem ein paar Kiwis sternhagelvoll vom Bier in einem kühlen, ungemütlichen Raum Weihnachten feierten. In meinem Zimmer stank es nach unzähligen Zigaretten, die in Einsamkeit geraucht worden waren. Ich trug noch meinen Teil dazu bei. Am nächsten Tag reiste ich zurück zu der Farm und fand sie verlassen vor, alle waren am Boxing Day bei ihren Familien.

Und doch, allmählich fing ich an, das Leben in der Wairarapa zu schätzen. Bei Sonnenaufgang mit dem Pferd über die endlose Weite reiten. Vor dir keine Hindernisse außer den Hügeln in der Ferne, über die du dann nachher mit deiner Herde, mit Hund und Pferd ziehen wirst. Es ist ein gutes Land. Wenn du einmal oben auf den Hügeln bist, siehst du in der Ferne den Pazifik glitzern. Den ganzen Tag lang zogen wir über die Ebenen. Wir sagten uns, dass wir frei waren, was in der Natur recht einfach ist. Ab und zu mal ein Landwirtschaftsflugzeug, das brummend über uns hinwegzog. Die Herde, die Pferde, die Hirten, der Hund, wir verharrten dann einen Augenblick und verfolgten das Flugzeug mit unseren Blicken – das größte Ereignis unseres Tages. Bei Sonnenuntergang kehrten wir mit vierhundert Schafen zurück zum Hof. Dann hatten wir eine ganze Weide abgegrast.

Langsam dämmerte mir, dass die Schafbauern in diesem Land die eigentlichen Herrscher sind. Nun gut, dachte ich, dann werde ich wohl Schafbauer.

Ich lernte Wolle reinigen und sortieren und nahm Unterricht im Scheren (weil ich so einen Eifer an den Tag legte, fand jeder, dass ich ein echter Dutchie sei. Das bin ich hier erst wirklich geworden). Das Scheren wurde herumreisenden, professionellen Scherern überlassen, meist Maori. Etwa sechs raue, starke Kerle bestimmen dann tagelang das Leben auf dem Hof. Um fünf Uhr morgens fangen sie an. Dann folgt eine Stunde Frühstückspause, später immer wieder mal ein smoko. Scheren ist eine ermüdende Arbeit, auch wenn das möglicherweise vor allem am unaufhörlichen Lärm der Maschinen liegt. Sprechen ist nicht möglich. Das tun sie ohnehin nicht, sie scheren. Acht Stunden hintereinander, manchmal auch mehr. Bevor das Schaf mit der Wimper zucken kann, legen sie dieses unwillige Tier auf den Rücken und streifen dann in Windeseile mit einer Hand mit der schweren, messerscharfen Schneidemaschine den Pelz von der

Haut ab. Mit den Schafen wird rau umgesprungen, es geht richtig blutig zu, denn die Messer sind scharf. Doch das ist das Geschäft. Auf diese Weise scheren die Männer etwa hundert Tiere am Tag, die ganze Zeit vornübergebeugt, während ihnen der Schweiß nur so herunterläuft. Die Frauen breiten die Wolle auf einem Tisch aus, der die Form eines Schildkrötenpanzers hat und sich dreht. Sie pflücken die Unregelmäßigkeiten heraus. Manchmal gelingt es den Scherern, die Wolle in einem Stück herunterzuholen, das die Frauen dann wie eine Decke ausschütteln. Die Decken stapeln sich auf, erst in einer Ecke, dann in allen Ecken, und schlussendlich kriechen die Decken regelrecht auf dich zu und ersticken dich.

Dann ist das Scheren wieder für ein Jahr erledigt.

Leider muss ich nun ein beschämendes Bekenntnis machen: Ich hatte keine Begabung dafür. Ich hatte zu große Angst, den Schafen wehzutun, hatte Visionen von Zitzen, über die ich mit einer dieser scharfen Schneidemaschinen hinwegfahren würde, und ich versuchte krampfhaft, um alle Knochen herumzuschneiden. Nachts träumte ich von furchtbar scharfen Messern, die außer Kontrolle gerieten.

Doch das war nicht weiter schlimm, denn so wurde ich Farmer und mietete Scherer an. Ich schrieb mich im Young Farmers Club ein, der sich einmal im Monat traf. Die ersten Male lehnte ich mich den ganzen Abend lang zurück, zog ein intelligentes Gesicht und tat so, als würden mir all die Fachausdrücke in breitem Akzent keinerlei Schwierigkeiten bereiten. Aber am Abend des ersten Social Evening würde ich selbst mitreden müssen, und auf einmal schien mir das so unmöglich, dass ich zu Hause blieb. Wenn du solche Chancen nicht ergreifst, hielt ich mir selbst belehrend vor, wirst du dich niemals integrieren. Bei der nächsten Versammlung wurde ich in ein Team für die Debating Competition eingeteilt. Frag mich nicht, wie ich es fertiggebracht habe, aber wir gewannen. Ich hielt durch, lernte Rugby und tanzte am Samstagabend in der Community Hall. Ich wollte auf keinen Fall ein Outcast bleiben. Und dennoch.

Ich konnte nicht wirklich Fuß fassen. Wir waren zu dritt, drei Hirten: William, ein anderer Hirte und ich. William war ein umgänglicher Kerl, ein bisschen älter. Der andere Hirte wollte von Ausländern, die anderen die Jobs wegnahmen, nichts wissen. Die Station Hands waren nette Jungs, aber auch dieser Kontakt blieb oberflächlich.

Die Wairarapa gefiel mir durchaus, dort ist es trocken und heiß. Ich hätte mich weiter qualifizieren und auf ein erstes Schaf sparen können, dann auf ein zweites, ein drittes, eine Herde, ein Stück Grund, eine eigene Sheepstation und auf die Tochter des Bauern. Aber ich wurde unruhig, und ich beschloss den Versuch zu wagen, einen neuen Job zu finden.

Tiefer im Norden, in Whangarei, wurde ich bei ei-

nem Bauern angestellt, der in Ägypten gegen die Deutschen gekämpft hatte und mit einem lahmen Bein und einer miesen Grundstimmung zurückgekehrt war. Er lief an Krücken. Von der Regierung hatte er als Kompensation Land bekommen, das zum Teil noch bewaldet war. Die Arbeit bestand darin, Kauribäume zu fällen – riesige, über tausend Jahre alte Ungetüme –, um aus dem Land Weidegrund für die Viehzucht zu machen. »Breaking in the land« nannten sie das. Dort habe ich Mozie kennengelernt, der eigentlich Wiremu Moses Mauriohooho heißt und ein Vollblutmaori ist. Mozie hat ebenfalls gekämpft, in Frankreich. Er sprach über Wein. Er vermisste den Pinot Noir. Ein Maori, der im Burgund den Pinot Noir kennengelernt hatte und sich nun danach sehnte. So einer ist Mozie.

Wir wurden Freunde. An den freien Tagen brachte er mir die Feinheiten des edlen Rugbysports bei, sodass ich regelmäßig grün und blau geschlagen und vor Muskelkater stöhnend im Bett lag. An den Arbeitstagen kämpften wir gemeinsam gegen den wilden, undurchdringlichen Wald an. Ich glaube, dass ich in dieser Zeit dreimal so kräftig geworden bin.

Derweil versuchte ich, den Krückenmann, so gut es ging, zu ignorieren. Er zahlte schlecht und hatte immer was zu meckern. Doch eines Tages geriet ich mit ihm aneinander. Ich sollte Mist verteilen, während es in Strömen goss. Nach drei Tagen war so-

gar meine Seele durchweicht, und der Traktor fing an, über die dicken Matschschichten zu rutschen, daher sagte ich: So kann ich nicht arbeiten, ich warte damit, bis es wieder trocken ist. Er drohte, er würde mich entlassen, sollte ich es wagen. Ist mir nur recht, erwiderte ich. Dann konnte ich gehen. Er stand bis zu den Knien im Matsch und schrie mich an, mit seiner Krücke in der Luft herumfuchtelnd, es sei unser Krieg gewesen, und sein Leben sei dadurch zerstört worden. Das ist eine Art von Denken, die mir nicht gefällt.

Widerwillig verabschiedete ich mich von Mozie. Dieses Mal wurde ich weiter nach Norden geschickt, als Aufseher auf einer Dairy Farm, in einem Weiler mit unbefestigten Wegen, wo viele Maori lebten. Der Bauer mit seiner Familie und der Nachbar, der achtzig Kilometer weiter wohnte, waren die einzigen Pakeha. An das Leben mit den Maori gewöhnte ich mich schnell. Als Aufseher der Farm – ich verwaltete dreitausend Morgen Land – mochten sie mich nicht besonders. Zu eifrig, zu effizient, zu dutch. Außerhalb verstand ich mich gut mit ihnen. Wir machten zusammen Sport, ich versuchte ein bisschen Maori zu lernen, tanzte mit den Mädchen in der Community Hall und trank mit ihren Brüdern in den Pausen Bier, heimlich, hinter den beschlagenen Scheiben eines Autos.

Wäre ich länger geblieben, hätte ich mich bestimmt mit der Northern disease infiziert: »Nice day for work ... yeah ... let's go fishing.« Es war ein angenehmes, subtropisches Leben dort, am Rande des Ozeans. Aber allmählich musste ich zugeben, dass die Arbeit mit Vieh nichts für mich war. Auch mit Kühen nicht. Auf die Dauer ist es geisttötend; du versetzt ihnen einen Klaps auf die Seite, befestigst einen Saugnapf an einer Zitze, galoppierst mit deinem Pferd dreimal im Kreis, und das war es dann auch schon mit der Abwechslung. Was bleibt, ist das Verlangen danach, Geld zu verdienen, mehr Grund und Boden zu haben, mehr Vieh, mehr Geschäfte. Das war mir nicht genug. Was ich jedoch wirklich wollte, wusste ich nicht mehr.

An einem freien Tag fuhr ich mit meinem Motorrad zu Mozie, der noch immer für den Krückenmann arbeitete. Wir besprachen meine Unruhe und Zweifel. Auf einmal sagte er: »Warum fängst du nicht an, Pinot Noir anzubauen?«

Niemand trinkt Wein in diesem Land. Sherry, der ist ihnen ein Begriff und Fusel wie Bakano Red und Cresta Doré White. In der Öffentlichkeit darf kein Wein ausgeschenkt werden. Dennoch wusste ich sofort, dass ich hiernach gesucht und das eigentlich auch schon die ganze Zeit über gewusst hatte – unbewusst, wie etwas, das bereits da ist und nur darauf wartet, ausgegraben zu werden. Ich bin kein Viehhalter und auch kein Plantagenbesitzer. Ich will Pflanzen *wachsen lassen. Als Kind konnte ich unserem Gärtner auf Java stundenlang bei der Arbeit zusehen, wie er Stecklinge zog und den Nährboden düngte. Wann immer er es zuließ, half ich ihm. Das ist bei mir ein tiefes Verlangen und der Grund dafür, warum ich Landwirtschaft studiert habe. Warum war ich selbst nicht in der Lage gewesen, diesen Schluss zu ziehen? Jetzt kommt es mir merkwürdig vor, dass ich nicht von allein auf die Idee gekommen bin.*

Ich machte einen Plan und fragte Mozie, ob er mir nicht helfen wollte. Ich wusste auch sofort, wo ich den Plan verwirklichen wollte (daran erkennt man eine gute Idee): in der Wairarapa, wo alles angefangen hatte. Vom Klima her erinnert die Gegend an die Bourgogne. Dort sollte mein Weinberg liegen. So weit war ich zwar noch nicht, aber das Ziel war klar. Und dann auf einmal fiel mir auf, dass ich schon die ganze Zeit über mein Gut vor mir gesehen hatte: groß und üppig, auf fruchtbarem Land, inmitten von glühenden Hügeln, und ich wusste, dass in diesem Bild kein Lebewesen vorgekommen war. Auf den Äckern meiner Träume hatte niemals Vieh gegrast.

Kurz und gut. Drei Jahre lang arbeiteten wir bei einem englischen Weinbauern in Marlborough und lernten dort einiges über Wein. Währenddessen machte ich in den Abendstunden über Fernkurse eine Winzerausbildung am Rosworthy Agriculture College in Australien. 1958 kaufte ich mit einem Bankkredit die acht Morgen Land bei Martinborough, deren Besitzer ich nun bin, am Fuße des Berges gelegen, der Untergrund Kies – ideale Voraussetzungen für Weinanbau. Jetzt, drei Jahre später, haben wir zum ersten Mal unsere eigene Ernte eingefahren, von der ich einen kleinen Teil selbst behalte, um damit weiterzuexperimentieren. Es wird wohl noch ein paar Jahre dauern, bis der Wein gut genug ist, dass wir ihn mit einem eigenen Etikett versehen können. Um Geld zu verdienen, arbeiten Mozie und ich bei den Bauern in der Umgebung. Wir pflücken Äpfel, teeren Schuppen und holen Heu ein. Aber das stört uns nicht, das Ziel ist klar.

Das ist so in etwa der Punkt, an dem ich jetzt stehe. Ich sollte zufrieden sein.

Und nun rückst Du wieder ins Bild oder besser gesagt: Hier schiebt sich das Bild von dem Mädchen in der Transportkiste dazwischen, das Bild, das mich gefangen hält, das ich mir immer wieder wachrufe, um den Moment wieder und wieder durchzuspielen, um dann am entscheidenden Punkt einzugreifen – an dem Punkt, an dem ich in Wirklichkeit nichts anderes getan habe, als aus dem dreckigen Fenster des Busses heraus zuzusehen. Acht Jahre lang beschäftigt mich das schon. Seit dem Treffen mit Marjorie noch mehr, bis ich nun endlich zu Papier und Stift gegriffen habe, um das Bild mit derjenigen zu teilen, die es verschwinden lassen kann.

Es ist fast, als wäre dieses Bild lebendig. Dort sitzt

ein Mädchen im Regen in der offenen Transportkiste eines rumpelnden Lieferwagens, ein ziemlicher Kontrast von Schönheit und Verwundbarkeit einerseits und der harten Holzkiste und den brutalen Umständen andererseits. Vielleicht habe ich im ersten Moment hinter der beschlagenen Scheibe des Busses nicht mehr als das gesehen. Ich versuche nicht, es mir schönzureden. Ich hätte wissen können, wofür das Bild stand, ich hatte Deine Zweifel gehört an Deiner Zukunft mit dem Mann, der auf Dich wartete. Aber die wirkliche Bedeutung dessen, was ich sah, drang erst zu mir durch, als der Bus den Lieferwagen hinter sich gelassen hatte und Du aus meinem Sichtfeld verschwunden warst.

Wieder und wieder habe ich den Moment durchlebt. Durch diese Fensterscheibe hindurch sehe ich Dich in der Transportkiste hin und her rutschen. Und anstatt sofort in dem Moment, steigt erst viel später eine primitive Wut in mir auf, jedes Mal wieder; kann jemand, der so etwas tut, sie glücklich machen? Tausend Mal habe ich den Bus angehalten, den Bus vor dem Lieferwagen gewaltsam zum Halten gebracht. Bin vor den Lieferwagen gesprungen, um den Lieferwagen herumgelaufen. Habe Dir tausend Mal die Hand gereicht. Deine Hand in die meine genommen, Deine Hand, die ich bei der Landung hielt und auch noch in dem Moment, als das Flugzeug zum Stehen kam, die ich niemals hätte loslassen dürfen.

Warum bist Du nicht selbst aus der Transportkiste gesprungen? Warum hast Du zugelassen, dass er Dich auf diese Weise verfrachtete?

Es wird mir nicht gelingen, ich kann den Bus nicht mehr stoppen und wie ein Held vor den Lieferwagen springen. Ich habe die Chance vertan, nicht wissend, was für einen Einfluss das auf mein Leben haben würde. Kurz darauf setzte der Bus mich auf einem verschlafenen Sonntagmorgenplatz in Christchurch ab, und mein Einwandererdasein begann, so wie ich es geplant hatte. So wie ich es oben beschrieben habe, so wie man sein Leben auch beschreiben kann, als eine Reihe von Geschehnissen, bei denen ungesagt bleibt, was einen wirklich beschäftigt hat.

Mädchen in der Transportkiste.

Sag mir doch wenigstens, dass sich für Dich alles zum Guten gewendet hat.

Sie erinnerte sich an die gebogene Nase, das Herrscherprofil. Sie erinnerte sich, dass er eine angenehme, tiefe Stimme hatte. Aber vor allem erinnerte sie sich an seine Augen, wie er sie angesehen hatte und wie sie unter diesem Blick Gestalt angenommen hatte.

Seine Worte hatten die gleiche Wirkung. Keine Sekunde hatte sie mehr über die Fahrt in der Transportkiste nachgedacht. Was geblieben war, war einzig eine verschwommene Erinnerung an eine miserable Zeit voller Heimweh und Enttäuschung, an die sie lieber nicht dachte, doch jetzt auf einmal erhob sich ihr Bildnis aus seinen Worten, und sie fühlte sich wie die tragische Heldin eines Films.

Jetzt grüßte sie täglich beim Vorbeifahren den Platz am Fluss, an dem sie den ersten Brief gelesen hatte. An demselben Platz las sie seinen nächsten Brief und alle folgenden Briefe, in denen der Ton langsam freimütiger wurde, und einzelne Worte ihr gelegentlich nachts den Schlaf raubten. In ihrem Kopf sprach sie zu ihm, unaufhörlich, mit einer inneren Stimme voller Feuer und Sinnlichkeit. Sie beschrieb ihm alles, was sie sah und dachte, ordnete alle ihre Gedanken und wählte ihre Worte mit großer Genauigkeit.

In Wirklichkeit war sie nie eine gute Rednerin gewesen, und das war auch in Neuseeland nicht besser geworden. Kein Wort Englisch hatte sie gesprochen, als sie ankam, und weil Derk ihr ans Herz legte, niemals ein Wort Holländisch in Hörweite eines Kiwis zu sprechen – »das können sie nicht leiden« –, traute sie sich die ersten Monate kaum aus dem Bunker heraus. Wenn sie es notgedrungen doch wagte, machte sie den Mund nicht auf. Eine herrschsüchtige Friesin aus ihrer Kongregation brachte ihr einzelne Worte bei. Die Frau hatte sich eine Zeit lang ihrer angenommen, bis sie beide Kinder bekamen und zu Adas Erleichterung zu viel zu tun hatten, um sich gegenseitig zu besuchen. Aber seitdem war sie nicht viel weitergekommen. Ab und zu schnappte sie ein neues Wort auf, ein einziges Mal merkte sie später, dass sie anscheinend die Bedeutung falsch verstanden hatte. Sie war sich bewusst, dass sie ein furchtbares, gebrochenes Englisch sprach, ohne die geringste Kenntnis von Grammatik, und dafür schämte sie sich. Den Kiwi-Akzent verstand sie schlecht und war beim Einkaufen und in der Schule der Kinder verunsichert. »Six eggs, please«, flüsterte sie dem Mann hinter der Ladentheke zu, der erst mit Zigarettenpapier ankam und danach dachte, dass sie sechs Äxte wollte, bis er begriff, dass sie »six iggs!« meinte. Zu dem Zeitpunkt war sie bereits vor Scham fast gestorben. Und dann kam noch das Elend mit dem Bezahlen, denn mit dem Geld hier, den *Pennies* und *Pounds*, kam sie überhaupt nicht zurecht. Schüchtern war sie schon immer gewesen, nun wirkte sie allerdings richtiggehend menschenscheu. Derk und sie sprachen zu Hause noch eine Weile niederländisch, doch jetzt, wo die Kinder größer wurden, nahm das immer weiter ab. Ihre Kinder waren *native speaker* geworden, fanden Holländisch blöd und wollten nichts damit zu tun haben. In der letzten Zeit kam es vor, dass Ada ihre eigenen Kinder nicht verstand.

Und doch redete sie sehr viel, in ihrem Kopf. Unaufhörlich. Seit dem ersten Brief hatten ihre Gedanken endlich ein Ziel, einen Empfänger. Das Erzählen dauerte den ganzen Tag über an und veränderte die Art, wie sie ihre Umgebung betrachtete. Beim Sprechen putzte sie alles blank, bis es funkelte, und etwas von dem Funkeln brach zu ihr in die Wirklichkeit hindurch.

An ihren eigenen Briefen arbeitete sie eine ganze Weile. Es fiel ihr nicht besonders leicht, ihre Gedanken in Worte zu fassen und aufs Papier zu bringen. Sie kaufte ein Schreibheft und nahm es überallhin mit. Darin machte sie Aufzeichnungen. Was machst du da, fragte Derk. Ach, nichts Besonderes, antwortete sie dann erschrocken.

Sie lebte ein heimliches Doppelleben. Auf dem Rad bei Wind und Wetter, wenn sie die Post austrug, beschrieb sie den Fluss, das Meer, das dumpfe Geräusch der Dampfschiffe und das Geräusch des ans Ufer schwappenden Wassers. Sie erzählte, wie sehr sie die Silhouetten der hohen Kräne im Hafen liebte. Es scheint, als würden diese ein eigenes Leben führen, schrieb sie, hoch über uns, ein bisschen einsam und unstabil, als wären sie nicht von Menschenhand erbaut. Von dem Regen und der Müdigkeit sprach sie nicht. An den Wochenenden schleppte sie ihre unwilligen Kinder mit auf windige Touren durch die Berge. In den Anfangsjahren hatte sie es unheimlich gefunden, doch dann hatte sie es immer mehr lieben gelernt: das Herumstromern und Klettern in den Bergen, vor sich die Weite der Täler und die Bergspitzen, der kalte Wind im Gesicht, der Ausblick über den Ozean, wenn die Raubvögel zum Greifen nah schienen. Derk sah keinen Sinn in diesen ziellosen Wanderungen. Er werkelte lieber an seinem Lieferwagen herum oder erledigte kleine Arbeiten für die Kirche. Damit hatte sie sich schon vor Jahren abgefunden, und nun kam es ihr sehr gelegen. Auf diese Weise brauchte sie nicht zu reden und konnte jeden Schritt, den sie während der Bergtour machte, später Frank beschreiben. In ihren Gedanken strich sie Sätze durch und radierte aus, formulierte neu und verbesserte wie eine Wilde. Wenn die Kinder weit vorne einen Hügel erstürmten und sie sich sicher war, dass man sie nicht beachtete, zog sie das kleine Notizheft aus der Jackentasche und notierte schnell ein paar Einfälle oder schöne Sätze, die ihm gefallen und sein Verlangen nach ihr noch verstärken würden.

Schick mir ein Foto von dir, schrieb sie. Nach einiger Zeit tat er das. Sie sah einen Mann, der lässig an einem Stapel Kisten lehnte, auf dem Kopf einen Cowboyhut, in dessen Schatten die durchdringenden Augen lagen. Er war breiter geworden, muskulöser und noch attraktiver, sie ließ sich mitreißen von dieser Verliebtheit, da er sich schließlich doch auf einem anderen Planeten befand, irgendwo, wo es niemandem schadete. Und du, schrieb er, wo bleibt dein Foto? Sie schickte eines, das Derk gemacht hatte, bei einem Picknick am Strand, bei dem er sich die ganze Zeit über die Sandflöhe aufgeregt hatte. Auf diesem Foto trug Ada einen Badeanzug, den sie hier gekauft hatte und der ihr gut stand. Die Sonne schimmerte in ihren blonden Haaren. Man sah, dass sie hübsche Beine hatte. Ein bisschen wie ein Filmstarfoto. Schnell steckte sie noch ein Foto von sich mit den drei Kindern dazu.

Über Derk zu schreiben fand sie schwierig, es fühlte sich an wie ein Verrat zu beiden Seiten hin, und sie verstrickte sich jedes Mal in erlogenen Beschreibungen, die mehr mit ihrem Verlangen als mit der Realität zu tun hatten. Sie versuchte es zu vermeiden. Fast so, als gebe es ihn nicht. Frank fragte nicht weiter nach.

Ihr Körper fing ebenfalls an zu phantasieren und erwachte allmählich. Das Verlangen in seinen Briefen war direkt und unumwunden, und sie erinnerte sich an ihr Erstaunen während des Flugrennens über die Leichtigkeit, mit der er sie berührte. Jetzt trugen seine Worte sie regelmäßig auf den Heuhaufen von früher, den sie für eine Weile aus den Augen verloren hatte.

Niemand vermutete etwas, das machte es noch spannender. Wenn die wüssten, dachte sie, wenn sie sich pflichtbewusst mit ihren Einkaufstaschen durch den Dreck kämpfte, was bei mir gerade los ist. Dann lähmte ihr die Angst, entdeckt zu werden, für einen Moment die Glieder. Der anhaltende Strom von Briefen aus Martinborough fiel den Kollegen im Postamt natürlich auf. Clive, der Sortierer, der sie immer am Rücken kitzelte, ärgerte sie damit: Wer das denn wohl wäre, der ihr so oft schrieb, und ob Derk davon wüsste? Hier ist schon wieder ein Brief, fang ihn dir. Dann hüpfte Ada kichernd nach dem Arm in der Luft und versuchte, durch die Nähe ihres Körpers die Aufmerksamkeit von dem Brief zu lenken. Es ist ein entfernter Onkel von mir, sagte sie, und hoffte inbrünstig, dass er niemals bei Derk nachfragen würde. In diesen Momenten schätzte sie sich selbst glücklich, dass ihr Mann einen so unnahbaren Charakter hatte. Doch nach so einem Vorfall saß sie tagelang da und grübelte. Das Sicherste wäre es, die Briefe zu verbrennen, aber das brachte sie nicht übers Herz. Solange die Worte jedes Mal wieder eine neue Bedeutung annahmen, war es, als würden sie leben. Sie würden schreien, wenn sie ins Feuer geworfen würden.

Es gab einen Ort, an dem Derk unter keinen Umständen, wirklich niemals, nachsehen würde. Das war die Schublade, in der sie ihre intimsten Frauendinge verbarg, die Monatsbinden und ihre Unterwäsche. Darin versteckte sie die Briefe. Auf eine verbotene Weise passte es zusammen. Nachts schimmerte die Schublade verführerisch im Dunklen. Dann unterhielt sie sich mit ihr vom Bett aus, neben sich ihren schlafenden Ehemann.

Der Einzige, der davon wusste, war Gott. Er, der durch die Umschläge hindurch und hinter die Worte sehen konnte, kannte ihr verborgenes Leben. Er sah wahrscheinlich mit kummervollem Blick, dass sie täglich aus dem Leben flüchtete, das Er für sie vorgesehen hatte. Sie wagte nicht, daran zu denken. Vielleicht, hoffte sie einmal, ist es nicht so schlimm. Schließlich sind es ja nur Träume, wenn auch sündige Träume. In Anflügen von Optimismus hoffte sie, dass sich alles irgendwann, an dem Punkt, wo die zwei Linien zusammentreffen, von allein zum Guten wenden würde.

Ihre eigenen Briefe warf sie heimlich in den Postkasten, ohne Absender auf dem Umschlag, sodass beim Sortieren niemand etwas vermuten würde. Dabei passte sie stets gut auf, dass keine Bekannten in der Nähe waren, bevor sie solch einen Umschlag mit einer schnellen Bewegung in den Briefeinwurf gleiten ließ. Danach überwältigte sie stets ein verwirrendes Gemisch aus Schuldgefühl und Schönrederei; sie durfte es nicht, dennoch schadete sie damit niemandem, und es würde natürlich niemals etwas daraus werden. In den darauf folgenden Wochen phantasierte sie dann, wie seine Reaktion ausfallen würde, wenn er diesen oder jenen Satz las, er diesen oder jenen Teil ihres Textes studierte. Das tat sie genau so lange, bis ihr wiederum ein Brief von ihm im Postamt vor die Nase gehalten wurde. Danach glitt Ada dann am Fluss erneut auf den nassen Steinen in eine andere Welt, es folgten Wochen des Nachdenkens: Was in dem letzten Brief gestanden hatte, wie bedauerlich es war, dass die Realität so anders aussah, und wie beruhigend dennoch, dass sie sich nie mehr im Leben treffen würden.

Immer umfangreicher wurden ihre Briefe, und immer länger dauerte das Warten auf den nächsten; durch die Ungeduld und dadurch, dass sie inzwischen beide eine Kunstfertigkeit entwickelt hatten, die Briefe so attraktiv wie möglich zu gestalten, und das erforderte Zeit und Zuwendung. Es wurden keine läppischen Notizen hin- und hergeschickt. Sie erzählte von dem Dorf, in dem sie aufgewachsen war, und er erzählte von Indonesien und der Rückkehr mit seiner Mutter nach Holland. Manchmal erschrak sie darüber, was zwischen den Zeilen zu lesen war.

Es gibt ein Foto von meinen Eltern, auf dem sie nebeneinandersitzen, auf breiten Stühlen mit Armleh-

nen und hohen, geschnitzten Holzrücken. Das Foto ist auf Java aufgenommen. Die Stühle stehen unter dem Blätterdach eines Flamboyants. Meine Eltern sitzen im Schatten, die Sonne schimmert auf dem Rock meiner Mutter. Sie blicken ernst drein. Die Uhrenkette meines Vaters spannt über seiner Weste, meine Mutter hält in der rechten Hand eine Teetasse. Hinter ihnen sieht man den rohen Verputz der Mauer, mit der unser Garten umgeben war. Meine Eltern sind tot, sie sind weit voneinander entfernt gestorben, meine Mutter erst viele Jahre nach meinem Vater. Die Stühle habe ich hierher verschiffen lassen, als ich mich in Martinborough niedergelassen hatte – zusammen mit einigen anderen indonesischen Sachen aus unserem Haus. Unter anderem ist da auch eine Maske mit runden, vorstehenden Augen. Sie soll die bösen Geister abwehren, wenn man daran glaubt. Meine Mutter glaubte daran, bis zu ihrer letzten einsamen Stunde. Dennoch hat die Maske meiner Meinung nach nicht ihre Aufgabe erfüllt, denn sie war nicht dazu in der Lage, die bösen Geister in ihrem Kopf abzuwehren. Hier hängt sie nun an einem Nagel, ohne dass jemand daran glaubt, ein hölzernes Schmuckstück aus einem fernen Land und einer vergangenen Zeit. Will man es als Rache bezeichnen, würde das schon wieder bedeuten, dass man daran glaubt.

Ihn direkt nach einer Erklärung zu fragen, traute sie sich nicht. Doch sie begann, ihn immer mehr zu lieben. So konnte sie ihre Tage durchstehen. Inzwischen waren schon wieder zwei Jahre vergangen.

18

Es war ein Samstag wie jeder andere. Einer dieser Tage, an denen man von singenden Vögeln im Garten geweckt wird, die sich dort nur für einen niedergelassen haben. Das Sonnenlicht wurde von den Kornähren auf der neuen Gardine gefiltert, und es tauchte das Schlafzimmer in ein güldenes Licht, das einen dankbar und zufrieden stimmte. Unten hörte sie das vertraute Geräusch der Orangenpresse, die Brummstimme von Hans und die heisere Kinderstimme von Bobby. Sie streckte sich und drehte sich auf die Seite. So blieb sie noch einen Moment liegen und hing ihren Gedanken nach. Wenn er ausgewählt wird, mache ich Schokoladenpudding für ihn. Tränen der Rührung traten ihr in die Augen. Ich habe es gut gemacht, dachte sie. Ich darf zufrieden sein, ich habe es verdient.

Ein Tag mit Goldrand. Nach dem Frühstück fuhren sie zu dritt zum *Stadium*, wo Bobby ein Jugendturnier spielen sollte. Als Hans und sie im Zephyr saßen, sahen sie sich gerührt an, weil das Kind auf der Rückbank so tapfer versuchte, seine Aufregung zu verbergen. Ein Scout kam, um den besten Spieler für das Jugendteam in Wellington auszuwählen, und ihr Sohn hatte gute Chancen. Weil es eine außergewöhnliche Gelegenheit war, hatte Frank versprochen, dass er kommen würde. Er erschien in letzter Minute und nahm neben ihnen auf den harten Bänken der Tribüne Platz. Marjorie hatte von Rugby keine Ahnung, das Geschubse und Gezerre interessierte sie nicht, doch das ganze Spiel über genoss sie den Anblick ihres neunjährigen Sohnes, der versessen und ehrgeizig spielte und sich von nichts ablenken ließ, schon gar nicht von dem hohen Kreischen und den anfeuernden Ausrufen seiner Mutter. Sie saß da mit hektischen Flecken am Hals. Den Fanatismus hat er von mir, dachte sie, das haben wir im Blut. Diese Art von Feststellungen waren inzwischen so normal geworden, dass sie sich selbst nicht mehr bei der Unmöglichkeit der Aussage ertappte. Lachend fing sie ihn mit den Armen auf, als er nach Spielende mit der guten Neuigkeit aus der Umkleidekabine auf sie zugerannt kam: Mum, ich bin es, ich bin es geworden! Und stolz wie ein Pfau lief sie danach mit ihren drei Männern durch das Zentrum von Wellington, um ein bisschen zu shoppen, jetzt, wo sie ohnehin hier waren. Sie hatte Bobby einen Comic versprochen, den neuesten *Roy of the Rovers*. In einer Wolke der Zufriedenheit hakte sie sich bei Hans unter. Sie schwebte regelrecht über den Fußweg.

Weil sie sich selbst für ziemlich tapfer hielt, hatte Marjorie sich lange Zeit dagegen gewehrt, dass Angst die Kehrseite der Liebe zu sein schien, die sie für das Kind empfand. Die ersten Jahre war das eine regelrechte Qual gewesen. Sie stand dann über die Wickelkommode gebeugt, voller Bewunderung starrte sie auf die kleinen Pobacken ihres Babys und konnte sich nicht vorstellen, dass die echte Mutter nicht etwas Ähnliches empfinden würde, wenn auch nur auf die Entfernung. Sog sie den betörenden Geruch des Babykörpers ein, dann war sie sich sicher, dass dieser den ganzen Weg von der Nordinsel bis zur Südinsel auch die Nasenlöcher von Esther in Christchurch erreichen würde. Ich bereue es, ich bereue es so sehr, hörte sie die Freundin weinen, gib mir mein Kind zurück. Diese Reue würde bei ihrer Weigerung schnell in Wut umschlagen, und dann würden die Drohungen folgen. Es war nur ein kleiner Schritt für eine verzweifelte Mutter, die Unrechtmäßigkeit der Geburtsurkunde ans Licht zu bringen. Alles, was sie dafür brauchte, waren die Krankenhauspapiere aus Christchurch, die besagten, dass bei Marjorie kurz vor der Geburt ihres angeblichen Sohnes noch ein verirrter Fötus entfernt worden war. Wenn sie solcherlei Gedanken hegte, musste sie danach ihren Kopf unter den kalten Wasserhahn halten, um die Hitze von ihren Wangen zu spülen. Ihre Angst hielt wie ein Krieger vor ihrer Haustür Wache und machte ihre Liebe für den Säugling nur noch größer. Du-bist-von-mir, blies sie auf seine runden Wangen. Unermüdlich sang sie holländische Lieder mit lustigen Intonationen, die ihn zum Lachen brachten. Klatsch in deine Händchen, froh, froh, froh. Sie selbst wagte nicht, wirklich froh zu sein. Ständig war die Angst da, dass jemand misstrauisch werden könnte. Mit zum Reißen gespannten Nerven saß sie mit dem Baby auf dem Schoß im warmen Wartezimmer der Plunket Society zwischen den anderen jungen Müttern und imitierte die selbstverständlichen Gespräche und Gesten. Sie klagte über Milchstau. O ja, pflichtete sie folgsam bei, um auf keinen Fall Aufmerksamkeit zu erwecken, die Säuglingspflege ist hier vieeel besser als in Holland. Wenn sie nach Hause kam, war sie vollkommen erschöpft.

Hans konnte das nicht verstehen. Er war kein Typ, der sich um das Sorgen machte, was möglicherweise passieren könnte. Er genoss das Leben mit seinem kleinen Jungen, warf ihn hoch in die Luft – das Kind quietschte vor Vergnügen, der kleine Körper gespannt bis in den großen Zeh – und fing ihn mit seinen großen Händen auf. Jeden Abend im Bett beruhigte er seine Frau. Sie hatten mit Esther eine klare Abmachung getroffen, und darauf musste sie vertrauen. Warum sollte ihr jemand ansehen, dass sie nicht die echte Mutter war? Er kannte keine Mutter, die echter war als sie. Weil in seiner Gegenwart alles so einfach schien, gelang es ihr einzuschlafen. Aber sobald sie am nächsten Morgen das Kind, das aufrecht in seinem Bettchen stand und mit den Beinen stampfte, auf den Arm nahm und sie die winzig kleinen bernsteinfarbenen Sprenkel in seinen graugrünen Augen sah, krampfte sich ihr Herz erneut zusammen.

Es gab Momente, da gelang es ihr, die Angst abzustellen. Weißt du, sagte sie dann in Gedanken zu Esther, er hat jetzt Windpocken, er spuckt und muss getröstet werden, und du bist nicht da. Es passiert so viel, er wächst so schnell. Und du bist nicht da.

Die ersten Jahre in Wellington, in einer viel zu kleinen, möblierten Mietwohnung, arbeitete Hans als Büroangestellter im Einkauf bei Woolworths. Nebenher nahm er an den Abenden so viele Aufträge wie möglich als Zimmermann an. Sie lebten nur mit dem Nötigsten und sparten, bis sie fünfhundert Pfund zusammenhatten. Marjorie hatte herausgefunden, dass sie damit eine Staatsanleihe für einen Neubau bekommen konnten. Das Land investierte nicht in ältere Häuser. Das traf sich gut, sie hatte ohnehin die Nase voll von den Boarding Houses, Souterrains, Wohnwagen und Mietwohnungen. Neue Häuser wurden außerhalb der Stadt gebaut. Da es noch immer zu wenig Wohnraum gab, war *home viewing* eine beliebte Freizeitbeschäftigung. Sonntags zog sie ihre Familie hübsch an, und dann nahmen sie den Bus oder die *Cable* und stellten sich in die Reihen von Wohnungssuchenden, die in Musterhäusern herumgeführt wurden. Wenn Hans dabei war, gelang es ihr sogar, die Komplimente zu genießen, die sie für ihr niedliches Kind ernteten, aber »wie sollte es auch anders sein, bei solchen Eltern!«.

Sie wählten Khandallah Village aus, weil alles in dieser Gegend nach Wohlstand duftete. Die Siedlung war in die bewaldeten Hügel hoch über der Stadt gebaut, alles wunderschön und großzügig. Das Vierzimmer-Haus mit Garage und Ausblick über die Bucht war viel zu teuer für sie, sodass sie es nur mit einer ordentlichen Hypothek kaufen konnten. Ihr Vater machte deswegen von Holland aus in seinen Briefen ein ziemliches Aufhebens, aber sie stand tapfer ihren Mann und argumentierte: In fünfundzwanzig Jahren gehört es uns, und dann verkaufen wir es mit Gewinn und kaufen ein noch größeres Haus. Hans pflichtete ihr bei. In diesen Dingen war sie gerissener und forscher als er.

Es gab keine Kanalisation. Ein kleines Haus vor der Tür diente als WC. Jeden Abend kam »das Heinzelmännchen«, wie sie ihn vor Bobby nannte, stellte die Tonne schwups auf den Kopf und kippte sie in einen Wagen. Marjorie beschrieb dies in einem fröhlichen Brief nach Hause und wusste bereits, noch bevor sie den höhnischen Brief von Pa zurückbekam, dass das ein Fehler gewesen war. Sarkastisch pries er ihre kostspielige Investition in ein solches Haus. Das hättest du dir doch denken können, sagte Hans erstaunt, als sie wieder einmal vor Wut stampfte. Nach drei Jahren bekam die Gegend eine Kanalisation. Dafür mussten sie extra bezahlen, aber dann durften sie auch ein Stück Land um ihr Grundstück herum kaufen. Ihren Garten.

Was noch eine ganze Weile sehr schmerzte, war das Abschiednehmen von einem eigenen Kind, einer eigenen Schwangerschaft. Es passierte nichts. »Praktisch gleich null« schien »gleich null« zu sein. Im Laufe der Zeit füllte sich das dritte Schlafzimmer mit den Angeln von Hans, ihren Einmachgläsern, dem Bügeleisen und dem Gästebett. In ihren Briefen nach Hause davon zu schreiben war unmöglich. Auch das schmerzte, mehr als sie gedacht hätte. Ihre Briefe waren voller Halbwahrheiten und ganzen Lügen. Das machte die Entfernung für sie immer unüberbrückbarer. Wie kann ich ihnen jemals unter die Augen treten, dachte sie, bei so viel Betrug, den ich mit mir herumschleppe. Dann schrak sie zusammen. Die Predigten ihres Vaters über das Geburtsdatum ihres Kindes schlugen ihr ziemlich auf den Magen. »Jetzt haben wir uns so beherrscht«, meckerte sie Hans gegenüber, »und bis zu unserer Hochzeit brav nur gekuschelt, und nun denken alle, dass wir heiraten mussten, und ich kann nichts dagegen einwenden.«

An der Notwendigkeit des Betrugs hatte sie keinen Zweifel. Denn je klarer wurde, dass es kein zweites Kind geben würde, umso wichtiger wurde Bobby.

Er musste ihr ganz gehören.

Der Junge selbst schien alles daranzusetzen, um ihr dabei behilflich zu sein. Er trippelte verliebt hinter seiner Mutter her – so viel Mama und nur für mich allein – und streckte seine kleine Nase auf dieselbe Art in die Luft wie sie. Die schwarzen Haare fielen ihm schon bald nach den ersten Lebenstagen aus, und als die neuen Haare nachwuchsen, schienen sie dunkelblond zu sein. Abgesehen von den paar Bernsteinsprenkeln war die Farbe seiner Augen doch ziemlich Graugrün, eine Farbe, die man mit etwas gutem Willen als holländisch bezeichnen konnte und die in einem bestimmten Licht auch in ihren Augen zu erkennen war. Es war eigentlich nicht möglich, das wusste sie zwar, aber sie erkannte ihr eigenes Temperament in ihm. Wurde ihm etwas verboten, dann warf er sich in so tiefer Verzweiflung auf den Boden, dass sie mit Mühe das Lachen unterdrücken konnte. Auf die gleiche Weise überschüttete er sie, ohne Zurückhaltung, kübelweise mit klebriger Kleinkindliebe. Als er groß genug war, um über die Gitter seines Bettchens zu steigen, kam er morgens zu ihnen ins Bett gekrochen und gab keine Ruhe, bis er sich behaglich einen Platz auf dem Bauch von einem der beiden Eltern ergattert hatte. Am liebsten zog er dann den anderen noch darüber. Heißer Kinderatem an ihrem Ohr, »Mum, wollen wir ein Spiel spielen?« »Es ist halb sechs«, stöhnte Hans milde. »Ja, das weiß ich«, flüsterte das heisere Stimmchen, »es ist auch ein gaaaanz ruhiges Spiel …« Es wurde zum Ritual, eines von vielen. Das Familienleben schien von vielen dieser Rituale zu leben. Sie verstärkten das Zusammengehörigkeitsgefühl, mit dem sie sich gleichzeitig von der Außenwelt absetzten. Das vermittelte ihnen eine gewisse Ruhe.

Im Kontakt mit anderen – den Nachbarn, Hans' Kollegen, den Müttern in der Schule – stand Marjorie die Angst, erkannt zu werden, lange im Weg. Die höfliche, englische Distanziertheit der Neuseeländer kam ihr dabei sehr gelegen. Marjorie hatte solch eine panische Angst vor dem Tag, an dem jemand ihre Mutterschaft anzweifeln könnte, dass sie sich in einem Korsett der Perfektion bewegte und oftmals erst durchatmen konnte, wenn sie sich wieder sicher in ihren eigenen vier Wänden befand. Wehmütig erinnerte sie sich an den ungezügelten Spaß, den sie mit ihren Freundinnen in Holland gehabt hatte, ans Schlittern übers Eis und die intensiven Flüstergespräche nachts im Schwesternhaus. Wenn niemand sie sah, heulte sie vor Heimweh. Und doch baute sie unbeirrbar ein soziales Leben für ihre Familie auf, dem es an nichts fehlte. Um kein Misstrauen zu erwecken.

Auch ihrer Haushaltsführung durfte nichts anzumerken sein, und dafür musste man ebenfalls etwas tun. In den ersten Jahren konnte sie von einem furchtbaren Gefühl von Hoffnungslosigkeit übermannt werden, wenn sie die Wäsche zusammenlegte oder mit dem Staubsauger durchs Haus lief oder die Obstreste, die der Kleine um sich herum verteilt hatte, vom Küchenboden wischte. Sie fand die Haushaltsarbeit langweilig, und sie vermisste die Krankenpflege. Soll es das nun gewesen sein, fragte sie sich, während sie auf dem Sandkastenrand saß und den Sand beobachtete, der durch ihre Finger rieselte. Das schrieb sie ihrer Mutter, und dieses Mal war es ein ehrlicher, betrübter Brief. Wochen später kam per Schiffspost ein Paket an. Darin war eine bunt karierte Schürze, mit Rüschen an den Rändern und zwei großen, aufgestickten Taschen. »Mein Liebling«, schrieb ihre Mutter, »ich schicke Dir diese Schürze, denn Du hast es tatsächlich nicht leicht. Du musst still und brav abwaschen und keine Forderungen mehr stellen. Das wird Dir die nötige Ruhe geben. Verrichte kleine Dinge, in Dienstarbeit. Abwaschen, das ist Deine Aufgabe. Tu dies auf demütige Weise, und Du wirst Dein Glück wiederfinden. Kein unnötiger Ehrgeiz –

einen Apfelkuchen backen wäre schon zu viel –, Butterbrote schmieren, das ist für den Anfang vollkommen ausreichend. Du wirst selbst sehen.« Der liebe, fürsorgliche Ton trieb ihr die Tränen in die Augen, und sie band sich die Schürze um. Sie hatte kurz in Erwägung gezogen, einen Job im Krankenhaus anzunehmen, als Bobby in die Grundschule kam. Arbeitende Mütter sind schnell gereizt und permanent überlastet, las sie in einer Zeitschrift, die ihre Mutter ihr geschickt hatte. Darunter könnte das häusliche Glück leiden. Das würde zu erhitzten Diskussionen in der Ehe führen. Diese Vorstellung hielt sie davon ab, sie dachte an die Wutausbrüche ihres Vaters, den Streit, den er mit ihrer Mutter anfing. Mein Kind soll sich nie auf dem WC einschließen müssen. Ich bleibe zu Hause und fange keinen Streit an. Mit den Frauenzeitschriften in der Hand verwendete sie all ihre Kraft darauf, »Schwung in den Haushalt zu bringen, bewusste Inseln der Freude zu schaffen, die die ermüdende Eintönigkeit durchbrechen, wie zum Beispiel das Säen von Pflanzen und künstlerische Beschäftigungen aller Art«. Verbissen stürzte sie sich, neben den gewohnten Aufgaben, auf das Einmachen von Früchten und den Anbau von Astern und Rosen, auf Hobbys wie Blumenbinden und das Sammeln von Glaswaren. Alles, um Haus und Familie »Glanz und Glut zu verleihen«. Als *Woman's Weekly* betonte, dass ihre Familie nicht ohne Vitamin B leben könnte, sorgte sie für Vitamin B. Bobby konnte dann noch so sehr protestieren, doch er durfte nicht vom Tisch aufstehen, bevor er nicht sein *Vegemite sandwich* aufgegessen hatte. Er war nicht umsonst so stark und gesund, ganz ihr Kind. Mit zusammengebissenen Zähnen, ihre alte *Wannée Haushaltsschule* mit den Seiten mit Fettflecken vor sich aufgeschlagen, verbesserte sie ihre Kochkunst. Bei jedem neuen Gericht beging sie einen anderen Fehler, was sie fuchsteufelswild machen konnte. Nachdem sie den Teig unsanft geknetet hatte – schwitzend und schnaufend – und das Rosinenbrot endlich im heißen Ofen war, drehte sie sich erhitzt um und sah auf der Arbeitsfläche alle Zutaten liegen, die in den Teig gemusst hätten: Zitronat, Rosinen und Mandeln. Einen Topf Suppe, der stundenlang auf dem Herd gestanden hatte, goss sie durch das Abtropfsieb ab, das direkt im Spülbecken stand. Aber sie machte alle Fehler nur einmal und ließ sich niemals entmutigen. Ihrer Familie sollte nichts anzumerken sein. Der Glanz, den sie ihrer Festung verlieh, würde alle Belagerer erblinden lassen.

Ihre Anstrengungen wurden belohnt. Khandallah Village wuchs heran zu einer schattenreichen, blühenden Gegend, in der die Kinder in voller Fahrt die Hügel herunterradelten, um im Wald hinter dem Schwimmbad Hütten zu bauen. Vom Garten aus sah sie Bobby nach und wusste, dass sie ihm eine wunderbare Jugend bescherte. Ihre Tür stand für seine Freunde immer offen. Sie konnte gut mit Kindern umgehen. Er ging auf eine *Private School*, die teurer war und daher besser, wie sie gerne hinzufügte, wenn man auf das Thema zu sprechen kam. Die Schuluniformen waren dementsprechend kostspielig, und er wuchs so schnell, dass er ständig neue brauchte. All diese Dinge erfüllten sie mit Stolz.

Die Belagerer blieben fern. Esthers Schatten verschwamm mit den Jahren und verschwand in den hintersten Ecken von Marjories Bewusstsein. Langsam wirkte die Vorstellung, dass jemand – wer auch immer das sein möge – die Bindung zwischen Hans, ihr und Bobby zerstören könnte, beinahe albern.

Sie waren eine normale Familie.

So kam es, dass sie an diesem Samstag entspannt und zufrieden durch Wellington lief, hinter ihrem Sohn und am Arm ihres Mannes.

»Liebst du mich noch?«, fragte sie.

»Bleibt mir eine andere Wahl?«

Sie liebte seine Witze. Er war mit Sicherheit nicht der aufregendste Mann der Welt, aber sie hatten es schön zusammen, und sie konnte sich keinen anderen vorstellen. Wahrscheinlich war das Liebe. Sie liebte seine ständige Fürsorge. Er zimmerte, hobelte, malte, entwarf einen Wintergarten und baute eine Waschküche. Bei Woolworths hatte er es inzwischen bis zum Leiter der Einkaufsabteilung gebracht. Er kaufte ihr alle modernen Geräte, die sie brauchte. Sie waren die Ersten in der Siedlung, die einen Fernsehapparat besaßen, einen *Fleetwood Cabinet* auf klapprigen, schiefen Beinen. Die Kinder aus der Nachbarschaft kamen zu Bobby, um fernzusehen. Wenn sie auf dem Teppich Platz genommen hatten, drehte sie an dem großen Knopf und fühlte sich dabei wie eine gute Fee.

Marjorie ging regelrecht auf in der Sorge um ihren Mann. Die Tbc-Bazillen in seinen Lungen waren durch ihre Mahlzeiten in ewigen Schlaf gewiegt worden, zugedeckt von einem Deckel aus Fett. Seinen Bauchansatz sah sie als ihren persönlichen Sieg über den Tod. Das gab seiner Erscheinung etwas Unbeholfenes, was sie weniger entzückte, aber lieber so als anders.

Sie liebte die Art, wie er sie liebte. Noch immer legte er seine Hände um ihre Taille. Seine Fingerspitzen berührten einander schon lange nicht mehr. »Ich werde dick«, rief sie kokett. »Sehr gut«, war dann stets seine Antwort, »dann habe ich mehr von dir.« Wenn sie in den Spiegel sah, konnte sie ihm nur zustimmen, denn dort stand eine Frau in der Blüte ihres Lebens. Die überflüssigen Pfunde standen ihr gut. Ihr gefiel es, sich erwachsen zu kleiden. Twinsets waren dafür gut geeignet, insbesondere wenn man die Jacke lose über die Schultern legte und dabei nur den obersten Knopf zumachte. Ihr glattes Haar ließ sie jede Woche in Wasserwellen legen. Zum Glück regnete es hier selten.

Sie liebte ihr Kind abgöttisch, dieses aufgeweckte Kerlchen, voller Lebenslust – der beste Spieler auf dem Feld –, ihr Kind, das dachte, sie wüsste nicht, wie er an Sommerabenden aus seinem Schlafzimmerfenster über die Garage ins Schwimmbad entwischte. Sie liebte sich selbst dafür, dass sie seine geheime Freiheit so genießen konnte. Dann dachte sie an ihren Vater und zog ihm in Gedanken eine lange Nase, sieh nur, Pa, so geht es auch. Einmal brach sie danach in Tränen aus, worauf sie sich selbst überhaupt keinen Reim machen konnte.

Marjorie liebte ihr Haus, ihre Einrichtung mit den hellen, schwedischen Möbeln, dem Blau der Dielen und dem Weiß der Fensterrahmen. Selbst das Dach war blau, mit einer weißen Dachrinne. Genau wie die Garage. An den Wochenenden stand Hans auf der Leiter und arbeitete am Anstrich des Hauses. Dann brachte sie ihm Kaffee (das Kaffeetrinken hatte sie sich nicht abgewöhnen können) und ein Stück ihres selbstgebackenen Kuchens. Sie saßen dann zusammen auf der Treppe und genossen den Ausblick über die Stadt, den Hafen und die Bucht. Wunderschön, bestätigten sie einander mit vollem Mund, während sie dem versonnenen Geräusch eines Rasenmähers auf dem Nachbargrundstück lauschten.

In ihrem Garten, der schräg abfiel, wuchsen Palmen, große Farnbüsche und Rosen, die sie selbst gepflanzt hatte. Der Wind strich darüber hinweg und brachte Duftwolken mit sich, die sich mit dem Geruch des Kaffees vermischten. Dann kniff sie ihrem Mann fröhlich ins Knie. Die hohe Hypothek war Teil ihres klugen Plans, ihres vorausschauenden Blicks, gewesen. *Ihr* Plan, *ihr* Blick. Pa war damit noch immer nicht einverstanden. Allein schon des Tons in seinen Briefen wegen machte sie weiter.

Sie liebte ihr Leben, mit Telefon, Fernsehapparat und dem Zephyr. Wie sie sich fühlte, wenn sie lässig den Arm aus dem offenen Fenster streckte, während sie aus ihrer Garage fuhr. Ihre Bekannten hatten Namen wie Kathleen, Norman und Edna, und oft zogen sie alle zusammen los zum *Sunday picknick.* Die Männer besprachen dann die nukleare Bedrohung, die Frauen redeten über die Kinder, die um sie herum spielten. Nach ein paar Bier fing Hans an, Witze zu erzählen. Manchmal sangen sie Lieder von Cliff Richard oder die lustigen Songs vom Howard Morrison Quartet. »*My old man's an All Black!*« (das war meistens der Moment, wenn die Kinder es vorzogen, ein Stück weiter weg zu spielen). Am Ende waren sie immer alle sehr vergnügt. Im Winter lud Marjorie die Leute zu sich nach Hause ein. Dann machte sie Sunday Roasts, die es durchaus mit denen von Kathleen und Edna aufnehmen konnten. Um ehrlich zu sein –

ohne angeben zu wollen –, waren ihre sogar besser. Besser gewürzt. Die Frage war, ob man als Ausländer wohl jemals ein echter Kiwi werden würde. Eine gewisse Distanz war immer spürbar, doch würde ihr jeder zustimmen, dass sie es schon weit gebracht hatten. Ihr Einbürgerungsantrag war in Arbeit.

Als sie nach dem Spiel durch die Straßen von *Windy Wellington* lief, dachte sie jedoch nicht direkt über diese Dinge nach. Marjorie dachte vielmehr an neue Badesandalen für die ganze Familie und an die *Pie*, die sie zum Abendessen machen wollte. Sie dachte eben gerade *nicht* an Dinge, die Teil ihrer selbstverständlichen Wirklichkeit geworden waren. Sie stieß ihren Mann mit dem Ellbogen in die Seite, um ihn auf ihr Kind aufmerksam zu machen, das ein paar Meter vor ihnen auf rührende Art versuchte, genauso lässig und entspannt wie sein großer Held Frank zu laufen. Sie dachte daran, dass Bobby schnell wuchs und dass es gut möglich wäre, dass er größer als Hans werden würde. Dabei fiel ihr nicht einmal auf, dass ein solcher Gedanke sie gar nicht mehr beunruhigte. Unbesorgt genoss sie das Kindergeschnatter, die begeisterten Gebärden und die hohe Stimme, die sich vor Aufregung überschlug: Ob Frank gesehen hatte, dass dieser Verteidiger ein älterer Junge war, der schon auf der *Secondary School* war und dass er dennoch an ihm vorbeigezogen war? Zum Glück hatte Frank das alles gesehen. Und er hatte noch viel mehr gesehen, zum Beispiel, dass Bobby daraufhin noch einen *Side Step* gemacht und einen *Try* angetäuscht hatte. Die tiefe Stimme schmeichelte ihm. »Der Scout wäre schön dumm gewesen, wenn er dich nicht ausgewählt hätte.« Das passte ihr nicht. »He«, sagte sie auf niederländisch, »hör bloß auf, sonst steigt ihm das noch zu Kopf.« Frank drehte sich kurz um, zwinkerte ihr zu und führte sein Gespräch fort. Er fasste es wie selbstverständlich als Witz auf. Einen kurzen Moment schoss ihr das Blut in die Wangen. Am Arm ihres Ehemanns starrte sie auf die trägen Hüftbewegungen des Mannes, der ihr Freund geworden war, bei dem sie sich jedoch nie richtig wohlfühlte. Vor zwei Jahren war sie diejenige gewesen, die ihn auf dem Rasen beim Juniorenrugby erkannt und seinen Namen gerufen hatte. Manchmal wünschte sie, sie hätte diesen Moment einfach verstreichen lassen. Hans verstand das nicht. Er sah in jedem Menschen immer nur das Gute. Frank und er konnten stundenlang über den Bauzeichnungen des Hauses auf dem Weinberg sitzen und mit Fachbegriffen um sich werfen. Eigentlich konnte sie sich selbst nicht wirklich einen Reim darauf machen. Frank war freundlich und hatte gute Manieren. *A handsome bloke.* Im Innersten ihres Herzens konnte sie es nicht ertragen, dass er besser aussah als Hans, und sie suchte bei ihm nach Fehlern. Er hat merkwürdig schräge Augenbrauen und Ringe unter den Augen. Und er hat einen schleppenden Gang. Es ärgerte sie, dass Edna und Kathleen sich anders verhielten, wenn er dabei war. Sie selbst war dafür nicht empfänglich, für dieses blöde Gehabe. Aber die Art, wie er sie ansah, ging ihr auf die Nerven. Bei der Hausarbeit zum Beispiel, als würde er sich so seine Gedanken darüber machen. Er muss doch nicht immer so gucken, sagte sie oft zu Hans. Wie guckt er denn? Das konnte sie nicht erklären. Vielleicht denkt er, dass er etwas Besseres ist. Unsinn, sagte Hans, davon habe ich noch nie etwas gemerkt, und er versetzte ihr einen fröhlichen Klaps auf den Hintern. Er hatte wirklich mit nichts ein Problem. Auch nicht mit Eifersucht, wenn Bobby mit unzähligen Geschichten von einem Tag auf dem Weingut zurückkam und erzählte, dass er mit Mozie Rugby geübt hatte und mit Frank mit dem Jeep zum *Bird Shooting* hatte mitfahren dürfen. Hans konnte zufrieden Arm in Arm mit ihr durch Wellington spazieren und seinem Freund von Herzen die Bewunderung seines Sohnes gönnen. So war er, und darum war sie mit ihm verheiratet. Marjorie atmete tief durch und nannte sich selbst an diesem sonnigen Sonntag einen glücklichen Menschen. Einer dieser besonderen Momente, wenn man sich dessen auf einmal bewusst ist. Heute Abend würde es also tatsächlich Schokoladenpudding geben. Sie schmiegte sich noch fester an Hans. Ihre Körper berührten sich einen Moment lang in alter Vertrautheit. Am Abend zuvor hatte sie ihren rosa Nylon-Babydoll angezogen, ein Zeichen, das er schnell verstand. Dies war ein Tag mit Goldrand.

In der Cuba Street, kurz bevor sie die Straße überqueren mussten, um zum Buchladen zu gelangen, erregte eine Gruppe Menschen ihre Aufmerksamkeit, die auf der Straße standen und auf ein Geschäftsgebäude sahen. Sie sah einen Bauarbeiter auf einer Leiter stehen und große Buchstaben auf die Ladenfassade malen. Vor dem Geschäft parkte ein Möbelwagen mit heruntergelassener Ladeklappe. Männer in Overalls hievten Dinge aus dem Umzugswagen heraus nach drinnen: Kleiderständer, Schaufensterpuppen, Spiegel, es sah wie das Inventar eines neuen, modernen Damenmodeladens aus.

»Ganz kurz gucken, was da los ist.«

»Komm jetzt, Mum.«

Geht ihr mal vor, machte sie ein Zeichen, und lief weiter. Männer haben kein Interesse an solchen Dingen.

Es war ein breites Gebäude mit zweiflügligen Türen, deren Glas in elegant geschwungenes Holz gefasst war. Links und rechts der Türen waren große Schaufenster, die mit braunem Packpapier zugeklebt waren. Marjorie sah nach oben, zur Etage oberhalb des Ladens. Durch die Fensterscheiben hindurch konnte sie erkennen, dass die Umzugsleute auch dort Ankleidepuppen, Spiegel und aufgerollte Teppiche hineintrugen. Alles sah ziemlich aufwendig aus. Dies wurde ein Laden, wie es nicht viele in der Stadt gab. Sie nahm sich vor, eine der ersten Kundinnen zu werden. Sie brauchte ohnehin einen feinen neuen Rock und eine Bluse. So würde sie Edna und Kathleen dann beiläufig erzählen können, dass es einen hübschen neuen Laden gab, sehr modern, wie komisch aber auch, dass ihr ihn noch nicht kennt. Dann kletterte der Maler von der Leiter herunter, und sie konnte die Buchstaben sehen, die er gerade fertig gemalt hatte. Es waren moderne, schlanke, schwarze Buchstaben, die sich an der Oberseite elegant etwas nach vorn neigten. Wenn man genau hinsah, hatten sie Ähnlichkeit mit Mannequins.

Lady Esther Boutique.

Marjorie schloss die Augen. Als sie sie wieder öffnete, stand sie noch immer an derselben Stelle. Irgendwo in weiter Ferne begann eine Sirene zu heulen. Ohne dass sie etwas dagegen tun konnte, bohrte sich ihr Blick suchend durch die geöffneten Türen, bis tief in das Innerste des Ladens, wo sich Leute mit schnellen Bewegungen hektisch hin und her bewegten, wie Farbflächen, die vorbeischießen, wenn man aus dem Zugfenster sieht. Jemand legte eine Hand auf ihren Rücken.

»Wo bleibst du denn?«, fragte Hans.

Nun konnte sie in den Farbflächen eine Frau in einem rosaroten Kostüm erkennen, eines dieser Kleidungsstücke, die man von Fotos von Jackie Kennedy kannte. Die Frau stand mit dem Rücken zu ihnen und hatte dunkles, lockiges Haar. Sie trug schwarze Pumps mit hohen Absätzen. Wie eine Bake stand sie inmitten des Chaos und winkte mit einem bunten Farbfächer in Richtung eines blassen, jungen Mannes. Diese einzige Geste hätte schon ausgereicht, um Esther zu erkennen.

»Komm«, wollte Marjorie zu Hans sagen, »schnell«, doch aus ihrer Kehle kam kein Ton. Er hatte Esther ebenfalls erkannt und blieb überrascht stehen. Der lange, dünne Arm in dem rosaroten Ärmel zeigte mit einer theatralischen Geste auf die Wände, die sie umgaben, und dabei drehte Esther sich um ihre eigene Achse und sah Marjorie direkt ins Gesicht.

Das Kind stand sofort zwischen ihnen.

Marjorie hoffte, betete besser gesagt, dass Frank mit ihm weiter zur Buchhandlung gegangen war. »Oh … oh«, sagte sie, es war mehr ein Ächzen, das ihrer Kehle entwich, und noch einmal, »oh … oh …«

Es gab kein Entrinnen.

Esther erholte sich als Erste. Man konnte sehen, wie sie sich zusammenriss und schnell die alte, kecke Pose annahm, sich unter ihrem Kostüm versteckte. Der große Mund mit den roten Lippen öffnete sich zu einem übertriebenen Willkommensschrei, wobei die Zähne in Reih und Glied einen Gruß artikulierten. Ihr Arm schoss in die Höhe. Große Armreife glitten klimpernd bis zur Hälfte ihres Unterarms herab. *Hello!* Das wohlbekannte, heisere Lachen. Es war überdeutlich, bei dieser Frau stand Gehabe auf der Tagesordnung. Eins, zwei, drei, wurden die wiegenden Hüften auf dem Weg zur Tür eingesetzt. Aber an der Art, wie die dünnen Knöchel über den Pumps schwankten, konnte sie sehen, dass sie ebenso erschrocken war wie sie. Die anderen Leute wichen einen Schritt zur Seite, als spürten sie, dass hier eine besondere Begegnung stattfand. Vielleicht aber auch einfach, weil Esther eine Erscheinung war, zu der man Abstand halten musste, um ihren Anblick zu verarbeiten.

Alle drei standen sie da und drucksten herum. Dies hätte nie passieren dürfen, und niemand hatte eine Lösung parat. Sie beäugten einander und tauschten ein paar Grußformeln aus. »Hallo, hallo, wie geht es, gut, o ja … oh dear.«

»Esther«, sagte Hans, als könnte er es nicht glauben.

Zitternde, lange Finger zogen eine Zigarette aus dem Päckchen, das unverfroren in dem rosaroten Rockbund steckte. Was nicht alles unter so einem perfekten Jäckchen versteckt ist. Hans nahm eine an, Marjorie lehnte schweigend ab. Sie sah zu, wie ihr Mann sich beeilte, Esther Feuer zu geben.

»Was macht ihr hier?« Die Worte wurden mit dem Rauch zusammen ausgehustet.

»Wir wohnen hier.«

»Oh … ja?«

»In Khandallah Village.«

Sie zeigte irgendwo hinter sich in den Himmel.

Esther sah erstaunt in die Luft.

»Ich dachte, in Auckland.«

»Wieso?«

»Das dachte ich.«

»Warum denn?«

»Ich weiß es nicht. Ich dachte es einfach.«

Und so ging es weiter, so lange, wie sie brauchten, um ihre weichen Knie unter Kontrolle zu bekommen. Inzwischen studierte Marjorie das geschminkte Gesicht vor sich, das Make-up war aufdringlicher, als sie es in Erinnerung hatte. Augenbrauen in einem perfekten Bogen gezeichnet. Die Bernsteinfarbe der Augen, eingerahmt von geraden, künstlichen Wimpern, die den Blick schwer und überheblich werden ließen. Ein gepudertes Gesicht, das sich einem grell und imposant aufdrängte, der Mund im selben Rosarot wie das Kostüm. Sie empfand gleich wieder eine Abneigung gegen sie. Abgesehen von allen anderen Dingen war sie sich natürlich sogleich ihres einfachen Rocks und der Bluse bewusst, in der sie gerade noch so zufrieden herumgelaufen war. Die flachen, bequemen Absätze ihrer Schuhe. Ihr flaches, bequemes, kleines

Leben, in dem von einer eigenen Karriere, mit ihrem Namen lebensgroß auf der Fassade, keine Rede war.

»Khandallah Village ist ein wunderschöner Stadtteil«, sagte Marjorie schnell, »alle Straßen haben indische Namen. Nicht, dass dort viele Inder wohnen. Es ist eine gute Nachbarschaft. Unser Haus hat drei Schlafzimmer, einen großen Garten und eine Garage.«

Die ganze Zeit über tanzte das Kind über ihren Köpfen.

Um sie herum herrschte emsiger Betrieb. Sie wurden umringt von neugierigen Passanten, und hinter Esther zwängten sich die Umzugsleute mit einer langen Ladentheke vorbei. In dem Laden lief der blasse junge Mann nervös hin und her und hielt sehnsüchtig nach seiner Auftraggeberin Ausschau. Ein Stofflieferant breitete seine Warenrechnung auf der nagelneuen Ladentheke aus und wartete. Marjorie nahm das alles wahr und gleichzeitig sah sie aus den äußersten Augenwinkeln heraus, oder vielleicht auch schräg durch ihren Hinterkopf hindurch, Bobby auf der anderen Straßenseite stehen, mit Frank. Sie konnte nur hoffen, dass sie dieses Gespräch irgendwie zu einem Ende bringen konnte, bevor er zurückkommen würde, um nachzusehen, wo Mum und Dad blieben. Ihr Hirn arbeitete auf Hochtouren. Ihr gegenüber hing eine lebensgroße Frage im Bernstein, am nervösen Ziehen an der Zigarette ließ sich die Spannung ablesen. Marjorie durfte ihr nicht die Zeit geben, eine Frage zu stellen. Es ging die Frau nichts an, wo das Kind war.

»Well«, sagte sie und klatschte in die Hände, als Zeichen dafür, dass sie sich verabschieden wollte.

Hans war sich jedoch wieder einmal der Gefahr nicht bewusst. Sein Vertrauen in die Menschen war manchmal zum Verrücktwerden. Als wäre das hier eine stinknormale Begegnung, fragte er interessiert nach Esthers Geschäft und verstrickte sich in ein Gespräch über das Warmhalten von anspruchsvollen Geldgebern und dem Aufbau von konservativer Kundschaft – ein Gespräch, das sich nicht so schnell beenden ließ. Dussel, dachte Marjorie nur noch, Dussel, Dussel, Dussel, und währenddessen konnte sie fast spüren, wie Bobby nach rechts guckte und dann nach links, wie sie es ihm beigebracht hatten, und wie er auf eine Lücke im Verkehr wartete, um dann die Straße zu überqueren. Sie wollte ihm zurufen: Bleib weg! Renn um dein Leben! Mit wilden Gebärden wollte sie deutlich machen, dass hier Gefahr drohte, aber sie traute sich nicht einmal, in seine Richtung zu sehen, aus Angst, dass Esther ihrem Blick folgen würde.

»Das ist schon mein zweiter Laden«, sagte Esther, »Christchurch ist mir zu klein geworden«, und sie wedelte sich selbst mit dem Farbfächer frischen Wind zu, als wollte sie damit eigentlich sagen, dass ihr dort der Boden unter den Füßen zu heiß geworden war. Marjorie sah, dass sich ihre schlimmsten Befürchtungen bewahrheiteten. Bobby und Frank überquerten die Straße.

Esther fing an zu stottern. Der Satz, den sie gerade sagen wollte – dass ihre Boutique diese ganze Geschäftsgegend verändern würde –, rollte kraftlos aus ihrem Mund und zerschellte auf dem Fußweg. Sie stieß einen kurzen, heiseren Schrei aus. Danach wurde es still.

Schweigend sahen sie alle drei zu.

Frank hatte seinen Arm locker schützend um die Schultern des Kindes gelegt und leitete ihn sicher auf die andere Straßenseite. Der Junge lief mit den Händen in den Hosentaschen, die Augen gegen das grelle Sonnenlicht leicht zugekniffen. Es kam Marjorie vor, als wäre er extra hell ausgeleuchtet, sodass man erst jetzt richtig sah, wie vollkommen er war, der beste Junge, den man sich vorstellen konnte: stark und lieb, mit gescheiten Gesichtszügen und einem übermütigen Blick. Der Blick, von dem sie sich in den letzten Jahren weisgemacht hatte, dass er von ihr stammte und in dem nun gnadenlos die andere durchschimmerte.

»Komm«, sagte sie kraftlos zu Hans und ergriff seinen Arm. Von ein paar Metern Entfernung aus erkannte Frank diejenige, mit der sie sich unterhielten. Marjorie sah in seinen Augen die Freude über diese unerwartete Begegnung. »Esther!«, rief er, und erstaunlich scharf erinnerte sie sich, wie er *sie* vor zwei Jahren nicht sofort erkannt hatte, als sie begeistert seinen Namen gerufen hatte.

Unter der Puderschicht wurde Esthers Gesicht aschgrau, als hätte sie ein Gespenst gesehen. Marjorie hielt die Luft an und kniff Hans in den Arm. Sie traute sich nicht, ihn anzusehen. All die Menschen, die von nichts wissen durften. Er legte seinen Arm beruhigend auf den ihren, eine Geste, die sie fuchsteufelswild machte. Mit einer brüsken Bewegung zog sie ihre Hand zurück.

Entlang unsichtbarer Familienlinien lief Bobby auf sie zu. Marjorie holte die Linien wie Angelleinen ein und wickelte sie drei darin ein, strich ihrem Sohn durch sein kurzes Haar. Er wich ihr mit einer geschickten Bewegung aus, ein vertrauter Tanz, einer von vielen. Inzwischen verfolgte sie genau Esthers Versuche, sich von dem Schreck zu erholen und Frank wie einen normalen Menschen zu begrüßen. Sie umarmten einander, *hello, hello*. Dann ergriff er ihre Hände, warf die Arme in die Luft und musterte sie von Kopf bis Fuß. Zwischen ihnen war eine Intimität zu spüren, von der Marjorie früher nichts mitbekommen hatte. »Kein bisschen verändert«, sagte er. Esther lachte heiser, und währenddessen wanderten ihre Augen zu dem Kind, das vollkommen unwissend und nicht sonderlich interessiert in der Nähe seiner Eltern stehen geblieben war. Seine Eltern, dachte Marjorie, es hämmerte in ihrem Kopf, seine Eltern, Eltern, Eltern, wie eine Beschwörungsformel, doch der Bernstein brannte durch alle Familienstränge hindurch. Krampfhaft unterdrückte sie die Neigung zu schreien, um Hilfe zu rufen. Ihr würde niemand etwas anmerken. Kein Umzugsunternehmer oder Passant würde etwas Merkwürdiges an dieser Szene entdecken, jedenfalls nicht ihretwegen. Von außen betrachtet war dies einfach ein Treffen einer Gruppe von Einwanderern, die vor zehn Jahren zusammen ins Land gekommen waren und jetzt Englisch und ihre Muttersprache durcheinanderbrachten.

Es entging ihr nicht, dass Esther auf die Fragen, die Frank ihr stellte, kaum Antworten geben konnte, dass sie nach Luft schnappte und merkwürdige, glucksende Geräusche von sich gab. Doch es waren normale, interessierte Fragen, was wusste er schon, wie es ihr ging, wie schön, dich wiederzusehen, ist das alles deins? *Congratulations.* Sie sah Esthers Augen unruhig von dem Mann zu dem kleinen Jungen wandern, der hinter ihr auf dem Gehsteig wartete, bis die Erwachsenen endlich weitergingen. Ein Welpe, der nicht merkt, dass der Jäger sich anschleicht.

»Bobby *darling* …«, sagte Marjorie laut und winkte ihm. Jetzt wollen wir mal sehen. Esther stockte mitten im Satz. Nun musste sie schnell sein und die

Oberhand gewinnen. Sie griff ihr Kind an den Schultern und schob es nach vorne. »Das ist unser Bobby«, sagte sie, und ihre Worte durchschnitten die Luft wie Schwerter, sodass Esther einen Schritt zurückwich.

Bobby zeigte nicht viel Interesse, aber sie hatte ihn gut erzogen, und er schüttelte höflich die ausgestreckte Hand. Die elfenbeinernen Armreife klimperten.

»Hallo, Bobby«, sagte ihre heisere Stimme, »ich bin Esther.«

»Er spricht kein Niederländisch.«

Erbarmungslos registrierte sie das steife, ungelenke Gespräch, das Esther mit dem Kind führte. Oh dear, er mochte Rugby. Oh dear, das Jugendteam von Wellington. Sie wusste nicht, was sie sagen sollte, dachte sie, sie kennt ihn nicht. Einen Moment lang fragte sie sich, was in Esther vor sich ging, ob es schwer für sie war und schmerzte.

In dem Laden hatte man das Warten satt. Der blasse junge Mann zwängte sich nun an den Umzugsleuten vorbei, die sich mit einem schweren Vitrinenschrank abrackerten, und blieb kurz hinter Esther auf dem Gehsteig stehen. Er rang die Hände, räusperte sich untertänig, um auf sich aufmerksam zu machen. Dabei hüpfte sein Adamsapfel auf und ab. »Esther, please …«

Esther ignorierte ihn.

Es ist dringend, lispelte er, der Lieferant wollte abrechnen, und er wollte nicht ohne sie entscheiden, wo die Vorratsschränke stehen sollten. Marjorie starrte auf seine kragenlose Jacke. »Ihr habt ordentlich zu tun«, bemerkte sie auf Niederländisch, »wir gehen dann mal wieder.« Sie kniff Hans zum zweiten Mal in den Arm.

»Ja«, sagte er, »dann gehen wir mal wieder.«

»Look at us«, sagte Frank, »die bloody Dutchies, wir haben es doch zu etwas gebracht.«

Wieder sah sie Esthers Blick von ihm zu Bobby wandern. »Auf Wiedersehen«, sagte sie und bohrte ihre Nägel tief in die ihres Mannes. »Ja!«, rief er, »auf Wiedersehen!« Er schüttelte Esther die Hand. »Wie schön, schön … komm doch mal vorbei. Wir stehen im Telefonbuch.« Der Impuls, ihm mit aller Kraft auf den Kopf zu schlagen. Sie zog Bobby zu sich heran. Er protestierte nicht, als fühlte er, dass über seine Schultern die Blitze abgeleitet wurden.

Frank nahm Esthers Gesicht in seine Hände. »Look at us«, wiederholte er noch einmal herzlich und zögerte, als ob er noch etwas sagen wollte, jedoch nicht recht wüsste, wie. Einen Moment lang wurde Marjorie trotz allem neugierig. »Erinnerst du dich noch an Ada? Ada van Holland?« Seine Stimme war tiefer als gewöhnlich, voll unbekannter Bedeutung.

»The gorgeous blonde?«

Er nickte. »Wir schreiben uns Briefe … schon eine ganze Zeit lang.«

Das hatte er ihr nie erzählt. Vor zwei Jahren, kurz nachdem sie sich bei dem Juniorenrugby getroffen hatten, hatte er sie nach Adas Adresse gefragt. Die ganze Zeit über, während sie ihn gastfreundlich empfangen, all die Male, die er bei ihnen war und von *ihrem* Essen gegessen hatte – er hatte es nicht für nötig befunden, ihr dies zu erzählen. Er findet mich nicht interessant. »Bobby darling, let's go«, sagte sie bestimmt, nickte Esther im Vorbeigehen zu, wobei sich ein Sprühregen tödlichen Gifts verbreitete, und zog ihren Sohn und Mann hinter sich her. Frank de Rooy sollte doch sehen, wo er blieb. Sie beschloss, sich nie mehr um irgendjemanden zu kümmern. Doch als sie auf der anderen Straßenseite ankam, war es ihr doch zu unheimlich, die beiden dort sich selbst zu überlassen, denn sie standen noch immer da und tuschelten. Gott weiß, was Esther diesem Mann alles erzählte und was sie ihm alles erzählen *könnte*. Eines war klar: Die Tage mit Goldrand waren vorbei. Marjorie legte ihre Hände an den Mund und rief wie eine Marktfrau quer über die Straße: »Frank, kommst du?!« Als er sich wieder zu ihnen gesellte, ignorierte sie ihn komplett. Jeden Versuch von ihm und Hans, über die Begegnung mit Esther zu reden, beendete sie abrupt. Ich habe Kopfschmerzen, erklärte sie knapp. Nach ein paar Straßen war es den beiden Männern und dem Jungen auf wundersame Weise gelungen, sich von ihr zu entfernen.

Sie liefen ein ganzes Stück vor ihr und unterhielten sich über Sport, als wäre nichts geschehen. Was mit ihr los war, verstanden sie nicht. Sie sahen nicht, dass ihr die Kehle von einem schmerzhaften Kloß, den sie nicht herunterschlucken konnte, zugedrückt wurde. Dass ihre Zunge ängstlich an ihrem Gaumen klebte.

Im Buchladen zog sie Hans zur Seite. Ich will nach Hause, erklärte sie.

19

Ada war nicht beunruhigt, als sie morgens die Tür öffnete und aus den fernen Bergen die große schwarze Wolke ankommen sah. Sie schenkte dem unheilversprechenden, bleischweren Himmel, der stürmischen Wind und Platzregen bringen würde, keine besondere Beachtung. Ein Himmel wie dieser war für sie die tägliche Kulisse, und falls dieser nun wirklich Vorbote für Unheil war, dann müsste sich in ihrem Leben der letzten zehn Jahre so viel Elend abgespielt haben, dass ein normaler Mensch es nicht überlebt hätte. Es regnete nun einmal oft an der Westküste. Nein, dies schien vielleicht gerade wegen des bedrohlichen Wolkenhimmels ein ganz normaler Morgen zu sein – der Anfang eines Tages voller Routine: zuerst die Kinder mit dem Rad zur Schule bringen, danach zum Postamt, um die Radtaschen zu füllen, ein paar Stunden lang Post austragen und dafür sorgen, dass alles trocken blieb, danach Einkäufe machen, zu Hause schnell aufräumen, ihre Schublade kurz öffnen und an dem Brief feilen, den sie bald wegschicken würde. Sie würde

Franks Foto mit dem Cowboyhut vor den Kisten zum hundertsten Mal ansehen oder seine Briefe erneut lesen, neue Bedeutungen von Worten finden, die bereits diverse Bedeutungen gehabt hatten, seine Briefe gut verstecken, Schublade schließen, Radfahren, Kinder von der Schule abholen, zurückfahren, zu Hause Tee aufsetzen, Programm für die Kinder ausdenken, falls schlechtes Wetter ist (fast immer), Abendessen vorbereiten, Derk empfangen und herausfinden, wie seine Laune ist, ihm ein Bier einschenken, Kinder ruhig halten, wenn die Laune mäßig ist (fast immer), versuchen, die Stimmung beim Abendessen aufrechtzuerhalten, beten, aufräumen, abwaschen, den Kindern vorlesen, Lieder singen, Kinder ins Bett bringen, für Derk Tee aufsetzen, nett zu ihm sein. All das versuchte sie leidenschaftlich zu beschreiben, als würde es um ein außergewöhnliches Leben gehen. Wenn die Kinder schlafen, geht es weiter: Bibliotheksbuch lesen, zusammengerollt auf dem braunen Sessel am Ofen. Auch wenn die Wärme sie schläfrig macht, noch etwas in Lesehaltung sitzen bleiben, dabei gedanklich jedoch schon wieder entfliehen und phantasieren über Worte aus seinen Briefen. Auf einigen Worten vorsichtig kauen, den Geschmack testen oder mit der Zunge daran entlanggleiten. Worte zwischen den Lippen balancieren und dann tonlos aussprechen (gefährlich nah neben Derk, der vollkommen ahnungslos am Tisch sitzt und einen Brief an die Gemeinde schreibt – dass er ja wohl nicht verrückt geworden sei, was sie sich überhaupt einbildeten), spezielle Worte, die allein Frank benutzt, wie »weicher Frauenschoß« oder »volle, runde Schenkel«. Von den Dingen träumen, die er in seinen Briefen beschreibt, als ob sie Wirklichkeit wären, und spüren, was so eine Liebe in Körper und Seele hervorrufen kann. Träumend im Bett liegen, wenn möglich viel früher als Derk oder gerade spät – leg du dich schon mal hin, ich bin noch nicht müde –, damit sie seinen Berührungen entgeht, weil sie sie nicht ertragen kann. Genau wie die untertänige Geste, mit der er unter der Decke ihre Hand in Richtung seiner Schamgegend zieht, als Zeichen dafür, dass Geschlechtsverkehr auf dem Abendmenü steht, nach dem Blumenkohl. Eine Geste, der man sich gerade dieser Demut wegen nicht verweigern kann. Am besten, man kann das alles vermeiden. Ein unangenehmes Gefühl, sich davor zu drücken, schließlich hat er auch sein Recht auf irgendetwas, er tut für uns sein Bestes, er liebt mich, ich bin schuld an seiner Laune. Und doch ist es besser, sich davor zu drücken und *vor* oder *nach* ihm schlafen zu gehen. Neben ihm liegen mit geschlossenen Augen und dabei Ehebruch begehen. Wenn man das überhaupt als Ehebruch bezeichnen kann.

Solch ein Tag schien es zu werden, ein normaler Tag. Daran änderten auch die ersten Windstöße und die frostigen Regentropfen nichts. Ada strich sich die Haare aus dem Gesicht, schob sie vergeblich hinter die Ohren und tastete kurz, ob der Umschlag mit ihrem letzten Brief noch in ihrer Jackentasche steckte. Obwohl sie es mit hundertprozentiger Sicherheit wusste, musste sie es dennoch wieder und wieder kontrollieren, weil schon die Geste an sich ihr Freude bereitete, einen Ausweg bot. Dann schossen drei Kinder an ihr vorbei aus der Tür hinaus den Hügel hinunter. Sie sah die nackten, dünnen Beine ihrer Tochter wegtanzen. »Wer als Erster unten ist!« Mädchen können so gemein sein, es gab nämlich eigentlich die klare Abmachung, dass diese täglichen Wettkämpfe nicht erlaubt waren, weil der Kleinste niemals gewinnen konnte. Dieser rief dann auch sogleich, dass es nicht fair sei. »Das sollen wir doch nicht mehr machen!« Aber seine älteren Geschwister – so viel flinker als er – waren bereits außer Sichtweite. Sein Geschrei verebbte irgendwo auf der Straße, und Danny wandte sich entrüstet an seine Mutter – ebenfalls ein tägliches Ritual. Sie ergriff seine wütende, kleine Schwitzehand, hörte die stolz zurückgehaltenen Tränen in seinem Klagegesang und hoffte, dass man im Leben sanft und gut zu ihm sein würde, zu diesem kleinen, ungelenken Jungen, der bei ihren gemeinsamen Läufen immer irgendwo auf halber Strecke scheiterte. Er hing mit seinem vollen Gewicht an ihrem Arm. Mitleidig nahm Ada die schwerfällige Unbeholfenheit wahr, mit der er sich aus dem nassen Sand wieder aufrappelte, um sich tapfer zu seiner Mutter vorzuarbeiten. Herr, nimm dieses Kind in Deine Obhut.

Es gab noch immer keine Zufahrtsstraße. An schlechten Tagen war der Hügel eine einzige matschige Schlammpfütze. An schönen Tagen lag überall Sand im Haus. Von Kinderstiefeln hineingetragen oder vom Wind hereingeblasen. Sie hatte den Wunsch nach einem normalen, sandfreien Haus aufgegeben, doch dieser Zugangsweg war ein ständiges Thema zwischen ihr und Derk. Erst fehlte das Geld. Der Lohn, den Derk als Rangierer bei der Eisenbahn verdiente, reichte gerade zum Leben aus. Als Danny in den Kindergarten kam, fing Ada an, als *Postie* zu arbeiten. Es wurde als unschicklich betrachtet, dass eine verheiratete Frau arbeitete, und manchmal schämte sie sich dafür. Von Adas Lohn war eine Summe zusammengekommen, die ausreichen musste, um davon Arbeiter und Material zu bezahlen. Daran lag es also nicht mehr. Das Problem war, dass die Gemeinde sich weigerte, den Grund und Boden zu verkaufen, und Derk für seinen Teil nicht einsah, warum er einen Weg für die Gemeinde anlegen sollte. Das Ganze hatte sich zu einem erbitterten Streit hochgeschaukelt, was nicht gerade zuträglich für die Stimmung zu Hause war. Also pflügte Ada sich weiterhin jeden Tag den Weg hinauf und hinab, mit ihren Kindern und den Einkäufen. Unten, am Fuße des Hügels, hatte Derk ein Regendach gezimmert. Dort hatten früher, als die Kinder klein gewesen waren, die Kinderwagen gestanden, weil sie sie nicht durch den Sand heraufziehen konnte. Manchmal dachte Ada daran, wie sie hochschwanger, mit schweren Taschen beladen, ein Kleinkind wacklig auf dem Arm und ein anderes widerspenstiges Kind an der Hand, Schritt für Schritt den Hügel heraufgekraxelt war und dabei das ungute Gefühl gehabt hatte, dass so tatsächlich ihr Leben aussah und dass es nie mehr anders werden würde. Damals hatte sie das noch nicht glauben können.

Inzwischen standen die Fahrräder unter dem Dach. Während sie mit halbem Ohr dem Geschwätz lauschte, wer nun gewonnen hatte und dass das alles nicht fair war, nahm Ada ihr Rad und hievte das erstaunliche Gewicht des kleines Mannes auf den Gepäckträger. Nicht, dass Danny dick war. Es schien vielmehr, als würde alles an ihm nach unten ziehen, als würde die Schwerkraft bei ihm mehr wirken als bei den anderen beiden, die gewandt waren und sich fast ausschließlich hüpfend fortbewegten. Ach, Kind, wie schwer du bist, sagte sie im Stillen, voller Rührung. Peter kletterte auf ihren Sattel, geschickt und schnell, während sie sich abmühte, dass das Fahrrad im Matsch nicht umkippte. Julie, die schon zehn war, hatte ihr eigenes Rad. Jeden Tag, wenn Ada ihre Älteste, benannt nach Königin Juliana, gesund und munter herumspringen sah, gab es einen Moment, in dem sie dankbar ein Gebet in den Himmel schickte. Nach der Geburt war ihre Panik erst weniger geworden, als sie sich selbst vergewissert hatte, dass ihr Baby zehn Finger und zehn Zehen besaß, dass es keinen offenen Rücken und keine Gaumenspalte hatte und dass auch keine Heuschreckenplage, tödliche Hagelkörner oder die Beulenpest anrückte – alles Dinge, die sie hätte erwarten können, da das Kind in Sünde gezeugt worden war. *A wonderful healthy daughter*, hatte die Hebamme gesagt, die von all dem nichts wusste. Doch Ada war weiterhin überzeugt davon, dass sie durch ihre Kinder bestraft werden würde, und wagte daher niemals wirklich, an dieses Mädchen zu glauben. Als zwei Jahre später Peter geboren wurde, war sie noch immer nicht beruhigt. Aber nichts passierte, die Kinder wuchsen vorbildlich heran, und bei dem dritten dachte sie: Dieser ist für mich. Sie beugte sich im Wochenbett vornüber, griff wie ein Schaufelbagger zwischen ihre Beine und zog ein kompaktes, blindes kleines Murmeltier mit Nabelschur und allem Drum und Dran über ihren Bauch hinweg zu sich heran. Er knurrte leise, und sie schloss ihn auf der Stelle ins Herz. Oh, du bist das, sagte sie und leckte das Fett von seinem Köpfchen, bis die Hebamme ihn an sich nahm. Mit diesem Jungen durfte sie von Herzen glücklich sein. Allmählich schien es, als hätte der Herr ihr tatsächlich vergeben. Das Einzige, was sie nun tun musste, war, ohne Sünden weiterzuleben. Jeder anderen wäre das gelungen.

Auf den Pedalen stehend fuhr sie ihre Kinder zur Schule, eine Entfernung von vier Meilen. Ein Schulbus kam zwar durch ihr Viertel, aber der war für die Katholiken. Reformierte Kinder durften nicht damit fahren.

Männer wurden in ihrer Anwesenheit nervös, daran hatte sie mit der Zeit Gefallen gefunden, und obwohl sie zu verlegen war, um spontan darauf zu reagieren, kannte sie die Blicke nur zu gut, die die Lehrer ihr zuwarfen, wenn sie ihre Kinder an der Schule absetzte. Sie hatte sich auch an die ungeschickten Witze ihrer männlichen Kollegen auf dem Postamt gewöhnt, wie sie sich um sie bemühten und darum stritten, wer ihr die vollen Posttaschen zum Fahrrad bringen durfte. Verstehen konnte sie es nicht. Manchmal sah sie sich selbst, wie sie auf dem Rad vornübergebeugt gegen den Wind ankämpfte, mit nassen, strähnigen Haaren und von der Kälte geröteter Nase, in ihrer unförmigen Jacke, erschöpft von der Schlepperei, müde, müde, müde, und dann fragte sie sich, was diese Männer wohl in ihr sahen, was es wohl sein könnte.

Die Ada, die sich in den Briefen an Frank zeigte, war eine Frau, die sie selbst kaum kannte, jemand, der so viel Liebe und Schönheit besaß, dass sie allein dadurch schon Recht auf ein Leben hatte, das nicht im Entferntesten dem ihren ähnelte.

Nur gut, dass er mich nicht sehen kann, dachte sie, als sie an diesem Mittag nach der Arbeit mit den Kindern zurückfuhr, im peitschenden Sturzregen und mit einem so bösartigen, stürmischen Seitenwind, dass Julie mit ihrem gesamten Fahrrad umfiel. Es war einfach zu viel Wind für das dünne Mädchen. Also musste Ada mit den zwei Jungen ebenfalls absteigen und ein ganzes Stück schieben, sodass sie viel länger als sonst für den Weg brauchten. Als sie unten an ihrem Hügel ankamen, war sie von innen und außen durchgepustet. Gut, dass er mich nicht sehen kann, der einzige Segen in meinem Leben, in dem die Tage sich aneinanderreihen wie ein Mühlrad, das sich träge im nassen Matsch dreht und niemals ans Ziel gelangen wird. Derks Lastwagen stand schon da. »Visser Transport«, die Buchstaben hatte sie eigenhändig daraufgemalt, vor einem halben Jahr, als er wegen seines Dickkopfes bei der Eisenbahn gefeuert worden war. Sie unterstützte ihn natürlich in seinem Konflikt mit der Gewerkschaft – eine Frau hält immer zu ihrem Mann –, er hatte in allem recht, eine geradlinige, starrköpfige Gerechtigkeit, unter der er täglich mehr litt. Ada war nach seiner Kündigung vollkommen damit einverstanden gewesen, dass er einen gebrauchten Bedford-Fünftonner kaufte und eine eigene Transportfirma gründete. Das alles musste sich erst noch entwickeln.

Nun war Derk früher als sonst zu Hause. Ohne irgendeinen Gedanken in ihrem leer geblasenen Kopf startete Ada die tägliche Kletterpartie, während die zwei Ältesten geschickt die Matschpfützen umgingen und Danny – Schnodderfäden wehten ihm um seine rauen Wangen – sich an ihrer Jacke festhielt und sich hochziehen ließ. Selbst laufen, Liebling, wollte sie sagen, aber der Wind trug ihre Stimme davon, bevor sich die Worte geformt hatten. Einen Moment lang wurde es ihr zu viel. In ihrem Innersten zerbiss ein wütendes Monster kleine Kinderhälse. Aber zu dem Zeitpunkt, als sie mit ihrem Jüngsten an der Hand oben auf dem Hügel angekommen war und auf die Tür des Bunkers zuging, hatten Atemnot und Demut alle Monster verkümmern lassen.

Die Kinder rannten herum, wie Kinder das tun. Ada klaubte eine klitschnasse Jacke vom Boden, wie Mütter das tun. Sie ermahnte die Kleinen, etwas leiser zu sein, da Dad zu Hause war. Aber wo war Dad überhaupt? Sie ging in die Küche, um Tee aufzusetzen, sah die Farbbläschen auf dem Betonboden, genau wie gestern und all die Tage zuvor. Dagegen muss ich wirklich bald was unternehmen, dachte sie. Sie trocknete ihre Haare mit dem Handtuch ab, das nicht besonders frisch roch, es muss in die Wäsche, putzte sich daran auch die Nase, es muss ja ohnehin in die Wäsche, nahm den Kessel, lauschte gedankenverloren dem Geräusch des Wassers aus dem Hahn, zitterte vor Kälte bei der Berührung des nassen Rockes an ihren Beinen, warf einen flüchtigen Blick ins Zimmer, ob dort alles in Ordnung war, und spürte mit einem Mal, wie die Gänsehaut auf den Armen sich in Windeseile über ihren gesamten Körper ausbreitete. Die Tür zum Schlafzimmer war verschlossen. Derk war zu Hause, kam jedoch nicht zum Vorschein und ließ nichts von sich hören.

»Where is daddy?«

Die Stimme betont sorglos erklingen lassen, Wasserhahn zudrehen, alles ganz normale Tätigkeiten, ein Tag wie jeder andere. Nachher mit ihnen zusammen Pfannkuchen backen, es trat wieder Ruhe ein. »Daddy!«, rief der Jüngste, ohne von seinem Spiel aufzusehen oder sich zu fragen, wo sein Vater sein könnte. Väter und Mütter sind doch immer da.

Es kam keine Antwort. Die Tür zum Schlafzimmer blieb verschlossen. Ada setzte den Kessel auf den Herd, machte aber noch kein Feuer, aus einem Instinkt heraus, den sie seit der Geburt ihrer Kinder entwickelt hatte, einem Instinkt zur Erhaltung der

Art, nicht den Kessel auf das Feuer stellen und weglaufen, wenn die Kinder in der Nähe sind.

Vor allem nicht, wenn du nicht weißt, wie lange du wegbleibst.

Die feuchte Kälte in ihrem Schlafzimmer. Er stand an der geöffneten Schublade ihres Schrankes, einen Brief in der Hand. Auf dem Bett hinter ihm lagen noch mehr Briefe. Die gehäkelte Baumwollüberdecke war verkrumpelt, er hatte dort gesessen, wie lange wohl, und alles gelesen. Sie sah auch das Foto mit den Kisten und dem Cowboyhut. Schnell schlüpfte sie ins Schlafzimmer und schloss hinter sich die Tür, indem sie ihr mit dem Hintern einen Stoß versetzte, ein Überbleibsel aus der Zeit, als alles noch normal war, die Tür schloss nicht gut, man musste ihr einen extra Stoß versetzen, damals. Er starrte sie an, und in seinen Augen sah sie die Frau, die sie in Wirklichkeit war, eine Betrügerin.

»Wer ist Frank de Rooy?«

Das Mühlrad kam keuchend zum Stillstand.

Was habe ich mir eigentlich gedacht. Als hätte das gut gehen können. Das Blut sackte ihr in die Beine. Schwindelnd stand sie da. Sie war todmüde, und vor ihren Augen verschwamm alles. Was passieren würde, war so unumgänglich, dass sie sich in Gedanken lieber ins Wohnzimmer flüchtete, hinter die geschlossene Tür, wo sie Geräusche hörte, die sie in jeder Einzelheit deuten konnte. In einem wilden Spiel als Ritter und Drachen war der Kleinste umgekommen. Er war das Opfer, wie immer. Und der umgekommene Ritter oder Drache, die niedergeknallte Rothaut, der exekutierte Spion oder der von Kreuzfahrern durchsiebte Muselman war nicht damit einverstanden. Danny fing an zu brüllen. Ich muss zu ihm.

»Du bist aber früh«, sagte sie.

Derk sagte nichts. Er zitterte. Das Gebrüll im anderen Zimmer, die hörbare Präsenz ihrer Kinder, verzögerte den Ausbruch noch um kurze Zeit. So standen sie im luftleeren Raum, vor dem Sturm, und starrten einander an. Fast hätte sie unkontrolliert angefangen zu kichern, was sie nur dadurch unterdrücken konnte, dass sie ihre Kiefer aufeinanderbiss, wie um ein Gähnen zurückzuhalten. Ein winziger Piepston entkam ihrer Kehle.

Hinter Ada wurde die Tür von Drachentöter Julie aufgedrückt. »Er ist gefallen!«, rief sie, »ich habe ihn nicht geschubst!«

Weder Derk noch sie waren in der Lage zu reagieren. Ada trat hölzern einen Schritt zur Seite und blieb schweigend neben der Tür stehen, sah, wie das Kind erstarrte, und dachte, wie wir hier nur wieder herauskommen, ich war ungehorsam, und schau nur, was jetzt passiert, allen guten Ratschlägen zum Trotz habe ich getan, wonach mir selbst der Sinn stand, als wäre ich Fortuna persönlich. Und jetzt habe ich mich in eine Salzsäule verwandelt. Ada hatte keine Ahnung, wie es weitergehen sollte. Sie sah, wie Julie zögerte, sich vortastete und mit scheuen Fühlern den Nebel sondierte, mit Mum und Dad stimmte etwas nicht.

Ich kann dir nicht helfen. Ich weiß nicht, wie.

Der gefallene Ritter, brüllend vor Wut über den Todesstoß, den man ihm versetzt hatte. Wieder einmal durfte Danny nicht mehr mitspielen. Er drückte auf seine typische plumpe Weise die Tür auf und zerschnitt damit die Atmosphäre. »Sie schubsen mich … ich darf nicht … sie sind ungerecht … das ist gemein!« Ich muss eingreifen, signalisierte Ada ihrem Mann wortlos und löste sich aus ihrer Erstarrung, schob die Kinder vor sich her zurück ins Wohnzimmer, ihre ganze Aufmerksamkeit auf das Beschwichtigen des blutigen Kampfes gerichtet. Pfannkuchen backen. Alle nassen Kleider ausziehen. Mehl, Eier und Milch. Ein bisschen Bier hinein, um den Teig luftig zu machen. In Butter backen. Der Ofen muss vorgeheizt werden. Oder *Vanilla Nut Pudding*, den mögen sie auch gerne. Es ist kalt und feucht hier. Er schluckt wieder seinen Schnodder, immer Schnodder, das arme Kind, permanent dicker, grünlicher Rotz und ein entzündeter Hals.

Sie traute sich nicht aufzusehen, als Derk aus dem Schlafzimmer kam und in der Halle seine Jacke anzog, und auch nicht, als er seine Stiefel überstreifte, nicht, als er mit einer energischen Bewegung die Tür aufriss. »Das kannst du heute Abend dem Pastor erklären«, rief er auf Niederländisch, der Sprache, die sie gebrauchten, wenn die Kinder etwas nicht mitbekommen sollten. Sie wagte auch dann noch nicht aufzusehen, als die Haustür ins Schloss gefallen und sie mit einer Dose Mehl in den Händen und drei Kindern zurückblieb, die nach der Schlacht von eben einen ziemlich betretenen Eindruck machten.

Er hatte die Briefe mitgenommen, das wusste sie, ohne dass sie nachzusehen brauchte. Sie fühlte die Leere durchs Haus ziehen und sah geradewegs hinein.

Als die Kinder im Bett lagen, war er noch immer nicht zurück. Draußen prasselte der Regen unaufhörlich gegen die Scheiben. Es wollte ihr nicht gelingen, den Ofen am Brennen zu halten, überall roch es nach feuchten Kleidern. Er hatte alle Briefe mitgenommen. Mit kalten Händen schichtete sie ihre Monatsbinden zu einem ordentlichen Stapel und legte sie in die Schublade zurück, die wieder wie eine stinknormale Schublade aussah. Jemand hatte Derk einen Hinweis gegeben, und er hatte sich auf die Suche gemacht. Sie sah einen in die Höhe gestreckten Arm mit einem Brief in der Hand und wusste, wer es gewesen war, wollte aber nicht darüber nachdenken, was machte das noch aus. Es wollte ihr nicht gelingen, an Frank zu denken, als hätte sie zusammen mit den Briefen auch den Eingang in ihre Traumwelt verloren.

Frierend, nass und stampfend kam er herein, ein rauer Windstoß ging durchs Zimmer. Keiner der vier wagte es, ihr in die Augen zu sehen oder auf sie zuzugehen, als hätte sie eine ansteckende Krankheit. Sie eilte in die Küche, um Tee aufzusetzen. Dabei lauschte sie dem ernsten Gemurmel an der Tür. »Visser, was ist mit deinem Zugangsweg?« Der Pastor war außer Atem vom Klettern. Vier schwarze Figuren bückten sich, um ihre Schuhe auszuziehen, die zu matschig waren, um sie anzubehalten. Ja, dachte Ada, was ist eigentlich mit dem Zugangsweg. Sie goss mit unsicherer Hand das kochende Wasser in die Kanne, spürte nichts als Widerwillen. Warum läufst du immer für alles zum Pastor?

Derk stellte vier Stühle in einer Reihe im Wohnzimmer auf, stellte ihnen einen einzelnen Stuhl gegenüber. Sie hasste ihn nicht wirklich.

Der Pastor putzte seine Brillengläser und übernahm das Wort. Er wollte wissen, wie lange dieser Briefwechsel schon bestand. Den Pastor hasste Ada sehr wohl, sein fliehendes Kinn, seine gebückte Gestalt, händeringend bescheiden, jedoch mit harten Augen, die die Sünde, mit der sie dieses Land betreten hatte, ständig zum Ausdruck brachten, wenn er sie ansah. Links von ihm einer der Kirchenältesten, mit seiner kaputten Magenklappe. Ein Mann, der knitterfrei, allerdings nicht geruchsfrei durchs Leben ging, und auf der anderen Seite ein anderer Kirchenältester, der für seine Jovialität bekannt war und sie einmal bei einem Hausbesuch mit seinem Trommelbauch gegen die Fensterbank gedrückt hatte, um genau an diesem Platz die Aussicht zu genießen. Sie wagte nicht, sich zu bewegen, wagte nicht einmal zu denken, was sie dachte, vertraute aber ohnehin nicht darauf, dass er heute ein rechtmäßiges Urteil über sie fällen würde. Von der Vorstellung, dass diese Männer die Briefe gelesen hatten, wurde ihr ganz übel.

»Wie lang geht das schon?«

»Ein oder zwei Jahre.«

Ada starrte auf vier paar dunkle Socken, spürte, dass das Tribunal sich hiermit nicht zufriedengeben würde. Sie konnte sich nicht erlauben, so knappe Antworten zu geben, überhaupt konnte sie sich nichts erlauben. Ihre Schuld war so eindeutig, dass sie zum zweiten Mal heute um ein Haar angefangen hätte zu kichern. Sie zuckte die Schultern. »Er war sehr freundlich, damals, auf dem Flug, er half mir. Es hat nichts bedeutet.«

Das wird nichts, dachte sie, das geht daneben. Ich verspüre keine Reue, und ich kann mich nicht verstellen, was ist nur mit mir geschehen? Sie spürte immer mehr Widerwillen und musste sich mit aller Kraft beherrschen, um nicht, um nicht …

Derk faltete in der Stille einen der Briefe auseinander. Tu es nicht, dachte sie, aber er tat es sehr wohl, er fing an, lauthals vorzulesen.

In der Nacht im Flugzeug, in der Dunkelheit über Australien, kniete ich neben Dir nieder. Du lagst auf zwei Sitzen und warst wach. Ich fühlte, dass Du wach warst und Dich dafür entschieden hattest, die Augen geschlossen zu halten und auf diese Weise alles zu verfolgen, was ich Dir zuflüsterte und was meine Hand dabei tat. Wellen von unterdrückter Spannung durchzogen Deine Haut, wie die kaum wahrnehmbaren Bewegungen einer Gardine, hinter der sich ein neugieriges, naschhaftes Mädchen versteckt, während meine Hand als Kundschafter die Konturen Deines Körpers erforschte. Ich habe mich nicht getäuscht. Ich kann mich nicht getäuscht haben. Das hungrige, gierige Mädchen strampelte hinter der Gardine mit den Füßen.

Es folgte eine lange Stille, offene Missbilligung in ihren Augen und verhohlene Geilheit in ihren Hüften. Splitternackt war sie. Unruhig bewegten sich die Zehen in den Socken. Aber Derks betroffenes Gesicht tat ihr weh. Hier ging es schließlich um seine Frau.

»Wie kannst du nur sagen, dass es nichts bedeutet hat?«

Das wusste sie selbst nicht. Diese ganze Situation war unerträglich.

»Warum lässt du das zu?«, schrie er und riss den Brief in Stücke. Sie behielt die Tür zum Kinderzimmer scharf im Blick und pries sich glücklich, dass ihre Briefe in Martinborough lagen und nicht gelesen werden konnten. Nicht, dass sie so offen über diese Dinge schrieb wie Frank – das würde sie nie wagen, und es passte auch nicht zu ihr als verheiratete Frau –, doch sie bremste ihn auch nicht in seiner Direktheit, im Gegenteil.

Der Pastor gab Derk ein Zeichen, dass er sich beherrschen sollte. Er nahm umständlich seine Brille ab und hielt einen Moment inne. Angespannt saß sie da. Er musste seine Stimme erheben, um den heulenden Wind draußen zu übertönen.

»Du bist auf dem falschen Weg, Tochter. Du hast deine Pflicht als Ehefrau vernachlässigt. Du sollst nie, nie, nie einen anderen begehren oder dich in Versuchung begeben. Bitte den Herrn um Vergebung und bessre dein Leben.« Er wartete. Jetzt will er, dass ich ihn ansehe und nicke. Aber sie war nicht in der Lage, ihren Kopf zu heben, und konzentrierte sich hartnäckig auf seine Socken. Sehen, wer gewinnt. Es dauerte eine Weile, doch bevor er sein Ansehen verlieren konnte, setzte er seine Brille auf, faltete die

Hände – die anderen taten es ihm umgehend nach – und schloss die Augen. »Herr«, betete er laut, »mach aus dieser Frau eine bessere Ehefrau und sorg dafür, dass sie ihre Verfehlung einsieht.«

Der Wind, der inzwischen zu einem wahren Sturm herangewachsen war, unterstrich das Gebet, das kein Ende fand. Alle wurden herangezogen, Korinther, Römer, Galater, alle.

»… auf dass Du, mein Gott, mich nun, da ich hier stehe, nicht herabwürdigst, dass ich Reue verspüre im Namen aller, die gesündigt haben und die sich nicht abgewandt haben von Hurerei, Unreinheit, Unzucht …« Der Pastor hob die Stimme, als würde er von der Kanzel herunter predigen. »… lasset uns ehrbar wandeln wie am Tage, nicht in Prasserei und Trunkenheit, nicht in Unzucht und Ausschweifungen, nicht in Hader und Neid …« Sie hasste das Kinn, die schlaffe Haut, all das zusammen. »Wer wird eine ordentliche Hausfrau finden? Ihr Wert nämlich ist weit größer als der des Rubins …« Ada sah zu Derk hinüber, der intensiv mitbetete, für eine ordentliche Hausfrau. Ich sehe meine Verfehlung in der Tat ein, dachte sie, aber ich bin so tief gesunken, dass ich keine Reue mehr verspüre. Eiskalt wurde sie, und sie kannte sich selbst nicht wieder. Etwas von der Frau aus Franks Briefen hatte sich in ihr festgesetzt, sie hatte sich verändert. Dann soll es wohl so sein. Sie war zu müde, um dagegen zu kämpfen. Mir kann man nicht mehr helfen, ich habe den schmalen Pfad verlassen und mich verirrt. Sie schloss die Augen zum Gebet und lauschte dem Sturm und dem Regen. Natürlich, der Sturzregen galt ihr. Wenn der Herr die Sünder strafen will, schickt er seine Fluten, wohin er will. Gott lässt es auf den Hügel regnen. Nun gut. Ich bin erstarrt vor Kälte und dazu auch noch unglaublich böse. Auf einmal wusste Ada erstaunlich klar, dass sie ihre Phantasien nicht aufgeben würde. Vielleicht sogar nicht einmal das Schreiben.

Nach dem Gebet richteten sich die Brillengläser auf sie. Es wurde eine Reaktion von ihr erwartet. »Hast du selbst etwas zu sagen?«

Die Männer dort auf der anderen Seite hatten die Hoffnung noch nicht aufgegeben.

Langsam stand sie auf. Vielleicht war es auch jemand anderes.

»Der Tee wird kalt«, sagte sie, mit einer Stimme, die sie einer unbekannten Frau entliehen hatte. Schritt für Schritt erreichte sie die Küche, war sich bewusst, dass ihr vier Augenpaare folgten.

Sie beugte sich höflich über die Teekanne. Im Wohnzimmer hing die Stille wie eine kalte Wolke. Lass sie nur dort hängen. Der Henkel fühlte sich wunderbar fest an.

»Dein Mann wird in Kürze Kirchenältester werden«, wandte sich der Pastor kühl in Richtung ihres

Hinterkopfes, »jedenfalls dann, wenn sein Haus unbescholten bleibt.«

Im Bett lagen sie lange Zeit still nebeneinander. Ohne den Pastor und die Kirchenältesten war Derk regelrecht in sich zusammengesackt. Ada spürte seine Unsicherheit, war aber nicht in der Lage, auch nur einen Millimeter auf seine Seite zu rücken. Gefühllos starrte sie im Halbdunkel auf den Wäscheschrank, den er gezimmert hatte. Stolz hatte er ihn vorgeführt, und sie hatte ihn überschwänglich gelobt, sieh an, wie praktisch, diese Regale hier, und dort die Stange. Nur angestrichen worden war er nicht, weshalb das Holz an der Haut scheuerte und die Türen sich von der Feuchtigkeit verzogen hatten. Sie quietschten und ächzten, wenn man sie zudrückte. Sind wir nicht alle hier verzogen. Er drehte sich zu ihr, sie roch Briefmarken. Wie eh und je ließ sie ihn seinen Platz in der Höhle ihres Armes einnehmen, mit seinem Kopf an ihrem Hals, sein Atem ängstlich und pfeifend. Er liebt mich, er hat Angst. Doch ihr Körper war vor lauter Abwehr ganz steif. Sie hoffte, dass er keine Annäherungsversuche machen würde, denn sie könnte ihn nicht ertragen. Das war nicht neu. Es war schlimmer denn je, aber es war nichts Neues. Seit Jahren schon gelang es ihr, ihm zu entkommen. Das führte zu einiger Spannung im Haus, und sie fühlte sich elend deswegen. Ada versuchte oftmals, sich darüber hinwegzusetzen, ließ ihm aber von Zeit zu Zeit auch seinen Willen, da sie nichts an der Situation ändern konnte. Doch erzählen konnte sie es ihm auch nicht. Es war sein Geruch, seine Haut, die immer irgendwie feucht war, doch es war vor allem die Art und Weise, wie er sich ihr näherte, ängstlich, schnell und krampfhaft, als wäre sie ein Stück Treibholz, an dem man sich zappelnd festklammerte, weil man jeden Moment abrutschen könnte. Nicht, dass sie wusste, wie es sonst sein musste, aber dass es anders sein musste, davon war sie überzeugt. Ihre vorsichtigen Versuche (»wenn wir nun einmal … vielleicht nicht sofort … wir können doch auch …«) hatten ihn in Verwirrung gebracht und zu nichts geführt. Du musst diese Art von Kräften bezähmen, erwiderte er beunruhigt. Dann nickte sie fromm und beließ es dabei. Die Liebe musste wachsen, hatte ihre Mutter gesagt. Auf eine Weise war das auch passiert, denn sie musste sich all seinen Eigenschaften stellen, seiner Wut, dem ständigen Streit, und manchmal konnte er sie unerwartet rühren, wenn er stolz wie ein kleiner Junge auf seinen Bunker, seinen Lastwagen oder seine Familie war. Wenn sie alle zusammen in der hohen Kabine des Bedford aufgereiht saßen und er lässig das große Lenkrad hielt, wenn sie an einem sonnigen Tag gemeinsam von der Kirche nach Hause liefen und Scherze machten, die nur sie verstanden. Dass sie zusammen Kinder hatten, gab ihnen ein Gefühl von Verbundenheit, das manchmal an Glück grenzte. Aber im Bett verspürte sie ihm gegenüber nichts als Abneigung.

»Ada«, flüsterte er.

Sie streichelte über seine Flachshaare, um ihn irgendwie ruhigzustellen.

»Ich bin vielleicht nicht der beste …« Sie unterbrach ihn. »Es tut mir leid«, sagte sie, und meinte es wirklich so. Sie spürte, wie ihr vor Mitleid übel wurde. Auch er hatte sein Päckchen zu tragen.

»Ich tue mein Bestes«, murmelte er und krallte sich an ihrer Brust fest. Tu es nicht, tu es nicht. »Für dich, für die Kinder.« Sie nickte, das weiß ich doch, wollte sie sagen, aber in dem Moment spürte sie seine Erektion an ihrem Bein. Zu spät. Sie tat kurz so, als würde sie es nicht spüren und zögerte den Augenblick hinaus. »Lass uns schlafen«, sagte sie so liebevoll wie möglich und schob seine Hand sanft von ihrer Brust weg, »es war ein ziemlich …« Doch er wollte sie küssen und rollte sich unter der Decke umständlich auf sie. Sie wandte mit einem Ruck den Kopf von ihm ab, versuchte dann aber, die Geste abzuschwächen, das kann ich nicht tun, dass ich ihm das nun verweigere, nicht nach heute Abend. Aber der Widerstand, den sie den ganzen Abend über gefühlt hatte, wallte in ihr auf, und sie schubste ihn von sich weg.

»Jetzt nicht«, sagte sie schroff, »ich habe meine Regel.«

Er schoss hoch, setzte sich gerade auf.

»Schon wieder?«

Sie sah, wie er mit dem Impuls kämpfte, sie zu schlagen, und wartete auf den Schlag. Er hatte sie noch nie geschlagen. Er war ein gottesfürchtiger und rechtschaffener Mensch, und nun beherrschte er sich. Schließlich lagen die Kinder in dem kleinen Zimmer nebenan, nur durch eine dünne Wand von ihrem Schlafzimmer getrennt.

»Schon wieder«, sagte er noch einmal. Er drehte sich mit dem Rücken zu ihr, rutschte auf die andere Seite des Bettes und schwieg verbissen.

So lagen sie da.

Die Stille war gespannt, aufgeladen von so viel Wut und Unglück. Und die Distanz zwischen ihnen war um ein Vielfaches größer, als es in diesem Moment sichtbar war. Draußen hatte der Wind etwas abgenommen. Es regnete noch.

Mitten in der Nacht schreckte sie auf, mit einem kurzen Schrei und einem unmissverständlichen Gefühl von Gefahr. Sie wollte sich aufrichten, konnte sich aber nicht bewegen. Sie lag auf dem Bauch, und jemand saß auf ihrem Rücken. Alle Luft wurde aus ihr herausgepresst. Ihre Arme wurden von Knien an ihren Körper herangedrückt. Ein Schauder der Angst durchschoss sie. Bevor sie verstand, was hier vor sich ging, wurde ihr Kopf an den Haaren nach hinten gerissen. Dann hörte sie das knirschende Geräusch einer Schere, ein wildes Schneiden, zwei, drei Mal, und ihr Kopf fiel auf das Kissen zurück. Und wieder griff eine Hand sie unsanft an den Haaren, und wieder wurde ihr Kopf nach hinten gerissen, dass ihr Hals knackte und sie beinahe keine Luft mehr bekam. Sie stieß erstickte Schreie aus, die Schere pflügte sich durch ihr Haar und zog ihren ganzen Körper mit sich, was gemein an der Kopfhaut schmerzte, zwei, drei Mal. Abermals schoss ihr Kopf zurück und fiel mit einem harten Schlag auf das Kissen. Danach drückte ihr eine Hand auf den Hinterkopf, sodass ihre Schreie im Kissen erstickt wurden. Irgendwo in weiter Entfernung, die Geräusche gedämpft durch das Kissen an ihrem Ohr, hörte sie weiter die Schneidegeräusche. Die Schere riss büschelweise an ihren Haaren und schnitt weiter und weiter. Er kann mich töten, wusste sie instinktiv. Genauso wie dass sie sich so still wie möglich halten musste, aber die Enge zwang sie dazu, nach Luft zu ringen. Sie drückte mit aller Kraft ihren Kopf zur Seite, und es gelang ihr, auf diese Weise Nase und Mund frei zu bekommen. Panisch schnappte sie nach Atem. Aus dem Augenwinkel sah sie die Schere vorbeischnellen, sie kniff die Augen zu und hörte, wie die Schere auf dem Boden landete. Dann schlug er ihr gegen den Hinterkopf, ein machtloser Schlag. Schweigend ertrug sie die Schläge, die immer schwächer wurden, bis er sich wimmernd erhob und aus dem Zimmer ging. Die Tür schloss er hinter sich ab.

Dann ging die Tür nicht mehr auf. Wie lange das alles dauerte, wusste sie nicht. Ada hatte jegliches Zeitgefühl verloren. Wie ein Tier starrte sie in die Dunkelheit auf die Tür, wagte nicht, sich zu bewegen, und atmete kaum merklich. Er kam nicht wieder. Im Wohnzimmer saß er wahrscheinlich genau wie sie da, allein und sterbensbang. Jeder auf einer Seite der Wand. Nach einer Stunde – vielleicht auch länger, vielleicht auch kürzer –, als der erste Schreck vorbei war, fing sie an zu zittern und mit den Zähnen zu klappern. Es brannte hinter ihren Augen. Vorsichtig betastete sie ihren Kopf, die kurzen Fransen und langen Strähnen, die verschont worden waren. Dann kamen die Tränen. Eine lähmende Trauer über alles, was schiefgegangen war, durchzog sie. Die bessere Zukunft hätte längst beginnen müssen. Sie würde sich nie daran gewöhnen. Sie würde sich niemals in diesem Land zu Hause fühlen, weder in diesem Haus noch in der Kirche. Niemals. Schlotternd zog sie die Decken um sich herum und blieb so sitzen. Die übrigen Stunden der Nacht konnte sie nicht aufhören zu schluchzen, ein unendlicher Schmerz drückte in ihrer Magengegend. Es klang mehr wie ein Übergeben als wie Weinen, mit weit aufgerissenem Mund, lautlos, der Kinder wegen und weil es im Wohnzimmer so still war.

»Es ist mit mir durchgegangen«, sagte er, als das Tageslicht die Dunkelheit verjagt hatte und die Scham ihn übermannte. Er steckte ein graues Gesicht zur Tür herein. Derk hatte nicht geschlafen, genau wie sie. Er hatte in der Dunkelheit ebenfalls auf ihr verwüstetes Leben gestarrt und nicht gewusst, wie es weitergehen sollte, genau wie sie. Aber das half nicht.

Sie stand in ihrem Nachthemd vorm Spiegel, mit pochendem Kopfschmerz, und er schlurfte hinter ihr ins Zimmer, zog sich an, murmelte vor sich hin. »Es war nicht … ich wollte nicht …«

Im Wohnzimmer hörte sie die Kinder lachen. Sie müsste etwas tun, Frühstück machen, Tätigkeiten aus einer anderen Zeit, weit weg, doch sie starrte weiter auf die Frau mit den dicken, geschwollenen Augen in dem fleckigen Gesicht und einem Schädel, an dem büschelweise und kreuz und quer die Fransen hingen, dazwischen vereinzelte Strähnen von langem Haar. Eine Wahnsinnige, erbärmlich und unheimlich. Es faszinierte sie, wie man so aussehen konnte, wer bist du nur. Die gehört in eine Anstalt. Die Kinder durften sie nicht zu Gesicht bekommen. »Sie dürfen mich nicht sehen«, sagte sie und erschrak über ihre eigene Stimme, eine raue Stimme. Vielleicht sollte ich nie mehr reden. »Nein«, sagte er folgsam, »ich werde …« Dann wurde leise an die Tür geklopft, und sie hörte die hohe Stimme von Julie, fragend und verwundert, warum standen keine Teller auf dem Tisch, warum gab es keinen Porridge? Schnell riss Ada einen Schal aus dem Schrank und band ihn sich um den Kopf. So blieb sie stehen, in der Hoffnung, für immer unsichtbar zu sein. Derk kam ihr zur Hilfe, wollte alles für sie tun, um es wiedergutzumachen, zwängte sich durch einen schmalen Türspalt hindurch, damit die Kinder sich nicht über ihren Anblick entsetzten. »Mum geht es nicht so gut«, erklärte er, »ich bringe euch heute mit dem Bedford zur Schule.« Die ganze Zeit über stand Ada unter dem Schal versteckt und atmete in hellgelbes Licht. Der dünne Stoff bebte – *a pretty pastel for a pretty lady*, hatte die Verkäuferin gesagt. Sie hörte die Kinder juchzen, und noch bevor sie den keuchenden Kinderatem an der Tür hörte, wusste sie, dass Danny sich nicht mit der Erklärung zufriedengeben und sie suchen gehen würde. Sie schob schnell den Haken vor die Tür und sah dann, wie sich die Klinke zweimal nach unten bewegte und dann wieder hochschnellte. Er war ungeschickt, aber ausdauernd wie ein Terrier. »Mum«, rief er, weil er kontrollieren wollte, *wie* krank sie war. Und dann war Derk bei ihm, um ihn wegzulocken. Sie wartete auf seinen Protest, ich will zu Mama, sie hörte, wie Derk ihn streng zurechtwies, und vernahm die folgende Stille, als die Kinder ihren Porridge herunterwürgten, mit zugeschnürten Kehlen, weil alles so anders und bedrohlich geworden war. Und sie lauschte weiter, bis alle Jacken angezogen waren, vernahm das

Suchen nach Peters Schultasche und dann die Erklärung, dass Julie heute kein Band in die Haare bekam, weil Dad das nicht konnte. Sagt noch auf Wiedersehen, Mum, bye, Mum, ertönte es dumpf unter ihrem Schal.

20

Ein Mann im Zug bot ihr eine Zigarette an. Sie beugte sich vor zu dem Päckchen und zog eine heraus. Es war die erste Zigarette ihres Lebens. Alles war anders geworden. Sie schob den gelben Schal etwas zurück und hielt ihre Zigarette in die kleine Flamme seines Feuerzeuges, sog den Rauch ein und fiel dabei beinahe in Ohnmacht. Sie schenkte dem Mann ein mattes Lächeln und drehte den Kopf zum Fenster, um deutlich zu machen, dass ihr Kontaktwunsch bis hierhin ging und nicht weiter. Ab und zu zog sie an der Zigarette, sorgte aber dafür, dass sie den Rauch im Mund behielt, damit ihr nicht wieder schwindelig wurde. Eins, zwei, drei, und dann zwischen den gespitzten Lippen wieder ausatmen, was mögen die Menschen daran nur? Zwei Stimmen in ihrem Kopf, die eine sagte: Ich bin eine Frau, die weggelaufen ist, eine Mutter, die einfach ihre Kinder verlässt. Die andere Stimme fand das übertrieben, sie musste schließlich einfach mal rauskommen, nach all der Aufregung, das war alles. Ein paar Tage, höchstens, dann bin ich schon wieder zurück.

Der Zug fuhr sehr langsam, nahm aber allmählich Fahrt auf. Um den Blicken des Mitreisenden zu entgehen, der sie weiterhin anstarrte, rückte sie näher ans Fenster und sah nach draußen, auf die nicht besonders hohen, aber massiven Berge. Irgendwo hing ein großer, grauer Raubvogel in der Luft, der zum Sturzflug ansetzte. Er hatte ein winziges Tier in seinen Klauen, seinem Schicksal hoffnungslos ausgeliefert.

Der Mann zeigte auf die Sträucher, mit denen die Hügel bedeckt waren. *Bloody weed*, sagte er, ein hartnäckiges Unkraut, dass englische Siedler im letzten Jahrhundert mitgebracht hatten. Im Frühjahr trug es gelbe Blüten, den Rest des Jahres über war es jedoch eine Plage. Wenn man es seinem Schicksal überließ, überwucherte es in *no time* das ganze Land.

Der Mann lispelte ein wenig und hatte einen starken Akzent. Ada verstand ihn nicht. Sie lächelte höflich. Den gelben Schal hatte sie unter ihrem Kinn gekreuzt und dann nach hinten gezogen, wo er im Nacken geknotet war, genau wie bei Audrey Hepburn. Sie fühlte sich beengt. Vornehm zog sie an ihrer Zigarette und schluckte den Husten herunter.

Als die Berge höher und steiler wurden, verschwand der Zug im dicken, feuchten Nebel, und sie hatte keine Lust mehr, aus dem Fenster zu starren. Sie schloss die Augen und dachte an die Reise hierher, vor langer Zeit, in der Transportkiste seines alten Fords. Ihr Mitreisender wollte sie nicht in Ruhe lassen. Ob sie wusste, dass der Mount Alexander fast so hoch war wie der Mount Everest?

Im Nebel gewann die erste Stimme in ihrem Kopf. Natürlich konnte sie nicht einfach weglaufen. Es ist die Pflicht der Frau, den Frieden in ihrem Haus zu erhalten. Der reinste Irrsinn. Ada lehnte die neue Zigarette ab, die der Mann anbot. Hier, mit einigem Abstand, begann sie allmählich wieder, Derk zu lieben.

Mitten auf dem Arthur's Pass hielt der Zug an einem kleinen Bahnhof an. Der Mann verließ das Abteil, zu ihrer Erleichterung. Sie sah, wie er eine hochschwangere Frau begrüßte und dann mit ihr zusammen zu einer Häusersiedlung am Fuße des Hügels lief. Sie nahm sich vor, ebenfalls schnell wieder nach Hause zu fahren.

Kurze Zeit später kam der Zug an einem einsamen Haus vorbei, mitten auf dem Feld. Eine Frau mit Schürze stand davor und winkte lange dem Zug hinterher. Komisch, dachte Ada, irgendjemand im Zug weiß, dass er gemeint ist. Das muss ein schönes Gefühl sein, ihm wird liebevoll nachgewinkt. Er kann froh darüber sein.

Dann wurden die Berge niedriger, es ging nach unten, und die Wolken brachen hervor. Allmählich wurde Ada bewusst, dass sie der Sonne und der

Wärme entgegenfuhr. Von Zeit zu Zeit sah sie ihr Spiegelbild in der Scheibe, das Gelb ihres Schals, mit dem sie die scheußlichen Fransen verdeckte, und sie erinnerte sich an die vergangene Nacht. In ihrem Geldbeutel steckte das Geld für den Zufahrtsweg.

Ich bin beim Friseur, stand auf den Zettel gekritzelt, den sie Derk hinterlassen hatte. Und danach hatte sie in Anführungszeichen gesetzt: Es kann eine Woche dauern.

Von Springfield an fiel die Landschaft noch weiter ab. Sie sah Hecken, Bäume und Häusergruppen vorbeisausen. Je weiter sich der Zug Christchurch näherte, umso schöner wurde das Licht. Breite Sonnenstreifen fielen in das Abteil, und die Temperatur im Zug stieg an. Es dauerte eine Weile, bis sie es merkte. Ada zog die Jacke aus. Zu gerne hätte sie den Schal abgenommen, doch das wagte sie nicht. Eine leichte, städtische Aufregung überkam sie. Die zweite Stimme übernahm die Oberhand. Ganz ruhig, ich komme ja zurück, aber ich brauche einfach mal eine kurze Auszeit, es ist an der Zeit.

In Christchurch setzte sie ihre Sonnenbrille auf. Etwas schüchtern wanderte sie mit der Jacke über dem Arm durch die belebten Straßen der Innenstadt und versuchte, sich selbst zu beruhigen: Erst würde sie einen Damenfriseur suchen und danach ein Hotel. Morgen früh würde sie zurückfahren, sodass sie die Kinder von der Schule abholen könnte. Schöne

Läden hatten sie hier. Vielleicht sollten sie bald einmal alle zusammen herfahren.

Alles in dem Friseursalon war lila. Der Geruch passte dazu. Und dann kam der schreckliche Moment, als sie den Schal abnehmen musste. »Nun, my dear«, sagte die Friseuse, die sich als Ann vorgestellt hatte, *just like our princess* (eure meinst du wohl, dachte Ada), »lassen Sie sich Zeit, aber irgendwie müssen wir natürlich weiterkommen.« Als sie dann voller Scham den Schal ablegte, hielten einen Moment lang die Scheren aller Friseure in der Luft inne. Alle starrten erschreckt auf die Fransen. Auch unter den Trockenhauben drehten sich die erhitzten Köpfe in ihre Richtung. Die Friseuse wich einen Schritt zurück. Ada gab ein paar eigenartige Laute von sich, meine Tochter, sie will so gerne Friseuse werden.

Dann legte Ann los. Dies war wahrlich eine Herausforderung. Diese Frau hatte ein bildhübsches Gesicht. Ein Glück, dass kurz jetzt *in* war, sehr modern. Sie tippte mit der Spitze ihres Kamms auf das Foto eines Filmstars mit hellblondem Kurzhaarschnitt, das schräg über dem Spiegel klebte.

Unsicher stand Ada eine halbe Stunde später vor der Schaufensterscheibe eines Damenmodengeschäfts, um ihre neue Frisur zu begutachten. Ann hatte sich selbst übertroffen, jeder in dem Friseursalon hatte das bestätigt: Es war ein unglaubliches Resultat, wenn man bedachte, wie die Frau ausgesehen hatte, als sie hereingekommen war. Ann hatte den gelben Schal zu einem schmalen Haarband gefaltet und es um den Kurzhaarschnitt der jungen Dame gelegt, genau wie auf dem Foto des Filmstars – nur dass das Band dort hellblau war, was besser gepasst hätte zu der jungen Dame mit den blauen Augen, aber man kann nicht alles haben. Ada befühlte ihre Haare, die mit einer harten, klebrigen Schicht besprüht waren, von der ein starker Friseurgeruch ausging. Das Gesicht, das sie aus der Schaufensterscheibe ansah, gefiel ihr. Ein kesses, modernes Ding, hätte man meinen können. Nur ihr alter Rock und ihre Strickjacke passten überhaupt nicht dazu. Ich muss eine Entscheidung treffen, dachte sie. Ich muss ein Hotel suchen, nicht zu viel Geld ausgeben und morgen wieder zurückfahren. Aber es gelang ihr nicht, diesen Gedanken umzusetzen, es war, als würden ihr die Beine versagen.

Das Kleid stand ihr großartig. Die bunten Streifen betonten ihre Taille und umgaben schmeichelhaft ihre Hüften. Das eckig ausgeschnittene Oberteil ließ Hals und Arme frei, sodass sie sich auch noch ein hellblaues Mohairjäckchen mit kurzen Ärmeln zulegte. Der Gürtel gehörte einfach dazu – die weißen, offenen Schuhe übrigens auch –, und die seidige Unterwäsche und die teuren Strumpfhosen, legen Sie mir doch drei dazu, ich bekomme immer so schnell Laufmaschen. Auf einmal war ihr alles egal, sie kaufte den ersten Lippenstift ihres Lebens – sie tat ohnehin gerade so viele Dinge zum ersten Mal im Leben –, Wimperntusche und Puder in einer luxuriösen kleinen Dose, und auch noch echtes Parfum, als stände sie in einem Laden voller Törtchen und äße sie alle nacheinander auf.

Nach Atem ringend über all die unverantwortlichen Ausgaben und ihr neues Aussehen, lief sie von einer Straße zur nächsten – mit vorsichtig wiegenden Hüften, weil das Kleid danach verlangte –, auf dem Weg zum Hotel, das die Verkäuferin ihr so freundlich empfohlen hatte. Und dort wäre sie bestimmt auch gelandet, wenn nicht immer wieder vor ihr der Fluss aufgetaucht wäre. In Christchurch schlängelt sich der Avon durch die ganze Stadt. Es war, als würde der Fluss sie suchen und sich ihr immer wieder zu Füßen legen: Hier bin ich, bleib jetzt endlich mal bei mir stehen. Und das tat sie dann auch. Sie zog – oh, wunderbar – die neuen Schuhe aus und breitete ihre Jacke unter sich auf den Rasen, damit sie das neue Kleid nicht schmutzig machte. Sie legte sich in die Nachmittagssonne, sog den Geruch von Gras in sich auf, hörte dem plätschernden Wasser zu und dämmerte vollkommen erschöpft weg. In diesem Dämmerzustand wanderten ihre Gedanken zu Frank. Hier war er an seinem ersten Abend entlangspaziert, unzufrieden mit sich, weil er sie hatte gehen lassen (sie konnte es auswendig). Hier war er mit Esther entlanggelaufen, die aufreizend rote Lippen hatte, doch daran verschwendete er keine Aufmerksamkeit, denn er dachte an das Mädchen in der Transportkiste. Und das war sie, die hier nun im Gras lag, über das er gelaufen war. Sie lauschte den Geräuschen, die er damals gehört hatte. Es war, als könnte sie ihn dadurch berühren, und sie fühlte, dass sie viel miteinander gemeinsam hatten, dass zwischen ihnen eine feste Verbindung bestand. Und dann kämpfte sie nicht länger gegen ihr Gefühl an. Sie sprang auf, eilte zum Bahnhof und gab endlich zu, dass sie auf dem Weg nach Martinborough war. Mit ein bisschen Glück konnte sie den Zug zum Nachtschiff in Lyttelton noch bekommen, das hatte sie schon längst herausgefunden.

Es war die *Maori*. Sie rannte von dem Passagiergebäude mit dem hübschen Sandstrahlfenster über den Kai zum Ableger Nummer 2, stellte sich keuchend in die Reihe der Leute, die vor der Gangway zur Fähre warteten. Ada wurde von Gefühlen übermannt. Von jetzt an war jeder Schritt, den sie tat, bedeutungsschwer, weil sie buchstäblich seinen Fußspuren von vor zehn Jahren folgte. Ich werde dafür sorgen, nahm sie sich vor, dass ich morgen früh rechtzeitig aufwache, um die Fahrt durch die Cook

Strait mitzuerleben, für dich, ich tue es noch einmal, für dich. Ganz von allein ging die Unterhaltung in ihrem Kopf wieder los. Die Palmen, sagte sie, es waren die Palmen, die dich an Indonesien erinnerten, damals. Aus alter Gewohnheit ignorierte sie das Augenzwinkern, das ihr der Steward schenkte, der ihr Ticket abriss, und während sie erhobenen Hauptes über die Gangway lief – eine neue Frau in einem neuen Kleid –, beschrieb sie, wie die untergehende Sonne die Hügel von Lyttelton erhellte. Zu spät fiel ihr ein, dass die neue Frau so ein Augenzwinkern hätte parieren können.

Sie teilte die Kabine mit zwei älteren Damen, mit denen sie nur die notwendigsten Worte wechselte. Das Meer war ruhig und spiegelglatt, es ging kein Lüftchen. So lange sie konnte, blieb sie an Deck, an die Reling gelehnt, und beschrieb, wie unbedeutend der Hafen in der Ferne erschien, wie endlos die See war: groß, dunkel und geheimnisvoll. Als ihr kalt wurde, ging sie in ihre Kabine und streckte sich in ihrer neuen Unterwäsche unter der Decke aus, fiebernd vor Aufregung. Genau wie Frank damals hatte auch sie die Nacht zuvor kein Auge zugetan. Es stimmt alles, dachte sie zufrieden, kurz bevor die Wogen sie sanft in den Schlaf wiegten. Sie hatte schon seit Stunden nicht mehr gewagt, an zu Hause zu denken.

Um fünf Uhr erklang ein kurzes Klopfen an der Tür ihrer Kabine. Die älteren Damen ächzten und drehten sich auf die andere Seite. Einen Moment lang dachte sie, sie würde in ihrem eigenen Bett liegen, doch dann schoss ihr die Wahrhaftigkeit dieser Reise wieder in den Kopf. Im Dunklen kleidete sie sich an und stolperte nach draußen aufs Deck. Gähnend und zitternd vor Kälte sah sie sich um. Ein eiskalter, schwarzblauer Himmel hing noch über dem Meer und zwischen den dunklen Hügeln, die in der Ferne aus dem Wasser emporragten. Sie klapperte mit den Zähnen und fragte sich, was sie hier eigentlich tat und ob Derk die Kinder zugedeckt hatte, bevor er schlafen gegangen war. Einen Moment lang war es, als wäre sie im Kinderzimmer. Bevor sie sich jedoch über Dannys Bett beugen konnte, der es wie immer geschafft hatte, mit der Stirn gegen das hölzerne Kopfende zu stoßen – noch bevor sie sich über das schlafende Kind beugte, es mit beiden Händen ergriff und den schweren Körper vorsichtig nach unten zog, sodass der Kopf wieder frei lag – noch bevor sie seine Decke wieder über ihn gezogen und kurz ihre Hand in seinen warmen Nacken gelegt und über den breiten Rücken gestrichen hatte – und glücklicherweise auch, bevor der Stich von Liebe ihr Herz erreichen und sie sich elendig fühlen konnte –, kletterte die erste orangefarbene Glut der Sonne hinter den Hügeln empor und färbte das Wasser indigoblau. Kurz darauf glitt goldener Satin die Bergspitzen hinab, und dasselbe geschah im Spiegelbild des Wassers, bis das Gold dann die Wasseroberfläche berührte. Und inmitten des Blaus zog das Schiff einen langen Schatten hinter sich her. Sie hörte Trompeten erschallen, zweifellos, es gab doch so etwas wie Vergebung. Noch nie hatte sie so etwas Schönes gesehen. Die Dunkelheit des Kinderzimmers verschwand, und in lyrischen Worten beschrieb sie Frank, was er damals verpasst hatte.

In Wellington ging ein so starker Wind, dass sie ihren Streifenrock festhalten musste. Die Gebäude waren höher und die Straßen belebter als in Christchurch. Hier irgendwo wohnt also Marjorie, dachte sie beunruhigt, und in seinem letzten Brief hat er von einem Treffen mit Esther geschrieben, die hier seit kurzem einen Laden hat. Schnell fragte sie nach dem Weg zum Bahnhof.

Hier auf der Nordinsel war es so warm, dass die Zugfenster sperrangelweit offen standen und ein schwüler Wind einem den Kopf umwehte. Hoffentlich hatte Derk nicht vergessen, Julie ihre Sportsachen einzupacken. Sie lehnte sich vor und legte ihre Hände auf die Oberschenkel, ließ sie über den glatten Stoff der bunten Streifen gleiten und schloss die Augen. Ada hatte das Abteil für sich allein. Eigentlich war sie sich sicher, dass Derk es vergessen hatte. Sie sah das Bild eines aufgelösten Mädchengesichts vor sich. Schnell machte sie wieder die Augen auf.

Auf ihrer letzten Etappe an diesem Tag, der holprigen Busfahrt nach Martinborough, wurde es ihr allmählich unheimlich. Was um Himmels willen machte sie hier überhaupt, sie kannte Frank doch gar nicht. Ihre Leben hatten nicht die geringste Gemeinsamkeit. Wahrscheinlich hatten sie sich nichts zu sagen. Schreiben ist die eine Sache, phantasieren eine zweite, aber eine Unterhaltung führen war nun wirklich nicht ihre Stärke. Am liebsten hätte sie auf dem Absatz kehrtgemacht. Während der Bus erbarmungslos weiterdonnerte, bereitete sie sich vor und dachte sich eine Ausrede aus, die ihren Besuch erklärte. Und direkt nach diesem Besuch würde sie in Martinborough ein Hotel nehmen. Was auch passierte, sie musste Überlegenheit ausstrahlen.

Der Bus setzte sie ein Stück außerhalb des Dorfes ab, auf einer schmalen Straße irgendwo inmitten des weiten Landes, das von Bäumen umsäumt war. Sie blieb zögernd an der Haltestelle stehen, um Mut zu schöpfen. Zu einem großen Teil war das Land unkultiviert, nur ein paar Hektar waren beackert. Auf einigen Feldern sah man bereits Trauben an den Reben hängen, andere Felder waren gerade erst bepflanzt. In einiger Entfernung zur Straße sah sie den Hof, mit einem einfachen Haus, an dem noch gebaut wurde.

Ein paar Bäume, eine Scheune. Und irgendwo, weit weg in den Feldern, am Fuße der Berge, stand ein alter Wohnwagen. Doch wie sehr sie auch Ausschau hielt, von Leben keine Spur.

Bis zu dem Haus musste man ein ganzes Stück laufen. Obwohl die Sonne allmählich unterging, war es noch sehr warm. Ihre neuen Schuhe waren nicht gemacht für diesen unwegsamen Boden. Immer wieder knickte sie zwischen den Sträuchern um und redete dabei auf sich ein. Hör zu, sagte sie, ich bin eine verheiratete Frau, eine Mutter von drei Kindern, und er ist Junggeselle. Ich führe ein erwachsenes Leben, er nicht. Diesen Tatsachen müssen wir ins Auge sehen. Doch zu ihrem Entsetzen verspürte sie eine rasende Aufregung in ihrem Körper und bereute nun die Intimitäten, die sie in den Briefen ausgetauscht hatten. Sie hätte nicht so leichtherzig darüber schreiben dürfen. Das würde sie bereuen, wenn sie ihn gleich lebendigen Leibes vor sich hatte. Was habe ich nur getan, was hat mich nur geritten. In der Ferne erklang ein trockener Knall. Es konnte ein Gewehrschuss sein. Erschrocken stellte sie ihren Koffer auf die trockene Erde, legte die Hand schützend über die Augen und spähte über die Reihen von Sträuchern hinweg, doch sie entdeckte niemanden.

Auch der Hof lag verlassen da. Sie sah Kisten und Kästen. Aufgehäufte Erde, eine Zementmühle, große hölzerne Fässer und unordentlich aufgestapelte

Pfähle. Weiter vorn erkannte sie einen kleinen Traktor mit einem Pflug. In der Nähe des Hauses stand ein offener Jeep. Es war *sein* Jeep, registrierte sie, und wünschte, ihr Herz würde weniger laut schlagen. Spannung durchzog ihren Körper. Wahrscheinlich war er im Haus. Die letzten Meter bis zur *porch* legte sie in einem sonderbaren Zustand der Betäubung zurück. Jetzt muss es schnell gehen, wenn der erste Moment überstanden ist, wird alles besser. Sie sah, wie sich ihr Arm zur dunkelgrünen Tür ausstreckte und anklopfte, wie man das eben tat, wenn man auf Besuch vorbeikommt. Nichts passierte. Ada wandte sich ab und sah über die Felder, sodass es so aussah – sollte die Tür sich doch noch öffnen –, als würde sie das alles nicht sonderlich interessieren.

Doch niemand öffnete, auch nicht nach mehrmaligem Klopfen. Er war nicht zu Hause. Zögernd lief sie auf die dunkle Scheune zu und sah hinein, obwohl die Stille hier eigentlich für sich sprach. Aufeinandergestapelte Fässer, sicherlich für den Wein. Und noch mehr Kisten und Flaschen. In der Ecke lag ein Berg weißer Vogelnester, von denen sie einige auch schon über den Sträuchern hatte hängen sehen. Auf ihren hohen Absätzen wankend, setzte sie ein paar ziellose Schritte zurück zum Hof und blieb dort stehen. Ihr war schwindelig vor lauter Unentschlossenheit und von der grellen Sonne. Auf den nächsten Bus zurück würde sie lange warten müssen. Das Hotel in

Martinborough war mindestens einen einstündigen Fußmarsch von hier entfernt, keine angenehme Aussicht, mit den Blasen von den engen Lederbändchen an den Füßen. Das Gute daran war jedoch, dass er dann gar nicht erfahren würde, dass sie hier gestanden hatte. Vielleicht war es ein Zeichen. Derk konnte sie erklären, dass sie drei Tage lang in Christchurch herumgelaufen wäre, einen kleinen Ausflug würde er ihr doch wohl verzeihen, schließlich hatte er ja etwas gutzumachen. Schreiben würde sie jedenfalls nicht mehr, das war ausgeschlossen, sie würde sich ganz ihrer Familie widmen und daraus ihr Glück ziehen, so schwierig konnte das doch nicht sein. Aus der Ferne betrachtet erschien ihre Ehe gar nicht so schlecht. Sie war schon zwei Tage weg, jetzt musste sie aber wirklich wieder zurück. Hoffentlich bringt er die Kinder nicht vollkommen durcheinander. Hoffentlich reist er mir nicht hinterher. Er weiß nicht, wo ich bin, aber er könnte es sich denken, die Adresse steht als Absender auf den Briefen. Der Schreck versetzte ihr einen Stich. Ihr trat der Schweiß auf die Stirn, der ihr dann als kleines Rinnsal hinterm Ohr in den Kragen rann, sie wischte es weg. Nein, dachte sie, das kann er nicht machen, schließlich ist niemand da, bei dem er die Kinder unterbringen könnte. Doch zur Sicherheit sollte sie wohl doch lieber gleich zurückfahren. Dann eben in diesen Schuhen, in diesem Kleid. Wenn ich hier noch lange so stehen bleibe, bekomme ich einen Sonnenstich. Das Kleid war aus einem neumodischen Stoff gemacht, der ziemlich warm war. Sie kniete sich hin und öffnete ihren Koffer, irgendwo ganz unten musste ihre Sonnenbrille versteckt sein. Sie stopfte ihre alte Jacke wieder hinein, schloss den Deckel und stand auf. Ihr war hundeelend zumute. Und dann auf einmal sah sie ihn.

Er lehnte an einem schräg gewachsenen Obstbaum, der am Rande des Hofes stand. Er sah zu ihr herüber und lächelte. Wahrscheinlich hatte er sie schon die ganze Zeit angesehen, während sie hier herumgestanden hatte. Ihre Überlegenheit war von einer Sekunde zur anderen verschwunden. Ada sackte in sich zusammen wie ein Luftballon, der einem beim Aufblasen quietschend aus den Händen entweicht. Ein Cowboy in Hemdsärmeln und Arbeiterhose, den Hut tief in die Stirn gezogen, ein Gewehr neben sich an den Baum gelehnt, und um die Taille einen Gürtel, an dem tote Vögel hingen. Langsam setzte er sich in Bewegung, löste den Gürtel und legte seine Beute neben das Gewehr. Sie sah auf seine schwarzen Arbeiterschuhe und wartete wie gelähmt, bis er dicht vor ihr stand. Sie hob den Blick und erkannte das Lächeln.

»Da bist du ja.«

Und die Stimme. Sie konnte kein Wort herausbringen, musste sich räuspern. Dann hielt sie sich, bevor sie in die Knie sacken konnte, am Geländer fest.

»Ich war gerade in der Gegend.« Es klang unwirklich damenhaft, als würde sie in einem Theaterstück mitspielen, in dem sie mit abgespreiztem Finger ein Tässchen Tee trank, doch sie redete stur weiter, schließlich hatte sie geübt, »eine Tante in Wellington …« Sie sah seine Augen vergnügt aufblitzen, »die bat darum …«, er zeigte ein kurzes, lautloses Lachen, er warf seinen Kopf etwas zurück, »von Derk, eine Tante von Derk … sie ist krank, sie bat …«, er nickte ihr ermutigend zu, erzähl weiter, »daher dachte ich … es ist nicht so schrecklich weit … aber ich muss nachher wieder zurück, ich dachte …«

Dann verstummte Ada. Sie hatte den Faden verloren.

»Du dachtest dir, wenn du sowieso gerade in der Gegend bist.«

»Ja!«

Das Lächeln vertiefte sich. Er breitete seine Arme aus, ließ sie dann aber wieder fallen.

»Ich muss gleich wieder weg«, sagte sie schnell.

Er versicherte ihr mit einem Nicken, dass ihm das vollkommen klar war. Sie schwiegen, sahen einander prüfend an. Sie waren im Hier und Jetzt, was in ihren Briefen stand, war jetzt unwichtig, sie hatten keine Vergangenheit. Sie musste so schnell wie möglich wieder fort.

Er machte ein Zeichen in Richtung Haus. »Eine Tasse Tee vielleicht?«

Die Fenster standen offen. Sie hörte die Vögel und das Rascheln der Blätter im Baum auf dem Hof. Drinnen war die Temperatur gerade gut auszuhalten. Ada versuchte den Blick zu ignorieren, mit dem er sie von der Küche aus ansah, und schlenderte betont lässig durch den Raum. Sie hatte sich sein Haus vollkommen anders vorgestellt. Dies war keine unordentliche, hilflose Junggesellenbude. Auch wenn es einfach und ohne viel Geld eingerichtet war, so sprach aus jeder Ecke Kultur und Klasse. Dort war das riesige Ölbild einer mysteriösen Landschaft in einem schwarzen Rahmen, hier gab es Holzskulpturen, und sie entdeckte die Maske, von der er geschrieben hatte, die Stühle mit dem Holzschnitzwerk, ein altes Ledersofa, einen Sekretär – zu jedem Möbelstück gab es mit Sicherheit eine Geschichte.

Diese Dinge wirken lächerlich in meinem einfachen Haus. Alles wartet auf bessere Zeiten. Drei Schubladen hat der Sekretär meiner Mutter und eine Schreibfläche, deren lederne Oberfläche ziemlich ramponiert ist. Ehrlich gesagt ist dies kein Möbelstück für Männer, er ist zu zerbrechlich, ich muss meine Beine auf schrecklich unbequeme Art zur Seite quetschen, damit ich überhaupt daran sitzen kann. Der Schlüssel an der Unterseite der Schreibfläche fällt ständig heraus. Eigentlich mag ich überhaupt keine alten Sachen! Dass ich dennoch daran sitze, tue ich in der Hoffnung, dass mir dann die richtigen Worte einfallen. Du bist in meiner Erinnerung ebenso hübsch und verloren wie sie.

Bücher, achtlos aufeinandergestapelt. *Grausamer Atlantik, Expeditionen mit der Kon-Tiki.* Ein Plattenspieler, reihenweise Schallplatten. Ada sah den Bunker vor sich, ihre nichtssagende, zusammengesammelte Einrichtung, von der nicht ein einziges Stück die Anmut besaß, die sie hier verspürte. Der Geburtstagskalender mit Bildern des Königshauses, den ihre Mutter aus Holland geschickt hatte. Die verschlissene, gehäkelte Überdecke auf ihrem Bett, der Resopaltisch, an dem sie aßen, der immer auf dem unebenen Fußboden wackelte und ein nervtötendes Geräusch machte, wenn man ihn verschob.

Auf der ledernen Schreibfläche des Sekretärs lag ihr letzter Brief. Und an der Rückwand aus Holz stand das Foto von ihr im Badeanzug. Er sieht mich an, wenn er hier sitzt. Schöne, volle, runde Schenkel hast Du, das waren seine Worte. Jetzt sah sie ihn hier sitzen, während er schrieb.

»Du hast dich nicht verändert.«

»Doch, habe ich.«

Über dem Sekretär hing ein Foto in einem dunklen Holzrahmen. Ein Mann stand neben einer Palme in einem kupfernen Blumentopf, ein ernster Mann, vor sich auf dem Stuhl eine blonde Frau (hübsch und verloren, dachte Ada unwillkürlich) in einem langen, weich fallenden Kleid, wie es in den Dreißigerjahren in Mode gewesen war. Die Hände des Mannes ruhten auf ihren Schultern. Die Frau hatte ein Baby auf dem Schoß. Neben ihr stand ein etwa fünfjähriger Junge. An den Augen erkannte sie Frank.

»Und was hat sich an dir verändert?«

»Meine Haare!«

Er kam mit einem Tablett herein. »Ach so, das meinst du«, sagte er, während er das Tablett auf den Tisch stellte und auf sie zukam, »steht dir gut.«

Sie strich über ihr kurzes Haar, um irgendetwas zu tun und nicht zu spüren, wie nervös sie bei jedem Schritt wurde, mit dem er näher kam. »Das ist modern«, sagte sie so nonchalant wie möglich, aber direkt danach entkam ihr ein verschreckter Piepslaut, weil er sich ihr so weit genähert hatte. Er lachte, als würde er sie auf einmal wiedererkennen. »Ada van Holland«, sagte er. Da war es wieder. In ihren Augen leuchtete die Freude zweier Menschen, die sich nach langer Zeit endlich wiedersehen. Noch drucksten sie beide etwas herum.

Draußen erklang das Geräusch eines Motorrades, das durch das Feld angefahren kam. Schreckhaft wie eine Fahnenflüchtige drehte sie sich zum Fenster. »Wer ist das?« Das Motorrad hielt vor dem Haus. Sie lief zum Fenster, mit pochendem Herzen und einem rasend schlechten Gewissen. Frank stellte sich neben sie. Sie sah einen dunklen jungen Mann, unverschämt gut aussehend, er trug ein kariertes Hemd mit hochgekrempelten Ärmeln. Starke, muskulöse Arme. »Ein Maori«, sagte sie erstaunt.

So kam es, dass sie nicht viel später in der bereits tief stehenden Abendsonne zwischen zwei Männern über das Gelände streifte. Ihr schwindelte, von der Wärme und von der Aufregung. Du bekommst eine Führung, sagten sie, und Frank hatte sie an den Hüften gepackt und auf einen Stuhl gesetzt, um ihr dann, ohne zu fragen, ihre neuen Schuhe auszuziehen und ein paar schwere Arbeiterstiefel überzustreifen. Seine Hand lag dabei fest um ihr Fußgelenk, danach glitt sie hoch zu ihren Waden und umfasste diese. Die Stiefel waren ihr natürlich zu groß, sie rutschte darin nach vorn, und ab und zu stolperte sie sogar. Doch das trug an diesem brütend heißen Nachmittag noch zum Vergnügen bei, dem sie sich vorsichtig immer mehr hingab. Sie war achtundzwanzig, so alt war das noch nicht, und sie konnte sich in diesem Moment nicht mehr an ihre schweren Verantwortungen erinnern, dafür war ihr Kopf zu leicht. Sie schämte sich zwar ein bisschen für ihr Englisch, aber es musste sein, wegen Mozie.

»Das war mal ein Obstgarten, aber als wir hier ankamen, war er schon seit Jahren verwildert. Dort drüben stand noch ein rostiger Schuppen, der in sich zusammengefallen ist, wenn man ihn nur scharf angeschaut hat.«

»Also haben wir so uninteressiert wie möglich getan«, fügte Mozie hinzu und ergriff ihren Arm, damit sie anhielt und zuschaute, wie er diese Gleichgültigkeit demonstrierte. Er schlug die Arme übereinander, zog eine Augenbraue hoch, knickte etwas in der Hüfte ein und gähnte übertrieben: »Wir haben dem Bauern erklärt: Dieser Grund ist nichts mehr wert, der ist voller *pebbles*, was sollen wir damit?« Frank schob seinen Arm um ihre Taille und drehte sie wie selbstverständlich von Mozie weg. »Inzwischen wollten wir ihn aber unter allen Umständen haben«, sagte er, »denn gerade das ist ideal, von den Bergen geschützt, und dazu noch die ganzen *pebbles*.«

»Die ganzen *pebbles*?«

Mozie nahm eine Handvoll Kieselsteine vom Boden auf und bot sie Ada dar, mit einem Gesicht, als wären es Eheringe. Sie lachte. »Nimm sie nur«, sagte Frank ernsthaft, »wir haben genug.«

»Aber wofür denn?«

Mozie sah sie eindringlich an. »Ohne *pebbles* geht es nicht.«

»Ohne *pebbles* kein Pinot Noir«, sagte Frank und erklärte ihr, dass die Steine die Wärme konservierten und sie dann nachts an die Weinstöcke abgaben.

In ihren Siebenmeilenstiefeln stolperte Ada zum

Rand der Weide und berührte die vollen Reben. »Pinot Noir«, sagte sie vornehm. Könnte sie nur für den Rest ihres Lebens in diesem unbesorgten Nachmittag herumspazieren, zusammen mit ihren zwei galanten Begleitern, ihrem gestreiften Kleid und unter ihren Fingerspitzen die samtige Haut der Trauben, in denen die ganze Wärme der Sonne eingeschlossen war.

Ein Besitzer. Er ist ein geborener Besitzer. Und schnell fügte sie für sich hinzu: Das bin ich nicht, das werde ich niemals sein. Wie er an einem der Eichenholzfässer lehnte, *seinen* Eichenholzfässern, in denen die Ernte vom Vorjahr auf sein Einverständnis wartete. »Dies ist die erste Ernte, die wir ganz behalten haben, die erste in fünf Jahren.«

»Warum?« Sie wollte von nun an alles über Wein wissen und dann am liebsten für immer mit diesen Männern im Dämmerlicht der Scheune sitzen. Aber irgendwo in ihrem Kopf fingen die Buszeiten an zu nörgeln.

»Am Anfang sind die Ernten nie gut, man nimmt sie nur zum Experimentieren.«

»Aber jetzt ist sie gut«, sagte Mozie, als ob er eine Vision hätte.

»Woher weißt du das?«

Mozie durchbohrte sie mit seinem Blick. »Ich spüre Dinge«, sagte er mit tiefer Stimme. Sie stieß ihn neckend weg, froh über ihre spontane Reaktion: Das habe ich gemerkt, und deshalb nehme ich ihn nun einfach selbst auf den Arm. »Wir werden testen, ob er gut ist«, sagte Frank, »und wenn er gut ist, dann wird hier endlich was verdient.« Er behielt seinen Rivalen scharf im Blick. »Das wird vielleicht ein spannender Moment, dieser Test. Für uns. Unglaublich spannend sogar.«

Sie überkam das brennende Verlangen, dabei zu sein. Unerträglich, dass sich hier spannende Momente ohne sie abspielen würden.

»Aber das wirst du leider nicht erleben. Schade.«

»Wann ist das?«

»Morgen.«

Mozie sah Frank neugierig an, und Ada verstand, dass alles ein einziges Spiel war. »Morgen?«

»Ja, morgen, aber dann bist du bei … wie heißt die Tante?«

»Warum denn nicht heute? Warum nicht jetzt? Was ändert der eine Tag noch groß?«

Aber das war ausgeschlossen, dann würde der gesamte Wein verderben und mit einem Schlag ihre Zukunft zerstört sein. Nein, nein, wenn sie mitmachen wollte, konnte sie nichts anderes tun, als heute Nacht hierzubleiben. »Wie krank ist denn diese Tante? Denkst du, dass sie den Morgen noch erlebt? Was hat sie denn? Ich habe nämlich eine ähnliche Krankheit.«

Sie hielt die Luft an und spielte schnell alle Möglichkeiten durch. Was würde passieren, wenn sie nicht in ein Hotel gehen würde. Sie hatte das große Bett mit den weißen Laken gesehen. Die fleischlichen Lüste zeigen sich deutlich, die da sind: Hurerei, Unreinheit, Unzucht.

»Ich muss gehen«, sagte sie tonlos, mit weit aufgerissenen Augen.

Frank fuhr sie im Jeep zur Bushaltestelle. Dort saßen sie dann in der letzten Abendsonne brav nebeneinander. In der Ferne fuhr Mozie auf dem Motorrad zu seinem alten Wohnwagen. Erstarrt vor lauter Redlichkeit blickte sie auf die Felder. »Wir haben noch kein Wort gewechselt«, sagte Frank. Er ergriff ihre Hand, und einen kurzen Moment lang saßen sie wieder im Flugzeug. »Warum bleibst du nicht?« Seit Mozie nicht mehr dabei war, hatte sich sein Ton verändert. »Ich schlafe auf dem Sofa. Du bekommst mein Schlafzimmer.« Sie schüttelte den Kopf, es war nicht gut. »Ich beziehe das Bett neu.« Sie lachte kurz auf und verspürte dabei einen scharfen Schmerz in ihrem Bauch wegen all der Dinge, die nicht sein durften.

»Das ist nicht gut«, sagte sie dann einfach laut.

Weil sie danach beide schwiegen und über diesen Satz nachdachten, hörten sie deutlich das Geräusch des Busses in der Ferne. Sie sahen auf ihre Hände, die so selbstverständlich ineinanderpassten. All die Dinge, die sie ihn fragen wollte, alles, was sie ihm erzählen wollte. Alles, was noch passieren sollte, was es noch zu entdecken gab. Alles, was sie nicht getan hatten.

»Schreiben wir uns weiter?« Er nahm ihre Hand nun in beide Hände, genau wie damals. Am liebsten hätte sie sich in seine Handfläche gekuschelt und geschlafen. Der Busfahrer hatte sie gesehen und verlangsamte seine Fahrt. Um den Bus herum wirbelte eine riesige Staubwolke. Es regnete förmlich kleine Kieselsteine, die vom Boden aufsprangen. »Nein«, sagte sie schnell, »das ist nicht gut. Er ist schrecklich wütend geworden. Keine Briefe mehr.« Unter lautem Dröhnen hielt der Bus an der Haltestelle. Seufzend öffnete sich die Tür. Seufzend zog sie ihre Hand aus seiner zurück. Er sah sie prüfend an. »Aber Ada«, sagte er, »bist du dann gekommen, um dich zu verabschieden?«

21

Gespannt wie eine Feder, lag sie im heißen Wasser und lauschte auf die Geräusche des Hauses. Er hatte sich ein großes Badezimmer gebaut, und darin stand eine Badewanne. Alle Häuser in Neuseeland hatten Badezimmer mit fließend warmem Wasser und einer Badewanne, das war für sie eine überraschende Entdeckung gewesen, als sie vor zehn Jahren ins Land gekommen war. In Holland war das ein Privileg der Reichen. Freitags stand eine Wanne in der Küche, das Wasser wurde im Kessel auf dem Herd erhitzt. Erst durfte der Vater, dann die Mutter und danach die Kinder hineinsteigen. Sie hätte sich also durchaus steigern können, doch in dem Bunker hatten sie weder fließend warmes Wasser noch eine Badewanne, und so wurde sie die einzige Bewohnerin Neuseelands ohne das alles. Heutzutage hatten in Holland auch die normalen Leute ein Badezimmer mit warmem Wasser, »dank des wachsenden Wohlstands«, schrieb ihre Mutter. Selbst ihre Eltern hatten eines. Nur in dem Bunker gab es noch kein Badezimmer mit warmem Wasser, hier gab es keine Badewanne und keinen wachsenden Wohlstand. Etwas hatte sie in den ersten zehn Jahren ihrer Auswanderung von Grund auf falsch gemacht, aber das würde sich jetzt ändern. Sie ließ sich ein Stück weiter ins Wasser gleiten, zog ihre Füße an, legte die Füße auf den Badewannenrand und schloss die Augen, obwohl die Badezimmertür nicht abgeschlossen war. Sie würde jemand wie Frank werden, den sie in diesem Moment im Wohnzimmer herumräumen hörte. Während er das Saxophonsolo einer Jazzplatte mitpfiff und dabei in aller Ruhe das Essen für sie bereitete (er machte Essen für sie!), so jemand, der sich überall zu Hause fühlte, selbst in dieser Situation, in der ein Mann und eine Frau umeinander herumschleichen, obwohl beide wissen, dass es darauf hinauslaufen wird, dass sie ihre Kleider ausziehen und sich mit ihren Körpern sehr nah kommen werden, trotzdem sie einander nicht gut kennen und von keiner einzigen Instanz die Zustimmung erteilt bekommen haben. Hurerei, Unreinheit, Unzucht, darauf würde es hinauslaufen, und das schien ihn nicht sonderlich nervös zu machen. So wollte sie zukünftig auch sein. Es hatte mit der Größe seines Badezimmers zu tun und mit der ganzen Atmosphäre in seinem Haus, die genauso war, wie sie es sich immer gewünscht hatte, auch wenn sie sich das eigentlich noch nie wirklich überlegt hatte. Dass es kein Schloss an der Tür gibt, weil man zu kultiviert ist, um ohne anzuklopfen eine geschlossene Tür zu öffnen. Es hatte mit den breiten, rechteckigen Fenstern zu tun, die weit offen standen und aus denen heraus man vom Bad aus direkt auf die Sterne sah. Es hatte mit dem Handtuch zu tun, das auf dem Hocker auf sie wartete. Ein großes Leinenhandtuch mit eingestickten Initialen, das vollkommen verschlissen war, aber wohl einst sehr wertvoll gewesen war. In der Zeit, als es in einer javanischen Villa von einer hübschen, verlorenen Frau und einem ernsten Mann benutzt wurde, von seinen Eltern, Menschen mit angeborenen guten Manieren und eleganten Gedanken, Menschen aus gutem Hause. Für Ada war ganz klar, dass in der Villa ein Flügel gestanden hatte, auf dem die Mutter für ihre zwei Kinder spielte. Alle erdenklichen klassischen Konzerte, einfach aus dem Kopf, mit solchem Pathos, dass ihren Kindern beim Zuhören die Tränen in die Augen traten, ohne dass sie verstanden, woher diese Tränen rührten. So etwas prägt Kinder. Auf jeden Fall hatte es eine Geige gegeben. Das konnte man am Handtuch sehen. Es hatte auch mit den drei Kerzen zu tun, die Frank auf den Badewannenrand gestellt hatte, mit der Musik, die durchs Haus plätscherte, mit den Büchern, die überall herumlagen, und mit dem Tisch, den er hinter dem Haus stehen hatte und den er jetzt deckte, weil sie draußen essen würden – *draußen* essen, und das am Abend. Es war nicht nur Derks Schuld, erkannte sie großherzig, sie selbst war in den letzten Jahren genauso blind gewesen für all die Möglichkeiten, die das Leben bot. Vielleicht kam es von dem ständigen schlechten Wetter und dem fehlenden Licht im Bunker. Ada hasste den Bunker. Zum ersten Mal gestand sie sich zu, das offen zu denken. Sie hasste den Bunker mit dem kalten, harten Beton unter den Füßen, auf dem keine Farbe hielt, und den Mauern, die so dick und stark waren, dass man die Elektrizitätskabel nicht darin verbergen konnte, sodass sie lose im Haus herumlagen. Im Haus, in dem es nachts so stockdunkel war, dass sie oftmals aus dem Schlaf hochschreckte. Sie hasste es, und sie hatte es vom ersten Tag an gehasst. In der letzten Zeit merkte sie jedoch, dass Derk es eigentlich auch nicht mehr ertragen konnte, aber zu stolz und starrköpfig war, es zuzugeben. Für die Kinder war es ebenfalls schlecht, sie blieben zu oft oben auf dem Hügel, weil Ada nicht ständig mit nach unten kommen konnte und sie zu klein waren, um unbeaufsichtigt zu spielen. Das Leben hier oben isolierte die Kinder. Sie hasste es, und sie hasste Greymouth, den trostlosen Ort mit den Kohlegruben, die alles dreckig und schwarz machten, mit dem gefährlichsten Hafen von Neuseeland, wo die Boote die Kohlen für Auckland aufluden. Bei Niedrigwasser oder Sturm konnten sie nicht einfahren, sondern mussten auf dem offenen Meer warten. Ein geschäftiger, nasser, dreckiger Hafenort, in dem Züge ein- und ausfuhren und der Fluss regelmäßig über die Ufer trat. Als die zwei Pflichtjahre für Derk vorbei waren, hätten sie problemlos umziehen können, es gab nichts, was sie davon abhielt. Am Anfang hatte Ada vorsichtig gedrängt, aber Derk verstand nicht, wovon sie redete. Er wurde ungeduldig, was wollte sie überhaupt? Und er verbat ihr den Mund – sie mit ihrer ständigen Unzufriedenheit. Sie waren geblieben. *The wettest place on earth*, so wurde dieser Landstrich genannt. Im Winter konnte es ohne Übertreibung Monate lang am Stück regnen. Es war zum Verrücktwerden.

Das würde sich alles ändern. Sie würden umziehen, weg von der Westküste, vielleicht sogar ganz weg von der Südinsel, zum Beispiel hierher, in die Wairarapa. Und dann würden sie in einem normalen, sonnigen Haus wohnen, vielleicht in einem Bungalow, mit großen Fenstern, in dem jedes Kind ein eigenes Zimmer hätte. Und natürlich mit einem Badezimmer mit Badewanne. Einen Plattenspieler mit Jazzplatten müssten sie anschaffen, und dann würde nicht mehr in der Zeit von fünf bis sechs auf Kurzwelle Radio Nederland empfangen. Die Namen im Radio sagten ihnen sowieso nichts. Ada war sich sicher, dass Frank kein Radio Nederland hörte. Überall würde sie Stapel von Büchern hinlegen. Derk brauchte niemals zu wissen, was sie wirklich in der Zwischenzeit getan hatte. Er würde sie lediglich aus Christchurch als anderen Menschen zurückkehren sehen und darüber glücklich sein. Er würde selbst spüren, was passiert, wenn man die Fenster weit aufmacht und milde Luft hereinströmen lässt. Das alles würde ihm guttun, und die Kinder würden aufwachsen wie Menschen von Welt. Was hier auf diesem Weinberg heute Nacht passieren würde, davon würden letztlich alle profitieren.

Dieses Um-den-Brei-Herumreden. Erzähl doch mal von Marjorie, sagte Ada und zog ihr nacktes Bein an, sodass der Fuß auf der Sitzfläche ihres Stuhls ruhte. Schnell bedeckte sie es mit dem glatten Stoff ihres gestreiften Kleides. Sie redeten immer weiter, während des Essens und noch lange danach, mit leisen Stimmen, um die Stille der Nacht nicht zu stören. Der Mond war fast voll und erleuchtete die Felder. Frank hatte einen Salat und Reis gemacht. Als sie nach dem Bad nach draußen kam, legte er gerade Spieße auf einen Rost über dem Feuer, mit Lammfleischstücken, Paprika und Tomaten. Shish kebab, erklärte er, sie wiederholte es murmelnd, um es nicht zu vergessen. Neben ihren Tellern standen Gläser mit Rotwein. Unser eigener Pinot Noir, sagte er, von vor zwei Jahren, nicht gut genug für den Verkauf, aber durchaus genießbar. Zum ersten Mal in ihrem Leben trank Ada Wein. Sie verzog das Gesicht, es schmeckte wie Medizin, doch dann überlegte sie, dass genau so die Frau reagieren würde, die sie nicht mehr sein wollte, und sie trank, ohne mit der Wimper zu zucken oder zu erröten das ganze Glas leer. Er war beeindruckt, das sah sie ihm an. Nach dem Essen fühlte sie sich besser.

Sie redeten und redeten und suchten emsig nach Anknüpfungspunkten. Erzähl doch mal von Marjorie, wiederholte sie, und Frank holte aus, als hätten sie den Rest ihres Lebens Zeit. Wir sind Freunde geworden, sagte er. Ob sie Khandallah Village kannte, nein, natürlich kannte sie Khandallah Village nicht. Hans und Marjorie wohnten dort, mit ihrem Sohn Bobby. Eine gute Gegend, sagte Marjorie immer, eine gute Gegend ist wichtig für dein Kind. Hans, der gerne Architekt hätte werden wollen, hatte ihr Haus eigenhändig umgebaut und daraus ein hübsches Heim gemacht. Sehr ordentlich, mit Briefkasten, Zaun und einem schönen Eingangstor, alles in fröhlichem Blau gestrichen, ein fröhliches, freundliches Haus mit großen Zimmern und vielen Fenstern, einem Garten mit einer Freitreppe und einer Garage für den Ford Zephyr. Ein Auto mit Blinkern, damit man den Arm nicht aus dem Fenster strecken musste, wenn man abbiegen wollte.

Das Haus war fast fertig. Marjorie stellte die Möbel zwar weiterhin fast täglich um, aber laut Hans würde sie damit nie aufhören. Eine *happy family*. Bobby hatte sich darauf spezialisiert, an Sommerabenden aus seinem Schlafzimmerfenster heraus oben auf das

Dach der Garage zu springen, um dann ungesehen in das nahe gelegene Schwimmbad zu entwischen. Dort hatte er sich mit seinen Freunden einen geheimen Durchgang in die Hecke gebohrt. Wenn alle dachten, dass sie schliefen, gingen sie heimlich schwimmen. Aber das dürfte sie niemals Marjorie erzählen, denn Bob hatte es ihm unter dem Siegel der Verschwiegenheit anvertraut. »Wie alt ist ihr Sohn?«, fragte sie, obwohl sie lieber nicht über Kinder reden wollte. »Er ist jetzt neun«, sagte Frank, »und ein großer Rugbyfan, genau wie ich. Sein Vater geht lieber Forellen angeln, aber das findet Bobby langweilig. Er will ein All Black werden.«

»Das wollen alle Jungs hier.«

»Aber er hat Talent, er wurde ausgewählt für das Jugendteam von Wellington. Nächstes Wochenende fahre ich mit ihm nach Rotorua, um den Erfolg zu feiern. Dann gehen wir campen und die Geysire anschauen. Ab und zu bringt seine Mutter ihn hierher, und wenn sie weg ist, dann brausen wir mit dem Jeep über die Felder. Das findet er großartig. Dann darf er auf Vögel schießen, mit meinem Gewehr … aber auch das darfst du nicht seiner Mutter erzählen.« Er sprang auf und stocherte mit einem Ast in der Glut herum, dann legte er große Holzscheite nach. Frank hing an dem Kind, das sah Ada ganz deutlich. Seine Augen leuchteten, wenn er über es sprach. Sie betrachtete ihn weiter, wobei sie sich zum wiederholten

Male fragte, warum hier keine Frau herumlief und keine Kinderstimmen erschallten. Frank war schon fünfunddreißig. Aber so etwas fragte man nicht. All die Jahre lang hatte er sie nicht vergessen. Doch sie war eine verheiratete Frau, und das hatte er die ganze Zeit über gewusst, darüber hatte er sich mit Sicherheit keine Illusionen gemacht – wie gern Ada sich das auch einreden wollte, denn sie liebte dieses wunderbare, kribbelnde Gefühl, das sie dann durchströmte. Aus demselben warmen Gefühl heraus sah sie Danny neben ihm im Jeep sitzen, seine kleinen Fäuste um den Kolben eines viel zu großen Gewehrs gelegt, *Bird Shooting*. Sie sah Peter, wie er und Frank sich über einen Rugbyball beugten, sah dünne Mädchenwaden ausgelassen um das Feuer herumspringen.

»Hat Marjorie sich verändert?«, fragte sie schnell. Sie erinnerte sich nicht besonders gut an sie, außer, dass sie katholisch war, rote Wangen und eine lustige kleine Nase hatte. Nein, sagte Frank, eigentlich nicht, nur rundlicher ist sie geworden. Hans bekam ebenfalls ein kleines Bäuchlein. Marjorie scheint ihn regelrecht zu mästen – er lächelte bei dem Gedanken, kam langsam zum anderen Ende des Tisches herüber, setzte sich und schenkte Ada noch etwas Wein ein –, Marjorie ist eine leidenschaftliche Köchin, und Hans lässt sich gerne verwöhnen. Jeden Sonntag *Roast Dinners* mit *Sherry Trifles*, als wären sie echte Kiwis geworden und hätten die Einwandererprüfung mit Auszeichnung bestanden. Hans hat einen soliden Job bei Woolworth, und Marjorie fährt in ihrem Auto durch die Gegend und kauft die neusten Dinge ein. Zum Beispiel einen Fernsehapparat. Sie ist schon komisch, bemerkte er, bei allen Dingen sagt sie den Preis dazu, und je mehr es gekostet hat, desto mehr strahlt sie.

Einen Fernsehapparat, dachte Ada beeindruckt. Frank bot ihr eine Zigarette an. Es war bereits ihre dritte heute, sie würde sich schon daran gewöhnen, denn rauchen gehörte von nun an dazu. Über die kleine Flamme hinweg sahen sie einander an – worauf warteten sie wohl –, einen kurzen Moment lang roch sie Benzin, dann klappte er das Feuerzeug zu und lehnte sich zurück. Genussvoll zog er an seiner Zigarette, er schien sich dessen bewusst zu sein, wie der Abend enden würde, und fuhr sich mit der Hand durchs Haar. Er ließ sich von ihr betrachten. Ein Stich hemmungsloser Eifersucht durchschoss sie, was sie selbst nicht verstand. Jetzt, dachte sie, jetzt, setz dich auf seinen Schoß und fang an. Stattdessen kam eine anständige Frage aus ihrem Mund. »Wollen sie denn nicht zurück nach Holland?« Marjorie und Hans hatten keine Verbindung mehr nach Holland. Sie waren nicht einmal im Urlaub dort. Sie steckten all ihr Geld in das Haus und den Garten und in kleine Reisen im Umland. »Sie denken darüber nach, sich einbürgern zu lassen.«

»Und du?«

»Ich bin schon seit Jahren eingebürgert. I burnt my bridges.« Das klang erleichtert und zufrieden, als hätten seine Brücken zu einem Ort geführt, den man lieber meiden sollte. Sie selbst hatte ihren niederländischen Pass schweren Herzens aufgegeben. Derk wollte sich unter allen Umständen einbürgern lassen, aber sie wollte jahrelang nichts lieber als zurück nach Holland. Sie hatte ihm gehorcht, so wie es sich gehörte. Doch das Heimweh war geblieben. Aber wenn sie ehrlich war, fing es in diesem Moment an, ihr in Neuseeland zu gefallen. Jetzt, wo sie hier saß, an diesem wunderbaren Abend in Franks Garten, mit Blick über seine Felder, hinter ihnen die geöffneten Fenster des Hauses, die sich nach ihr ausstreckten wie verlangende Arme. Fühlst du dich als Neuseeländer, wollte sie fragen, doch als sie ihn ansah, erschien ihr das eine unnötige Frage. Er war zu sehr er selbst, um noch etwas anderes zu sein. Wie er sich träge aufrichtete, seine Zigarette ins Feuer warf und sich kurz reckte – all seine Bewegungen erweckten in ihr Lust und gleichzeitig auch Kummer. Vielleicht war es nun Zeit, ins Haus zu gehen. Dreh dich um, sieh mich an, tu etwas, um mich aufzuhalten. Als könnte er ihre Gedanken lesen, drehte er sich zu ihr um und sah sie an.

»Und Esther?«, fragte sie, »du schriebst, dass du Esther getroffen hast.«

Er lächelte.

»Ja«, sagte er, »vor ungefähr einem Monat. Sie ist sehr beschäftigt. Es ist schon ihr zweiter Laden. Christchurch wurde ihr zu klein. Sie hat sich keinen Deut verändert, dieselben wilden Locken, dieselbe … lebenslustige Kleidung.«

Wie gut kennt er sie eigentlich? Ada drückte ihre Zigarette im Aschenbecher aus. »Ist sie verheiratet?«, fragte sie, »hat sie Kinder?« Und sie merkte, dass sie auf eine bejahende Antwort hoffte.

»Nein.«

Er reckte sich, behaglich und gut gelaunt. »Sie hat einen Laden«, sagte er nur noch. Ada setzte ihren Fuß zurück auf den Rasen. Sie würden bis zum Morgengrauen an zwei Seiten des Tisches sitzen bleiben. Und dann müsste sie nach Hause. »Und Hans?«, fragte sie, »was ist der für ein Typ?«

Frank streckte seine Hand aus. Komm jetzt.

Bleib hier stehen. Mit den nackten Füßen auf dem Holzboden, das warme Holz unter ihren Fußsohlen. Lass die Zeit verstreichen, diese Nacht dehnt sich mit uns. Der Mond spendet Licht, damit er sehen kann, was wir tun. Bleib hier stehen, wiederholte er, und strich mit seinen Händen ihre bloßen Arme entlang. Dann ließ er sie dort stehen, mitten im Zimmer, und machte es sich selbst auf dem Sofa bequem, das alte Leder knarrte unter seinem Gewicht. Jede Sekunde brannte sich in Adas Kopf ein, es *musste* altes Leder sein, das war ja nicht anders zu erwarten. Die Fenster *mussten* offen stehen. Und genau diese Geräusche, das Rascheln, das Knarren, als er sich anders hinsetzte, seine Atmung, irgendwo in den Feldern die Klagelaute einer Katze. Ihr Körper war schwerelos, fast gefühllos vor Erregung. Es war ein ernsthaftes Spiel, das hier gespielt wurde. Er ließ sie einfach eine Weile stehen und machte keinerlei Anstalten, sich irgendwo anders hinzubewegen. Sie blieb ruhig stehen, verbarg die Arme in den Falten ihres Rocks und rieb mit dem Fußballen über das glatte Holz.

»Zieh dich aus.« Eine leise Stimme, die keinen Widerspruch duldete.

Die Schnalle ihres Gürtels, die Knöpfe auf der Rückseite ihres Kleides, ihre rechte Hand schob den Stoff von ihrer linken Schulter, die linke Hand tat dasselbe mit der rechten. Das Kleid rutschte an ihren Armen hinab und fiel über die Brüste nach unten. Unendlich langsam zog sie die Arme aus den Ärmeln, mit zwei tauben Händen ergriff sie den Stoff auf Höhe ihrer Taille und zog das Kleid an ihren Hüften und ihrem Po herunter. Die Streifen glitten wie von selbst weiter in die Tiefe, adieu, schönstes Kleid, bleib dort einfach liegen. Das Kleid war ein Verbündeter, ein Mitschuldiger. Ohne das Kleid stände sie nicht hier. Sie stieg aus ihm heraus.

»Es ist hier ein bisschen wärmer als bei uns«, sagte sie.

Hierbei würde es nicht bleiben, das wusste sie sehr wohl. Unzüchtig war es, wie sie hier vor einem Mann in Unterwäsche stand. Ada konnte nicht mehr denken.

»Weiter«, sagte er.

»Bei uns gibt es nicht so viel Sonne«, sagte sie und zog ihr Höschen herunter, entlang ihrer Oberschenkel und Waden, zog einen Fuß nach dem anderen aus dem glatten Stoff heraus und schob es dann ebenfalls zu dem Kleid. Leistet einander Gesellschaft, ihr treuen Kleider, wartet auf mich, irgendwann komme ich zurück, auch wenn ich nicht sagen kann, wann.

Dann überkreuzte sie ihre Hände hinter dem Rücken und öffnete die kleinen Häkchen. Ein stolzes C-Körbchen, gnädiges Fräulein, hatte die Verkäuferin gesagt. *I dreamed I was a social butterfly in my maidenform bra*, wie es in der Werbeanzeige hieß. Ihre Brüste seufzten auf vor Erleichterung. Sie selbst jedoch fühlte sich nun doch sehr nackt. Sie sah über Franks Kopf hinüber auf den Mond und versuchte mit ihren Armen möglichst viel von ihrer Scham zu bedecken.

»Lass das«, sagte er, »ich will dich sehen.«

»Ich habe drei Kinder.«

»Zeig es mir.« Seine Stimme gab ihr Mut. In ihr erklang das Verlangen und ein verborgener, dunkler Schmerz. Ada wagte noch immer nicht recht, ihn anzusehen, ließ aber die Arme sinken. »Und doch«, sprach sie weiter, wie um sie beide zu beruhigen, »ist es auch schön dort. Ich liebe den Ozean.« Nach der Geburt ihrer Kinder war ihr Körper weicher geworden, runder. Sie war sich nicht sicher, ob er nun alle Prüfungen bestehen würde. »Manchmal laufe ich den ganzen Weg bis nach Hokitika. Dann bin ich … glücklich.«

An seiner Atmung hörte sie, was er von ihr hielt, was er für sie empfand. Und ihre Seele war auf einmal erfüllt von Glück, so viel Glück, dass für den Rest ihres Lebens genug für alle da sein würde – genug für Frank, Derk und die Kinder. Niemand musste zu kurz kommen, es gab Glück im Übermaß. Er stöhnte. Sie wiegte ihre Brüste in den Händen. »Du wunderschöne Frau«, sagte er mit schmerzerfüllter Stimme.

Sie war mit Sicherheit nicht seine erste Frau. Bestimmt führte er ein sündiges Leben – eine erschreckende Vorstellung. In verschiedenen Positionen tat sie, die verheiratete Frau, auf dem alten Sofa einige Dinge zum ersten Mal in ihrem Leben. Es gab Momente, in denen sie nicht so recht weiterwusste, doch dann sah sie ihn an und bemerkte, dass ihn die Verruchtheit dieser Dinge nicht kümmerte. Das beruhigte sie.

Stunden später lagen sie nebeneinander auf dem Teppich vor dem Kamin. Das Pinot-Noir-Trinken fiel ihr immer leichter. Hast du ein Fotoalbum, fragte sie, ich will dich kennenlernen. Die Nacht war noch lange nicht vorbei, und Ada war fest entschlossen, jedes kleinste Teilchen davon für sich einzuklagen. Darum blieb sie mit leicht geöffneten Beinen liegen, sodass er sie überall berühren konnte, während sie zusammen den unordentlichen Stapel Fotos durchsahen. Mozie auf einem Traktor, hinter ihm ein Mädchen. Frank, der mit einer riesigen Motorsäge einen Baum bearbeitet. Frank, der die Schafe schert, »versucht zu scheren«, erklärte er.

»Ja«, neckte sie, »Schafescheren ist was für *echte* Männer.«

»Wahrscheinlich schon, verdammt …« Bevor sie verstand, was hier vor sich ging, sprang er auf und nahm sie in den Haltegriff, um das Scheren zu demonstrieren. Sie kreischte, zappelte und kämpfte, gab sich nicht so schnell geschlagen, konnte sich aber dennoch nicht aus seinem Arm befreien. Er war bärenstark, und seine Hand fuhr blitzschnell über ihren Körper, so macht man das, als echter Mann, brummte er, hier und hier. Mit einem sicheren Strich, spürst du das, und dann machst du weiter und scherst hier und dann da, ja, und das gefällt so einem Schaf überhaupt nicht, so ein Schaf versteht ja überhaupt nichts, ein Schaf hat dem nichts entgegenzustellen. Fühlst du das, und seine Hand strich über ihren ganzen Körper, auch über die Stellen, an denen es fraglich ist, ob Schafe dort überhaupt Wolle haben. Und das Schaf gluckste vor Lachen, wand sich und kämpfte, verliebte sich in den Scherer und musste nach einer Weile zugeben, dass dies tatsächlich ein echter Mann war. Sag das nochmal, nein, wirklich, ein echter Mann, ich habe es nicht genau verstanden, ein echter, echter Mann! Na, das glaube ich aber auch.

Als sie zur Ruhe gekommen waren, nahmen sie wieder ihre Ausgangsposition ein. Ada griff nach einem neuen Foto. Frank mit zwei anderen Männern, alle drei auf dem Pferd, im Hintergrund eine Weide mit Schafen. Und ein Mädchen, das am Zaun lehnte und schräg zu den Männern hochschaute. »Das bin ich«, zeigte Frank, »das ist der andere Hirte, und das ist William.«

»Und das?«

»Das ist seine Tochter.«

»Williams Tochter?«

»Ja.«

»Ist sie nett?«

Alle Fotos waren in Neuseeland aufgenommen. Frank zusammen mit Maoris, Frank beim Fischen im Ozean. Sie sah einen Pionier, dem es scheinbar an nichts fehlte. Auf fast allen Fotos waren Mädchen zu sehen. Sie saßen auf einem gefällten Baum, lehnten am Zaun – die Hüfte eingeknickt, die Beine übereinandergeschlagen –, mal blond, mal dunkel, mal Maori, im Vordergrund, im Hintergrund, in Franks Arm, neben ihm auf einer Bank, mit Sonnenbrille auf der Nase oder beim Picknick.

Er sah, wie ihr Blick darauf verweilte. »Alles irgendwelche komischen Tanten«, sagte er und lenkte sie mit seiner Hand zwischen ihren Beinen ab. Sie lag mit der Stirn auf den Fotos und glitt rücklings in einen warmen Heuberg, und als das Verlangen zu stark wurde, drückte sie ihre Hüften an die seinen, und wie von selbst drehten sich ihre Körper ineinander. Sie wurden vollkommen willenlos und scheinbar flüssig, bis sie sich schließlich ganz auflösten, und als sie wieder eine feste Form angenommen hatten, musste schon wieder neues Holz aufs Feuer, und Frank legte eine neue Platte auf.

Die Nasen aneinandergeschmiegt, lagen sie da.

»Die ganzen Mädchen«, sagte sie leise. Er blies in ihr kurzes Haar.

»Ja … aber … nicht die Richtige. Noch nicht.«

Hinter seinen Augen lag ein dunkler Garten, ein Labyrinth, ein so geheimes Gebiet, dass sie sich nicht traute, nach seinen Fotos von noch früher zu fragen. Es hatte etwas mit dem Garten zu tun. Auch die Musik hatte damit zu tun. Trompete und Saxophon wateten durch einen sumpfigen Untergrund aus Bass, Schlagzeug und Piano. »Kind of Blue«, flüsterte ihr

Frank ins Ohr, »Miles Davis.« Sie wollte es wiederholen, damit sie es nicht vergaß, später in ihrem eigenen Leben zu Hause, doch sie konnte sich auf einmal kein anderes Leben als dieses mehr vorstellen.

Er lag auf der Seite, auf einen Ellenbogen gestützt und studierte ihren Po. Es konnte sein, dass sie dort kleine Pickel oder andere Unvollkommenheiten hatte, aber sie war zu träge, sich wirklich darum zu sorgen. Im Bunker gab es einen einzigen Spiegel, der hing über dem Waschbecken. Sie hatte sich selbst zehn Jahre lang nicht von hinten gesehen. Genießerisch schloss sie die Augen. Er knetete sanft, streichelte und betrachtete sie, während sie zutiefst glücklich in der Wärme des Ofens in den Schlaf wegdämmerte – in der herrlichen Luft aus Feuer, Wein, Sex und Schweiß. Allmählich war Ada der Überzeugung, dass jede Unvollkommenheit, die zu ihr gehörte, von ihm mit derselben Freundlichkeit begrüßt werden würde. Du hast einen königlichen Hintern, bemerkte er. Dann fragte er, was das für zwei Flecken waren. »Was für Flecken?« »Auf deinen beiden Pobacken sind Flecken, ein bisschen dunkler und rauer als der Rest«, sagte er, »woher kommt das?« »Ich habe keine Ahnung. Ist es hässlich? Ist es schlimm?« Mühsam richtete sie sich auf. Sie drehte sich um und versuchte ihren eigenen Hintern zu sehen. »Nein, gar nicht«, antwortete er, »ich war nur neugierig, was es ist.« Ada sah nichts, ihre Augen waren so müde, dass alles unscharf war. »Ich weiß es wirklich nicht«, murmelte sie und fiel zurück auf den Teppich, legte ihren schweren Kopf auf die Arme und schwebte davon, liederlich zufrieden. Dann drückte er unerwartet fest mit Daumen und Zeigefinger auf ihren Hintern. »Mein Fahrradsattel!«, rief sie aus und fing an zu lachen, ein Lachen, das klar hervorgluckerte und das sie von ganz früher kannte. Auch dieses Lachen betrachtete er andächtig.

Natürlich kam doch irgendwann das Morgenlicht auf leisen Sohlen angeschlichen, ein ungeladener Gast, der sich schon beim Eintreten entschuldigte, aber dennoch hereinkam. Durchgefroren wachten sie auf, das Feuer war ausgegangen. Frank briet Eier mit Speck, die sie mit Tee herunterspülten. Im Schlafzimmer zogen sie die Gardinen zu, um die Nacht noch etwas zu verlängern. Sie rieben sich unter der Decke warm. In eineinhalb Stunden ging ihr Bus.

22

Am Abend nahm Ada sich vor, am nächsten Tag abzufahren. Sie studierte den Busfahrplan, lernte die Zugzeiten auswendig und wusste, wann das Schiff abfuhr. Doch sie blieb. Die Liebe legte ihre Beine und ihre Willenskraft lahm.

Sie wachte spät auf, konnte ausschlafen, solange sie wollte. Der Platz neben ihr im Bett war leer. Frank arbeitete bis zum Mittag mit Mozie bei den Bauern in der Gegend. In der Leere des Bettes überfielen sie die Gedanken an zu Hause, die traurige Sehnsucht nach den Kindern, die Angst, dass Derk ihr nachfahren und alles verderben würde. Nein, dachte sie, das wird er nicht tun, denn dann muss er die Kinder unterbringen und kann so die Schande nicht geheimhalten. Nein, das tut er bestimmt nicht. Sie stellte neue, fieberhafte Berechnungen an und drehte und wendete alles so lange hin und her, bis sie genau wusste, dass sie noch *einen* Tag bleiben konnte. Dann sprang sie aus dem Bett und kochte Tee, schüttelte ihren inneren Kopf. Die Stunden danach saß sie mit einem Buch auf dem Treppenabsatz und genoss die wärmenden Sonnenstrahlen. Sie las ein paar Bücher hintereinander, auf Englisch. Sie gab sich nicht mehr zufrieden mit ihren kümmerlichen Sprachkenntnissen. Hier ist ein Wörterbuch, sagte Frank, wenn du ein Wort nicht weißt, schlag es nach, so mache ich das auch immer. Die Bücher waren zu schwierig für sie, auch wenn sie Wörter nachschlug, doch gierig las sie weiter. Alles würde anders werden.

Als die Männer zurückkehrten, nahmen sie draußen den Lunch ein, den sie bereitet hatte. Als würden die beiden Männer spüren, dass die Stunden der Einsamkeit gefährlich für sie gewesen waren, versuchten sie nun mit allen Mitteln, Ada zum Lachen zu bringen. Danach arbeiteten sie noch ein paar Stunden auf ihrem eigenen Land. Wenn Ada Lust hatte, half sie mit. Dann zogen sie zu dritt weiße Vogelnester über die Sträucher, und Mozie zeigte, wie man beim Pfropfen die Wunde des Weinstocks versorgen musste. Oder sie setzte sich einfach wieder hin und las. Doch wenn Frank in der Nähe war, konnte sie sich nicht konzentrieren. Ihre Augen schweiften ab über die Felder, wenn er dort gerade arbeitete, oder zum Traktor, auf dem er saß. Er war zweifellos der schönste Mann auf Erden. Sie konnte sich keinen schöneren Mann vorstellen. Ein großer Mann, mit schweren Knochen und einem leicht schleppenden Gang. Seine Lenden waren massiv und einladend.

Es schien, als wäre er gewachsen, in ihrer Erinnerung hatte er damals verfroren und mager gewirkt. Neuseeland hatte ihn gut genährt, er hatte an Kraft gewonnen. Jede Bewegung, jeder Augenaufschlag, die Art und Weise, wie er stand, lief, saß – alles erweckte Lust in ihr, eine traurig stimmende Lust, weil das Verlangen größer war als die Gelegenheiten, das Verlangen zu stillen. Jede Zelle in ihr zeigte in seine Richtung, wie ein Kompass, zitternd und summend. Lass es bitte vorübergehen, bald laufe ich wieder neben Derk her, und dann stolpre ich.

Am späten Nachmittag kam er von seinem Land zurück, dann machten sie ein Schläfchen, und danach liebten sie sich, unter dem offenen Fenster, fast wahnsinnig vor Lust. Mit der gleichen Aufmerksamkeit, mit der er tagsüber auf dem Feld die Weinranken zurechtbog und führte, drückte er im Bett ihre Beine auseinander und erkundete jeden Millimeter ihres Körpers, berührte sie überall und hörte nicht auf, bis es aus ihr herausbrach und sie ihn nur noch anflehen konnte. Alles wurde von ihm begutachtet, benannt und gepriesen. Die Worte von damals fielen ihr ein, und es kamen andere hinzu. All die Worte leckten und kitzelten sie, er leckte ihren Körper und ihre Seele, bis alles in ihr sich spannte und seine wahre und schönste Form annahm. Das also ist Liebe, dachte Ada und verwöhnte ihn auf die gleiche Weise. Voller Freude probierte sie aus, wie sie ihn erregen konnte. Sie folgte ihren eigenen, alten Phantasien und ließ sie ohne Hemmung Wirklichkeit werden. Mit ein paar Metern weißer Gaze über dem Körper drapiert, tanzte sie für ihn einen Schleiertanz. Wenn sie sich vor dem großen Spiegel in immer neue Posen warf – er musste vom Bett aus zusehen und durfte nicht in Aktion treten –, konnte sie mit ihm wie mit einer Marionette spielen. »Oh woman, don't do this to me«, sagte er heiser. Manchmal ließen sie das alles aus, und er zog sie ohne Umschweife zu sich heran. Auch das Tierische gehörte dazu. Sie kam zu der Erkenntnis, dass es bei ihr auf dem Heuberg oft recht rau zuging und dass auch das Liebe war. Wenn keiner mehr wusste, wo oben und unten war, stolperten sie wie zwei ausgepumpte Marathonläufer direkt ins Bad. Dann saßen sie lange und still da und sahen sich an. Eine fast krankmachende Liebe übermannte sie. Ich will ihn haben. Ich will er sein. Ich will wissen, wer er ist.

In der Intimität des warmen Dampfes schöpfte sie Mut. Was ist mit deinem Vater passiert und mit deiner Schwester und deiner Mutter? Sogleich rückte er von ihr ab, setzte sich gerade auf. Was interessiert das schon, knurrte er, das spielt doch hier überhaupt keine Rolle. Doch sie ließ sich nicht entmutigen und stellte konkrete Fragen. Was ist mit dir und deiner Familie passiert?

»Mein Vater …«, begann er nach einer Weile.

»Wir hatten einen Lageraufseher, der war ein Sadist. Er war nicht einmal Japaner, sondern Koreaner. An einem Tag schloss er die Latrinen. Alle hatten die Ruhr. Mein Vater ist in seinem eigenen Dreck krepiert. Nur noch Haut und Knochen. Ich wagte nicht, ihn anzufassen, aus Angst vor der Ansteckung.«

Dann schwieg er, als wäre damit alles gesagt. Seine Augen waren hart und abwehrend. Sie ließ nicht locker. Wie alt warst du damals? »Sechzehn«, sagte er, »und weil ich auch krank wurde, bin ich über die Eisenbahnlinie nach Birma entkommen.«

Er ließ Wasser über sein Gesicht laufen.

»Aber du hast überlebt«, bemerkte sie, »und deine Schwester und deine Mutter, wo waren die?«

»Im Frauenlager«, antwortete er unwillig, »aber das wussten wir damals nicht. Niemand wusste, wo sich seine Familie befand und wer überhaupt noch am Leben war. Ich habe die Geschichte später von meiner Tante gehört. Meine Mutter hat mit mir nie darüber gesprochen. Meine Schwester war ein schwaches, zerbrechliches Kind. Meine Mutter konnte sie nur durchbringen, indem sie heimlich irgendwelche Kleinigkeiten mit Dorfbewohnern über den Zaun gegen Essen tauschte. Das war streng verboten. Eines Tages wurde meine Mutter dabei von einem Aufseher geschnappt. Sie wurde öffentlich, nach allen Regeln der Kunst, verprügelt. Danach wurde sie sieben Tage lang in ihrer Unterwäsche auf dem Appellplatz zur Schau gestellt, in einem Bambuskäfig, in dem sie nicht aufrecht stehen konnte. In der brennenden Sonne, mit kahl geschorenem Kopf. Währenddessen starb meine Schwester an Meningitis.«

Ada ließ Wasser über seine Knie tröpfeln und hörte zu. Mit Hilfe der Alliierten fanden seine Mutter und er sich nach der Befreiung im Hafen von Singapur wieder. Gemeinsam reisten sie weiter auf einem Schiff nach Holland. Doch sie hatte sich verändert. Seine liebe, schöne Mutter existierte nicht mehr.

»Sie hat sich von den Menschen abgewandt«, erklärte er emotionslos. In Holland zogen sie bei ihren Eltern ein, seinen Großeltern. Dort saß sie tagelang einfach nur an diesem Sekretär hier und starrte vor sich hin, adrett angezogen, ansonsten jedoch vollkommen passiv. »Spielte sie zu der Zeit noch Klavier?«, fragte Ada. »Meine Mutter?«, fragte er erstaunt, »die hat noch nie Klavier gespielt.« Sie fuhr Motorrad, das taten viele junge Frauen in Indonesien. Nachdem sie einige Zeit in Holland waren, fing sie wieder damit an. Sie kaufte sich ein altes, schweres Motorrad und unternahm lange Ausflüge. Aber die holländischen Winter waren zu kalt dafür. Wenn sie nach Hause kam, war sie fast zu Eis gefroren. Sie erzählte nie, wo sie gewesen war. Danach saß sie wieder da und starrte vor sich hin. Alle redeten auf sie ein, dass sie mehr Zeit mit ihrem Kind verbringen müsste, das ja schließlich noch lebte und sie brauchte. Dann lächelte sie einsichtig, tat aber nichts.

»Und du?«, fragte Ada. Er machte eine unwillige Bewegung. Na ja, wie das eben so läuft, die Schule fertig gemacht und danach auf die koloniale Landwirtschaftsschule in Deventer gegangen. Sein Wunsch war, so schnell wie möglich zurück nach Indonesien zu gehen – das aber keine Kolonie mehr war. Als das also nicht ging, dachte er … »Ja, das weiß ich«, unterbrach sie ihn, »aber ich meine etwas anderes.«

Er schwieg.

Sie sah, wie sich seine Muskeln spannten, wie sie trotz des warmen Wassers stramm und kalt wurden.

»Ich wollte sie glücklich machen«, sagte er. »Ich habe es wirklich versucht. Ich war der aufmerksamste Sohn, den man sich vorstellen kann. Wenn sie wieder einmal nicht aß, blieb ich so lange am Tisch sitzen und machte Scherze, bis sie wenigstens ein paar Bissen zu sich nahm. Wir liefen auf Zehenspitzen durchs Haus, mein Großvater, meine Großmutter und ich. Wir brachten ihr Blumen mit. Ich war sechzehn, achtzehn, doch jeden Tag fuhr ich nach der Schule mit dem Rad direkt nach Hause, damit sie nicht allein war. Und dann sprach ich mit ihr, erzählte lustige Anekdoten, die ich meistens erfand, denn so viel Lustiges passierte nicht in meinem Leben. Eines Tages erschien sie nicht zum Frühstück. Von da an verließ sie ihr Zimmer nicht mehr. Zwar zog sie sich noch an, doch den Rest des Tages blieb sie stumm auf der Bettkante sitzen, wie die Statue einer träumerischen Frau.«

Er schwieg. Sie wartete.

»Und du?«, fragte sie nach einer Weile.

»Ich hatte allmählich genug davon«, sagte er grollend, »sie erschien nicht mal zu meiner Examensfeier.«

In Deventer wohnte Frank dann in einem Zimmer im Haus seiner Tante und seines Onkels, und die Besuche bei ihr wurden weniger. Dann gab es einen sehr strengen Winter. Es fror. Jeder sagte, dass sie nicht fahren sollte, doch sie tat es trotzdem.

»Ich denke, das Motorradfahren gab ihr irgendwie Trost.«

»Was ist passiert?«, fragte Ada.

Er schnaubte, ließ sich ins Wasser gleiten und stützte sich mit dem Kopf auf den Rand der Badewanne. Unter seinen halb geschlossenen Augenlidern hindurch sah er in eine andere Zeit. Zum ersten Mal fiel ihr auf, wie müde er war. Sie fragte sich, ob er normalerweise auch so wenig schlief. Unter Wasser legte sie ihre Hände um seine Waden und strich sanft über die kleinen Härchen.

»Sie haben sie im Naardermeer gefunden. Sie war aufs Eis hinausgefahren. Ein Spaziergänger hatte gesehen, wie es passiert war. Zielgerichtet, hat er später der Polizei gesagt, sie sei zielgerichtet auf den See hinausgefahren, in einem atemberaubenden Tempo. Kilometerweise schlitterte sie weiter. Der Mann hörte, wie das Eis in langen Rissen brach, und dann sackte sie mit dem Motorrad in die Tiefe.«

Frank ließ sich noch weiter ins Wasser hinabgleiten und stieß dabei lustige Blasen aus seinem Mund aus, blubb, blubb, blubb. Ada war befremdet. Dann kam er wieder an die Oberfläche, mit zusammengekniffenen Augen, weil das Wasser in den Augen biss. »Man hat lange nach ihr gesucht. Ich wurde aus Deventer heranzitiert, um sie zu identifizieren. Unter dem Motorradanzug trug sie eine Weste meines Vaters, aus der Zeit, bevor wir nach Indonesien gegangen waren.« Frank strich sich die nassen Haare aus dem Gesicht, schlug die Augen auf und sah Ada direkt an.

»Und dann war ich frei.«

Irgendwie sind wir doch wirklich alle versehrt hierhergekommen. Er spritzte Wasser in ihre Richtung. »Es ist lange her, Ada«, sagte er warnend.

Das Wasser wurde kalt. Sie beugte sich vor, um den Stöpsel herauszuziehen.

Abends legte er für sie Platten auf, nannte Namen von Musikern und erzählte, warum ihm dieses oder jenes Buch so gut gefallen hatte. Sie stand weiter unter Strom, verspürte keinerlei Müdigkeit. Unterdessen bereitete er ihr Gerichte mit Kräutern und Gewürzen zu, von denen sie noch nie gehört hatte. Er befragte sie zu Begebenheiten in ihrem Leben und lauschte andächtig ihren Antworten. »Du bist sehr reich«, sagte er, »du langweilst dich nie, und du hast einen Körper, mit dem du einen Mann glücklich machen kannst.« Stolz und gestärkt lief sie zum Plattenspieler und suchte die nächste Platte aus, John Coltrane, *A Love Supreme*. Kenne ich nicht, möchte ich gerne kennenlernen. Ada war erfüllt von einer nicht enden wollenden Energie, bereit, ihrem Leben Stromstöße von Kultur, Lebenslust und Glück einzuimpfen. Es war einfach phantastisch, was hier mit ihr passierte, das konnte nichts mit Sünde zu tun haben – im Gegenteil –, es war eine Energie, die Wunder vollbringen konnte. Sie selbst hüllte sich in eine neue Haut, in eine Haut aus einem modernen und freimütigen Material.

Ada wollte von Frank wissen, warum er etwas gegen den Glauben hatte. »Das verstehst du falsch«, erklärte er, »ich habe nichts gegen den Glauben. Wenn Menschen darin Halt finden, dann ist das wunderbar, das muss jeder selbst wissen. Was ich nur nicht verstehe, ist dieser absolute Wahrheitsanspruch. Gott hat die Erde in sieben Tagen geschaffen, Marias Empfängnis war unbefleckt, und Jesus ist auferstanden von den Toten. Und das *muss* ich glauben, sonst bricht Krieg aus.«

Darüber dachte sie nach. Nun gut, man musste es

nicht glauben, und doch waren die meisten Dinge einfach wahr. Wie würde man sonst erklären, dass dies und das …

»Was man nicht erklären kann«, sagte er, »ist nur noch unbekannt. Das wissen wir noch nicht. Vielleicht später. Wir wissen jetzt mehr als vor tausend Jahren, und in tausend Jahren werden wir wiederum mehr wissen als jetzt. Die Wissenschaft entwickelt sich ständig weiter. Damit, etwas nicht zu wissen, habe ich kein Problem, aber ich kann nicht blind eine Theorie übernehmen, die Menschen sich ausgedacht haben. Eine Theorie, die uns vorschreibt, wie wir leben müssen, und die uns verdammt, wenn uns das nicht gelingt.«

Dann nahm er das dampfende Gericht aus dem Ofen und zwinkerte fröhlich mit den Augen.

»Dann glaubst du also nicht an eine Seele?«

»Seele, Geist, Wesen, das, was uns von Tieren unterscheidet, daran glaube ich.«

»Aber wo bleibt sie dann nach dem Tod, deiner Meinung nach?«

»Ich habe keine Ahnung, was nach dem Tod passiert. Niemand weiß das. Ich nehme an, dass gar nichts passiert, sonst hätten wir wohl schon einmal ein Zeichen von oben bekommen. Tot ist tot. Aber … ich lasse mich gerne überraschen.« Ada betrachtete seine selbstsichere Haltung, die Art, wie er dastand, die Ruhe, die von jeder winzigen Bewegung ausging, und sie erkannte, dass er niemanden brauchte. Sie erschrak darüber, und es durchzuckte ihren Körper. Sie stürzte in die Tiefe, wie kurz vor dem Einschlafen. Eine Sekunde lang fragte sie sich, ob er sie auffangen würde, wenn sie wirklich fiele. Das Herz schlug ihr bis zum Hals. Er schnitt die Lammkeule an und nahm von all dem nichts wahr. Dann war es wieder vorbei.

Kurz darauf legte er das Fleisch in eine Schale. Das würde sie zu Hause ebenso tun – keine Töpfe mehr auf dem Tisch. Sie sagte: »Aber dann ist das Leben doch nichts wert, wenn es kein Jenseits gibt, kein himmlisches Königreich und keine Belohnung.«

»Ganz im Gegenteil«, erwiderte er, »das macht das Leben noch kostbarer.«

Mit baumelnden Beinen, den königlichen Hintern auf der Spüle, erzählte Ada ihm von der Angst vor der Verdammung, sie, mit ihrem Hang zum Schlechten. Und während sie ihm das erzählte und die Reaktion auf seinem Gesicht sah, kam es ihr selbst merkwürdig unwirklich vor, weil sie hier doch gerade so bequem saß und sich so besonders liebenswert und gut fühlte. Dennoch war es wahr. Auch hier und jetzt, sie saß hier als Ehebrecherin und war verdammt, und er hatte gut reden, schließlich war es bei ihm ja anders.

Später, am selben Abend, sagte Frank: »Lass dir nichts erzählen, Ada, du weißt in deinem Innersten haargenau, was du willst. Darauf musst du hören, das ist wichtig für dich.«

Sie fragte sich, ob er damit meinte, dass sie lieber bei ihm bleiben sollte. Doch das sagte er nicht.

Er flehte sie nicht an und klammerte sich nicht verzweifelt an sie. Ein einziges Mal sagte er ganz klar, dass er gerne wollte, dass sie bei ihm bliebe. Einen Moment lang spielte sie in Gedanken diese Möglichkeit durch, doch direkt danach zogen pechschwarze Worte vor ihrem inneren Auge auf: »geschiedene Frau«, und »Mutter, die ihre Kinder verlässt«. Das war keine Lösung.

Jede Nacht machten sie es in anderer Reihenfolge, mal erst sich lieben, mal erst schlafen. Er las ihr erotische Gedichte auf Englisch vor. Ada konnte selbst nicht glauben, dass sie tatsächlich zuhörte, und schon gar nicht, dass sie diese auch noch so erregten. Doch kurz darauf spielten sie dann das Gedicht nach. Sie hielten den Atem an und sahen einander an – und es war möglich, es ging tatsächlich! Und dann musste sie zugeben, dass sie auch für diese Art von schlechten Büchern durchaus empfänglich war. Er legte ein langes Kabel bis zum Schlafzimmer und stellte den Plattenspieler neben ihr Bett. Er flüsterte ihr Geschichten ins Ohr, von Musik untermalt, über Zusammentreffen von Fremden in heißem Sand, Geschichten, die etwas schleppend begannen und immer gleich endeten. Ada, das Kind, das Märchen liebte, kam endlich dort an, wo sie hingehörte, nämlich in den Armen eben dieser Fabelfigur. Morgen, murmelte sie beim Einschlafen und rieb ihren königlichen Hintern an seinen Hüften, morgen fahre ich ab.

Immer wieder schrak sie mitten in der Nacht auf, weil Danny sie rief, Mum, heulte er schrill und kreischend, fast erstickend in seinem Schnodder, weil Derk ihm sein *Raggie* nicht geben wollte – dafür bist du zu groß – und sie nicht da war, um ihm heimlich den schmuddeligen Lappen zu reichen, in dem für ihn alle vertrauten Gerüche versammelt waren. Gib es ihm, flehte sie, bitte, bitte, und ihre Tränen tropften still in ihr Kissen.

Jeden Tag vergrößerte sich die Chance, dass Derk auftauchen würde. Nein, sagte sie sich, das macht er nicht, dafür ist er zu stolz. Und zu ängstlich. Aber den Schmerz über die Kinder konnte sie nicht verdrängen. Zusammen mit dem Verlangen nach ihnen kam ihr auch der Gedanke an den Bunker, an ihre Ehe und den nahenden Abschied. In dieser Woche versuchte sie, so gut es ging, all das nicht zu sehen, denn sie wollte es nicht mit dem anderen vermischen. Sie wollte diese Tage auswringen bis zum letzten Tropfen, bis zur letzten Sekunde. Ihre Geschichte hatte sie schon deutlich im Kopf, sie hatte sich schon alles fein säuberlich zurechtgelegt: die Einrichtung des Hotels in Christchurch – wenn man hereinkommt, ist gleich rechts nach der Bleiglastür der Frühstücksraum für die Gäste, auf dem Flur riecht man schon den Schinken und die Spiegeleier, und links in der Sitzecke mit dem durchgesessenen alten Ledersofa, auf dem auch das Telefon steht, nun ja, wir haben natürlich kein Telefon, sonst hätte ich dich ja anrufen können. Später, sollte sie jemals mit Derk nach Christchurch kommen, würde sie dieses Hotel dann nicht mehr finden, sie hätte dann vergessen, wo es war. Ihre Geschichte vor Gott würde komplizierter werden, doch da er ohnehin alles sah und durchblickte, würde Gott auch wissen, dass diese Woche für alle nur das Beste war, dass sie ihr Leben zu Hause verbessern würde. Das war sogar beinahe wahr, außer dass diese Woche dann wohl eigentlich ein großes, persönliches Opfer hätte sein müssen. Darüber würde sie noch einmal länger nachdenken müssen, aber nicht jetzt.

Wenn sie keine Lust mehr hatte zu lesen und Frank noch nicht zurück war, stromerte sie auf dem Weinberg herum, noch keine dreißig, barfuß – und sogar ohne Unterwäsche unter ihrem Kleid, da ihre ganzen Sachen in der Wäsche waren. Die Sonne schien durch die bunten Streifen ihres Rockes hindurch und erinnerte sie daran, wie sie als Kind unter dem Rock ihrer Mutter ein fröhliches Zirkuszelt gesehen hatte. Sie erinnerte sich an den Schlag danach und hatte das Gefühl, eine bessere Mutter zu sein, ein besserer Mensch. Doch wenn Frank länger wegblieb, fiel ihr das Herumstromern schwerer. Manchmal ertappte sie sich dabei, und es wurde lächerlich. Ich tue so unbesonnen, doch das bin ich nicht. Dann beschlich sie die Angst, dass sie diese Woche nicht für den Rest ihres Lebens würde mitnehmen können, dass die tägliche Plackerei und der Kampf gegen den starken Wind wieder die Oberhand gewinnen könnten. Dann sah sie in Gedanken ihre Mutter, wie sie auf den Knien den Boden schrubbte, schweigend, mit schmalen, verkniffenen Lippen. Was wischte und putzte sie nur immer? Stöhnend, sich ständig selbst kasteiend, führte sie ein armseliges Leben voll Verbitterung, und das nicht nur aus Geldmangel, sondern weil es in ihrem Kopf so eng war. In diesen Momenten sprang Ada die Angst dann regelrecht an und drückte sie nieder. Sie ging zurück, ich bin genau wie sie, dachte sie niedergeschlagen. Was ich will, das kann ich nicht. Meine Arme sind zu kurz. Das darf man nicht, das gehört sich nicht, und ich wage es auch nicht.

Einmal lieh Frank von Mozie das Motorrad und fuhr mit ihr durch die sanfte Abendluft zu einem See, um zu schwimmen. Ada schlug die Arme um ihn und sah über seine Schulter hinweg auf die Hand am Lenker, das breite Handgelenk, die Adern, die sich unter dem Handrücken kräuselten, und wollte sterben. Sie wünschte es sich tatsächlich: Wenn das hier vorbei war, wollte sie nicht mehr leben, hiernach konnte nichts mehr kommen.

Und dann brach der letzte Abend an. Die Woche war bis zum Letzten ausgereizt worden, länger wegzubleiben konnte sie nicht verantworten. Sie hatte es am Morgen gleich in der Frühe mitgeteilt. Er sagte nichts, zog sich schweigend an. Es war fast, als würde er es einfach ignorieren, weil er davon ausging, dass es nicht wahr war. So war auch der restliche Tag verlaufen. Doch jetzt, hier, im Weinschuppen, brannten die Tränen hinter ihren Augen. Er schraubte den Deckel des Eichenholzfasses auf. Mozie reichte ihm eine lange Pipette. Konzentriert steckte Frank die Pipette tief in das rot gefärbte Barrique. In der Scheune herrschte eine heilige Stille. Ada, die nicht verstand, was sie hier taten, wenn doch jede Minute zählte, versuchte interessiert zuzusehen und den ärgerlichen Kummer, der sie überkam, zu ignorieren. Frank zog die Pipette mit einem solchen Schwung heraus, dass ein paar Tropfen in hohem Bogen auf Adas Streifenrock spritzten. Er entschuldigte sich, doch sie rieb es weg. »Er wird sein Kleid in Wein waschen und seinen Mantel in Traubenblut.« Als sie sein erstauntes

Gesicht sah, sagte sie leichthin: »Genesis 49, Vers 11«, doch dabei brach es ihr das Herz, denn einen kurzen Moment lang kannten sie einander nicht, und sie sah, wie all die Vertrautheit auch wieder vergehen konnte.

Mozie hielt ein Glas in die Höhe, in das Frank andächtig etwas Wein einschenkte. Mozie hielt das Glas am Stiel, hob es prüfend gegen das Licht und betrachtete die Flüssigkeit. Er brummte zufrieden und schwenkte den Wein im Glas sanft hin und her. Dann steckte er seine Nase hinein und schnüffelte konzentriert. Danach nahm er einen kleinen Schluck. Etwas von der Spannung sprang auf Ada über. Frank kam zu ihr und legte seinen Arm um ihre Hüften. Obwohl Mozie dabei war, drückte sie sich an ihn. Mozie spitzte die Lippen, sog ein bisschen Luft ein, ließ den Wein im Mund zirkulieren und machte Kaubewegungen – als ob man auf Wein kauen könnte –, schluckte den Wein herunter und öffnete den Mund. Er kostete die Stille aus, die Spannung stieg. Neben sich spürte Ada, wie Frank zum ersten Mal in ihrem Beisein – zum ersten Mal! – vor innerer Ungeduld fast platzte. Sie merkte, dass sie Zeuge eines wichtigen Momentes in seinem Leben geworden war und dass er sie für immer verbinden würde.

Mozie schwieg. Mit einem Pokerface stellte er das Glas auf den Tisch und nahm ein zweites, sauberes Glas zur Hand. Frank ließ Ada los und schenkte erneut aus der Pipette ein. Warum sagen sie bloß nichts? Nun bekam er selbst das Glas, und die Prozedur wiederholte sich. Ada erkannte die Konzentration auf seinem Gesicht, die innere Aufmerksamkeit, seine Sinne einzig auf das Weinglas vor seinem Mund gerichtet. Jetzt fange ich schon an, auf alles eifersüchtig zu sein, dachte Ada. Und mit einem Mal wurde ihr klar, woran das lag: Es war diese besondere Aufmerksamkeit, die Art, wie er sie selbst ansah, sodass sie sich gesehen und begehrt fühlte. Du siehst mich so, wie ich bin, mit all meinen Stärken und Schwächen. Mit einem Mal wurde sie rasend eifersüchtig auf alles und jeden in seinem Leben, dem dieselbe Aufmerksamkeit zuteilwurde. Ja, dachte sie abschätzig, wenn ich nun meinen eigenen Weg wählen dürfte, dann würde Franks Aufmerksamkeit von nun an einzig und allein mir gehören. Vielleicht brauche ich besonders viel Aufmerksamkeit. Vielleicht bin ich aber auch einfach außerordentlich wenig Aufmerksamkeit gewöhnt. Derks Augen wandten sich beschämt ab, wenn man ihn direkt ansah. Und in Wirklichkeit hatte Ada auch nicht wirklich etwas vermisst. Sie hatte eben einfach ihre Phantasien gehabt. Ada war meistens nur halb an dem Ort, an dem sie sich gerade tatsächlich befand. Mit ihren Gedanken war sie nur halb (oft auch noch weniger) bei den Dingen, die sie tat, oder bei den Menschen um sie herum. Auch das musste anders werden. Sie richtete sich auf und konzentrierte sich auf die Weinprobe, doch die Trauer ließ sie schnell wieder in sich zusammensinken.

Frank schluckte den Wein herunter, öffnete den Mund und ließ Luft hereinströmen. Er legt den Kopf zurück, als müsste er ein Geräusch in der Ferne wahrnehmen. Dann riss er die Augen weit auf. Mozie fing an zu lachen, *yes, mate*. Der Wein war gut. *We're in business, mate!* Aber es war mehr als das, sie sah, wie ihre Freude von Sekunde zu Sekunde zunahm, sie sah, wie allmählich zu ihnen durchsickerte, dass ihr Traum das Licht der Welt erblickt hatte. Immer mehr Licht sah Ada nun auf sie herabfallen, während sie sich in ihr dunkles Inneres zurückzog. So ist das, hier geht das Licht aus, woanders geht es an. Die Freunde schüttelten einander die Hand. Abwechselnd umarmten und küssten sie Ada, schenkten drei Gläser voll, erhoben das Glas und stießen auf den Wein an. Wir haben noch keinen Namen, rief Mozie. Auf den Wein ohne Namen. Sie nahm einen Schluck, schmeckte den Unterschied zu dem Wein, den sie bisher getrunken hatten, und freute sich mit ihnen. Der Wein war ausgezeichnet, er konnte der Öffentlichkeit präsentiert werden, das Weinlokal war eröffnet, genau hier. Doch ohne sie. Konzentriert strich sie ihren Rock glatt, auf keinen Fall wollte sie jetzt betrübt sein. Drei violette Flecken hatte der Wein auf den Streifen hinterlassen. Diese Flecken würden mit ihr reisen und schon bald das Einzige sein, was ihr von ihm blieb. Sie hoffte, dass sie in der Wäsche nicht herausgehen würden. Sie sah sich Derk gegenüber am Resopaltisch sitzen und unter dem Tisch mit den Fingern die Flecken suchen, um etwas festzuhalten, was nicht verloren gehen durfte. Er wird sein Kleid in Wein waschen und seinen Mantel in Traubenblut. »Traubenblut«, sagte sie auf Niederländisch. Sie sahen einander erstaunt an. »Nennt ihn doch so«, sagte sie, »den Wein.«

Es folgte Stille.

»What?«, fragte Mozie, der nichts verstanden hatte.

»Blood of grapes«, übersetzte Frank. Ada errötete.

Sie hatte nicht den Hauch einer Chance, sich den Feierlichkeiten zu entziehen, daher versuchte sie es gar nicht erst und trank und tanzte und sang mit ihnen mit. Während sie noch alle Hände voll damit zu tun hatten, den Wein in Flaschen zu füllen, und Frank unermüdlich mit Kreide den Namen des Weines auf jede einzelne Flasche schrieb, grub Mozie ein Loch in den Boden des Hofes und bereitete auf den heißen Steinen ein *Hangi*. Als es dunkel war, lagen sie zusammen am Feuer und aßen das Gemüse, die Süßkartoffeln und das köstliche, in Blätter gewickelte Lammfleisch. Alle drei waren sie ziemlich angeheitert. Es wurde nun alles mit Wein übergossen, mit *ih-*

rem Wein, weil sie nicht genug davon kriegen konnten. »*Dru-ive-bloed*, Trau-ben-blut …«, rief Mozie immer wieder. Dass Ada morgen nach Hause fahren würde, daran durfte man nun nicht denken. Niemand sprach darüber – also auch Ada nicht –, an einem Abend wie diesem verdirbt man nicht die Stimmung. Sie trank mit den Männern, wie ein Templer aus der Bibel. Gemeinsam mit Frank versuchte sie Mozie *Ein Jäger längs des Weihers ging* beizubringen und bekam einen unkontrollierten Lachkrampf, als Mozie lauthals auf Holländisch nachsang. Dann rannte sie nach drinnen ins Badezimmer und weinte bitterlich.

Sie wurden zu Jungs, die ums Feuer saßen, eine Runde von Jungs, zu denen sie nicht passte. Sie teilten gemeinsame Erinnerungen an Menschen, die sie nicht kannte, und sie konnten von ihren eigenen Geschichten nicht genug bekommen. Ada lag etwas außerhalb des Kreises und wartete. Es war ihre letzte Nacht. Frank hievte seinen Plattenspieler nach draußen auf den Hof, und sie tanzten zu dritt am Feuer den neuesten Tanz, *come on let's twist again* … Ada wurde immer unbesonnener und verabschiedete sich von allen Regeln und Vorschriften, die ihr je beigebracht worden waren. Sie wagte es, obwohl Mozie dabei war, sich auf Frank zu werfen und sich in einer leidenschaftlichen Umarmung zu verlieren. Sie gönnte sich keine Zeit für einen Moment der Scham, als Mozie es lautstark kommentierte und ihren Kuss auf komische Art auf dem Banjo begleitete. Immer trauriger, hielt sie die bedrohliche Wolke des Abschieds von sich fern, nahm lachend noch einen Schluck von dem Wein, dem sie einen Namen gegeben hatte, sodass Frank sich für immer an sie erinnern würde. Sie leckte sich die Lippen, stampfte mit bloßen Füßen auf die Erde neben dem Feuer, hob ihren Rock und tanzte. Sie spürte die Blicke der zwei Männer, die um sie herumkreisten. Aus den Augenwinkeln heraus sah sie, wie Mozie Frank um sie beneidete. Sie sah auch, wie Frank sie wie ein Besitzer betrachtete, und sie schwenkte ihren Rock noch energischer und dachte: Dies muss für den Rest meines Lebens reichen. Herausfordernd tanzte sie auf Frank zu, die Arme lockend zu ihm ausgestreckt, mit schamlos schwingenden Hüften und wippenden Brüsten, komm nur, mein Geliebter, komm nur. Schweißtropfen traten ihr in die Augen. Alles verformte sich. Es wuchsen Hörner auf ihren Stirnen. Auf gespaltenen Hufen tanzten sie voller Hingabe im Licht des Vollmondes, mit erhobenen Schwänzen, keuchend und lachend, in ihren Augen die schmutzigen Laken von später, während Mozie das Feuer schürte und die Funken um sie herum knisterten.

Niemand hörte das Taxi ankommen. Mit einem Mal kam es aus den Feldern und fuhr auf den Hof herauf. Dabei breitete es sein Licht wie ein Netz über sie. Geblendet hielten die drei inne, Frank legte den Arm um Adas Schultern, und keuchend warteten sie gemeinsam auf denjenigen, der aus dem Auto steigen würde. Ein feines Rinnsal Schweiß lief zwischen Adas Brüsten entlang, mit einem Finger wischte sie es weg. Das Kleid klebte ihr um die Beine. Mozie machte die Musik aus, die Nadel kratzte kreischend über die Platte. Ada kniff die Augen zusammen und spähte zum Wagen. In ihrem Kopf dröhnte die Musik noch weiter. Einen Moment lang hoffte sie, dass ein Unbekannter aussteigen würde. Sie wusste, dass sie sich furchtbar schuldig gemacht hatte, doch die ganze Woche über hatte sie sich nicht so gefühlt. Frank wollte gerade zum Auto gehen, als sich die Beifahrertür öffnete und sie die wütende Gestalt erkannte. Ada schlug ihren Arm um Frank und zog ihn mit aller Kraft zurück.

Nicht in Prasserei und Trunkenheit, nicht in Unzucht und Ausschweifungen, nicht in Hader und Neid, sondern ziehet den Herrn Jesus Christus an und pflegt das Fleisch nicht zur Erregung eurer Lüste.

»Was du getan hast«, sagte Derk, »musst du vor Gott verantworten. Ich bin nur gekommen, um dich zurückzuholen.«

Heerscharen erzürnter Engel mit flammenden Schwertern umkreisten das Paar. Ada stand nackt bis auf die Knochen und für alle Zeiten entblößt. Und doch entdeckte sie neben der Abscheu auch den Verlust in seinen Augen. Sie ignorierte Frank und Mozie, als würden die beiden nicht mehr existieren. Hinter ihnen setzte das Taxi langsam ein Stück zurück, fast diskret, tut mir leid, Leute, das geht mich wirklich nichts an, ich warte hier. Den Motor im Leerlauf blieb es am Rande des Hofes stehen und begleitete das Schauspiel mit seinem Unheil verheißenden, leisen Dröhnen.

Ada begrüßte ihren Mann schüchtern. Auf einmal verspürte sie großes Mitleid mit ihnen beiden, den Eheleuten. Er hatte keine Ahnung, wie dumm seine Entscheidung gewesen war, ihr hinterherzufahren. Er wusste nicht, dass damit alles zum Scheitern verurteilt war. Derk erwiderte ihren Gruß nicht. Es gab nun keine andere Möglichkeit mehr, als für ewige Zeiten zu büßen, ohne jegliche Hoffnung auf Vergebung. Kein Jazz würde mehr erklingen, und kein Schleiertanz getanzt werden. Die Fenster würden für immer geschlossen bleiben. »Von der Familie weglaufen ist eine Satanstat«, sagte er.

Neben ihr verschränkte Frank die Arme vor der Brust und holte tief Luft. »Ich bin hergekommen, um dich zu holen«, sprach Derk weiter, »für die Kinder. Für dich selbst gibt es keine Vergebung. Die Sünde bleibt für immer, in den Augen Gottes. Denk daran.«

»Das ist ja wohl die Höhe«, zischte Frank.

Sie sah die Wut in Derks schmächtigem Körper aufbrausen, eine riesige Wut, die ausbrechen wollte. Doch er beherrschte sich und ignorierte Frank weiterhin. »Du kannst froh sein, dass ich bereit bin, dich zurückzunehmen.« Ada schoss durch den Kopf, dass das die Worte des Pastors waren: Sie könne froh sein, dass er sie zurücknähme. Gut möglich, dass Derk diesen Satz auf dem Weg hierher laut vor sich hingesagt hatte. Aber ihr war klar, dass er ohne sie vor die Hunde gehen würde, und das wusste er ebenfalls.

Frank murmelte unverständliche Flüche und lief auf ihn zu. »Wenn Gott ihr nicht vergeben kann«, rief er, als er dicht vor ihm stand, »dann ist er nichts wert, euer Gott.« Den allerkleinsten Bruchteil einer Sekunde lang dachte Ada das Gleiche, und in dem Moment wurde ihr klar, dass etwas sich in dieser Woche grundlegend verändert hatte, auch wenn noch nicht klar war, was. So schnell, wie ihr dieser Gedanke gekommen war, war er auch schon wieder verschwunden. Hier stand sie nun mit zitternden Beinen, als sie in der aufgeladenen Atmosphäre zwischen den beiden Männern den blitzschnellen Kinnhaken von Derk sah. Frank schwankte.

»What the hell«, sagte er benommen und betastete seinen Kiefer.

Derk war kleiner und schwächer als Frank, dafür aber umso dickköpfiger. Zudem hatte er Gott auf seiner Seite. Verbissen kämpften die beiden und teilten treffsichere, harte Schläge aus. Ada schrie und wollte zu ihnen rennen, doch Mozie hielt sie zurück, misch dich da nicht ein, sie schlug sinnlos mit den Fäusten auf ihre Oberschenkel, wieder und wieder, hört auf, hört endlich auf! Währenddessen entfernte sich das feige Taxi, regelrecht kriechend verließ es den Schauplatz.

Frank versetzte Derk einen so kräftigen Schlag, dass er nicht sofort wieder auf die Beine kam. Schroff wandte er sich von der am Boden liegenden Figur ab. Ada schrie seinen Namen, aber er sah sie nicht an, wischte sich nur das Blut vom Gesicht. Es lag eine eiskalte Wut in der Bewegung. Hinter Frank rappelte Derk sich auf und hinkte weg, zum Taxi. Dabei sah er sich fortwährend um. Er stolperte, fing sich wieder und hinkte weiter. Beim Taxi angekommen, drehte er sich um. Er hustete, sein Brustkorb hob und senkte sich keuchend. Vollkommen außer Atem machte er zwei, drei machtlose Gebärden, fuchtelte mit den Armen in der Luft herum, um seiner Frau klarzumachen, dass sie zu ihm kommen sollte, jetzt. Auf der Stelle.

Doch Ada konnte ihre Augen noch immer nicht von Frank abwenden, der immer wieder mit dem Handrücken über die Stirn rieb, als könnte er damit etwas Schreckliches abwischen. Auf dem Hof um ihn herum wurde es Winter.

»Ada!«

Sie wandte den Blick zu ihrem Ehemann, nahm aber nichts mehr wahr. Auf irgendeine Weise schien er zu merken, dass seine Gesten sinnlos waren. Er realisierte, dass Ada sich nicht bewegte, sie nicht zu ihm kam, und er ließ seinen Arm verdutzt sinken.

Das war der entscheidende Moment.

Direkt danach schoss sein Arm gerade hoch in die Luft, den wütenden Zeigefinger ausgestreckt und mit vor Ohnmacht verzogenem Gesicht zeigte er auf sie und schrie: »Wenn du nicht nach Hause kommst …«, er hustete, seine dünne Stimme überschlug sich, »wenn du nicht nach Hause kommst, wirst du deine Kinder nie mehr wiedersehen!«

Um sie herum wurde es blitzartig dunkel, Ada versank in einem fensterlosen Keller. Irgendwo in der Ferne wandte Frank sich mit einer kühlen, scharfen Drehung um und rannte zu dem Baum, an dem er gelehnt hatte, als sie auf dem Hof ankam – in einem anderen Leben. Er ergriff das Gewehr. Unter seinen Füßen knackte das Eis, und lange Risse erreichten blitzschnell den Fleck, auf dem er stand.

»Dann ist es meine Pflicht …«, schrie Derk noch. Es tat ihr leid, dass sie ihn zum Schreien zwang, dass er mit solch einer hässlichen, blutigen Visage dastehen musste, »dann ist es Gott gegenüber meine Pflicht, dich von den Kindern fernzuhalten!«

Geh zu ihm, murmelte jemand im Keller, geh mit ihm nach Hause.

Mozie hatte noch immer seine Arme fest um sie gelegt. Aber das war nicht der Grund für ihre Reglosigkeit. Ihr Hirn ließ keine Impulse durch, irgendwo war eine Blockade errichtet, die es ihr unmöglich machte zu handeln. Betäubt sah Ada zu, wie der eine sein Gewehr lud und der andere sich so schnell wie möglich zum zurücksetzenden Taxi schleppte. Doch nichts davon drang wirklich zu ihr hindurch. So betäubt kann man also Zeuge davon werden, wie von der einen zur anderen Sekunde ein Mensch einen anderen Menschen zu töten versucht.

Es sah ungeschickt aus, fast kindisch. Derk, der humpelnd und galoppierend an der Autotür rüttelte, das Taxi, das weiter im Rückwärtsgang fuhr, Frank, der drei, vier Meter in Richtung Taxi rannte und dann mitten auf dem Hof stehen blieb und anlegte. Selbst die Schüsse klangen mehr wie dumpfe, trockene kleine Schläge statt wie das dröhnende Gewehrfeuer eines Filmhelden. Außerdem wusste man im Film genau, dass das Töten des Bösewichts eine gute Tat war.

Die Autotür klappte auf, Derk fiel nach hinten und verlor das Gleichgewicht, ließ aber nicht los und konnte sich schleppend um die Autotür herum ins Auto zwängen. Ein Schuh rutschte von seinem Fuß und kullerte in den Sand, der linke des Paares, das sie zusammen bei Hannah's gekauft hatten, seine braunen Sonntagsschuhe. Er hat seine Sonntagsschuhe angezogen, um mich zu holen. Eine Kugel prallte am Taxi ab, ein trockener, harter Schlag. Derk zog mit aller Kraft die Tür zu, sein Überlebenswillen einzig darauf gerichtet, diese Tür zuzuhalten, alles andere war unwichtig geworden. Sie konnte sich die Kraft seiner Finger vorstellen, wie die Nägel sich in das Fleisch bohrten und die Haut aufschnitten, ohne dass er davon etwas spürte. Dann hielt das Taxi abrupt an, der Fahrer schaltete, gab Gas, und das Auto raste heulend nach vorn, direkt auf Frank zu, der zurücksprang. Der Wagen machte eine scharfe Wendung über den Hof, Sand, Grasbüschel und Kiesel flogen durch die Luft – oder war es eine Kugel? Dann raste er vom Grundstück hinunter. Ada sah die tiefe Spur, die die Reifen in der Erde hinterließen. Und auch, wie Frank darüber hinwegsprang und dem Taxi mit dem Gewehr im Anschlag hinterherrannte, wie er schließlich stehen blieb und das ganze Magazin leer schoss, in Richtung des allmählich verebbenden Geräusches des Autos. Als keine Kugel mehr übrig war, blieb er in derselben Haltung wie erstarrt stehen, und erst nach einer Weile ließ er das Gewehr sinken. Auch Mozie ließ die Arme sinken, doch keiner der drei bewegte sich. Sie standen da wie Standbilder, überfallen von der Polarnacht. Ein Eisregen ging auf den Hof nieder.

Im Dunklen lehnte sie an der Wand. Niemand sagte etwas. Frank saß wie erstarrt auf der Sofakante und blickte auf etwas, das für Ada nicht sichtbar war. Mozie war zu seinem Wohnwagen gegangen. Im Flüsterton hatten sie beim letzten Licht des glimmenden Holzes gekauert und gemeinsam überlegt, ob sie warten sollten, bis die Polizei kam. War Derk verwundet, oder hatte Frank danebengeschossen? Denkst du, fragte sie schaudernd, dass Frank wirklich vorhatte, ihn zu töten? Wenn er ihn hätte töten wollen, erwiderte Mozie sachlich, dann wäre dein Mann jetzt tot. Er schießt fliegende Vögel aus der Luft ab. Es muss ihn einige Selbstbeherrschung gekostet haben, danebenzuschießen. Was ist mit ihm los, fragte sie flüsternd weiter. Ich weiß es nicht, sagte Mozie und zog die Schultern hoch, ich weiß es wirklich nicht. Über solche Dinge sprechen wir nicht. Als der letzte Holzblock zu kalter Asche zerfallen war, die Polizei nicht auftauchte und auch Derk nicht zurückkam, ließ Mozie sie bei Frank zurück. Mit einem nassen Geschirrtuch betupfte sie vorsichtig sein übel zugerichtetes Gesicht und sagte nichts, weil ihre Worte ihn durch die dicke Eiswand hindurch nicht erreichen würden. Danach lehnte sie an der Wand im Dunkeln und schwieg lange Zeit. Als ihr die Glieder steif wurden, löste sie sich von der Wand, öffnete den Wasserhahn und ließ Wasser in die Badewanne einlaufen.

Ich ertrage es nicht, sagte er, der Mann kann dich nicht glücklich machen, er hat dich in eine Transportkiste gesetzt. Von dem Anblick bin ich fast verrückt geworden, jahrelang. Warum, fragte sie, warum jahrelang, warum so dramatisch? Ich war eine gesunde, junge Frau, so eine Fahrt überlebe ich schon, es ist doch schließlich alles gutgegangen. Er hat dich nicht glücklich gemacht, sagte er. Nein, sagte sie, aber das ist auch meine eigene Schuld. Hör auf damit, brüllte er und schoss aus dem Bad hoch, um dann mit ebensolcher Wucht wieder zurückzufallen, sodass das Wasser durchs ganze Badezimmer spritzte. Hör auf mit dieser ewigen Schuld. Mit dem Schwamm in der Hand ging sie erschrocken zwei Schritte zurück, ihr Kleid war klatschnass, er brüllte wie ein Besessener. Du hast an gar nichts Schuld, lass dir das nicht einreden, lass dir verdammt nochmal nichts einreden, geh nie mehr dorthin zurück, Ada. Du wirst immer mit dem Hass des Rechtschaffenen behandelt werden. Dort wartet keine Vergebung auf dich, als Paket mit Schleifchen, keine Überraschung, weil du nach Hause kommst, nein, weit gefehlt: Du wirst für immer allein sein in diesem Haus, er setzt dich den Rest deines Lebens in eine Transportkiste, und du wirst vor Einsamkeit wahnsinnig werden und ihm allmählich glauben, ihm und all den anderen Idioten. Und am Ende wird dir der Gedanke kommen, dass du es nicht wert bist zu leben.

»Und das ertrage ich nicht«, fügte er hinzu, mit einer Stimme, über die sie nun erst richtig erschrak. Sie setzte sich auf den Badewannenrand und legte ihre Hand in seinen Nacken.

Im Bett, unter dem Laken, führte sie ihn sanft und vorsichtig ein. Draußen war die blaue Stunde eingetreten, die Stunde, in der alles in gleichmäßigem kaltem Licht erscheint. Sein Kiefer schwoll von Minute zu Minute und nahm unterschiedliche Farben an. »Du siehst miserabel aus«, sagte sie. Er lächelte schief, mit schmerzverzerrtem Gesicht, wodurch es noch verrückter aussah. »Mach das nicht«, sagte sie, »sonst muss ich auch noch lachen, und das geht nicht.« Und dann brodelte das Lachen in ihr herauf. Kurz darauf versuchten sie es noch einmal, sie hieß ihn in ihrem Inneren willkommen, umschloss ihn, und nichts konnte ihr Zusammensein stören.

Sie waren die letzten Menschen auf dieser Erde.

Er fing an, sich in ihr zu bewegen. Er drehte sich, auf ihr liegend, und drückte sich gebieterisch nieder, bei jedem Satz ein Stück weiter, in sie hinein, in einer Weise, die sie nie mehr vergessen sollte.

»Who loves you?«

Auf die Arme gestützt, zitternd vor Müdigkeit, drückte er mit seiner letzten Kraft Fragen in sie, drückte mit seinen Worten ihren Körper nach unten und ihren Kopf in die Kissen. Es waren rhetorische

Fragen, er war sich seiner Sache sicher. »You …«, seufzte sie, als einzig mögliche Antwort.

Das Laken rutschte vom Bett. Sie schlug ihre Beine um ihn herum. Er drückte sie tiefer und studierte dabei ihr Gesicht, fast sachlich, überheblich.

»Who loves you?«

»You …«

»Do you feel me?«

»Yes …«

»Do you love me?«

»Yes …«

»Who do you love?«

»You …«

Das Ganze wiederholte sich immer wieder, bis absolute Übereinstimmung erreicht war. Danach blieben sie mit geschlossenen Augen liegen, doch sie schliefen nicht. Draußen breitete die Sonne die ersten goldenen Tücher über den Feldern aus. Ada dämmerte weg und dachte daran, wie glücklich er sie machte und wie unglücklich sie ihr Leben lang bei Derk sein würde. Als könnte er ihre Gedanken erraten, sagte er: »Ich ertrage es nicht, Ada, ich ertrage es nicht«, sie hörte die Risse, als würde er über unsicheres Eis zu ihr herüberrennen. Erschrocken, hellwach sah sie auf. Er krümmte sich und verbarg das Gesicht in den Händen. Ich bleibe bei dir, flüsterte sie den aufgeschürften Knöcheln zu.

23

Am Samstagmorgen, genau einen Monat nach der Begegnung mit Esther in Wellington, bog sein Jeep zur vereinbarten Zeit – einer unchristlich frühen Uhrzeit – in ihre Straße ein. Im selben Augenblick ließ Marjorie den letzten Frühstücksteller mit dem blauen Rand aus der Hand fallen. Sie legte das Geschirrtuch auf die Spüle und starrte erschrocken auf die Scherben, die über den Fliesenboden verteilt lagen. Jetzt war nur noch die Zuckerdose vom Geschirr ihres Vaters übrig. Zehn Jahre lang hatte es ihnen gedient, immer wieder zerbrach mal ein Becher oder eine Schale, doch nach dem besagten Samstag in Wellington hatte sie fast täglich ein Teil davon fallen lassen. Die Tassen und Platten entglitten ihren verkrampften Fingern. Die Schalen sprangen regelrecht von der Spüle, sobald sie die Küche betrat. Marjorie richtete sich auf und sah durch das Küchenfenster hindurch in den Garten. Der Jeep hielt vor ihrem Haus. »Bobby darling«, rief sie, doch das war überflüssig, denn sie hörte, wie er oben bereits mit einem Ruck den Stuhl zurückschob.

Natürlich ging das Geschirr ganz umsonst kaputt. Esther hatte sich nach dem Treffen nicht blicken lassen, und das würde auch nicht mehr passieren. Es waren ja schließlich deutliche Vereinbarungen getroffen worden. Aber kann man einander in einer Stadt wie Wellington aus dem Wege gehen? Ein Glück wenigstens, dass sie nicht im Zentrum wohnten und man nach Khandallah Village ein ganzes Stück mit der *Cable* herauffahren musste. Sie war den ganzen Monat über hier oben geblieben.

Mach, dass sie von hier wegbleibt, dachte sie beschwörend und bückte sich, um Handfeger und Kehrblech aus dem Putzschrank zu holen. Lass sie wegbleiben. Diesen Gedanken wiederholte sie seit dem Treffen Dutzende Male am Tag. Mindestens ebenso oft musste Hans sich diesen Satz anhören. Er zuckte dann nur die Schultern. Was hast du nur für Hirngespinste, sagte er kopfschüttelnd, mach dir das Leben doch nicht unnötig schwer, hab ein wenig Vertrauen. Wenn du nicht daran denkst, geht es von allein vorbei. Aber Marjorie konnte an nichts anderes denken.

Wirbelnde Kinderfüße über ihrem Kopf. Draußen wurde gehupt. Eine Tür schlug, jemand polterte in Richtung Treppe. Sie hatte eine Reisetasche neben die Haustür gestellt, mit Proviant, seiner Badehose, seinem Schlafanzug, Badeschlappen und einem Sweater, wenn es abends kühl wurde. In dem aufgerollten Schlafsack lag Icy, sein pechschwarz gewordener Eisbär, der kaum noch Füllung in sich trug und nun so klein wie möglich zusammengedrückt war. Sie hatten gestern Abend ernsthaft darüber diskutiert – auf der Bettkante sitzend, sein besorgtes Gesicht zu ihr erhoben. Weißt du, was wir machen?, hatte sie gesagt, wir stopfen ihn ganz unten in deinen Schlafsack. Wenn du dann darin liegst und es dunkel ist, dann ziehst du ihn einfach von unten zu dir hoch. Das merkt Frank nicht. Bobby hatte erleichtert geseufzt. Manchmal ist es gar nicht so leicht, ein großer Junge zu sein.

Es wurde zum zweiten Mal gehupt. Marjorie zog ihre Schürze aus und eilte über den Flur, um mit Bobby gleichzeitig an der Tür zu sein. Auf einmal schien das wichtig zu sein. »Darling«, sagte sie, »what about The Lone Ranger?« Jeden Samstag guckte er zusammen mit seinen Freunden seine Lieblingsserie. Doch ihr Sohn riss ungeduldig die Tür auf und sprang über den Treppenabsatz hinweg auf den Gartenweg. Nichts war so wichtig wie eine Tour mit Frank zu den Geysiren. Resigniert nahm Marjorie die Tasche und folgte ihm. Das Datum hatte sie selbst bestimmt, weil Hans an diesem Wochenende mit Norman Forellen fischen ging und sie daher »endlich Zeit für sich haben würde«, wie sie es genannt hatte.

Was sie tatsächlich vorhatte, behielt sie wohlweislich für sich.

Den ganzen Monat über hatte eine Hitzewelle über ihrem Tal gelegen. Gestern Abend hatten Hans und sie auf ihrer Bank gesessen und auf die Lichter der Bucht geschaut, so wie sie es immer taten. Pass auf, sagte Hans, dass du dir diese Aussicht nicht von all diesen vagen Ängsten vermiesen lässt. Ja, *Mister*, sagte sie, ich weiß Bescheid.

Während Marjorie über den schmalen Weg lief, die Tasche hoch über dem Kopf über die Rosen hinwegtrug und dann mit dem Rücken das weiße Tor aufdrückte, fragte sie sich wieder einmal, ob sie es wagen sollte, Esther zu besuchen. Was würde sie dann nur sagen? Wir haben einen Eid geschworen, zischte sie leise, als würde Esther ihr gegenüberstehen und das bestreiten.

Bobby stand verdattert neben dem Jeep. Dort saß eine Frau neben Frank, eine blonde Frau in einem leichten, bunt gestreiften Sommerkleid. Dass Marjorie sie nicht sofort erkannte, lag an der Sonnenbrille und an dem kurzen Haarschnitt. Sie ging über die Straße zu dem Jeep. Es kam ihr vor, als würde sie die Frau in Verlegenheit bringen, als versuchte sie sich selbst unsichtbar zu machen, indem sie Büschel ihres kurzen Haars nervös um den Finger drehte. Frank stieg aus und kam ihr entgegen, good morning, sein Mund verzog sich ein wenig. Sein Kiefer war violettblau geschwollen. Ihr erster Gedanke war, dass er sich bestimmt geprügelt hatte. Er nahm ihr die Tasche ab und verstaute sie hinten zwischen dem übrigen Gepäck. Währenddessen lief Marjorie zu der Frau, um sich vorzustellen. Dann erkannte sie sie an dem leisen Piepsstimmchen. »Ada …? Ist das Ada?«

Ein schüchternes Mädchen, noch immer. Der Körper dagegen irreführend sinnlich. Die Begrüßung war fast flüsternd, mit gesenktem Blick hinter den dunklen Brillengläsern.

»Wie geht es dir?«

»Gut.« Es war kaum zu verstehen.

»Und Derk?«

»Auch gut.«

»Wo ist er?«

»Zu Hause, bei den Kindern.« Sie musste sich ein Stück vorbeugen, um überhaupt etwas zu verstehen. Marjorie sah von einem zum anderen, nach Erklärungen suchend.

»Ada war hier in der Gegend«, erklärte Frank, »kennst du Derks Tante? Sie wohnt hier irgendwo in der Nähe. Sie ist krank.« Er rutschte auf den Fahrersitz, und sie sah, dass er trotz seines munteren Tonfalls müde aussah, tiefe Ringe unter den Augen. »Wie heißt sie nochmal, deine Tante?« Frank wartete interessiert auf die Antwort, doch die blieb aus. Ada wippte auf ihrem Sitz hin und her und lachte ein leises, piepsiges Lachen. Marjorie verstand überhaupt nichts. Eine merkwürdige Stimmung hing in der Luft. Welch ein angespanntes Herumgerede.

Bobby zeigte ehrfürchtig auf den geschwollenen Kiefer. »Was hast du gemacht?« Ach, erklärte Frank, er hätte mit Mozie ein bisschen herumgetollt. Er selbst hatte den Ball gehabt und war damit weggerannt, als Mozie auf einmal nach seinen Beinen griff, doch er konnte ihm entkommen. Im Rennen hatte er sich umgesehen, um Mozie im Blick zu behalten, und dann war er mit voller Wucht gegen einen Baum geknallt. »Du weißt schon«, erklärte er, »der schräge am Hofrand.« Bobby nickte, er wusste genau, welchen Baum Frank meinte. Große Augen. Die Verletzungen im Gesicht seines Freundes trugen nur noch zu dem göttlichen Status bei, den er ohnehin schon bei ihm genoss. Doch Marjorie beschlich ein ungutes Gefühl. »Bringst du Ada zu ihrer Tante?«

»Nein«, erwiderte er, »diese Tante kann auch mal auf sie verzichten, Ada kommt mit uns.« Marjorie sah auf das Kind, wusste, was für eine tiefe Enttäuschung es für den Jungen sein musste. Frank beugte sich vom Steuer aus zu ihm herüber. »*Don't worry, mate,* wenn sie nervt, werfen wir sie in eine heiße Quelle.« Bobby zuckte großmütig mit den Schultern und kletterte auf den Rücksitz. Frank sagte, dass er auch vorne zwischen ihnen auf dem Vordersitz Platz nehmen dürfte. »Nicht nötig«, sagte das Kind höflich. Sie erkannte seine Verlegenheit, der unbekannten Frau wegen. »Nachher tauschen wir«, versprach Frank ihm, »dann darfst du nach vorne.«

Ada zeigte auf das Haus und die blassrosa Rosen, die schwer über den Zaun hingen. »Was für eine hübsche Gegend«, sagte sie leise, »und was für ein hübsches Haus ihr habt.« Wieder das unsichere, piepsende Lachen am Ende des Satzes, wie ein Welpe, der sich auf den Rücken legt, schlag mich nicht, mein Bäuchlein ist so weich. Sie spricht schlecht Englisch, dachte Marjorie, aber sie ist noch immer ein liebes Ding. Ich hoffe nur, dass Frank sie in Ruhe lässt. Marjorie lief um den Jeep herum Richtung Fußweg – während sie sich beunruhigt fragte, wie viel Zelte dort wohl im Kofferraum lagen – und beugte sich zu ihrem Sohn hinüber, der kerzengerade auf der Rückbank saß. »Viel Spaß, Darling«, sagte sie, »ich werde dich schrecklich vermissen.« Sein Haar war noch nass vom Duschen und brav zu einem Scheitel gekämmt. Sie roch die Seife, die kindliche Erwartung. Marjorie küsste ihn auf die Wange und auf den Nacken, Kuss, Kuss, noch einen Kuss. Auf einmal fiel ihr der Abschied sehr schwer. Bobby befreite sich etwas geniert von seiner Mutter, *oh Mum*! Sie trat zurück und winkte. Frank salutierte. Sie hasste ihn. Und in freundlichem Ton sagte sie: »Soll ich dir erklären, wie du von hier aus zum Highway One kommst?« Er startete den Motor und schüttelte den Kopf. »Nicht nötig«, sagte er, »wir holen erst noch Esther in der Stadt ab.«

Ada warf ihr einen schüchternen Abschiedsgruß

zu. Der Jeep setzte sich in Bewegung. Bobbys erhobener Arm, bye Mum! Sie hielt sich an der Autotür fest und rannte neben dem Jeep her, schräg über die Straße.

»Warum?«

Frank trat auf die Bremse. Drei erstaunte Gesichter im Auto. Marjorie hustete, rang vom plötzlichen Schreien nach Luft. Sie schüttelte heftig den Kopf, um den Husten zu unterdrücken.

»Warum?«

Die schrägen Augenbrauen hoben sich etwas. »Weil sie gerne mitwollte.« Seine unterkühlte Aristokratenmiene. Er konnte hysterische Frauen nicht ausstehen. Auf dem Rücksitz das bestürzte Gesicht ihres Kindes. Ich muss mich beherrschen. Aber die Panik war zu groß, und Marjorie umklammerte mit beiden Händen den Rahmen der Autotür.

»Warum …? Warum will sie mit?«

Frank zuckte erstaunt die Schultern.

»Sie ist auch noch nie in Rotorua gewesen.«

Marjorie versuchte wieder zu Atem zu kommen, doch sie war kurz vorm Ersticken und konnte kein Wort herausbringen. »Mum …«, sagte Bobby unsicher. Sie konnte ihn auf keinen Fall fahren lassen. Sie lief vor den Jeep und breitete ihre Arme zu einem stählernen Zaun aus, an dem sich ein Panzer die Nase hätte platt fahren können.

Du musst einfach Vertrauen haben. Sie legte den Arm fest um Bobby und wartete darauf, dass die Ladentür sich öffnete. Sie ignorierte das heftige Wummern ihres Herzens. Falls Esther über ihre Anwesenheit erstaunt war, ließ sie sich nichts anmerken. Sie stolzierte langbeinig und mit wiegenden Hüften aus dem Laden heraus, in einem apfelgrünen Sommerkleid in modernem, kerzengeradem Schnitt, sehr schlicht – dafür trug sie breite, auffallende Armreife an ihren bloßen Armen und an den Füßen spitze Schuhe mit halbhohen, schmalen Absätzen. Esther erblasste oder errötete nicht. Frank umarmte sie, begrüßte sie herzlich und bemerkte: »Ja, das ist ein passendes Outfit für eine Wanderung in vulkanischem Gelände.« Darauf vollzog Esther eine kleine Drehung, wie ein Mannequin auf dem Laufsteg, und mit der Stimme einer affektierten Ansagerin sagte sie: »A slim shift dress, very easy, very Vogue.« Frank brach mit seinem schiefen Kiefer in Lachen aus. Ihm schien dieser Blödsinn zu gefallen.

»Es ist der reinste Wahnsinn«, fuhr Esther in normalem Ton fort, »so kurz vor der Schau, aber ich musste einfach einmal raus hier!« Auch über die Anwesenheit von Ada zeigte sie keinerlei Erstaunen. Marjorie sah ihr beim Einsteigen gerade in die Augen. Einen kurzen Moment lang meinte sie zu sehen, wie ein kleiner Riss durch den Bernstein zuckte, doch das konnte auch Einbildung sein. Danach fuhren die langen Arme jedem im Auto zur Begrüßung kumpelhaft durchs Haar, wobei die schweren Elfenbeinarmreife klirrten, ein dominantes Geräusch, das jeden anderen wohl in Verlegenheit gebracht hätte, doch nicht Esther, die sich auf die Rückbank fallen ließ, sich einen weißen Bast-Sonnenhut auf die Locken setzte und anfing zu rauchen. Dabei zeigte sie ein Gesicht, von dem nicht mehr abzulesen war, als dass sie sich heute sorgfältiger als sonst geschminkt hatte.

Als sie auf der Schnellstraße waren, entging Marjories Aufmerksamkeit nicht, dass unter dem breiten Hutrand Esthers Augen an den Knien des Jungen klebten. Er saß zwischen den beiden Frauen eingeklemmt auf der Rückbank und las in einem Comic. Ein bisschen schüchtern, schräg an seine Mutter gelehnt, die ihren Arm steif um ihn gelegt hatte. Marjorie hielt ihn so nah wie möglich an sich gedrückt, bereit, ihn vor allen Gefahren zu verteidigen, wenn sie auch nichts anderes tun konnte, als sich mit ihm zusammen in einem Jeep fortführen zu lassen, der gnadenlos weiterbrauste. Und während sie sich das Hirn zermarterte und immer wieder nach neuen Erklärungen und Möglichkeiten suchte, sah sie äußerlich unbewegt auf die vorüberziehende Landschaft und kniff die Augen gegen den Wind und die Sonne zusammen. In der Eile hatte Marjorie ihre Sonnenbrille vergessen. Sie wünschte, dass sie mit den Füßen den Erdboden erreichen könnte, sodass sie die stetig weiterrollenden Räder stoppen könnte. Wie sehr sie sich auch bemühte, es gelang ihr nicht, sich von dem Gefühl zu befreien, dass es sich hier um eine Entführung handelte. Eine Entführung, in die sie zufällig, und sehr zum Unwillen der anderen, verstrickt worden war. Das Kind hätte allein sein sollen. Sie drückte ihren Sohn noch fester an sich. »Mum«, murrte er, ohne von seinem Comic aufzusehen, und ruckte sich ein bisschen von ihr los.

Es wurde nicht viel gesprochen. Der Jeep holperte über den State Highway One, und das Dröhnen des Motors, das Singen der Reifen auf der Straße, das Flattern des Verdecks und das Pfeifen des Windes machten jedes Gespräch unmöglich. Auf beiden Seiten des Weges erhob sich eine sanft glühende, archaische Landschaft, mit Schafherden unter Bäumen, Holzkirchen und der britischen Flagge, die hier und da im Wind wehte. Marjorie musste den Drang unterdrücken, nach Hilfe zu rufen. Auf der anderen Seite der Sitzbank bückte Esther sich und kramte lange in ihrer Tasche zwischen den Füßen, bis sie einen *Peanut Slab* hervorzauberte. »Bobby«, schrie sie gegen den Wind an, »magst du Schokolade? Sonst habe ich auch ein *Buzz Bar* für dich, wenn du willst.« Er entschied sich für den *Peanut Slab.*

Frank hielt Wort. Sie machten eine Pause, streckten ihre Beine, aßen ein Sandwich und tauschten die Plätze. Bobby schien zu neuem Leben erweckt. So, sagte Frank, jetzt können wir endlich mal ein Männergespräch führen. Hinten im Wagen war es nun unangenehm eng, sechs nackte Knie nebeneinander aufgereiht, drei Röcke, die gegen den Wind anflatterten. Hüften, die nicht vertraut miteinander waren und sich nicht ausweichen konnten. Marjorie hatte Ada zwischen sich und Esther geschoben. Bei dem Versuch, Kontakt aufzunehmen – auf der Suche nach einer Mitstreiterin –, erkundigte Marjorie sich nach Adas Kindern. Sie strengte sich an, mit ihrer Stimme das Fahrgeräusch zu übertönen, und gestikulierte wild. Hast du ein Foto dabei? Ada fischte ein zerknicktes Foto aus ihrer Tasche, ein unscharfes Strandbild, das ganz offensichtlich von einem Amateurfotograf aufgenommen war. Marjorie sah ein Mädchen und zwei Jungen (ein kurzer Stich der Eifersucht, warum alle anderen und ich nicht?): flachsblonde holländische Köpfchen. Sie überschlug sich mit ihren Komplimenten. Oh, was für eine Rasselbande, rief sie, mit denen wirst du alle Hände voll zu tun haben. Sie erkundigte sich nach ihrem jeweiligen Charakter, ihren Besonderheiten und den Vorlieben in der Schule, doch Ada gab nur knappe, unverständliche Antworten, und das Gespräch kam nicht so recht in Schwung. Das beunruhigte Marjorie.

Weil sie sicher war, dass Esther ihnen zuhörte, warf sie selbst eine Muttergeschichte in den Raum. »Ach, weißt du«, schloss sie atemlos, während sie sich zu den zwei Frauen beugte und ihre Stimme senkte, sodass diese in dem Gedröhn nicht bis zur Vorderbank durchdringen würde, »es ist nur gut, dass ich mitfahre, denn so lässig er tagsüber tut, umso kleiner wird er abends, wenn er allein im Bett liegt, wenn seine Mum nicht da ist, die ihm gute Nacht sagt.« Sie wartete auf eine Reaktion, aber Ada lehnte sich zurück und schloss die Augen. Ihre Hände lagen in ihrem Schoß, und sie krallte sich an dem Foto fest, wovon es nicht weniger zerknittert wurde. Marjorie hatte den Eindruck, dass sie sich nicht gut fühlte, vielleicht war sie reisekrank, ja, das konnte der Grund sein. Dann gab sie es auf. Was Esther dachte, blieb ein Geheimnis. Sie rauchte nur und gab nichts von sich preis, doch unter ihrem Hut waren die Augen noch immer auf die Vorderbank gerichtet, und angespannt verfolgte sie jede einzelne Bewegung des Jungen, als könnte sie daran etwas entdecken. Abrupt wandte Marjorie sich von den beiden ab und starrte auf die Landschaft, die feindselig zurücksah. Tief unten neben der Straße plätscherte ein Fluss in einer Gebirgsschlucht, direkt daneben stieg der Fels steil an. »Seht ihr das?«, rief Frank nach hinten. Marjorie konnte selbst sehen, wie spektakulär die Aussicht war, doch sie kämpfte mit dem Gedanken, dass die Stille auf der Rückbank, die Tatsache, dass das Gespräch nicht in Schwung kam, mit der Verschwörung zu tun hatte.

Stunden später fuhr der Jeep durch ein ausgedehntes Gebiet, das an eine Wüste erinnerte und wenig abwechslungsreich war. In der Ferne ragte der Mount Ruapehu auf, der einzige hohe Berg der Nordinsel. Auf der Vorderbank wurde alles, was mit Rugby zu tun hatte, ausführlich besprochen. Dennoch fing Bobby allmählich an, sich zu langweilen, Marjorie erkannte die Anzeichen. Es ist nicht leicht, ein Kind sechs Stunden lang im Auto bei Laune zu halten. »Darling«, rief sie gegen den Wind und das Motorengeräusch an und stimmte fast schreiend ein Lied von Harry Belafonte an. Bobby drehte sich zu ihr um und sang begeistert und falsch mit. »*Oh, island in the sun …*« Das taten sie oft, zusammen singen, er war noch Kind genug, um es lustig zu finden. Sie schmetterten ihr ganzes Repertoire im Chor. Hinter dem Steuer brummte Frank mit, »*… mama look a boo boo, they shout, their mother tells them shut up your mouth, that is your daddy, oh no, my daddy can't be ugly so …*«

Das alles war wie eine Demonstration, als würde sie nach Anerkennung verlangen. Doch neben ihr lag Ada noch immer mit geschlossenen Augen und zurückgelegtem Kopf da, ihr Kopf zitterte von den

Motorbewegungen. Und Marjorie dachte sich, dass sie für Singen wohl nichts übrig hatte, was wiederum bedeuten konnte, dass sie all die Lieder kannte, sie jedoch aus tiefstem Herzen verachtete. *»But I'm sad to say I'm on my way, won't be back for many a day ...«* Neben Ada wurde pausenlos an den Armreifen gedreht. Sie klimperten gegen die Lieder an.

Nach der Wüste tauchten waldige Hügel auf, durch die die Straße sich hindurchschlängelte, mit Nadelbäumen und kleinen Flüsschen, die an die Schweiz erinnerten. Danach wurde die Landschaft wieder weitläufiger. Das Vibrieren und Holpern des Jeeps wurde nun fast unerträglich. Doch dann auf einmal sah man einen riesengroßen See mit einem Vulkangebirge im Hintergrund, Lake Taupo. Der Anblick traf sie wie der erste Takt einer Symphonie, und sie setzten sich auf und sahen auf das Wasser, das einladend glitzerte, und auf die weißen Segel der Boote in der Ferne. Es war Zeit für ein Picknick. Mit steifen Gliedern krochen sie aus dem Jeep, froh über die plötzliche Stille und den körperlichen Abstand. Marjorie zog ihre Schuhe aus und spürte das Gras beruhigend sanft unter ihren nackten Füßen. Sie gab Bobby seine Badehose. Frank und er zogen sich hinter einem Gebüsch um und rannten ins Wasser. Die Frauen brauchten etwas länger dafür, hielten einander die Handtücher beim Umkleiden und wandten sich diskret voneinander ab. Man hätte das leise Kichern missdeuten können, hätte denken können, dass sie Spaß hatten und sich zusammen wohlfühlten. Marjorie entdeckte weitere Auffälligkeiten. Esther hatte einen Badeanzug für Ada dabei, ein altes Exemplar aus ihrer Zeit in der Textilfabrik. Das bestärkte ihre Vermutungen: Man hatte telefoniert, sie waren in Kontakt gewesen. Gott weiß, warum. Sie beobachtete genau, wie Esther in ihrem selbst genähten Badeanzug zum Wasser stolzierte und zu dem Mann und dem Jungen hinüberwinkte, und sie nahm sich vor, sie nicht mit ihnen allein zu lassen, sondern immer in nächster Nähe zu bleiben. Wenn nötig, würde sie ihr bis zum anderen Ufer des Sees hinterherschwimmen, doch zu ihrer Erleichterung streckte Esther nur einen Zeh ins Wasser und beschloss dann, dass es viel zu kalt war. Sie widmete sich daher lieber den Vorbereitungen für das Picknick.

In einiger Entfernung setzte Marjorie sich ins Gras, todmüde vom Umherirren in ihrem eigenen Argwohn. Sie schaute über den See, sodass man denken konnte, dass sie sich unbesorgt an ihrem Kind erfreute, das dort umherschwamm. In Wirklichkeit wartete sie auf den Moment, wenn Ada ins Wasser gehen und sie mit Esther allein sein würde. Doch Ada lehnte abwesend an einem hölzernen Ruderboot, das hochkant am Ufer stand, und bewegte ihre Füße im kühlen Wasser. Esthers alter Badeanzug saß bei ihr viel zu knapp, er spannte über der Brust, und wieder fiel Marjorie auf, wie sinnlich ihre Erscheinung war und welch einen Kontrast das zu ihrem Verhalten darstellte. Alles an ihr war wohlgeformt, sie konnte ihre Augen nicht von ihr abwenden, und sie sah, dass die Leute, die weiter vorn am See saßen, das Gleiche verspürten. Es war, als würde der ganze See den Atem anhalten und zusehen, wie diese Frau etwas schwermütig ihre Füße im Wasser hin- und herbewegte. Sie stand da, als wäre sie selbst in diesem üppigen Körper versteckt und würde sich dafür schon im Vorfeld entschuldigen. Vergib mir, schien sie zu sagen, aber ich kann nicht anders, als mich mit meinen Brüsten, meinen Hüften und meinem Po mitzubewegen. Es war, als würde jede Bewegung, die sie machte, ein Vibrieren in der Luft auslösen. Ein Beben, das sich über das gesamte Umland verbreitete, sodass Kilometer weit entfernt Männer nervös wurden, ohne zu wissen, warum.

Marjorie spähte auf den See hinaus. Frank kam aus dem Wasser und stellte sich zu Ada, ihr hübsches Gesicht erhellte sich. Sie redeten miteinander und neigten einander die Köpfe zu. Dann packte er sie unerwartet, legte sie über die Schulter und lief mit ihr zurück ins Wasser. Dreist und rotzfrech war das. Sie sah, dass Ada protestierte und zappelte, um sich loszumachen. Doch sie konnte sich des Eindrucks nicht erwehren, dass um die beiden herum etwas in der Luft hing, etwas Warmes, brütend Heißes, dass seine Hände und ihre Hüften einander gut kannten.

Frank und Ada schwammen zusammen ein ganzes Stück weit vom Ufer weg, während Marjorie ihr Kind mit einem Handtuch in Empfang nahm. Er hatte Gänsehaut, seine Lippen waren blau, er klapperte mit den Zähnen. Wir waren ganz weit draußen, erzählte er stolz. Sie legte das Badehandtuch um ihn und fing an, ihn tüchtig trocken zu reiben. Ungeduldig trippelte er auf der Stelle, weil er zu seinem männlichen Freund ins Wasser zurückwollte, und sie spürte seine Verwirrung über diesen Tag, der so anders war, als er ihn sich vorgestellt hatte. Die nasse Badehose wollte er nicht ausziehen. Auch ihren Vorschlag, doch seinen Sweater anzuziehen, lehnte er ab. »Aber du zitterst doch vor Kälte«, sagte sie. Er stritt es erstaunt ab. Sie drückte ihm einen Kuss auf seinen nassen Schopf. Woran liegt es nur, dass Kinder nie merken, wenn ihnen kalt ist? Mum, sagte er, sieh nur, ein Kletterbaum. Ihr Blick folgte seinem Zeigefinger. Der Baum schien ihr schrecklich hoch, und sie zögerte, ob sie es erlauben sollte. Dann bemerkte sie, wie Esther auf der Decke sie aus einiger Entfernung beobachtete, die Augen vom Sonnenhut beschattet.

»Ich muss auf einmal daran denken«, setzte Esther an, als sie dicht vor ihr stand, »wie Peggy uns zu einem Picknick eingeladen hatte und sagte: ›Bring a plate‹, und wir daraufhin mit Plaids ankamen, erinnerst du dich daran?«

Esther saß mit einem aufgeschlagenen Heft oder Skizzenbuch in der einen Hand da, mit der anderen zeichnete sie mit einem Stück schwarzer Kreide die Konturen der Landschaft nach.

Marjorie verschränkte die Arme. »Was führst du im Schilde?«, fragte sie, »du hattest doch etwas vor?« Esther zeichnete unbeeindruckt weiter, mit langen, künstlerischen Schwüngen.

»Nichts«, antwortete sie, »Rotorua sehen.«

»Ich bin nicht blöd.«

»Könntest du mir eine Zigarette anstecken?« Mit kreidebeschmierten Fingern wedelte sie galant in der Luft herum. Marjorie suchte in der großen Tasche. Esther sagte, dass sie sich selbst auch eine nehmen dürfte, doch sie lehnte ab, erklärte, dass sie nicht mehr rauchte, da es schlecht für die Gesundheit war und sie auch gar kein Verlangen danach hatte. Wütend kramte sie in der Tasche. Also, Leute gibt's. *Sie* hatte jedenfalls gestern den ganzen Nachmittag in der Küche gestanden, zwei Kuchen gebacken und jede Menge Scones, zwei verschiedene *Pies* und einen Hackbraten gemacht, von dem sie kalte Stücke als Aufschnitt abschneiden konnten. Dazu hatte sie *Cranberry Sauce* gemacht und in ein Marmeladenglas gefüllt, Eier, Gemüse und Kartoffeln für den Salat gekocht und Mayonnaise selbst geschlagen – was erst beim zweiten Versuch gelang, da sie das Öl zu ungeduldig zugegeben hatte. Sich abgerackert hatte sie sich und schwere Beine bekommen. In Esthers Tasche steckten nur Süßigkeiten, Zigaretten und eine Flasche Bourbon. Esther nahm die Zigarette mit ihren gespreizten Kreidefingern an, inhalierte tief und blies langsam den Rauch aus. »Wir wohnen rein zufällig in der gleichen Stadt«, sagte sie, »darf ich dann nicht wissen, was aus ihm geworden ist?«

»Warum? Warum willst du das wissen?«

In aller Ruhe legte Esther das Heft neben sich und streckte ihren langen Körper im Gras aus. Sie stützte sich auf einen Ellenbogen und schaute über den See, auf dem in der Ferne, auf der glitzernden Oberfläche, zwei dunkle Pünktchen aufeinander zuschwammen und zu *einem* Pünktchen wurden. »Hast du dich nie gefragt«, fragte sie dann, »wie es mir ergangen ist?« Marjorie dachte an die reglose Gestalt, die sie damals auf dem Sofa im Atelier zurückließen. »Doch«, antwortete sie, und das stimmte auch.

»Mum, look!« Beide Frauen drehten sich zu dem Baum um. Bobby war zwischen den dicht bewachsenen Ästen fast nicht mehr zu sehen. Sie streckte den Daumen hoch, um ihm zu zeigen, wie großartig er war. »Komm jetzt bitte wieder herunter«, rief sie, »das scheint mir doch ein bisschen hoch.« Das war genau, was er erreichen wollte, dass seine Mutter es unheimlich fand, und deshalb kletterte er noch etwas höher. Schon vor langer Zeit hatte sie lernen müssen, auf seine gelenkigen, starken Muskeln zu vertrauen, aber sie spielte ihre Rolle mit Begeisterung, weil sie ihm so gern einen Gefallen tat. Doch jetzt war es, als würde zwischen den Blättern verborgen etwas Düsteres auf ihn lauern, etwas, das seine Gewandtheit antasten konnte, und sie rief mit unerwartet greller Stimme nochmals, dass er herunterkommen sollte. Esther ließ die Kippe in hohem Bogen ins Wasser schnippen. »Du musst dir um nichts Sorgen machen.«

Ich muss mir um nichts Sorgen machen. Sie lagen ausgestreckt nebeneinander im Gras, drei junge Frauen und ein junger Mann, und ruhten träge nach dem Picknick, ein schläfriger Sommernachmittag am See, nichts weiter als eine sorglose Szene, und hinter ihnen spielte das Kind mit seinem Ball auf dem Rasen. Marjorie wollte nichts lieber als glauben, was Esther sagte. Frank hatte ein paar Flaschen Rotwein mitgenommen, seinen eigenen Wein, den er stolz präsentierte und immer wieder nachschenkte. Der Wein wärmte und entspannte sie, und allmählich versöhnte Marjorie sich mit der Situation, nicht zuletzt deshalb, weil alle ihr Essen in den höchsten Tönen gelobt hatten. Vielleicht war es wirklich nichts anderes. Hab ein wenig Vertrauen. Wahrscheinlich hatte Hans doch recht, und sie machte sich das Leben viel zu schwer. Sie wollte nichts lieber, als sich der Sorglosigkeit hinzugeben. Marjorie lag auf dem Bauch, den Kopf auf den verschränkten Armen, und ließ sich von der Wärme in den Schlaf säuseln. Versonnen lauschte sie dem leisen Plätschern des Wassers und Franks ruhiger Stimme, die von seinem Wein erzählte. »Traubenblut«, fragte Esther, »wie kommst du denn auf den Namen?« Esther war die Einzige, die kaum etwas gegessen hatte, was Marjorie an den Wohnwagen erinnert hatte, nur von dem Wein hatte sie ordentlich getrunken und dabei ohne Unterbrechung weiter ihre Skizzen gemacht, immer wieder von einer anderen Position aus. Mit einer Hand hielt sie die Seiten, mit der anderen die Kreide, die über das Papier jagte.

»Er kommt aus einem Bibeltext«, erklärte Frank und kitzelte mit einem Grashalm über Adas Fußsohle. Ada lag auf der Seite, ihr hellblaues Jäckchen unter dem Kopf gefaltet, und schlief. Oder tat zumindest so als ob, durch die Sonnenbrille hindurch war es nicht wirklich auszumachen. Die Fußsohle zog sich zurück. Der Grashalm ließ sich nicht entmutigen. Marjorie beobachtete die Szene durch ihre Wimpern hindurch und musste an den Bleistift denken, mit dem Hans im Krankenhaus vor ihren Augen hin und hergewirbelt hatte. Dann folgte eine Erkenntnis, die ihre Schläfrigkeit vertrieb: Er ist dabei, sie zu verführen. Sie stützte sich auf die Ellbogen, damit sie ihn besser im Blick hatte, in der Hoffnung zu ergründen, was ihn dazu trieb, so etwas Grässliches zu tun: eine verheiratete, gläubige Frau, Mutter von drei Kindern, zu verführen. Sie sah scharf hin. Frank schenkte ihr keinerlei Beachtung, seine ganze Aufmerksamkeit war auf Ada gerichtet. Marjorie erkannte ein düsteres Verlangen in seinen Augen, das sie verwirrte. Das war nicht der Blick, mit dem er Edna oder Kathleen nervös machte. Und dies war erst recht nicht der Blick, mit dem er sie selbst jemals ansah. Frank drehte sich zu ihr um. Sie sagte etwas und kicherte albern, versuchte, eine Vertrautheit herzustellen, die zwischen ihnen gar nicht bestand. »Aus einem Bibeltext? Seit wann liest *du* denn die Bibel?« Er lachte geheimnisvoll. »Jemand hat es vorgeschlagen, und mir hat das Wort gefallen.« Abdrücke von Grashalmen auf seinen Oberschenkeln, kurz unter dem Rand seiner Shorts. »Das war dann wohl eine deiner Freundinnen«, sagte Marjorie schroff, um Ada zu warnen, und auch weil sie ein unbestimmtes Gefühl von Ärger verspürte, dem sie Luft machen wollte. In ihrem Leben war die Liebe rein. In seinem war sie sinnlich. Zwei vollkommen unterschiedliche Auffassungen, zwei gegensätzliche Weltbilder. Und dann war da auch noch die moralische Seite an der Sache.

»Eine bibelfeste Freundin«, sagte Esther, ohne von ihrem Papier aufzusehen.

hier einer Vorstellung zusah, dem atemberaubenden Ballett eines großen und eines kleinen Mannes in Shorts, die sich kriegslustig angingen wie Hirschböcke zur Paarungszeit, versuchten, sich zwischen die Beine zu grätschen, bis einer den Ball eroberte und mit einem albernen Triumphschrei davontobte. Dann rannten sie schnell nebeneinanderher, drehten sich abrupt in einer Überraschungsattacke um, forderten sich immer wieder gegenseitig heraus und täuschten den anderen mit geschickten Ablenkungsmanövern. Und das alles aus purem Spaß an der Bewegung.

Und sie wusste, dass Bobby voller Stolz Hans seine aufgeschürften Stellen zeigen und in gleichgültigem Ton erklären würde, dass sie ein bisschen herumgetollt hätten, und in diesem Moment wurde ihr wieder einmal bewusst, dass sie niemals in ihrem Leben jemanden mehr lieben würde als diesen Jungen, ihr Kind. Ein Schmerz durchzog ihren Körper, als würde schwere, sirupartige Flüssigkeit in ihre Adern gespritzt. Ihre Liebe würde den Lauf der Dinge nicht aufhalten können, das Kind würde heranwachsen und seinen eigenen Weg gehen, aber nun gut, so war das Leben. Die Frage war nur, ob sie noch Anspruch hatte auf dieses Gefühl. Auf der anderen Seite der Decke saß nämlich noch jemand, der das Schauspiel beobachtete, und vielleicht hatte diejenige sogar mehr Recht auf diese Sentimentalität.

Ich muss mir über nichts Sorgen machen. Aber warum guckt sie dann so?

Sie atmete tief ein und aus, mit offenem Mund, um die Tränen zurückzuhalten, und klatschte lachend in die Hände, als Bobby mit einem clownesken Sprung den Ball eroberte. »You win«, rief Frank und hob die Arme zum Zeichen, dass die Pause eingeläutet war. Sie standen nebeneinander und rangen nach Atem, mit fröhlichen, erhitzten Gesichtern, die Augen im grellen Sonnenlicht zusammengekniffen. Das Kind ließ den Ball triumphierend auf seinen Händen tanzen.

»Irgendwie haben die beiden eine Ähnlichkeit«, sagte Ada.

Es war nicht mehr als eine Randbemerkung, einfach so dahingesagt. Keiner sah auf oder blickte sich um. Esther beugte sich über ihren Zeichenblock, die Kreide fraß sich in das Papier. Marjorie klatschte noch zweimal in die Hände, stützte sich dann im Gras ab und fing an zu rechnen.

Allmählich wurde es immer unverständlicher, dass sie es die ganze Zeit über nicht gemerkt hatte. Wie lange sahen sie sich nun schon regelmäßig? Sie hatte diese Besuche nicht wirklich forciert. Der schwere, starke Körperbau. Das dicke, dunkelblonde Haar, das ihm, wenn es zu lang wurde, in die Stirn fiel. Bobbys Kniescheiben, die im Verhältnis zu seinen Beinen zu breit waren, woran man sah, dass er noch tüchtig wachsen würde. Die Kraft seiner Kinderstimme, in der bereits die spätere Tiefe durchklang.

»Er vermittelt den Eindruck, als würde er niemanden brauchen, und dadurch wirkt er auf die anderen Kinder so anziehend«, hatte die Lehrerin am Elternabend zu ihr gesagt. »Sie sehen zu ihm auf und fragen: Bobby, was machen wir heute? Doch er scheint sich dieser Rolle nicht bewusst zu sein.«

Marjorie hatte stolz genickt, sie wusste, wovon sie sprach, hatte ihn als Kleinkind oft genug in seinem Bett sitzen sehen, wie er ruhig vor sich hinbrabbelte, vollkommen zufrieden mit sich und der Welt. »Er steht über den Dingen, so scheint es jedenfalls«, fügte die Lehrerin hinzu, »darum wollen sie alle so gerne mit ihm zusammen sein.«

24

Es war schon fast Abend, als sie über die breiten Straßen nach Rotorua hineinfuhren. Aus Löchern im Asphalt ringelte sich Rauch, unter der Oberfläche schienen gewaltige Kräfte zu wirken. »Hier stinkt es«, rief Bobby und hielt sich die Nase zu. Ein Geruch von faulen Eiern hing über der Stadt. »Schwefel«, erklärte Frank, »du riechst Schwefel.« Für den letzten Teil der Strecke hatte er wieder Ada zu sich nach vorne geholt. Bobby war dieses Mal ganz unbefangen zwischen sie geklettert. Marjorie kümmerte sich einfach nicht mehr darum, ob Frank Ada verführen wollte – sollten sie doch machen, was sie wollten.

Esther hielt sich ebenfalls die Nase zu. »Stell dir vor, du wohnst hier, direkt neben der Hölle«, rief sie. Ihre nasale Stimme brachte Frank zum Lachen. Sie macht Witze, dachte Marjorie, sie geht zum Angriff über. Um Marjorie herum waren auf einmal alle aufgeregt. Trotz der späten Uhrzeit gaben sie Bobbys Flehen nach und entschieden, statt morgen schon jetzt ihre Wanderung durch das Whakarewarewa Thermal Reserve zu starten. Marjorie mischte sich nicht weiter ein. Einziges Ziel war für sie, dass dieses Wochenende vorbeiging, ohne dass etwas Schreckliches passierte, und wo das nun genau war, das spielte für sie keine Rolle. Das Kind hüpfte, wie beschwipst, triumphierend aus dem Jeep heraus und kreiste mit ausgebreiteten Armen über den leeren Parkplatz. Marjorie war gespannt, wann man die ersten verärgerten Blicke sehen würde, wann die ersten vorsichtigen Bemerkungen fallen würden, denn wirklich geduldig ist man nur mit seinem eigenen Kind. »Darling«, rief sie, doch er rannte Frank hinterher zu einem steilen Pfad, der oben in den Hügeln verschwand.

Die meisten Besucher waren schon wieder nach Hause gefahren. Die wenigen, die noch herumliefen, befanden sich auf dem Weg zum Parkplatz. Sie waren so gut wie allein. Wir sind verrückt, es wird gleich dunkel. Doch ihr blieb nichts anderes übrig, als den anderen zu folgen, immer tiefer hinein ins feindliche Gebiet. In der Mitte einer Gruppe mannshoher, dunkler Sträucher hing reglos eine weiße Dampfwolke – wie ein riesengroßes, unschlüssiges Gespenst. Vorsichtig pflückte der Wind an ihren ausgefransten Rändern. Es war ein langer Aufstieg, und Marjorie fiel hinter die anderen zurück, weil die Gedanken ihr die Beine schwächten. Auch hier derselbe ekelerregende, faule Gestank. Auf beiden Seiten des Weges rumorte und blubberte es in der Erde, und aus Löchern und Spalten entwich Dampf. Nebel strich über die Pfade, und Marjorie verlor immer wieder die anderen aus dem Blick. Frank und Ada waren weit voraus. Irgendwo erklang die Stimme ihres Jungen, dass man den Ball nie nach vorne, sondern immer nach hinten spielen müsse, und sie hörte Esthers heiseres Lachen. Als der Nebel sich in Schwaden auflöste, sah sie in der Ferne, wie Esther auf ihren schmalen Absätzen dem Kind hinterherstöckelte.

Der Weg führte zu einem riesengroßen, von hohen Bäumen umsäumten, breiten *Hot Pool* mit giftgrünem Wasser, von dem der Dampf in dicken Wolken aufstieg. Am krustigen, weiß geätzten Ufer warteten die anderen auf sie. Sie standen dort mit verschwitzten Gesichtern, die Haare klebten ihnen am Kopf. Dunkle Flecken auf ihren Kleidern. Frank und Ada standen etwas abseits und sprachen leise und ernst miteinander. Marjorie sah, wie Ada jedes seiner Worte in sich aufsog, als wäre es sein letztes.

Bobby war nicht zu bremsen, er sprang um Esther herum, neckte sie und rannte mit dem Ball unter dem Arm weg über die schmalen Holzstege, die über den gesamten See ausgelegt waren. Die hohen Absätze folgten ihm, sie klackerten auf dem Holz und verschwanden im Nebel. Marjorie hatte jegliches Vertrauen verloren und lief so schnell wie möglich hinter den beiden her. »Bobby darling, nicht so schnell, das Wasser ist heiß!« Doch schon bald konnte sie auf den Holzstegen die Hand vor Augen nicht mehr sehen, und sie musste ihr Tempo etwas drosseln. Weit hinter sich hörte sie die gedämpften Stimmen von Frank und Ada. Man konnte mit Ada also tatsächlich ein Gespräch führen.

Beim größten Geysir von allen, der zu ihrer Erleichterung von einem Zaun umgeben war, rannte das Kind übermütig die leeren Holztribünen auf und ab. Dampf spritzte unter ohrenbetäubendem Dröhnen meterhoch in die Luft. »Mum, look … a rainbow!« Das Licht der letzten Sonnenstrahlen wurde im Nebel gebrochen. Marjorie ergriff seine Hand, und zusammen kletterten sie auf die höchste Bank, um dieses Phänomen in all seiner Schönheit zu betrachten. Sie wollte ihm nicht den Spaß verderben.

Die Krater hatten Namen wie Devil's Home und Devil's Bath, und die Wände waren von den Schwefelkristallen giftig gelb und grün. Träge Wolken stiegen aus der Tiefe empor. Thermalgas bestand aus Dampf, Kohlenmonoxid und Schwefel, las sie in dem Folder. Vor allem Schwefel war in hoher Konzentration sehr giftig. Ein kriechendes Gas, das in Spalten und Höhlen auf seine Opfer wartete. In den Tiefen des Kraters wäre man innerhalb von drei Minuten tot. Oberirdisch wurde das Gebiet als sicher bezeichnet. Es war abgegrenzt, und überall standen Warnschilder mit Totenköpfen herum. Sie lehnten sich über die hölzerne Balustrade und spähten durch die Nebelwolken hindurch auf die Spalten und Risse in dem weiß verkrusteten Boden. Bobby kletterte auf die unterste Sprosse, doch sie zog ihn sofort energisch wieder herunter und wies ihn scharf zurecht. Verdutzt rückte er ein Stück von ihr ab.

Nach einer Weile beugte Esther sich über ihn und zeigte mit ihrem langen Arm auf die Kristalle in der Tiefe. »Weißt du, was das ist?« Die heisere Stimme war tief und geheimnisvoll. Da gleitet sie, die Schlange, dachte Marjorie und sah den Bernstein in Esthers Augen aufflackern. Das Kind schüttelte kichernd den Kopf.

»Das sind Diamanten. Hundert Prozent reine Diamanten …«, und die Stimme wurde noch tiefer, als sie Geschichten über die magischen Kräfte erzählte, die man diesem Diamanten nachsagte. Darüber, dass sie einem angeblich das ewige Leben schenken konnten. Sie erzählte von Königen und Scheichs, die diesen Schatz begehrten und ihr ganzes Reich dafür geben würden. Obwohl Marjorie sich sicher war, dass Bobby die Geschichten nicht glaubte, da sie zu kindisch für ihn waren, war er doch ganz offensichtlich gefesselt. »Derjenige, der diese Diamanten findet, wird Herrscher über alles. Doch … es ist lebensgefährlich«, die Stimme senkte sich und wurde noch geheimnisvoller, »denn angeblich haust der Teufel selbst in diesen Höhlen, um seine Diamanten zu bewachen. Kein Sterblicher hat es jemals gewagt, in die Tiefen vorzudringen.«

»Rubbish«, sagte Marjorie laut, um den Zauber zu durchbrechen. Frank grinste.

Und doch sahen alle fünf weiter auf den Dampf, beeindruckt von der magischen Landschaft, dem rauen, verkrusteten Terrain mit seinen schwarzen Hainen und tiefen Teufelsschluchten, in denen Nebelwolken sich träge und vornehm tummelten, wie hochmütige Geister in einem nächtlichen Wald. Als wolle sie die Gruppe einen Moment lang zur Seite nehmen, legte sich jetzt eine Wolke über sie und nahm ihnen für einen Moment lang die Sicht. Marjorie sperrte die Augen weit auf, doch sie sah ins Nichts. Ein kalter, feuchter Schleier strich ihr übers Gesicht. Irgendwo schaltete jemand gezielt die Sonne ab. Sie bekam eine Gänsehaut und zitterte. Später würde sie sich diesen Moment ins Gedächtnis rufen, weil sie sich sicher war, dass es genau der Moment gewesen war, in dem das übermütige Kind sich entschloss, unter der Balustrade hindurchzukriechen und etwas zu wagen, was noch niemand zuvor gewagt hatte.

Langsam zogen die Nebelwolken in Schwaden auseinander, und sie konnten sich wieder gegenseitig erkennen. Doch die Sonne kam nicht wieder, denn die Dämmerung setzte ein. Hinter der Balustrade glitt die nächste Nebelwolke empor. »Wo ist Bobby?«, fragte Marjorie und versuchte, ihre Stimme so ruhig wie möglich klingen zu lassen. Solange du ruhig bleibst, gibt es auch keinen Grund zur Beunruhigung. Sie sahen suchend in die Runde, ihren Gesichtern war scheinbar nichts anzumerken. Sie liefen den Weg auf und ab, als hätten sie einen Regenschirm oder eine Wanderkarte verloren. Dann legte Marjorie die Hände an den Mund.

»Bobby!«

»Still«, mahnte Frank leise.

Sie erhoben die Köpfe und lauschten. Marjorie hörte auf zu atmen, hielt die Zeit an. Das Leben musste auf der Stelle stillstehen. Einen Moment lang war nur das Rauschen der Bäume zu hören, dann hörten sie irgendwo weit aus dem abgesperrten Gebiet heraus seine fröhliche Stimme: »Mum, siehst du mich? Kannst du mich sehen?« Ihr Herz wie ein Vogel, der mit schlagenden Flügeln versuchte, sich aus einem Busch zu befreien. Sie hielt sich an der Balustrade fest.

»Ganz ruhig antworten«, sagte Frank, aber das wusste sie schon selbst. »Nein, Liebling«, rief sie und warf ihre Worte wie eine Bambusangel in den Nebel hinaus, in der Hoffnung, dass ihr Kind danach schnappen würde, »ich kann dich nicht sehen. Wo bist du denn?«

»Hier!«

Sie sahen einander an. Es war nicht mehr als eine vage Richtungsanweisung im dicken Nebel. Frank sagte, dass sie das Kind weiter ins Gespräch verwickeln sollte, und kletterte über die Absperrung. »Darling«, rief Marjorie, »komm doch einen Moment zu mir, ich kann dich nicht sehen, ich finde es unheimlich.« Zu spät ging ihr auf, dass ihn solche Worte normalerweise nur zu weiteren Waghalsigkeiten ermunterten. »Ich meine es ernst, Bobby, komm zurück!«, fügte sie streng hinzu. Doch Frank schüttelte den Kopf. »Mach das nicht«, sagte er, »nicht versuchen, ihn hierherzulocken, das ist zu gefährlich, er darf sich nicht von der Stelle bewegen. Red weiter mit ihm, dann kann ich mich orientieren.« Er drehte sich in die Richtung, aus der die Stimme gekommen war. »Bobby«, rief er, »kannst du mich hören? Kannst du hören, was ich sage?«

Irgendwo erklang ein Geräusch. Es war nicht leicht einzuordnen, konnte auch von einem herunterfallenden Ast stammen oder einem Stein, der aus der Kraterwand herausgebrochen war.

»Bobby darling«, rief sie, »was machst du da?« Sie versuchte, mit ihrer Stimme und ihren Augen den Nebel zu durchbrechen, und wiederholte ihre Frage.

Keine Antwort.

Auf einmal riefen sie alle durcheinander seinen Namen und lauschten konzentriert. Marjorie versuchte sich vorzustellen, wie er dastand und sich ins

Fäustchen lachte, weil er alle Erwachsenen in Aufregung versetzte. Es wollte ihr nicht gelingen.

Sie schrie: »Bobby, antworte! Hier hört der Spaß auf!«

Sie wiederholte es noch einmal, musste sich dann aber festhalten, da ihr schwindelig wurde. »Nicht so laut«, mahnte Frank, »das macht dein Kreislauf nicht mit, der Schwefel raubt dir die Kräfte.« Sie horchten konzentriert in die Stille. Keiner von ihnen wagte es, den anderen anzusehen.

Das Kind gab kein Lebenszeichen von sich.

»Verdammt«, sagte Frank, und der Klang seiner Stimme zerstörte Marjories Hoffnung und zog sie in eine andere Dimension. Sie kletterte über die Balustrade und trat in den Nebel hinaus.

Schritt für Schritt schiebt sie sich durch die Dämpfe, der Boden unter ihren Füßen wie eine verräterische Falltür, die sich jeden Moment öffnen kann. Ihre linke Hand hält sie schützend über Mund und Nase, mit der rechten tastet sie nach Sträuchern und Bäumen, um sich daran festzuhalten. Das Atmen fällt ihr schwer. Wenn der Schwindel es zulässt, lässt sie ihren Mund frei und schreit zwei-, dreimal seinen Namen, bis die Erde anfängt, sich zu drehen und sie an einem Strauch Halt suchen muss. Sie bleibt vornübergebeugt stehen, sieht ihre dreckigen, weiß verstaubten Schuhe an, ohne sie wirklich zu sehen. Auch die anderen rufen den Namen des Kindes. Das Geräusch erklingt aus allen Richtungen. Dann die Stimme von Frank: »Du hier lang, ich hier!« Sie selbst hat keine Ahnung, in welche Richtung sie gehen muss, doch das Ziel steht ihr klar vor Augen.

Blitzschnell spielt sich der ganze Film vor ihrem inneren Auge ab: Sie finden ihn unten in einem Krater, verbrannt, leblos, die Haut abgeblättert von dem beißenden Gift. Ein kleiner, unwiederbringlich verkrüppelter Körper, der in einer unnatürlichen Haltung daliegt, das Bild, das für alle Zeiten auf ihrer Netzhaut bleiben und ihre Seele bis in die finstersten Ecken der Nacht verfolgen wird. Sie schreit oder denkt, dass sie schreit, oder denkt, dass sie jemanden schreien hört, und lässt sich in den Gestank neben der rauen Wand fallen, die unter ihren Füßen abbröckelt. Frank packt ihren Arm, ein Griff wie eine Daumenschraube, er krallt sich mit einer Hand in ihre Kleider und zieht sie hoch, er raunt ihr in wütendem Ton etwas zu, was keinerlei Bedeutung hat. Er zwingt sie dazu, mit zurück nach Rotorua zu fahren. Polizei, Krankenwagen, Rettungsdienste. Im Dunklen lassen sich Männer in Schutzanzügen in die Tiefe hinab, auf dem Weg zu der kleinen Leiche, die dort mutterseelenallein auf dem Boden der Hölle liegt, von den giftigen Dämpfen gnadenlos angefressen, bis nichts mehr davon übrig ist als ein blutiger, verkohlter Stumpf. Der Sarg wird sofort verschlossen und nicht mehr aufgemacht werden. Sie schreit weiter, woher wissen sie so genau, dass er tot ist? Sie geben ihr eine Spritze. Auf der Beerdigung will Hans sie nicht einmal ansehen. Zu Hause kratzt sie mit den Nägeln die Tapeten streifenweise von den Wänden. Bald gibt es für sie keinen Grund mehr zu leben. Dann macht sie sich auf, denn sie hat den Jungen noch nicht gefunden. Nach Jahren stellt sich heraus, dass er die ganze Zeit über unter dem Metallbett in der Anstalt gewartet hat. Kuckuck, da bin ich. Zusammen verstecken die beiden sich dort, bis endlich der Tag des Gnadentods gekommen ist. Und jetzt ist sie auf dem Weg zu ihm.

Doch gleichzeitig ist Marjorie hier, und hier ist viel Kraft und ein kühler Kopf gefragt. So schnell wie möglich tastet sie sich an den Rand des nächsten Kraters heran und versucht, durch den Dampf hindurch den Boden zu entdecken. Sie nimmt die Hand vom Mund und ruft seinen Namen, solange sie sich noch aufrecht halten kann. Dann sucht sie tastend nach einem Baum oder Strauch hinter sich. Ein paar Meter weiter, außer Sichtweite, im dichten Nebel, hört sie, wie sich Ada murmelnd nähert.

Es dauerte ungefähr zwanzig Minuten, die längsten zwanzig Minuten ihres Lebens, in einer feindseligen Landschaft, die all das nicht kümmerte, sondern sie vielmehr in Form von Totenköpfen auf den Warnschildern angrinste. Dann hörte sie Ada rufen. »Ich habe ihn! Hier!«

Als sie Adas Spur gefolgt war und den Ort erreicht hatte, trug Frank das Kind bereits auf dem Arm. Ada stand ihm direkt gegenüber, das Kind hing zwischen ihnen. Es schien, als wollten sie einander von etwas überzeugen, doch als sie Marjorie ankommen sahen, wichen sie einen Schritt zurück und schwiegen. Er lebt, nickte Frank ihr zu. Das Kind war bewusstlos, sein Gesicht blutüberströmt. Sein Hemd klebte merkwürdig an seinem Körper. Marjorie strich ganz vorsichtig mit den Händen über seine Gliedmaßen, betastete seine Rippen, sein Schlüsselbein, seinen Schädel. Komm, sagte Frank. Marjorie griff das Fußgelenk des Jungen und ließ es von da an nicht mehr los. Sie fühlte die Wärme der Haut unter ihren Fingern, fühlte das Leben durch seine Zellen strömen und wusste nicht, ob es so bleiben würde, wenn sie losließ. So schnell wie möglich – doch das war schrecklich langsam – suchten sie sich einen Weg zurück durch den Nebel, in Richtung der Rufe von Esther, die auf dem Weg zurückgeblieben war. Marjorie konzentrierte sich auf die Dinge, die unverändert schienen: die ausgeleierten Bündchen seiner Jungensocken, die schon zu oft gewaschen worden waren, die dreckigen Schnürbänder seiner Turnschuhe, mit Doppelknoten, wie sie es ihm beigebracht hatte. Mitten auf dem Weg stand Esther, versteinert – oder verzaubert. Sie nahmen den direkten Weg zurück zum Parkplatz, ihre Gesichter zu schrecklichen Fratzen verzogen. Von Zeit zu Zeit stöhnte das Kind, doch die Augen machte es nicht auf. Sie hielt seinen Knöchel weiter umfasst und rief ihm leise Worte zu, ausgedachte, lockende Worte. Um sie herum wurde es schnell dunkel. Ada und Esther rannten voraus, die Schuhe in den Händen. Marjorie sah, wie ihre Fußsohlen im Nebel verschwanden. »Es kann sein«, keuchte Frank, »dass wir Glück gehabt haben.« Mit kurzen, mühsam hervorgestoßenen Sätzen berichtete er, was passiert war.

Das Kind hatte in der Mitte eines breiten, ziemlich flachen Kraters gelegen. Wahrscheinlich war er irgendwo dort in der Nähe ohnmächtig geworden und dann nach unten gerollt. Ein hervorstehendes Plateau hatte seinen Fall gestoppt. Weiter sprachen sie nicht darüber, weil es zu unheimlich war, ihre Hoffnung in Worte zu fassen. Der Parkplatz war bis auf den Jeep vollkommen verlassen. Frank rief den anderen zu, dass Marjorie vorne sitzen sollte. Im Jeep nahm sie ihm das Kind ab. Ada, die geschwollene, verweinte Augen hatte, half ihr, die Decke vorsichtig um den Jungen zu legen. Esther existierte nicht. Dann startete Frank den Motor und schaltete die Scheinwerfer ein. Der Jeep raste über den Asphalt. Marjorie hielt sich mit einer Hand an der Windschutzscheibe fest und beugte sich über das Kind. Liebling, flüsterte sie,

Liebling, erinnerst du dich noch, als der Lone Ranger auf das Dach geklettert ist, während all die Banditen auf dem Hof nach ihm suchten? Mit dem Mund dicht an seinem Ohr blies sie sanft Leben in seine Ohrmuschel.

Das Krankenhaus in Rotorua lag auf dem Hügel, mit Aussicht über einen großen See. Frank hielt direkt vor dem Eingang, der aus zwei gläsernen Schwingtüren unter einer Überdachung auf Säulen bestand. Er rannte um den Jeep herum und hob Bobby von ihrem Schoß. Während der Fahrt hatte das Kind die Mutter auf einmal verbessert, als sie den Namen eines Rugbyspielers verwechselte, mit schwerer Zunge und ohne die Augen zu öffnen. Doch all die albernen Fehler, die sie danach absichtlich machte, zauberten keine weitere Reaktion hervor. Während Frank mit dem schweren Kinderkörper auf dem Arm auf die Glastüren zulief, rüttelte sie an der Wagentür, wusste nicht, wie sie aufging, die einfachsten Dinge verstand sie nicht mehr. Dann schlug die Tür zum Krankenhaus zu, und hinter der Glastür schwebten Bobbys Turnschuhe über einen spärlich beleuchteten Gang davon. Marjorie tobte und rüttelte an der Autotür, doch sie ging nicht auf. Fluchend schlug sie ihre Beine darüber hinweg, riss sich dabei die Waden an der scharfen Türkante auf und landete mit den Knien auf dem steinigen Fußweg. Ein scharfer Schmerz durchzuckte sie. Esther kam von hinten um den Jeep herum, um ihr zu Hilfe zu eilen. Schnell richtete sie sich auf und rannte auf das Licht unter der Überdachung zu, wo das Kind vor ein paar Minuten eingesogen worden war. Ihre Hand lag auf dem großen, viereckigen Türknopf, als sie hinter sich im Spiegelbild der Tür einen grinsenden Totenkopf sah, mit Löchern anstelle von Augen. Sie wusste, dass es Esthers blasses Gesicht war, das von den Lampen über ihr beschienen wurde. Doch was sie sah, war das Gesicht des Todes. Blitzschnell wandte Marjorie sich um und schrie auf, bereit dazu, mit einem gezackten Brotmesser in den mageren Bauch zu stechen. Esther sprang zurück und hob ihre Arme in einer abwehrenden Geste. Zu Tode erschrocken standen sie sich gegenüber. Esther wirkte, als wäre sie nicht mehr sie selbst, als wäre unter ihrer Haut alles lahmgelegt worden.

»Marjorie, ich …«

»Sollte er sterben?! War das der Plan?«

Marjorie drehte sich um, stieß die schwere Schwingtür auf und ließ sie hinter sich zuschlagen.

Mit einer Pinzette zogen die Ärzte Bobby das Hemd von der Haut. Er schrie wie am Spieß, was unerträglich war, aber dennoch ein kräftiges und lebendiges Geräusch. Sie strich ihm über die heiße Stirn und lenkte ihn mit Witzen ab. Eine Krankenschwester wischte ihm das Blut vom Gesicht. Es stammte nur aus einer gehörigen Schürfwunde auf seiner Wange, mehr war es nicht. Die Ärzte stellten dem Jungen Fragen und untersuchten ihn, legten mit Salbe getränkte Gaze auf seine Brandwunden und wickelten einen Verband herum. Das Kind heulte und klapperte mit den Zähnen. Es dauerte eine Ewigkeit, bis sie ihm endlich Morphium gaben. Erst als Bobby mit unnatürlich roten Wangen im Tiefschlaf im Krankenhaussaal lag, ein Gestell über seinem Körper, damit nichts auf die Brandwunden drücken konnte, fragte sie, wo die anderen waren. Die Krankenschwester erklärte ihr den Weg zum Wartezimmer.

Das Erste, was ihr auffiel, als sie die Tür aufmachte, war, dass Frank mit seiner Hand über Esthers Rücken strich. Sie saßen eng nebeneinander auf einer Bank, ganz hinten im Wartezimmer. Es war ein ungemütlicher Raum mit fahlem, gelblichem Licht, sodass es einem vorkam, als wäre der Schwefel bis hierher vorgedrungen. Esther zog an einer Zigarette – Marjorie sah das kleine rote Pünktchen – und sagte etwas zu Frank, das sie nicht verstehen konnte, das aber weinerlich und verstört klang. Dann klappte hinter ihr die Tür zu, und die beiden sprangen auf. Ertappt, dachte sie. Vage nahm sie wahr, dass jemand fehlte. Sie blieb in der Nähe der Tür stehen. Frank kam auf sie zu. Seine schweren Schuhe machten ein quietschendes Geräusch auf dem gebohnerten Fußboden, sein Gesicht wirkte in dem fahlen Licht aschgrau, und sie spürte, dass anscheinend auch bei ihm der ganze Körper wie lahmgelegt war. Doch sie wollte auf gar keinen Fall angefasst werden und blieb stocksteif stehen. Sie trug einen Schutzanzug um ihre Gefühle. Im Hintergrund sah sie Esther durch den Raum schweben. Sie richtete sich ausschließlich an Frank, als sie mit steriler Krankenschwesterstimme anfing aufzuzählen: »Drei geprellte Rippen und am Oberkörper Verbrennungen zweiten Grades. An einer Stelle sogar dritten Grades, wird eine Narbe geben, ist aber zum Glück in der Nähe der Achsel. Er hat jetzt Morphium bekommen, er schläft.«

»Muss er hierbleiben?«

»Ein paar Tage, sie wollen ihn unter Beobachtung behalten, um innere Verletzungen auszuschließen. Außerdem kann eine Infektion auftreten.« Über wen sprechen wir überhaupt? Sie hörte sich selbst, hörte die Krankenschwester, den Arzt, ekelte sich vor all diesen gackernden Mündern. Es ging um ihr Kind. »Er hat Fieber«, bemerkte sie wütend, »und Schmerzen …« Sie wiederholte das Wort, Schmerzen, Schmerzen, Schmerzen. Schnappende Lippen wie ein Fisch. Frank ergriff ihren Arm. »Dagegen hilft das Morphium«, sagte er, »und was willst du jetzt tun?« Freundliche Hände legten sich um ihre nackten Arme. »Wie geht es dir?« Ein starkes Verlangen, sich in seine Arme fallen zu lassen und über den Rücken streichen zu lassen. Sich vom Kraterrand hineingleiten zu lassen. Sie riss sich los und flickte die Löcher in ihrem Schutzanzug. Wischte sich die Tränen aus den Augen. »Ich kann heute Nacht hier schlafen.«

Er reichte ihr ein Taschentuch, zögernd, mit entschuldigendem Blick, es war blutbefleckt. »Können wir etwas für dich tun?« Sie schüttelte den Kopf und zog die Nase hoch. »Dann schlage ich vor, dass wir hier in der Nähe unser Zelt aufschlagen und morgen früh zurückkommen.«

Marjorie hob den Kopf. »Wo ist Ada?« Nicht, dass sie das wirklich interessierte, aber dadurch konnte sie etwas Zeit gewinnen. Ada war nach draußen gegangen, um ein bisschen Luft zu schnappen. Es hatte sie sehr mitgenommen, aber sie würde wohl gleich zurückkommen. Dann würden sie zum Lake Rotorua fahren, wo sie die Nacht über bleiben würden. Er strich ihr über die Wange. Wieder das unbezähmbare Verlangen. »Wir sind in der Nähe, und morgen sehen wir uns wieder.« Kriechendes Gas, das lauernd auf sein Opfer wartet. Sie gab ihm sein Taschentuch zurück. »Nein«, sagte sie, »das braucht ihr nicht. Fahrt nur nach Hause …«, die Lüge ging ihr leicht von den Lippen und fühlte sich vertraut an, »… Hans kommt hierher, ich habe gerade mit ihm telefoniert, er hat sich sofort auf den Weg gemacht.«

Frank sah sie prüfend an. »War er schon zurück vom Angeln?«

»Ja, der Ausflug war eine Pleite … das Wetter war furchtbar, sie sind nur im Nebel herumgelaufen.«

Es war ihr egal, dass er ihr nicht glaubte. Mit trägen Bewegungen faltete er das Taschentuch zusammen und steckte es in die Hosentasche, als müsste er nachdenken. »Marjorie«, sagte er, »würde es dir nicht helfen, wenn wir morgen früh wiederkommen?«

»Nein«, antwortete sie, »mir wäre es lieber, ihr fahrt direkt zurück.«

Er konnte einen wirklich durchdringend ansehen. Schnell zog sie den Reißverschluss des Schutzanzugs ganz zu. Esther stellte sich zu ihnen. Obwohl es Marjorie gelang, sie keines Blickes zu würdigen, schob sich doch das schmutzige Apfelgrün in ihre Augenwinkel.

»Aber denkst du nicht …« Er strich zögernd mit der Hand über die Stoppeln auf seinem geschwollenen Kiefer. »Wir sind alle etwas durcheinander … ist es nicht besser, wenn du weißt, dass wir in der Nähe sind?«

Kriechendes Gas, das in Spalten und Höhlen lauert.

»Nein.«

Frank hob kurz die Arme, ließ sie dann aber sogleich wieder sinken, dass sie schlaff an seinem Körper herabhingen – eine Geste, die sie gut von ihm kannte. Seine Augen verdunkelten sich. Doch diskret, wie er war, trat er mit seinen Worten höflich den geforderten Schritt zur Seite.

Er zog seine Jacke an und reichte Esther ihre. Seine Bewegungen wirkten irgendwie unscharf. Wir alle sind von giftigem Gas angefressen worden, dachte sie. Wir sind hohl geworden, bald treiben wir wie Nebelschwaden auseinander. Vom Wind angetrieben. Ada schwebt bereits dort draußen umher. Gut möglich, dass sie sich im Nebel aufgelöst hat.

Er beugte sich zu ihr und gab ihr einen Kuss, doch seine Lippen berührten ihre Wange kaum. Einen Schutzanzug kann man nicht küssen.

»Dürfen wir Bobby noch kurz sehen?«

Sie schüttelte den Kopf. »Keine Fremden an seinem Bett.«

Frank riss die Augen weit auf. Er war sichtbar aus dem Konzept und konnte nicht verhehlen, dass ihn das verletzte. »Ich bin doch kein Fremder?« Jetzt hatte sie sich mit ihm überworfen. Die Freude, mit der er das Kind immer trainiert hatte. Die Zuneigung in seinen Augen, wenn der Junge hereinkam.

Kriechendes Gas.

»Keine Fremden an seinem Bett«, wiederholte Marjorie, »nur sein Vater und seine Mutter.«

O ja, sie hatte ihn verletzt – den großen Frank de Rooy. Doch Esthers Hand legte sich auf seinen Arm, zum Zeichen, dass es gut war. Brav, dachte sie. Doch sie hatte sich tatsächlich mit ihm überworfen. »Nur sein Vater und seine Mutter«, wiederholte sie, diesmal leiser, als würde sie ihm über den Kopf streicheln.

Sie traute dem Frieden noch nicht, drückte ihre Stirn an das Fenster im Krankenhauseingang, sie wollte sie wegfahren sehen. Der leere Jeep stand unten am Straßenrand, unter der Laterne. Langsam gewöhnten sich ihre Augen an die Dunkelheit, und sie entdeckte Esther, die mitten auf der Straße stand, eine unschlüssige Silhouette. Wo schaut sie nur hin? Frank kam von links angelaufen, aufgeregt, mit großen Schritten. Dann hielt er an, sie riefen einander etwas zu. Er schüttelte den Kopf und rannte zurück in die Richtung, aus der er gekommen war. Die Überdachung nahm ihr die Sicht. Es war ganz offensichtlich, nach wem er suchte, der Wind hatte das gestreifte Kleid erfasst, Ada war weggeschwebt. Ein paar Minuten vergingen, in denen nicht viel passierte. Esther lief geistesabwesend in der Gegend herum und rief etwas, wahrscheinlich einen Namen – Adas Namen. Sie konnten natürlich nicht wegfahren, solange Ada nicht da war. Doch der Wind wehte in die falsche Richtung, und Ada würde nicht zurückgeblasen werden. Esther lief auf den Jeep zu, setzte sich aber nicht hinein, sondern lehnte eine Weile an der Autotür, was sollte sie schon tun. Es dauerte lange, nichts passierte, doch Marjorie konnte ihre Augen nicht davon losreißen, als würde sie Zeuge eines großen Ereignisses, wenn sie auch nicht wusste, was es war. Aha, da erschien Frank wieder auf der Bildfläche, er rannte mit riesengroßen Schritten von links nach rechts, mitten auf der Straße. Er rannte an Esther vorbei, die vor dem Jeep stand, rief ihr im Vorbeigehen etwas zu, hielt jedoch nicht an und eilte weiter, bis er auf der anderen Seite aus dem Bild verschwand. O je, das kann noch Stunden dauern. Marjorie legte ihre Stirn wieder an die Scheibe. Esther stand zögerlich am Jeep, im Lichtkegel der Laterne. Guck mal, Mama, der Himmel scheint auf die Erde, hatte Bobby immer gesagt, als er klein war. Auf einmal bog sich der lange Körper nach vorn über den Fahrersitz, das Apfelgrün, *very easy, very Vogue*, und griff nach etwas, einem Zettel oder einem Brief. Die hellen Armreife rutschten ihr von den Handgelenken, Marjorie kannte das Geräusch, das dazugehörte, mittlerweile nur zu gut. Esther richtete sich auf, sah zögernd in die Richtung, in die Frank gelaufen war, faltete das Papier auseinander und las. Marjorie wollte auch wissen, was darauf stand, aber es war für sie unmöglich, das herauszufinden. Esther rief etwas. Kurz danach erschien Frank von rechts. Nun rannte er nicht mehr. Esther hob zögerlich den Arm, das Briefchen in der Hand. Im Dunkeln blieb er stehen, kam aber nicht näher, als hätte er Angst vor der Botschaft, die auf ihn wartete. Solange du es nicht liest, kann es auch etwas anderes sein.

Die ganze Nacht über saß sie auf einem Stuhl am Krankenhausbett und hielt die kleine, schlaffe Kinderhand in der ihren, drückte sie leicht, um ihrem Sohn auch im Schlaf zu zeigen, dass er nicht allein war. Das Kind schlief unruhig, Icy neben ihm auf dem Kissen. Gott sei Dank war Icy dabei. Die Nachtschwester brachte Marjorie eine Decke, die sie dankbar um sich legte. Ihr Rücken tat weh. Gegen Morgen fiel sie im Halbschlaf schräg über das Bett, mit schwerem, nickendem Kopf, im Hintergrund die Geräusche des Krankenhauses. Sie fragte sich, warum Ada gefahren war, ohne sich bei ihr zu verabschieden. Ob es dafür einen bestimmten Grund gab.

»Meine Dame …«

Jemand legte seine Hand auf ihre Schulter. Mühsam öffnete sie die Augen und richtete sich auf, es war die Nachtschwester. »Meine Schicht ist zu Ende, auf Wiedersehen und alles Gute für ihren Sohn.« Verstört stand sie auf und nickte, ja, ja, natürlich, so spät ist es schon. Ein unangenehmer Geschmack im Mund. Es war noch dunkel, der Saal wurde von den Lampen im Gang schwach erleuchtet. Zusammen sahen sie nach dem Kind. Marjorie strich die Decke glatt, zu müde, um etwas zu sagen. Als die Schwester aus dem Zimmer war, lief sie gähnend umher und reckte und streckte sich. Sie wollte nicht einschlafen. Sie kannte das Krankenhausleben und wusste, dass nicht viel Zeit blieb, bevor die Ruhe von Fiebermessen und Waschritualen durchbrochen werden würde. Um wach zu bleiben, nahm sie zum wiederholten Mal Esthers Skizzenbuch zur Hand, das einsam und verlassen im Wartezimmer gelegen hatte.

Die Leute auf der Vorderbank im Jeep, wehrlose, verletzliche Hälse. Profile, die sich einander zuneigten: Franks gebogene Nase, Adas sanfte Linie, ihre geschürzten Lippen, wenn sie ihn anlachte. Die zwei schwarzen Pünktchen in der Mitte des Sees. Doch der Rest des Blocks war ausschließlich dem Kind gewidmet. Esther hatte fast nur noch das Kind gezeichnet, hintereinander weg, Seite für Seite, immer wieder von neuem: das Kind vorne im Jeep, das Kind hoch oben im Baum, spielend auf dem Feld, beim Essen, lachend, das Gesicht in Nahaufnahme, Ganzkörperbilder, in wechselnden Posen und mit unterschiedlichen Gesichtsausdrücken. Der ganze Skizzenblock war voll mit Bobby, Bobby und nochmal Bobby, das Papier war von beiden Seiten bemalt. Als habe Esther diesen Ausflug nutzen wollen, um das Kind einzufangen und zu ergründen, seinen Knochenbau, in den Licht- und Schattenflächen, aus denen es auf dem Papier bestand. Sie hatte den Jungen mit besessenem Strich gezeichnet, als würde sie etwas suchen. Sie ist auf der Suche nach jemandem, der in ihm verborgen ist und der ihr Zeichen gibt durch die Sprenkel in seinen Augen und durch die Glut seiner Haut, durch die Poren, die sich mit Leben vollsaugen, lass mich leben, sagt das Kind auf dem Papier, bitte, lass mich leben.

Er war es, und er war es auch wieder nicht. Das Kind auf den Seiten zeigte unverkennbar Züge von Bobby, doch seine Kleider erkannte sie nicht, es waren fremde Kleider, und auch seine Haare waren anders, lockig, als ob Esther den Jungen anders in Erinnerung hatte, in dem Moment, als ihre Augen ihn losließen und sich auf das Papier richteten.

25

Sallie mochte die ganzen aufgeregten, girrenden Frauen nicht besonders. Er war zu klein, um zu erkennen, wie einzigartig das Modehaus war, in dem ihr Vater als Schneidermeister arbeitete. Sie war vier Jahre älter und freute sich das ganze Jahr über auf den Tag, an dem sie mitkommen durften. Sie packte sein ungeduldiges Händchen und versuchte, ihn wenigstens davon zu überzeugen, dass er brav mit ihr zusammen hinter dem Vater über die antiken Läufer im Parterre lief. Das Einzige, was Sal dort interessierte, war das Glitzern des riesengroßen Kronleuchters über ihren Köpfen. Sie selbst dagegen bestaunte die Accessoires, die in den Vitrinen ausgestellt lagen, die ledernen und seidenen Handschuhe, die Regenschirme, die hauchdünnen Strumpfhosen, die Hüte und die Abendtaschen. Lingerie aus Satin und Spitze in verträumten Farben. Sie studierte die Bewegungen der Verkäufer, die sich über den Tresen zu einer vornehmen Kundin beugten und Kaschmirschals durch ihre Hände gleiten ließen. Sie nahm den Geruch der Parfums auf und schnupperte den sanften Puderduft.

Benebelt gab sie sich selbst feierliche Versprechen. Doch immer zog eine kleine Hand drängelnd weiter. Sal wollte so schnell wie möglich in den Keller.

Im Atelier machte sie die Leute regelrecht wahnsinnig. Es war kurz vor der Schau, und sie schneite täglich mit neuen Ideen und grundlegenden Veränderungen herein. Niemand hatte verstanden, warum sie ausgerechnet in dieser hektischen Zeit einen Ausflug nach Rotorua machen musste, und deshalb schien es, als müsste sie die Erinnerung an diesen einen *lousy* freien Samstag im wahrsten Sinne des Wortes abarbeiten. Mit einem Mal wünschte sie Blumenstickereien auf dem Brautkleid, weil sie mit einem Bild von weißseidenen Eisblumen im Kopf aufgewacht war, Eisblumen, die vom Polarwind schräg über das Kleid geblasen wurden. Überall Protest, als sie den Entwurf zeigte – tut uns leid, aber das schaffen wir nicht mehr, das ist unmöglich. Esther, *please*, sagte Rits. Darauf folgte ein Wortschwall über Einsatz und Leidenschaft, der damit endete, dass sie alle zusammen mit brennenden Augen bis spät in die Nacht hinein stickten, inklusive Esther. Wir sind ein kreatives Team, erklärte sie, wir können selbst bestimmen, wann unser Tag zu Ende ist. Dies war nicht ihre erste Kollektion, aber ihre erste Schau: die offizielle Eröffnung der Lady Esther Boutique. Dass man da natürlich seine besten Ideen vorzeigen musste, war ja klar. Dagegen gab es nichts einzuwenden, doch in den Augen der Schneider las sie, dass ihr Verhalten anfing, krankhafte Formen anzunehmen. Und dabei wussten sie nicht einmal, was sie nachts in ihrer Küche umtrieb.

Sie verbannte Rits, der jeden Tag blasser und britischer wurde mit seinen weichlichen Hüften, ohne Angabe von Gründen aus ihrem Bett. Er schien darüber jedoch eher erleichtert als beleidigt zu sein. Dass sie ihn Rits nannte, holländisch, hart ausgesprochen, ärgerte ihn maßlos, das wusste sie, er wollte wie jeder andere mit seinem richtigen Namen angesprochen werden. Doch er würde es unter keinen Umständen wagen, sich ihr zu widersetzen.

Reiche Familien kamen ins Modehaus, um ihre Garderobe oder Leinenwäsche mit aufgestickten Monogrammen, als kostspielige Aussteuer, zu bestellen. Das Personal musste der französischen Sprache mächtig sein, denn den Damen gefiel es, mit »Madame« angesprochen zu werden. Über dem Parterre gab es noch zwei Etagen mit Ateliers, insgesamt waren es etwa acht. Dort arbeitete ihr Vater in der Pelzabteilung, wo den Damen große Stücke vorgelegt wurden – möchten Sie eine Dreivierteljacke mit einem Hermelinkragen oder wäre Ihnen Astrachan bis zu den Knöcheln lieber? Vor ihrer Heirat hatte Esthers Mutter ebenfalls in dem Modehaus gearbeitet, bei den Blusen, Röcken und Kleidern. Mäntel und Kos-

tüme, das war Männersache. Ihre Eltern hatten sich in der Kantine kennengelernt. Der Direktor, der ein französisches Bärtchen trug und von allen auf Händen getragen wurde, forderte hundertprozentige Hingabe für die Firma und stellte die jungen Frauen vor die Entscheidung: entweder heiraten und kündigen oder ledig bleiben und arbeiten. Sie standen kurz davor, ihre Verlobung zu lösen, doch Mutter entschied sich für Vater. In den Abendstunden, wenn Esther und Salomon im Bett lagen, arbeitete sie dennoch weiter als Stickerin und fertigte Monogramme ineinander verschlungener Nachnamen an, so verbunden war sie mit dem Modehaus.

Nach den Geschehnissen im Wohnwagen bei Marjorie und Hans Doorman, als sie an dem Punkt angelangt war, dass sie sterben wollte, hatte sie sich irgendwann selbst vom Sofa hinten im Atelier losgerissen und mit zitternden Händen die vertraute Dompteurspeitsche ergriffen. Jeden Gedanken an das quengelnde kleine Bündel hatte sie beiseitegelegt zu den anderen verdrängten Erinnerungen und unwillkommenen Gefühlen, zu den Raubtieren, die sie im Zaum halten musste. In den Jahren darauf war sie wie früher der Chef in ihrem eigenen Zirkus, und Lady Esther machte sich in Christchurch durchaus einen Namen. Sie musste vergrößern, denn die Aufträge wurden umfangreicher und ihr Name über die

Stadtgrenzen hinaus bekannt. Eines Tages stolzierte ein blasser, junger Mann aus London in den Laden. Er hatte ein spitzes Gesicht, stellte sich als Richard vor und bot an, für sie zu entwerfen und zuzuschneiden. Als er dann jedoch am nächsten Tag dabei zusah, wie sie Stoff an einem Modell drapierte, wurde er noch blasser, als er ohnehin schon war, und verkündete, dass er nie im Leben für sie arbeiten könnte, weil er niemals können würde, was sie konnte. Was für ein Schleimer, dachte Esther sich im Stillen, laut sagte sie jedoch: Dann erledige die einfachen Basisdinge für mich. O nein, antwortete er betrübt, ich werde niemals mit Ihnen wetteifern können, ich kann nicht für Sie arbeiten. Sie ließ ihn eine Zeit lang weiterschleimen und sagte dann: Werd doch mein persönlicher Assistent. Er hatte einen lasziven Augenaufschlag, der sie durchaus anzog. Voller Hingabe ging er seiner Aufgabe nach.

Nach fast zehn Jahren Lady Esther, mit der einschläfernden Aussicht auf ein erstes Jubiläum, beschloss sie, dass es an der Zeit war, den ganzen Laden gehörig umzukrempeln. Ihr Salon in der Cashel Street – in dem der Geruch der alten Rose noch immer manchmal in unerwarteten Ecken aufstieg – wurde zu klein, die Ateliers waren aus Platzmangel über die gesamte Stadt verteilt. Zudem langweilte Esther die ständige Wiederholung. Zweimal im Jahr eine Kollektion, so konnte es noch jahrelang weitergehen. Und was ihre

Kunden von ihr verlangten, war inzwischen zur Routine geworden. Sie wollte sich nicht festlegen lassen. Die Damen in Christchurch hingen an dem Modebild, das ihnen vom konservativen England diktiert wurde. Doch Esther selbst las weiterhin die europäischen Modezeitschriften und wusste, dass in London eine brandneue Strömung entstanden war. Sie hörte von aufregenden Modeschöpfern wie Mary Quant, die Kleider mit trügerisch simplen Linien und einer ungekannten Bewegungsfreiheit machte. Diese Freiheit suchte sie, Freiheit, die sie übrigens auf andere Weise auch durch die Pille erfuhr. Und solange ihre Kunden noch in Ohnmacht fallen würden, wenn sie entdeckten, dass Esther unverheiratet die Pille nahm und dass Rits die Nächte nicht in seinem Mietszimmer verbrachte, solange würden sie sich auch nicht an neue, interessante Formen wagen. Ich muss in eine größere Stadt, weg aus dieser verschlafenen Gegend. Es sollte swingen. Lady Esther Boutique – bei dem Gedanken daran fing ihr Blut wie früher an, in doppeltem Tempo zu strömen.

Der Skandal erleichterte die Entscheidung. Eine ihrer Schneiderinnen kam abends unerwartet spät ins Atelier, genau in dem Moment, als Mr Corbett, der anständige Ehemann einer ihrer vornehmsten Kundinnen, breitbeinig auf dem Schneidetisch saß und Esther – nur mit einem Meterband bekleidet – vornübergebeugt mit seinem Glied im Mund dastand, den Po zum Ankleidespiegel gereckt, auf den er seinen dösenden Blick gerichtet hielt. In *no time* hatte sich ihre Kundschaft halbiert.

Christchurch wurde rasch zu klein.

Sie entschied sich für Wellington, weil dort niemand wohnte, den sie kannte. Mit Rits flog sie ein paar Mal dorthin und fand ein geeignetes Gebäude im Zentrum. Die Gegend strahlte nicht ganz die radikale Designkultur aus, die sie sich erhofft hatte, doch darum würde sie sich von nun an persönlich kümmern. Sie planten den Umzug lange im Voraus, denn der Salon in Christchurch musste gut verkauft werden. Das war Rits' Aufgabe, während Esther mit dem Entwerfen anfing. Sie beschloss, die Eröffnung von Lady Esther Boutique mit einer Modenschau einzuläuten, und erhöhte damit den Druck. Unsicher, als wäre es ihr erstes Mal, suchte sie auf der Straße nach Silhouetten und Formen, die einen Anknüpfungspunkt bieten könnten. Sie ließ ihre festen Stofffabrikanten antanzen und stellte eine Palette zusammen, als würde es um ein Gemälde gehen.

Danach konnte sie das Zeichnen nicht länger hinauszögern. Verhalten hing ihr Stift über leeren Bögen Papier. Wozu habe ich Lust, was will ich sehen? Russischer Einfluss, daran führte kein Weg vorbei. Modernität, klare Linien, leichter Stoff, *be poised, be there*. Ein starker Frauentyp auf dem Laufsteg, jung, geistreich, sexy. *Poloneck Sweaters in Bohe-*

mian Black. Vielleicht mit den Beatles im Hintergrund. Herabgesetzte Taillen, elastischer Jersey, *easy to wear.* Die Abendkleider dürfen theatralisch sein, genau wie die Cocktailkleider, die Röcke enden kurz über dem Knie, und wir hören dazu einen *jazzy* Bossa Nova. Zum Schluss die Romantik, wir müssen pragmatisch denken, wie viel Modernität kann Neuseeland vertragen? Nachher bleibe ich noch auf den Sachen sitzen. Wir schließen mit einem Brautkleid, das den Zuschauern die Tränen in die Augen treibt.

Dann fing Esther an zu zeichnen, sie kannte die Prozedur, am Anfang muss man erst einmal in Gang kommen. Zeichnest du, was du beim letzten Mal bereits gezeichnet hast, wirst du missmutig, und dann werden alle um dich herum ebenfalls missmutig – was wissen die schon von der Angst, dass es dieses Mal nicht gelingen wird. Diese Angst kannst du mit niemandem teilen, denn dann würden sie das Vertrauen verlieren. Die anderen müssen denken, dass *du* immer weißt, wo es langgeht. Deshalb verwandelst du die Angst in Missmut, und währenddessen zeichnest du weiter, denn das ist dein ganzes Geheimnis: Dass du weitermachen musst, dass du nicht aufhören darfst. Und auf einmal, manchmal nach Tagen, manchmal erst nach Wochen, entsteht etwas auf dem Papier, und beim Anblick bestimmter Linienführungen wird dir ganz heiß vor Aufregung. Nachts dann, wenn du mit offenen Augen ins Dunkel starrst, erscheinen dort die Entwürfe hintereinander, als würden sie bereits fertig daliegen und darauf warten, dass du sie nur noch umsetzt. Licht an, auf die Toilette, Zigarette, zeichnen. Rits, der demonstrativ die Decke über den Kopf zieht.

Zeichnen. Glücklich sein.

Wochenlang ging das so, es musste die beste Kollektion aller Zeiten werden, sie hatte große Pläne in Wellington. Eine Modenschau dauert höchstens eine halbe Stunde, doch sie muss einen unvergesslichen Eindruck hinterlassen. Darum setzte sie die Entwürfe selbst in Muster um. Das war eher ungewöhnlich, dafür hatte man schließlich seine Leute, doch sie war davon überzeugt, dass sie es besser konnte. Die Logistik des Umzugs überließ sie elegant Rits. Echte Modeschöpfer können keinen Laden führen.

Was Sallie und sie beide besonders aufregend fanden, war das ausgestopfte Pferd mit Damensattel. Zu diesem durften sie jedoch nur gehen, wenn die Umkleidekabinen leer waren, wenn keine Damen da waren, die sich ein Reitkostüm anfertigen ließen. Und wenn sie versprachen, mucksmäuschenstill zu sein. Denkt daran, mahnte ihr Vater, sonst dürft ihr nie mehr mitkommen. Er tuschelte kurz mit dem Fräulein von der Abteilung und winkte ihnen mit einem geheimnisvollen Gesicht. Daraufhin liefen sie auf Ze-

henspitzen über den persischen Teppich, und wenn Sal und sie in der Umkleidekabine waren, die etwa so groß wie ihr gesamtes Wohnzimmer war, ließ ihr Vater den schweren Vorhang fallen, sodass sie allein mit dem Pferd waren und er mit dem Fräulein weitertuscheln konnte. Sie streichelten vorsichtig über die Mähne des Pferdes, betasteten sein Gebiss und die Zügel, strichen über das eigenartige, tote Fell und taten so, als wäre dies ihr eigenes Pferd, das lebendig war. Am liebsten wäre Esther allein hier gewesen, ohne ihren kleinen Bruder. Wenn das Fräulein wieder arbeiten musste, eilte ihr Vater herbei und zog sie nacheinander vom Sattel herunter, das war das Allerschönste daran, denn dann musste man beide Beine auf eine Seite legen und konnte dabei herrlich phantasieren, dass man jemand Bedeutendes war. Sallie jedoch hörte nicht auf zu jammern, dass er in den Keller wollte.

Der Umzug nach Wellington war ein wahres *Happening*. Wie eine Bienenkönigin wirbelte sie zwischen Umzugsleuten, Malern und Lieferanten umher und amüsierte sich königlich. Draußen standen Passanten, die das Spektakel bestaunten, so, wie sie es liebte, *buzz*. Ich kann es, ich bin es, dachte Esther, während sie sich mit ihrem Farbfächer Luft zuwedelte.

Dann drehte sie sich um und sah direkt in die Augen von Marjorie.

Die kurze Begegnung schlug die Lady regelrecht von ihren turmhohen Absätzen. Eigentlich wäre die Anwesenheit von Frank de Rooy, der von nichts wusste, schon verwirrend genug gewesen. Doch der Anblick des Jungen traf sie mitten ins Herz. Er verursachte eine ganze Menge Unruhe unter den Raubtieren. Sie atmete tief durch und führte die Peitschenschläge aus.

So aufreibend wie die Entwurfsphase ist, liegt im anschließenden Ausarbeiten der Kollektion eine gewisse Ruhe. Die Schneider fertigen die auf den Körper zugeschnittenen Musterkleider an, die man dann miteinander bespricht. Gemeinsam arbeitet man die Modelle weiter aus und fügt immer mehr Details hinzu. Alles muss auf die Mannequins zugeschnitten und dann schließlich, im endgültigen Stoff, in einem einzigen Arbeitsgang ausgeführt werden. Dabei wird genau auf die Passform geachtet, nicht jeder Stoff fällt wie erwartet. Nichts Besonderes, *the usual.* Doch die Schneider in Wellington fürchteten sich vor Esthers klimpernden Armreifen, und die gesamte Etage roch so penetrant nach Farbe, dass alle über Kopfschmerzen klagten. Rits war dem Nervenzusammenbruch nahe, als die Einladungen für die Schau zum zweiten Mal falsch gedruckt waren, und Esther … kannte sich selbst nicht wieder. Sie war angespannt und unsicher. Sie überlegte sich aus heiterem Himmel, dass die Cocktailkleider, die bereits fertig waren, mit Batist abgefüttert werden sollten, verwarf die Schmuckbänder eines Abendkleides – erstellt in tagelanger, mühsamer Feinarbeit –, rief einen Moment später wütend aus, dass wohl niemand mehr in der Lage sei, einen anständigen Cardin-Ärmel zu fertigen, und fragte sich dann verzweifelt, warum sie sich eigentlich so benahm. Um die Unruhe in ihrem Kopf in Schach zu halten, trieb sie sich selbst und ihre Mitarbeiter an.

In den Abendstunden machte Esther Termine mit möglichen Geldgebern. Sie müssen verstehen, erklärte sie über ihrem vierten Glas Bourbon, in Wellington wird ein großes *Swinging Centre* entstehen, wir wenden uns an Künstler, Musiker, Schauspieler, Opernsänger, Architekten, die Avantgarde, die Intellektuellen. Ich habe ein unendliches Talent und verdiene es, ungestört entwerfen zu können, ohne mich dabei um Geldsorgen kümmern zu müssen. Eine eigene Modezeitschrift. Meine Muster per *postorder*. So viele Pläne. Sie sind ein Schatz. Nach der Schau wird es eine Privatparty geben. Sie verstand selbst nicht, warum sie so viel trank, insbesondere, da sie tagsüber einen klaren Kopf haben musste. Sie ging dennoch aus, tanzte mit wütenden Bewegungen, als versuchte sie, den Feind abzuschrecken. Gegen Morgen ließ sie sich nach Hause bringen. Rits tat so, als würde ihn das verletzen. Sie tat so, als würde es ihr leidtun. Am nächsten Abend das gleiche Spiel.

Die ganze Zeit über versuchte sie krampfhaft, nicht an den Jungen zu denken. An Frank de Rooy wollte sie ebenso wenig denken. Warum sie ihn dennoch anrief, wusste sie nicht. Vielleicht hoffte sie auf Hilfe. »Weißt du …«, sagte sie betrübt, »weißt du … ich dachte … als ich dich sah …« Das Geheimnis brannte ihr wie Bourbon in der Kehle.

»Was?«, fragte er schläfrig. Es war mitten in der Nacht.

Sie versuchte, etwas deutlicher zu werden.

»Nun ja«, sagte sie, »ich dachte … you would look great in Italian style. Kurze Jacken, enge Hosen. Dachte ich.« Sein tiefes Lachen. »Aber wenn ich dich so lachen höre, bekomme ich das Gefühl, dass es verlorene Liebesmüh ist.«

Er erzählte ihr, dass Ada van Holland, das schönste Mädchen des Flugrennens, bei ihm war und wie die Dinge standen. Morgen fahren wir nach Rotorua, erzählte er, mit Bobby, du weißt schon, der Sohn von Hans und Marjorie. Auf einmal sah sie eine Gelegenheit, das Kind aus nächster Nähe zu erleben, ohne misstrauische Blicke von Marjorie im Nacken zu spüren. Oh, wie nett, da wollte ich schon lange mal hin!

Als der Morgen dämmerte, zog sie ihr apfelgrünes Shiftkleid an und packte ihren Skizzenblock ein. Bist du dir sicher, erklang Rits' Stimme unter der Decke, dass du dir das antun willst, zu den Geysiren? Was für Geysire?, fragte sie erstaunt.

Auf der obersten Etage, wenn die schwere Tür zufällig offen stand, konnten sie einen Blick ins Direktionszimmer werfen, auf die hohen, dunklen Holzvertäfelungen, den glänzenden, meterhohen Schreibtisch, die Ölporträts und die antiken Kelims. Sallie hatte daran kein Interesse, und ihr Vater wollte nicht, dass sie dort hineinspähte, daher blieb es stets bei einem kurzen Blick. Stempeln in der Verwaltung war auch lustig. Bloß durften sie dabei nicht sprechen. Für Esther war das kein Problem, doch der kleine Sal hielt das nicht durch, daher spielte er ein Stück weiter mit dem Schaukelpferd in der Jungenabteilung, die direkt neben der Verwaltung war. Esther wurde auf eine Seite des Schreibtisches gesetzt und bekam einen Stapel verjährter Bestellungen und drei Stempel in die Hand gedrückt. Eingegangen, bearbeitet, abgezeichnet. Begeistert stempelte sie sich durch den Stapel hindurch, sie durfte dabei sein – gefürchtet und bewundert – in dem Direktionszimmer: Eingegangen. Bearbeitet. Abgezeichnet. Und immer, jedes Jahr aufs Neue, wenn sie gerade mitten in ihren Abrechnungen steckte, sah sie aus den Augenwinkeln heraus Sallie ankommen, weil man mit einem Schaukelpferd nun einmal nicht von der Stelle kommt und er in den Keller wollte.

Wie Frank und sie in dieser Nacht aus Rotorua zurückgekommen waren, daran erinnerte sie sich nur dunkel. Die Angst um das Leben des Kindes, das Krankenhaus und danach – trotz der deutlichen Nachricht auf dem Brief – die stundenlange nächtliche Suche nach Ada, an Bushaltestellen und in Bahnhöfen und Hotels, weil er nicht akzeptieren konnte, dass Ada eine Entscheidung getroffen hatte. Er tobte vor Wut. »A mistake, a bloody mistake!« Er stellte den Jeep mitten auf der Straße ab und rannte wie ein mondsüchtiger Wolf auf eine Weide hinauf. Danach wollte er nicht mehr weiterfahren, nicht reden, gar nichts. Also fuhr sie. Sie starrte blind in die Nacht hinein und kämpfte mit dem Lenkrad, mit dem Schaltknüppel des Jeeps, den viel zu großen Pedalen. In der Luft das Flattern, das spöttische Geklapper. Ihr Kopf war schwer vom Schwefeldampf, ihre Augen matt vom heißen Nebel. Das letzte Stück übernahm er dann das Steuer wieder. Es dämmerte, als er sie bei Lady Esther Boutique absetzte. Willst du hier schlafen?, fragte sie, aber er wollte nach Hause, für den Fall, dass Ada es sich vielleicht doch anders überlegt hatte und auf dem Weingut auf ihn wartete. Sie sah, dass er es selbst nicht glaubte, aber dennoch so handeln musste. Dass er gefangen war und sich vorläufig auch nicht daraus befreien konnte. Eine schnelle Umarmung, ihre Zähne schlugen gegeneinander, Trost war nicht möglich und zudem unerwünscht. Esther sah ihm nach, bis er aus ihrem Blickfeld verschwunden war und die Erinnerung an die eine Nacht in Christchurch, ihren Spaziergang entlang des Avon und das Hotelbett danach, aus ihrem Körper herausströmte. Dann senkte sich eine schwere Klaue in ihren Nacken. Kaltes Morgenlicht strömte durch den Laden, die Schaufensterpuppen grinsten sie an, wo ist der kleine Junge? Sie wusste, dass sie der Raubtiere nicht länger Herr werden könnte. Im Schlafzimmer zog sie mit einem Ruck die Gardinen auf, Rits wimmerte entrüstet auf. Von nun an schlafe ich allein, sagte sie und stellte das Familienbild und das Foto von Sal direkt vor die Menora auf den Nachttisch.

Wenn es nach ihr ginge, dann blieben sie so lange wie möglich in der Damenabteilung. Am liebsten würde sie sich unsichtbar machen, damit sie ungesehen durch die Ateliers schweifen konnte, zwischen den Ankleidepuppen hindurch, die die Namen der Stammkunden trugen, und zwischen den hohen Schneidetischen mit Stoffmusterteilen, Scheren und Kreide, und zwischen den Schneidern, die mit Stecknadeln im Mund vor den Damen knieten, die ihre zukünftigen Abendkleider anprobierten. Das alles erregte ihre Phantasie: die intimen, fast geflüsterten Gespräche über Abnäher und Hüftlinien, die schnellen, flüchtigen Gesten, mit denen winzige Stofffetzen von dem dicken Teppich gepflückt wurden. Ein noch unfertiges, rotseidenes Galakleid – festgesteckt auf einer einsamen Ankleidepuppe –, an dem gerade niemand arbeitete, an dem Esther heimlich mit den Fingern entlang der schrägen Plissierarbeit streichen konnte, die Wandschränke mit den Vorräten: glänzende Futterstoffe, Garnrollen in allen Farben, Besatz und Borte, Knöpfe, Federn, Perlen und Pailletten, Schleifen und endlos lange Spitze, um Papprollen gewickelt. Esther konnte sich nicht beherrschen, und wenn niemand sie beachtete, wickelte sie die breiten Satinbänder um Handgelenk und Handrücken, rieb sich damit sanft über ihre Nase und entwarf dabei im Kopf Prinzessinnenkleider. Einmal wurde sie beim Träumen von dem Direktor mit dem französischen Bärtchen erwischt. Esther erschrak, doch er war nicht böse und fragte sie nach ihren Interessen. Das Modefach, erklärte er ihr, kannst du eigentlich nicht lernen. Es ist ein Gefühl, dass du in den Fingern haben musst, es ist dir angeboren. Esther sah auf ihre langen, schmalen Finger und sprach in der Stille einen feurigen Wunsch aus. Du musst spüren, was Frauen wollen, erklärte der Herr weiter. Du musst Modegefühl haben. Und Kenntnis der Materialien, ergänzte er. Er führte Sal und sie persönlich an den Stoffen entlang (»die Meterwaren«, wie er sie nannte) und erklärte, dass die Seide aus Lyon kam und die Wolle aus Paris. Sal zeigte nicht das geringste Interesse, doch in ihrer elfjährigen Seele entbrannte eine große Liebe, und ihr Wunsch wurde zum Verspre-

chen. Esthers Vater bedankte sich so überschwänglich beim Direktor, dass sie sich ein bisschen für ihn schämte. Und für das alberne Gezeter und Gezerre von Sal schämte sie sich noch mehr.

Vom Unglückstag in Rotorua an ging alles schief. Panisch versuchte sie, die Leute im Atelier so lange wie irgend möglich zu beschäftigen, sie ließ sie weißseidene Eisblumen sticken. Doch jeden Abend kam irgendwann der Moment, in dem der letzte müde Schneider ihr einen guten Abend wünschte und die Salontür hinter sich zuzog. Sich normal zu verabreden war für sie nicht mehr möglich, unter keinen Umständen konnte sie unbesonnen und geistreich sein. Sie schloss die schwere Ladentür ab und stieg die Treppe hoch in ihre Wohnung, doch schon auf halbem Wege rissen messerscharfe Krallen tiefe Furchen in die Wunden der Nacht zuvor. Esther schlief nicht, rastlos flog sie durch den Käfig. Um nicht in der Einsamkeit der Nacht zu ertrinken, musste sie etwas tun.

Sie beschloss, Latkes für das Kind zu backen.

Kartoffellatkes sollten es werden, wie Oma Berthi sie zu Chanukka backte. Das Problem war, dass Esther kein Rezept hatte, da nichts Handschriftliches überlebt hatte. Sie musste sie aus der Erinnerung heraus machen. Dass man die Kartoffeln schälte, raspelte und die Masse durchs Sieb drückte, war ihr noch präsent, weil sie dabei oft genug mitgeholfen hatte. Tüchtig drücken, Bubele, sonst haben sie zu viel Stärke, und dann werden sie pappig, das mag dein Bruder nicht. Danach verschwamm ihre Erinnerung, etwas mit Eiern, ich hätte besser aufpassen müssen. Sie hätten es mir beibringen sollen, dachte Esther, anstatt mich mit Sal an die Festtafel zu setzen, wo wir bei brennendem Kerzenschein warteten. Stattdessen matschten sie mit dem Kerzenwachs herum.

Sie wollte niemanden um Rat fragen. In Wellington gab es bestimmt eine Jewish Community, doch dort wollte sie nicht anklopfen. Jede Nacht versuchte sie es erneut. Sie stand in ihrem Unterkleid in der Küche und backte Latkes, eine Zigarette im Mundwinkel, ein Glas Bourbon griffbereit. Das Fenster weit geöffnet und die Tür verschlossen, da die Kollektion im Atelier nicht nach Fett riechen durfte. Doch das eine Mal schmeckten sie zu fade, das andere Mal zu salzig, dann stand die Flamme zu hoch und die Puffer verbrannten, dann wiederum war die Temperatur zu niedrig, sodass sie nicht braun wurden, pappig waren sie ohnehin.

Esther entwickelte die Angewohnheit, tagsüber in den unpassendsten Momenten (zum Beispiel mitten in einer chaotischen Probe mit den Mannequins oder in einer Besprechung mit den Männern, die den Laufsteg aufbauen sollten) jemanden zum Laden zu schicken, um kiloweise Kartoffeln und Eier und flaschenweise Öl zu kaufen. Esther wird wahnsinnig, las sie in den Augen der anderen, und das ausgerechnet jetzt. Sie wollte sich entschuldigen und alles erklären, doch stattdessen bekam sie unkontrollierte Wutanfälle. Eines Tages warf sie in einem dieser Anfälle ihren besten Näher vor die Tür. An diesem Abend blickte ihr im Spiegel eine Fremde entgegen. Warum habe ich das getan? Was habe ich getan? Mit mir stimmt etwas nicht. Schnell erhitzte sie das Öl in der Pfanne.

Beim Experimentieren in finsterster Nacht kam sie zu der Erkenntnis, dass sie die Eier mit der ausgedrückten Masse verquirlen musste. Erst nahm sie zu viele Eier, dann wieder zu wenig. Schließlich kam sie bei zwei Eiern pro Kilo Kartoffeln heraus – zu dem Zeitpunkt waren allerdings bereits einige Nächte vergangen. Gut drücken, Bubele, mach es so trocken wie möglich, dein Brüderchen mag sie gern knusprig. Fieberhaft schälte und raspelte sie ein neues Dutzend Kartoffeln und drückte mit aller Kraft den geraspelten Brei aus dem Sieb heraus, während in ihrem Kopf endlos die immergleichen Bilder der Vergangenheit abgespielt wurden. Von Zeit zu Zeit entwichen ihrem Mund Worte aus dem alten Europa. »Maßnahmen«, sagte sie dann, oder »Massengrab«. Tränen strömten ihr über die Wangen, hingen an ihrer Nase und tropften in das Sieb. Mach weiter, Bubele, er muss noch trockener sein. Wenn die Kartoffeln nicht mehr trockener werden konnten, klebte sie sich saubere Pflaster auf die geschundenen Knöchel und goss eine neue Lage Öl in die Pfanne.

Das gesamte Modehaus war unterkellert, dieser Keller hatte verschiedene Abteilungen. Es war heiß hier, dunstig und furchtbar laut. Das kam durch die Kessel der zentralen Dampfheizung. Wahre Ungetüme waren das, mit schmalen, hohen Holzstegen dazwischen, über die der Heizer mit seiner kohlebeladenen Schubkarre lief, die er in die Maschinen schütten musste. Sal konnte sich nicht daran sattsehen, und ihrem Vater schien es genauso zu gehen. Sie gingen zu einem Mann mit einem weißen Haarflaum auf dem Kopf, der der Oberheizer war, was so viel bedeutete, dass er alle dreckigen Arbeiten dem Heizer überlassen konnte und ein eigenes Zimmer besaß, in dem all die Gerätschaften aufbewahrt wurden, mit denen Reparaturen an der Maschine ausgeführt wurden. Er war ein redseliger Mann, der seinen Spaß an Sallie hatte und ihm Holzblöcke und einen Hammer und Nägel gab, damit er zimmern konnte. Lass ihn doch kurz, Bubele, sagte ihr Vater zu Esther, so oft kommt ihr ja schließlich nicht hierher. Nein, dachte sie, und das ist auch gut so. Doch sie traute sich nicht, das so zu sagen, denn sie wusste, dass es albern war, weil sie so viel älter war und Sallie noch klein. Daher musste sie es immer wieder aufs Neue ertragen, dass sie viel mehr Zeit im Keller verbrachten als oben in den Ateliers. Neulich hatten wir ein Leck, erzählte der Oberheizer ihrem Vater an dem Tag, von dem man erst später wusste, dass es der letzte sein würde, wir hatten ein Leck in der Hauptleitung, glühend heißer Dampf kam heraus, lebensgefährlich.

Tagsüber stieg die Spannung merklich. Die Einladungen waren fast alle ausgefüllt zurückgeschickt worden. Rits, der für die Post verantwortlich war, zeigte sie ihr. Es würde einen riesigen Ansturm geben, sie mussten Stühle mieten. Da kommen sie also, dachte Esther. Die wichtigen Leute, die selbst ernannte Elite von Wellington. Die meisten von ihnen werden gar nicht verstehen, worum es geht, aber dennoch wollen sie in der ersten Reihe sitzen und dabei gewesen sein. Live-Musik, zischte sie Rits zu, sieh zu, dass du irgendwo eine Jazzband auftreibst. Als er etwas von Budget sagte, versetzte sie ihm einen Klaps, worüber sie selbst vielmehr erschrak als er. Ich tue Dinge, die einfach nicht normal sind, was ist nur los? Sie stolperte mit tiefen Ringen unter den Augen herum und steckte überall ihre Nase hinein, nichts konnte sie den anderen überlassen. Lage für Lage setzte sie mit den Näherinnen das Brautkleid zusammen, jede Lage steckte voller komplizierter Details. Jetzt, rief sie, und zu viert schnitten sie den meterbreiten Organza. Ihre Hände rochen nach Öl, und das Kleid danach ebenfalls.

Den Mannequins, die meistens Freundinnen und Nichten der Schneiderinnen waren, musste alles über Make-up und Frisuren beigebracht werden. Vor allem aber, wie sie mit den Hüften wiegen und die Füße auf übertriebene Weise kreuzweise voreinander setzen sollten, wenn sie über den Laufsteg liefen. Die meisten hatten Angst vor Esther. Sie wussten nicht, wie sie ihre Kreationen tragen sollten, und es gelang ihnen nicht, so zu laufen, wie sie es verlangte. Doch sie gab nicht auf. Kinn hoch, brüllte sie mit tiefer, vollkommen heiser gerauchter Stimme und schob ihre Füße nach vorn, du läufst schließlich nicht auf einer Schafweide, und sie dachte dabei: Vielleicht gehört Knoblauch rein … warum denke ich an Knoblauch? … ich will jetzt nicht an Knoblauch denken. Sie war erschöpft von sich selbst.

Spät am Abend, wenn ihre sagenhaften Kreationen zum Schutz vor möglichen Katastrophen abgedeckt dahingen, schloss sie die Tür hinter den Schneiderinnen, zog die Gardinen zu und nahm sich vor, dieses Mal wie ein normaler Mensch schlafen zu gehen. Doch es dauerte nie lange, bis sie zu Boden geworfen wurde. Dann kroch sie brüllend, auf Händen und Füßen, in die Küche, zog den Sack Kartoffeln zu sich heran und fing an zu schälen. Sie kam dem Originalrezept immer näher. Erst die Flamme hochdrehen, einen Löffel geraspelte Kartoffeln in das heiße Öl geben, diese ein wenig platt drücken, braten, Flamme etwas niedriger stellen, sodass sie gleichmäßig braun wurden. Umdrehen und auf der anderen Seite das Gleiche. Im Wirbelsturm von herumtobenden Erinnerungen waren ein paar wenige nützliche Dinge ans Licht gekommen: dass Oma Berthi Zwiebeln auf dem Brett schnitt und Petersilie in einen Becher, dass sie schwarzen Pfeffer in einem Mörser mahlte und all das in die Eiermasse knetete.

Und eines Nachts backte Esther makellose Latkes.

Der Direktor mit dem französischen Bärtchen war Jude, genau wie die meisten seiner Mitarbeiter. Wer fromm war, konnte an jüdischen Feiertagen frei bekommen, genau wie am Samstag. Das kostete ihn zwar Lohn, aber es war doch ein Vorteil im Vergleich zu anderen Betrieben. Bei Esther zu Hause waren sie nicht fromm. Nur ab und an, wenn es gerade passte.

Als der Krieg begann, besuchte Esther im ersten Jahr das Gymnasium. Langsam sickerte zu ihr hindurch, dass sie anders war und ihre Anwesenheit nie mehr selbstverständlich sein würde. Im Laufe der Zeit lichtete sich die Klasse. Eines Tages kam ihr Vater leichenblass nach Hause. Die Deutschen hatten einen Verwalter ins Modehaus gesetzt, der die Aufgabe hatte, den Betrieb zu liquidieren. Das hatte der Mann dann auch brav getan. Das Personal war komplett entlassen worden. Das Geschäft wurde geschlossen, dem Direktor wurde strengstens verboten, sich auch nur in der Nähe des Hauses aufzuhalten. Das Gebäude wurde fachgemäß ausgeschlachtet. Das komplette Inventar wurde auf einen Zug geladen und fuhr Richtung Deutschland, auf dem Waggon hing ein Schild: Gute Gaben vom niederländischen Volk.

Esther musste oft an das Pferd denken. Sie stellte sich vor, wie es im Zugwaggon umfiel und wie sein totes Fell zerriss. Sie hatte Angst, dass es ihm doch wehtun würde. Zu Hause fertigte sie aus alten Lappen und Filzresten mit Schablonen Hüte für Oma Berthi und nähte die obligatorischen Sterne auf all ihre Jacken. Esther war böse und unglücklich. Bei Sallie in der Volksschule saßen die jüdischen Kinder in einem eigenen Klassenzimmer. Sal trat zu Hause stundenlang seinen Fußball gegen den Zaun. Ohne dass sie etwas dagegen tun konnte, richtete sich ihre Unzufriedenheit oft gegen ihn. Trottel, zischte sie, wenn er an ihr vorbeilief, kleiner Trottel. Wenn er im Bett lag, erzählte sie ihm schauerliche Geschichten, und er machte sich nachts in die Hose. Am Tisch konnte sie das mahlende Geräusch der Kiefer ihrer Eltern nicht ertragen, und Oma Berthi, wie lieb sie auch war, hatte lange schwarze Haare am Kinn. Zitternd nahm Esther sich vor, jeden in diesem Haus weit hinter sich zurückzulassen. Dann dachte sie an den Direktor mit dem französischen Bärtchen. In dem Win-

ter, in dem Sal zehn Jahre alt werden würde, sagte ihr Vater, dass sie sich vielleicht doch lieber verstecken sollten. Doch es war schon zu spät.

»Warte kurz hier«, sagte sie zu Rits an der Straßenecke, »ich bin gleich zurück.« Eigentlich konnte sie nicht mehr und wollte sich am liebsten in einem Korb unter den Tisch legen und für immer dort bleiben. Er schaltete den Motor des Morris ab und seufzte tief, weil er keine Ahnung hatte, was sie in Khandallah Village machten, wenn sie doch in Kürze unten im Zentrum eine prestigeträchtige Modenschau hatten. Doch sie ignorierte seine Seufzer, stieg auf wackligen Beinen mit ihrer dampfenden Tasche aus dem Auto und fing an zu laufen. Was hab ich bloß für Schuhe an, man trägt doch keine roten Pumps, wenn man auf Krankenbesuch geht? Beängstigend, dass so etwas ihrer Aufmerksamkeit entgangen war. Die Straße stieg schräg an, und auf beiden Seiten standen große Holzhäuser in dicht bewachsenen Gärten. Eine Sekunde lang berührte sie das Liebliche und Beruhigende dieser Gegend, und sie fühlte ein vages Gefühl von Neid in sich aufsteigen, ohne zu wissen, warum. Üppige Rosen über dem weißen Zaun des Hauses, das musste es sein. Sie machte sich auf das Schlimmste gefasst und stieß das Tor auf, gefasst auf Feindschaft oder auf vollkommene Verweigerung. So schlimm kam es nicht, denn Hans stand auf der Leiter und lackierte eine Fensterbank. Er schien aufrichtig erfreut zu sein, sie zu sehen. »Esther!« Er kletterte von der Leiter herunter und wischte sich die Hände an einem Tuch ab. Marjorie war beim Blumenbinder. Bobby lag oben im Bett. »Wie geht es ihm?«, fragte sie. »Gut … besser … ach, Kinder, sie genesen so schnell. Er wird schon ordentlich zappelig. Noch eine Woche, denke ich, und dann läuft er wieder herum. Seinen Arm kann er noch nicht ganz bewegen, die Haut spannt noch zu sehr von den Brandwunden. Das wird noch etwas dauern, sagt der Doktor. Wir machen Übungen mit ihm. Aber es wird wieder gut, es wird alles gut. Und wie geht es dir?«

Sie gratulierte ihm zu dem Haus. Sein freundliches Gesicht fing an zu strahlen, und er klopfte mit der Hand an die blauen Balken, so wie man seinem Lieblingspferd über die Flanken streichelt. »Wir sind noch immer nicht fertig«, erklärte er, »hinten will ich noch den Wintergarten vergrößern.« Sie gratulierte ihm nochmals. Dann erst traute sie sich zu fragen. »Darf ich Bobby einen Moment sehen?«

Sie bemerkte sein Zögern und dachte: Marjorie hat es verboten. Esther lieber nicht, hat sie gesagt. Sie hob ihre Tasche an. »Nur ein kleines Geschenk bringen, ich habe ziemlich viel zu tun, bin auch gleich wieder weg.« Er wischte weiter seine Hände an dem fleckigen Tuch ab. Sie würden davon nicht sauberer werden.

Ein Jungenzimmer, mit Rugbyhelden an der Wand. Bobby saß im Schlafanzug aufrecht im Bett, Arm und Oberkörper waren verbunden. Um sich herum Comicbücher. Die Latkes waren leider kalt geworden, doch sie schmeckten ihm trotzdem, und er fragte sogar, ob er noch einen haben dürfte. »Nimm nur«, sagte Esther, »sie sind für dich. Dafür sind sie doch da.« In der Zwischenzeit zog sie den Kerzenständer aus ihrer Tasche. Esther hörte, wie Hans draußen die Leiter ein Stück weiterrückte. Sie schob einen Becher Limonade und einen Comic zur Seite und stellte den Kerzenleuchter auf den Nachttisch.

»Was ist das?«

»Für dich«, sagte sie. »Du darfst ihn nie wegstellen. Das ist eine Menora.« Sie setzte sich auf die Bettkante und zog die Kerzen aus der Tasche. »Acht Kerzen für acht Tage«, erklärte sie, »mit der neunten kannst du die anderen acht anstecken, sie gehört in die Mitte.« Er nickte, aß mit Appetit seinen zweiten Latkes, Krümel in den Mundwinkeln, Krümel im Bett. »Ich werde eine Narbe haben«, sagte er stolz. Sie fragte sich, ob er gehört hatte, was sie sagte. Eine nach der anderen zündete sie bebend die Kerzen der Menora an.

»An Chanukka zündet man acht Tage lang jeden Tag eine weitere Kerze an, bis der ganze Leuchter brennt. Chanukka ist das Lichterfest. Dann backt man Latkes in Öl.«

»Warum?«

»Ja, warum backt man an Silvester Krapfen?« Die Wahrheit war, dass es sie nie interessiert hatte. Es hatte etwas mit dem Tempel zu tun, der entheiligt worden war und mit heiligen Ölkrügen, die entweiht waren. Alle bis auf einen, aber der hatte nur gerade genug Öl, um die Lampen einen Tag lang am Brennen zu halten, und dann, hoppla, wer hätte es gedacht, durch ein wahres Wunder brannten die Lampen einfach acht Tage hintereinander, und sie konnten den Tempel säubern und einen neuen Vorrat an heiligem Öl anlegen. Sie, das waren die Juden, doch das wollte sie nicht näher erklären.

»Darf ich noch einen?« Was für ein wohlerzogener Junge, dachte sie. »Lecker, nicht? Die hat meine Oma immer an Chanukka gebacken. Immer an Chanukka.«

»Ist jetzt gerade Chanukka?« Wie lustig, er konnte den harten, gutturalen Anfangslaut nicht aussprechen. Er ist ein Kiwi, ein waschechter Kiwi. Einen Moment lang wurde sie von einem Glücksgefühl übermannt. »Wenn wir das so wollen, ja.«

Er lachte kurz auf. Dieses Lachen. Jetzt begann alles vor ihren Augen zu tanzen.

Sie steckte blind die achte Kerze in die Menora und bückte sich, um Streichhölzer aus der Tasche zu nehmen. »Du bist Sallie so furchtbar ähnlich, weißt du das eigentlich?«

»Wer ist das?«

»Mein kleiner Bruder. Die gleichen Augen, die gleiche Stimme. Die Art, wie du dich bewegst, wie du lachst.«

Sie entzündete das Streichholz und nahm die neunte Kerze.

»Ist er auch ein guter Rugbyspieler?«

»Er ist tot. Sie haben ihn vergast. Du bist nur etwas blonder.«

Sie hörte die Worte aus ihrem Mund kommen und konnte selbst nicht glauben, dass sie das gesagt hatte. Hör sofort auf damit. Als die neunte Kerze endlich brannte, hielt sie sie an die erste der acht Kerzen. Sie merkte, dass Bobby sie mit großen Augen ansah, dass er aufgehört hatte zu kauen, dass seine Hand mit dem Latkes still auf der Decke lag, und sie wollte ihn beruhigen. »Sie waren immer auf der Suche nach Menschen wie uns«, sagte sie, »und eines Tages waren wir einfach an der Reihe.«

Etwas Kerzenwachs tropfte von der neunten Kerze herunter, weil sie sie schief hielt. Esther konzentrierte sich verzweifelt darauf, die Kerzen sorgfältig und ohne zu tropfen anzustecken. Sah, wie die kleine Flamme der Kerze in ihrer Hand den anderen Kerzen Licht gab, wie die zwei Flammen einen Moment lang ineinander verschmolzen, bis ihre Hand die Kerze zurückzog.

Alles musste sehr schnell gehen. Sie durften nichts mitnehmen. Es regnete. Erst musste jeder mit seinem Koffer in der Hand in den Lastwagen steigen, um dann in einem Gebäude zu warten, das vollgepfropft war mit Menschen. Es stank nach nassen Jacken. Es dauerte lange. Esther ging auf die Toilette. Auch dort musste sie lange warten, und die Klos stanken nach Fisch. Danach konnte sie Sal und die anderen nicht wiederfinden. Als sie auf der Treppe stand, sah sie sie weit hinten in einer Ecke stehen. Oma Berthi hatte einen Stuhl bekommen. Ihr Vater war nicht dabei. Auf einmal spürte sie seine Hand um ihr Handgelenk, er packte kräftig zu, er tat ihr weh. Er zog sie von der Treppe herunter, schräg durch die Menschenmenge hindurch. Sie stolperte mehrmals, und unten angekommen zeigte er mit zitterndem Arm auf einen großen Mann mit einer Kappe, der mit ein paar kleineren Kindern am Ausgang stand. Er sagte, sie solle mit dem Mann dort mitgehen, aber ein bisschen dalli. Sie erschrak zu Tode, das Gesicht ihres Vaters war eigenartig verzogen, und er schubste sie von sich weg. Als sie beim Ausgang ankam, rief die Kappe wütend: Wo bleibst du denn, die Kinder müssen nach Hause. Sie verstand überhaupt nichts und lief mit der Kappe mit, die sie und die anderen Kinder nach draußen in den Regen führte. Doch erst als sie in dem Haus angekommen waren, sah sie, dass Sal nicht mitgekommen war.

Acht Kerzen brannten jetzt, vorsichtig stellte sie die neunte in die Mitte, sah in die Flammen und konnte ihre Traurigkeit nicht unterdrücken. Ratlos saß sie da, auf der Kante des Jungenbettes. Es dauerte einen Moment, bis sie die Sprache wiederfand. Das Licht der Kerzen verbreitete seinen Schein. »Ich begreife es einfach nicht«, flüsterte sie heiser und wandte sich dem Jungen zu. Dieser sah sie fieberhaft an, sein Mund hing ein Stück weit offen. Sie suchte seine Hand, sie musste es wissen. »Ich begreife es noch immer nicht … wollte er nicht mit? Hat Mutter ihn bei sich behalten wollen? Aber warum dann nicht mich?« Bobbys Hand war warm und klebrig, voll Krümel. Sie rückte näher an ihn heran, zog ihn vorsichtig zu sich und umarmte ihn. Das Zimmer löste sich in Nichts auf. Sie legte ihre klatschnasse Wange an sein Ohr, roch den warmen Schlafanzuggeruch an seinem Hals. Alle umgebracht. In ihrer Umarmung wurde sein Körper wärmer. Sie merkte, dass er nicht wusste, was dies alles bedeutete, vielleicht tat sie ihm weh. So vorsichtig sie auch war, aber sie musste es unbedingt wissen. Deshalb hielt sie ihn fest und wiegte ihn. Alle umgebracht. Sie betastete seine Wirbel und fühlte seine Schulterblätter, drückte ihr Gesicht in sein kurz geschnittenes Haar, weil sie nach etwas suchte, einem Zeichen, das alles erklären würde, einem Wort, einem Schlüssel oder einfach einem beruhigenden Geruch, und dabei ertönte aus ihrem Mund ein entfernter, dünner Klagelaut, als würde tief in ihr verborgen jemand auf seinem Krankenbett wimmern. Sie spürte, wie sich die Muskeln des Jungen verkrampften, hörte sein furchtsames Atmen und dachte: Hör auf damit, hör endlich auf, doch sie konnte nicht aufhören, in der Wärme dieses Kinderkörpers suchte sie nach etwas, das sie von der Frage erlösen könnte, die seit Jahr und Tag an ihr zehrte.

Warum mich nicht.

Als die Tür aufging, kehrte die Wirklichkeit unmittelbar zurück, und sie wurde sich des Anblicks bewusst, den das Kind und sie boten, des Missverständnisses und der sinnlosen Erklärung, die nicht verstanden werden würde.

»Mum«, sagte Bobby unsicher.

Esther ließ ihn los und wandte sich ab. »Oh dear«, murmelte sie und wischte mit den Händen über ihre Wangen, klebrige Hände, die nach dem Öl der Latkes rochen, »oh dear.«

Sonderbarerweise fragte Marjorie nicht nach einer Erklärung. Vollkommen ruhig schritt sie zum Kerzenständer und blies nacheinander die Kerzen aus, nicht aufbrausend, mit herumspritzendem Kerzenwachs, wie man es von ihr hätte erwarten können, sondern beherrscht und präzise.

»Den hab ich geschenkt bekommen«, sagte Bobby.

»Wie schön, Liebling.«

Esther richtete sich auf, wollte etwas sagen, doch sie tat es nicht. Schweigend und leer vor Müdigkeit griff sie nach ihrer Tasche. Marjorie ignorierte sie, räumte die Latkes vom Bett und legte das Kopfkissen des Kindes zurecht. »So, jetzt musst du dich ausruhen«, sagte sie und steckte ihn unter die Decke. Als Esther und sie im Garten waren, wiederholte sie in ruhigem Tonfall den gleichen Satz: So, nun muss er sich ausruhen. Sie fragte nicht nach einer Erklärung, sie wurde nicht ausfallend, nichts dergleichen, nur: So, nun muss er sich ausruhen, auf Wiedersehen, und sie drückte Esther das verlorene Skizzenbuch in die Hand. Hans stand neben der Leiter, in einer Hand hielt er den Pinsel, mit der anderen kratzte er sich am Kopf. Ja, sagte Esther, auf Wiedersehen.

Sie verabschiedeten sich höflich, wie erwachsene Menschen. Esther war schon fast beim Morris angelangt, als ihr etwas einfiel. Schnell lief sie zurück, um zu sagen, dass es nicht schlimm war, dass sie nicht auf ihre Einladung geantwortet hatten, weil sie ohnehin einen Platz für sie freihalten würde. Doch durch den Gartenzaun hindurch sah sie einen Mann und eine Frau wie erstarrt einander gegenüberstehen. Etwas in den Augen seiner Ehefrau veranlasste Hans, den Pinsel in den Farbtopf zurückzustecken. Still drehte sie sich um und ging zurück zum Auto.

26

Zwei Wochen später brach das Spektakel los. Der *Buzz* hatte gehalten, was er versprochen hatte, aufgeregt drängten sich die Gäste durch die überfüllten Reihen zu ihren Plätzen. Hinter den zugezogenen Gardinen, im gedämpften Tageslicht, beschlugen die Fensterscheiben. Esther empfing ihre Gäste in einem augenscheinlich simplen, doch sehr raffinierten, tomatenroten *Pinafore Dress* aus leichter Wolle. Sie schüttelte Hände, nahm Komplimente und Bukette entgegen und machte übermütige Bemerkungen, um die neue Zeit einzuläuten. »Time for a breath of fresh air«, rief sie, eine Bemerkung, die angesichts der stickigen Wärme in dem überfüllten Salon ziemlich fehl am Platze schien, aber dennoch mit großem Eifer aufgenommen wurde. Die ganze Zeit über behielt sie die Eingangstür scharf im Blick. Die Gesichter, die sie suchte, zeigten sich nicht, und eigentlich hatte sie das auch schon vorher gewusst.

In der Ecke stimmte die Jazzcombo zum letzten Mal ihre Instrumente. (»You don't want to know me«, hatte der Bassist düster gesagt, als sie sich einander vorstellten, und dabei seine alkoholschweren Augen tief in die ihren gebohrt. Noch in der gleichen Nacht landeten sie im Bett. Er nannte sie Lady Potatoe, wegen der Menge an Kartoffeln in ihrer Küche. Das ist etwas typisch Holländisches, erklärte sie, wir sind Kartoffelesser, Vincent van Gogh ist dafür berühmt gewesen.) Die letzten Tage vor der Schau hatte sie intensiv mit den Musikern und den Mannequins geübt, bis sie von der hitzigen Aufregung erfasst wurden, die es brauchte, um eine Schau zu etwas Besonderem werden zu lassen.

»Esther!«, Rits fuchtelte über die Menge hinweg wild mit den Händen in der Luft herum und tippte dabei auf seine Armbanduhr. Auf beiden Seiten des Laufstegs standen die Stühle dicht an dicht. Gäste, die keinen Platz abbekommen hatten, begnügten sich damit, in Reihen an die Wand gelehnt zu stehen. Die Eingangstür konnte man nur noch mit Mühe schließen. Köpfe reckten sich erwartungsvoll in die Höhe. Zehn Minuten nach der geplanten Anfangszeit konnte sie es nicht länger herauszögern. »Esther!« Sie bahnte sich grüßend und küssend den Weg zwischen ihren Gästen hindurch zum Kopf des Laufstegs, wo das Mikrophon aufgestellt war. Dahinter hing ein großes Laken, das sie von Studenten der Kunstakademie mit phantasievollen Mustern hatte bemalen lassen. Und hinter dem Tuch stand die aufgeregte Gruppe von Mannequins und Stylisten, die panisch miteinander tuschelten. Es ging um Lockenkämme, die sich in den Haarsträhnen verwickelt hatten, oder einen Knopf, der unerwartet vom Rockband abgesprungen war. Esther streckte die Hand aus und ließ sich von Rits auf den Laufsteg geleiten. Allmählich ebbte das Stimmengewirr ab.

Die Nacht nach dem Besuch bei Bobby war eine harte Nacht für sie gewesen. Gegen Morgen war sie erschöpft eingeschlafen. »Denk immer daran, Buba«, sagte ihr Vater im Traum, »du lebst nur zehnmal. Ich sehe, dass du oft betrübt bist. Und dann versuche ich, dass du auf irgendeine Weise Blumen bekommst.« Beim Aufwachen fiel ihr auf, dass er ihr nicht erzählt hatte, welches ihrer zehn Leben sie gerade lebte. Danach war sie wieder zu sich gekommen und hatte sogar etwas wie Erleichterung verspürt. Die Raubtiere zogen sich erschöpft in den Winterschlaf zurück. Dann mal wieder an die Arbeit, dachte sie ein wenig zittrig, los geht's. Doch dem Jungen gegenüber schämte sie sich aus tiefstem Herzen, ein unangenehmes Gefühl, das sie nicht loswerden konnte. Hans und Marjorie hatten die Antwortkarte ihrer Einladung nicht zurückgeschickt. Ich muss nach der Schau mit ihnen reden, ich muss sie beruhigen, nach der Schau.

Sie nahm ihre Position hinter dem Mikrophon ein, sie wusste alle Augen auf sich gerichtet. Unten neben dem Laufsteg brachte der Bassist mit der flachen Hand die Seiten seines Kontrabasses zum Schweigen. Er hatte gebieterische Hände und einen unzuverlässigen Charakter, sie würde es wohl eine Weile mit ihm aushalten. Schade, dass er genauso mager war wie sie, zwei magere Menschen im Bett, das ist wie zwei aufeinanderknallende Leitern, kawumms. Mit beherrschten Händen ergriff sie das Mikrophon und blickte in den Saal. Sie sah die Menschen im dicht gedrängten Salon und ließ ihren Blick über die erhobenen Gesichter schweifen. Für diesen Anlass hatte man seine Perlenketten herausgeholt. Frisuren waren hoch aufgetürmt, und Lippen waren geschminkt worden. Alle hatten ihr Bestes gegeben und waren voller Erwartung gekommen, so wie Esther es sich erhofft hatte. Sie stand auf einem Podium, das eigens für sie gebaut worden war. Einen schrecklichen Moment lang wusste sie nicht, warum sie das alles getan hatte. In diesem Saal war niemand, mit dem sie wirklich etwas zu tun hatte. Keiner dieser Menschen, die sie so neugierig betrachteten, liebte sie. Und sie selbst liebte keinen von ihnen. Einen schrecklichen Moment lang erstreckte sich ihr Leben vor ihr, weit wie die Polarebene, auf der eine Kollektion nach der anderen die Leere vorübergehend maskieren würde. Dann sah sie die Blumen.

Hinten im Salon, auf dem Tresen: bunt gemischt standen dort Dutzende von Blumensträußen in Eimern, weil nicht genug Vasen da waren. Üppige, teure Sträuße, keiner hatte hinter den anderen zurückstehen wollen. Eine überwältigende Menge an Blumen, zu viel für einen einzigen Menschen, und doch waren sie alle für sie. Die Blumen nickten ihr zu.

Esther holte tief Luft und tippte an das Mikrophon. Es wurde totenstill.

Dann mal los, Buba, wir hören dir zu.

»Jeden Tag«, sagte sie heiser, »und ich meine wirklich jeden Tag, können wir uns entschließen, unsere Jacke von gestern nicht mehr zu tragen. Eigentlich wollen wir sie schon lange nicht mehr tragen, doch es ist eine so vertraute Jacke und wir haben uns an sie gewöhnt. Sie hängt immer bereit, und wir nehmen sie gedankenverloren vom Haken. Die Jacke ist verwaschen und verschlissen, sie wirkt regelrecht in sich gekehrt. Auf der Straße scheint es, als wären wir unsichtbar, nichts regt sich in den Augen der Leute, die unseren Weg kreuzen. Die Jacke ist aus der Mode und lastet schwer auf unseren Schultern. Wenn wir zufällig unser Spiegelbild in einem Schaufenster entdecken, erschrecken wir vor der eingefallenen Silhouette, die dort vorüberläuft. Regen und Böen haben die Jacke verschlissen und kaputt gemacht. Sie riecht nicht mehr besonders frisch. Abends hängen wir sie mit leichter Abneigung zurück in die Garderobe. Vielleicht, denken wir zum wiederholten Mal, ziehe ich sie morgen nicht mehr an.

Ich fordere Sie heraus, liebe Gäste.

Jeden Tag können wir uns entschließen, eine neue Jacke anzuziehen. Grazil und schlank geschnitten, in hellen, kräftigen Farben, schön wie eine Blume. Wenn wir dann in den Spiegel sehen, sind wir angenehm überrascht. Gestärkt treten wir vor die Tür. Auf der Straße sehen wir, wie die Augen der Passanten aufleuchten, wenn wir vorübergehen. Ein Saum, der sich eigenwillig hochschiebt, vielleicht bis übers Knie! Oder ein Gürtel, der sich überraschend nach hinten legt und hinter unserem Rücken eine Schleife bildet, wie ein Augenzwinkern, das man nicht erwartet hätte, ist es nicht so? Man dreht sich um, was ist das für eine Jacke? Was ist das für ein Mädchen? Was für eine Frau? Und wir laufen mit federnden Schritten weiter, denn etwas ist passiert, es hat ein winzig kleines Erdbeben gegeben. Man hat uns erblickt, wir existieren, wir sind neu geboren.

Jeden Tag. Ein heiteres, wiegendes Kleid, eine Jacke mit geraden Schultern, eine Hose, die unsere Beine länger erscheinen lässt, sodass wir größere Schritte machen können. Aus einem Stoff, in dem wir uns freier bewegen können, schwingend und leicht, ohne jeglichen Ballast. In einer Farbe, die die Blicke der Menschen anzieht ebenso wie die Bienen. Lasst uns wie Klatschmohn auf dem Stoppelfeld sein. Wir können es selbst bestimmen. Jeden Tag. An allen Tagen unseres Lebens. Wie viele Tage es sein werden, wissen wir nicht, daher sollten wir keinen vergeuden.

Mein Name ist Esther. Ich will Farbe in Ihr Leben bringen. Das kann man auf verschiedene Arten tun, und dies hier ist meine. Heute wird mein Traum Wirklichkeit. Neuseeland hat mir den Raum für einen frischen, neuen Start geschenkt. Im Gegenzug biete ich Neuseeland mein Talent an.«

Sie machte eine kurze Verbeugung. Ihre Worte hatten ihr selbst wahrhaft in den Ohren geklungen, und sie wollte nicht daran zweifeln. Schnell gab sie Rits das Zeichen, dass er ans Mikrophon kommen sollte, um seine Glanzrolle als Conferencier einzunehmen. Und während die Jazzcombo einen Tusch spielte, verschwand Esther hinter dem bemalten Laken und hob es etwas zur Seite, um das erste Mannequin durchzulassen.

»… in seegrünem Jersey, auf der Vorderseite mit Duchesse abgesäumte Falten. Galant betont es die Körperlinie. Ein V-förmiger Ausschnitt, vollendet mit einer riesengroßen Halskette …«

»… aus kirschroter Shetlandwolle, gerade geschnitten, mit Sattlerstich handgesäumt …«

Als die Schau längst vorbei war und Esther die Gesichtsmuskeln von dem Erfolgslächeln allmählich schmerzten, als die Arme schlapp waren von all dem Händeschütteln, die Wangen rau von den Gratulationsküssen und die Ohren anfingen zu sausen von den Ausrufen, *superb, marvellous, daring, so utterly talented.* Als ihr die Kehle trocken wurde von den fast geschrienen Ausführungen über die Musik und das Gesumm der aufgeregten Besucher und die Ausrufe der Mannequins hinweg, die die Schau mit ihren Familienmitgliedern besprachen – habt ihr dies gesehen, das gemerkt, wie fandest du mich? –, als sie Atemnot bekam von der stickigen Luft in dem überfüllten Raum und ihr allmählich schwindelte von all den fremden Gesichtern, den Bekanntschaften, den Versprechen, den Verabredungen, den Lobgesängen, den Witzen, den schlagfertigen Antworten – erst da sah sie durchs Schaufenster, an der Stelle, wo die Gardine zur Seite geschoben war, um etwas Tageslicht hereinzulassen, Frank heranlaufen. Von der anderen Straßenseite kam er mit großen Schritten auf sie zu. Ihr Herz tat einen Sprung, obwohl sie es eigentlich besser hätte wissen müssen. Unverdrossen fuhr sie fort mit Zuprosten und unzähligen Versprechen, doch sie behielt ihn zwischen all den Menschen hindurch im Auge und sah, wie er zurückwich vor dem engen Salon voll aufgeregtem Frauenschweiß und Parfumdüften, wie er dann seinen Cowboyhut absetzte und sich nach drinnen durchkämpfte. Bei der Gruppe Mannequins, die an der Tür stand, verursachte seine Erscheinung ein unterdrücktes Beben. Gut erzogen wie immer, bat er um Entschuldigung, doch er flirtete nicht. Seine Augen waren dunkel und suchten unruhig den Raum ab, als wäre dort jemand, den er dringend sprechen musste. »Was für eine einzigartige Geschichte über die Bräute beim *Great Air Race*«, bemerkte eine Redakteurin von *Woman's Weekly*, »damit müssen wir unbedingt etwas machen. Waren es wirklich hundert? Und welch ein entzückendes Brautkleid, mein Kompliment!« Rits, der wie festgewachsen neben Esther stand, da er am Ruhm teilhaben wollte, lachte bescheiden.

»Ja«, sagte Esther, »das war vielleicht was. Das ganze Flugzeug – von vorne bis hinten – eine einzige verträumte weiße Wolke.« Sie machte sich mit einer Ausrede von ihnen los und schob sich grüßend und händeschüttelnd in Franks Richtung.

Kann ich dich einen Moment sprechen?

Draußen musste sie gegen das unerwartet helle Licht anblinzeln, sie verspürte ein trügerisches Abendgefühl von Alkohol, Rauch und Jazz in ihrem Körper. Was ist los? Er lief aufgeregt den Fußweg auf und ab, hob die Arme und ließ sie wieder sinken, in einer eigenartigen, selbstanklagenden Gebärde. Sie sah, dass er wütend war und sich nur mit Mühe beherrschen konnte.

»Ich bin zu spät.«

»Nicht für die Cocktails.«

»Wie ist es gelaufen?«

»Standing ovations.«

»Hm.«

»Ob sie die Dinge auch tragen werden, ist eine andere Frage. Oder ob sie überhaupt bereit sind, dafür zu bezahlen. Wir werden sehen.«

Er hatte nicht zugehört, denn er drehte sich mitten im Satz zu ihr um.

»Hast du sie noch gesprochen in der letzten Zeit?«

»Wen?«

»Hans und Marjorie. Und Bobby.«

»Nein … ja … vor zwei Wochen. Ein kurzer Besuch.«

»Ist dir etwas aufgefallen?«

»Äh … nein.«

»Und danach … hast du sie danach noch gesprochen?«

»Nein, danach nicht mehr.«

»Du hast sie nicht angerufen?«

»Nein.«

»Auch nicht gesehen?«

»Nein.«

Er fuhr sich mit der Hand durch die Haare und fluchte. Ein unangenehmes und ernüchterndes Gefühl kroch ihr den Rücken herauf. Hier läuft etwas falsch, ganz und gar falsch.

»Du?«, fragte sie.

»Ich hatte sie ein paar Mal am Telefon, um zu fragen, wie es Bobby geht. Aber ich musste die ganze Zeit arbeiten, erst den Bauern bei der Ernte helfen und danach selbst lesen. Ich dachte: Wenn ich zur Eröffnung von Esthers Laden gehe, fahre ich davor in Khandallah Village vorbei, dann kann ich Bobby besuchen.«

»Ja, und?«

»Ich habe gestern angerufen, um mich anzukündigen, doch sie haben nicht abgenommen. Gestern Abend habe ich es noch einmal versucht. Später dann noch einmal und heute Morgen wieder. Keine Antwort. Daraufhin fing ich an, mir Sorgen zu machen: Bobby geht es nicht gut, dachte ich.«

Der Erfolg, der Salon, alles drehte sich unter ihr weg.

»Und dann?«

»Heute Morgen nach der Arbeit habe ich wieder angerufen. Keine Antwort. Dann bin ich hingefahren.«

»Und?«

»Sie sind weg.«

»Das Haus ist leer. Sie sind weg.«

Er erzählte ihr die Geschichte. Die ersten Sätze drangen nicht zu ihr durch, denn in Gedanken saß sie wieder auf der Bettkante des Jungen.

»Ich habe meinen Jeep vor dem Haus geparkt und gemerkt, dass etwas anders war, eine merkwürdige Atmosphäre herrschte dort, eine Geisterstimmung. Ich bin durchs Gartentor gegangen, und das Gefühl, dass etwas nicht stimmt, hat sich verstärkt. Ich habe ›Hello! gerufen, so wie ich es immer mache, ein paar Mal, aber keine Reaktion. Und hinten im Garten, beim Wintergarten und auf der Terrasse, schien alles so … aufgeräumt, so … leblos. Alle Rattanmöbel waren weg, genau wie die Angelsachen und Bobbys Fahrrad, das immer an der Garagenwand lehnte. Die Hintertür war verschlossen. Die Tür stand normalerweise immer offen, selbst, wenn sie nicht da waren. Also sah ich durchs Fenster in die Küche. Der Küchentisch stand nicht da, keine Stühle, keine Rührschüsseln auf der Spüle, keine Kuchenformen auf dem Herd, ganz untypisch für Marjorie. Spooky. Und dann dämmerte es mir allmählich. Ich bin zum Wintergarten gegangen und habe durch die gläserne Fassade ins Wohnzimmer geguckt.« Er schnaubte ein paar Mal durch die Nase, wie ein wütender Stier, den man zurückhält. »Alles ist weg.«

»Ich dachte, ich hätte vielleicht das Haus verwechselt. Also bin ich zurück auf die Straße gegangen, um zu sehen, ob die Nummer stimmt. Ich hatte mich nicht getäuscht.«

»Ich bin zögernd am Zaun stehen geblieben, wusste nicht, was ich denken oder tun sollte. Ich bin noch einmal nach hinten gegangen, um mich zu überzeugen, dass es keine Sinnestäuschung war. Und dann kam die Nachbarin angelaufen. Ich kenne sie ein bisschen, sie kam oft vorbei, wenn ich bei Hans und Marjorie war. Sie sagt: Du verstehst bestimmt nicht, was hier los ist, oder? Und sie erzählt mir, dass gestern ein riesengroßer Umzugswagen in die Straße eingebogen wäre und dass die Umzugsleute das gesamte Mobiliar eingeladen hätten. Sie hatte selbst nichts davon gewusst. Weder Hans noch Marjorie hatten etwas von Umziehen erzählt, obwohl sie eigentlich ein gutes Nachbarschaftsverhältnis pflegten. Das dachte sie zumindest. Daher wollte sie nun wissen, was los war, und Marjorie murmelte etwas von einem besseren Job. Sie erzählte ohne eine Miene zu verziehen, dass sie das Haus verkauft hatten, und sagte: Tut mir leid, aber wir sind ziemlich in Eile, und das war alles. Ein Handschlag und auf Wiedersehen. Die Frau sah mich mit großen Augen an. Sie wollten nächste Woche alle zusammen picknicken gehen.«

Zu spät. Zu spät. Zu spät.

»Das Telefon war abgemeldet, darum habe ich niemanden erreicht. Jetzt klärt sich alles auf. Anyway, mit Bobby war wohl alles in Ordnung, erzählte die Nachbarin, er konnte schon wieder laufen. Das war auf jeden Fall eine Erleichterung. Aber ehrlich gesagt, stand ich einfach vollkommen entgeistert da, starrte auf das blaue Haus und dachte: Wie um Himmels willen ist es möglich, dass sie das hier alles zurücklassen? Das Haus war für sie fast wie ihr zweites Kind!«

»Wo sind sie hingezogen?«

»Das habe ich auch gefragt. Die Sachen waren unterwegs zum Hafen, erklärte die Nachbarin, sie würden verschifft werden. Ich fragte: verschifft? Ja, antwortete sie, und die Familie fliegt. Wohin? Tja, Esther, dreimal darfst du raten, wohin.«

Ich hätte sofort mit ihnen reden sollen.

»Rat mal, wohin meine Freunde, mit denen ich so viele Stunden verbracht habe, ohne ein Wort zu sagen unterwegs sind?«

Sie machte eine hilflose Geste, es konnte überall sein, von Whangarei bis Dunedin und zurück.

»Ich will es dir sagen: Meine Freunde, mit ihrem Kind, das zu seiner großen Freude gerade im Jugendteam von Wellington angenommen wurde, meine Freunde, die kürzlich erst ihre Einbürgerung beantragt haben, sind auf dem Weg zurück nach Holland.«

»Du hast richtig gehört. Erst sind sie von hier aus nach Auckland geflogen, und dann weiter nach Amsterdam.«

»All die stolzen Geschichten, all die Zukunftspläne. Warum das alles? Haben sie vielleicht doch Heimweh gehabt und sich nicht getraut, darüber zu sprechen?«

»Weißt du das ganz genau?«

»Kein Abschied, keine Anzeichen, nichts. Weg.«

»Für eine Weile. Im Urlaub.«

»Für immer. Zurück ins Vaterland. Vielleicht erklärst du mir mal, warum, denn ich weiß es nicht. Mein Verstand kommt da nicht mit.«

Marjorie, Angsthase.

»Weißt du es?«

»Nein«, sagte Esther schlicht und schlug die Hand vor den Mund. Sie sah, wie er umständlich ein Päckchen Zigaretten aus seiner Hosentasche zog, seine ganze Person zusammengeschrumpft zu einem einzigen Bündel eisigen Unverständnisses. Doch ein Eid ist ein Eid, und sie konnte ihm nicht helfen. Dankbar nahm sie die Zigarette an und hüllte sich in eine sichere Rauchgardine, hinter der sie einen Moment lang nachdenken konnte. Sie fragte sich, warum ihn das so berührte.

Er inhalierte tief und stieß den Rauch kräftig und wütend aus. »Warum lassen Menschen einander im Stich? Ich wollte Bobby zusätzliche Trainingsstunden geben. Ich habe mich nicht einmal verabschieden können.«

Sie dachte an Ada, die schöne, sanfte Ada, und

sah, dass ihm jeglicher Boden unter den Füßen weggezogen worden war.

»Mit Hans stecke ich mitten in den Baubesprechungen. Er hilft mir bei dem Entwurf meines Hauses. Immer freundlich, immer lustig. So ein liebenswürdiger Kerl. Nicht einmal angerufen hat er mich.«

Marjorie, Tyrannin.

»Esther«, fragte er, »was hältst du von all dem?«

Sie sah über die Schulter hinweg auf die Lady Esther Boutique. Hinter den beschlagenen Scheiben standen ihre Gäste eng beieinander. Von Glasscheiben eingeschlossene Partystimmung, ein Aquariumstanz erhitzter Gesichter. Rits warf mit schallendem Lachen den Kopf zurück, um der Redakteurin etwas zu erklären. Die Mannequins strichen sich neckisch ihre Haarsträhnen aus dem Gesicht und wippten von einem Bein aufs andere. Sie waren in genau diesem Moment von normalen Mädchen zu möglichen Filmstars geworden. Niemand machte Anstalten zu gehen, die Gespräche waren zu anregend, die Musik zu gefällig, die Cocktails zu süß. Während sie alle hier waren, hatte eine neue Zeit begonnen, und das musste gefeiert werden. Nachher würde sie sich persönlich von jedem verabschieden und mit einer geistreichen Bemerkung dafür sorgen, dass vage Versprechungen auch in die Tat umgesetzt wurden. Danach müsste aufgeräumt werden, die Kleider aufgehängt, der Laufsteg abgebaut und der Salon sauber gefegt. Das Leben musste weitergehen.

»Wir sind doch am Ende eine gewissenlose Rasse«, sagte Frank.

Zum zweiten Mal in zehn Jahren streckte Esther ihre Hand nach ihm aus.

27

Langsam, Meter für Meter, sinkt der Sarg in die Tiefe. Der Friedhof ist ein offenes Rasenfeld, umsäumt von Bäumen. Er grenzt an die Äcker des Weinberges. Die Gräber sind schlicht, ohne viel Marmor und auffällige Gedenktafeln, die meisten sind grasüberwachsen. Kleine Steine markieren das Kopfende des Grabes. In der Stille schieben sich die Eingeladenen an dem tiefen, rechteckigen Loch vorbei. Wenn man sich irgendwo in der Mitte des Zuges befindet, wie Marjorie, Bob und Hannah, oder ganz hinten, wie Ada und Esther, muss man viel Geduld mitbringen. Alle Füße bleiben direkt vor der Grube stehen. Neben der Grube liegt ein großer Haufen Sand, vermischt mit Erde und Kieselsteinen. Manche Leute werfen ihn mit den bloßen Händen auf den Sarg, andere nehmen die Schaufel, die aufrecht im Sand steckt. Jedes Mal, wenn die Erde das Holz des Sarges berührt, hallt derselbe dumpfe Schlag wider, und man hört die Kieselsteine, die davon abprallen. Rosen und andere Blumen werden auf den Sarg geworfen, es fallen Briefe ins Grab und auch ein Schlüssel. Jemand besprengt den Sarg mit Rotwein, als wäre es Weihwasser. Viele Menschen schließen einen Moment lang die Augen. Andere schauen durchdringend auf den Sarg. Alle nehmen in Stille Abschied von Frank. *Bye, mate.*

Wie eine Zeitbombe unter ihrer Ehe. Die Rückkehr nach Holland schien wie eine Zeitbombe unter ihrer Ehe zu ticken. Zum ersten Mal in all den Jahren wandte Hans sich von ihr ab. Er hatte getan, was sie wollte – wie immer –, doch er war wütend und hielt nicht damit hinterm Berg. Er nannte sie ›Marjorie‹ anstatt ›mein Mädchen‹, und seine Hände blieben ihrer Taille fern. »Du bist wie dein Vater«, bemerkte er kalt. Schlimmer hätte er sie nicht treffen können. Denn obwohl ihr Vater ihnen in dem elterlichen Haus in Zaandam Unterschlupf gewährte, legte er noch immer ein Verhalten an den Tag, das ein Zusammenleben unmöglich machte. Wie kleine Kinder mussten sie seinen Regeln gehorchen, und er ließ keine Gelegenheit aus, ihnen unter die Nase zu reiben, dass er es schon immer geahnt hatte. Seht ihr, gesenkten Hauptes seid ihr zurückgekommen. Seht ihr, das teure Haus mit Verlust verkauft. Siehst du, du hast einen Mann geheiratet, der untüchtig ist, der keinen festen Stand hat. Es war nicht auszuhalten. Sobald Hans eine Stelle gefunden hatte, zogen sie in eine Mietwohnung in einer schmalen

Straße in Amsterdam. Im dritten Stock wohnten sie, mit kleinen Schiebefenstern und einem winzigen Balkon, der voller Taubendreck war. Und wieder wurde Marjorie krank vor Heimweh, doch dieses Mal war es Heimweh nach Neuseeland. Sie starrte auf die grauen Häuserfassaden gegenüber und konnte jedes Mal heulen, wenn sie an Khandallah Village dachte, an ihr schönes blaues Haus, an den schönen blauen Himmel, an ihr schönes blaues Leben. Die spektakuläre Aussicht auf das Meer. Nichts gefiel ihr in Holland. Jeder war mit sich selbst beschäftigt. Der lang ersehnte Hering schmeckte tranig. Und Bobby, ihr stolzer Junge, tat sich mit dem Leben in diesem Land besonders schwer: Wo schwimmen sie denn hier? Wo spielen sie Rugby? Warum spielen sie kein Rugby? Wo spielen sie überhaupt? Wann fahren wir zurück? Er trottete mit hängenden Schultern in die Schule, wo er niemanden verstand und schräg angesehen wurde. Er wusste nichts mit sich anzufangen, und vom Drinnensitzen wurde er störrisch und unleidlich. Zum ersten Mal in ihrem Leben geriet Marjorie mit ihm aneinander. Wenn sie sich abends im Bett darüber beschwerte, erwiderte Hans eiskalt, dass es ihre eigene Schuld war. Doch sie hielt hartnäckig daran fest, dass ihre Entscheidung richtig gewesen sei. Mit Esther in der Nähe sei ihr Leben nicht mehr sicher gewesen. Dann schüttelte Hans den Kopf. Du bist wie dein Vater, sagte er, alles muss so sein, wie du es willst. Alles musst du unter Kontrolle haben, genau wie dein Vater.

Schlimmer beleidigen hätte er sie nicht können.

Es dauerte lange. Am Ende bekamen sie gerade noch die Kurve. Wütend sein war nicht seine Art. Nach fast einem Jahr zogen sie um nach Gooi, wo er als Vorarbeiter bei einem Bauunternehmen anfangen konnte. Ihre neue Unterkunft war ein Reihenhaus, aber mit Garten, und es lag im Grünen. Langsam wurde es besser. Bobby konnte über die Felder radeln und fand Freunde. Sie holten sich einen Hund, einen eigensinnigen Dackel, den das Kind heiß und innig liebte. Hans legte seine Hände wieder um ihre Taille. Doch das Gefühl, sich nie mehr richtig zu Hause zu fühlen, wurde nicht wirklich kleiner. Ihre Flucht aus Neuseeland blieb ein Tabuthema. Auch die Tatsache, dass sie – wie Diebe in dunkler Nacht – weggefahren waren, ohne ihre Freunde zu benachrichtigen, nagte an Hans. Norman und Edna, Ian und Kathleen, von niemandem hatten sie sich verabschiedet. Und Frank de Rooy, der beim Bau seines Hauses auf ihn gezählt hatte. Marjorie verschwieg ihre Vermutungen über Frank. Nach langer Zeit schrieb Hans Frank einen Brief. Er war kein geborener Briefschreiber und musste sich sehr anstrengen. Ich bringe ihn morgen zur Post, erklärte Marjorie, morgen, wenn ich mit dem Hund rausgehe.

Jetzt starrt sie geradewegs in die Grube. Sie beugt sich zu ihrem Sohn hinüber und fragt flüsternd, ob er für sie eine Schaufel Erde auf den Sarg werfen könnte. Dabei tippt sie auf ihren Gipsarm. Die Erde gleitet von der Schippe und landet mit einem schweren Plumps unten auf dem Sarg. Sie schließt die Augen. Tut mir leid, sagt sie störrisch zu dem Toten.

Sie bleiben nicht lange am Grab stehen.

Bob legt seiner Tochter den Arm um die Schulter. »Ich kenne diesen Mann überhaupt nicht«, flüstert Hannah ihm beim Weitergehen ins Ohr. Er drückt sie einen Moment lang an sich, überglücklich darüber, sie wiederzusehen.

Ada greift mit beiden Händen in die Erde. Über dem Sarg lässt sie sie aus den Händen gleiten und fischt dabei einen Kieselstein heraus. Bitte. Danke. Sie wischt die übrig gebliebene Erde so gut es geht von dem kleinen, glatten Stein ab, der die Wärme der Mittagssonne noch in sich trägt. Sie nimmt den Stein in die hohle Handfläche und schließt die Augen. Die Erde bleibt ihr unter den Nägeln hängen.

Am Anfang war es vor allem die Verzweiflung, der Verlust. Sie kam triefnass in den Bunker, umarmte ihre Kinder und spürte, wie Trauer sich ihres Körpers bemächtigte. Es war ein physischer Schmerz, ein Phantomschmerz, eine unaufhörliche Folter, die sie vor der Außenwelt verborgen halten musste. Sie konnte seine Hand in ihrer eigenen spüren. Sie sah ihn neben sich sitzen, stehen oder liegen und konnte ihn dabei beinahe anfassen. Sie sah ihn überall. Sie konnte nicht glauben, dass er nicht gleich vor ihr stehen würde, dass er nachher nicht im Bett auf sie wartete. Unterdessen zog sie die Kinder an und machte Mittagessen für Derk. Unaufhörlich hörte sie seine Stimme. Seine Worte. Sie spürte seine Hand in ihrem Nacken. Wenn niemand zu Hause war, holte sie das gestreifte Kleid aus der Schublade, drückte ihr Gesicht in den Stoff und roch ihren eigenen Körper in seinen Armen. Die Bilder, die dabei in ihr aufstiegen, veränderten sich nie und behielten stets ihre Kraft. Ohne Pause redete sie mit ihm, in ihrem Kopf, so wie sie es gewohnt war. Und nun antwortete er auch. Auch seine Sätze veränderten sich nicht mehr und verloren niemals ihre Kraft. Lass dir nichts erzählen, Ada, hörte sie, wenn sie während der Predigt in der Kirche die kalten Augen des Pastors auf sich gerichtet wusste. Er setzt dich in eine Transportkiste, vernahm sie, wenn Derk ihr furchtbare Vorwürfe machte.

Und langsam, ohne dass es ihr wirklich bewusst wurde, straffte sie ihren Rücken. Wir ziehen um, verkündete sie Derk eines Tages, so geht es nicht weiter, wir ziehen hinunter, ins Dorf, in ein normales Haus mit Licht und Zentralheizung und einem Badezimmer mit warmem Wasser. Es ist ein Mietshaus mit Garten, ich habe es bereits gefunden, du musst nur noch unterschreiben. Wenn du willst, dass ich bleibe, dann muss etwas passieren.

Ihm fiel die Kinnlade herunter. Sprachlos unterzeichnete er den Mietvertrag. So geht das also, dachte sie im Stillen, und nahm sich vor, öfter mutig zu sein.

Der Schmerz war nun immer da, ein Schmerz, der sie an die Hand nahm und stärker machte. Frank war immer da. Sie lebte Seite an Seite mit ihm. Er war in ihr. Oder vielleicht wurde sie auch er. Wie es genau war, wusste sie nicht.

Neben ihrem neuen Haus wohnte eine fröhliche, gastfreundliche Familie. Derk vermied den Kontakt, da sie ihm nicht gläubig genug waren, doch die Kinder gingen bei ihnen ein und aus, und Ada fragte die Frau, Mona, ob sie ihr Englischstunden geben wollte. Sie wurden Freundinnen. Zusammen mit Mona ging sie in die öffentliche Bibliothek und ließ sich dort Bücher empfehlen. Sie las und las, denn sie wollte sich weiterentwickeln, und sie nahm auch Bücher für die Kinder mit und las sie ihnen vor. Wenn Derk sich über den weltlichen Charakter eines solchen Buches ausließ, schloss sie einfach die Kinderzimmertür. Von dem Geld, das sie als Postbotin verdiente, kaufte sie einen Plattenspieler. Es ist wichtig, erklärte sie Derk, dass die Kinder mit Musik aufwachsen. Er schimpfte, denn er schimpfte immer, doch sein Schimpfen berührte sie stets weniger, und der Plattenspieler bereitete ihr große Freude. Der Mann vom Plattenladen nahm sich immer viel Zeit für sie und beriet sie mit Begeisterung. Ada tanzte mit den Kindern zu den Blumenwalzern von Chopin durchs Zimmer, und sie sangen Rigoletto mit. Wenn Derk nicht zu Hause war, hörten sie die Beatles. Coleman Hawkins und Dexter Gordon gefielen außer ihr niemandem.

Wirklich glücklich wurde sie nicht. Um des lieben Friedens willens log sie Derk oft an. Es waren kleine, unschuldige Lügen, doch sie gaben ihr ein einsames Gefühl. Auch im Bett fühlte Ada sich einsam. Immer wieder versuchte sie, den Sex mit Derk schön zu finden – eine Frau musste stets willig sein –, doch die Abneigung blieb. Oft genug kniff sie die Augen zu und versuchte sich vorzustellen, dass sie mit Frank zusammen im Bett lag. Nach diesen Malen war Derk noch Tage später freundlich zu ihr und wirkte beinahe heiter, doch sie machte es traurig. In den seltenen Momenten, in denen sie allein zu Hause war, zog sie die Gardinen zu und sprang voller Lust mit Frank zusammen in den Heuberg. Das Schuldgefühl danach wurde mit der Zeit weniger.

Um sie herum veränderte sich die Welt. In den Zeitungen sprach man über die sexuelle Revolution. Heimlich sorgte Ada dafür, dass Julie die Pille nehmen konnte. Und sie wagte es, ihrer Freundin zu ge-

stehen, was passiert war. Beunruhigt wartete sie auf ihr vernichtendes Urteil. Doch Mona hatte Tränen in den Augen und umarmte sie. Was für eine wunderschöne Geschichte, sagte sie, ich weiß gar nicht, was ich sagen soll. Kein Wort über Sünde. Eine schöne Geschichte.

Ada merkte, dass ihre Gedanken beim Beten abschweiften. Gespräche mit Gott fielen ihr nicht leicht. Stattdessen führte sie Gespräche mit jemand anderem, vielleicht war das die Schwierigkeit. Die Antworten, die Frank ihr gab, auch wenn es immer dieselben waren, gefielen ihr besser als Gottes Schweigen. Allmählich begann sie, sich selbst Fragen zu stellen (oder vielleicht stellte auch der Frank in ihr diese Fragen?) über Dinge, an denen sie vorher nie gezweifelt hatte. Ada gab sich mit dem drohenden Gott nicht mehr zufrieden, sie hatte keine Lust mehr, ängstlich am Boden zu kriechen, und wandte sich an Jesus, der so viel menschlicher war. Sie fing an, sich weniger schuldig zu fühlen. Das beunruhigte Derk. Und auch, dass sie den Kindern immer mehr Freiheiten zugestand. Als Danny, der Jüngste, zwölf wurde, verkündete sie: Von jetzt an dürft ihr selbst entscheiden, ob ihr in die Kirche gehen wollt oder nicht. Derk wurde furchtbar wütend, doch sie nahm ihre Aussage nicht zurück. Pete, ein unsicherer Jugendlicher, der sich sehr um die Anerkennung seines Vaters bemühte, ging weiter in die Kirche, doch Ju-

lie und Danny gingen von einem Tag auf den anderen nicht mehr hin. Als Danny vierzehn war, gründete er mit seinen Freunden eine Rockband. Wenn sie zusammen in der Scheune probten, brachte Ada ihnen Cola und Kuchen vorbei und blieb kurz, um zuzuhören. Sie sind so viel freier als wir, sagte sie zu Frank. Dann schwoll ihr Herz an wie ein Geburtstagsballon und erhob sich feierlich in die Lüfte. In diesen Momenten war sie glücklich.

Jetzt steht sie mit geschlossen Augen am Sarg und bittet Frank um Vergebung. Nicht den Frank in ihrem Kopf, der sich in all den Jahren nie verändert hat, sondern den echten Frank, der ohne sie weitergelebt hat, der ohne sie alt geworden und gestorben ist. Sie spürt die Wärme des Kieselsteins in ihrer Hand. Vergib mir, sagt sie, vergib mir meine Schwäche. Dann öffnet sie die Augen und geht weiter.

Zusammen mit ihm, so wie immer.

Hinter Ada nimmt Esther die Schaufel in die Hand. Während sie in der Reihe weitergelaufen ist, hat sie die Augen nicht von Bob und Hannah lassen können. Der Sarg ist nun fast ganz mit Erde bedeckt. Sie stützt sich auf die Schaufel und senkt den Kopf. Mach's gut, Junge. Du solltest sie hier mal sehen, unseren Sohn und unsere Enkeltochter. Was für Menschen. Und wir haben anscheinend noch zwei Enkel. Bitte vergib mir. Ich habe für dich entschieden, ohne dich um Rat zu fragen. Ich habe mich von meiner eigenen Panik mitreißen lassen. Du weißt, was ich meine.

Sie schliefen noch ein paar Mal miteinander. Doch obwohl sie einander mochten und beide nach Trost suchten, fühlten sie sich nicht wirklich wohl dabei. Während sich ihre Körper berührten, wichen ihre Blicke einander aus. Er sehnte sich nach Ada, das wusste sie. Seine physische Anwesenheit verwirrte sie. Sie hatten zusammen ein Kind, von dem er nichts wusste. Und das hatte sie für ihn entschieden. Es führte dazu, dass sie – gegen ihr eigenes Verlangen – den Kontakt mit ihm auf ein Minimum reduzierte. Das, und die Angst davor, jemals in die Versuchung zu geraten, ihm alles zu erzählen. So ein Weinberg ist nichts für mich, verkündete sie und stürzte sich ganz in die Arbeit in der Lady Esther Boutique. In diesen Salon kriegen mich keine zehn Pferde mehr hinein, scherzte er und widmete sich seinem Traubenblut Estate. Stress, Stress, immer nur Stress, riefen sie sich einander am Telefon zu.

Als sich alle Füße am Grab vorbeigeschoben haben, schwärmt die Gesellschaft über den ganzen Friedhof aus. Weinhändler und Geschäftsinhaber. Restaurantbesitzer aus der Gegend, in der Traubenblut ausgeschenkt wird. Die Ober des Hotels in Martinborough. Nicht alle kennen sich, doch am heutigen Tag verbindet sie alle dieser Abschied. Dieselbe sanfte Brise trocknet ihnen allen die Tränen. Vorsichtig werden die ersten kleinen Scherze gemacht. Kris tippt den Leuten auf die Schulter und lädt alle auf ein Glas Pinot Noir ins Restaurant des Weingutes ein. Während die Sonne schon tiefer steht und alles in rotgoldene Glut taucht, spaziert die Gesellschaft in unterschiedlichen Konstellationen durch die Felder in Richtung der silbernen Tanks, die überall aufragen.

»Ich mache immer noch alles selbst«, sagt Esther und entfaltet für Hanna den Prospekt von Cahn Couture, »Beratung, Skizzen, Styling, Entwürfe, sieh dir nur meine Augenringe an.« Sie hat die Broschüre auf dem Höhepunkt ihres Ruhmes drucken lassen, irgendwann Mitte der Siebzigerjahre, als Scheichs aus Saudi-Arabien ihre Frauen für ein Abendkleid von Lady Esther nach Neuseeland einfliegen ließen und sie selbst regelmäßig in Beverly Hills zu Gast war. »Siehst du, wie raffiniert das ist? Die verschiedenen Lagen, alle schräg angeschnitten, dadurch wirkt es so komplex.« Die ruhmreichen Jahre – lange vor dem Streit mit Rits, der das Tagesgeschehen bei Lady Esther leitete und jahrzehntelang seine hinterhältigen Machenschaften mit den Geschäftsunterlagen trieb, für die sie sich selbst für zu feinsinnig hielt. Noch bis in die Neunzigerjahre hatte sie mit Anwälten, Papierkram und einem Magengeschwür zu schaffen gehabt, doch irgendwann hatte sie einen Strich daruntergesetzt und den Verlust akzeptiert. Lady Esther Boutique war nun tatsächlich ganz auf ihn überschrieben. Ihr aufgebautes Kapital ebenfalls. Sie zog nach Auckland. Der Laden in Wellington bestand noch, wenn auch unter anderem Namen. Ihr Talent hat er nicht stehlen können, doch finanziell ist sie nie darüber hinweggekommen und wird bis zu ihrem Tod weiterarbeiten müssen.

Doch das hatte sie ohnehin vor.

»Anyway«, sagt Esther, denn sie sieht in den Augen des Mädchens, dass die Mode in dem Prospekt hoffnungslos veraltet ist und nicht mehr interessant für die jungen Leute von heute, »anyway, ich habe mich in den Kreisen von Theaterleuten und Ausländern bewegt, es gab eine große Kluft zwischen dem, was ich wollte, und dem, was Neuseeland verkraften konnte. Jetzt bin ich alt, oh dear, jetzt habe ich nur noch Lady Esther Bridal.« Dann schweigt sie und sieht sich selbst zwischen den leblosen Brautpuppen im Atelier herumkramen. Die meisten Kleider mache ich für Mädchen von den Samoa-Inseln, dort tragen sie gern traditionelle Brautkleider. Ich bin ein Kind der Toten geblieben, denkt sie, ich habe nie selbst angefangen zu leben, nur durch meine Entwürfe. Das ist ein bitterer Gedanke, doch sie hat sich daran gewöhnt.

Hannah gibt ihr den Folder zurück. »Cahn Couture«, sagt sie, »sind Sie Jüdin?«

»Ja, meine Liebe«, antwortet Esther ohne die geringste Zurückhaltung. Es ist so viel Zeit vergangen, und die Welt sieht anders aus.

»Ich auch«, sagte das Mädchen, das ihre Enkeltochter ist.

Pock, pock, machen die Worte in Esthers Kopf, pock, pock, wie ein Squashball in einem leeren Raum. Wahrscheinlich guckt sie das Mädchen ziemlich dumm an. »Meine Mutter ist Jüdin«, Hannah zieht etwas aus ihrem Rucksack, »bei uns zu Hause spielt Religion eigentlich keine große Rolle, nur ab und zu. Mama schimpft immer über Israel, aber wehe, wenn sich jemand anderes negativ darüber äußert! Schauen Sie …«, sie kramt ein zerknittertes Farbfoto aus ihrem Rucksack und faltet die zerknickten Ecken zurück, »hab ich nach Australien mitgenommen, um es den Leuten zu zeigen: meine Familie.«

Unfähig dazu, etwas zu sagen, streckt Esther eine Hand aus und nimmt das Foto entgegen. Ihre Hände zittern genauso sehr wie vor ein paar Stunden, als Bob ihr Feuer angeboten hat. Sie kann es nicht verbergen und merkt, wie das Mädchen sie ansieht. Sie schiebt die Sonnenbrille über ihr straff gebundenes Haar und hält die Lesebrille, die an einer dünnen Kette um ihren Hals baumelt, vor die Augen. Noch immer kann sie nichts erkennen. Sie hält das Foto dicht vor die Nase. Neben ihr wartet Hannah geduldig und sieht sich dabei um, wo der Maori-Junge geblieben ist, Kris. Er ist nicht weit von ihr weg.

Eine schwindelerregende Stille legt sich um Esthers Kopf, während sie von dem Foto eingesogen wird: das Zimmer, in dem der festlich gedeckte Tisch steht, um den herum die Familie sitzt. Bob, der Sohn, der Mann, der Vater, sitzt zurückgelehnt auf seinem Stuhl. Seine Jacke ist offen, sein Haar verwuschelt. Er lächelt zufrieden. Seinen Arm hat er um eine hübsche, schwarzhaarige Frau gelegt, die neben ihm sitzt. Die Frau hat ein kleines, rundes Gesicht mit slawischen Wangenknochen, sie wirkt sexy. Große, kesse Ohrringe. Das Kinn der Frau ruht auf ihren Händen, die Ellenbogen auf den Tisch gestützt, schaut sie verschmitzt in die Linse. Die drei Töchter hängen lässig übereinander. Obwohl sie die Gesichter vor der Kamera zu albernen Fratzen verziehen, sieht man, dass sie die Schönheit der Mutter geerbt haben. Das Essen scheint bereits fortgeschritten zu sein, es stehen leere und halbvolle Gläser da, Essensreste auf den Tellern, dazwischen achtlos abgelegte Servietten. Anscheinend sind noch mehr Menschen dort – derjenige, der das Foto macht, und andere Gäste –, die sich zur Seite lehnen, damit nur die eigentliche Familie aufs Bild kommt, auf das Foto, das auf die Reise mitgenommen werden soll. Alles auf diesem Bild funkelt und leuchtet. Vor allem die Menora mit den brennenden Kerzen, die in der Mitte des Tisches steht.

Esther räuspert sich, schluckt ein paar Mal, doch ihre Stimme versagt, wahrscheinlich für immer. Ihr Leben stürzt auf sie nieder und verspottet sie.

»Ja«, sagte Hannah, »das war zu Chanukka.« Und sie nimmt das Foto zurück. Dann merkt sie, dass mit Esther etwas nicht stimmt. »Was ist los?«, fragt sie besorgt, »fühlen Sie sich nicht gut?«

Betäubt rafft Esther die Trümmer ihres eigenen Körpers zusammen. »Oh dear«, murmelt sie, und die unerträgliche Torheit des Lebens wogt vom Zwerchfell aus in ihr auf. Sie verbirgt das Gesicht in den Händen. Ihre Sonnenbrille rutscht, die Lesebrille baumelt hilflos an der Kette. Das Mädchen beobachtet sie besorgt, während sie das Foto in ihren Rucksack zurücksteckt. »Vielleicht müssen Sie etwas essen. Drüben im Restaurant bekommen wir bestimmt etwas.«

Ja, so wird es sein.

Es ist nicht richtig, bemerkte Hans nach seinem ersten Herzinfarkt, wir müssen es Bob erzählen. Wir hätten es nicht so machen dürfen. Sie protestierte heftig, lass uns das noch etwas überdenken, was würden wir alles damit kaputt machen? Bob weiß von nichts, er hat doch keine Probleme. Aber ich, sagte Hans, nachdem man ihn zum zweiten Mal die Gefäße hatte erweitern müssen. Seine Zweifel jagten Marjorie einen furchtbaren Schrecken ein. Sie lag nächtelang wach, in denen sie sich die Erschütterung und die Krise ihres Sohnes nach so einer Meldung vorstellte – wie er sich von ihnen abwenden würde, von den Betrügern, die sich über ein halbes Jahrhundert lang als seine Eltern ausgegeben hatten. Ich kann das noch nicht, sagte sie heulend zu Hans, ich muss mich erst an den Gedanken gewöhnen. Wie lange noch, wollte er nach seiner Bypassoperation wissen. Feige versteckte sie sich hinter jemandem, mit dem sie seit ihrer Rückkehr vor fast einem halben Jahrhundert keinen Kontakt gehabt hatten. Wir können das nicht ohne Esther entscheiden, brachte sie an, und ein heiliges Feuer knisterte in ihrer Stimme, wir haben einen Eid abgelegt, erinnerst du dich? Daraufhin besorgte er Prospekte bei einem Spezialisten für Neuseelandreisen. Sie tat so, als würde sie ebenfalls begeistert in die Planung einsteigen, erklärte dann aber alle Angebote für untauglich: Die eine Reise war zu lang, die andere nicht komfortabel genug. Schließlich waren sie alt, und man müsste ohnehin erst herausfinden, ob Hans mit seinem schwachen Herzen überhaupt fliegen durfte. Dann gab sein Herz auf und ließ sie mit den Prospekten und dem Problem zurück. Seine Zweifel hatten sich in ihr festgesetzt. Marjorie fragte sich, ob es sie erleichtern würde, von den Lügen befreit zu sein und zu wissen, ob ihr Sohn sie dann noch immer liebte. Doch wenn sie Bob auf Familienfesten so entspannt und mit solch einer Selbstverständlichkeit zwischen den Seinen sah, dann brach es ihr schon im Vorfeld das Herz. Die Nachricht von Franks Tod schien ein Zeichen zu sein. Es war an der Zeit, mit Esther zu reden.

Zunächst einmal möchte Esther mit ihr reden. Marjorie spürt, wie ihr das Blut in die Wangen schießt. Am liebsten würde sie ihre schwarze Jacke ausziehen, es ist schrecklich warm in diesem Land, doch das ganze Theater mit dem Gipsarm hält sie davon ab. »Nun stehe ich da mit meinem Talent«, schlussfolgert Esther, »und einer ganzen neuen jüdischen Nachkommenschaft.« Als wenn das ihre Schuld wäre, Marjorie schnaubt auf. »Kann ich etwas dafür?«, schnauzt sie, »ich habe mir Vera nicht ausgesucht, falls du das gedacht hast. Ich kann wohl schlecht sagen, dass er keine Jüdin heiraten darf. Sie haben zusammen in Delft studiert, damals hatte sie schon ein Auge auf ihn geworfen. Und er ist so eine gutmütige Seele, er hat sich von ihr einlullen lassen.« Die Wahrheit ist, dass ihre Schwiegertochter Bob nach fünfundzwanzig Ehejahren noch immer um den Finger wickeln kann und dass sie als Architektin mindestens so gefragt ist wie er. Bob stört das nicht, er hegt keinerlei Selbstzweifel und gönnt seiner Frau alles. Aber Marjorie stört sich daran. Frauen haben heutzutage Rückenwind, erklärt sie ihren Freundinnen immer wieder, dagegen kommt kein Mann an.

Neben ihr zieht Esther eine Zigarette aus der Tasche und steckt sie an. Bloß nicht fragen, ob mich das stören könnte, denkt Marjorie. Sie hustet ein paar Mal. Esther schiebt die Sonnenbrille etwas höher. »Ich hätte mein Kind ebenso gut behalten können«, bemerkt sie unbewegt. In einem Bild aus der Vergangenheit sieht Marjorie sie weinend auf dem Kinderbett sitzen, die Arme um Bobby geschlungen. Hans tippt ihr auf den Rücken, jetzt, tu es jetzt.

Sie trottet weiter, mit brennenden Augen. Weit vor ihnen läuft Bob, der sich angeregt mit seiner Tochter unterhält und mit dem Jungen von hier, der Kris heißt. Dass über seinem Kopf ein Fallbeil hängt, dessen Seile sie in der Hand hält, ist ihm nicht bewusst. Marjorie fühlt sich grauenhaft. Das Einzige, worauf sie hoffen kann, ist, dass er sie als Mutter geschätzt hat. Doch selbst da ist sie sich nicht so sicher.

»Esther«, beginnt sie mit dem Mut der Verzweiflung, »haben wir es richtig gemacht?«

Die Frau im Hosenanzug mit den grauen Nadelstreifen neben ihr zuckt die Schultern und raucht schweigend weiter.

»Ich meine, wir hätten ihm die Wahrheit sagen können.«

»Wenn es dich erleichtern würde«, sagt die raue Stimme.

»Es geht nicht um mich. Es geht um Bob.«

»Ach so.«

»Meinst du, es wäre besser für ihn, wenn wir es ihm erzählen?«

Ein langer Arm weist in Richtung des Dreiergespanns.

»Du bist seine Mutter, du musst ihn doch kennen.«

Als würde Bob merken, dass es um ihn geht, dreht er sich um und sucht sie. Als er sie entdeckt, winkt er fröhlich herüber. Marjorie winkt zurück, verblüfft über Esthers Antwort. »Ich weiß es wirklich nicht«, sagt sie zögernd, »womit belasten wir ihn nur?«

»Mit Betrug. Und einer toten Familie gratis dazu.«

Sein ganzes Leben ist auf Lügen aufgebaut. Seine Erinnerungen wären unzuverlässig geworden. Er – der von nichts weiß – dreht sich zu seiner Tochter um und zieht sich die Jacke aus. Sein Rücken ist ein wenig gekrümmt, weil er viel Zeit über Zeichentische gebeugt verbringt. Aufrecht gehen, rufen Vera, seine Töchter und sie selbst ihm im Wechsel zu. Dann streckt er sich kurz, um dann sogleich wieder in seine natürliche Haltung zurückzufallen. Der leichte Knick in seinem Rücken rührt sie auf diese Entfernung, ein Zeichen für seine Verletzlichkeit.

»Er sieht aus wie ein glücklicher Mensch«, sagt Esther, »das kannst du als Kompliment für dich verstehen.«

»Er hat ein gutes Leben«, pflichtet sie ihr in bescheidenem Ton bei, während ihr Herz sich weitet. Neben ihr tritt Esther mit einem typischen Esther-Lachen die Zigarettenkippe zwischen den Kieseln auf dem Weg aus. »Vielleicht haben wir es nicht richtig gemacht«, sagt sie, »aber warum soll er dafür bezahlen müssen? Das ist einzig und allein unsere Sache.«

Esther hat natürlich recht. Ein wunderbar nobles Gefühl durchströmt sie. Natürlich.

»Also lassen wir es, wie es ist?«, fragt Esther feierlich, als würde sie ein Diplom verleihen. Mit einem tiefen Seufzer der Erleichterung nimmt Marjorie es in Empfang. Wider Erwarten bestanden.

Während sie an den Weingärten entlangspaziert, schätzt sie sich selbst glücklich, dass sie nach Neuseeland gekommen ist. Auf eine Weise ist es gut, dass Frank gestorben ist, falls man so etwas überhaupt denken darf. Doch eine Frage brennt in ihrem Innersten.

»Esther?«, setzt sie vorsichtig an.

»Hm?«

»Hast du es jemals bereut … unsere Abmachung?«

Die Antwort kommt ohne Zögern: »Nein, niemals.«

Das hatte sie nicht erwartet, und sie kann es nicht glauben.

»Wirklich nicht?«

Einen Moment herrscht Stille. Nun kommt es. Dann erklingt die tiefe, heisere Stimme, gemächlich und ruhig. »Wenn ich eines schon immer mit hundertprozentiger Sicherheit gewusst habe, dann ist es, dass ich mit Kindern nichts anfangen kann. Bedauerlich für mich, dass es so ist. Doch bereut habe ich es niemals.« Und wie um ihre Worte zu unterstreichen, wiederholt sie es noch einmal: »Wirklich niemals.«

Marjorie hört aus der Antwort heraus, dass sie es tatsächlich so meint. Einen Moment lang erscheint vor ihrem inneren Auge ein blaues Haus. Doch sie hat keine Lust mehr, über all die Dinge nachzudenken. Für Menschen ihres Alters ist es ein unglaublich anstrengender Tag. All die Emotionen in dieser Hitze, und das ohne Mittagsschlaf. Man darf die Dinge auch nicht immer so an sich heranlassen. Einige Dinge sollte man lieber an sich abprallen lassen, wie Wassertropfen von fettiger Schafswolle. In einem Impuls von Dankbarkeit hakt sie ihren gesunden Arm bei Esther unter. So setzen sie ihren Weg fort – zwei in die Jahre gekommene Schicksalsgöttinnen, ihre faltigen Gesichter der Sonne zugewandt. Einen kurzen Moment lang wirken sie wie beste Freundinnen.

Die Terrasse des Restaurants füllt sich mit den Gästen. Professionelle Hände haben, während Frank beerdigt worden ist, lautlos gearbeitet. Schalen mit Lachssandwichs und herzhaften Scones stehen auf den Tischen unter den Sonnenschirmen, in Weinkühlern wartet der Pinot Blanc. Etwas unbehaglich setzt man sich zu den anderen Leuten an die Tische. Der Abschied hängt noch in der Luft, die Wasserfontäne plätschert eintönig. Doch Kris läuft wie ein Gastgeber von Tisch zu Tisch und erklärt: Nach dem Begräbnis dürfen wir wieder feiern und lachen, schließlich ist jemand auf dem Weg in den Himmel! Ada schließt für einen Moment die Augen. Wenn es Dich gibt, lass ihn ein, Herr.

Mozie zeigt voller Stolz auf Kris. »Das ist unser Enkel.« Er stößt die Worte schleppend hervor. Der dunkelbraune Samt seiner Augen ist zu verschlissener Baumwolle geworden, doch noch immer blitzt seine alte Fröhlichkeit hindurch. Neben Mozie sitzt die schweigsame Frau, die bei Frank gewacht hat. Ada gratuliert ihnen zu ihrem Enkelsohn. Das Gesicht der Frau legt sich in tausende Lachfalten.

Sein Enkel beschäftigt sich viel mit den Wurzeln der Maori, viel mehr, als sie selbst das jemals getan haben. Das *Treaty*. Die Rituale. Die Sprache. Tribal Tattoos. Er hat eines auf dem Oberarm und überlegt, sich noch ein weiteres machen zu lassen. Mozie gefällt das nicht besonders, doch welcher junge Mann hört schon auf seinen alten Opa? Kris ist derjenige, der all ihre Adressen im Internet aufgespürt hat. »Er ist pfiffig, der Junge«, sagt die Frau, »er bekommt die besten Noten auf dem Viticulture College.« »Er wird hier später Geschäftsführer werden«, fügt Mozie hinzu.

Kris, mit seinem hübschen Gesicht und den dunklen Augen, schlendert von Tisch zu Tisch. Seine Freunde sitzen alle zusammen am Ende der Terrasse. Sie sind hip angezogen und sagen »Sweet, bro«, wenn ihnen etwas gefällt. Kris bleibt oft an dem Tisch hängen, an dem die Dutchies unter den Weinranken der Pergola zusammensitzen. Zwischen Hannah und ihm herrscht eine verlegene Stimmung, so wie sie zwischen einem Jungen und einem Mädchen entstehen kann, wenn sie merken, dass die Luft in Schwingungen gerät, bevor sie auch nur ein Wort miteinander gewechselt haben.

Er schenkt den berühmten Rotwein ein, den Traubenblut Pinot Noir. Der Wein ist auf dem Höhepunkt seiner Reife, erklärt er. Er setzt sich zwischen Esther und Ada und beantwortet ihre Fragen.

Was genau sich in Franks Kopf abgespielt hat, weiß keiner. Ein guter Winzer ist immer auf der Suche nach dem optimalen Wein. Dieses Optimum erreicht er nie, doch er will es auch niemals wirklich erreichen. Wonach sollte er dann weiter suchen? Frank de Rooy perfektionierte unermüdlich seine Rebsorten und ihr Umfeld, er pflanzte und kultivierte sein Leben lang.

Ein leidenschaftlicher Weinbauer, der seinen Traum lebte. Mit wachsendem Alter schien er sich in Gesellschaft seiner Pflanzen stets wohler zu fühlen als unter Menschen. Ein freundlicher, liebenswürdiger Mann, doch verschwand man aus seinem Blickfeld, war man schnell vergessen. Als er siebzig wurde, verkaufte er seine Anteile an die Geschäftsführung, die er schon Jahre zuvor selbst ernannt hatte. Von dem Geld baute er das Traubenblut Viticulture College auf und gründete die Traubenblut-Stiftung für biologischen Weinbau. Danach machte er sich an die Villa. Niemand verstand, warum. Man verstand nie, was in seinem Kopf vorging. Frank wusste genau, wie das Haus aussehen sollte, er hatte ein genaues Konzept vor Augen. Er zeichnete, redete mit dem Bauherrn und verpasste keine Minute der Arbeiten. Er ließ einen namhaften Inneneinrichter kommen, der sich nach langen Gesprächen mit ihm an das Innere der Villa machte. Und dann war das Haus fertig. Doch gleichzeitig musste in seinem Kopf etwas zerrissen sein, und das Blut begann, frei umherzuströmen, die Hohlräume zwischen seinen Gehirnhälften zu überfluten. Die Gehirnhälften wurden gegeneinander gedrückt, das Blut strömte immer weiter, es strömte an Orte, an die es nicht kommen durfte, und beschädigte sein Gehirn, bis es unwiederbringlich zerstört war und er selbst nicht mehr wirklich existierte. Frank lebte noch eine kurze Zeit weiter, in einem tie-

fen Koma, aus dem er nach Meinung der Ärzte lieber nicht wieder aufwachen sollte.

Die ganze Gesellschaft seufzte. »Dieses Haus«, bemerkt Marjorie, »wie schade darum.«

»Es wird wohl ein Guesthouse werden«, erklärt Kris, während er sich aufrichtet, da er nicht zu lange an einem Tisch verweilen darf. Hannah sieht ihm nach. Seine Schuhe knirschen auf dem Kies.

Diese Villa. Alle reden durcheinander. Diese Herrschaftlichkeit. Esther beugt sich zu Bob hinüber, dem Mann mit den freundlichen, grüngrauen Augen und dem anthrazitfarbenen Sakko, der Mann, der ihr Sohn ist. Ein erwachsener Mann, ein Mann, wie Sal einer hätte werden können – wäre ihm ein Leben vergönnt gewesen. Wie ihm, als Architekt, dieses Haus gefällt?

Bob zögert. »Willst du es wirklich wissen?«

»Wenn er das so sagt, gefällt es ihm nicht«, ruft Hannah.

Ach, dass diese Architekten immer so streng sein müssen, stöhnt Marjorie. Doch Esther verwickelt ihn in ein ernsthaftes Gespräch über Architektur.

»Mozie«, sagt Ada, nachdem sie allen Mut zusammengenommen hat, »ich habe eine Bitte.« Kurz darauf fährt er mit ihr zu dem großen Haus. Es ist an der Stelle errichtet, wo früher sein Wohnwagen stand, erklärt er. Er selbst wohnt mit seiner Frau in Masterton. Das frühere Haus von Frank ist heute der Laden.

Sie laufen die Freitreppe hinauf. »Es hat in seinem Leben noch so einige Frauen gegeben, was?« Sie versucht, es so leichthin wie möglich zu sagen. Mozie verzieht sein Altmännergesicht zu einem Grinsen. »Ja, viele Frauen«, sagt er, »the lucky bastard, sie gaben sich die Klinke in die Hand. Ich bin mit einem Mädchen aus meinem Dorf verheiratet, so ist das eben. Aber er … manchmal überschnitten sich die Beziehungen, ohne dass sie davon wussten. Je älter er wurde, desto länger hielten die Beziehungen. Doch immer wieder kam der Tag, an dem die Frauen weinend den Hof verließen. Dann wusste ich, dass sie doch mit Heiraten und Kindern angefangen hatten.«

»Warum wollte er das nicht?«

»Er wollte es schon, das sagte er jedenfalls. Ich weiß es nicht. Sie waren nie gut genug. Die Frauen klopften an seine Tür, aber ich glaube nicht, dass er sie hereinließ. Die letzten Jahre ließ er keinen mehr an sich heran.«

Er öffnet für sie die Tür zur Bibliothek. Unsichtbare Hände haben die Sessel wieder auf ihre Plätze geschoben, nachdem der Sarg abgeholt worden ist. Sie steuert direkt auf den Sekretär zu. Erst jetzt, wo Mozie dabei ist, traut sie sich nachzusehen, ob ihre

Augen sie vorhin – als sie sich über den Sarg gebeugt hat – nicht getäuscht haben. Sie hat richtig gesehen: Ihr alter Schnappschuss vom Strand steht in einem silbernen Rahmen auf dem Sekretär.

Er hat mich weiter angesehen.

Vorsichtig nimmt sie das Bild in die Hände. Eine bildhübsche, junge Frau in einem Badeanzug, der ihre Figur in einer atemberaubenden Form betont. Verloren steht sie da, mitten auf dem Strand. Ihre blonden Haare wehen ihr ins Gesicht, sie lacht verlegen und nicht wirklich glücklich zu dem Fotografen hinüber. Ada sieht ihre Schönheit von damals, und ihr Talent für die Liebe, das ungenutzte Potenzial. Ich bin nicht die geworden, die ich hätte sein können.

Mozie stellt sich neben sie. Sein Atmen klingt rau, als ob er Probleme mit den Lungen hätte. Sie stellt das Foto wieder hin, neben das vergilbte Bild von seinem Vater und seiner Mutter, mit ihren zwei Kindern in Indonesien. Die Palme in dem kupfernen Topf, die ernsten Gesichter, der kleine Junge, der unbefangen in die Linse schaut, weil er nicht weiß, was drohend über seinem Kopf schwebt. In diesem Zimmer, in dieser Bibliothek, stehen seine alten Möbel, hier hängen die Maske und das geheimnisvolle Ölbild. Nur das knirschende Ledersofa fehlt. Hier schlug einst das Herz seines Hauses. Hier sieht sie ihn vor sich, umringt von den Menschen, die ihn –

einer nach dem anderen – im Stich gelassen haben. Sie senkt den Kopf und kann nichts sagen. Er legt seine Hand auf ihre Schulter. »Es hat ihn kaputt gemacht, Ada«, sagt er, »es hat lange gedauert. Ich habe ihn danach nie wieder so gesehen.«

Es tut weh. Sie reibt sich mit beiden Händen über das Gesicht, als müsste sie etwas fortwischen. »Ich konnte es nicht«, flüstert sie, »ich hatte nicht den Mut.« Er wartet geduldig. Und dann, als könnte er ihre Gedanken lesen, sagt er ernst: »Er hat immer geglaubt, dass es mit dir geklappt hätte.«

Es tut weh.

»Denkst du das auch?«, fragt sie etwas später, als sie in dem Geländewagen zurück zum Restaurant fahren. Der Wagen schwirrt fast lautlos dahin. Mozie klopft sanft auf ihr Knie, um sie zu trösten. »Es war eben nicht möglich«, sagt er. Und danach, als er sie bei der Terrasse absetzt, wo Bob für sie einen Stuhl zurückschiebt und Esther ihr Glas nachschenkt, wiederholt er es noch einmal: Es war eben nicht möglich.

Dann verabschiedet er sich von ihr. Er ist müde und möchte sich ausruhen. Ada sieht ihm nach, dem alten, braunen Cowboy. Wie er zu seiner Frau läuft, die am Auto auf ihn wartet. Er ist der Einzige, der all die Jahre mit Frank zusammengelebt hat. Ada weiß, dass sie auch ihn nie wiedersehen wird.

Zum ersten Mal seit vier Jahren, seit Hans' Tod, fühlt Marjorie sich entspannt. Hier, unter der mit Weinranken bewachsenen Pergola, die das Sonnenlicht so angenehm filtern, dass die Gäste im Tupfenregen von Licht und Schatten sitzen. Der Pinot Noir schmeckt köstlich, und die Platte mit den Sandwichs ist zufällig direkt vor ihrer Nase gelandet. Ihr ist nicht mehr so warm, eigentlich ist die Temperatur an diesem Nachmittag genau, wie sie sein sollte. Bei Marjorie am Tisch sitzt ihr Sohn, der ihr Sohn bleiben wird. Und ihre Enkeltochter, die die ganze Gesellschaft mit ihren neugierigen Fragen zur Vergangenheit unterhält. »Sie hatten hier zwei Sorten Käse«, sagt Marjorie, »*mild* und *tasty*. Und tasty war so tasty, dass danach der gesamte Mund taub war!« »Und Cheddar«, ergänzt Ada, »sie hatten auch Cheddar.« Aber den mochten die meisten Dutchies nicht. »Meine Oma ist wieder vollkommen verkäst«, sagt Hannah und schlingt ihre bloßen Arme um Marjorie, »trotzdem hätte sie nie von hier weggehen dürfen.« Ada legt ihre Hand auf Marjories gesunden Arm. »Warum seid ihr zurückgegangen?«

»Oh, Hans hatte a wonderful job opportunity.«

Marjorie vermeidet den Blickkontakt mit Esther – der Bernstein ihrer Augen ist etwas trübe geworden, doch noch immer können sie spöttisch aufblitzen – und erklärt in schrillem Ton, dass sie überaus froh sei, in Holland zu wohnen, weil hier in Neuseeland mit diesem Ozonloch das Hautkrebsrisiko so viel größer ist.

Ada hat immer Heimweh gehabt. Doch der Besuch in Holland nach fünfundzwanzig Jahren war überaus unerfreulich verlaufen. Die Besuche bei ihrer Familie empfand sie als ermüdend. Ihre Brüder waren materialistisch geworden, und Derk und sie verstanden sich überhaupt nicht. Der Weihnachtsgottesdienst in der Kirche hatte keinerlei Atmosphäre, weder eine Weihnachtsbotschaft noch ein Wort von Jesus. Der Pastor bot lediglich eine kleine Zaubervorführung dar. In dem Moment begriff Ada, dass sie sich nie mehr irgendwo zu Hause fühlen würde.

Hannah kommt auf das Flugrennen zu sprechen. Marjorie winkt mit ihrer gesunden Hand ab. »Es war langweilig«, sagt sie, »fandet ihr nicht? Eine furchtbare Reise, ich habe mich zu Tode gelangweilt. Wir *wurden* gelebt, die ganze Reise über, wir dienten allein als Frachtgut!« Sie beugt sich zu Esther hinüber, weil sie ja nun schließlich Freundinnen sind. »Weißt du, dass ich die silberne Brosche immer noch habe?«

»Das hässliche Ding mit dem Anhänger?«, erwidert Esther. Dass Marjorie das Erfolgsköfferchen ebenfalls aufgehoben hat, verschweigt sie wohlweislich. Auch, dass sie alle Zeitungsartikel und die Zeitschrift mit ihrem Foto auf dem Titelblatt aufbewahrt hat.

»Wir sind in ein Unwetter geraten«, sagt Ada träumerisch. »O ja«, ruft Marjorie, »dieser Sturm! Ich dachte, ich würde sterben!« Esther sieht sie erstaunt an, sie kann sich an keinen Sturm erinnern. Die beiden anderen versuchen, ihrem Gedächtnis auf die Sprünge zu helfen. Hinterher hat der Flugkapitän zugegeben, dass es etwas unverantwortlich gewesen sei, weiterzufliegen, erinnert Marjorie sich, genauso hatte er es ausgedrückt: etwas unverantwortlich. Ob sie sich jetzt erinnere? War das nicht über der Timorsee? »Ach das«, sagt Esther, »das war doch kein Sturm, das waren ein paar Turbulenzen.«

Nach und nach, während die Sonne unaufhaltsam tiefer sinkt, fahren die Leute um sie herum ab. Die Terrasse leert sich. Der Tisch mit den Dutchies bleibt als einziger besetzt, als könnten sie sich von diesem Moment nicht trennen. Kris, die Hände auf der Rückenlehne von Hannahs Stuhl, versichert ihnen, dass das überhaupt kein Problem sei und sie so lange sitzen bleiben könnten, wie sie wollten. Er schafft neue Flaschen Traubenblut herbei. Die Wärme des Tages liegt angenehm unter der Pergola, und das Plätschern der Fontäne klingt wie ein beruhigendes Lied. Ada, Esther und Marjorie müssen sich nicht ansehen, um zu wissen, dass sie alle drei an den Mann denken, der allein reiste und auf den niemand wartete. Wie er das Flugzeug bestieg und damit in ihr Leben trat. Das verbindet sie, genau wie sein Wein das nun tut. Sie geben sich hin und genießen seine Gastfreundschaft, die Polster auf den Stühlen sind dick und weich. Es ist, als würde er sie ihnen selbst in den Rücken schieben, sitzt du gut? Trinkst du auch genug? Dort gibt es auch Sandwichs mit Krebsfleisch, hast du die schon probiert? Die Abendbrise könnte seine Hand sein, die sanft über ihre Wangen streicht. Sein Wein entspannt die Muskeln und beruhigt ihre Nerven. Sein Wein macht zufrieden – und er versöhnt.

»Darf ich ein Foto von Ihnen machen?« Hannah zieht eine kleine Digitalkamera aus dem Rucksack. Esther murrt. »So? In diesem Licht? Warum nimmst du nicht dieses hier?« Sie zieht den Prospekt aus den Siebzigerjahren hervor, in dem ein Porträt von ihr zu sehen ist. »Nein«, sagt Hannah, »darauf sind Sie viel jünger. Ich will Sie so, wie Sie jetzt sind.«

»Dann lass mich kurz meine Lippen nachziehen.«

»So, wie Sie jetzt sind«, wiederholt das Mädchen. Esther erkennt die Entschiedenheit, sieht die winzig kleinen Bernsteinsprenkel in den grünen Augen aufblitzen. »Du bist boshaft«, scherzt sie, »mit meinem Haar, so unordentlich, wie es ist? Und meinem Make-up, mit diesen Augen?«

»Ich werde es ja nicht gleich veröffentlichen«, sagt Hannah und drückt ab. »Ja, das war gut.« Sie zeigt Esther das kleine Bild auf dem Display.

»Viel zu nah!«, ruft Esther, »da erkennt man ja jede Falte!«

»Ich finde es hübsch.«

»Oh dear«, seufzt Esther.

»Nein, wirklich, es ist hübsch.«

»Na komm, ich sitze viel zu weit nach vorn gelehnt, ich muss mich etwas zurücklehnen.«

Dieses Mal nimmt Esther sorgsam die richtige Position ein. Hannah lacht, ein kurzes, heiseres Lachen, und drückt ab. Esther kann sich nicht erinnern, jemals so glücklich gewesen zu sein, so befreit und glücklich. Wenn es nicht so sentimental wäre und zudem auch schade um ihr teures Make-up, dann würde sie jetzt anfangen zu heulen. Hannah hält ihre Hand schräg vor das Display, damit die tief stehende Sonne nicht die Sicht auf das Bild behindert. Das Foto ist noch schlimmer als das erste.

»Meine Güte!«

»Du bist eine Perfektionistin, kann das sein?«

Esther nimmt die Kamera und studiert das Foto aus der Nähe.

»Oh dear, dear, dear«, seufzt sie.

»Gut«, sagt Hannah, »dann noch *ein* einziges Mal. Deine hübscheste Pose, bitte.«

Esther zieht die dunkelrote Bluse glatt, faltet die Hände unter den Brüsten, dreht sich ein Stück zur Seite, sodass sie fast im Profil dasitzt, und blickt dann in die Kamera. Hannah drückt ab. »Besser«, sagt sie, »viel besser, dieses behalte ich.« Sie zeigt Esther das Foto.

»Oh, du bist unmöglich!«

Hannah betrachtet es noch einmal. »Es ist wirklich viel besser«, sagt sie, »das musst du zugeben.«

»Ich weiß nicht so recht«, erwidert Esther und fängt an zu lachen.

Die Sonnenstrahlen reichen nicht mehr bis auf die Terrasse. Das Personal räumt um sie herum die Tische ab. Zeit zum Aufbruch, findet Bob. Er wird sie alle in dem großen Mietwagen zum Hotel fahren. Sie verabreden, nach kurzem Ausruhen zu viert im Speisesaal des Hotels zu Abend zu essen. Ada denkt an den vergangenen Abend auf ihrem Hotelzimmer und fühlt sich nun wie eine Weltenbummlerin. Das kann auch am Wein liegen. Ein bisschen unsicher schieben die drei Frauen ihre Stühle zurück und stehen auf.

»Ich liebe die Sonne einfach«, sagt Ada, »hier habe ich auch viel weniger Beschwerden mit meinen Gelenken.« Esther drückt ihre Zigarette in dem Aschenbecher aus, den sie allein gefüllt hat, und eine tiefe Denkfalte erscheint auf ihrer Stirn.

»The wettest place on earth, so wird Greymouth genannt, oder? Warum wohnst du immer noch dort?«

»Weißt du«, erklärt Ada, während sie ihren Arm in den falschen Ärmel ihrer Jacke steckt, »ein Häuschen in Ons Dorp würde mir schon gefallen, kennst du das? In Auckland.« Sie zitiert einen Satz, den sie immer im Kopf behalten hat: »In Auckland blühen die Rosen das ganze Jahr über.«

Esther weiß, was Ada meint: ein Dorf für pensionierte Holländer, nichts für sie. Sie schlurft, den Arm um Ada gelegt, über den Kies. Vor ihnen wird Marjorie von ihrem Sohn gestützt. »Ja«, sagt Ada, »gemütlich in der Sonne sitzen, alle zusammen. Und Niederländisch reden.«

»Dann mach es doch, los geht's.«

»Derk will nicht.«

»Verstehe«, sagt Esther, denn sie erinnert sich an die Geschichten, die Frank ihr damals erzählt hat.

Die Ladentür knarrt beim Öffnen, und eine Glocke bimmelt. Alles ist hier aus Holz. Ada erkennt den Raum sofort wieder. Obwohl die Mauern eingerissen sind, sieht sie an der Position der Fenster, wo ihr Bett gestanden hat und wo das Sofa. Vorsichtig geht sie ein paar Schritte in den Raum hinein und sieht sich um. An den Wänden stehen Regale, in denen Weinflaschen und andere Waren liegen. Dann sieht sie ihm direkt in die Augen. Ein ähnliches Foto wie das, was er ihr damals geschickt hat, hängt hier in Posterformat hinter Glas. Der Begründer unserer Firma, erklärt das Mädchen, das sie hereingelassen hat. Ada nickt, doch sie hört gar nicht zu. Sie steht in der Mitte des Zimmers, in dem gestreiften Kleid. Frank lehnt an den Kisten und sieht sie unter seiner Hutkrempe hervor andächtig an. Ada, sagt er, du weißt selbst ganz genau, was du willst. Hör auf dich, das ist wichtig für dich.

Auf dem Parkplatz warten Marjorie, Esther und Bob, der seine Tochter sucht, die irgendwo zwischen den Silos umherstreift – zusammen mit dem Jungen, der Kris heißt und der nun endlich vorsichtig ihre Hand ergreift. Im Mund hat Kris einen Lakritz, den er von ihr bekommen hat und scheußlich findet, doch für sie würde er eine ganze Tüte aufessen. Kommst du wieder?, fragt er lässig. Hannah versichert ihm, dass sie zurückkommen wird. Erst zehn Tage mit ihrem Vater und mit Oma herumreisen, und wenn die beiden dann zurück nach Holland fliegen, kommt sie zurück. Ich habe vier Monate Zeit, sagt sie, aber ich muss Geld verdienen. Du kannst mir bei der Ernte helfen, versichert ihr Kris erfreut, und er streichelt ihre langen, schmalen Finger. Sweet.

Auf dem Parkplatz warten Marjorie und Esther. Sie lehnen müde, aber zufrieden am Auto unter dem Willkommensschild. Hinter ihnen liegen die Felder mit den Weinreben, über die weiße Netze gezogen sind. Es war ein besonderer Tag, darin sind sie sich einig. »Was ich dich fragen wollte«, sagt Marjorie, »ich fände es schön, wenn du etwas auf Hannah aufpasst. Sie ist noch ein Kind, auch wenn sie das selbst anders sieht. Lad sie doch mal ein, ruf sie an. Behalt sie etwas im Auge. Nicht zu viel natürlich, nicht, dass sie es merkt, du weißt schon. Würdest du das für mich tun?«

»Mit dem größten Vergnügen«, antwortet Esther. Sie kann ihr Erstaunen nur mit Mühe verbergen.

Jeder, der Marjorie ein bisschen kennt, wird zugeben müssen, dass sie hiermit über sich selbst hinausgewachsen ist. Und wenn Marjorie das kann, dann ist das geradezu der Beweis dafür, dass jeder über sich selbst hinauswachsen kann, wenn er nur will.

Ada eilt zum Parkplatz, auf dem Esther und Marjorie am Mietwagen lehnen, und verkündet ihre Entscheidung, ihre Stimme ist vor Aufregung noch höher als sonst. Sie fährt nicht zurück nach Greymouth. Nachdem sie Pete besucht hat, wird sie bei Dan und Bridget in Auckland wohnen und von dort aus zusehen, dass sie so schnell wie möglich nach Ons Dorp ziehen kann. »Und Derk?«, fragt Esther.

Ada denkt einen Moment lang nach, sie wählt ihre Worte sorgfältig.

»Derk ist herzlich willkommen«, erklärt sie, »er muss es selbst entscheiden. Aber ich werde es tun, auf jeden Fall.« Marjorie, die Hans noch immer jeden Tag aufs Neue vermisst, hebt eine Augenbraue. Doch Esther streicht Ada lächelnd über die Wange, als wäre sie ein kleines Mädchen, das man ermutigen muss. »Die Zeit ist milde zu dir gewesen«, sagt sie, »du bist noch immer eine schöne Frau.« Ada steckt das Kompliment ein, als hätte sie ihr Leben lang nichts anderes getan. »Danke.« »Du bist die Einzige von uns, die noch eine Taille hat. Die könntest du übrigens etwas mehr betonen. Warte mal …«, Esther zieht eine Visitenkarte aus der Tasche und überreicht sie ihr, »… wenn du in Auckland bist, komm einfach vorbei, dann mach ich eine entzückende *Robe Manteau* für dich.« »Das werde ich tun«, erwidert Ada überrascht. Ein neues Kleid, das ist genau das, was sie jetzt braucht.

Die drei lehnen nebeneinander am Auto, das sich vom Tag in der Sonne aufgeheizt hat. Der Wind streicht zum Abschied über ihre Gesichter. Ada fühlt die glatte Form des Kiesels in ihrer hohlen Hand. Gleich kommen Bob und Hannah, und dann werden sie von hier fortfahren und Frank zurücklassen. Doch im Augenblick sind sie noch da. Drei alte, schwarze Bräute.

Hinter ihnen ertönt ein Schuss. Auf dem Pfad zwischen den Sträuchern steht ein automatisches Luftdruckgewehr auf einem Stativ. So sieht das heutzutage also aus, *Bird Shooting*. Esther öffnet ein neues Päckchen Zigaretten und steckt sich eine an. Ohne dass sie zur Seite sehen muss, fühlt sie neben sich die Verärgerung wie eine Hitzewoge durch das altbackene Kostüm dampfen. Sie bläst den Rauch aus und sagt zufrieden: »Ich habe ein Blutgerinnsel im Herzen, ich kann jeden Moment tot umfallen.«

Ada gibt ein nervöses Welpenfiepen von sich, wie sie es ihr ganzes Leben lang getan hat. Sie möchte genau wissen, was es mit Esthers Krankheit auf sich hat.

Marjorie seufzt. Immer diese Aufmerksamkeitsheischerei. Sie hält noch zwei, drei Wolken Zigarettenrauch aus, die, bevor sie sich in der Luft auflösen, kurz ihre Nase angreifen und in ihren Atemwegen kribbeln. Dann reicht es ihr. »Würdest du vielleicht so nett sein, in die andere Richtung zu blasen?«

Die Sonne ist hinter die Hügel gesunken. Der Abend breitet sich über die Felder aus. Langsam fährt der Wagen über den langen, unbefestigten Weg, der zwischen den endlosen Reihen von Sträuchern zum Ausgang des Weingutes führt. Beim Vorbeifahren wehen die Vogelnetze ganz leicht im Windzug.

Es ist nicht mehr als ein Kräuseln in der weißen Gaze.

Danksagung

Beim Schreiben über das Flugrennen habe ich die ausgezeichneten Berichte zu Rate gezogen, die J. W. Hofwijk für die *Katholieke Illustratie* verfasst hat. Hier und da habe ich ihn fast buchstäblich zitiert.

Mein erster Dank geht an IdtV Film: Anton Smit, Hanneke Niens, Ross Fraser und Ernie Tee. Es war ihre Idee, etwas mit dem *Great Air Race* zu machen, und ich danke für das Vertrauen, das sie stets in mich setzen. Ross Fraser danke ich ganz besonders, weil er der Idee die ersten Konturen gab.

Mein Dank geht an all die Menschen, die mich so begeistert und bereitwillig über die verschiedenen Themen in diesem Buch angehört haben. Diese Gespräche haben mir sehr geholfen, das möchte ich an dieser Stelle noch einmal betonen. In Neuseeland habe ich mit Passagieren der Liftmaster gesprochen. Sie haben mir ihre Geschichten erzählt, und Teile davon habe ich für meine Zwecke benutzt. Ich hoffe, dass ich ihr Vertrauen nicht enttäuscht habe.

Hannah Story war während meines Aufenthalts in Neuseeland eine großartige Assistentin, eine hilfreiche Mitdenkerin und Reisegefährtin.

Großen Dank bin ich den geduldigen Mitlesern Elik Lettinga, Liesbeth van der Pol und Matty Hakvoort schuldig. Ihre Anmerkungen sind für mich von unschätzbarem Wert gewesen.

Mein ganz spezieller Dank geht an Andries van Dantzig, meinen geliebten Mann, der 2005 gestorben ist. Er kannte die Personen ebenso gut wie ich.

Audrey Niffenegger
Die Zwillinge von Highgate
Roman
Aus dem Amerikanischen von Brigitte Jakobeit
464 Seiten. Gebunden

Elspeth war Roberts große Liebe. Jetzt liegt sie auf Highgate, dem romantisch verwildertem Friedhof Londons. Aber Elspeth scheint lebendiger als je zuvor, denn die Erinnerungen sind stärker als der Tod. Robert riecht sie, spürt sie, spricht mit ihr. Elspeth lebt weiter, denn sie ist als Geist zurückgekehrt. Alle, die ihr nahestanden, geraten in ihren Bann. Von unsichtbarer Hand lenkt sie die Ereignisse und entscheidet sogar über Leben und Tod. Bis ihre Nichten, die Zwillinge Valentina und Julia, einen fatalen Handel mit ihr eingehen. Audrey Niffenegger erzählt aufwühlend, in zarten und manchmal dunklen Tönen, von der Sehnsucht, dem anderen ewig nahe zu sein und darüber, dass der Verlust kein Leben beendet, sondern neues schafft. ›Die Zwillinge von Highgate‹ ist Audrey Niffeneggers zweiter Roman und von ebensolcher emotionaler Intensität wie ihr Weltbestseller ›Die Frau des Zeitreisenden‹.

»Grandiose Story von der Autorin
von ›Die Frau des Zeitreisenden‹.«
Joy, Dezember 2009

»Berührend!«
emotion, November 2009

S. Fischer